NORDIC
CRIME
FICTION

焦渴者

尤・奈斯博

林立仁 譯

Tørst

Jo Nesbø

《焦渴者》媒體好評

對於變態的連續殺人犯，奈斯博確實握有神奇的魔力……錯綜複雜的情節，推動著故事不斷前進。奈斯博是熟練這類敘事的大師，如果你承受得住血淋淋的細節，以及在轉折處被吊足胃口，就能享受這一切的美妙。——《紐約時報》

奈斯博已將連續殺人犯的類型發揮到極致，他探到類型的最深處，徹底汲取其中的暗黑樂趣，呈現於文字間。讀者再也不需要讀別部作品了，奈斯博在這樣一個多面向的小說裡徹底拆解比喻，並混雜了犯罪、刑偵、恐怖懸疑類型的界線……哈利彷彿是在史蒂芬．金和愛倫．坡筆下的場景裡掙扎求生……精采絕倫……奈斯博展現了真正的技藝……他的情節設計，讓人想到詹姆士．艾洛伊與李查德的作品，但有著更多層次的犯罪交疊。——《亞利桑納共和報》

故事發生在一個名叫妒火的酒吧、一個引爆眾事件的約會，之後以冰雪峽灣上的死亡收場。過程之中充滿恐怖的謀殺場景，大量的細節要讓你從骨子裡發冷……你必定會讀到緊抓著故事不肯放手。——《華盛頓郵報》

帶我們涉入黑暗與瘋狂之境……一部尖銳、深入內心的故事。奈斯博精於故事結構、風格，每個情節都毫不浪費……在哈利系列中，這部作品堪稱高峰之作。——《Paste Quarterly》雜誌

優秀之作……奈斯博筆下的哈利飽受心理折磨，既想要忘掉自己試圖擺脫的恐懼，卻又知道自己必須將所有殘忍的細節記在心上。——《出版人週刊》

扣人心弦、令人戰慄的犯罪小說……讓人夜半時分無法成眠的作品。——《書單》

情節不斷翻轉……證明了北歐犯罪作家有實力持續穩坐國際書市暢銷榜寶座。——《科克斯評論》

這本小說的特點是精心刻畫的人物、複雜的情節和充滿懸疑的轉折，在在標示出作家高超的說故事技藝。——《圖書館期刊》

在北歐犯罪小說的世界哩，奈斯博君臨天下……這是一本夠分量、色彩鮮明的史詩作品……由慢板開場，結尾逐漸加快，與他的早期作品相比，這次近距離的角色心理刻劃很突出。——英國《衛報》

一場極度可怕、探訪人性黑暗深處的旅程，奈斯博的書迷必會滿意。——英國《鏡報》

一部史詩般的小說，這個暢銷系列作品的粉絲必定不會失望……《焦渴者》是奈斯博的顛峰之作，其中的次要角色也刻畫得很精采。你無法放下這本緊湊刺激的作品，直到讀完驚人的結局為止。奈斯博是世上數一數二的懸疑作家。——英國《每日快報》

從開頭就很吸引人，有著迷人的黑暗面和精密設計的情節，這是奈斯博最棒的作品。——英國《Heat》雜誌

栩栩如生的人物，精心安排的情節，鍥而不捨的辦案警探，與行事帶著哲學意味的惡人……讓你徹底得到娛樂。——「Crime Fiction Lover」網站

焦渴

北川若瑟

無比專注的凝視，將轉瞬即逝的時間之流，壓縮成為一目了然的風格層系譜。

於是，在你的腦海之中，轟然響起貝多芬的《命運交響曲》。

你必須如此閱讀尤·奈斯博，始得以「精義入神」。

《焦渴》

首先讀者必須先確認本書的調性（Tonality）。揭露「調性密碼」的線索出現在書名與〈序〉之中。

原文書名 Tørst 本義是「渴」。如果以單詞《渴》命名，可以兼有「渴飲」與「渴望」兩義。恰如我們通常從臨床醫學與精神分析兩個層面理解吸血鬼（vampire）一樣。吸血只是渴望永生的隱喻。

書中吸血鬼的意象，隱喻渴望突破生命 deadline 的意志。這是愛與慾的意志（eros），絕對不單只是性愛、嫉妒與仇恨的意志。奈斯博是探索生命極限的哲學家。面向死亡，小說家以有限的時間，註解人類生命的死亡線，產生積極的意義。

於是，以「焦渴」命名的小說，儼然成為一場以吸血鬼為核心議題的「饗宴」（Symposium）。

《荒原》

究竟渴望什麼？絕不是生理學層次，不是乾涸的身體對鮮血的渴望。〈序〉之初，無名氏的意識流浮現如是語句：

「三年，三年佇立於白色的虛無之中，佇立於空洞歲月的荒原中。

如今時辰已到。他再度渴飲生命之井的時辰已到。

他回歸的時辰已到。」（編按：此段內容為本文作者所譯，與內文不同。）

生命不只是呼吸而已，更重要的是存在感。（le sentiment de nôtre existence）。所以吸血鬼渴飲生命之井，生命之井當然也是一種隱喻，而焦渴的傷感反而成為我存在的證據。尤其當我們為了汲取生命之井而犯罪，「我犯罪，我存在。」[1]將成為膾炙人口的人生金句。

然而人生的悲劇性宿命，就是所有的生命都是迎向死亡的生命。無論多麼強大的存在感，都無法拒絕短暫激情（passion）之後的崩壞。但是人類卻始終無法接受死亡的正當性。渴望「存在感」，確定了本書的調性。

T．S．艾略特（T. S. Eliot）以荒原之名，註記高度資本主義世界的大都會為現代索多瑪。罪惡大城裡，市民最強烈的焦渴，一種噬血的焦渴，犯罪的焦渴，在暗夜巡弋。

米蘭．昆德拉（Milan Kundera）說：小說家具有揭露生命真相的特權。奈斯博乃以死亡向我們揭露生命的真理。所以，渴望感受生命存在的基本調性之上，本書向讀者展示臨床醫學風格，瀕臨死亡的敘事。

1　酌參勒內．笛卡兒（René Descartes）的名言：「Cogito ergo sum」。其實這裡有一個聖奧古斯丁的少年故事，也的確有一番存在哲學在其中。（編按：Cogito ergo sum一般譯為我思故我在，而在笛卡兒之前的一位中世紀哲學家聖奧古斯丁有一個相似的存在論證是「fallor ergo sum」，我錯故我在。）

《臨床醫學的誕生》

奈斯博犯罪小說冷硬的筆觸下，死亡現身於林布蘭（Rembrandt van Rijn）的解剖學教室。透過臨床醫學教室裡，死亡之眼的凝視，賦予死亡正當性。這或許是現代人的自我救贖？

奈斯博透過臨床醫學的凝視，令我們一再審視，死亡是如何以多重的身影，層層剝落於時間的流程之中。死亡並沒有絕對的、專制的時間點，因此我們無法迫使「死亡時間」停止與倒退。

死亡與疾病，都是一種蝟集的叢結。透過臨床醫學的凝視，死亡分散投射了單一時空座標的落點。逐漸地，死亡現身於各個生命環節崩解的節點，終於，身體的生命現象完全銷聲匿跡。死亡完成了。只留下生命可怕的紀念。

死亡既然標示了生命的終點分布，於是也同時刻畫了疾病的行跡，描摩生命與疾病的遺像。於是生命、疾病與死亡形成了技術上與觀念上之三位一體（trinity）。所以讀者在陷溺於冷酷的死亡敘事之餘，看見生命的病理結構。生命網絡裡，瘋狂的顫動。

死者偉大的瓷白色之眼，解放了生命的理性結界。由死亡之眼的凝視，讀者看見吸血鬼啟動了最初的犯罪密碼體系。吸血鬼作為疾病的症候，同時映照著生與死的對勘。

《創世記》

聰明的讀者知道，吸血鬼症候群（Vampire Syndrome）所鋪陳的密碼迷宮，仍然只是隱喻的逃城。奈斯博絕不只是在腥風血雨之中，任性揮灑了一幅驚悚的地獄圖。所以我們將揭開第二重密碼的布局。

現代人似乎已經學習透過臨床醫學，以旁觀者的理性凝視，理解與接受死亡的正當性。然而如此樸質的理性心靈，並非你我凡夫俗子所能領受。即使閱讀犯罪小說裡虛擬的受害者悲慘的死去，誰能不為之動容？

即使受害者私德淫靡，甚至因此傷害了最愛他的人，讀者恐怕仍然無法忍心看其悲慘死去。像奈斯博如此立足文學殿堂的大師，又豈能放棄揭露生命真相的特權，淪落為徒然狂灑狗血的低俗品味呢？非西方文化圈的讀者，雖然並未薰習基督宗教神學，卻不可只是膚淺的看待奈斯博的死亡敘事。忽視他小說中巨大的天問，以及其中神學的調性。否則如此偉大的文學作品對你而言，不過是一場海市蜃樓，無聊的喧嘩。

所以繼死亡之眼的凝視之後，中文譯者與讀者非常容易忽略的一套文化密碼，一套基督教神學的密碼，隱約卻不容忽視，浮現在小說的深邃隱祕的天穹。然後，解開全局的密碼在迷霧中現身：

奈斯博的哈利．霍勒已出版到第十部，但是女主角 Rakel（編按：本系列譯名為蘿凱）的名字所啟動的密碼，卻始終晦暗不明。

女主角 Rakel，因為挪威主要宗教信仰為新教路德宗，「拉結」乃據《和合本聖經》之譯名。以拉結之名，我們開啟全體哈利．霍勒系列的迷宮。

「這就應了先知耶利米的話，說：在拉瑪聽見號咷大哭的聲音，是拉結哭他兒女，不肯受安慰，因為他們都不在了。」（馬太 2:16-18）

為什麼是拉結的兒女？拉結是雅各鍾愛的妻子。雅各又是誰？我們根據《舊約聖經》記載，有一段是「雅各與神摔跤」，「以色列」民族因雅各而得以命名。

另一段則是「雅各的梯子」。確立雅各為以色列人，乃至於成為萬民之祖。上帝藉雅各所傳遞的訊息，就是生殖與繁殖，是直接肯定生命的價值。

男主角 Harry（哈利），名字的本義乃「家族的統治者」。「拉結」的丈夫是知名的雅各，乃是以色列人的始祖，「以色列」因他而得命名。哈利或許是二十一世紀《創世紀》中的雅各。

《創世紀》的核心理念，耶和華透過以色列民族史的發展，演繹生命的奧義。耶和華第一次給予正面評價的受造物：「光」耶和華說：光是好的。

And God said, Let there be light : and there was light.
And God saw the light, that it was good : and God divided the light from the darkness.

（Gen1:3-4）

光照見了存有，光的啟蒙因此賦予存有物存在的價值。存在，而非虛無，才是好的。真理的啟蒙也是好的。好就是善，善就是價值所在。

《聖灰星期三》

在西方文化密碼結構的深層神學根源裡，早已根深蒂固植入下述的神學辯證：

如果全能、全知與全善的上帝創造了人類，為何人類如此脆弱、愚蠢與邪惡？
為何永恆的上帝竟創造了朝生暮死的人類？
真理的邏輯不應該是A≡A，A≠-A嗎？
人既然已生存於此世，為何卻終究難免一死？這不是違背了同一律與矛盾律嗎？這是存在感的終極焦慮。為了解消存在感的焦慮，西方文化的深層神學密碼「復活」，隨著四旬期揭開救贖的神劇之幕。

閱讀本書第一部第一章章目「星期三入夜時分」。那是交響曲的第一個音符，但是全部《馬太受難曲》（*St Matthew Passion Matthäus-Passion, BWV244*），隨即豁然現身。

「聖灰星期三」揭開基督教「四旬期」的序幕。額頭抹上祝聖過的灰泥，展開四十天心靈荒原的苦行與退省。接下來是「走出死蔭幽谷」的「逾越節」，是耶穌受難，最後是「復活」。

暮色漸漸深濃的星期三，立刻撳動了西方讀者深層的文化密碼。「復活」的盛大神劇劇碼即將開演，讓我們的心靈隨著夜風，潛入奈斯博小說神祕暗流的旋律之中，巡弋人類邪惡迷宮的所有密道。展開亙古的神學同一律論辯。

不熟悉西方文化密碼的讀者，最好在閱讀奈斯博小說之前，盡量摸熟一些屬於「泛文本」的訊息。如果能夠藉機鑽研一下基督教神學的核心議題，更好。

《復活》

「復活」的意義在於解決死亡的正當性。存者恆存，善者恆善，真者恆真。因為「復活」，令存有學的同一律得以完滿。

死亡的議題在「非西方文化圈」，或許蘊涵許多開放的答案。但是居於世界文明當權派的基督宗教文化圈，仍然依據存有學的同一律（identity），破解生死的弔詭，辯證善惡的對勘。

在教會掌握主體詮釋權的時代，生命對死亡的質疑，屬於罪惡與贖罪的範疇。標準的解答在於「三位一體」的奧祕，以及耶穌復活的奧義。奈斯博在進入吸血鬼的現代化爭議之前，在無限隱密的舞臺深處，先行布置下了基督宗教「復活」的救贖神學，也就是本書的敘事龍骨：

基督宗教的棟樑之一就是復活。維護了同一律的神學。因為復活的神恩，人類由罪惡的死亡中復活了。

如果你不信，奈斯博於此書中，大膽演繹了罪惡ＤＮＡ的論證。這正是「同一律」、「矛盾律」與「排中律」的具體實踐。人類始終無法接受死亡的正當性。

復活的神髓在於，如何能夠透過「作為罪人死去」，以自我否定的虛無，成就永恆的存在感？如果人類能夠接受復活的神學，勢必不再需要閱讀犯罪小說。

《馬太受難曲》如此的震撼心靈，遠超過「復活神劇」之莊嚴肅穆。「我犯罪，我存在。」乃是犯罪小說的存在哲學。當人類回顧自身：「人類滿身都是罪惡的證據。」所以我深切感受到存在的痛苦，我真實的存在感正是來自我的痛苦。而復活之後，永生的存在感卻抹去了最後一絲痛苦。

世人絕難領悟，何以棄絕存在，卻可換取真正的存在感？所以當復活神劇落幕，吸血鬼的魔幻劇場再度揭幕。

神聖輝煌的復活神劇，為什麼無法戰勝黑暗的吸血魔幻劇場呢？

《德古拉》

循著神學的軌跡，讀者始能爬梳故事的表層，撲朔迷離的魔幻布局。那就是以吸血鬼之名，滑膩血腥的連續殺人事件。

自遠古以來，噬血的神祇一直活靈活現，存在於人民大眾的心中。神祕主義的勢力素來與虛無主義抗爭不已。如果不耐煩閱讀布拉姆．史鐸克的小說《德古拉》（*Dracula*），也可以看二十五年前法蘭西斯．柯波拉（Francis Coppola）導演的《吸血鬼：真愛不死》。

因為德古拉是吸血鬼的神話疊影，一旦吸血鬼的圖騰浮現在小市民擁擠的腦海，動機的密碼似乎昭然若揭。在正式辯證之前，讀者必須先澄清自身對於吸血鬼的認知。

根據本書提示吸血鬼症侯群的定義，鮮血只具有隱喻的價值。吸血的渴望只屬於儀式的層次。所以吸血狂症候群是心理疾病的症候。

「人的社會生命決定了他的人性覺醒」，這句箴言才是馬克思的唯物論真諦。首先，人生在世並非直接意識自身的存在，而是透過「自身的生產力、生產工具與生產關係」認知自身的生命。人類證成自身存在正當性的基礎是生產活動。

資本主義生產模式與原理，最大的問題在於它不讓人「實現自己的存在感」。一個人的生命力，必須經過資本主義的利潤轉換機制，變成一堆不知傷感的票面價值記號。

馬克思資本主義社會病理學切入點，就是資本家剝奪了個人的生產工具。剝奪個人生產工具之際，也就剝奪了一個人的存在感（le sentiment de nôtre existence）。

中文「我」的甲骨字形，象武器之形。「我」之形乃一柄「三鋒鉞」。所以最初擁有「自我意識」的人，透過手中一柄三鋒斧鉞，反思自我的存在。我不是一般人民，是以武器決定其自我意識的貴族。

一柄精緻的武器，也就是一幅象徵社會存有的圖騰。精緻的武器是「生產力，生產工具與生產關係」的神話形構，創造了人類的存在感。

因此奈斯博的這部小說，出現了「做案手法創造的動機密碼」。死亡的正當性似乎因作案手法而已成立。「引刀成一快，不負少年頭。」詩中蘊涵的死亡的正當性，發人深省。渴望死亡？因為快刀？抑或是青春的烈血值得一死？

如果你曾經手握利器，甚至你曾經快意操作手中的利器，你能想像那遠古記憶裡，殺戮不為什麼？只是為了手中殘留的快感？

你透過你的生產工具所實現的你的力量，會透過你的生產工具，回過頭來教育你與啟發你。這就是你存活的基礎，你存在的正當性，你的存在感。

奈斯博在犯罪事件伊始，就將一個重要的密碼呈現在讀者眼前：一副精緻的鐵製攝食器。製作這部吸血鬼攝食器的人，出自一位製作武士刀的日本匠師之手。由這副精緻的鐵製攝食利器，讀者可以演繹一位戰士的存在感。神器在握，行動自身已成為了動機。

如果德古拉仇恨的變奏曲，出自利器自身噬血的渴望。是否可以視為生產工具啟動存在感的辯證法呢？

《浮士德》

奈斯博的《焦渴者》，真正的吸血鬼密碼是奧賽羅症候群（Othello Syndrome）。所謂動機是野心，仍然是透過你的生產工具，證實你存在的正當性，啟發你的存在感。

然而高度資本主義社會的街道上，陰謀以兩人以上的口作證，事情就被當真。以精密的程序執行，證明自然發生效力。學者們的專業就是做偽證，努力界定上帝、世界與萬物的真理。

若想更深刻的掌握此書的脈絡，必須開啟另一套「浮士德密碼」。

浮士德是吸血鬼真正的原型。因為殺戮不是由於嫉妒，而是由於人的權力意志。尼采的「權力意志」（The will to power. German:der Wille zur Macht），權力的定義就是更多的權力（power is more power）。讀者是否能夠及早發現書中的浮士德？

現代資產階級無法破解死亡的謎語，對於全能上帝絕望，絕望的浮士德終於和魔鬼訂約，只要浮士德對某一瞬間發出邀請：「請停住！你是如此美好。」

為了換得對美好事物瞬間的凝視，我寧願承擔毀滅的報應。時鐘儘可停止、指針不妨殞落，我的壽命任它消亡。我若呆滯，便成奴隸。

浮士德與魔鬼共舞的墮落之旅，展現了另類真理：我們要踴身時間的激流、投身情節的變奏、委身痛苦的快樂、痴迷的憎恨、痛快的頹廢、酒狂的糜爛。上帝自在永恆的光明裡，卻陷我們於罪咎的黑暗之中。

文化的先知正如魔鬼的戲言：理論都是灰色的荒原。為了生命的金樹常青，你們將像上帝一樣，能知善惡。你有一天也將因為成為上帝而恐懼。

《野性思維》

奈斯博向模範讀者揭露哈利在本書中運用的方法論。哈利．霍勒說他的方法論，基於一種演繹法，在語言逐步建構思想之前，於瞬間的凝視，洞觀全局。

李維－史陀（Claude Lévi-Strauss）說科學的方法，以個別具體的事證，透過歸納法逐步建築其客觀認知的結構。一般警察辦案的方式，就是盡量蒐集跡證（traceevidences），然後拼湊出事件的真相。最後建構成為真相的梗概結構。科學的思維遵循一種轉喻（la métonymie）的指令運作。

神話邏輯，先運用一個完型結構，由此生產出蘊涵豐富細節的絕對性認知對象。神話邏輯的野生思維，遵循一種隱喻（la métaphore）的指令運作。所以哈利說他運用一種演繹法。

【本文作者】

北川若瑟：哲學家詩人。FB 粉絲團「岐山易講堂」https://www.facebook.com/kidagawajoseph/

序

他凝視白茫茫的空無一片。

近三年來，他總是重複這相同的動作。

沒人看得見他，他也看不見任何人。只有在每次門打開、有夠多蒸氣從他眼前往外逸出時，他才能瞥見某個裸身男子，隨即門又關上，一切又給白霧吞沒。

浴場即將打烊，只剩他孤身一人。

他將身上的毛巾布浴袍裹緊了點，從木質長椅上起身出門，穿過空蕩無人的游泳池，走進更衣室。

他耳中沒聽見淋浴間的滴淌水聲，沒聽見口操土耳其語的交談聲，也沒聽見赤足踏過磁磚地面的踢躂聲。他望著鏡中的自己，伸出手指撫摸上次手術留下的疤痕。疤痕依然明顯。他花了點時間才適應自己這張新面孔。他的手指往下移動，經過喉嚨，掠過胸膛，在一幅刺青的起始處停住。

他打開置物櫃上的掛鎖，穿上褲子，將外套穿在依然潮濕的浴袍外，繫上鞋帶，先確認周遭確實無人，才朝一個置物櫃走去。那置物櫃上扣著一個掛鎖，掛鎖上以藍漆塗了一個圓點。他轉動掛鎖的撥輪圈，直到數字顯示０９９９，才把鎖取下，打開櫃門。他花了點時間，欣賞櫃中躺著的那把碩大美麗的左輪手槍，接著握住槍柄，把槍放進外套口袋，然後拿起信封，打了開來。信封內有一把鑰匙、一個地址，還有一些詳細資料。

置物櫃裡還有另外一樣東西。

那東西以黑漆塗覆，以鐵製成。

他一手高高拿起那樣東西，對著光線讚嘆精巧細緻的鐵匠作工。

那東西還得清潔刷洗一番才行，但只要想到可以使用它，他就覺得興奮不已。三年了，他在白茫空無中度過了三年之久的虛無時日。如今時候到了，他終於可以飲用生命之井的水。

回歸的時候到了。

哈利從睡夢中驚醒，凝視著光線黯淡的臥室。又是他，他回來了，他來到了這裡。

「親愛的，又做惡夢了？」他身旁傳來溫暖又撫慰人心的低語聲。

哈利朝她望去，只見她的褐色眼眸注視著自己，惡夢中的幽靈隨即消散無蹤。

「我在這裡。」蘿凱說。

「我也在這裡。」哈利說。

「這次是夢到誰？」

「沒夢到誰，」他沒說實話，輕撫她的面頰。「繼續睡吧。」

哈利閉上雙眼，等到確定蘿凱已閉上眼睛，才又把眼睛睜開，凝視她的臉龐。這次哈利是在樹林裡見到他，那是一片荒地，四周繚繞著白茫茫的霧氣。那人揚起了手，朝哈利指來。哈利依稀見到那人袒露胸部，露出惡魔般的刺青臉孔。霧氣越來越濃，那人消失不見了。再度消失不見。

「我也在這裡。」哈利．霍勒輕聲說。

第一部

1 星期三入夜時分

妒火酒吧裡沒幾個客人，即便如此，空氣仍令人窒息。

穆罕默德．卡拉克看著站在吧檯前的一男一女，在他們的杯子裡倒入葡萄酒。店裡只有四名客人。第三名客人是個男子，獨自坐在桌前啜飲啤酒。第四名客人只從雅座裡露出一雙牛仔靴，手機螢幕的光線偶爾在黑暗中亮起。這是九月的晚上七點半，基努拉卡區高級酒吧區的酒吧裡只有四個客人，這只能以「慘」字來形容，再這樣下去怎麼得了？有時穆罕默德會捫心自問，為何要辭去市區時髦飯店的吧臺經理一職，獨自出來闖天下，頂下這家只有一票劣質客群的衰敗酒館？可能是因為他以為只要抬高價格，就能淘汰原本的客人，換來大家夢寐以求的優質客群，也就是住在附近、生活優渥、無憂無慮的年輕族群；可能是因為他跟女友分手後，需要有個能讓自己做到死的事業；可能是因為銀行拒絕他的申請之後，放高利貸的丹尼爾．班克斯看起來比較順眼；也可能是因為在妒火酒吧裡，他可以自己挑選音樂播放，不像那該死的飯店經理耳中只聽得見一種聲音：收銀機發出的鏗鏘聲。甩掉舊客群很簡單，後來他們都轉移陣地到了三條街外的廉價酒館，然而吸引新客群卻困難得多。也許他該考量整體的經營概念才行。也許只放上一台播放土耳其足球賽事的大螢幕電視，並不足以讓人認同這是一家「運動酒吧」。也許他該更換音樂，換上比較可靠的流行經典，比如說為男性客人播放U2和布魯斯．史普林斯汀，為女性客人播放酷玩樂團。

「我用Tinder約見面的次數不是很多，」蓋爾說，將手中那杯白葡萄酒放回到吧檯上。「但我知道外頭怪人很多。」

「是嗎？」女子說，捂著嘴打了個哈欠。她留著一頭金色短髮，身材苗條。穆罕默德心想，這女子大約三十五歲，舉止匆忙顯得有點焦慮，眼神疲憊，工作太賣力，並且希望藉由上健身房來換取她從未有過的優勢。穆罕默德看著蓋爾用三根手指捏住杯腳，拿起酒杯，跟女子拿酒杯的姿勢一模一樣。蓋爾用交友軟體 Tinder 約見過無數女子，每次都跟女伴點相同的飲料，無論是威士忌還是綠茶，急於表示他們連喝東西的口味都很契合。

蓋爾輕咳一聲。女子走進酒館已經過了六分鐘，穆罕默德知道蓋爾即將採取行動。

「伊莉絲，妳本人比妳的檔案照片還要漂亮。」蓋爾說。

「你已經說過了，但還是謝謝你。」

穆罕默德擦拭酒杯，假裝沒聽見。

「告訴我，伊莉絲，妳人生中想要的是什麼？」

她露出聽天由命的微笑。「一個不會以貌取人的男人。」

「這我非常同意，伊莉絲，內在才是最重要的。」

「剛剛那是玩笑話。我的檔案照片比我本人好看，還有，老實說，你也是，蓋爾。」

「哈哈，」蓋爾笑了笑，望著手中的葡萄酒杯，看起來有點洩氣。「我想大部分的人都會挑選比本人好看的照片放上去。所以說，妳想找男人，想找什麼樣的男人呢？」

「一個願意跟三個小孩一起待在家裡的男人。」她看了看時間。

「哈哈。」汗水不僅從蓋爾的額頭上泌出，還從他剃光頭髮的頭顱上滲出。再過不久，他身上那件黑色窄版修身襯衫的腋下也會冒出兩圈汗漬。他選這件襯衫其實有點怪，因為他的身材一點也不窄，更無法得到修身效果。蓋爾把玩手中酒杯。「妳的幽默感真是太合我胃口了，伊莉絲，目前對我來說家裡只要養一隻狗就夠了。妳喜歡動物嗎？」

穆罕默德心想，**天啊**，他怎麼還不放棄？

「如果我遇見對的人，我的這裡……和這裡會感覺得到。」蓋爾咧嘴一笑，壓低聲音，朝自己的胯間指了指。「不過妳可能得自己去發現我說得對不對，妳說呢，伊莉絲？」

穆罕默德抖了一下。看來蓋爾是豁出去了，而他的自尊心將再度受到打擊。

伊莉絲把酒杯推到一旁，稍微向前傾身，穆罕默德得拉長耳朵才聽得見她說什麼。「蓋爾，你能答應我一件事嗎？」

「當然可以。」蓋爾的聲音和眼神都跟小狗一樣熱切。

「待會我離開以後，你可以不要再跟我聯絡嗎？」

穆罕默德不得不佩服蓋爾竟然還擠得出一抹微笑。「當然可以。」

伊莉絲抽回身子。「蓋爾，你看起來不像跟蹤狂啦，只不過我以前有過一些不好的經驗，有個傢伙會跟蹤我，還威脅到我身邊的人。希望你能了解我只是比較謹慎而已。」

「我了解。」蓋爾拿起酒杯，喝完最後一口酒。「我剛剛說過了，外頭有很多怪人，但妳放心，妳很安全，就數據上來說，男性遭到謀殺的機率是女性的四倍。」

「謝謝你的葡萄酒，蓋爾。」

「如果我們三人之中……」

穆罕默德在蓋爾伸手指向他時趕緊望向別處。

「……今天晚上有人會被謀殺，是妳的機率可能是八分之一。不對，等一等，要除的話……」

伊莉絲站起身來。「希望你能正確計算出來，祝你有個美好人生。」

伊莉絲離開後，蓋爾望著她的酒杯呆呆出神了好一會，還跟著〈修補你的心〉（*Fix You*）這首歌的節拍搖頭晃腦，彷彿要讓穆罕默德和其他目睹剛才那一幕的人知道，這件事已經被他拋在一旁，伊莉絲不過是一首三分鐘的流行歌曲，讓人聽過即忘。接著蓋爾起身離去。穆罕默德朝店內望了一圈，那雙牛仔靴和那個獨自啜飲啤酒的男子也都走了，店裡只剩他一人，而且氧氣全都回來了。他用手機切換歌單，切換到**他自己**的歌單，播放壞公司樂團（Bad Company）的歌曲。這個樂團裡有自由樂團、高個子莫特樂團和深紅之王樂團的前任成員，絕對不可能壞到哪裡去，而且主唱是保羅・羅傑斯（Paul Rodgers），絕對不可能失敗。穆罕默德調高音量，直到吧檯後方的酒杯開始互相碰撞，咯咯作響。

伊莉絲沿著杜福美荷街行走，經過兩旁的四層樓住宅。這一帶曾是貧窮城市裡的貧窮地段，住著藍領階級的工人，但如今一平方公尺開價卻毫不遜於倫敦和斯德哥爾摩。奧斯陸的九月，夜晚終於再度變得漆黑，既亮且長的惱人夏日夜晚已然遠去，夏天那些歇斯底里又愚蠢瘋狂的自我表現也隨之遠離。九月的奧斯陸終於回復真實的自己：憂鬱、冷淡、高效率。奧斯陸露出精實的一面，但其中也隱藏著一些陰暗角落和祕密。顯然跟她頗為相似。她加快腳步。天空飄起了毛毛細雨，過去她的一個約會對象曾為了表現詩意，說天上下毛毛雨是上帝在打噴嚏。伊莉絲打算刪了交友軟體 Tinder，明天就刪，夠了就是夠了。她受夠了那些好色男人，每次跟他們在酒吧碰面，他們打量她的眼神都讓她覺得自己像妓女。她受夠了那些不正常的神經病和跟蹤狂，他們像泥淖一樣吸走她的時間、精力和安全感。她也受夠了那些可悲的窩囊廢，讓她覺得自己跟他們是同一種人。

人家說網路約會是認識人的新潮方式，大家都在玩，所以再也不用覺得丟臉。但這話所言不實。大家會在工作上、教室裡、健身房中、咖啡廳內、飛機上、公車上、火車上邂逅，或經由朋友介紹而認識。這些都是很正常的交友管道，彼此在這些情境下認識會覺得很輕鬆，沒有壓力，事後還可以有一些純真的浪漫幻想，覺得是奇特的命運為彼此牽線。她想**擁有**這些幻想。伊莉絲決定刪掉自己在 Tinder 上的檔案。她以前也動過這個念頭，但這次是真的下定決心，決定今晚就刪。

她穿越蘇菲恩堡街，拿出鑰匙，打開雜貨店旁的一扇門，把門推開，踏進黑漆漆的拱道，才踏出一步就立刻止住腳步。

對方有兩個人。

片刻之後，她的眼睛才適應周遭的陰暗環境，看見對方手中握著的是什麼。兩名男子都已脫下褲子，掏出了生殖器。

她猛然後退一步，並未回頭，暗自盼望背後沒有站著第三個人。

「幹，抱歉。」一個年輕的聲音說，一邊咒罵一邊道歉。伊莉絲心想，他們大概十九、二十歲吧，喝得醉醺醺的。

「喂，」另一名少年說：「你尿到我鞋子上了啦！」

「我被嚇到了嘛！」

伊莉絲把外套裹緊了些，從兩名少年背後走過，他們再度轉身面對牆壁。「這裡又不是公共廁所。」她說。

「抱歉，我們尿急啦，下次不會了。」

蓋爾快步穿過史列普葛雷街。他得再努力想想才行，兩個男人加上一個女人，不可能讓女人有八分之一的機率遭到謀殺，其中的計算應該更複雜才對。**一切**都應該更加複雜才對。

他剛穿越羅姆斯達街就突然轉頭，只見五十公尺後方有個男子正在行走。他不是很確定，卻又覺得男子就是先前他離開妒火酒吧時站在對街觀賞櫥窗的人。蓋爾加快腳步，朝東走去，往達倫加運動場和巧克力工廠的方向前進。街道上四下無人，只有一輛公車似乎提早到站了，正在公車站等候。蓋爾朝後方望了一眼。男子仍在那裡，仍和他保持相同距離。蓋爾向來都很害怕深膚色的人，但他無法看清男子的長相。他們繼續往前走，逐漸離開中產階級的白人住宅區，朝較多社會住宅和移民人士的地區前進。蓋爾看見了一百公尺外他家公寓的大門，但一回頭，竟看見男子跑了起來。一想到有個來自非洲摩加迪休的變態索馬利亞人緊追在後，蓋爾不由自主也跟著跑了起來。他已有多年沒有跑步，每奔出一步，腳跟接觸柏油路面，衝擊波就傳到腦部，令他視線搖晃。他奔到大門前，順利把鑰匙插進門鎖，閃身入內，隨即將厚重木門關上。他倚著潮濕木門，朝門上的玻璃小窗望出去，卻見街上空無一人。也許那人根本不是什麼索馬利亞人。

蓋爾不由得大笑起來。只因為剛才聊到謀殺就把自己搞得這麼神經兮兮，真是太扯了。還有剛才那個伊莉絲是怎麼形容跟蹤狂的？

蓋爾打開自家大門時依舊氣喘吁吁。他從冰箱裡拿出一瓶啤酒，發現面向街道那側的廚房窗戶開著，便將窗戶關上，走進書房，打開了燈。

他在面前的電腦上按下一個鍵，二十吋電腦螢幕立刻亮了起來。

他在搜尋欄位裡鍵入色情網站的名稱「Pornhub」，然後又鍵入「法國」，接著查看圖示，找到一個至少髮型和髮色跟伊莉絲相似的女人。公寓牆壁甚薄，因此他將耳機插入電腦，在那圖示上點了兩下，解開腰帶，把褲子推到大腿。影片中的女人跟伊莉絲一點也不像，蓋爾索性閉上眼睛，只聆聽影片中的呻吟聲，想像伊莉絲的緊緻小嘴、輕蔑眼神、樸素卻又性感的上衣。除了這個方式以外，他不可能擁有她，絕對不可能。

蓋爾猛然停下，張開雙眼，放開生殖器，只因背後一股冷風吹來，吹得他後頸汗毛直豎。他知道這股冷風是從房門口吹來的，也曉得自己確實把門關好了。他抬起手來，想摘下耳機，卻知道已然太遲。

伊莉絲扣上大門的安全門鏈，在玄關脫下鞋子，伸手撫摸插在鏡子旁邊的一張照片。那是她和姪女英格薇的合照。她也不懂自己為什麼有這習慣，只知道這習慣滿足了自己內心深處的人性需求，就像那些講述人死後的故事一樣。她走進客廳，在舒適兩房小公寓的沙發上躺了下來。至少這房子是屬於她的。她查看手機。有一則公事上的簡訊，明早的會議取消了。她沒跟今晚碰面的男子說她是律師，專辦強暴案件，還有他提到說男性比較容易遭到謀殺的數據其實只對了一半。在和性犯罪有關的命案當中，被害人是女性的機率是男性的四倍。這就是為什麼她買下這戶公寓後，第一件事就是把門鎖換掉，再加裝安全門鏈。挪威很少有人會這麼做，此外她每次操作安全門鏈都有點笨手笨腳。她打開交友軟體 Tinder，看見她和三名男子配對成功，這三名男子是今晚稍早她曾將對方的圖片拖曳至右側以表示喜歡的。Tinder 就是這點很棒，不用真正跟這些男人碰面，卻知道他們就在外頭某處，而且對自己有意思。她是不是該縱容自己最後一次透過訊息調情，最後一次跟倒數兩名陌生男子來個虛擬3P，然後才註銷自己的帳號，永遠刪除這個應用程式？

不行，要立刻刪除才行。

她進入選單，選取相關選項，系統問她是否**真的**要刪除她的帳號？

伊莉絲看著自己的食指，只見食指微微顫抖。天啊，難道她上癮了不成？難道她對一種想法上癮，認為世界上有個男人雖然不認識她也不知道她是個怎麼樣的人，卻依然想要她，還能夠接受真正的她？好吧，至少是想要檔案照片裡的那個她。她究竟是嚴重上癮，還是只有輕微上癮？也許她只要把Tinder刪掉，過過看一個月沒有Tinder的日子就知道了。一個月，假如她連一個月都撐不過去，那問題可就大了。顫抖的食指緩緩朝刪除鍵靠近。就算她**真的**上癮好了，那到底會有多糟？我們都需要覺得某人屬於自己，自己也屬於某人。她曾讀到嬰兒如果得不到最基本的肌膚接觸，就可能會死。她懷疑這種說法的真實性，但話又說回來，孑然一身地活下去究竟有什麼意義？只是重複做著吞噬她生命的工作，以及出於義務而跟朋友來往而已。老實說，她之所以跟朋友來往，只是因為她對孤獨的恐懼，大過對聆聽朋友叨唸丈夫孩子或叨唸缺少丈夫孩子的厭煩。搞不好現在她的真命天子就在Tinder上？所以，好吧，再給自己最後一次機會吧。畫面跳出第一張照片，她拖曳到左方丟棄，代表「我不要你」。第二張照片也被拖到了左方。畫面出現第三張照片。

她心下猶疑。她聽過一堂課，講師是個曾近距離接觸過挪威重刑犯的心理師，他說男人會為了性、金錢和權力而殺人，而女人會為了嫉妒和恐懼而殺人。

伊莉絲的手指不再往左滑。第三張照片雖然陰暗且有點失焦，但裡頭那張瘦長臉孔看起來有點眼熟。這種事以前也發生過，因為Tinder會把位置相近的人拉在一起配對。根據系統顯示，這男子距離她不到一公里，說不定跟她就在同一條街上。男子選擇放上一張模糊照片表示他沒仔細看過Tinder的線上交友說明，但這反而是加分。照片下方的自我介紹只有一個非常基本的「嗨」字，顯然一點也不想突顯自己。雖然這種做法激不起什麼想像力，但卻展現出一定程度的自信。是的，如果在派對裡有個男人走上前來只是跟她說聲「嗨」，眼神冷靜而鎮定，彷彿在說：「我們要不要進一步交往？」她一定會覺得很開心。手指往右滑，表示「我對你感到好奇」。

她的 iPhone 發出欣喜的提示聲，告訴她又配對成功了。

蓋爾透過鼻子用力呼吸。

他拉上褲子，慢慢轉動椅子。

房裡只剩電腦螢幕的光線，照亮他背後那人的軀體和雙手。他看不見對方的臉，只看見一雙蒼白的手握著某樣東西朝他走來。那是一條黑色皮帶，一端結成一個套環。

那人又踏上一步，蓋爾本能地往後退。

「我覺得世界上只有一種動物比你還要噁心，你知道是什麼動物嗎？」那人在陰暗中低聲說，拉了拉那條皮帶。

蓋爾吞了口口水。

「是狗，」那人說：「就是該死的狗，就是**你**發誓會盡力照顧的那隻狗，結果牠卻在廚房地上拉屎，只因為有人懶得帶牠出去散步。」

蓋爾咳了一聲。「卡莉，拜託妳……」

「帶牠出去散步，上床的時候別碰我。」

蓋爾接過牽繩。卡莉轉身離開，砰的一聲把門重重關上。

房裡只剩他一人坐在陰暗之中，眼睛眨呀眨的。

他算出來了，是「九」。兩個男人，一個女人，和一起命案，女人成為受害者的機率是九分之一，不是八分之一。

穆罕默德駕駛他那輛舊BMW離開市中心，朝謝索斯區駛去，那一區有別墅、峽谷景致和清新空氣。他駕車開上他家那條正在沉睡的靜謐街道，卻發現有輛黑色奧迪R8停在他家車庫前。他放慢車速，腦中閃過一個念頭，乾脆加速撞上去算了。他知道這麼做不過是在拖延時間，但話又說回來，他需要的正是拖延時間。然而就算這麼做，班克斯還是會找上門來，也許現在正是做個了結的時候。四下裡闃黑無聲，沒有目擊者。穆罕默德在人行道旁把車停下，打開置物箱，看著這幾天他為了應付眼前這種狀況而放在裡頭的東西。他將那東西放進夾克口袋，深呼吸一口氣，開門下車，朝家裡走去。

那輛奧迪的車門打開，下車的是丹尼爾·班克斯。穆罕默德頭一次在印度珍珠餐廳和他碰面時，就知道這個巴基斯坦人的名字和他的英國姓氏可能都是假造的，就跟他們簽訂的那紙曖昧契約上的簽名一樣是假的，但班克斯推過桌面的那箱現金卻如假包換。

車庫前方的碎石路在穆罕默德腳下嘎吱作響。

「這房子不錯啊，」班克斯說，靠在那輛R8上，雙臂交疊。「你的銀行不是準備拿它當擔保品嗎？」

「這是租來的，」穆罕默德說：「而且我只租地下室。」

「這對我來說可是壞消息，」班克斯說。他比穆罕默德矮得多，但當他站直身子，雙臂交疊，鼓起時髦夾克底下的二頭肌時，並不會讓人覺得他比較矮。「反正就算一把火把房子燒了對我們也沒幫助，你也沒有保險金可以拿來還債對不對？」

「對，我想是沒有。」

「這對你來說也是壞消息，因為這表示我得使出更讓人痛苦的手段才行，你想知道是什麼手段嗎？」

「你想先知道我是否有辦法還錢嗎？」

班克斯搖了搖頭，從口袋裡拿了一樣東西出來。「分期款項應該在三天前繳清，我告訴過你準時的重要性。不只是你，我**所有的**客戶都知道這種事是不容許的，我可不能破例。」他揚起了手，車庫外的燈光照亮他手上拿著的東西。穆罕默德倒抽一口涼氣。

「我知道這不是很有創意，」班克斯說，側過了頭，望著自己手中那把鉗子。「但它效果很好。」

「可是……」

「你自己選哪根手指吧，大部分的人會選左手小指。」

「喔？」

穆罕默德覺得怒氣上衝，同時感到空氣注入肺臟時胸腔的擴張。「我有個更好的提案，班克斯。」

「我知道這不是很有創意，」穆罕默德說，右手伸進夾克口袋拿出那樣東西，雙手抓著，朝向班克斯。「但它效果很好。」

班克斯驚訝地看著他，緩緩點了點頭。

「你說得沒錯，」班克斯說，接過穆罕默德遞來的一疊鈔票，拉開橡皮筋。

「這樣一來連本帶利都有了，」穆罕默德說：「你可以點點看。」

叮。

Tinder 配對成功。

當某人將你的照片滑向右側，而你也已將對方的照片滑向右側，手機就會發出這欣喜的提示聲。

伊莉絲覺得頭暈目眩、心跳加速。

她知道這是 Tinder 配對成功所帶來的熟悉反應，心臟因為亢奮而加速跳動，腦中釋放出大量會讓人上癮的快樂化合物。但她心跳加速卻不是為了這個原因，而是因為剛才那聲「叮」不是從**她的**手機發出來的。此外，那聲「叮」正好就在她把照片往右滑的同時響起。根據 Tinder 顯示，那人距離她不到一公里遠。

她看著緊閉的臥室房門，吞了口口水。

那聲「叮」一定來自附近公寓，這附近住著許多單身人士，也就是大量的 Tinder 潛在使用者。四下歸於寂靜，就連今晚稍早她出門時樓下正在狂歡的年輕女生也安靜無聲。只有一個方法能驅逐想像中的怪物，那就是親自去查看。

伊莉絲從沙發上爬起來，跨出四步，來到臥室門口，暗自躊躇，腦中浮現許多她經手過的攻擊案件。

她打起精神，打開房門。

接著，她發現自己站在房門口喘不過氣來，只因空氣全都憑空消失了，她連一絲也吸不到。

床鋪上方的燈亮著，首先映入她眼簾的是從床腳伸出來的一雙牛仔靴，接著是牛仔褲和一雙交疊的長腿。躺在床上的男子就跟照片上一樣，一半隱身在陰暗中，另一半失焦。但他的襯衫扣子打開，露出赤裸胸膛，胸膛上有個臉孔的彩繪或刺青。那張臉孔牢牢吸引住伊莉絲的目光。那張臉正在發出無聲尖叫，彷彿被緊緊束縛住，亟欲掙脫。伊莉絲也無法發出尖叫。

床上那人坐了起來，手機螢幕的亮光掠過他的臉龐。

「我們又見面了，伊莉絲。」那人低聲說道。

她一聽見男子的聲音便恍然大悟，難怪那張照片看起來很眼熟。但男子的髮色有所不同，臉部也顯然經過整容，縫線留下的疤痕依然清楚可見。

男子抬起手，把一樣東西放入口中。

伊莉絲注視著男子，慢慢後退，接著轉過身子，把空氣吸進肺部。她知道自己必須利用這口氣來逃跑，而不是尖叫。大門只有五步之遙，最多六步。她聽見床鋪發出咯吱一聲，但對方起步較慢，只要她能跑進樓梯間，就能放聲呼救。她跑進玄關，來到大門前，握住門把往下壓再往前推，門卻無法順利打開。

是安全門鏈的關係。她把門稍微拉上，抓住安全門鏈，但已花費太多時間。這簡直是一場惡夢。她知道來不及了，感覺有個東西按上自己的嘴巴，整個人被用力往後拽。情急之下，她把手伸出安全門鏈旁的開口，抓住門板外側，試圖尖叫，但那隻散發尼古丁臭味的大手緊緊按住的嘴巴。她被猛然一拉，大門在她眼前闔上。那人在她耳邊輕聲說：「妳喜歡我嗎？妳看起來也沒有檔案照片上好看呀，寶貝。我們只是需要多了解了解彼此而已，上……上次我們沒有機會這樣做。」

這個聲音，還有因孤獨而造成的口吃。她聽過這種說話腔調。她不斷踢腿，試圖掙脫，但對方牢牢架住她。男子把她拖到玄關鏡子前，頭靠在她肩膀上。

「我被判有罪不是妳的錯，伊莉絲，因為不利於我的證據實在太多了。我來這裡不是為了這個原因。如果我說這只是巧合，妳會相信嗎？」男子咧嘴一笑。伊莉絲望入他口中，只見他的牙齒看起來像是鐵做的，漆黑且生鏽，上下皆有尖銳利齒，宛如一具捕熊器。

他一開口，那口鐵牙齒就發出細微的咯吱聲，難道裡面裝有彈簧？

這時她猛然想起那起案件的細節和案發現場的照片，立刻明白自己命在旦夕。

接著他一口咬了下去。

伊莉絲．賀曼森奮力在捂住自己嘴巴的那隻大手裡尖叫，同時目睹自己的鮮血從脖子噴了出來。

男子抬起頭，看著鏡子。只見她的鮮血從他的眉梢和頭髮流下，緩緩流到下巴。

「我想這應該可以叫配……配對成功吧，寶貝。」他柔聲說，再度張口咬下。

伊莉絲覺得一陣暈眩。男子不再用力架住她，因為已經沒有必要，因為一股癱瘓的涼意和一種異樣的黑暗已慢慢籠罩她、入侵她。她掙脫一隻手，朝鏡子旁的照片伸去，想再摸摸那張照片，但指尖無論如何都碰不到。

2

星期四上午

刺眼的午後陽光射入客廳窗戶，照亮玄關。

卡翠娜．布萊特警監站在鏡子前不發一語，陷入沉思，眼睛望著插在鏡框上的照片。照片中是一個女子和一個小女孩互相擁抱坐在岩石上，兩人頭髮都濕漉漉的，身上裹著大毛巾，彷彿剛游泳完，踏入沁涼的挪威夏日，抱在一起互相取暖。但如今卻有個東西將兩人分隔開來。鏡子上有一條深色血痕往下延伸，穿過照片，正好劃開兩人的微笑臉龐。卡翠娜沒有小孩，她以前會想要小孩，現在已經不想。現在她是煥然一新的單身女強人，對於這個新身分她感到很高興，難道不是嗎？

她聽見一聲低咳，抬起頭來，和一人四目相接。那人臉上有疤痕，額頭突出，髮際線甚高。那人是楚斯．班森。

「怎麼了，警佐？」卡翠娜問道，同時看見楚斯的臉沉了下來，只因她刻意叫他「警佐」，讓他想起自己在警界服務了十五年卻還只是個小警佐，而且基於許多原因，他絕對不可能申請成為犯罪特警隊的警探，這可多虧他的童年好友、也就是警察署長米凱．貝爾曼把他調過來。

楚斯聳了聳肩。「沒什麼，妳才是案子的負責人。」他冷冷的看著卡翠娜，狗一般的眼神中同時帶著服從與敵意。

「你去跟鄰居打聽，」卡翠娜說：「從樓下開始，特別留意昨天白天和晚上有沒有人聽見或看見什麼。伊莉絲．賀曼森一個人住在這裡，所以我們也要知道她平時都跟什麼樣的男人來往。」

「所以妳認為凶手是男人，而且他們已經彼此認識？」這時卡翠娜才看見楚斯旁邊站著一個年輕人，那人神情大方，一頭金髮，五官英俊。「我叫安德斯．韋勒，今天是我第一次出勤。」他話聲高亢，臉上掛著微笑。卡翠娜一望即知他對用魅力征服別人自信滿滿。過去他在特浪索市警局的上司所寫來的推薦函，儼然是一封愛的聲明。但持平而論，他的資歷確實證明推薦函中所言不虛。兩年前他從警大學院以優異成績畢業，在特浪索市警局擔任警探期間也績效良好。

「去打聽吧，班森。」卡翠娜說。

她看見楚斯拖著腳步離去，認為那應該是他對於服從年輕女長官的命令表達消極的抗議。

「歡迎加入，」卡翠娜說，朝韋勒伸出了手。「抱歉我們沒在你第一天上任的時候跟你打招呼。」

「死者較生者大。」這名年輕人說。卡翠娜聽出這是哈利．霍勒的名言之一，同時看見韋勒只是看著自己伸出的手，立刻發現自己手上仍戴著乳膠手套。

「我還沒碰過什麼噁心的東西。」她說。

他微微一笑，露出雪白牙齒。加十分。

「我對乳膠過敏。」他說。

扣二十分。

「跟你說，韋勒，」卡翠娜說，手仍然向前伸著。「這種手套沒沾粉，而且過敏原和內毒素都低。既然你要加入犯罪特警隊，戴這種手套的機會就很多，不過我們也可以隨時把你轉調到金融犯罪組或……」

「最好不要。」他笑道，握了握卡翠娜的手。她感覺到一股暖意穿透乳膠手套。

「我叫卡翠娜．布萊特，是這起命案的專案小組召集人。」

「我認得妳，妳曾經是哈利．霍勒團隊的一員。」

「哈利．霍勒團隊？」

「那個鍋爐間。」

卡翠娜點了點頭。她從未想過他們是「哈利．霍勒團隊」，他們不過是三個警探臨時組成的一夥人，合力緝捕殺警凶手……但這名稱也挺恰當的。如今哈利已離職，在警大學院擔任講師，畢爾・侯勒姆在布林區的克里波刑事調查部擔任鑑識員，而她則當上了犯罪特警隊的警監。

韋勒的雙眼閃閃發亮，嘴角依然帶著微笑。「可惜哈利・霍勒已經不是……」

「可惜我們現在沒時間聊天，韋勒，我們得偵破這起命案才行。你跟班森去吧，多聽多學。」

他歪嘴一笑。「妳是說班森**警佐**有很多東西可以教我？」

卡翠娜揚起雙眉。這小子年輕、自信、天不怕地不怕，這些都是很好的特質，但她只希望他不是另一個想成為哈利・霍勒的人。

楚斯・班森用拇指按下門鈴，聽見門內傳出鈴聲，並提醒自己不要再咬指甲了，然後放開門鈴。

之前他去找米凱，請米凱把他調到犯罪特警隊時，米凱問他原因，他據實以告：他想在食物鏈裡爬得高一點，卻又不想花太多力氣。換作是其他警察署長，早就把他轟出去了，但米凱不行，他們倆知道太多彼此的骯髒事了。年輕時他們之間有著類似友情的關係，之後演變成一種共生關係，猶如鮣魚和鯊魚，如今他們的關係是建立在彼此的罪行和共同保密上，這也意味著當楚斯提出調職請求時一點也不需要假裝。

但現在楚斯開始懷疑自己的調職請求是否明智。犯罪特警隊的勤務分成兩大類：偵查和分析。他聽見隊長甘納・哈根說他可以自行選擇想做哪類勤務時，他就明白了沒人期待自己能擔當多少責任。這對楚斯來說倒是無所謂，但他必須承認，當卡翠娜・布萊特警監帶他熟悉單位，口中一直稱他為「警佐」，又特別詳細說明咖啡機該如何使用時，讓他心裡一陣刺痛。

門打了開來，三個少女站在門口，用嚇壞了的表情看著他，顯然她們已聽說樓上發生了什麼事。

「我是警察，」楚斯說，亮出證件。「我有一些問題想問，妳們有沒有聽見什麼聲音，在……」

「……可不可以請教幾個問題，請妳們提供協助？」一個聲音從楚斯背後傳來，是那個新來的傢伙韋勒。楚斯看見三個少女的驚恐表情迅速褪去，整個臉孔都亮了起來。

「當然可以，」開門的少女說：「你們知道是誰……是誰……做的嗎？」

「現在我們什麼都不能說。」楚斯說。

「但我們可以說的是，」韋勒說：「妳們沒有必要感到害怕。我想妳們應該都還是學生吧，是一起分租這間公寓嗎？」

「對。」三人齊聲回答，彷彿誰都想當第一個回答的人。

「我們可以進來嗎？」韋勒說，微微一笑。楚斯注意到他的笑容跟米凱一樣雪白。

三個少女引領他們走進客廳，其中兩人很快地收拾桌上的啤酒罐和玻璃杯，離開客廳。

「昨晚我們在這裡開了個小派對，」開門少女怯怯地說：「真是太糟糕了。」

楚斯不確定她的意思是說鄰居遇害很糟糕，還是命案發生時她們正在開派對很糟糕。

「昨晚十點到午夜之間，妳們有沒有聽見什麼聲音？」楚斯問道。

少女搖了搖頭。

「那伊爾絲……」

「伊莉絲。」韋勒出言糾正，一邊拿出筆記本和筆。楚斯突然想到自己也應該做筆記才對。

楚斯清了清喉嚨。「妳們這個鄰居有男朋友嗎？或是她經常跟什麼人在一起？」

「我不知道欸。」少女說。

「謝謝，那沒事了。」楚斯說，轉身要朝門口走去。這時另外兩個少女正好回到客廳。

「我們也想聽聽妳們怎麼說，」韋勒說：「妳們的朋友說她昨天什麼都沒聽到，也不知道伊莉絲．賀曼森平常或最近常跟誰來往，請問妳們有什麼要補充的嗎？」

兩個少女面面相覷，才又朝韋勒望來，同時搖了搖頭，頭上金髮隨之飄動。楚斯發現三個少女的注意力都放在年輕的警探身上，對此他並不在意，因為他受過很多「被忽視」的訓練，早已習慣胸口那一丁點痛楚，就像那次在曼格魯區的高中，烏拉終於正眼看他，卻只是問他是否知道米凱在哪裡。這是智慧型手機問世之前的事，當時楚斯還沒辦法傳簡訊給米凱。有一次楚斯乾脆回答烏拉說，想找米凱可能有點困難，因為他跟一個女性友人去露營了。露營之事雖是事實，但楚斯這樣回答只是想在烏拉眼中看見她也承受和自己同樣的痛苦。

「妳們最後一次碰見伊莉絲是什麼時候？」韋勒問說。

三個少女又面面相覷。「**我們**沒有碰見她，可是……」

其中一個少女突然咯咯笑了起來，卻立刻發現自己的舉止十分不恰當，便用手摀住嘴巴。開門少女清了清喉嚨。「安立奎今天早上打電話來，說他跟阿爾法昨天回家的時候在樓下的拱道停下來小便。」

「他們就是……很會耍白痴而已。」高個少女說。

「他們只是有點喝醉了啦。」第三名少女說，又咯咯笑了起來。

開門少女瞪了另外兩人一眼，意思是要她們正經一點。「反正呢，他們站在樓下的時候，剛好有個小姐經過，所以才打電話來跟我們道歉，怕他們的行為給我們難堪。」

「這樣做很體貼，」韋勒說：「那他們認為那位小姐是……？」

「他們**已經知道了**。他們在網路上讀到說有個『三十多歲的女子』遇害，又看見我們這棟公寓的照片，就用 google 去搜尋線上新聞的被害人照片。」

楚斯發出呼嚕一聲，他最痛恨記者了，媽的每一個都跟食腐動物沒兩樣。他走到窗前，低頭朝街上望去，便看見封鎖線外圍著一群記者，面前伸出一個個攝影器材長鏡頭，彷彿禿鷹的嘴喙，希望在屍體運出時捕捉到鏡頭。現場待命的救護車旁站著一個男子，頭上戴著織有綠、黃、紅三色條紋的牙買加毛線帽，正在和身穿白制服的同事說話，男子正是刑事鑑識單位的畢爾・侯勒姆。只見侯勒姆朝同事點了點頭，隨即又走進公寓，走路的姿勢有點弓身駝背，彷彿肚子痛似的。楚斯心想，這不會是跟最近的八卦有關吧？聽說這個有著死魚眼、月亮臉的土包子，最近被卡翠娜給甩了。很好，有人也可以嘗嘗被撕成碎片的痛苦。

韋勒的高亢嗓音在楚斯背後響起：「所以他們一個叫安立奎，一個叫……？」

「不是啦不是啦！」三個少女笑道：「一個叫亨力克，一個叫艾爾夫。」

楚斯和韋勒對視，朝門口點了點頭。

「很謝謝妳們，這樣就可以了。」韋勒說：「對了，還是跟妳們要一下電話。」

三個少女望著他，神情中混雜著驚懼和喜悅。

「我是說亨力克和艾爾夫的電話。」他歪嘴一笑，補充說道。

卡翠娜站在臥室裡，就站在一名蹲在床邊的女刑事鑑識員後方。伊莉絲平躺在被子上，但從上衣的血跡分布來看，鮮血噴出時她是站著的，有可能是站在玄關的鏡子前方，因為玄關地毯吸飽了血，甚至黏在底下的拼花地板上。玄關和臥室之間血跡甚少，顯示她的心跳可能是在玄關停止的。女鑑識員根據屍體溫度和屍僵程度，推斷死亡時間大約落在昨天晚上十一點到今天凌晨一點之間，死因可能是脖子側邊的頸動脈處、就在左肩上方的位置，遭到一個或多個利器刺穿，導致失血過多而死。

此外，死者的褲子和內褲被拉到腳踝。

「我採集了她指甲底下的樣本，也剪下了她的指甲，但從肉眼來看，我沒看見有皮屑殘留。」女鑑識員說。

「你們是什麼時候開始進行現場鑑識工作的？」卡翠娜問道。

「畢爾叫我們開始的時候，」女鑑識員答道：「他的口氣好客氣。」

「是喔。死者還有其他地方受傷嗎？」

「她左下臂的地方有擦傷，右手中指插了一小根木屑。」

「有沒有性侵的跡象？」

「生殖器官沒有明顯的暴力侵入痕跡，但是這裡……」女鑑識員拿起放大鏡對著屍體腹部，卡翠娜湊到放大鏡前，看見一條發亮的細線。「有可能是唾液，可能是她自己的，也可能是別人的，不過看起來更像是前列腺液或精液。」

「希望真是這樣。」卡翠娜說。

「希望她遭到性侵？」畢爾・侯勒姆走進臥室，站在卡翠娜背後。

「如果是這樣的話，所有證據都顯示性侵是發生在她死亡以後，」卡翠娜頭也不回地說：「所以那時她已經沒有知覺了。我是很希望能發現一點精液。」

「我只是開玩笑的啦。」侯勒姆用親切的托騰方言低聲說。

卡翠娜閉上眼睛。侯勒姆當然知道精液是這類命案的「終極破案神器」，他當然也只是在開玩笑，主要是為了緩和他們之間受創的尷尬情緒。自從三個月前她搬離他的住處，這種尷尬一直存在。她也想緩和這種氣氛，只是不知道該從何著手。

女鑑識員抬頭朝他們看去。「我這邊結束了。」她說，調整了一下頭上的穆斯林頭巾。

「救護車已經來了，我會請我們的人把屍體抬下去。」侯勒姆說：「薩拉，謝謝妳的幫忙。」

女鑑識員點點頭，快步離去，彷彿察覺到了現場的緊繃氣氛。

「怎麼樣？」卡翠娜說，逼自己朝侯勒姆看去，也逼自己忽視侯勒姆的嚴肅眼神，那眼神中的悲傷多過於哀求。

「其實沒有太多可以說的。」侯勒姆說，抓了抓從毛線帽底下竄出的茂盛紅色落腮鬍。

卡翠娜等待侯勒姆往下說，希望他們在談的仍是關於命案的事。

「她好像不太打掃家裡。我們在屋子裡找到很多人的頭髮，大部分都是男性的頭髮，而且那些頭髮看起來不太可能都是昨天晚上掉的。」

「她是個律師，」卡翠娜說：「又是個單身女子，工作壓力很大，所以可能不像你會把打掃放在優先順位。」

侯勒姆微微一笑，沒有回答。卡翠娜發現他經常帶給她的罪惡感正在胸口隱隱作痛。其實他們從未吵過關於打掃的事，侯勒姆的打掃動作總是很快，總是默默地去掃樓梯、把待洗衣物放進洗衣機、清洗浴缸、晒棉被，從不出聲指責或出言討論。對待其他事情他也是這個態度。他們同居的那一整年，兩人連爭執都不曾有過，他總是設法先行脫離可能導致爭執的狀況。每當她讓他感到失望，或只是懶得去管某些事，他總是在一旁小心呵護、奉獻犧牲、任勞任怨，像是個令人厭煩的機器人，把她捧得高高的膜拜，讓她覺得自己像是個腦袋空空的公主。

「你怎麼知道那些是男性的頭髮？」她嘆了口氣道。

「她這樣一個單身女子，工作壓力又很大……」侯勒姆說，並未看她。

卡翠娜交疊雙臂。「你想說什麼，畢爾？」

「什麼？」侯勒姆的蒼白臉頰微微泛紅，眼睛比平常還突出了些。

「你是說我是個隨便的人嗎？好吧，如果你真的想知道的話，我——」

「不是啦！」侯勒姆揚起雙手，彷彿要自我防衛。「我沒有那個意思，我只是開了一個爛玩笑而已啦。」

卡翠娜知道自己應該憐憫侯勒姆才對，她也確實有點這種心情，但又還不到會想上前給個擁抱的程度。這種憐憫之情其實比較像是嘲笑，而這種嘲笑讓她想要賞他一巴掌，羞辱他。這就是為什麼她會離開，因為她不想看到像侯勒姆這樣一個完美的老好人受到羞辱。卡翠娜深深吸了口氣。

「所以呢，是男人的？」

「那些頭髮大部分都是短髮，」侯勒姆說：「得等分析報告出來才能確定，不過那麼多 DNA 應該夠讓國家鑑識中心忙一陣子。」

「好吧，」卡翠娜說，轉頭望向屍體。「知道凶手是用什麼凶器刺死她嗎？或者應該說砍死她？因為有數個穿刺傷聚集在一起。」

「不是很容易看出來，但傷口呈現出一種排列模式，」侯勒姆說：「應該說兩種排列模式。」

「喔？」

侯勒姆走到屍體旁邊，指著伊莉絲的頸部，就在她那頭金色短髮下方的位置。「有沒有看見這些傷口形成兩個重疊的橢圓形，一個在這裡，一個在這裡？」

卡翠娜側過了頭。「聽你這麼一說……」

「這很像咬痕。」

「喔，幹！」卡翠娜脫口而出。「難道是動物幹的？」

「天知道。不過妳可以想像一下，上下排牙齒咬下去後，皮膚皺褶處被拉開又壓在一起，就會產生這種痕跡……」侯勒姆從口袋裡拿出一個半透明的紙袋，卡翠娜立刻認出那是今天他帶出門的午餐包裝紙。「看來它跟我這個托騰人的咬痕還挺像的呢。」

「但人類牙齒不可能在她脖子上造成這種傷口。」

「這我同意，但那個排列模式是屬於人類的牙齒。」

卡翠娜舔了舔嘴唇。「有些人會刻意去把牙齒磨尖。」

「如果是人類牙齒，就可以在傷口周圍找到唾液，但無論如何，如果凶手咬她的時候是站在玄關地毯上，那麼這個咬痕顯示凶手是站在她背後，而且凶手比她還高。」

「鑑識員沒在她指甲底下發現皮屑，這表示凶手應該是緊緊架住了她，」卡翠娜說：「所以凶手是個強壯男性，有著中等以上的身高，牙齒長得像掠食動物。」

兩人靜靜站著，眼望屍體。卡翠娜心想，他們就像畫廊裡的一對小情侶，正在思索該發表什麼高見才能讓對方崇拜。唯一不同的是，侯勒姆從不會想要做什麼事來讓別人崇拜，但是她會。

卡翠娜聽見走廊傳來腳步聲。「任何人都不准進來！」她喊道。

「只是要跟妳回報，現在只有兩戶人家有人，而且他們都沒看見或聽見什麼。」韋勒的高亢嗓音傳了進來。「但我剛才問過昨晚伊莉絲．賀曼森回家時碰見她的兩個小伙子，他們說她是一個人回來的。」

「那兩個小伙子是……？」

「他們都沒有前科，而且有計程車收據可以證明他們是在昨晚十一點半過後不久離開這裡的。那兩人說他們在樓下拱道小便的時候，她剛好走進來撞見他們。我要不要帶他們去局裡問話？」

「凶手應該不是他們，但還是帶回去問話吧。」

「好。」

韋勒的腳步漸去漸遠。

「她一個人回家，現場卻沒有強行入侵的跡象，」侯勒姆說：「妳想她會不會是自己讓凶手進來的？」

「除非她跟凶手很熟。」

「難道他們不認識？」

「伊莉絲是個律師，她很清楚事情的風險所在，而且大門上的安全門鏈看起來還很新，所以我認為她是個很小心的年輕女子。」卡翠娜在屍體旁蹲下，看著伊莉絲中指上插著的小木屑和下臂上的刮痕。

「她是律師喔，」侯勒姆說：「哪裡的律師？」

「何倫森與希里律師事務所的律師，報警的就是事務所的人，因為她今天沒出席聽證會，手機又沒人接，而律師遭人攻擊還挺常見的。」

「所以妳認為……？」

「沒有，就像我剛才說的，我不認為她會隨便讓人進來，但是……」卡翠娜蹙起眉頭。「你覺不覺得這根白色木屑看起來帶有一點粉紅色？」

侯勒姆彎下腰去。「的確是白色。」

「是帶有一點粉紅色的白色，」卡翠娜說，站起身來。「你跟我來。」

他們走進玄關，卡翠娜打開大門，指著有點裂開的門板外側。「帶有一點粉紅色的白色。」

「妳說了算。」侯勒姆說。

「難道你看不出來嗎？」她不可置信地說。

已。

「研究顯示女人比男人更能分辨得出色彩的細微變化。」

「那**這個**你總看得見吧？」卡翠娜問道，拿起掛在門板內側的安全門鏈。

侯勒姆靠得近了些，他的氣味讓卡翠娜心頭一驚。也許她只是因為這突如其來的靠近而感到不舒服而已。

「被刮下來的皮膚組織。」侯勒姆說。

「她的下臂也有刮傷，這樣你明白了吧？」

侯勒姆緩緩點頭。「她被安全門鏈刮到，這表示當時門鏈是扣上的，同時也意味著案發當時她並不是被凶手推進門內，而是掙扎著要逃出門外。」

「挪威很少有人在用安全門鏈，我們都仰賴門鎖，這是普遍的習慣。如果是她讓凶手進來，如果這個強壯男性是他熟識的人……」

「……她就不會在開門讓對方進來以後，還要匆匆忙忙扣上門鏈，因為她會覺得安全。所以說……」

「所以說，」卡翠娜接口道：「她回到家的時候，凶手已經在家裡了。」

「她卻毫不知情。」侯勒姆說。

「這就是為什麼她會把安全門鏈扣上，因為她認為危險是在**外面**。」卡翠娜心頭一顫。這就是所謂的「驚懼之喜」，當偵查命案的警探突然**看見**或**明白**案情，心中就會出現這種感覺。

「哈利看到現在的妳一定會很高興。」侯勒姆大笑說。

「什麼？」

「妳臉紅了。」

我真是糟糕透頂，卡翠娜心想。

3

星期四下午

記者會召開時，卡翠娜覺得自己心不在焉。他們在記者會上簡短說明被害人的身分、年齡、發現地點和時間，透露的消息僅此而已。命案發生後的第一場記者會通常都必須說得越少越好，並以現代的民主開放為藉口草草走個過場。

她旁邊坐的是犯罪特警隊隊長甘納．哈根。哈根唸出他們一起擬定的簡短講稿時，鎂光燈紛紛映照在他的地中海禿頭上，使得他頭頂閃閃發光。卡翠娜很高興負責發言的是哈根，倒不是因為她不喜歡成為注目焦點，而是因為這件事可以稍後再說。這是她頭一次主導命案的調查，先讓哈根負責跟媒體周旋感覺比較保險，她也可以藉此機會向資深長官學習說話技巧、肢體語言和語氣聲調，說話內容雖然只是不斷在打高空，卻又要讓社會大眾認為一切都在警方掌控之中。

她坐在原位，看著聚集在四樓假釋廳的三十幾名記者，他們就站在後方牆壁底下，牆上掛著一幅大型畫作，蓋滿整片牆壁，畫中有許多赤裸的人正在游泳，大部分是清瘦的年輕男孩。那幅畫描繪的是一個純真美麗的年代，不像現在資訊爆炸，一切都被顛倒扭曲。至於她自己也沒有好到哪裡去，她覺得那個畫家應該有戀童癖。

哈根正在回答記者問題，像誦經一樣不斷重複相同的答案：「目前以我們的立場來說無法回答這個問題。」像這樣一句簡單的回答可以換一種口氣，避免聽起來太過傲慢或輕浮，比如說：「現階段我們無法評論這個問題。」或是換個更親切一點的說法：「我們可能要稍後才能回答這個問題。」

卡翠娜聽見記者正在振筆疾書和敲打鍵盤，記下哈根的回答，但其實問題本身所包含的細節都還比較詳細：「屍體受損狀況嚴重嗎？」「有沒有性侵的跡象？」「目前有嫌犯了嗎？如果有的話，是不是跟她親近的人？」這類假設性的問題隱含太多的不堪暗示，其實只會得到「無可奉告」的回答而已。

卡翠娜看見假釋廳後方門口站著一個熟悉身影，那人一眼戴著黑眼罩，身上穿著警察署長制服。她知道他那身制服總是熨燙妥貼，掛在辦公室的櫃子裡。那人正是米凱・貝爾曼。他並未走進廳來，只是站在門口觀察。她注意到哈根也看見米凱了，在年輕許多的警察署長視線下，他還刻意把腰桿打直了些。

「記者會到此先告一段落。」公關室長說。

卡翠娜看見米凱對她示意，表示想跟她說幾句話。

「下次記者會什麼時候舉行？」《世界之路報》的犯罪線記者夢娜・多爾問道。

「我們會再……」

「等到我們掌握新事證的時候。」哈根打斷公關室長的話。

卡翠娜注意到哈根用的是**等到**，而不是**如果**。這類措辭的細微分別十分重要，因為這表示人民公僕正孜孜不倦地工作，正義之輪正在轉動，凶手遲早都會落網。

＊＊＊

「有什麼新發現嗎？」米凱問道，他和卡翠娜大步穿過警察總署的中庭。過去米凱那張有如少女般的俊美臉龐，在長睫毛、稍微過長的整齊頭髮、古銅膚色和獨特白色色斑的襯托下，給人一種矯揉造作的感覺，也可說是弱點。但如今他戴上眼罩，看起來頗戲劇化，卻正好出現相反效果。眼罩暗示著力量，意味著這個男人即使失去一隻眼睛也不會放棄。

「鑑識人員在咬痕裡發現一樣東西。」卡翠娜說，跟隨米凱穿過櫃檯前方的氣密門。

「唾液？」

「是鐵鏽。」

「鐵鏽？」

「對。」

「什麼東西的鐵鏽？」米凱按下面前的電梯按鈕。

「目前仍不清楚。」卡翠娜說，在米凱身後停下腳步。

「現在還不知道凶手是怎麼進入公寓的？」

「是的，大門門鎖幾乎不可能撬開，大門和窗戶也沒有強行入侵的跡象。雖然有可能是她自己讓凶手進門，但我們不這樣認為。」

「說不定凶手有鑰匙。」

「住宅協會採用的門鎖設計是讓同一把鑰匙可以打開公寓大門和住戶大門，而根據協會的鑰匙紀錄，只有一把鑰匙可以打開伊莉絲．賀曼森那戶公寓的大門，也就是她手上那一把。有兩個少年在她回家的時候正好碰見她，班森和韋勒找他們問過話，他們都很確定她是自己用鑰匙開門進去，而不是用大門對講機叫已經在她家的人幫她開門。」

「原來如此，但凶手不是可以自己去打鑰匙？」

「但這樣一來，凶手就必須先拿到原始的那把鑰匙，再去找一個鎖匠，而這個鎖匠必須有能力打出同款鑰匙，又要沒良心到不要求客人出示住宅協會的書面許可，所以這個可能性也不是很高。」

「了解。好吧，其實我想跟妳談的不是這件事……」兩人面前的電梯門打開，正要跨出電梯的兩名警察一看見警察署長立刻收起笑容。

「我想跟妳談的是楚斯的事，」米凱說，很有紳士風度地讓卡翠娜先進電梯。「我是說班森。」

「什麼事呢？」卡翠娜說，鼻子聞到一絲鬍後水的氣味。她一直以為現今男人都已揚棄濕式刮鬍法和刮完鬍子後再拍上鬍後水的動作。侯勒姆用的是電動刮鬍刀，而且懶得使用香氛鬍後水。至於她認識的其他男人，自從……呃，有幾次她寧願對方使用濃重香水來蓋過他們的自然體味。

「他適應得怎麼樣？」

「你是說班森？很好啊。」

兩人並肩而立，面對電梯門。在接下來的靜默中，卡翠娜的眼角餘光瞄到米凱歪嘴一笑。

「很好？」片刻之後米凱說。

「我交代的事他都會去執行。」

「我想妳交代的事應該都不會太吃力吧？」

卡翠娜聳了聳肩。「他沒有警探背景，卻被分派到全挪威除了克里波之外規模最大的犯罪調查單位，容我這樣說，這表示他沒有機會坐上駕駛座。」

米凱點點頭，揉了揉下巴。「我只是想知道他有沒有服從命令，以及有沒有……乖乖遵守規定。」

「據我所知他都有遵守規定，」電梯慢了下來。「不過你指的是什麼規定？」

「我只是希望妳稍微留意他一下而已，楚斯．班森過得有點辛苦。」

「你是指上次爆炸事件他受傷的事？」

「我是指他的人生，他有一點……這該怎麼說？」

「人生一團糟？」

米凱乾笑幾聲，朝打開的電梯門說：「妳的樓層到了，布萊特。」

米凱望著卡翠娜的婀娜背影穿過走廊，朝犯罪特警隊的辦公室走去，並在電梯門關上之前讓自己的想像力自由馳騁。接著他把注意力重新放在**那個問題**上。其實那應該不叫問題，而叫機會，儘管它是個進退兩難的處境。他接到來自首相辦公室不確定且十分不正式的探詢。據說內閣即將大搬風，而其中最受矚目的就是司法大臣一職的任命。對方前來探聽米凱是否願意接受司法大臣的提名，儘管目前這只是個假設性的問題而已。起初米凱覺得受寵若驚，後來仔細想想其實也不無道理。他擔任警察署長期間，不僅偵破國際知名的「警察殺手」一案，還在過程中失去一隻眼睛，因此成為國內外知名的英雄。一個年僅四十、口條清晰的警察署長，受過法律訓練，已替挪威首都偵破多起命案和毒品案，成功打擊犯罪，要讓他擔當更重大的責任現在豈不正是時候？而他的俊美臉蛋是否會對黨帶來負面影響呢？恐怕只會吸引不少女性向他們的黨靠攏而已。於是他用假設性的答案來回答這個假設性的問題，也就是他願意接受提名。

米凱在頂樓、也就是七樓步出電梯，經過一排歷任警察署長的照片。

然而在高層做出決定之前，米凱必須小心不讓自己的資歷蒙塵，比方說，楚斯可能幹出什麼蠢事而連累到他。他只要一想到報上如果登出斗大的頭版標題：**警察署長包庇墮落員警兼友人**，就忍不住打冷顫。那天楚斯走進他辦公室，雙腳一抬擱在他辦公桌上，單刀直入地說如果自己被開除，唯一能讓他稍感寬慰的，就是可以把跟他一樣幹盡髒事的警察署長一起拉下去當墊背。因此對於楚斯調任犯罪特警隊的要求，米凱很快就做出決定。此外，剛才卡翠娜已確認不會給楚斯扛太多責任，所以他最近應該沒什麼機會捅漏子，這讓米凱覺得安心了些。

蕾娜一看見米凱走進外間辦公室就說：「你的漂亮老婆坐在那邊等你。」四年前米凱擔任警察署長時，蕾納就已經六十來歲了，當時她對米凱說的第一件事是她不想當他的特助，儘管現在都時興用這個職稱，她還是想當個祕書就好。

烏拉坐在窗邊的沙發上。蕾娜說得沒錯，他老婆的確很漂亮。烏拉是個活潑且敏感的女人，即使生了三個小孩也還是如此。但更重要的是，她在背後默默支持他，明白他的事業需要養成、支持和施展空間，而且懂得他在私生活方面偶爾犯錯只是人之常情，畢竟他的職務必須承受高度壓力。

另外烏拉有一種純真無染的個性，什麼事都會寫在臉上，而現在米凱在她臉上讀到的是絕望。米凱腦中首先閃過的念頭是孩子出了事，正要開口詢問，卻看見她臉上隱隱還有一絲怨恨，於是他明白她「又」發現了什麼事。可惡。

「親愛的，妳看起來好嚴肅，」米凱鎮定地說，朝櫃子走去，一邊解開制服外套的鈕扣。「孩子出了什麼事嗎？」

烏拉搖了搖頭。米凱假裝鬆了口氣。「我不是不高興見到妳，只不過每次妳突然出現在辦公室，我都會有點擔心。」他將外套掛進櫃子裡，在她對面的扶手椅上坐了下來。「怎麼啦？」

「你又去跟她碰面了。」烏拉說。米凱聽得出這句話她練習過很多遍，練習要怎麼把話說出口而不會哭出來，但現在她的水藍色眼眸中已然噙著淚水。

米凱搖了搖頭。

「你不要否認。」烏拉嗚咽地說：「我看過你的手機，光這個星期你就打給她三次了。米凱，你明明答應過的……」

「烏拉，」米凱傾身向前，越過桌面去握她的手，但她把手抽回。「我打給她是因為我需要她的建議。伊莎貝拉．斯科延現在在一家專門進行政治遊說的公司當公關顧問，她很熟悉權力的運作，因為她自己也曾深入其中，況且她又了解我的狀況。」

「**了解**？」烏拉整張臉都扭曲了。

「如果我……如果**我們**要去做這件事，我就需要動用所有資源增加優勢，才能超越其他想爭取這個位子的人。**內閣成員**，烏拉，這可是非同小可的。」

「就連我們的家庭也比不上？」烏拉抽抽噎噎地說。

「妳很清楚我絕對不會讓我們的家庭失望……」

「絕對不會讓我們失望？」她哭喊說：「你已經……」

「……而且我希望妳不要想太多，烏拉。我跟那個女人講電話純粹是為了公事，妳又何必吃飛醋呢？」

「那個女人只當過短短一陣子的政務官員，她能夠給你什麼建議？」

「比如說要在政壇生存，什麼事**不可以**做，這就很重要啦。他們雇用她就是要買她的經驗，例如你不可以背叛自己的理念、背叛身邊的戰友和責任及義務。還有，如果你犯了錯，一定要道歉，然後下次把事情做對。犯錯是可以的，背叛是不可以的，我不想做出背叛的事，烏拉。」他又握住她的手，這次她的手沒有閃躲。「我知道經過那些事，我沒有立場跟妳要求太多，但如果我要去爭取這個位子，就需要妳的信任和支持。妳得相信我才行。」

「我要怎麼……？」

「來，」米凱站起身來，依然拉著烏拉的手，牽著她走到窗邊，讓她面對市區街景，然後站到她背後，雙手放在她肩膀上。警察總署坐落於山丘頂端，可以俯瞰沐浴在陽光中的半個奧斯陸。「烏拉，妳想不想幫助我做出改變？妳想不想幫助我替我們的孩子、我們的鄰居、我們這座城市還有我們這個國家，創造出一個更安全的未來？」

他感覺得到他的話語對她產生了影響。天啊，就連他自己也受到了感染，他對自己這番話感動莫名，即使這些話是從他打算對媒體發表的感言中直接擷取出來的。在他接到任命並接受之前的幾個小時，報社、電視臺、電臺的記者一定會紛紛打電話來請他發表感言。

記者會結束後，楚斯和韋勒走進中庭，一個矮小女子上前攔住他們。

「我是《世界之路報》的夢娜．多爾，我以前見過你，」她的眼神隨即離開楚斯望向另一人。「但你應該是犯罪特警隊的新成員吧？」

「是的，」韋勒說。楚斯在一旁觀察夢娜，只見她有一張相當有魅力的臉蛋，身上可能有薩米人的血統，但他從未搞清楚她究竟有著什麼樣的身材。她經常穿著色彩鮮豔的寬鬆服裝，讓她看起來比較像是老派的歌劇評論家，而不像是個強悍的犯罪線記者。雖然她看起來不過三十來歲，但楚斯總覺得她好像已經存在了好久好久，那麼堅強、執著、強健，沒什麼能輕易動搖她。而且她連身上的氣味都像男人，據說她都用歐仕派鬍後水。

「你們在記者會上透露的消息很有限，」夢娜微笑道，那是當記者有所求時露出的微笑，只不過這次她要的似乎不只是消息，她的目光緊緊盯著韋勒。

「我只能說我們沒有更多消息可以透露。」韋勒說，回以微笑。

「我會引用你說的話，」夢娜說，一邊做筆記。「你叫什麼名字？」

「妳要引用我說的**什麼話**？」

「就是除了哈根和布萊特在記者會上公布的資訊，警方現在真的什麼都不知道。」

楚斯看見韋勒眼中閃現惶恐之色。「不對不對，我沒有那個意思……我……請妳別這樣寫。」

夢娜繼續一邊做筆記，一邊答道：「我已經自我介紹說我是記者了，很顯然我是為了採訪而來。」

韋勒向楚斯投以求救的眼神，但楚斯不發一語。這小子那天把那幾個女學生迷得團團轉，現在可沒那麼囂張了吧。

韋勒侷促不安，壓低嗓音。「那我拒絕讓妳引用我說的話。」

「了解，」夢娜說：「那我也會引用你說的這句話，證明警方想箝制媒體的言論。」

「我……不是……那個……」韋勒怒火中燒，雙頰泛紅。楚斯在一旁極力忍笑。

「放輕鬆，我只是開玩笑的啦。」夢娜說。

韋勒瞪著夢娜看了一會，才又開始呼吸。

「歡迎加入這場遊戲，我們雖然玩得凶悍但一定玩得公平，如果可以的話，還會互相幫助，你說是不是啊，班森？」

楚斯發出呼嚕聲作為回答，讓他們自行解讀這聲音的意思。

夢娜翻動筆記本。「我不會再問你是否已經掌握嫌犯的事，你的上司會處理這個消息，我只想請教你關於調查方面的一般性問題。」

「儘管問吧。」韋勒微笑道，看來他已恢復正常。

「這類命案的調查工作通常不是會鎖定前任伴侶或情人嗎？」

韋勒正要答話，楚斯將手搭在他肩膀上，插口說：「警探不願說明是否掌握到嫌犯，但警方的消息來源向《世界之路報》指出，調查工作集中在前任伴侶和情人身上。」

「該死，」夢娜說，手上一邊記筆記。「班森，我都不知道你這麼聰明。」

「我也不知道妳竟然知道我叫什麼名字。」

「喔，你知道的，每個警察都有名聲在外流傳，犯罪特警隊的規模又不是特別大，大到讓我跟不上更新的速度。不過呢，我對你一無所知，你是新來的。」

韋勒怯怯地笑了笑。

「看來你決定保持沉默，但起碼你可以告訴我你叫什麼名字吧？」

「安德斯．韋勒。」

「這上面有我的聯絡方式，韋勒。」夢娜遞給他一張名片，微一遲疑後也遞了一張給楚斯。「我剛剛說過，我們互相幫助是傳統，你們給的情報只要夠好，我們付的錢也會夠高。」

「你們不會真的付錢給警察吧？」韋勒說，把名片放進牛仔褲口袋。

「為什麼不付？」夢娜說，目光和楚斯飛快地相觸。「情報就是情報啊，你只要有情報可以提供，歡迎打電話來，或是去奮進健身房找我也可以，我幾乎每天晚上九點左右都會在那裡，我們可以一起飆汗喔……」

「我比較喜歡進行戶外活動。」韋勒說。

夢娜點了點頭。「帶狗去跑步，你看起來像養狗的人，我喜歡。」

「為什麼？」

「因為我對貓過敏。好了，兩位，本著合作精神，我保證只要發現任何有利破案的線索一定會通知你們。」

「謝啦。」楚斯說。

「不過你總要給我電話，我才能打給你吧。」夢娜牢牢盯著韋勒。

「當然。」

「我記下來。」

韋勒念出一組號碼，夢娜猛然抬頭。「這是警察總署的櫃檯電話。」

「我就在這裡工作啊，」韋勒說：「還有，我養的是貓。」

夢娜合上筆記本。「我們保持聯絡吧。」

楚斯看著夢娜踏著有如企鵝般的搖擺腳步朝大門走去。警署大門是一扇怪異的沉重金屬門，上頭有個明顯的監視口。

「三分鐘後開會。」韋勒說。

楚斯看了看錶，下午要開專案調查小組會議。如果不發生命案的話，犯罪特警隊是個很棒的單位。命案最討人厭了，會帶來漫長工時，必須寫報告，還有開不完的會，而且每個人都被搞得壓力超大。但至少他們加班的時候，餐廳會提供免費餐點。楚斯嘆了口氣，轉過身正要朝氣密門的方向走去，卻僵在原地。

她就在前方。

烏拉。

她正要走出警署，目光從他身上掃過，彷彿沒看見他似的。她有時會如此，可能因為米凱不在場，只有他們兩人見面會有點尷尬。事實上他們就算在年輕的時候也會避免兩人單獨碰面。楚斯之所以避開，是因為只要單獨和烏拉在一起，他就會開始冒汗，一顆心怦怦亂跳，事後還會折磨自己，不斷思索為什麼自己要說那些蠢話，怎麼不說些聰明的話或肺腑之言？至於烏拉之所以避開，呃，可能是因為楚斯會開始冒汗，一顆心怦怦亂跳，不是默不作聲，就是盡說些蠢話。

儘管如此，楚斯還是差點在中庭喊出她的名字。

但她已走到大門前，再過片刻，她就會步出警署，陽光會親吻她那頭柔順金髮。因此他只是在心中默默呼喚她的名字。

烏拉。

4 星期四下午稍晚

八名警探、四名分析員、一個鑑識專家，這些人都聽她差遣，而且個個都用老鷹般的銳利眼光看著她，盯著這位新上任的專案小組女召集人。卡翠娜知道會議室裡最懷疑她的是女同事。她總是猜想自己是不是根本不同於其他女人，她們的睪固酮是男同事的百分之五到百分之十，而她則是將近百分之二十五。這雖然沒讓她長成毛茸茸的肌肉女漢子，有著陰莖大小的陰蒂，但就她記憶所及，這讓她的性渴望遠高於其他女性友人自己承認的，或者就像以前侯勒姆說的，她有著「怒火般的情慾」。當她心情很不好的時候，會離開工作崗位，開車去布林區找侯勒姆，好讓他在化驗室後方的無人儲藏室裡幹她，幹到一箱箱的燒瓶和試管都喀喀作響。

卡翠娜輕咳一聲，啟動手機的錄音功能並開口道：「九月二十二日星期四下午四點，犯罪特警隊一號會議室，這是伊莉絲．賀曼森命案初步調查的第一場會。」

卡翠娜看見楚斯有如洩氣皮球般走了進來，在會議室後方挑個位子坐下。

她開始說明會議室眾人多半都已知道的事實：今天早上伊莉絲．賀曼森被人發現陳屍在自家公寓，死因可能是脖子上的傷口導致流血過多而死。目前為止沒有目擊者向警方提供線索。警方尚未掌握嫌犯，也沒有具體的直接證據。鑑識員在公寓裡採集到可能來自人類的有機物，已經送去進行DNA分析，希望一星期內可以拿到分析報告。其他可能的直接證據正由鑑識團隊檢驗。換句話說：他們手上一點線索也沒有。

卡翠娜看見幾名同事交疊雙臂，呼吸沉重，幾乎快打哈欠。她知道他們在想什麼：這些都是顯而易見的已知事實，沒什麼值得深入追查，也不值得他們放下手邊工作。接著她說明自己如何推敲出伊莉絲回家之時，凶手已經在家裡等她，但這些話聽在她自己耳裡，卻覺得不過是在炫耀而已。這名新上任的長官正在請求屬下給予尊重。她開始覺得心急，想起之前她打電話給哈利尋求建議時，他所說的話。

「逮到凶手。」哈利答道。

「哈利，我問的不是這個，我問的是要如何領導一個不信任你的調查小組。」

「我已經把答案告訴妳了。」

「逮到這個怪凶手又不能解決……」

「這可以解決一切。」

「解決一切？那麼哈利，這替你解決了什麼？我是指對你個人來說。」

「什麼都沒解決，但妳問的是領導力。」

卡翠娜望出會議室，說完另一個空泛句子，深呼吸一口氣，注意到有隻手正在椅子扶手上輕輕輪敲手指。

「除非伊莉絲．賀曼森昨天晚上稍早的時候讓凶手進門，出去時留他一個人在家，不然我們正在搜尋她熟識的人，檢查她的手機和電腦。托德，換你說。」

托德．葛蘭站了起來。他有個暱稱叫水鳥，可能是因為他脖子比常人還要長，狹長的鼻子有如嘴喙，手臂張開的翼展幅度又遠大於身高，看起來很像涉水禽類。他戴著一副老式圓眼鏡，捲髮自瘦臉兩側垂下，讓他看起來活像來自七〇年代。

「我們已經進入她的 iPhone，查看簡訊和她最近三天內撥接的電話，」托德說，目光不離手中的平板電腦，彷彿不喜歡跟人眼神接觸。「但都是些公事上的電話，聯絡的不是同事就是客戶。」

「沒有朋友？」說話的是策略分析員麥努斯．史卡勒：「沒跟父母聯絡？」

「我剛剛已經說過了，」托德答道，語氣只是講求精確，而非不友善。「她的電子郵件也是一樣，都是跟公事有關。」

「律師事務所方面已經確認伊莉絲經常加班。」卡翠娜補充說道。

「單身女性通常都會這樣。」麥努斯說。

卡翠娜用莫可奈何的眼神看著矮小粗壯的麥努斯，儘管她知道這句話並非針對她。麥努斯沒有惡意，也沒有那種急智。

「她的桌上型電腦有密碼保護，但裡面沒什麼線索，」托德繼續說：「歷程記錄顯示她多半用電腦來看新聞或使用google 搜尋引擎。她上過幾個色情網站，內容都很一般，也沒有跡象顯示網站的人有聯絡過她。過去兩年來她所做過唯一一件可疑的事，就是用盜版電影串流播放器「爆米花時間」觀賞電影《手札情緣》。」

卡翠娜跟資訊科技專家托德不是很熟，不太確定他口中的「可疑」指的是使用盜版播放器還是對電影的口味。要她選的話，她會選擇後者。「爆米花時間」真是太叫她懷念了。

「我試過幾個顯而易見的密碼要登入她的臉書帳號，」托德繼續說：「但是都不成功，我已經把凍結請求寄給克里波了。」

「凍結請求？」坐在前排的韋勒問道。

「就是要遞交給法院的申請書，」卡翠娜說：「進入臉書帳號的請求必須經過克里波和法院，他們要先批准才能送交到美國，然後再交到臉書手上。這個流程最快也要幾星期，通常會花上好幾個月。」

「我這邊就這樣了。」托德說。

「菜鳥還有一個問題，」韋勒說：「你是怎麼進入她的手機的？是用屍體的指紋嗎？」

托德瞥了韋勒一眼，立刻移開目光，搖了搖頭。

「那是用什麼方法？舊款 iPhone 用的是四位數密碼，這代表有一萬個不同的……」

「用顯微鏡。」托德插口說，同時在平板電腦上輸入幾個字。

卡翠娜很熟悉托德使用的方法，但只是靜靜等他往下說。托德並未受過警察訓練，也沒受過什麼其他訓練，他在丹麥的資訊科技產業待過幾年，但沒拿到任何證照，即便如此，他還是很快就被挖角到警署的資訊科技部擔任分析員，專攻科技相關的證據，只因他比別人強太多了。

「即使是最堅硬的玻璃也會產生極細微的壓痕，而這壓痕多半是指尖造成的，」托德說：「我只要找出螢幕上壓痕最深的地方，就知道密碼的數字，也就是四個數字，二十四種可能組合。」

「可是只要輸入三次失敗，手機就會鎖起來，」韋勒說：「所以你一定要很幸運……」

「我試第二次就成功了。」托德說，微微一笑。卡翠娜不確定他之所以笑是因為自己說的這句話，還是因為平板電腦上的內容。

「媽的，」麥努斯說：「還真走運。」

「正好相反，沒有第一次就成功算我不走運。當數字包含 1 和 9，就以這個例子來說，它們通常代表的是年份，那麼就只有兩種可能的組合。」

「說到這裡就夠了，」卡翠娜說：「我們跟伊莉絲的妹妹聯絡過，她說伊莉絲已經好幾年沒有固定男友了，而且可能也不想要一個固定男友。」

「Tinder。」韋勒說。

「你說什麼？」

「她手機裡有沒有 Tinder 這個交友軟體？」

「有。」托德說。

「在拱道裡碰到伊莉絲的那兩個少年說她看起來打扮過，所以她並不是從健身房或公司回家，可能也不是去跟女性友人會面，如果她不想要男朋友的話不會刻意打扮。」

「很好，」卡翠娜說：「托德，怎麼樣？」

「我們查過 Tinder，裡面有一大堆成功配對，但 Tinder 和臉書連動，所以我們無法存取更多資料，也無法得知她是不是有跟 Tinder 上面的人聯絡。」

「使用 Tinder 的人通常會約在酒吧碰面。」一個聲音說。

卡翠娜訝異地抬起頭來，說話之人是楚斯・班森。

「如果她都把手機帶在身上，那只要去查看基地臺的資料，然後再去調查她所在地區附近的酒吧就可以了。」

「謝謝你，楚斯。」卡翠娜說：「我們已經查過基地臺了。絲迪娜，換妳說吧。」

一名分析員在椅子上坐直身子，清了清喉嚨。「根據挪威電信營運中心列印出來的資料，伊莉絲・賀曼森在晚上六點半到七點之間離開位於青年廣場的上班地點，前往班塞橋附近地區，然後……」

「伊莉絲的妹妹跟我們說她去的健身房在米倫斯工業區裡，」卡翠娜插口說：「健身房方面也確認她在晚上七點三十二分入館，九點十四分離開。抱歉，絲迪娜。」

絲迪娜僵硬地笑了笑。「然後伊莉絲前往她家附近的地區，她本人、或者至少她的手機一直待在同一個地點，直到她被發現。也就是說，手機信號被幾個重疊的基地臺收到，這也證實她的確出去過，但只去到離她在基努拉卡區住家不超過幾百公尺遠的地方。」

「太好了，這樣一來我們可以一家家酒吧去問。」

給卡翠娜回饋的只有楚斯的笑聲和韋勒露出的大大微笑，除此之外一片靜默。

她心想，沒關係，還不算糟到無可救藥。

她放在前方桌面上的手機發出震動

螢幕顯示是侯勒姆來電。

可能是關於鑑識證據的事，這樣的話應該立刻接聽才對，但如果真是關於命案的事，那侯勒姆應該會打給同樣在鑑識組而且會來開會的同事，而不是打給她，所以這通電話應該是關於私事。

她正要按下「拒接」鍵，又突然想到侯勒姆應該知道她正在開會才對，他很會追蹤這種事。

卡翠娜接起電話。「畢爾，我們正在開調查小組會議。」

此話一出她立刻後悔，因為眾人的目光一起朝她射來。

「我在鑑識醫學中心這邊，」侯勒姆說：「死者腹部的反光物質初步鑑識報告出來了，裡面不含人類DNA。」

「該死。」卡翠娜衝口而出。她心底深處一直在盤算，如果那物質真是精液，命案就能在發生後的黃金四十八小時內偵破。此外根據經驗，只要過了這頭四十八小時，案子要破就困難多了。

「但那個反光物質依然指出凶手可能跟她發生過性關係。」侯勒姆說。

「你怎麼會這樣認為？」

「因為那是潤滑液，可能是保險套上面的。」

卡翠娜又咒罵一聲，同時從會議室內其他人的眼神當中得知，她已說出口的話尚未表明這不是一通私人電話。「所以你的意思是說，凶手使用了保險套？」她拉高嗓門，清楚說出這句話。

「可能是凶手用的，也可能是昨晚跟她見面的某個男人用的。」

「好，謝謝。」卡翠娜亟欲結束這通電話，正要掛斷，又聽見侯勒姆喊她的名字。

「什麼事？」卡翠娜問道。

「但這不是我打這通電話的主要原因。」

她吞了口口水。「畢爾，我們正在開……」

「主要是因為凶器，」侯勒姆說：「我想我可能知道凶器是什麼了，妳可以請調查小組等我二十分鐘嗎？」

他躺在公寓床鋪上滑手機。他已看遍各大報的新聞，心下頗感失望，因為所有的細節都沒報導出來，他們忽略了所有那些具有藝術價值的東西。可能是由於專案小組召集人卡翠娜·布萊特並未揭露那些細節，或者她根本沒有能力欣賞那當中的美感。但是他一定看得出來，那個眼中蘊含殺氣的警察。他或許也會跟卡翠娜一樣隱而不言，但至少他會懂得欣賞。

他仔細看了看報上登載的卡翠娜照片。

她是個美女。

警方是不是有規定說召開記者會一定要穿制服？如果有的話，那她沒遵守規定。他喜歡她，在腦海中想像她穿警察制服的模樣。

相當美麗。

可惜她不在他的待辦事項中。

他放下手機，伸手撫摸身上的刺青。那幅刺青有時感覺起來像是真的，彷彿想衝破他的肌膚，把他的肌膚撐開，脫困而出。

去他的規則。

他腹部肌肉用力，從床上起身，看著衣櫃拉門上的鏡子映照著自己。他的體格是在監獄裡鍛鍊出來的，而不是在健身房，他可不想躺在沾有別人汗水的健身椅或健身墊上。不，他在自己的牢房裡健身，不是為了練出肌肉，而是為了獲得**真正的**力量。耐力、緊實度、平衡性，以及承受痛苦的能力。

他的母親身材結實，背部寬闊，但她卻任由自己日漸虛弱，走向衰亡。他的體格、力量和新陳代謝一定是遺傳自父親。

他將衣櫃門推到一旁。

櫃裡掛著一套制服，他伸手撫摸。再過不久，這套制服就會派上用場。

他的腦海浮現身穿制服的卡翠娜．布萊特。

有天晚上他會去一家酒吧，一家高人氣的熱鬧酒吧，而不是像妒火酒吧那樣的破店。為了食物、洗澡和待辦事項之外的事走入人群是違規的，但他會以極低調的有趣方式混入酒吧，避免跟人交流，因為他有這個需要，需要不讓自己發瘋。他靜靜地大笑幾聲。發瘋。律師說他需要去看精神科醫師。他當然知道他們說這句話是什麼意思，意思是說他需要有人開藥給他吃。

他從鞋架上拿下一雙擦得晶亮的牛仔靴，凝視衣櫃裡的女人片刻。女子掛在衣櫃壁板的掛衣鉤上，雙眼從西裝之間望出，身上散發微微的薰衣草香水氣味，那香水是他擦在她胸前的。他關上衣櫃。

發瘋？那些人根本是一群無能智障。他在字典上讀過「人格障礙」的定義，上頭說這種精神疾病會「對自己和周遭的人造成不舒服和干擾」。好吧，就他來說，他的確干擾了周遭的人，但他的這個人格正好符合他的需求。因為你一旦喝了酒，感覺到渴就是一種愉悅、理性、正常的事。

他看了看時間。再過半小時，外頭的天色就會夠黑了。

＊＊＊

「這是我們在死者脖子上的傷口周圍發現的東西，」畢爾・侯勒姆說，指著螢幕上的影像。「左邊的三個碎片狀物體是鐵鏽，右邊的是黑漆。」

卡翠娜已經跟會議室裡的其他人坐在一起。侯勒姆趕到會議室時氣喘吁吁，蒼白臉頰上的汗水閃閃發光。

他在筆電上按了一下，螢幕上隨即出現脖子的特寫。

「各位可以看到，皮膚上的穿刺傷口形成一種排列模式，看起來像是被人咬了一樣，但如果真是這樣，那對方的牙齒一定鋒利無比。」

「撒旦崇拜者。」麥努斯說。

「卡翠娜提出過這個疑問，說不定凶手把牙齒磨尖了，但我們深入檢視，發現這些牙齒幾乎穿透肌膚皺褶的另一側時，並未互相觸碰，而且排列位置跟另一排牙齒完全相同。所以這不可能是一般的人類咬痕，因為一般人的上下排牙齒會錯開，好讓牙齒可以咬合在一起。除此之外，傷口中還發現了鐵鏽，因此我認為兇手可能使用某種鐵製的假牙。」

侯勒姆的手指敲了敲電腦。

卡翠娜感覺到會議室裡的眾人都無聲地抽了口涼氣。

螢幕切換到下一個畫面，卡翠娜一看見畫面中的物體就聯想到她在卑爾根的爺爺家也見過這種生鏽的老式狩獵陷阱，爺爺好像稱它為捕熊器。那玩意的尖齒排列成鋸齒狀，上下排尖齒之間以某種彈簧裝置連結。

「這張照片拍的是卡拉卡斯一個私人藏家的收藏品，據說這東西可以回溯至奴役時代，當時的人會讓奴隸互相格鬥，然後下賭注。兩個奴隸會被裝上這種假牙，雙手綁在背後，送上格鬥場，存活下來的人應該可以晉級到下一回合。回到正題……」

「天啊。」卡翠娜說。

「我查了一下哪裡找得到這種鐵牙，發現這東西可不是網路購物買得到的，所以我們可以找出誰在奧斯陸或挪威其他地方販賣這種東西，然後賣給了誰，我敢說這些人一定為數不多。」

卡翠娜明白為什麼侯勒姆要做出鑑識員職責範圍以外的事，專程跑來這裡說明他的發現了。

「還有一件事，」侯勒姆說：「血不夠。」

「血不夠？」

「成人體內的血液量大約是體重的百分之七，每個人會有些許差異，但就算死者的血液量只達到最低標準好了，我們把她體內殘餘的血液、玄關地毯上的血液、木地板上的血液、床鋪上的少量血液加總起來，還少了足足將近半公升的血。所以說，除非兇手把這些血打包帶走……」

「……否則就是他自己喝下去了。」卡翠娜接口道，說出了大家心中一致的想法。

接下來的三秒鐘，會議室內一片靜默。

韋勒清了清喉嚨。「那黑漆呢？」

「黑漆碎片的內側沾有鐵鏽，所以是來自同一個物體，」侯勒姆說，從投影機上拔下筆電的連接線。「但黑漆本身沒那麼舊，我今晚會分析它。」

卡翠娜看得出關於黑漆的事大家其實沒怎麼聽進去，他們的腦袋都還在想血液的事。

「謝了，畢爾。」卡翠娜說，站起身來，看了看錶。「好了，關於清查酒吧的工作，由於現在已經是就寢時間了，就讓家裡有小孩的人先回家，其他人留下來分組進行好嗎？」

沒有回應，沒有笑聲，連個微笑也沒有。

「很好，那就這樣吧。」卡翠娜說。她感到自己非常疲累，便將疲憊推到一旁，因為她心頭浮現一種惱人的預感，覺得這才只是開始而已：鐵假牙、現場未發現ＤＮＡ、半公升血液憑空消失。

椅腳移動的刮擦聲紛紛響起。

她收拾文件，抬頭望去，看見侯勒姆消失在門外，同時發現心頭浮現一些奇怪的感覺，這些感覺包括鬆了口氣、罪惡感和自我厭惡。她覺得……這樣是不對的。

5

星期四入夜時分和晚上

穆罕默德．卡拉克看著面前的兩個人，只見女子有一張漂亮臉蛋，眼神銳利，身穿時髦的緊身服裝，身材勻稱，可以想見她能釣上比她年輕十歲的英俊青年並非偶然。這兩人正是穆罕默德所追求的客群，因此他們一走進妒火酒吧的大門，他就滿臉堆歡。

「怎麼樣？」女子問道，語帶卑爾根口音。穆罕默德只來得及看清楚女子的姓氏和證件，上頭寫的是布萊特。

穆罕默德再度垂下目光，看著對方遞來放在吧檯上的照片。

「有。」他說。

「有？」

「有，她昨天晚上來過。」

「你確定？」

「她就坐在妳現在站的位置。」

「就坐在這裡？一個人來嗎？」

穆罕默德看得出女子正極力隱藏心中的興奮之情，心想大夥幹嘛這麼大費周章，向別人展現自己真正的感覺有那麼危險嗎？他並不想出賣他店裡唯一的常客，但對方可是警察。

「她跟一個男人來這裡坐了一下。發生了什麼事嗎？」

「你有看報紙嗎？」女子的男同事用高亢嗓音問道。

「沒有，我比較喜歡看新聞。」穆罕默德說。

卡翠娜微微一笑。「今天早上她被人發現遭到謀殺。請你告訴我們關於那個男人的事，他們來這裡做什麼？」

穆罕默德覺得自己像是被澆了一桶冰水。謀殺？不到二十四小時前還站在他面前的那個女子，如今已經變成了一具屍體？他打起精神，但接下來腦海中閃過的念頭卻令他感到羞慚：要是他這家酒吧上了報，對生意是好還是壞？不過要再壞也壞不到哪裡去了。

「他們是透過 Tinder 認識的，來這裡約會。」穆罕默德說：「他通常都會在這裡約見對方，他自稱蓋爾。」

「『他自稱』？」

「我想那應該是他的本名。」

「他是用信用卡付錢的嗎？」

「對。」

卡翠娜朝收銀機點了點頭。「你能找出昨晚他付錢的收據嗎？」

「應該沒有問題。」穆罕默德苦笑道。

「他們是一起離開的嗎？」

「絕對不是。」

「意思是？」

「蓋爾的眼光總是過高，基本上我都還來不及替他們倒酒，他就已經被甩了。說到這個，你們要喝點什麼嗎……？」

「不用，謝謝。」卡翠娜說：「我們正在執行勤務。所以說她是獨自離開的？」

「對。」

「你沒看見有人跟著她？」

穆罕默德搖了搖頭，擺出兩個杯子，拿出一瓶蘋果汁。「這個請你們喝，剛榨好的新鮮本地蘋果汁。改天晚上來這裡喝杯啤酒吧，第一杯酒免費，如果你們帶其他警察同事來，他們一樣第一杯酒免費。你們喜歡這裡的音樂嗎？」

「喜歡啊，」金髮男警說：「U2很——」

「不喜歡，」卡翠娜說：「你有沒有聽見那女人說過什麼有利於我們辦案的事？」

「沒有。等一下，妳這麼一問，讓我想起來她的確提到說她被人跟蹤。」穆罕默德斟上蘋果汁，抬起頭來。「那時音樂不是很大聲，她說話聲音又有點大。」

「原來如此，那現場還有沒有其他人對她有興趣？」

穆罕默德搖了搖頭。「昨天有點冷清。」

「跟今天晚上一樣？」

穆罕默德聳了聳肩。「蓋爾離開的時候，另外兩個客人也已經走了。」

「所以另外兩個客人的信用卡資料也不難找到囉？」

「我記得他們其中一個人付現，另一個人什麼都沒點。」

「了解。昨天晚上十點到今天凌晨一點，你人在哪裡？」

「我？我在這裡，然後就回家了。」

「有人可以證實嗎？這樣我們可以從一開始就排除你的嫌疑。」

「有。可能沒有。」

「到底是有還是沒有？」

穆罕默德努力思索。把前科累累的高利貸業者拖下水可能會惹來更多麻煩，他必須把這張牌留在手上，免得日後派得上用場。

「沒有，我一個人住。」

「謝了。」布萊特舉起杯子。穆罕默德原本以為她是舉杯敬他，隨即發現原來她是拿酒杯朝收銀機比了比。「我們來品嚐本地蘋果汁，你去找收據好嗎？」

楚斯很快就查完了分派給他的酒吧和餐廳，他把照片拿給酒保和服務生看，只要一聽見預期中的答案：「沒有」或「不知道」，就立刻前往下一家。既然人家都說不知道，那就是不知道了，今天已經夠漫長的了。再說，他還有一件事要辦。

楚斯在鍵盤上輸入最後一個句子，看了看他打的這份自認言簡意賅的報告。「參見附表，領有營業執照的營業場所已在列出之時間查訪，沒有人員回報在案發當晚見過伊莉絲．賀曼森。」他按下傳送鍵，站了起來。

這時他聽見低低的鈴聲響起，看見桌上的市內電話閃爍亮光，螢幕顯示的號碼告訴他這通電話是值班員警打來的。他們負責過濾民眾提供的線索，唯有可能跟案情相關的電話才會轉接過來。可惡，他現在可沒時間講電話。他可以假裝沒接到電話，但又仔細一想，如果真是有用線索，他能提供的情報就更多了。

他接起電話。

「我是班森。」

「終於有人了！電話一直都沒人接，大家都跑去哪啦？」

「他們都去酒吧了。」

「你不是也應該去查——？」

「有什麼事嗎？」

「有個男的打電話來說，昨天晚上他跟伊莉絲．賀曼森在一起。」

「把電話接過來。」

電話那頭發出卡嗒一聲，楚斯便聽見一個男子的呼吸聲傳來，對方的呼吸聲如此濃重，只可能表示心裡十分害怕。

「我是犯罪特警隊的班森警佐，有什麼事？」

「我叫蓋爾．索拉，在《世界之路報》的網站上看見伊莉絲．賀曼森的照片。我打電話來是因為昨天我跟一個長得跟她很像的小姐短暫見過面，她也說她的名字叫伊莉絲。」

蓋爾花了五分鐘敘述他跟伊莉絲在妒火酒吧的約會過程，並說事後他直接回家，午夜之前就到家了。楚斯依稀記得那兩個便溺少年在十一點半過後碰見伊莉絲的時候她還活著。

「有人能證實你回家的時間嗎？」

「我電腦的歷程記錄，還有卡莉。」

「誰是卡莉？」

「我老婆。」

「你有家室？」

「我有老婆和一隻狗。」蓋爾吞口水的聲音清晰可聞。

「那你怎麼沒早點打電話來？」

「我剛剛才看到照片啊。」

楚斯做個筆記，心中暗暗咒罵。這傢伙不是凶手，只是個警方需要排除嫌疑的人，但他還是必須打一份完整報告才行，這下子得搞到十點才能離開了。

卡翠娜走在馬克路上，她已叫安德斯．韋勒回家。韋勒的第一天值勤終於告一段落。她微微一笑，心想他這輩子一定都會記得這一天。韋勒早上前往警署報到之後，直接就被派去命案現場，而且這起命案還相當重大，不是那種涉及毒品、讓人隔日就忘的殺人案件，而是哈利所謂的「可能發生在我身上」的命案，也就是一般人在日常生活中可能遭遇的凶殺案。這類案子會導致大量的記者會，也會登上新聞頭條，因為熟悉的生活場景很容易引起大眾的同情，這就是為什麼巴黎恐攻事件的媒體報導會多過於貝魯特的恐怖攻擊。

而媒體終究是媒體，這就是為什麼警察署長米凱會一直追蹤辦案進度，因為要面對媒體追問的人是他，雖然不是必須立刻面對，但如果這個教育水準高又辛勤工作的年輕女公民命案無法在這幾天內偵破，他就得發表聲明。

從這裡走到她位於福隆納區的公寓得走半個小時，但是沒關係，她需要放空一下腦袋和身體。她從夾克口袋裡拿出手機，開啟Tinder交友軟體，腳步持續跨出，一眼看著人行道，一眼看著手機，手指左右滑動。他們猜得沒錯，伊莉絲的確是赴 Tinder 約會後才返家。先前那個酒保所描述的男方聽起來不像殺人凶手，但經驗告訴她，有些男人在幹一砲之後會有種奇怪的想法，認為自己有權利獲取更多。這是一種舊式思想，認為性行為代表女性的屈從，但其實可能只是純粹的性關係罷了。但她也知道很多女人同樣有著舊式思想，認為男人一旦同意進入她們，就代表同意負起某種道德責任。

先別想這麼多了，她配對成功了。

她輸入：我走到蘇麗廣場的諾克斯酒吧要十分鐘。

好，我等妳。烏力克如此答道。

從烏力克在 Tinder 上的照片和自介看起來，他是個非常直接的男人。

楚斯．班森停下腳步，望向正對著鏡子的夢娜．多爾。

這時的夢娜在楚斯眼中不再像一隻企鵝，而是像一隻腹部緊緊裹住的企鵝。

先前在奮進健身房的櫃檯，楚斯請櫃檯小姐讓他進去參觀裡頭的設施，他發現對方有些不願意，可能因為她覺得楚斯不像是會加入的樣子，也可能是因為他們不希望他這種人成為會員。長久以來，他總是激起別人的反感，儘管他也承認別人的確有很好的理由如此，但這也使得他很容易在別人臉上察覺到反感的神色。無論如何，他穿過健腹縮臀機、皮拉提斯教室、飛輪教室，以及有著歇斯底里有氧老師的教室（他依稀想起現在好像不叫有氧了），終於在男性區域、也就是重訓區找到了夢娜。她正在做硬舉，張開的蹲踞雙腿看起來還是有點像企鵝，但寬闊的背部以及緊緊束在腰際的寬大護腰皮帶，讓她更顯得前凸後翹，看起來活像是數字 8。

夢娜發出嘶吼，幾乎有如恐懼的吼叫，同時挺起背部，看著鏡中漲紅了臉、全身緊繃的自己。槓鈴離開地面時，槓片互相碰撞發出噹啷一聲。長槓並未如同楚斯在電視中看到的那樣出現彎曲，但他知道重量一樣很重。旁邊有兩個巴基斯坦佬正在練二頭肌，想把肌肉練大，好搭配上頭的可悲幫派刺青。天啊，他真討厭這些人。天啊，這些人也很討厭他。

夢娜放下槓鈴，接著又發出嘶吼，再度舉起。放下，舉起，前後四次。

結束後她站在原地顫抖，臉上露出的微笑就跟住在利耶爾地區的那個瘋女人高潮來臨時一樣。如果那瘋女人不是那麼胖又住得那麼遠，楚斯跟她也許會有結果。那女人說她之所以要甩了楚斯，是因為她開始有點喜歡楚斯了，而且一星期一次根本不夠。當時他聽了覺得鬆了口氣，但現在卻時不時會想到她，當然跟他想到烏拉的心情完全不一樣，但那瘋女人對他很好，這點無庸置疑。

夢娜在鏡中看到他，便摘下耳機。「班森？你們在警署不是有健身房嗎？」

「是有啊。」楚斯說，上前幾步，看了那兩個巴基斯坦佬一眼，眼神在說「我是警察還不快滾」，但對方似乎不懂意思。也許他看錯了他們，現在有些巴裔新生代甚至考進了警大學院。

「那是什麼風把你吹來這裡了？」夢娜說，解開腰帶。楚斯不禁盯著她的腰圍看，想看她的腹部是不是會回復到有如氣球般圓滾滾的，想看她是不是會變回一隻平常的企鵝。

「我想我們也許可以互相幫助。」

「幫助什麼？」她蹲伏下去，取下槓片兩端的固定扣。

楚斯在她身旁蹲下，壓低嗓音說：「妳說過提供情報的話你們會付錢。」

「對啊，」夢娜以正常音量說：「你有什麼情報？」

「我要五萬。」

夢娜哈哈大笑。「班森，我們付的價碼很高，但沒有那麼高，最多一萬，而且必須是非常有料才行。」

楚斯緩緩點頭，舔了舔嘴唇。「我的情報不只有料而已。」

「你說什麼？」

楚斯稍微提高音量。「我說，我的情報不只有料而已。」

「那還有什麼？」

「我的情報就像是有三道菜的豪華大餐。」

「不可能，」卡翠娜高聲說，蓋過喧騰人聲，啜飲一口白色俄羅斯調酒。「我有伴，而且他在家。你住哪裡？」

「金獅街，可是我家沒東西喝，又很亂……」

「床單乾淨嗎？」

烏力克聳了聳肩。

「你可以趁我沖澡的時候換床單，」她說：「我才剛下班。」

「妳是做──」

「你只要知道我明天一大早還得起床去上班就好了，那我們就……？」她朝夜店大門點了點頭。

「好，可是先把酒喝完好嗎？」

她看著自己那杯調酒。她之所以會開始喝白色俄羅斯，是因為影星傑夫・布里吉在《謀殺綠腳趾》一片中就是喝這種調酒。

「這要看……」她說。

「看什麼？」

「看酒精對你……有什麼效果。」

烏力克微微一笑。「妳是想讓我有表現焦慮嗎，卡翠娜？」

從陌生人口中聽見自己的名字，不禁令她打個冷顫。「你會有表現焦慮嗎，烏─力克？」

「沒有，」他咧嘴一笑。「但妳知道這兩杯酒要花多少錢嗎？」

這回輪到她露出微笑。烏力克這個人沒問題，只不過有點瘦而已。她在 Tinder 上看別人的檔案，首先就是看身高體重，這也是她真正會看的資料。她計算一個人ＢＭＩ值的速度，簡直跟撲克高手算牌一樣快。二十六點五還算可以。在她認識侯勒姆之前，超過二十五的她都不接受。

「我先去洗手間，」她說：「這是我寄放外套的收據，是一件黑色皮夾克，你在門口等我。」

卡翠娜站起身來，走了開去，心想這是烏力克第一次有機會從背後打量她，而在她的家鄉卑爾根，大家都說她有一副美臀，因此烏力克應該會感到滿意。

酒吧深處更為擁擠，她必須把人給推開才行，因為「借過！」這句話在世界上其他文明地區也許行得通，例如卑爾根，在這裡可行不通。有那麼一刻，她可能是在汗涔涔的人體之間推擠得太用力了，以至於她突然覺得呼吸困難。最後她終於從人群之間擠出來，往前踏了幾步，缺氧的暈眩感才逐漸消失。

只見前方走廊的女廁門口大排長龍，男廁則無人排隊。她又看了看錶。她可是專案小組召集人，明天必須第一個進辦公室才行，所以管他的。她打開男廁的門，抬頭挺胸走了進去，經過一排小便斗，站在小便斗前的兩個男子並未注意到她。她走進隔間，把門鎖上。她的幾個女性朋友總是說她們從未進過男廁，還說男廁一定比女廁來得髒，但她的經驗卻不是如此。

她脫下褲子，剛在馬桶上坐下，就聽見門上傳來敲門聲。她覺得奇怪，隔間裡有人，從外面應該一目瞭然，再說如果對方認為裡面沒人，又怎會敲門？她低頭從門板和地面之間的空隙望去，看見一雙蛇皮皮靴的尖鞋頭。她接著又想，一定是有人看見她走進男廁所以跟了進來，認為她應該是想尋找刺激。

「滾……」她開口說，但後面的「開」字還沒說出口，就覺得氣短。難道她身體不適？難道帶領一宗她知道會是重大命案的調查工作才不過一天，她就遜到緊張得難以呼吸？天啊……

她聽見男廁門打開，兩個大聲嚷嚷的幼稚男人走了進來。

「幹他媽的真是太噁了啦！」

「**超級**噁的！」

門板底下的那雙尖頭皮靴不見了。卡翠娜側耳聆聽，卻沒聽見腳步聲。她上完廁所，打開隔間門，走到洗手臺前，打開水龍頭。那兩個幼稚男人的話聲突然變小。

「妳在這裡幹嘛？」其中一人問。

「小便和洗手啊，」她說：「先小便再洗手。」

她甩掉手上水珠，走出男廁。

烏力克正站在酒吧門口等她，手裡拿著她的夾克。看到這一幕，她不禁聯想到嘴裡咬著木棒、尾巴猛搖的小狗。她趕緊把這個想法推開。

楚斯駕車回家，他打開收音機，聽見電臺正在播放摩托頭樂團的一首歌，以前他總以為這首名為〈黑桃A〉的曲子叫作〈黑桃會死〉，直到有一次米凱在高中舞會上高聲說：「這個癟四還以為萊米是在唱黑桃……**會死**！」至今他仍聽得見大家發出蓋過音樂的轟笑聲，仍看得見烏拉那雙美麗眼眸帶著笑意，閃閃發光。

反正無所謂，他還是認為〈黑桃會死〉比〈黑桃A〉好聽多了。有一天，他在警署餐廳裡冒險在其他同事圍聚的桌子前坐下，當時侯勒姆正在用可笑的托騰口音說他認為要是萊米能活到七十二歲就太浪漫了。

楚斯問說為什麼？侯勒姆答說：「七和二，二和七，對吧？莫里森、罕醉克斯、賈普林、柯本、懷絲[2]，他們都是這樣。」

楚斯只是跟著大家點頭稱是，至今仍然不懂侯勒姆到底是在說什麼，只覺得自己是個局外人。無論是不是局外人，今晚他都比該死的侯勒姆和其他在餐廳裡點頭的同事口袋裡多了三萬克朗。

先前夢娜一聽見楚斯提到侯勒姆所說的尖牙或鐵假牙，整張臉都亮了起來。她立刻打給編輯，編輯也同意楚斯的確所言不虛，他端上的確實是三道菜的豪華大餐。前菜是伊莉絲去赴 Tinder 約會，主菜是她回家時凶手可能已經在家裡等她，甜點是凶手用鐵假牙咬她脖子致她於死。一道菜一萬克朗，加起來總共三萬克朗。三和零，零和三，對吧？

「黑桃會死，黑桃會死！」楚斯跟著萊米一起嘶聲高喊。

「不可能，」卡翠娜說，又拉上褲子。「沒有保險套就免談。」

「可是我兩個星期前才去驗血的，」烏力克說，在床上坐了起來。「我對天發誓，騙妳不得好死。」

「這套你拿去用在別人身上吧……」卡翠娜得先深深吸一口氣，才能扣上褲子鈕扣。「反正你驗過血也不會不讓我懷孕。」

「難道妳什麼措施都沒用嗎，妹子？」

妹子？喔，她是喜歡烏力克，但這不是重點，重點是……天知道重點是什麼。

她走到玄關，穿上鞋子。她進來時已記住烏力克把她的皮夾克掛在什麼地方，還查看過大門內側只有

2 此處指美國門戶樂團主唱吉姆·莫里森（Jim Morrison）、美國吉他手吉米·罕醉克斯（Jimi Hendrix）、美國藍調搖滾女歌手珍妮絲·賈普林（Janis Joplin）、美國超脫樂團主唱科特·柯本（Kurt Cobain）、英國靈魂女歌手艾美·懷絲（Amy Winehouse），恰好都在二十七歲時去世。摩托頭樂團主唱萊米病逝時七十歲。

一個平常的門鎖。沒錯，她很會計畫逃生路線。她出門下樓，踏上金獅街，新鮮的秋日空氣嘗起來有自由和千鈞一髮的味道。她放聲大笑，沿著道路前行，在空蕩大馬路中央的行道樹間奔跑穿梭。天啊，真是蠢斃了。但如果她真的很懂得逃生，為什麼她跟侯勒姆同居時沒去裝避孕器，或至少服用避孕藥？她記得自己曾向侯勒姆解釋說她敏感難相處的個性，實在難以再承受使用避孕措施而產生荷爾蒙變化所導致的心情起伏。的確，她跟侯勒姆同居之後就沒再吃避孕藥了。手機響起，她的思緒被打斷。她的手機鈴聲是大明星樂團（Big Star）的〈喔我的靈魂〉（*O My Soul*）一曲的前奏，這鈴聲是侯勒姆替她安裝的，他還費了一番唇舌說明這個被遺忘的七〇年代美國南方樂團有多重要，又抱怨說網飛（Netflex）的紀錄片剝奪了他的人生使命。「媽的！祕密樂團的樂趣就在於他們是**祕密啊！**」反正看起來他短期之內不會長大。

她接起手機說：「甘納，什麼事？」

「**鐵假牙謀殺案？**」素來溫和的隊長口氣聽起來不太高興。

「你說什麼？」

「這是《世界之路報》網站現在的頭條新聞，上頭說凶手早已在伊莉絲．賀曼森家裡等她，而且他咬穿了她的頸動脈，還說這是來自警方的可靠消息來源。」

「什麼？」

「貝爾曼已經打過電話來了，他……該怎麼說才好？他火冒三丈。」

卡翠娜停下腳步，努力思考。「首先，我們**不確定**他早就已經在她家了，也**不確定**他咬了她，甚至連凶手是不是男的都**不確定**。」

「那就是警署裡有個**不可靠**的消息來源了！其他我不管，只有這個消息來源我們得追根究柢才行，到底是誰走漏了案情？」

「不知道，但我知道《世界之路報》的原則是會保護消息來源的身分。」

「去他的原則，他們要保護消息來源是因為覬覦更多的內幕。布萊特，我們得把這個洩密者揪出來才行。」

卡翠娜的注意力更為集中了。「所以貝爾曼是擔心案情走漏會給調查工作帶來負面影響？」

「他擔心這件事會讓警方難堪。」

「我想也是。」

「妳想也是什麼？」

「你知道是什麼，你自己也這樣想。」

「明天的首要工作就是處理這件事。」哈根說。

卡翠娜把手機放回夾克口袋，朝前方道路看去，只見有個影子晃了晃，可能是風吹動了樹木。她猶豫片刻，心想要不要過馬路到對面，那邊的人行道燈光比較明亮，但最後還是決定繼續往前走，只是腳步加快了些。

米凱．貝爾曼站在客廳窗前，從他位於赫延哈爾的住家，可以看見整個奧斯陸市中心往西延伸至侯曼科倫區下方的低緩山丘。今晚這個城市在月光下閃閃發光，猶如一顆璀璨鑽石。他的小孩都已入睡，他的這座城市更是酣然熟睡。

「怎麼了？」烏拉問道，從手上書本抬起頭來。

「最近這起命案一定得解決才行。」

「不是所有的命案都得解決嗎？」

「現在這起命案鬧得很大。」

「只是死了一個女人不是嗎？」

「不是因為這個。」

「是因為《世界之路報》大肆報導嗎？」

他聽得出她口氣中帶有一絲嘲諷，但不以為意，因為她已冷靜下來，回到了自己的位置。其實烏拉在心底深處十分清楚自己的位置在哪裡，她不是那種喜歡發生衝突的人。他這個老婆最愛的莫過於照顧家庭、為孩子操心和看書，因此她口氣中暗藏的尖酸意味並不是真的想得到答案。況且她也難以明白，如果你想讓後世記得你是個好國王，只有兩個選擇：第一，你是承平時代的國王，在位期間正好國泰民安、繁榮昌盛。第二，你是引領國家走出危機的國王，如果在位期間沒有危機，那就要假裝有危機，進而引發戰爭，讓人民以為情況糟得不得了，不開戰國家一定會深陷危難，即便是小戰爭也無所謂，重點是最後一定要贏得勝利。

米凱傾向於選擇後者，當他站上市議會面對媒體時，他打算誇大波羅的海諸國和羅馬尼亞移民的犯罪率，悲觀預測未來，如此一來他就可以獲得額外資源，去打一場其實規模很小的戰爭，然而在媒體上卻必須顯得大張旗鼓、轟轟烈烈。十二個月後，他可以提出最近的數據，間接宣告自己獲得輝煌勝利。

但最近這起命案卻是一場脫離他掌控的戰爭，而且從《世界之路報》今晚的報導來看，他知道這已經不是一場小戰爭，因為大家都已隨著媒體起舞。至今他仍記得冷岸群島發生過的土石流事件，當時造成兩人死亡，許多人無家可歸。而土石流事件的前幾個月，下埃伊克爾地區發生過一場大火，導致三人死亡，更多人無家可歸，但後者只得到中等的媒體報導篇幅，相當於住家失火和公路意外，而遠方群島的土石流事件卻更符合媒體胃口，就跟這起命案中的鐵假牙一樣，這意味著媒體已經搶先跳出去確立風向，彷彿這是一場國家級大災難，最後逼得挪威首相也不得不對全國發表實況談話，因為媒體只要說跳，首相一定會跳，而且下埃伊克爾地區的居民看了新聞之後都不禁會想，當他們的家園陷入火海時，首相人在哪裡？米凱知道首相在哪裡，一如往常，她和她的顧問正以耳貼地，聆聽媒體發出的震動，但其實什麼震動都沒有。

然而現在米凱感受到地面的震動了。

現在，就在他這位屢建戰功的警察署長即將有機會攀上層峰之際，這場戰爭已逐漸演變成一場他輸不起的戰爭。他必須把這起命案的重要性擺到第一位，視它為一波犯罪潮一樣，因為伊莉絲．賀曼森是個生活富裕、教育程度高、三十多歲的挪威裔女子，同時也因為凶器不是一根鋼棒、一把刀或一把槍，而是一副鐵製假牙。

這就是為什麼他認為自己必須做出一個不想做的決定。他有千百個理由不做這個決定，但實在別無他法了。

他必須把那人找來才行。

6

星期五早晨

哈利醒了過來。夢中迴盪的尖叫聲逐漸遠離。他點了根菸，開始思索今天的「醒來」是哪一種。基本上他的醒來有五種。第一種是直接上工的醒來，長久以來這是最好的一種，醒來後他可以立刻開始調查案件。有時睡眠和夢境會對他看事情的方式產生影響，此時他就會躺在床上細細思索昨晚的眠夢對他揭露了什麼，並以新的視角來檢視案情。幸運的話，他也許能夠捕捉到一點新的真相，瞥見月球的黑暗面，這並不是因為月球移動了，而是因為他移動了。

第二種是孤單的醒來，這種醒來的特徵是他意識到自己是一個人睡在床上、一個人生活、一個人活在世上。有時這會讓他有種甜蜜的自由感，有時則會使他陷入憂鬱，也就是所謂的孤獨，但這可能也令他瞥見人生真相：人生就是一場從臍帶開始到死亡的旅程，最後我們都會和每件事物、和每個人告別。他可以稍微瞥見這醒來的片刻，接著所有的防衛機制和舒適假象就會啟動，讓他可以再次面對人生那些虛幻的榮耀。

第三種是焦慮的醒來，通常這發生在他已經連續酗酒三天的情況下。焦慮分為不同的程度，但卻會持續存在。倒也不是說外在有什麼特定的危險或威脅，而是單純因為醒來而感到驚慌，驚慌自己還活著，驚慌自己處在**此時此地**。但有時他會發現內心存在一種威脅感，害怕自己再也感覺不到害怕，最後導致他發瘋而且無法逆轉。

第四種十分類似於焦慮的醒來，因為醒來時赫然發現身旁有人，這促使他的頭腦往兩個方向思索，一個方向是回溯：這是怎麼發生的？另一個方向是往前：我要如何脫困？有時這種「戰鬥或逃跑」的反射衝動會緩和下來，但這通常發生在稍後的時刻，因此不算在「醒來」的涵蓋範圍內。

第五種是哈利．霍勒的全新醒來方式，也就是滿足的醒來。起初他非常驚訝，怎麼可能醒來時心頭會有幸福感，於是立刻進行全方位搜索，看看這荒謬的「幸福感」裡頭含有什麼成分，是不是只是某個美好愚蠢的夢境所殘留的餘韻。但那天晚上他沒做什麼好夢，尖叫的回聲同樣來自惡魔，視網膜上殘存的面容同樣屬於某個逃脫的殺人犯。即便如此，他還是幸福地醒了過來。難道不是嗎？是的。隨著這種全新醒來方式每天早上重複出現，他開始認為自己可能真的成為滿足的男人了，就在他即將邁入五十歲大關之際，他終於找到了幸福，而且似乎能夠好好的待在這個他新征服的領域裡。

促使這種全新醒來方式發生的原因，這時就躺在他身旁，平靜且均勻地呼吸著。她的頭髮散落在枕頭上，宛如黑亮亮的太陽光線。

什麼是幸福？哈利讀過一篇關於幸福的研究文章，裡頭寫說，如果你替一個人抽血，測量血清素的濃度來作為基準點，會發現很少外在因素會影響這個濃度。倘若你失去一隻腳、發現自己不孕，或住家被燒成白地，起初血清素的濃度會下降，但六個月後你又會回復到原本感覺幸福或不幸福的基準點，就算換一間更大的房子或換一輛更名貴的轎車也是一樣。

但研究者也發現有幾個項目對於是否感覺幸福占有重要地位，而其中最重要的就是擁有美好的婚姻。這就是哈利所擁有的。這聽起來實在太老套了，以至於他對自己或對極少數他稱之為朋友卻很少見面的人說：「我跟我老婆在一起非常快樂。」時，都會情不自禁地嘴角上揚，雖然這情況非常少見。

是的，他掌握了屬於自己的幸福。如果可以，他會很樂意把結婚之後的這三年日子複製貼上，不斷重複經歷這些幸福時光。但顯然這是不可能的，也許這就是為什麼他仍會感到一絲焦慮的原因吧，因為時間無法停止，事情總會發生，人生就如同香菸所冒出的裊裊輕煙，即使是在密閉空間裡也會飄散，往最出人意外的方向飄去。況且現在的一切是那麼完美，任何改變都只會帶來負面的影響。沒錯，就是這樣。幸福就像是在薄冰上行走，就算腳下冰層會破裂，讓你凍得半死又掙扎想要脫困，也好過於只是停留原地等待墜落。這就是為什麼他開始讓自己早點起床，就像今天，明明命案調查課十一點才上課，他也讓自己早點醒來，躺在床上感受這奇特的幸福感，直到有天它消失為止。他撇開那個逃脫男子的身影。他不是哈利的責任，那也不是哈利的狩獵場。於是那個胸口有張惡魔臉孔的男子越來越少出現在他夢中。

哈利盡量靜悄悄地下床，即使她的呼吸不再規律，即使他懷疑她只是假裝還在睡覺，因為不想破壞這一切。他穿上褲子，走到樓下，將她愛喝的膠囊口味放進義式咖啡機，再注入清水，然後打開一個小玻璃罐，裡頭裝著他自己要喝的即溶咖啡。他之所以買小玻璃罐，是因為新開的新鮮即溶咖啡最好喝。他打開電熱水壺的開關，赤腳穿上一雙鞋子，踏出戶外階梯。

他吸入冰涼的秋日空氣。夜晚時從侯曼科倫路這裡到山丘上的貝瑟德車站已經開始變冷了。他低頭朝城市和峽灣望去，只見海上仍有幾艘帆船佇立在湛藍水面上，有如小小的白色三角形。再過兩個月，或只要再過幾星期，初雪就會降臨在此。但是沒關係，這棟有著褐色木牆的大宅主要是為抵禦寒冬而建，而非夏日。

他點亮今天的第二根香菸，沿著陡峭的碎石車道往下走，小心踏出步伐，避免踩到沒繫上的鞋帶。他大可穿上一件夾克，或至少穿一件T恤，但住在溫暖大屋的樂趣就是在感覺有點冷的時候跑回家裡。他在郵箱前停下腳步，拿出一份《晚郵報》。

「早安啊。」

哈利沒聽見鄰居那輛特斯拉轎車開到柏油車道上，只見駕駛座的車窗滑下，裡頭坐著的是永遠留著一頭無瑕金髮的席瓦森太太。哈利原本住在奧斯陸東區，搬來西區的時間尚短，但席瓦森太太正是哈利眼中的典型侯曼科倫區貴婦。席瓦森太太是個家庭主婦，家裡有兩個小孩和兩個幫傭，雖然挪威政府已經投資了五年大學教育在她身上，但她完全不想找工作。換句話說，別人視為休閒娛樂的活動，她視為自己的工作，包括維持身材（哈利只能看見她上半身穿的運動外套，但知道她裡頭穿的是緊身健身服，而且沒錯，她雖然已經年過四十，看起來卻年輕得沒有天良）、後勤管理（例如哪個幫傭該照顧哪個小孩；家族何時該去哪裡度假，是要去尼斯市郊的別墅？海姆瑟達爾的滑雪小屋？還是南挪威的夏日小屋？）和維繫人脈（跟朋友吃午餐，或是跟可能帶來助益的有力人士共進晚餐）。她早已完成她這一生最重要的任務，那就是嫁給一個家財萬貫的老公，好資助她進行這些所謂的工作。

這就是蘿凱徹底失敗的地方，即使她是在貝瑟德站的大木造宅邸裡長大，從小就學習該如何在上流社會應對進退，即使她聰明迷人，想要誰都能到手，最後卻嫁給了一個低薪又酗酒的命案刑警。這名前任警探目前戒酒，在警大學院擔任講師，薪水甚至比之前更低。

「你該戒菸囉。」席瓦森太太說，打量著哈利。「我只是要說這個。你都去哪家健身房？」

「地下室。」哈利說。

「你們家設置了健身房嗎？你的教練是誰？」

「就是我自己。」哈利說，深深吸了口菸，看著轎車後座車窗上自己的映影。只見他身形削瘦，但不似前幾年那樣皮包骨了，身上多了三公斤的肌肉、兩公斤的無壓力生活和一個健康的生活型態。然而映照在車窗上的那張臉，卻見證了他並非一直都是過著這種日子。他眼白上和肌膚底下分布有如三角洲的血絲，出賣了他曾經酗酒、瘋狂、缺乏睡眠和染有其他種種惡習的事實。從一側耳朵爬到嘴角的疤痕，敘述他曾經遭逢危急和失控的情境。而他用食指和無名指夾菸，只因中指已不復存在之事，更是用活生生的血與肉來書寫謀殺和重傷害。

他低頭看了看手中的報紙，看見摺疊處寫著「命案」兩個字，這時尖叫的回聲突然又響了起來。

「我也考慮在家裡設置一個健身房，」席瓦森太太說：「下星期找一天早上你來我家幫我看看，給我一點建議好不好？」

「一張健身墊、幾個重訓器材，還有一個單槓可以拉就好啦，」哈利說：「這就是我的建議。」

席瓦森太太露出開朗的微笑，點了點頭，彷彿了解哈利的意思。「祝你有愉快的一天，哈利。」

那輛特斯拉轎車咻的一聲駛離，哈利轉身朝他稱之為家的地方走去。

他走到一株大冷杉的樹蔭底下，停下腳步，望著那棟大宅。大宅建造得非常堅實，但也並非堅不可摧，天底下沒有什麼是堅不可摧的，只不過要攻陷這棟大宅也絕非易事。沉重的橡木大門上有三道鎖，窗前也設有鐵窗。席瓦森先生曾抱怨說他們把這棟大宅搞得活像碉堡似的，只有南非約翰尼斯堡才見得到這種房子，還說他們這一區明明治安良好，這樣一搞反而顯得好像很危險，非常不利於房價。大宅的鐵窗是蘿凱的父親在戰後加裝的。哈利擔任命案刑警的工作曾經使得蘿凱和她兒子歐雷克陷入險境，在那之後歐雷克已經長大不少。現在他已經搬出家裡，跟女友同住，並考入警大學院就讀。鐵窗要不要拆，要看蘿凱的意思，因為現在他們已經不需要鐵窗了，現在哈利只是個薪資微薄的講師而已。

「喔，早餐餐欸。」蘿凱咕噥說，露出微笑，誇張地打個哈欠，在床上坐起身子。

哈利將托盤放在她面前。

「早餐餐」是他們每星期五在床上的晨間時光代名詞，這天他上課時間較晚，她則休假一天，不必去外交部做律師的工作。他鑽進被子，一如往常將《晚郵報》的國內新聞和運動版遞給她，自己只看國際新聞和文化版。他戴上那副他不得不承認自己需要的眼鏡，興味盎然地閱讀美國創作歌手蘇揚·史蒂文（Sufjan Stevens）最新專輯的評論，同時想起下星期歐雷克找他一起去看史列特基妮樂團（Sleater-Kinney）的演唱會。這個女子樂團走的是頹廢又帶點神經質的搖滾樂風，正好是他喜歡的風格，但歐雷克其實比較偏愛重搖滾，這也使得他更加感謝歐雷克的這個邀約。

「有什麼新鮮事嗎？」哈利問道，翻過一頁報紙。

他知道蘿凱正在看剛才他在頭版看到的命案新聞，也知道她絕對不會對他提起案情，這是他們之間的一個默契。

「美國有超過百分之三十的 Tinder 用戶是已婚者，」蘿凱說：「但 Tinder 否認這種說法。你那邊有什麼新鮮事？」

「看來如果不是迷霧聖父（Father John Misty）的新專輯有點爛，就是這個樂評不僅變老，個性也變得乖戾了起來。我猜應該是後者，他們這張專輯在《MOJO》和《Uncut》雜誌上的評論都很好。」

「哈利？」

「我比較喜歡年輕時個性乖戾，隨著年紀增長個性慢慢變得圓融，跟我一樣，妳不覺得這樣比較好嗎？」

「我如果去玩 Tinder，你會不會嫉妒？」

「不會。」

「不會？」他看見她在床上坐直身子。「為什麼？」

「我想我就是缺乏想像力吧。我很蠢，而且我相信自己對妳來說已經足夠了。蠢人也不是真的那麼蠢的，妳知道。」

她嘆了口氣。「難道你從來都不會嫉妒嗎？」

哈利又翻了一頁。「我會嫉妒啊，可是親愛的，史戴．奧納最近給了我許多理由，讓我減少嫉妒。他今天要來我的課堂上當客座講師，對學生說明病態性嫉妒。」

「哈利？」

他從蘿凱的口氣聽得出她還不打算放棄。

「拜託不要拿我的名字當作句子開頭，這樣會讓我緊張。」

「你是應該要緊張，因為我正想問你對其他女人有沒有過遐想。」

「妳只是在想，還是妳真的要問？」

「我要問。」

「好吧。」哈利的目光落在一張照片上，照片中是警察署長米凱．貝爾曼偕同妻子出席一場電影首映會，米凱戴著最近開始戴上的單邊黑眼罩。那黑眼罩很適合他，哈利知道米凱很有這點自知之明。這位十分年輕的警察署長接受訪問時說，媒體和這部犯罪電影替奧斯陸塑造出一個錯誤形象，在他擔任警察署長期間，奧斯陸比以往都來得安全，數據顯示這段期間的自殺率比他殺率還要來得高。

「怎麼樣啊？」蘿凱說，哈利感覺她靠近了些。「你對其他女人有過遐想嗎？」

「有啊。」哈利說，摀嘴打了個哈欠。

「常常有嗎？」她問道。

他從報紙上抬起頭來，蹙起眉頭，凝視前方，思索這個問題。「沒有，不是**常常**。」他又低下頭去繼續看報。歌劇院旁興建中的新孟克博物館和公共圖書館正逐漸成形。挪威這個屬於漁夫和農夫的國度，過去兩百年來總是使得懷有藝術企圖心的社會邊緣人投奔到哥本哈根和歐洲，如今首都奧斯陸終於要有點文化之都的氣息了。但這些鬼話究竟誰會相信？或者應該說，到底是**誰**相信了這些鬼話？

「如果可以選擇的話，」蘿凱開玩笑似的說道：「如果不會導致任何後果的話，今天晚上你是會想跟我同床，還是跟你夢想中的女人同床？」

「妳不是跟醫生約診了嗎？」

「只有一個晚上，完全不會有任何後果。」

「妳是要我說出妳就是我夢想中的女人嗎？」

「快點嘛。」

「妳得給我一些選項才行。」

「奧黛麗．赫本。」

「妳以為我有戀屍癖啊？」

「你少岔開話題，哈利。」

「好吧，我想妳故意選一個已經作古的女人，是因為妳認為我會覺得如果是個我在現實中無法共度良宵的女人，妳會覺得比較不受威脅。既然這樣，為了感謝妳操弄人心的選項和《第凡內早餐》，我要明確且大聲的回答妳，答案是夢想中的女人。」

蘿凱短促的尖叫一聲。「這樣的話，你為什麼不去做？為什麼不去搞個外遇？」

「首先呢，我不知道我夢想中的女人會不會答應，而且我不擅於應付拒絕。其次呢，根本不可能會有『不會有後果』這回事。」

「真的嗎？」

哈利又把目光移到報紙上。「妳可能會離開我，就算妳沒離開，妳看我的眼光也不會再相同。」

「你可以祕密進行啊。」

「我才沒那個力氣。」前社福議員伊莎貝拉．斯科延批評市議會並未預先做好應變計畫，對付氣象預報所說之下星期三前可能襲擊西岸的所謂熱帶氣旋，其強度對挪威而言是前所未有的。更不尋常的是，預報說該氣旋在登陸數小時後會在強度稍減的狀態下直撲奧斯陸。伊莎貝拉宣稱市議會議長的回應：「我們不住在熱帶，所以不會為了熱帶氣旋而挪出預算。」透露出議長的傲慢和不負責任，簡直接近精神失常的邊緣。「反正他認為氣候變遷只會影響其他國家。」伊莎貝拉如此說道，旁邊還登出她擺出招牌姿勢的照片，這告訴哈利說她正在為了回歸政壇而做準備。

「你說你沒力氣搞祕密外遇，意思是不是說『你沒辦法假裝』？」蘿凱問道。

「意思是說『我才懶得去做』。保守祕密是件很累人的事，而且我會有罪惡感。」他翻動報紙，已經沒有下一頁了。「一直懷著罪惡感是件很累人的事。」

「對**你**來說當然累人，那我呢？難道你沒想過我會有多難過嗎？」

哈利看了一眼填字遊戲，把報紙放在棉被上，轉頭望著蘿凱。「如果妳對外遇一無所知，那就什麼感覺都不會有啦，是不是啊，親愛的？」

蘿凱一手捏住他的下巴，另一手玩弄他的眉毛。「那如果我發現了呢？或你發現我跟別的男人睡過，難道你不會難過嗎？」

他突然感到一陣刺痛，原來是蘿凱拔掉他一根散亂的白眉毛。

「當然會，」他說：「所以如果有外遇的人是我，我當然會有罪惡感。」

她放開他的下巴。「討厭啦，哈利，你說話的口氣好像是在釐清命案一樣，難道你都沒有任何**感覺**嗎？」

「討厭啦？」哈利歪嘴一笑，從眼鏡上方望著蘿凱。「現在還有人會說『討厭啦』？」

「回答我，討……喔，去死啦！」

哈利哈哈大笑。「我是在盡量誠實地回答妳啊，可是為了這麼回答妳，我必須實際去想像。要是跟隨我最初的直覺，我會說出妳想聽的話。所以我要警告妳，我是個不誠實的大滑頭，我的誠實只是對我自己可信度的長期投資，以免哪一天我**真的**需要說謊，妳才會認為我說的是實話。」

「收起你嘴邊的笑容，哈利。所以你是說如果不是那麼麻煩的話，你會是個偷吃的混蛋嗎？」

「看來是這樣。」

蘿凱推了他一下，雙腿一晃下了床，穿上拖鞋，哼了一聲，拖著腳步走出房門。

她步下樓梯時，哈利又聽見她哼了一聲。

「妳可以按下電熱水壺的開關嗎？」哈利大喊。

「卡萊．葛倫，」她喊了回來：「還有科特．柯本，你根本是他們兩個人的綜合體。」

哈利聽見她往樓下移動，又聽見電熱水壺發出滾沸聲。他把報紙放到床邊桌上，雙手枕在腦後，嘴角上揚，十分開心。下床時他看見蘿凱那份報紙的一角，報紙還放在她枕頭上。他看見一張照片，拍的是警方封鎖線內的犯罪現場。他閉上眼睛，走到窗前，再張開眼睛，看著那棵冷杉。他覺得現在自己可以辦到了，他可以忘記脫逃的那人叫什麼名字了。

＊＊＊

他醒了過來。他又夢見了他的母親，還夢見了那個自稱是他父親的人。他心想這是哪一種醒來？他獲得了充分休息，覺得很冷靜、很滿足，而導致這些的主要原因就躺在他身旁。他轉過身看著她。昨天他又進入了狩獵模式，他並不是有意的，但是當他一看見她，看見那個女警在酒吧裡，感覺像是命運之輪轉動了一般。奧斯陸是個小城市，人與人總是撞見彼此。不過他並未當場發狂，他已學會自我控制。他仔細觀察她的臉部線條、她的頭髮、她稍微以不自然角度平放的手臂。她全身冰冷，沒有呼吸。薰衣草的香味已幾乎散去，但沒關係，她已經完成了她的工作。

他把她蓋上，走到衣櫃前，拿出那套制服，拍去灰塵，覺得全身血液已開始沸騰。今天會是另一個美好日子。

7

星期五上午

哈利・霍勒跟史戴・奧納走在警大學院的走廊上。哈利身高一九二，比奧納整整高出二十公分，奧納則比他年長整整二十歲，而且腰圍寬廣得多。

「真是太讓我驚訝了，這麼簡單的案例你竟然想不通，」奧納說，檢查自己的圓點領結有沒有歪掉。「這裡頭根本毫無謎團可言，你之所以當老師是因為克紹箕裘，也就是說，是因為你父親是老師。就算你父親已經過世了，你還是想得到他的認同，這在你當警察的時候是得不到的，而你也從不想當警察，因為你對父親的反抗就是不想跟他一樣，你認為他軟弱無力，因為沒能拯救你母親的性命。你把自己缺少的投射在他身上，跑去當警察，以彌補當年你也沒能拯救母親的性命，於是你想拯救大家免於死亡，更進一步說，你想拯救大家不被殺害。」

「嗯，人家到底付你多少錢來跟你約診，聽你說這些話？」

奧納大笑。「說到約診，蘿凱的頭痛怎麼樣了？」

「她今天跟醫生有約，」哈利說：「她父親也有偏頭痛的毛病，都是到一定年紀才會發作。」

「遺傳這玩意就好像去找人算命又後悔一樣。人類總是傾向於討厭自己無法避開的東西，例如死亡。」

「遺傳也不是完全不可避免的，我爺爺說他第一次喝酒就上癮，跟他爸爸一樣，可是我爸卻可以一輩子都享受喝酒，真的只是享受喝酒的樂趣，卻不會上癮。」

「所以酗酒會隔代遺傳，這種事也很常見。」

「除非我只是以怪罪基因來作為自己性格缺陷的藉口。」

「好吧，可是性格缺陷也可以怪罪基因啊。」

哈利微微一笑，迎面走來的一個女學生會錯意，也回以微笑。

「卡翠娜寄了基努拉卡區命案的現場照片給我，」奧納說：「這件案子你怎麼看？」

「我已經不看犯罪新聞了。」

二號階梯教室的門敞開著迎接他們。這堂課屬於警大學院最後一年的課程，但歐雷克說他跟幾個一年級同學會偷溜進去聽課。不難想見的是，整間教室裡擠滿了人，甚至有許多學生和其他講師坐在階梯上和站在牆邊。

哈利走上講臺，打開麥克風，望著臺下眾人，發現自己下意識在尋找歐雷克的臉孔。臺下的窸窣說話聲逐漸止息，整間教室安靜下來。其實最奇特的一點並不在於他成為老師，而是在於他**喜歡上**當老師。他跟大部分常被認為是沉默內向的人一樣，一站到求知若渴的大群學生面前，竟然頗放得開，甚至比站在7-ELEVEN唯一結帳櫃檯的店員前還放得開。有時店員把一包駱駝牌淡菸放到他面前，他想開口說：「我要兩包」，卻會因為發現背後還有好多人在排隊而開不了口。他之所以要買兩包菸是因為有時他心情不好，覺得每條神經都焦躁不安，就會帶一包菸走到戶外，點一根抽完之後就把整包菸給扔了。站在講臺上，其實是處在他的舒適圈裡，圈子裡除了工作，就是命案。哈利清了清喉嚨。他沒找到歐雷克那張總是嚴肅兮兮的臉孔，卻發現另一個熟識之人，那人臉上戴著單邊黑眼罩。「我想你們有些人走錯教室了吧，這堂課是最後一年大三生的刑事工作三級課程。」

臺下傳來一陣笑聲，卻沒人想離開教室。

「那好吧，」哈利說：「如果今天有人想來聽我講枯燥的命案調查方法可能要失望了，今天我們請來一位客座講師史戴．奧納，他擔任警署犯罪特警隊的顧問已經很多年了，同時也是北歐在暴力凶殺案的領域裡首屈一指的心理師。因為我知道他等一下不會輕易把講臺還給我，在我把講臺交給他之前，要先提醒大家，下星期三我們會進行新的詰問考試，案例是『魔鬼之星』，跟往常一樣，案件說明、犯罪現場報告和訊問紀錄都放在校內網路上。好了，奧納，交給你囉。」

臺下爆出掌聲，哈利步下臺階，奧納神氣活現地踏上講臺，腹部向前突出，嘴角泛起滿意的微笑。

「奧賽羅症候群！」奧納高聲說，又朝麥克風靠近了些，稍微壓低嗓門。「奧賽羅症候群就是我們所謂的病態性嫉妒，挪威大部分的命案殺人動機都來自於它。就如同莎士比亞劇作《奧賽羅》中所描述的，富紳洛特利哥愛上了奧賽羅將軍的新婚妻子黛絲狄蒙娜，而狡猾的伊阿古由於未受奧賽羅提拔重用而心生憤懣，因此想毀掉奧賽羅，趁機謀取權力，於是和洛特利哥一起在奧賽羅和黛絲狄蒙娜之間挑撥離間。伊阿古在奧賽羅的腦子裡和心裡散播病毒，這種致命且頑強的病毒有許多偽裝，但其實就是嫉妒。隨著奧賽羅病得越來越重，他的妒火也引發癲癇，使得他在臺上發抖。最後奧賽羅親手殺了妻子，自己也落得以自殺收場。」奧納拉了拉花呢夾克的袖子。「我之所以要在這裡講述《奧賽羅》的劇情，並不是因為莎士比亞的著作包括在警大學院的課程裡，而是因為你們需要一些通識教育。」臺下傳來笑聲。「所以說，各位沒有嫉妒心的先生女士，奧賽羅症候群到底是什麼？」

「我們何德何能讓你大駕光臨？」哈利低聲說，他已繞到階梯教室後方，在米凱．貝爾曼旁邊站定。「你對嫉妒這個主題有興趣？」

「不是，」米凱說：「我是希望你能來幫忙調查最近發生的這起命案。」

「那恐怕你要白跑一趟了。」

「我希望你跟以前一樣，領導一個平行於大調查團隊的獨立小調查團隊，共同調查這件案子。」

「署長，謝謝你的提議，我的答案是『不要』。」

「我們需要你，哈利。」

「對啊，你們在這裡需要我。」

米凱笑了一聲。「我一點也不懷疑你是個好老師，但好老師到處都是，你卻是獨一無二的警探。」

「我不想再回去偵辦命案了。」

米凱面帶微笑，搖了搖頭。「得了吧，哈利，你以為你可以假扮成一個截然不同的人，在這裡躲多久？你又不像奧納是草食動物，你跟我一樣是掠食動物。」

「我的答案還是『不要』。」

「大家都知道掠食動物有一口利牙，因此牠們才會排在食物鏈的最上層。我看見歐雷克坐在前排那裡，誰想得到他竟然會來念警院呢？」

哈利覺得後頸的汗毛根根直豎，讓他瞬間進入警戒模式。「我很滿意我現在的生活，貝爾曼，我不會走回頭路的，我的答案就是『不要』。」

「要成為警察的必須先決條件是沒有前科才行。」

哈利沒有回話。奧納再度引起哄堂大笑，米凱也笑了幾聲。他把手搭在哈利肩膀上，傾身向前，稍微壓低嗓音。「雖然已經事隔好幾年了，但我手上還是有人脈，可以找到人來發誓當年看過歐雷克購買海洛因。購毒的最高刑期是兩年，雖然他可以獲得緩刑，但卻永遠不可能成為警察了。」

哈利搖了搖頭。「貝爾曼，就算是你也不可能做得出這種事。」

「不可能嗎？雖然這樣做看起來像是殺雞用牛刀，但偵破這件案子真的非常重要。」

「如果我拒絕，你就算毀了我的家庭也得不到什麼好處。」

「也許是吧，但是別忘了，我……那是怎麼說來著？我恨你。」

哈利看著前方眾人的背影。「你不是那種感情用事的人，貝爾曼，你沒那麼多感情。你握有警院學生歐雷克．樊科的罪證那麼久卻沒採取任何行動，大家知道了會怎麼想？你跑來這裡虛張聲勢是沒有用的，貝爾曼，你的對手知道你手裡拿的只有一副爛牌。」

「如果你想拿這年輕人的未來當作賭注，賭我只是虛張聲勢，那就儘管賭吧，哈利。你只要替我破了這件案子就好，其他的一切都會一筆勾消，今天下午之前給我答案。」

「我只是好奇，貝爾曼，為什麼這件案子對你來說這麼重要？」

米凱聳了聳肩。「政治。掠食動物需要吃肉。別忘了我是老虎，哈利，而你只是獅子。老虎的體重比獅子重，腦容量也比獅子高，這就是為什麼羅馬人知道在競技場上只要派出獅子對上老虎，獅子必死無疑。」

哈利低頭看見前排有顆頭轉過來，正是歐雷克，他露出微笑，豎起大姆指比了比。歐雷克就快滿二十二歲了，他有他母親的眼睛和嘴巴，但那頭烏黑直髮遺傳自早已被遺忘的俄裔父親。哈利回以大拇指，擠出微笑，待他回過頭來，米凱已然離去。

「奧賽羅症候群好發於男性，」奧納拉高嗓音說：「罹患奧賽羅症候群的男性殺人犯傾向於使用雙手，女性殺人犯則傾向於使用刀子或鈍器。」

哈利側耳傾聽腳下那潭黑水表面所結成的一層薄冰。

「你的表情看起來好嚴肅，」奧納說，從洗手間走回哈利的辦公室，喝掉杯子裡剩餘的咖啡，穿上外套。「不喜歡我這堂課嗎？」

「喔，喜歡啊，剛才貝爾曼來了。」

「我看到了，他想幹嘛？」

「他想威脅我回去幫他調查最近這起命案。」

「你怎麼說？」

「我說不要。」

奧納點了點頭。「很好。你跟我都和邪惡有過大量的近距離接觸，那會侵蝕我們的靈魂，旁人也許看不出來，但那其實會摧毀我們的一部分，而且我們身邊所愛的人也會引起那些反社會人格障礙者的高度注意。我們已經卸下勤務了，哈利。」

「你是說你投降了？」

「是的。」

「嗯，我知道你現在用的是比較籠統的說法，你確定不能再說得更詳細一點嗎？」

奧納聳了聳肩。「我只能說，我花了太多時間在工作上，太少時間在家裡。我在研究命案的時候，人雖然在家，心卻不在。呃，這你可以了解吧，哈利。而歐柔拉她……」奧納鼓起雙頰，又把空氣呼出。「老師說她現在比較好了，小孩在那個年紀有時候會搞自閉，然後又會開始嘗試接觸外界，他們手腕上有疤痕並不一定代表經常自我傷害，那只表示他們生來就具有好奇心。但一個父親發現無法觸及孩子內心的時候，總是會很難過，更叫人難過的是，這個父親應該是個優秀的心理師才對。」

「她現在十五歲對不對？」

「等她滿十六歲，這些事應該就都會過去而且被淡忘，這只是階段性的而已，這個年紀就是會有這種事，但你沒辦法等手上案子結束以後再去關心家人，也不能等隔天工作告一段落以後再去，你必須現在就去，你說是不是，哈利？」

哈利用大拇指和食指輕輕揉著上唇上方的鬍碴，緩緩點頭。「嗯，當然是。」

「好吧，我要走了，」奧納說，提起公事包，拿起一疊照片。「這些是卡翠娜寄來的犯罪現場照片，就像我剛剛說的，這些不關我的事。」

「那我為什麼會要這些照片？」哈利問道，低頭看著染血床鋪上的女屍。

「說不定你課堂上會用得到，我聽見你提到魔鬼之星的案子，知道你用的是真實案例和資料。」

「那件案子只是範本，」哈利說，試圖將目光從那張女屍照片上移開，卻又覺得有種似曾相識的感覺，有如回聲一般，難道他見過這個女的？「這個被害人叫什麼名字？」

「伊莉絲．賀曼森。」

這名字並未勾起任何記憶，哈利往下一張照片看去。「她脖子上的這些是什麼傷口？」

「你真的沒看過關於這件案子的任何新聞？現在的報紙頭條全都是這件命案，也難怪貝爾曼要逼你回去辨案。那是鐵假牙造成的傷口，哈利。」

「**鐵假牙**？這個凶手崇拜惡魔？」

「如果你有看《世界之路報》，就會知道他們引用我的同行哈爾斯坦・史密斯的推特文章說這是吸血鬼症患者的傑作。」

「吸血鬼症患者？所以是吸血鬼囉？」

「是就好了，」奧納說，拿出一張《世界之路報》的案情剪報。「吸血鬼至少在動物學或小說裡找得到一些根據，史密斯和其他幾個國家的心理師說，吸血鬼症患者以飲血為樂，你看這個……」

哈利看了奧納拿到他面前的推特文章，目光停留在最後一個句子上：**吸血鬼症患者將再度下手**。

「嗯，雖然只有幾個心理師這樣說，並不一定代表他們不是對的。」

「你瘋了嗎？我是很贊成獨排眾議，也欣賞像史密斯這樣有企圖心的人。他在學生時期犯過幾個大錯，使得他得到『猴子』這個綽號，我想一直到現在他在心理師的圈子裡還是沒有太高的可信度，但其實他本來是個前景看好的心理師，直到他攪和到吸血鬼症患者的這件事裡。他寫的文章不壞，但總是沒辦法登上必須經過同行評審的期刊，如今他的文章終於被《世界之路報》採用了。」

「那你為什麼不相信吸血鬼症患者這件事？」哈利說：「你自己就說過，只要你想得出任何一種異常行為，世界上就一定有人有這種行為。」

「對啊，世界上一定有，現在沒有將來也會有。人類的性慾跟人類的思考和感覺能力有關，所以幾乎是沒有限制的。戀樹癖指的是對樹木產生性慾，有失敗癖的人會覺得失敗能引發性慾。但是在你定義某種行為是癖好或崇拜之前，它必須先盛行到一定程度，有一定數量的行為者。史密斯和他那群有誇大傾向的心理師自已發明了這種崇拜主義，而他們是錯的，世界上沒有一群人叫作所謂的吸血鬼症患者，世界上沒有這種人在遵循一定的行為模式，而且數量多到可以供人分析。」奧納扣上外套鈕扣，朝門口走去。「相反的，如果你罹患親密恐懼症，無法在好朋友離開時給他一個擁抱，那就是心理學理論的上好分析素材。

替我問候蘿凱吧，告訴她我會施展魔法讓她的頭痛遠離。哈利？」

「什麼？好啊，沒問題，我會轉告她。希望歐柔拉的事一切順利。」

奧納離開之後，哈利怔怔坐了好一會。昨晚他走進客廳時，蘿凱正好在看一部電影，他看了畫面一眼，就問說那是不是詹姆士．葛雷（James Gray）執導的電影。他看見的是毫無特點的街道畫面，裡面沒有演員、沒有特定車輛，也沒有特殊攝影角度，只不過是個他從未看過的兩秒鐘空畫面。當然了，沒有一部電影是毫無特點的，但是除了他幾個月前看過詹姆士．葛雷執導的電影之外，他還是不明白為什麼自己會認為那部片的導演就是詹姆士．葛雷。也許僅僅只是看了一眼畫面，他的頭腦就能下意識做出各種瑣碎的連結。他曾經看過一部電影，而現在這兩秒鐘畫面所包含的一兩個細節就以迅捷無倫的速度流入了他的大腦，以至於他根本來不及辨別他認出的究竟是什麼。

哈利拿出手機。

他遲疑片刻，找出了卡翠娜的電話號碼。他們上次聯絡已經是六個多月前的事了，當時她傳簡訊祝他生日快樂，他只回了一句「謝謝」，沒有任何符號，也沒有句號。哈利知道卡翠娜會明白他並不是不在乎她，而是他不喜歡打冗長的簡訊。

電話沒人接。

他撥打卡翠娜在犯罪特警隊的專線電話，接起電話的是麥努斯。「原來是哈利．霍勒親自打電話來了啊。」他的語氣中充滿濃濃的嘲諷意味，於是哈利清楚明白自己在犯罪特警隊裡沒多少粉絲，而且麥努斯絕不會是粉絲之一。「沒有，我今天沒看見布萊特，這對一個新上任的專案小組召集人來說倒是很奇怪，因為我們今天有一大堆事情要做。」

「嗯，可以請你轉告她說我……」

「霍勒，你最好晚點再打來看看，我們今天很忙。」

哈利結束通話，手指輪敲桌面，看了看辦公桌一端的一疊作業，又看了看辦公桌另一端的那疊照片，心中想起米凱的比喻。獅子？好吧，有何不可？他讀過獅子獨自狩獵的成功率大約只有百分之十五，還有獅子要撂倒大型獵物時，沒有力氣將獵物的喉嚨撕開，只能讓獵物窒息而死，也就是用力咬住獵物的脖子，掐住氣管，而這需要花費很多時間。如果對方是大型動物，例如水牛，獅子有時就得掛在那邊，折磨自己和水牛長達好幾個小時，最後還是不得不放棄。這也是一個可以用來看待命案調查工作的角度：辛苦工作老半天卻得不到任何回報。

他答應過蘿凱不會回去，也答應過自己不會回去。

哈利又看了看那疊照片，看了看伊莉絲．賀曼森的照片。她的名字已自動烙印在他腦海裡，她躺在床上的那張照片的細節也是。但重點不在於細節，而在於整體。昨晚蘿凱看的那部電影是《錢藏凶機》，導演並不是詹姆士．葛雷。哈利也會有判斷錯誤的時候，他的成功率一樣只有百分之十五……

伊莉絲躺在床上的樣子有點蹊蹺，或者應該說她「被」躺在床上的樣子有點蹊蹺，那個擺放方式很像那場已被他遺忘的夢境所產生的回聲。森林裡的叫聲。他一直努力想忘記男子的聲音。那個脫逃的男子。

哈利想起以前他思考過的一件事，就是當他墮落、當他拔起酒瓶的軟木塞，喝下第一口酒的時候，事情並不如他所想的那樣，因為喝下酒的那一刻並不是決定性的時刻。那個決定其實早就已經做好了。決定做好之後，只剩下一個問題，那就是要用什麼來觸發。這件事注定會發生，總有一刻那瓶酒會佇立在他面前，等待著他，他也渴望著那瓶酒。其餘的就只是相反電荷、磁力、不可違抗的物理定律。

該死、該死！

哈利猛地站起，抓起他的皮夾克，快步走出辦公室。

他照著鏡子，檢查夾克是否穿著妥當。他又讀了一次關於她的描述。他已經開始討厭她了。她的名字裡有個「w」，但其實應該用「v」這個字母來拼才對，就跟他的名字一樣，光是這點就足以懲罰她了。他其實比較想換一個被害者，一個較為貼近他品味的被害者，例如卡翠娜．布萊特。但決定早已替他做好，那個名字裡有個「W」的女子正等待著他。

他扣上夾克的最後一顆鈕扣，出門而去。

8

星期五下午

「貝爾曼是怎麼說服你的？」犯罪特警隊隊長甘納．哈根站在窗前說。

「這個嘛，」哈根背後傳來一個獨特的嗓音。「他提出了一個我無法拒絕的條件。」這嗓音比以前沙啞了點，但仍保有同樣的深度和沉靜。哈根曾聽一個女同事說，哈利．霍勒全身上下唯一美好之處就是他的聲音。

「加班費增加一半，公提退休金增加一倍。」

哈根微微一笑。「難道你沒提出條件？」

「我自己挑選組員，我只要三個人。」

哈根轉過身來。哈利懶散地坐在辦公桌對面的椅子上，兩條長腿直直伸出，削瘦臉龐上多了幾道紋路，濃密的金色短髮在太陽穴兩旁冒出幾根白髮。他已不像哈根上次看到他時那麼瘦，深藍色眼眸周圍的眼白部分也許還不是太清澈，但已不像過去處於谷底時那樣布滿血絲。

「你最近還在戒酒嗎，哈利？」

「戒得跟挪威油田一樣，一滴都找不到，長官。」

「嗯，你知道挪威油田裡還有很多油吧？只不過暫時關閉等油價上漲。」

「我知道，這就是我想傳達的形象。」

哈根搖了搖頭。「我還以為你會隨著年齡增長而成熟一點。」

「很令人失望對不對？我們不會變得比較有智慧，只是變老而已。卡翠娜還是沒聯絡嗎？」

哈根看了看自己的手機。「完全沒有。」

「要不要再打給她看看？」

「哈爾斯坦！」客廳傳來叫聲。「孩子們要你再當一次老鷹！」

哈爾斯坦．史密斯嘆了口氣，不過是開心的嘆氣，他將手上那本法蘭西絲卡．杜恩（Francesca Twinn）所著的《性愛雜記》（*Miscellany of Sex*）放在廚房餐桌上。他在這本書裡並未發現任何知識有助於他的博士學位，除了知道在巴布亞新幾內亞的特羅布里恩群島上，咬下女人眼睫毛是一種熱情的表現，這一點還挺有意思的，因此去逗孩子開心還比較好玩。剛才他其實已經玩得很累，但是沒關係，生日也才一年一次而已。不對，他有四個小孩，所以是一年四次。如果孩子堅持爸媽生日也要辦派對的話，那就是一年六次。如果也要慶祝「半歲生日」的話，那就是一年十二次。客廳傳來小孩發出如鴿子般的咕咕叫聲，他朝客廳走去，這時門鈴響起。

史密斯前去開門，只見站在門外臺階上的女子毫不掩飾地瞪大了眼，看著他的頭。

「前天我吃了含有堅果的東西。」他說，抓了抓額頭上爆發的紅色蕁麻疹。

他看著女子，發現對方並不是在看他額頭上的蕁麻疹。

「喔，這個啊，」他說，摘下帽子。「這個我們拿來當作老鷹的頭。」

「看起來比較像雞頭。」女子說。

「這其實是復活節小雞，所以我們都叫它小雞鷹。」

「我是奧斯陸警署犯罪特警隊的卡翠娜．布萊特。」

史密斯側過了頭。「對，昨天晚上我在新聞上看過妳，妳是因為我在推特上面貼的文章才來的吧？我的電話一直響個不停，我不是有意要引起這麼大的騷動的。」

「我可以進來嗎？」

「當然可以，不過希望妳不要介意……呃……小朋友很吵。」

史密斯跟孩子解釋說他們得先自己找一隻老鷹，接著便領著卡翠娜走進廚房。

「妳看起來像是需要喝杯咖啡。」史密斯說，沒等卡翠娜回答，就逕自倒了杯咖啡。

「昨天晚上忙到很晚，」卡翠娜說：「早上還睡過頭，所以一起床就直接過來了，手機也忘在家裡。可以借你的手機用一下嗎？我得打個電話到辦公室。」

史密斯把他的手機遞給卡翠娜，看見她不知所措地看著那支古早的易利信手機。「小孩都叫它笨蛋手機，需要我跟妳說怎麼用嗎？」

「我還記得怎麼用。」卡翠娜說：「告訴我，你對這張照片有什麼看法？」

卡翠娜按下手機按鍵，史密斯仔細觀看她遞來的照片。

「鐵假牙，」他說：「土耳其的？」

「不是，卡拉卡斯的。」

「是喔，伊斯坦堡的考古博物館也有幾副類似的假牙，據說是亞歷山大大帝的士兵在用的，但歷史學家表示懷疑，他們認為應該是上流階層在玩虐待遊戲的時候用的。」史密斯抓了抓額頭的蕁麻疹。「所以凶手用了類似的東西？」

「目前還不確定，我們只是從被害人的咬痕來進行分析，傷口上還沾有鐵鏽和一些掉落的黑漆碎片。」

「啊哈！」史密斯高聲呼喊。「那我們得去日本才行！」

「是嗎？」卡翠娜把手機拿到耳邊。

「妳有沒有看過有些日本女人會把牙齒染成黑色？沒有？好吧，那是個叫做『ohaguro』的傳統，意思是『日落後的黑暗』，最初是出現在日本平安時代，大概是西元八百年，還有……呃，要我繼續說下去嗎？」

卡翠娜不耐煩地比個手勢。

「據說日本中世紀的時候，北方有個將軍要求旗下士兵戴上塗有黑漆的鐵假牙，主要是用來嚇人，但近身戰的時候也派得上用場。如果戰場上太過擁擠，無法使用武器，也沒法出拳或踢腿，就可以用假牙咬穿敵人的喉嚨。」

卡翠娜比個手勢說電話接通了。「嗨，甘納，我是卡翠娜，我只是要跟你說我直接從家裡過來找史密斯教授談……對，就是那個在推特上面發文的。還有我把手機忘在家裡了，如果有人要找我……」她停下來聆聽。「哈利？你是開玩笑的吧？」她又聽了片刻。「他就這樣走進來說他願意接這個案子？我們晚點再說好了。」她把手機還給史密斯。「好吧，告訴我，吸血鬼症到底是什麼？」

「如果要談這個話題，」史密斯說：「我們得去散散步。」

卡翠娜和哈爾斯坦．史密斯沿著碎石步道並肩而行，這條步道從屋子一直延伸到穀倉。他解釋說他老婆繼承了這座農場和將近一公頃的土地，葛里尼這個地區距離奧斯陸市中心不過才幾公里，但僅僅兩個世代前，這裡到處都還可見牛羊在草地上悠閒吃草。另外他老婆還繼承了納賽亞島上的一小塊地和船屋，而且聽周圍那些暴發戶鄰居說，有人開高價要收購，如果是真的，那裡的遺產還比這裡更值錢。

「納賽亞島真的是太遠了，很少會去，但我們暫時還是不想賣地。雖然我們只有一艘便宜的鋁製小船，上頭的引擎有二十五匹馬力，但我很愛那艘船。偷偷告訴妳，妳可別跟我老婆說，其實我比較喜歡大海，不喜歡這塊農地。」

「我的家鄉也在海邊。」卡翠娜說。

「卑爾根對不對？我很喜歡卑爾根方言。我在頌維根區的精神病院工作過一年，那裡好美，只不過常常下雨。」

卡翠娜緩緩點了點頭。「對，我也在頌維根被淋濕過。」

兩人走到穀倉前，史密斯掏出鑰匙，打開掛鎖。

「穀倉用這個鎖好像有點大。」卡翠娜說。

「上一個太小了。」史密斯說。卡翠娜聽見他口氣中帶有無奈。她一踏進門，感覺腳底下有東西會動，不由得低聲驚呼。她低頭望去，便看見一個寬一公尺、長一點五公尺的長方形金屬板設置在水泥地上。她覺得那塊金屬板底下似乎有彈簧，還會搖晃碰撞周圍的水泥結構，最後才逐漸靜止下來。

「五十八公斤。」史密斯說。

「什麼？」

史密斯朝左方的一個大箭頭點了點頭，只見那個箭頭在一個半月形的刻度盤上，在五十和六十的刻度之間微微擺動。卡翠娜這才明白原來自己踩上了一個老式的牛磅秤。她瞇眼看去。

「五十七點六八。」

史密斯哈哈大笑。「反正遠低於可宰殺重量。我得承認我每天早上都會跳過這個磅秤，我可不想覺得每天都是我要被送去屠宰的最後一天。」

兩人繼續往前走，經過一排畜欄，在一間辦公室的門前停下腳步。史密斯用鑰匙把門打開。辦公室裡有張桌子、一台桌上型電腦、一扇可看見外頭草原的窗戶和一幅吸血鬼畫像，畫中的吸血鬼張著又大又薄的蝙蝠翅膀，伸著細長的脖子，有一張方形的臉蛋。辦公桌後方的書架上擺著半滿的檔案和書籍。

「世界上曾經出版過的吸血鬼症相關書籍全都在這裡了，」史密斯說，伸手從那些書的書脊摸了過去。「所以要得出概論還算滿容易的，但是要回答妳的問題，就必須從一九六四年范登伯格（Vandenbergh）和凱利（Kelly）所寫的這本書說起。」

史密斯從書架上拿下一本書，打開讀道：「『吸血鬼崇拜指的是從對象吸血（通常這個對象是愛人）並藉以得到性快感的行為。』這是死板的文字定義，但妳要的應該不只這樣對不對？」

「應該是吧。」卡翠娜說，看著那幅吸血鬼畫像。那幅畫畫得很好，簡單又孤單，隱隱散發一種冷冽感，看得她不由得把夾克拉緊了點。

「那我們再談得更深入一點，」史密斯說：「首先呢，吸血鬼症不是什麼新發明，這名稱跟某種偽裝成人類的嗜血怪物傳說有關，這個傳說可以追溯到古代的東歐和希臘，但現代對於吸血鬼的概念主要來自一八九七年愛爾蘭作家布拉姆．史鐸克所著的小說《德古拉》，還有一九三〇年代拍攝的第一批吸血鬼電影。吸血鬼原本指的是病態的人類，但有些研究者誤認為吸血鬼主要是受到這些傳說的啟發，他們忘了吸血鬼症早在這本書裡就已經提到過……」史密斯拿出另一本舊書，褐色書封已有大半碎裂。「這是克拉夫特—埃賓（Richard von Krafft-Ebing）在一八八六年所著的《性病態》（*Psychopathia Sexualis*），也就是說，這本書早在吸血鬼傳說廣為人知之前就已經出版了。」史密斯小心翼翼地放回那本書，又拿出另一本書。

「我自己是以嗜屍癖、戀屍癖和施虐癖作為研究吸血鬼症的基礎，跟這本書的作者布吉尼翁（Bourguignon）一樣。」史密斯打開那本書。「這本書是一九八三年寫的：『吸血鬼症是一種罕見的強迫症，患者內心有一種難以抵抗的衝動想要攝取鮮血，他們必須透過這種儀式來獲得心理上的平靜。罹患這種強迫症的患者和其他強迫症患者一樣，本身並不了解強迫行為所代表的意義。』」

「所以說吸血鬼症患者只會去做吸血鬼症患者做的事，不會改變行為？」

「這樣說有點過度簡單化，但基本上是的。」

「你的這些書裡面，有沒有一本可以協助我們側寫這個吸血凶手？」

「沒有，」史密斯說，放回布吉尼翁的書。「有一本是已經寫好了的，但不在書架上。」

「為什麼？」

「因為沒有出版。」

卡翠娜看著史密斯。「是你寫的書？」

「對。」史密斯露出悲傷的微笑。

「發生了什麼事？」

史密斯聳了聳肩。「這種比較激進的心理學當時不適合出版，因為我的說法等於公然打臉這個，」他指著架上一本書的書脊。「赫瑟爾．普林斯（Herschel Prins）和他一篇刊載在一九八五年《英國精神病學期刊》上的文章。做出這種事不可能逃得過懲罰，所以我遭到驅逐，因為我的研究結果是根據案例研究而不是根據經驗證據。當然啦，要根據經驗證據幾乎是不可能的，因為真正的吸血鬼症案例非常少，而少數有紀錄的案例又因為沒有進行足夠研究而被診斷為精神分裂。我嘗試過，但報紙只樂於刊登美國B咖名人認為吸血鬼症無聊又灑狗血的文章。最後等我蒐集到足夠的研究證據，終於有了突破……」史密斯指了指書架上空蕩蕩的部分。「偷走我的電腦是一回事，但是還偷走我的案主筆記和案主紀錄，等於是把我所有的研究都偷走了。現在有些惡毒的同事宣稱說我反而因此得救，因為我的研究結果一旦出版，一定會受到更多奚落，因為很顯然世界上根本沒有吸血鬼症患者。」

卡翠娜伸手撫摸那幅吸血鬼畫像的畫框。「誰會侵入這裡偷走醫療紀錄？」

「天知道，可能是某個同事吧。我一直在等，看有沒有人會把我的論文和研究結果還給我，可是還等不到。」

「說不定對方的目標是你的案主？」

史密斯哈哈大笑。「那祝他們好運，我那些案主都非常瘋狂，相信我，沒有人會要他們的，他們只適合當研究對象，不適合用來賺錢。如果不是我老婆的瑜珈學校辦得很成功，我們絕對留不住這座農場和船屋。說到這個，生日派對還在家裡等著我，他們需要一隻老鷹。」

兩人走出門來，史密斯鎖上辦公室的門，卡翠娜注意到畜欄上方的牆壁上裝有一台小型監視器。

「你知道警方已經不受理一般的非法入侵案件了吧，」她說：「就算你有監視器畫面也是一樣。」

「我知道，」史密斯嘆了口氣。「那是我自己求心安用的。如果他們再來偷我的新資料，我要知道到底是哪個可惡的同事幹的，穀倉大門外我也裝了監視器。」

卡翠娜不禁大笑。「我還以為學者都是溫室裡的書蟲，不會去幹偷竊的勾當。」

「喔，妳恐怕誤會了，我們跟很多知識水準比較低的人一樣，也會幹出一堆蠢事，」史密斯說，難過地搖了搖頭。「我承認我自己也包括在內。」

「真的嗎？」

「反正也沒什麼好說的，我只不過犯了個錯就被取了綽號，那已經是很久以前的事了。」那也許真的是很久以前的事，但卡翠娜仍看見史密斯臉上掠過一絲痛苦神情。

兩人來到農莊前的階梯上，卡翠娜遞了一張名片給史密斯。「如果媒體打電話給你，請不要提起我來請教過你，如果民眾認為警方相信有個吸血鬼逍遙法外，一定會引起恐慌。」

「喔，媒體才不會打給我呢。」史密斯說，看了看名片。

「是嗎？可是《世界之路報》登出了你在推特上面的發文。」

「他們根本懶得來採訪我，可能有人記得我以前喊過『狼來了』。」

「狼來了？」

「九〇年代有一樁命案我很確定涉及吸血鬼症患者，三年前也有一件，不知道妳記不記得？」

「我沒印象。」

「那件案子沒登上太多頭條，我想應該算是走運吧。」

「所以這算是你第三次喊狼來了？」

史密斯緩緩點頭，看著卡翠娜。「對，這是第三次。所以我的失敗史還算滿長的。」

「哈爾斯坦？」屋內傳來女子的喊聲。「你要來了嗎？」

「就來了，親愛的！先發出老鷹警報！嘎嘎嘎！」

卡翠娜朝柵欄門走去，聽見背後的叫聲越來越大，小鴿子在遭到大老鷹攻擊前先發出歇斯底里的尖叫聲。

9

星期五下午

午後三點，卡翠娜去鑑識中心開會，四點跟刑事鑑識員開會，兩場會議都令人沮喪，五點她去署長辦公室見米凱。

「我們把哈利．霍勒找回來了，很高興妳對這件事的反應很正面，布萊特。」

「為什麼會不正面？在偵辦命案方面，哈利是最經驗老到的警探。」

「有些警探會覺得這件事……該怎麼說？很有**挑戰性**，因為有個過去名號響叮噹的人物來監視他們。」

「這對我來說沒問題，我的原則是一切都開誠布公，長官。」卡翠娜微微一笑。

「很好，反正哈利會帶領他自己的獨立調查小組，妳不用擔心會被他接管，只要把他當作是個良性的競爭對象就好。」米凱十指相觸，卡翠娜注意到他的婚戒周圍有一圈白色斑紋。「當然了，我會幫女性參賽者加油，希望案情很快就能水落石出，布萊特。」

「原來如此。」卡翠娜說，看了看錶。

「什麼原來如此？」

她聽出他口氣中帶有一絲不悅。「原來你希望的是快速破案。」

她知道自己是在挑釁警察署長，但她並不是刻意這麼做，而是不由自主的。

「妳也應該希望案子能迅速偵破才對，布萊特警監。無論有沒有實際的差別待遇，妳這個職位可不是天上掉下來的。」

「我會盡力證明我足堪重任。」

她直視米凱的雙眼。米凱的眼罩對他餘下那隻正常眼睛似乎有襯托作用，讓它顯得更加灼烈而美麗，但也更突顯那殘酷無情的目光。

她屏住呼吸。

突然間米凱爆出大笑。「我喜歡妳，卡翠娜，但我要給妳一個建議。」

她做好心理準備等著。

「下次記者會由妳負責發言，而不是哈根。我要妳強調這是一件非常難辦的案子，我們沒有掌握任何線索，必須準備長期抗戰。這會讓媒體比較不會那麼沒耐心，也讓我們有比較多的迴旋空間。」

卡翠娜交疊雙臂。「這樣說可能也會讓兇手更大膽，更有可能再次犯案。」

「我想這個兇手不會受媒體左右的，布萊特。」

「你說了算。好了，我得去做準備了，等一下要跟專案調查小組開會。」

卡翠娜從米凱的眼神中看見警告意味。

「去吧，還有，照我的話去做，告訴媒體說這是妳辦過最困難的命案。」

「我……」

「當然是用妳自己的話來說，下次記者會是什麼時候？」

「今天的已經取消了，因為沒有新消息可以發布。」

「好，記住了，這件案子看起來越困難，我們破案時所得到的榮耀就越大，況且這不算是在說謊，因為我們真的什麼線索都還沒掌握到不是嗎？再說，媒體最喜歡可怕的大謎團了，這是個雙贏局面，布萊特。」

去你的雙贏局面，卡翠娜心想，步下樓梯，朝六樓的犯罪特警隊走去。

下午六點，專案調查小組會議一開始，卡翠娜就強調在電腦系統中確實登入寫報告的重要性，因為伊莉絲・賀曼森的 Tinder 約會對象蓋爾・索拉的第一次訊問沒有確實記錄好，以至於還要再指派一名警探去跟他聯絡。

「首先，這會造成額外工作，還會給民眾留下警方做事雜亂無章的印象，好像我們的右手不知道左手在幹嘛。」

「一定是電腦哪裡出錯了，或是系統有問題，」楚斯・班森說，即使卡翠娜並未點名他。「我明明傳出去了。」

「這要問托德了。」

「過去二十四小時沒有系統故障的報告，」托德・葛蘭說，推了推眼鏡，看清楚卡翠娜的眼神，知道自己解讀得沒錯。「當然了，班森，有可能是你的電腦有問題，我會去檢查一下。」

「說到這裡，托德，可不可以說一下你最近的天才發現？」

資訊科技專家雙頰泛紅，點了點頭，用僵硬不自然的聲調開始說話，彷彿在唸稿似的。「定位服務。持有智慧型手機的人會允許一個或多個應用程式隨時取得他們所在位置的資訊，很多人根本不知道自己准許了這項功能。」

托德頓了頓，吞了口口水。卡翠娜明白托德的確是在背稿，因為開會前她曾跟他說會在會議中請他報告，所以他特地寫了一篇講稿還背了起來。

「許多應用程式會在使用條款中要求傳送手機位置資訊給第三方的權利，但這個第三方並不是警方。Geopard 就是這類的第三方商業機構，他們收集位置資訊，卻沒有合約條款禁止他們把這些資訊賣給公家單位，也就是警方。因此當性侵犯服刑期滿出獄之後，我們就會開始收集他們的聯絡資料，包括地址、手機號碼和電郵信箱，因為我們會定期追蹤他們的所在位置，一旦類似他們曾經犯過的性侵案件發生時，我們就會比對他們的位置，這是因為過去一直認為性侵犯的再犯機率很高。但新的研究結果指出這完全是錯誤的，強暴其實是再犯率最低的一種犯罪行為。BBC 第四電臺最近報導說，犯罪者再度被捕的機率在美國是百分之六十，在英國是百分之五十，而且犯的通常是同一罪行。但強暴犯**卻非如此**。美國司法部的數據顯示，偷車賊在三年內因為相同罪名被捕的機率是百分之七十八點八，販賣贓物是百分之七十七點四，以此類推，但強暴犯的再犯機率只有百分之二點五。」托德又頓了頓。卡翠娜心想他應該是注意到大家對這種漫無重點的報告耐心有限。托德清了清喉嚨。「反正就是當我們把一批聯絡資料寄到 Geopard，他們就能繪出這些人手機移動的動線，前提是這些人用的是會隨時隨地追蹤位置的應用程式。比如說星期三晚上的位置。」

「有多精確？」麥努斯．史卡勒高聲問道。

「精確到幾平方公尺，」卡翠娜說：「但GPS是平面2D的，所以我們無法得知高度。換句話說，我們無法得知手機位置在幾樓。」

「這是合法的嗎？」分析員吉娜問道：「我的意思是說，隱私法……」

「……隱私法還在努力追上科技。」卡翠娜插口說：「我問過法務部門，他們說這是灰色地帶，現有法規還沒包含在內。對我們來說，既然不是不合法，那麼……」她攤了攤雙手，但會議室裡沒有人願意接下去把這句話說完。「托德，請繼續說。」

「我們得到法務部門律師的授權和甘納．哈根的預算授權之後，買下了一組位置資料，這些地圖包含了百分之九十一的性侵前科犯在命案當晚的GPS位置資訊。」托德停下來，似乎正在思考。

卡翠娜知道他已經把報告背完了，只是不明白為什麼眾人並未露出欣喜之色。

「你們知道這省下我們多少麻煩嗎？如果我們沿用老方法，要一一排除這麼多可能嫌犯……」

一聲輕咳聲傳來，聲音來自沃爾夫，他是隊上最資深的警探，照理說他現在應該退休了才對。「既然妳是說『排除』，就表示這些地圖裡沒有符合伊莉絲．賀曼森住家地址的資料囉？」

「沒錯，」卡翠娜說，雙手叉腰。「這表示我們只需要調查剩下百分之九的性侵前科犯的不在場證明。」

「可是手機的位置資訊也不完全可以算不在場證明啊。」麥努斯說，看了看其他人尋求支持。

「你應該明白我的意思。」卡翠娜嘆道，心想，這些人到底是怎麼了？他們應該是來共同破案的，而不是來把彼此的力氣消耗殆盡的。

「鑑識中心那邊怎麼樣？」她問道，先在會議室前方坐下，暫時不想看見其他人。

「沒什麼發現，」侯勒姆說，站了起來。「化驗室檢查過傷口上殘留的黑漆，發現那是一種相當特別的漆料，應該是用鐵屑浸在醋液裡製成的，還添加了從茶葉萃取出來的植物單寧酸。我們查過，這種漆料可能來自把牙齒染黑的日本古代傳統。」

「Ohaguro，」卡翠娜說：「日落後的黑暗。」

「沒錯，」侯勒姆說，用欽佩的神情看著她。過去他們在餐廳吃早餐時會一起玩《晚郵報》上的猜謎遊戲，每次卡翠娜勝過他，他就會用這種神情看著她。

「謝謝。」卡翠娜說，侯勒姆坐了下來。「接下來呢，我們這間會議室裡有個棘手問題，《世界之路報》稱之為消息來源，我們稱之為洩密者。」

原本安靜的會議室顯得更為寂靜了。

「現在損害已經造成，凶手知道我們掌握了什麼線索，可以根據這個來進行計畫。另外更糟的是，現在這間會議室裡的人變得不知道可不可以信任彼此，所以我要在這裡問一個非常直接的問題：是誰把消息透露給《世界之路報》？」

卡翠娜看見有隻手舉了起來，非常驚訝。

「楚斯，請說。」

「昨天記者會結束以後，穆勒跟我和夢娜．多爾說過話。」

「你是說韋勒吧？」

「我就是說那個新人。我們什麼都沒說，可是她給了你一張名片對不對，穆勒？」

眾人的目光都集中到韋勒身上，只見他金色劉海底下的那張臉漲得通紅。

「對……可是……」

「我們都知道夢娜．多爾是《世界之路報》的犯罪線記者，」卡翠娜說：「要聯絡她根本不需要名片，打電話到報社就好了。」

「是你嗎，韋勒？」麥努斯問道：「聽著，菜鳥是可以搞砸一兩件事的。」

「我沒有聯絡《世界之路報》。」韋勒說，口氣十分急切。

「班森剛剛說是你，」麥努斯說：「你的意思是班森說謊嗎？」

「不是，可是——」

「快說！」

「那個……她說她對貓過敏，我說我有養貓。」

「看吧，你有跟她說話！你還說了什麼？」

「洩密者也可能是你，史卡勒。」會議室後方傳來一個冷靜低沉的聲音，眾人一起轉頭望去。沒有人聽見他走進來，那高大男子以斜躺的方式坐在一張椅子上，背頂牆壁。

「才說到貓，」麥努斯說：「看看貓把誰給叼來了。我可沒洩露消息給《世界之路報》喔，霍勒。」

「你或這裡的任何人都有可能不小心透露太多消息給正在訊問的證人，他們很可能打電話給報社說這些消息是直接從警察那裡聽來的，所以報社會聲稱『這是來自警方的消息來源』，這種事經常發生。」

「抱歉，這種話沒人會信，霍勒。」麥努斯哼了一聲。

「你應該要信，」哈利說：「因為這裡沒有人會承認洩露消息給《世界之路報》的人是自己，如果你們認為團隊裡有個內鬼，調查工作就會難有進展。」

「他來這裡幹嘛？」麥努斯轉頭向卡翠娜問道。

「哈利要來組織一個小組，跟我們一起平行查案。」卡翠娜說。

「目前為止是一人小組，」哈利說：「我是來要一些資料的，目前還不知道案發當時所在位置的那百分之九的性侵前科犯，可以列一張名單給我嗎？要以最近被判的刑期長短來排序。」

「這我可以辦到。」托德說，然後猶豫了一下，用詢問的神情看著卡翠娜。

卡翠娜點了點頭。「其他還需要什麼？」

「伊莉絲．賀曼森曾經協助判刑入獄的性侵犯名單，就這樣。」

「我知道了。」卡翠娜說：「既然你來了，要不要說說目前你有什麼想法？」

「好吧。」哈利環目四顧。「我知道鑑識員發現了可能來自於凶手的潤滑液，但我們不能排除凶手的主要犯案動機是復仇的可能性，性侵可能只是免費附帶的而已。凶手在她回家之前已經在她家裡，並不一定表示是她讓凶手進門，或是他們彼此認識。我想在辦案初期我不會預先設定這樣的想法，當然你們自己可能也注意到這點了。」

卡翠娜歪嘴一笑。「很高興你回來，哈利。」

哈利可能是有史以來最優秀或最糟糕的警探，但他絕對算得上是奧斯陸警方最神話級的命案刑警。這時他在幾乎呈現半躺的姿勢下鞠了個躬，說：「謝謝長官。」

「你是發自內心這麼說的嗎？」卡翠娜說。她和哈利一同搭電梯。

「什麼？」

「你叫我長官。」

「當然啊。」

兩人走進車庫，卡翠娜按下遙控鑰匙，陰暗中某處傳來嗶一聲，燈光閃了閃。哈利跟她說在查這類重大刑案的時候，應該好好利用這輛自動供她使用的公務車，而且應該載他回家，途中在施羅德酒館暫停一下，喝杯咖啡。

「你那個計程車司機朋友怎麼了？」卡翠娜問道。

「妳是說愛斯坦？他被炒魷魚了。」

「被你炒魷魚？」

「當然不是，是被計程車公司炒魷魚，他出了一點事。」

卡翠娜點了點頭，想起愛斯坦．艾克蘭那個留長髮的瘦竹竿，他有一口毒蟲的爛牙，聲音聽起來像酒鬼，外表看起來好像七十歲，其實卻是哈利的童年好友。根據哈利所說，他只有兩個童年好友，愛斯坦是其中之一，另一個叫崔斯可。崔斯可是個更奇特的人物，他體重過重，白天是個不開心的上班族，晚上搖身一變成為撲克界的化身博士。

「出了什麼事？」卡翠娜問。

「妳真的想知道？」

「沒有，但還是可以說啊。」

「愛斯坦不喜歡排笛。」

「嗯，誰喜歡啊？」

「那天他載一個客人去特隆赫姆市，那個客人害怕搭火車和飛機，所以只能搭計程車，而且他很害怕別人侵犯他，所以他都隨身帶著一張CD，播放排笛版的老式流行歌曲，要邊聽邊做呼吸練習，才不會失控。事情就是，那天深夜車子行駛到多夫雷高原時，排笛版的《無心的呢喃》播到第六遍的時候，愛斯坦退出那張CD，打開車窗，把CD丟了出去，然後他們就開始鬥拳了。」

「鬥拳是說得好聽了吧，不過那首歌的原始版就已經夠糟的了。」

「最後愛斯坦把那傢伙踢下了車。」

「是在車子行進中嗎？」

「不是，不過是在高原上，三更半夜的，距離最近的建築有兩公里遠。愛斯坦辯稱說當時是七月，天氣溫和，那傢伙不可能嚇到沒法走路。」

卡翠娜哈哈大笑。「所以他現在失業了？你應該請他當你的私人司機才對。」

「我有試著要幫他找工作，但愛斯坦說：『我天生就適合失業。』」

施羅德基本上算是一家酒吧，裡頭都是入夜之後的常客，他們只是親切地跟哈利點點頭，沒跟他多說什麼。

反倒是女服務生一看見哈利，就像看見浪子回頭一樣，整張臉都亮了起來。她替他們端上咖啡。奧斯陸最近被外國觀光客評為是世界上最棒的咖啡城市之一，但施羅德酒館的咖啡絕對不是奧斯陸受到讚譽的原因。

「很遺憾妳跟畢爾還是合不來。」哈利說。

「是啊。」卡翠娜不確定哈利想不想聽她細說分明，也不知道自己想不想述說細節，因此只是聳了聳肩。

「嗯，」哈利說，端起咖啡啜飲一口。「所以恢復單身是什麼感覺？」

「你對單身生活感到好奇嗎？」

哈利哈哈大笑。卡翠娜發現自己很懷念這個笑聲，她懷念自己逗哈利笑，每次這樣她都會很有成就感。

「單身生活不錯啊，」她說：「我認識了一些男人。」她注意著哈利的反應。難道她**希望**哈利有反應嗎？

「好吧，希望畢爾也去認識了別人，這樣對他比較好。」

卡翠娜點了點頭，但她其實沒想太多。就在這個尷尬時刻，某處傳來 Tinder 配對成功的欣喜提示聲，接著卡翠娜就看見一個身穿豔紅色衣服的女子快步朝門口走去。

「哈利，為什麼你會回來？上次你還跟我說你再也不辦命案了。」

哈利轉動手中咖啡杯。「貝爾曼威脅說要把歐雷克逐出警院。」

卡翠娜搖了搖頭。「貝爾曼真的是除了古羅馬暴君尼祿以外最低劣的領導者了，他要我跟媒體說這件案子非常難辦，這樣日後我們破案他就會顯得十分光采。」

哈利看了看錶。「這個嘛，也許貝爾曼說得沒錯。這個凶手用鐵假牙咬穿被害人的脖子，再喝下半公升的鮮血……比起被害人是誰，凶手可能更重視殺人的行為，這馬上使得案子更難查辦。」

卡翠娜點了點頭。外頭街道灑滿一地燦亮陽光，她卻彷彿聽見遠處有雷聲隆隆作響。

「伊莉絲．賀曼森的命案現場照片有沒有讓妳想到什麼？」哈利問道。

「你是說她脖子上的咬痕？沒有。」

「我不是說這些細節，我是說……」哈利朝窗外望去。「我是說現場的整體感覺，就好像妳聽見一首不曾聽過的歌，演唱的團體妳也不熟，但妳還是聽得出作曲者是誰，因為它有點什麼，一種妳說不上來的東西。」

卡翠娜看著哈利的側臉，他那頭短髮根根直豎，跟以前一樣亂糟糟的，但卻沒以前那樣濃密。他臉上多了幾道紋路，皺紋也深了一些，雖然眼周細紋較淺，卻更突顯他臉部的強悍輪廓。她從不明白自己為什麼覺得哈利這麼帥。

「沒有。」她說，搖了搖頭。

「好吧。」

「哈利？」

「嗯？」

「歐雷克**真的**是你回來的原因嗎？」

哈利回過頭來正視卡翠娜，挑起一側眉毛。「為什麼這樣問？」

這時卡翠娜心頭浮現一種跟過去一模一樣的感覺，只覺得哈利的視線有如電流般觸擊到她，像他這種內斂又疏離的男人，竟能光用視線就在剎那間排除周遭一切，用注視著你的目光要求你付出全部注意力。這個片刻，世界上只有這一個男人存在。

「算了，」她說，呵呵一笑。「不知道為什麼我要這樣問，我們走吧。」

「我叫伊娃，不是 Eva 而是 Ewa。我爸媽希望我很獨特，結果才發現這個名字在那些舊鐵團國家很常見。」她大笑幾聲，喝了口啤酒，又打開嘴巴，用食指和拇指抹去嘴角的口紅。

「是鐵幕和東方集團。」男子說。

「嗄？」她看著男子，心想對方長得挺可口的，比平常她配對成功的男人都來得親切，但他可能有哪裡有問題，這些問題通常都要稍後才會浮現。「你喝得很慢。」她說。

「妳喜歡紅色。」男子朝她掛在椅背的外套點了點頭。

「那個吸血鬼也是，」伊娃說，朝酒吧裡那台超大型電視正在播放的新聞快報指了指。足球賽結束了，五分鐘前酒吧裡還擠得水洩不通，現在人潮已開始散去。她覺得自己有點醉，但還不是太醉。「你有看《世界之路報》嗎？那傢伙喝她的血欸。」

「對啊，」男子說：「妳知道嗎，她的最後一杯酒是在距離這裡只有一百公尺的妒火酒吧喝的。」

「真的嗎？」伊娃環顧四周，只見店裡的客人不是成群就是結對。剛才她注意到有個男人獨自坐著，一直看她，但現在那人已經走了。那人並不是那個「怪人」。

「沒錯，是真的，要再喝一杯嗎？」

「好啊，我想我最好再喝一杯，」她說，打個冷顫。「好可怕喔！」

她向酒保招招手，但酒保搖了搖頭。分針已經越過了吧檯出酒的魔法界線。

「看來只好改天再喝了。」男子說。

「你害我被嚇到了，」伊娃說：「這樣你得陪我走路回家才行。」

「沒問題，」男子說：「妳說妳住在德揚區？」

「走吧。」她說，在紅色洋裝外穿上紅色外套，扣上鈕扣。

來到外面的人行道上，她走路有點搖晃，感覺男子小心扶著她。

「有一個人會跟蹤我，」伊娃說：「我都叫他『怪人』。我跟他見過一次面，我們……呃，我們有陣子還不錯，可是當我不想再進一步的時候，他就妒火中燒，開始在我跟別人碰面的地方出現。」

「那一定不是很好的經驗。」

「對啊，但同時也很有趣，可以把別人迷得團團轉，讓他們腦子裡想的全都是你。」

男子讓伊娃勾著手臂，很有禮貌地聆聽她是如何把別的男人迷得團團轉。

「我長得很漂亮，所以起初看到他出現我不是很訝異，只是猜想他可能在跟蹤我，但後來我才發現他不可能會知道我在哪裡，而且你知道嗎？」她猛然停步，身子搖晃。

「呃，不知道。」

「有時我覺得他**去過**我家，你知道，大腦會記得別人的味道，就算你不是有意識察覺到，但大腦還是認得出來。」

「沒錯。」

「會不會他就是那個吸血鬼？」

「那就太巧了吧，妳是不是住這裡？」

她驚訝地抬頭望著面前的建築物。「是。天啊，好快就到了。」

「人家不是都說有良人相伴，時間總是過得飛快。好了，這個時候我該說——」

「你要不要上來一下？我的櫃子裡還有一瓶酒。」

「我想我們都已經喝夠——」

「只要確定他不在我家就好了，求求你嘛。」

「應該不太可能吧。」

「你看，廚房的燈亮著，」伊娃說，指著二樓的一扇窗戶。「我很確定我出門前有關燈！」

「是嗎？」男子說，摀嘴打個哈欠。

「你不相信我說的話？」

「很抱歉，但我真的得回家睡覺了。」

她冷冷地看著男子。「貨真價實的紳士都跑哪裡去了？」

男子猶疑地笑了笑。「呃……也許他們都已經回家睡覺了？」

「哈！你是不是已婚，卻屈服在欲望之下，現在覺得後悔了對吧？」

男子看著她若有所思，彷彿為她感到遺憾。

「對，」男子說：「沒錯，就是這樣，祝妳一夜好夢。」

伊娃打開公寓大門，爬上二樓，側耳聆聽，但什麼也沒聽見。其實她並不記得自己有沒有把廚房的燈關掉，剛才她那樣說只是希望男子可以陪她上來，但既然她已經說出了那樣的話，就覺得彷彿是真的，也許怪人真的在她家。

她聽見地下室門內傳來拖沓的腳步聲，又聽見門鎖轉動，一個身穿保全制服的男子走了出來。男子用一把白色鑰匙鎖上門，轉過身來，突然看見伊娃從上往下看著他，不由得嚇了一跳，後退一步。

接著他笑了一聲。「我沒聽見妳的聲音，抱歉。」

「有問題嗎？」

「最近地下室儲藏空間被入侵過幾次，所以住宅協會要我們增加巡邏次數。」

「所以你是我們的保全？」伊娃微微側頭。那人長得不難看，也不像其他保全那麼年輕。「這樣的話，可以請你幫我檢查一下我家嗎?我家也被人入侵過，你知道的。我看見我家有燈亮著，可是我記得出門前把燈關掉了。」

那保全聳了聳肩。「我們不應該進入住戶家裡，不過好吧。」

「終於有個有用的男人出現了。」伊娃說，又打量了那人一番。對方是個看來成熟穩重的保全，頭腦可能沒那麼聰明，但安全可靠，容易掌握。出現在她生命中的男人都擁有一切，他們有良好家世，未來遺產豐厚，教育水準高，有個光明的未來。他們都崇拜她，但可悲的是他們都酗酒，以至於光明的未來都隨著他們跌入深谷。也許該是換個口味的時候了。伊娃半轉過身，以誘惑的姿態扭動臀部，一邊尋找鑰匙。天啊，鑰匙還真多，也許她醉得比自己以為的還要厲害。

她找到了正確的鑰匙，打開門，沒在玄關脫下鞋子，直接走進廚房。她聽見保全跟了上來。

「沒人在這裡。」保全說。

「只有你跟我。」伊娃露出微笑，倚在流理臺上。

「廚房很漂亮。」保全站在門口，伸手撫摸自己身上的制服。

「謝謝，早知道會有訪客，我就會把廚房整理乾淨。」

「可能把碗盤也洗一洗。」保全也露出微笑。

「對啦對啦，一天只有二十四小時而已嘛。」她從臉上撥開一綹頭髮，踏著高跟鞋的腳微微歪斜。「你可以幫我檢查一下家裡其他地方嗎，我來替我們調杯雞尾酒，你說怎麼樣？」她把手放在調理機上。

保全看了看錶。「我得在二十五分鐘內到達下一個地址，但還算有時間檢查有沒有人躲在妳家。」

「這段時間可以做很多事呢。」伊娃說。

保全和她四目相接，他輕笑幾聲，揉揉下巴，走出廚房。

他朝應該是臥房的房間走去，突然想到這棟公寓的牆壁非常薄，隔壁男性住戶說的話都聽得一清二楚。他打開房門。裡頭漆黑一片。他打開電燈開關，天花板亮起微弱燈光。

臥房沒人。床鋪沒整理。床邊桌上放著一個空酒瓶。

他繼續往前走，打開浴室的門，只見裡頭的磁磚很髒，浴缸上拉著一張發霉的浴簾。「看起來沒問題！」他朝廚房喊道。

「你在客廳坐一下吧。」她回道。

「好，可是我二十分鐘內得離開。」他走進客廳，在一張下陷的沙發上坐下，聽見廚房傳來酒杯碰撞聲，接著是她尖細的聲音。

「你想喝一杯嗎？」

「好啊。」他覺得她的聲音聽起來很悅耳，會讓男人希望自己有個遙控器可以控制她的聲音。但她看起來豐滿性感，幾乎有點像他母親。他想拿出保全制服口袋裡的東西，但那東西勾到了口袋襯裡。

「我有琴酒、白酒，」她嬌滴滴的聲音在廚房裡響了起來，有點像鑽子的聲音。「還有一些威士忌，你想喝什麼？」

「我想喝點別的。」他壓低聲音對自己說。

「你說什麼？我都拿出去好了！」

「好……好喔，老媽。」他低聲說，把那個金屬裝置和口袋襯裡分開，輕輕放在面前的咖啡桌上，好讓她一目了然。他覺得自己已經勃起了，於是深深吸一口氣，感覺像是要把房裡的氧氣都吸光。他背靠沙發，將穿著牛仔靴的雙腳擱在桌子上，就擱在那副鐵假牙旁邊。

卡翠娜．布萊特就著桌燈燈光，讓目光遊走在照片上。光看照片實在很難相信這些人會是性侵犯，這些人強暴過女人、男人、小孩、老人，有的甚至還凌虐過受害者，其中少數人甚至把受害者給殺了。好吧，如果你已經清楚知道他們做過多麼傷天害理的事，也許就能從這些檔案照片上那一個個萎靡且經常驚慌失措的眼神中看出些什麼。但如果你在街上和他們擦肩而過，你可能萬萬也想不到自己已經受到觀察和評估，而且但願沒被他們選中作為下手目標。有幾個面孔是過去她在性犯罪小組看過的，其他則從未見過。新面孔很多，每天都有新的性侵犯出道。這些人剛出生時也是純真的小嬰兒，嚎啕的哭聲被母親分娩的尖叫聲淹沒，腹部的臍帶讓他們跟生命連結，他們是上天賜給感激涕零的父母的禮物。只是日後這些孩子會把女人綁起來，掰開她們的雙腿，手上不停自慰，嘶啞的呻吟聲被女人的尖叫聲淹沒。

專案調查小組有半數成員已開始聯絡這些性侵前科犯，罪行殘暴程度高的優先聯絡。他們收集和查證對方的不在場證明，但尚未發現任何人在案發當天出現在命案現場附近。另一半成員忙著查訪死者的前男友、朋友、同事和親屬。挪威的命案數據十分清楚明瞭：百分之八的命案凶手認識死者，超過百分之九十的死者是陳屍於自家的女性。即便如此，卡翠娜並不期待可以在數據指出的百分比當中找到凶手，因為哈利說的沒錯，這是個不同類型的凶手，犯案行為比死者身分來得重要。

他們也檢視過伊莉絲協助判刑的罪犯名單，但卡翠娜並不認為凶手是像哈利說的那樣一石二鳥，也就是同時完成甜蜜的復仇和滿足生理欲望。但滿足生理欲望這部分呢？她試著想像凶手躺在床上，完事後一手抱著死者，嘴裡叼根香菸，面露微笑，輕聲說：「剛才真是太棒了。」這種行為跟以前哈利談到的連續殺人犯截然不同，哈利說連續殺人犯的挫折來自於總是難以完全得到他們所追求的，因此他們必須繼續殺人，希望下次能夠得到滿足，一切都會變得完美，他們可以再次在女人的尖叫聲中出生，臍帶依然跟人類連結著，尚未被切斷。

她又把伊莉絲躺在床上的照片拿起來看，努力想看見哈利所看見的或聽見的。音樂，先前哈利不是提到音樂？不久之後她就宣告放棄，把臉深深埋在雙手之中。她怎麼會認為自己有穩定的心理狀態可以勝任這份工作？「除了藝術家之外，躁鬱症對任何行業來說都不是個好的開始。」上次她去看精神科時，醫師這樣對她說。最後醫師開了那種可以讓她感覺輕飄飄的粉紅小藥丸給她。

週末就快到了，一般人都在做一般的事，像是坐在辦公室看著可怕的犯罪現場照片和可怕的人，因為他們認為其中有張面孔可能透露些什麼，但接著又把這些全都拋在腦後，然後上 Tinder 約砲。然而這時卡翠娜卻渴求有某樣東西可以讓她連結正常生活，比如說吃一頓週日午餐。她跟侯勒姆交往時，侯勒姆曾多次邀請她跟他住在史蓋亞村的父母一起共進週日午餐，從奧斯陸開車到史蓋亞村只要一個半小時，而她總是找理由回絕。但現在她卻渴望可以跟公婆圍坐在餐桌前，互遞馬鈴薯、抱怨天氣、吹捧新沙發、咀嚼乾硬的鹿肉排。他們的對話可以乏味但卻令人感到舒適，彼此對望點頭也讓人覺得溫暖，笑話雖然都是老掉牙的，但卻能讓惱人之事變得可以忍受。

「嗨。」

卡翠娜跳了起來，只見門口站著一個男子。

「我的名單都查完了，」韋勒說：「如果沒事，我就要回家睡覺囉。」

「沒問題，只剩下你一個人嗎？」

「看來是的。」

「班森呢？」

「他早就結束了，他的效率一定很高。」

「嗯，」卡翠娜說，覺得想放聲大笑卻又懶得笑。「抱歉要請你做一件事，韋勒，可以請你再查一次他那份名單嗎？我覺得……」

「我已經複查過了，看起來沒問題。」

「**全部**都沒問題？」先前卡翠娜請韋勒和楚斯去聯絡多家電信公司，取得死者過去半年的通聯紀錄，找出死者聯絡過的人及其電話，再將名單拆成一半分別去查詢不在場證明。

「對，其中有個住在尼特達爾區歐納比村的傢伙，名字的尾字母是『y』，他在初夏的時候打了太多通電話給伊莉絲，所以我再查了一次他的不在場證明。」

「尾字母是『y』？」

「對，他叫連尼・赫爾（Lenny Hell）。」

「喔，所以你會根據對方名字的字母來判斷是不是有嫌疑？」

「字母是其中一項判斷依據，事實上以『y』結尾的名字時常出現在犯罪數據中。」

「然後呢？」

「我看見班森的筆記上寫說連尼的不在場證明是伊莉絲・賀曼森遇害當時，他跟一個朋友在歐納比披薩燒烤店，而這件事只能由披薩店老闆來證實，於是我打電話給當地警長，想親耳聽聽看他怎麼說。」

「就因為那個傢伙叫連尼？」

「因為披薩店的老闆叫湯米（Tommy）。」

「那警長怎麼說？」

「他說連尼和湯米都很奉公守法，是值得信賴的好公民。」

「所以你的判斷是錯誤的。」

「這還有待觀察，那警長叫吉米（Jimmy）。」

卡翠娜哈哈大笑，同時發現自己正需要好好大笑幾聲。韋勒回以微笑。或許她也需要這個微笑。每個人都會試圖給別人良好的第一印象，但她覺得如果自己沒問，韋勒可能不會告訴她說他連班森的工作也一併做了，而這告訴她一件事，那就是韋勒跟她一樣不信任班森。卡翠娜心裡有個想法，自從這想法冒出來之後她就一直刻意忽視它，這時她決定改變這個處理方式。

「你進來，把門關上。」

韋勒依言而行。

「很抱歉，韋勒，但有件事我想請你去做，也就是有關於是誰洩密給《世界之路報》的這件事。你是在工作上最靠近班森的人，可不可以請你……？」

「多方留意？」

卡翠娜嘆了一聲。「差不多是這樣。這件事只有你知我知，一旦你有任何發現，**只能告訴我**，明白嗎？」

「我明白。」

韋勒離去後，卡翠娜猶豫片刻，才拿起桌上的手機，尋找侯勒姆的電話。她在侯勒姆的檔案裡新增了照片，只要他打電話來，畫面就會顯示出他的照片。照片中的人正在微笑。侯勒姆說不上顏值高，他面色蒼白，臉蛋略為浮腫，整張臉宛如一個白晃晃的月球，就連那頭紅髮都顯得黯然失色。但這就是侯勒姆，他的照片是其他那些命案照片的解毒劑。她到底是在害怕什麼？就連哈利．霍勒都跟別人住在一起了，為什麼她辦不到？她的食指距離號碼旁的撥號鍵越來越近，這時她腦中閃過一個念頭，那是來自哈利和哈爾斯坦．史密斯的警告，關於下一個被害者。

她放下手機，又把注意力放到命案照片上。

下一個被害者。

會不會凶手已經開始計畫下一起命案？

「妳得再努……努力一點才行喔，伊娃。」他輕聲說。

他痛恨她們不努力。

他痛恨她們不打掃家裡，他痛恨她們不照顧身體，他痛恨她們沒能留住孩子的父親。他痛恨她們不給孩子吃晚餐，又把孩子鎖在衣櫃裡，對孩子說要絕對保持安靜才有巧克力吃，自己卻去迎接男人，給男人吃晚餐，給男人吃所有的巧克力，而且什麼都給男人玩，還開心地尖叫，卻從來沒那樣跟自己的孩子玩耍。

喔，不。

於是孩子只能自己去找母親玩，還有去找其他長得像母親的女人玩。

而他也的確去玩了，玩得非常賣力，直到有一天他們把他抓起來，鎖進另一個衣櫃，一個位在葉興路三十三號的衣櫃，名稱叫伊拉監獄。那座監獄的章程說這個機構僅收容來自全國各地「需要特殊協助」的男性受刑人。

監獄裡的一個娘砲精神科醫師說他之所以會口吃和犯下強暴案，都是因為成長時期受過心理創傷。白痴一個。他的口吃是素未謀面的父親遺傳給他的。父親留給他的只有口吃和一套骯髒的西裝。至於強暴，從他有記憶以來，他就已經開始夢想強暴女人，而且他做到了這些女人做不到的事。他更為努力，連口吃都幾乎沒了。他強暴了監獄裡的女牙醫，逃出伊拉監獄，開始四處遊玩，玩得比以前還要厲害，警察的追捕只是讓遊戲更為刺激而已。直到那天，他和那個警察面對面站立，看見對方眼神中的決心和恨意，同時明白對方有辦法逮住他，有辦法把他送回童年的黑暗衣櫃，在衣櫃裡他必須屏住呼吸，才不會聞到掛在他面前、父親那套沾有油汙的厚重羊毛西裝所發出的汗臭味和煙臭味。母親說她留下那套西裝是怕有天他父親又會出現。他知道自己如果再被關起來一定會發瘋，因此就躲了起來，躲避那個眼中蘊含殺氣的警察。他乖乖地躲了三年，這段期間他都沒出去玩，直到連躲藏這個行為也開始變成一個衣櫃。就在這時他獲得了這個機會，這個可以玩得很安全的機會。不過太安全也不行，他需要聞到恐懼的氣味才會興奮，他需要聞到自己還有對方的恐懼氣味才行。對方的年齡、長相、身材高大或嬌小都無所謂，只要是女人或可能成為母親就好，一如某個白痴精神科醫師所說的。

他側過了頭，眼望著她。公寓牆壁也許薄，但這已不再對他造成困擾。此時此刻，就在她靠他如此之近，就在這光線之下，他才發現名字裡有個「w」的伊娃張開的嘴巴周圍長了一些小面皰。她顯然是想尖叫，但無論她多麼努力都不可能發出聲音，因為她張開的嘴巴下方多了一個新的嘴巴，一個不斷湧出鮮血的開口，就在原本的喉頭位置。他緊緊抱著她，將她抵在臥室牆壁上。她斷裂的氣管從開口的地方突出，不斷發出咯咯聲響，冒出粉紅色的血泡。她急切地想吸到空氣，頸部肌肉時而緊繃時而放鬆。她的肺臟還在運作，所以還會再多活個幾秒鐘。但這時令他最感到驚嘆的並非這件事，而是他用鐵假牙咬斷了她的聲帶，終止了她那令人難以忍受的喋喋不休。

就在她眼中的光芒即將殞滅之際，他試圖在其中尋找某種背叛死亡恐懼的東西，某種想再多活一秒鐘的渴望，但他什麼也沒找著。她應該再多努力一點才對。也許她想像力不夠，也許她不夠熱愛生命。他痛恨她們這麼簡單就放棄生命。

10

星期六上午

哈利正在跑步。哈利不喜歡跑步。有些人跑步是因為樂在其中。村上春樹就喜歡跑步。哈利喜歡村上春樹的作品，除了寫跑步的那本之外，他已經放棄閱讀那本書。哈利之所以跑步是因為他喜歡停下。他喜歡「擁有」跑步。他喜歡重量訓練，重訓所帶來的是一種比較確定的痛感，可以受到肌肉表現限制，而非受制於想要有更多痛感的渴望。這可能說明了他性格上的弱點，那就是他傾向於逃跑，甚至是在痛感產生**之前**，他就已經開始尋求終止。

一隻瘦狗從小徑上跳了開去，牠是侯曼科倫區富人養的那種獵犬，即使他們可能每兩年才會去打獵，每次時間還不足一個週末。牠的主人身穿安德瑪（Under Armour）當季運動服，從牠後方一百公尺處朝哈利迎面慢跑而來，兩人猶如兩列即將交錯而過的火車，這也讓哈利有時間觀察對方的慢跑技巧。他們不是同方向跑步真是太可惜了，否則哈利會從後面靠近他，朝他脖子噴氣，然後在通往翠凡湖的上坡路段假裝失足把他撲倒，讓他瞧瞧自己腳上那雙已有二十年歷史的愛迪達慢跑鞋鞋底。

***

歐雷克說他們跑步時哈利的表現幼稚得不可思議，即使一開始就說好要平靜地跑完全程，最後哈利還是會提出要比賽誰先攻下最後一座山丘。哈利反駁說他只是希望能有打敗歐雷克的機會，因為歐雷克從母親那邊遺傳到高氧氣吸收率，非常不公平。

前方出現兩個體型龐大的女人，她們看起來比較像在走而不是在跑，一邊聊天還一邊大聲喘息，沒聽見哈利靠近。於是他轉而跑上一條比較小的小徑，也突然發現自己進入了未知的領域。這裡的樹木比較濃密，遮住了早晨陽光，讓他心頭浮現一絲小時候有過的情緒。那是一種恐懼感，害怕迷失方向，永遠找不到回家的路。接著他又跑進了開闊的鄉間，知道自己身在何處，家在哪裡。

有些人喜歡山上的新鮮空氣、緩緩起伏的森林小徑、寂靜的環境和松樹的針葉氣味。哈利則喜歡都市的景色、聲音和氣味，喜歡那種似乎可以用手觸摸到都市的感覺，以及很確定自己可以沉沒在都市裡、一路沉沒到底的那種感覺。最近歐雷克問哈利他想要的死法，哈利回答說他希望在睡夢中安詳死去，歐雷克則說他選擇的是突然和無痛苦的死亡。哈利沒說實話，其實他希望可以在腳下這座城市的酒吧裡喝酒喝到掛。他也知道歐雷克沒說實話，歐雷克會選擇的是過去他曾經歷過的天堂與地獄，來個海洛因過量致死。酒精和海洛因。他們雖然遠離了這些曾經讓他們迷戀的癮頭，卻不可能忘懷，任憑時間如何沖刷，也不可能完全忘記。

哈利在車道上做最後衝刺，聽見碎石在慢跑鞋後飛起，瞥見鄰居窗簾後的席瓦森太太。

他沖了個澡。他喜歡沖澡。應該有人寫一本關於沖澡的書才對。

沖完澡後，他走進臥室，看見蘿凱站在窗邊，身穿園藝裝，包括雨靴、厚手套、破牛仔褲和褪色的遮陽帽。她朝他半轉過身，撥開帽子下鑽出的幾綹頭髮。哈利心想，不曉得她知不知道她這身打扮有多好看。

「唷！」蘿凱低聲說，面帶微笑。「裸男欸！」

哈利走到她身後，雙手搭在她肩膀上，幫她輕輕按摩。「妳在做什麼？」

「我在看窗戶，你說我們是不是應該在艾蜜莉亞來之前整修一下？」

「艾蜜莉亞？」

蘿凱哈哈大笑。

「怎麼了？」

「親愛的，你的手立刻就停下來了。放輕鬆，不是有客人要來，我指的是那個氣旋。」

「喔，**那個**艾蜜莉亞啊。我想這座碉堡應該撐得過幾個天然災害。」

「我們住在山上這裡的確是這麼想的對不對？」

「我們是怎麼想的？」

「我們認為自己的生活跟碉堡一樣堅不可摧，」她嘆了口氣。「我得去購物了。」

「晚餐要在家裡吃嗎？巴茲杜街的那家祕魯餐廳我們還沒去吃過，而且不會很貴。」

這是哈利的其中一個單身習性，他一直希望蘿凱能接受，也就是不要自己下廚煮晚餐。蘿凱多多少少接受他的論點，認為上館子是較為文明的好選項，也認為即使早在石器時代，人類就已經發現一起煮食和用餐是比較聰明的選擇，好過每個人每天都花三小時計畫、採買、烹調和洗碗。她反駁說上館子感覺有點墮落，他回答說一般家庭花上百萬克朗購置廚具才叫墮落，還說最健康、最不墮落的資源運用方式就是支付適當金錢請受過專業訓練的廚師在大廚房裡替他們料理食物，這樣廚師才能付錢請蘿凱這位律師提供法律協助，或是付錢給哈利讓他訓練警察。

「今天輪到我，所以我會付錢，」他說，握住她的右手臂。「陪我去吧。」

「我得去購物，」她說，只覺得哈利把她拉進他依然濕漉漉的懷中，不由得做個鬼臉。「歐雷克和赫爾嘉會來啦。」

哈利把她抱得更緊了。「是嗎？妳剛才不是說沒有客人會來嗎？」

「要你花幾小時陪歐雷克和赫爾嘉總可以吧……」

「我開玩笑的啦，我很樂意，可是我們是不是應該……」

「不行，我們**不要**帶他們上館子。赫爾嘉沒來過家裡，而且我想好好看看她。」

「可憐的赫爾嘉。」哈利輕聲說，正要用牙齒囓咬蘿凱的耳垂，卻發現她胸部和脖子之間有個東西。

「這是什麼？」他用指尖輕輕按在一個發紅的部位上。

「什麼？」她問道，自己伸手摸了摸。「喔，這個啊，醫生替我驗血。」

「從脖子抽血？」

「別問我為什麼，」她微微一笑。「你一臉擔心的表情看起來好叫人窩心。」

「我沒擔心，」哈利說：「我只是嫉妒。妳的脖子是**我的**，而且我們都知道妳對醫生沒有招架之力。」

她哈哈大笑，哈利又把她抱得更緊了些。

「不要啦。」她說。

「不要？」他說，聽見她的呼吸聲突然變得深沉，感覺她的身體屈服了。

「混蛋。」她呻吟說。蘿凱一直有這個困擾，她自己給這種毛病取了個名字叫「性愛引信過短症」，而罵人就是最顯著的病徵。

「也許我們應該停下來才對，」他輕聲說，放開了她。「妳要去整理庭園。」

「太遲了。」她低聲說。

他解開她的牛仔褲鈕扣，向下一拉，牛仔褲就落到膝蓋位置，正好落在雨靴上方。她傾身向前，一手抓住窗臺，另一手要去摘下遮陽帽。

「不要，」他低聲說，倚身向前，把頭靠著她的頭。「不要拿下來。」

她低沉的笑聲有如泡泡般搔癢他的耳朵。天啊，他愛死她的笑聲了。這時另一個聲音傳來，跟她的笑聲交纏在一起。那是手機震動的聲音，從她手邊的窗臺上傳來。

「把它丟到床上。」他低聲說，移開目光不去看手機螢幕。

「是卡翠娜．布萊特打來的。」她說。

蘿凱拉上褲子，望著哈利。

只見哈利臉上浮現一種極度專注的表情。

「多久了？」他問道。「了解。」

她看見哈利從她懷裡消失，消失在手機那頭的女性聲音中。她想伸手抓住他，但已太遲，他已消失無蹤。哈利蒼白皮膚下那副有著糾結肌肉的軀體雖然還在她面前，他那雙經過多年酒精摧殘而幾乎褪色的藍色眼眸雖然還看著她，但眼中已沒有了她，他的視線集中在自己內在的某個地方。昨天晚上哈利對她解釋過為何非得接這件案子不可，她沒有反對，因為歐雷克如果被逐出警院，他可能會再度失去立足之處。而且如果要選擇失去哈利或歐雷克，她寧可失去前者。對於「失去哈利」這件事蘿凱已有過多年訓練，知道自己沒了哈利還可以活下去，但她不知道自己沒了兒子能不能活下去。然而就在哈利解釋他接這件案子是為了歐雷克之時，最近他說過的一句話在她腦海裡飄蕩：**以免哪一天我真的需要說謊，妳才會認為我說的是實話**。

「我馬上過去，」哈利說：「地址是？」

他結束通話，開始穿衣，每個動作彷彿都經過仔細測量，十分迅速有效率，猶如一台終於要發揮所長的機器。蘿凱只是看著他，記下他的一切，就像是要記下一個即將分別一段時日的情人。

他從蘿凱身旁快步走過，沒瞧她一眼，也沒道別。她已經被哈利劃到界外，已經被他意識裡的其中一個愛人推了出去。他意識裡有兩個愛人，分別是酒精和命案，而「命案」這個愛人是她最為害怕的。

＊＊＊

哈利站在橘白相間的警方封鎖線外，他面前那棟公寓的二樓有一扇窗戶打了開來，卡翠娜探出頭。

「讓他通過。」她朝擋住哈利去路的年輕制服員警喊道。

「他沒證件。」員警反駁道。

「他是哈利．霍勒！」卡翠娜高聲喊道。

「是喔？」員警上下打量哈利一番，才把封鎖線拉起來。「我以為他只是傳說中的人物。」他說。

哈利爬上樓梯，打開那戶公寓的門，沿著犯罪現場鑑識員所插的小白旗之間的通道走進門內，那些小白旗是用來標記鑑識員所發現的跡證。這時有兩名鑑識員正蹲在地上查看木地板的縫隙。

「在哪裡……？」

「那裡。」其中一名鑑識員說。

哈利在鑑識員所指的房間門口停下腳步，做個深呼吸，清空腦袋裡的思緒，踏進房內。

「哈利，早安。」侯勒姆說。

「你能移動一下嗎？」哈利低聲說。

侯勒姆正俯身在一張沙發的上方，他依言向旁邊讓開一步，露出了屍體。哈利並沒上前，反而後退一步，先觀察整個場景、所有物件的組成，接著才上前開始觀察細節。女子坐在沙發上，雙腿分開，裙子翻起，露出黑色內褲。她的頭部靠在沙發上，一頭淡金色長髮垂落在沙發後方，喉嚨的位置少了一塊肉。

「她是在那裡遇害的。」侯勒姆說，指著窗戶旁的一片牆壁。哈利的視線滑過壁紙和木地板。

「出血量比較少，」哈利說：「這次他沒咬穿頸動脈。」

「說不定他咬錯了地方。」卡翠娜說，從廚房走來。

「如果他真是用咬的，那他的下巴一定非常有力。」侯勒姆說：「人類的咬合力平均是七十公斤，但他看起來像是一口咬掉了她的喉頭，連帶把一部分的氣管也咬掉了。就算他戴上了尖利的金屬假牙，這也要**很用力**才能辦到。」

「或是很憤怒，」哈利說：「傷口上有沒有發現鐵鏽或碎漆？」

「沒有，說不定上次他咬伊莉絲．賀曼森的時候，該脫落的都已經脫落了。」

「嗯，有可能，除非這次他用的不是那副鐵假牙，而是別的，屍體也沒被移到床上。」

「哈利，我知道你的意思，但凶手的確是同一個人，」卡翠娜說：「你來這邊看看。」

哈利跟著卡翠娜走進廚房，只見水槽內擺著一台調理機，一名鑑識員正在調理機的玻璃壺內採集樣本。

「他自己打了杯果昔。」卡翠娜說。

哈利看著玻璃壺，吞了口口水。玻璃壺的內壁紅通通的。

「看起來用的材料是鮮血，還有幾個從冰箱裡拿出來的檸檬。」卡翠娜朝流理臺上的黃色條狀檸檬皮指了指。

哈利覺得一陣作嘔，同時想到這就像人生的第一杯酒，讓你作嘔的那杯，接著再喝兩杯你就會欲罷不能。他點了點頭，走出廚房，迅速看了看浴室和臥室，再回到客廳，閉上雙眼，側耳聆聽，聆聽這名女性死者、聆聽屍體的位置、聆聽屍體的擺放方式、聆聽伊莉絲．賀曼森的擺放方式。就在此時，他聽見了回聲。是他。一定是他。

他張開雙眼，發現自己的視線正對著一個年輕的金髮男子，並覺得男子很眼熟。

「我是安德斯．韋勒警探。」年輕男子說。

「對，」哈利說：「你是去年從警院畢業的？還是前年？」

「是前年。」

「恭喜你的分數拿到全校第一名。」

「謝謝，你竟然還記得我的分數，真是太厲害了。」

「我什麼都不記得，只是用演繹法推理而已。你才分發兩年，就已經成為犯罪特警隊的警探了。」

韋勒微微一笑。「你只要說我礙事，我立刻就會閃到一邊，再說我來隊上才兩天半而已。如果這是連續殺人案，那一定會有好一陣子沒人有空指導我，所以我在想，是不是可以暫時跟在你身邊學習，要是你覺得沒問題的話。」

哈利看著眼前這個年輕人，想起過去在學校裡他曾滿懷疑問去辦公室找他，問了好多好多問題，有時他問的問題是那麼無關緊要，讓人不禁會認為他是個霍勒迷。「霍勒迷」是警院裡替迷戀哈利．霍勒傳奇的學生所取的綽號，有幾個極端的霍勒迷當初之所以考進警院全都是為了哈利。哈利對霍勒迷避之唯恐不及，但無論韋勒是不是這種人，哈利知道以他那樣優異的成績、那樣強大的企圖心，又具備那副迷人笑容和自然不生硬的社交技巧，未來一定不可限量。而在韋勒成為人中龍鳳之前，這個天資優異的年輕人也許有時間做幾件好事，比如說協助偵破幾件命案。

「好，」哈利說：「那麼現在要上的第一課就是你會對同事感到失望。」

「失望？」

「你現在站在那裡一副志得意滿的樣子，因為你認為自己已經爬到了警界食物鏈的頂層，所以第一課要上的就是命案刑警跟其他警察幾乎沒什麼兩樣，我們並不特別聰明，有些人甚至有點笨。我們會犯錯，會犯很多很多錯，而且不會從錯誤中學習太多。當我們疲倦的時候，有時候我們會選擇睡覺，就算我們知道破案契機就在下一個轉角，我們也不會繼續追捕犯人。所以如果你認為我們會讓你大開眼界、為你帶來啟發、向你展現精妙的調查技術，那你一定會大失所望。」

「這我已經知道了。」

「是嗎？」

「我已經跟楚斯．班森一起工作兩天了，我只是想知道你是怎麼工作的。」

「你已經上過我的命案調查課了。」

「所以我知道你不是那樣工作的。你剛在想什麼？」

「想什麼？」

「對，剛才你閉著眼睛站在這裡，你在課堂上可沒提到這個。」

哈利看見侯勒姆直起身子，卡翠娜站在門口雙臂交疊，也點了點頭以示鼓勵。

「好吧，」哈利說：「每個人都有自己的一套辦案方式，我是要跟第一次踏進犯罪現場時腦子裡閃過的念頭取得連結。當我們第一次造訪一個地方、吸收對現場的印象時，大腦會自動進行各種細小瑣碎的連結，這些連結所產生的念頭稍縱即逝，因為我們還沒來得及賦予它們意義，注意力就被其他東西給占據了，就像做了一場夢以後醒來，注意力會立刻被周圍的事物給吸走。這些念頭中十個有九個是無用的，但你總是會希望那剩下的一個會有意義。」

「那現在呢？」韋勒問道：「你有任何念頭是有意義的嗎？」

哈利頓了頓，看見卡翠娜露出全神貫注的神色。「我不知道，但我不由得會想，這個凶手有點潔癖。」

「潔癖？」

「連續殺人犯通常都會有類似的作案手法，上次他把被害人從殺害地點移到床上，那麼這次他為什麼把死者留在客廳裡？這裡的臥室和伊莉絲．賀曼森的臥室唯一不同之處，就在於這裡的床單是髒的。昨天我去賀曼森的公寓看過，鑑識員掀開床單時，我聞到薰衣草的香味。」

「所以說他在客廳裡對這個女人上演戀屍情節，是因為他不喜歡髒床單？」

「這個等一下會說到，」哈利說：「你有沒有看見水槽裡的調理機？好，所以你看見他在使用完調理機之後把它放進水槽裡了？」

「什麼？」

「水槽，」卡翠娜說：「哈利，現在的年輕人都不會自己動手洗碗。」

「水槽，」哈利說：「他大可不必把調理機放進水槽，他又不會洗，所以這可能是一種強迫行為，會不會是他有潔癖？會不會是對細菌有恐懼症？會犯下連續殺人案的人通常會有一長串的恐懼症，但他沒有做完這件事，他並沒有真的把調理機洗乾淨，他甚至沒有打開水龍頭，把調理機裝滿水，好讓鮮血和檸檬的殘渣晚一點可以比較容易清洗，為什麼？」

韋勒搖了搖頭。

「好吧，這個也等一下再說。」哈利說，朝屍體點了點頭。「你可以看見，這個女人……」

「鄰居已經證實死者是伊娃．杜爾門，」卡翠娜說：「她名字的拼法是 Ewa，不是 Eva。」

「謝謝。你可以看見，伊娃仍穿著內褲，跟伊莉絲不一樣，伊莉絲的內褲被他脫了下來。浴室垃圾桶的最上面丟著空的衛生棉條包裝紙，所以我猜伊娃應該是月經來了。卡翠娜，妳能看一下嗎？」

「女鑑識員就快到了。」

「看一下我說得對不對就好，衛生棉條應該還塞在裡面。」

卡翠娜蹙起眉頭，按照哈利的要求去做，其餘三名男士把頭別開。

「有，我看見了衛生棉條的拉繩。」

哈利從口袋裡摸出一包駱駝牌香菸。「倘若衛生棉條不是凶手塞進去的，這表示他並不是透過陰道來強暴她，因為他……」哈利用一根香菸指著韋勒。

「因為他有潔癖。」韋勒說。

「反正這是一種可能性，」哈利繼續往下說：「另一種可能性是他不喜歡血。」

「他不喜歡血？」卡翠娜說：「天啊，他都把血給**喝下去**了欸。」

「可是加了檸檬。」哈利說，把那根未點燃的香菸放到唇邊。

「什麼？」

「我也在問我自己這個問題，」哈利說：「這是什麼？這代表什麼意思？難道是血太甜了嗎？」

「你在耍寶嗎？」卡翠娜說。

「不是，我只是在想，既然這個男人會藉由飲血來獲得性滿足，那為什麼不純喝血就好？大家總是說在琴酒或魚裡頭添加檸檬可以突顯風味，其實不然，檸檬會麻痺味蕾，掩蓋其他東西的味道。我們之所以添加檸檬是為了蓋過我們不喜歡的味道，就像魚肝油在添加檸檬汁後銷路開始變好，所以我們這個吸血鬼可能不喜歡血的味道，說不定他飲血的這個行為也是強迫性的。」

「說不定他是迷信，想藉由飲血來吸收被害人的精力。」韋勒說。

「他的確可能受到邪惡性慾的驅使，但卻似乎忍著不碰這個女人的生殖器，這**可能**是因為她在流血。」

「一個無法忍受經血的吸血鬼，」卡翠娜說：「人心真是糾結難測……」

「這就說回到那個玻璃壺，」哈利說：「除了那個之外，我們有沒有採集到凶手遺留下來的其他物證？」

「前門。」侯勒姆說。

「前門？」哈利說：「我到的時候看了一下門鎖，看起來是完好的。」

「門鎖沒有遭到破壞，但你還沒看見門板的另一側。」

三人站在樓梯間，看著侯勒姆解開繩子。那條繩子令前門抵著牆壁，讓門一直開著。這時門板緩緩關上，露出外側。

哈利一看，立刻心跳加速，口乾舌燥。

「我把門綁著，這樣你們來的時候才不會碰到它。」侯勒姆說。

只見門板上用鮮血寫著一個「V」字，高度大約一公尺，字母底側因為血液流淌而呈現不規則狀。

四人只是怔怔看著門板。

侯勒姆首先打破沉默。「這個『V』是代表勝利（Victory）？」

「或是代表吸血鬼症患者（Vampirist）。」卡翠娜說。

「不然就是用來標記另一個被害人。」韋勒說。

眾人都朝哈利望去。

「怎麼樣？」卡翠娜焦急地說。

「我不知道。」哈利說。

卡翠娜再度露出銳利目光。「得了吧，我看得出你正在想些什麼。」

「嗯，吸血鬼症患者的『V』也許是個不錯的選項，說不定他大費周章就是要告訴我們這個。」

「告訴我們什麼？」

「告訴我們說他是獨特的。鐵假牙、調理機、這個字母。他認為自己是獨特的，並且給我們出了這些謎題，好讓我們也能欣賞到這一點。他希望我們更靠近他。」

卡翠娜點了點頭。

韋勒躊躇片刻，彷彿發覺自己的發言時機已過，但他仍勇敢開口說：「你的意思是說凶手在內心深處其實是想揭露他是誰？」

哈利默然不答。

「不是他是『誰』，而是他是『什麼』，」卡翠娜說：「他已經成功吸引我們的注意了。」

「可以請問這是什麼意思嗎？」

「可以啊，」卡翠娜說：「請我們的連續殺人犯專家來解答吧。」

哈利凝視著那個字母，它已不再是尖叫的回聲，而是成為尖叫本身。那是惡魔的尖叫聲。

「這表示……」哈利點亮打火機，湊到香菸前方，深深吸了一口，再把煙呼出來。「他想玩遊戲。」

一小時後，卡翠娜和哈利離開那棟公寓，卡翠娜說：「你認為那個『V』字代表別的意思對不對？」

「有嗎？」哈利說，沿著街道望去。這裡是德揚區，也是移民聚集的地區。這裡道路狹小，路上可見巴基斯坦地毯店、鵝卵石、騎著單車的挪威語老師、土耳其餐廳、頭戴穆斯林面紗且身形搖曳的母親、靠學生貸款過活的年輕人、推銷黑膠唱片和重搖滾樂的小唱片行。哈利很喜歡德揚區，喜歡到不禁會懷疑自己在山上跟那些布爾喬亞混在一起做什麼。

「你只是不想說出來而已。」卡翠娜說。

「妳知道每次我爺爺發現我詛咒別人時都會怎麼說嗎？他會說：『你一直呼喚惡魔，他就真的會出現。』所以……」

「所以怎樣？」

「妳希望惡魔出現嗎？」

「我們手上有兩起命案，哈利，凶手可能是連續殺人犯，難道情況還可能更糟糕嗎？」

「對，」哈利說：「還可能更糟。」

11

星期六入夜時分

「我們必須假設自己對付的是一個連續殺人犯。」卡翠娜．布萊特警監說，看著會議室裡的專案調查小組成員以及哈利。他們同意讓哈利參加會議，直到他設立自己的調查小組。

這次會議室裡的氣氛和先前不同，大家顯得更為專注，這應該是案情發展所帶來的影響，但卡翠娜很確定哈利在場也有影響。哈利雖然是犯罪特警隊的酗酒頑童，曾直接或間接造成其他同袍死亡，工作方式也受到高度質疑，但他還是能讓大家坐直身子，提高注意力；因為他仍具有那份陰鬱強悍的特質，幾乎是一種令人戒慎恐懼的魅力，而且他的成就是無庸置疑的。卡翠娜無須多想，也知道目前只有一人哈利沒能逮到。也許哈利說長壽值得尊敬的那句話是對的，就算對老鴇來說也是一樣，只要她活得夠久

「基於許多原因，這類凶手非常難找，但主要原因是他們作案前經過計畫，隨機挑選被害人，在現場不會留下任何證據，除了他希望我們發現的以外，本案尤其如此。這就是為什麼在各位面前的資料夾會那麼薄，因為裡面放的是刑事鑑識報告、法醫報告和我們的策略分析。我們尚未找出任何已知性侵犯跟伊莉絲．賀曼森、伊娃．杜爾門或兩個犯罪現場有任何關聯，但我們已經辨識出這兩起命案背後的手法。托德，換你說。」

這名資訊科技專家先發出一聲不應該的短促笑聲，彷彿覺得卡翠娜說的話很好笑，然後才說：「伊娃．杜爾門發出的一則手機簡訊告訴我們，當晚她去迪奇運動酒吧赴一個 Tinder 約會。」

「迪奇運動酒吧？」麥努斯高聲說：「那不是差不多就在妒火酒吧對面嗎？」

會議室響起一陣呻吟聲。

「所以我們可能掌握到了一些線索，凶手的手法可能是利用 Tinder 在基努拉卡區安排碰面。」卡翠娜說。

「那到底是什麼線索？」一名警探問道。

「就是下次可能會怎麼發生。」

「如果沒有下次了呢？」

卡翠娜深深吸了口氣。「哈利？」

哈利坐在椅子上前後晃動身體。「這個嘛，還在學習階段的連續殺人犯通常會在第一次作案之後隔很長一段時間才會再第二次犯案，這段時間可能是幾個月，甚至可能是數年。他們典型的模式是在殺人之後會有一段冷卻期，在這個期間他們的性挫折會逐漸累積。這個循環通常會隨著每一次命案發生而越來越短，本案凶手的循環已經短到只有兩天，因此我們傾向於假設這不是他第一次犯下這類案件。」

接著是一陣靜默，大家都等待哈利繼續說下去，但他沒有。

卡翠娜清了清喉嚨。「問題是我們在挪威過去五年的重大刑案中沒發現類似這兩起命案的案子。我們也詢問過國際刑警組織，看是不是有類似的凶手可能轉換狩獵場並移動到挪威，他們說的確是有幾個可能人選，但這些人最近都沒移動。所以，我們不知道凶手到底是誰，但根據經驗，我們知道這類命案一定會再發生，而且以這個凶手來說，他下手的時間就快到了。」

「有多快。」一人問道。

「很難說，」卡翠娜說，朝哈利望去，只見他慎重地抬起一根指頭。「但犯案間隔可能短到只有一天。」

「而我們沒有辦法可以阻止他？」

卡翠娜變換站姿。「我們已經向警察署長請求許可，在下午六點召開記者會，對民眾發出公開警告。幸運的話，凶手可能會認為大家已經提高警覺，進而取消或暫緩其他的殺人計畫。」

「他真的會這樣嗎？」沃爾夫問道。

「我認為——」卡翠娜開口說，卻被打斷。

「恕我冒昧，布萊特，我是在問霍勒。」

卡翠娜吞了口口水，努力不讓自己發怒。「哈利，你說呢？公開警告可以阻止他嗎？」

「我不知道，」哈利說：「別去理會電視上是怎麼演的，連續殺人犯不是安裝了相同軟體的機器人，他們不會依照一定的行為模式去行動，他們跟一般人一樣各式各樣而且難以預料。」

「很聰明的回答，霍勒。」眾人皆朝門口望去，只見警察署長米凱．貝爾曼雙臂交疊，倚著門框，也不知他何時來的。「沒人知道公開警告會產生什麼效果，說不定只會激勵這個變態凶手，讓他覺得自己已經掌控全局，他是刀槍不入的，可以繼續殺人。但我們**確實**知道一件事，那就是公開警告會讓大眾覺得警署已經讓局面**失控了**，而會對這件事感到害怕的就是奧斯陸市民，應該說是更害怕，因為只要是過去數小時看過線上新聞的人都知道，已經有很多人揣測這兩起命案有所關聯。所以我有個更好的建議，」米凱拉了拉襯衫袖子，讓白色袖口從外套袖子裡露出來。「那就是我們要在這傢伙再度犯案前先逮到他。」他對眾人露出微笑。「你們說呢，各位優秀的隊員？」

卡翠娜看到幾人點了點頭。

「很好，」米凱說：「繼續吧，布萊特警監。」

市政府的時鐘顯示晚上八點，一輛福斯帕薩特便衣警車緩緩從市政府前駛過。

「媽的那是我開過最爛的記者會了。」卡翠娜說，她駕駛那輛帕薩特行駛在毛德王后街上。

「二十九次。」哈利說。

「什麼？」

「『這我們不予置評』這句話妳說了二十九次，」哈利說：「我算了。」

「我差點就要說：『抱歉，警察署長對我們下了封口令。』貝爾曼到底在玩什麼把戲？要我們不准提出警告，不准提到有個連續殺人犯正逍遙法外，也不准叫民眾提高警覺？」

「他說的沒錯，這樣做會讓非理性的恐懼蔓延開來。」

「非理性？」卡翠娜怒道：「你看看四周！今天是星期六夜晚，街上有一半的女人正要去跟陌生男人約會，希望白馬王子會出現，改變她們的人生。如果你說的一天間隔是正確的，那其中一個女人可要倒大楣了。」

「妳知道巴黎恐攻那天，倫敦市中心發生了一起嚴重的公車車禍嗎？死亡人數幾乎跟在恐攻中喪生的人數一樣多。有親友在巴黎的挪威人開始狂打電話，擔心親友在恐攻中死亡，但卻沒人特別去關心在倫敦的親友。恐攻事件發生之後，大家變得害怕去巴黎，即使當地警察已經嚴加戒備，但卻沒人會擔心去倫敦搭乘公車，即便交通安全的條件並沒有改善。」

「你想說的重點是什麼？」

「就是民眾對於碰到吸血鬼的恐懼是被誇大的，因為頭條新聞都在報導這件事，也因為他們讀到說兇手會吸血，但同時他們卻會點菸來抽，雖然他們知道抽菸到最後一定會害死他們。」

「那你告訴我，你真的贊同貝爾曼的作法嗎？」

「不贊同，」哈利說，凝望車窗外的街道。「我只是在想這件事而已，我想站到貝爾曼的立場，去看看他到底想要什麼，他那個人心裡總是有所盤算。」

「那他這次在盤算什麼？」

「不知道，但他希望這件案子越低調越好，而且破得越快越好，就好像拳擊手在維護他的聲譽。」

「你在講什麼啊，哈利？」

「一旦你拿到拳王腰帶，你就會盡量避免上場，因為最佳的策略就是保有你已經到手的。」

「很有趣的推論，那你還有其他推論嗎？」

「我說過我不確定。」

「凶手在伊娃．杜爾門的大門上寫了一個『V』字，『V』又正好是他名字的第一個字母，而且你說過你從犯罪現場認出了過去他活躍時所做過的事。」

「對，但就像我說的，我沒辦法說出我到底認出了什麼。」哈利頓了一下，電影裡那條毫無特點的街道畫面在他腦海中一閃而過。

「卡翠娜，妳聽著：咬穿喉嚨、戴鐵假牙、飲血，這些都不是他的作案手法。連續殺人犯在一些小地方也許難以捉摸，但他們不會改變整個犯案手法。」

「他的作案手法有很多種，哈利。」

「他喜歡被害人的痛苦，也喜歡被害人的恐懼，但不是被害人的血。」

「你不是說凶手在鮮血裡加了檸檬是因為他不喜歡血嗎？」

「卡翠娜，就算真的是他好了，那對我們也沒用，妳跟國際刑警找他找多久了？」

「快四年了。」

「這就是為什麼我不想把我的懷疑告訴其他人，為的是不想產生反效果，也不想讓大家把焦點聚集在單一人物上，以致耽誤調查工作。」

「要不就是你想自己逮到他。」

「什麼？」

「你就是因為他才回來的不是嗎，哈利？打從一開始你就嗅到了他的味道，歐雷克只是藉口而已。」

「這個話題到此為止，卡翠娜。」

「貝爾曼根本就不可能會公開歐雷克以前做過什麼事，他只要一公開，他一直隱瞞至今的這個事實就會反過來傷到他。」

哈利調大電臺的音樂聲。「聽過這首歌嗎？這是歐若拉（Aurora Aksnes）唱的，很……」

「哈利，你明明討厭流行電音。」

「我喜歡這首歌更勝於這個話題。」

卡翠娜嘆了一聲。車子在紅燈前停下。她倚身向前，朝擋風玻璃外看去。

「你看，今天是滿月。」

「今天是滿月，」夢娜·多爾說，望出廚房窗戶，看著外頭起伏的草原。月光灑落使得草地閃閃發光，彷彿覆蓋著一層剛落下的白雪。「你想這會不會提高他就在今晚第三次下手的可能性？」

哈爾斯坦·史密斯微微一笑。「不太可能，從妳跟我說的這兩起命案來看，這個吸血鬼症患者的性偏離症是關於戀屍癖和施虐癖，而不是謊語症或幻想他自己是超自然生物。但他一定會再下手，這一點是可以確定的。」

「有意思，」夢娜記下來，她的筆記本就放在餐桌上，旁邊是一杯現泡的辣椒綠茶。「那你認為他會在何時何地下手呢？」

「妳說第二個受害者也是去赴 Tinder 約會？」

夢娜點了點頭，繼續寫筆記。她的同事在採訪時多半都會使用錄音裝置，但她雖然是社內最年輕的犯罪線記者，卻喜歡採用傳統的筆記方式。她對這件事的公開解釋是，在這場先刊先贏的新聞競賽中，她這樣做比對手更節省時間，因為她在記錄的時候就已經開始編輯新聞，而這在參加記者會時更是一大優勢，儘管今天下午警署召開的記者會就算沒有錄音筆或筆記本也能從容勝任，因為卡翠娜·布萊特只是不斷重複說著「不予置評」這句話，就連最資深的犯罪線記者也聽得火冒三丈。

「我們還沒在報紙上刊出 Tinder 約會這件事，但我們在警署裡的消息來源說伊娃·杜爾門曾經發簡訊給朋友，說她要去基努拉卡區的迪奇酒吧赴 Tinder 約會。」

「原來如此，」史密斯托了托眼鏡。「我想他一定會沿用已經證實會成功的方法。」

「那你會對這幾天考慮要用 Tinder 認識男人的女人說些什麼呢？」

「我會說她們應該等這個吸血鬼症患者落網以後再去。」

「你認為他在報上讀到這件事，發現大家都知道他的手法以後，還會再用 Tinder 嗎？」

「這傢伙有精神病，他並不會去理性評估風險並且停手，他也不是典型的連續殺人犯。典型的連續殺人犯會在事前冷靜地計畫，並且冷血地執行，不留下一絲線索，他們會躲在角落編織羅網，在下手之間花時間等待。」

「我們的消息來源說這兩起命案的承辦警探認為凶手是典型的連續殺人犯。」

「這個凶手的瘋狂是不同類型的，比起殺人，咬人和鮮血對他來說更重要，那才是他的驅動力。現在他想做的只是繼續行動，而且他已經連連告捷，他的精神病已經經過充分發展。我們只能希望他跟典型的連續殺人犯不同，他會希望自己的身分被發現進而被逮，因為他是如此失控，就算身分曝光也無所謂。典型連續殺人犯和吸血鬼症患者都算得上是天然災害，因為他們其實都跟一般人沒什麼兩樣，只是正好腦子有病而已。連續殺人犯就像暴風雨，可以一再發飆，沒人知道什麼時候會結束；而吸血鬼症患者則像土石流，在非常短的時間內就會結束，但這段期間他可能橫掃整個地區，這樣妳明白嗎？」

「明白，」夢娜說，振筆疾書。橫掃整個地區。「好，很謝謝你，這樣就差不多了。」

「不客氣，妳親自跑來讓我有點意外。」

夢娜打開她的 iPad。「反正我們都得來一趟才能拍照，所以我就跟來了。威爾？」

「我想可以在草原上拍照，」攝影記者說，他一直靜靜坐在旁邊聆聽採訪。「這樣不只可以拍到你，還可以拍到開闊的風景和月光。」

夢娜非常清楚威爾在想什麼。一個男人獨自站在黑夜中，天上掛著滿月，吸血鬼。她以極細微的動作朝威爾點了點頭。有時最好別把攝影概念說給拍攝對象聽，因為他們很可能會反對。

「請問我老婆可不可以一起入鏡？」史密斯問道，臉上露出受寵若驚的表情。「《世界之路報》……這對我們來說可是了不得的事。」

夢娜不禁微笑。真是窩心。她腦中突然閃過一個念頭，也許可以請這位心理師擺出咬妻子脖子的姿勢來闡釋這件案子，但對於這麼一件重大刑案而言，這樣做可能太過分也太胡鬧了。

「我的主編可能只希望你一個人入鏡。」她說。

「我明白了，只是問一問。」

「我會留在這裡寫稿，說不定離開前就可以上傳到網站。你們家有 Wi-Fi 嗎？」

她拿到了密碼：freudundgammen。新聞稿寫到一半，她就看見外頭的草原閃起鎂光燈的亮光。

夢娜之所以不用錄音機的非正式原因是採訪對象**實際上**說過的話都算證據，她並不會刻意去寫與受訪者意思相反的報導，但少了錄音她可以任憑己意強調某些地方，把對方說的話翻譯成讀者容易吸收的聳動文字，進而吸引點閱率。

心理師表示：吸血鬼症患者可以橫掃整座城市！

她看了看時間。楚斯說如果有新消息，十點會打電話來。

「我不喜歡科幻電影，」坐在潘妮洛普．拉許對面的男子說：「太空船從鏡頭前經過的聲音最叫人討厭了，」男子噘起嘴唇，發出咻的一聲。「太空中沒有空氣，所以沒有聲音，是完全寂靜的，我們都被騙了。」

「阿門。」潘妮洛普說，拿起面前那杯礦泉水。

「我喜歡阿利安卓．崗札雷．伊納利圖導演，」男子說，端起他那杯水。「我喜歡他拍的《最後的美麗》、《火線交錯》、《鳥人》和《神鬼獵人》。只不過他現在變得有點主流了。」潘妮洛普感到一絲喜悅的悸動，並不是因為對方恰好提到她最喜歡的兩部電影，而是對方連伊納利圖導演很少在用的中名也說了出來，此外他已經提到她最喜歡的作者（戈馬克．麥卡錫）和城市（威尼斯）。

餐廳門打了開來。要來這家餐廳是男子提議的，這家人氣低迷的小餐廳裡只有他們兩位客人，但這時一對男女走了進來。男子轉過了頭，並不是朝門口望去，而是朝反方向別過頭去，潘妮洛普因此有機會在幾秒之內偷偷觀察他。她已經注意到他身形瘦長，身高跟她相當，彬彬有禮，穿著得體。然而他有魅力嗎？這有點難說。他長得不算醜，卻有種狡滑的感覺，而且她覺得他應該沒有他所聲稱的四十歲那麼年輕，他眼睛周圍和脖子的皮膚看起來相當緊實，像是做過拉皮似的。

「我都不知道這裡有這家餐廳，」她說：「非常安靜。」

「太……太安靜了嗎？」男子微微一笑。

「不錯啊。」

「下次我可以帶妳去一家餐廳，他們提供麒麟啤酒和紫米，」他說：「如果妳喜歡的話。」

潘妮洛普差點尖叫出聲。這真是太棒了，他怎麼可能知道她愛紫米？她的朋友多半都不知道世界上有這種東西。羅爾非常討厭紫米，說這東西嚐起來有健康食品專賣店和高高在上的味道。平心而論，這兩種指控都算滿正確的，紫米的抗氧化劑含量比藍莓還高，而且在古代是跟壽司一起進獻給皇帝及皇室成員食用的。

「我很喜歡，」她說：「你還喜歡什麼？」

「我的工作。」男子說。

「是什麼？」

「我是視覺藝術家。」

「真厲害！是哪方面……？」

「裝置藝術。」

「我的前男友羅爾也是視覺藝術家，說不定你認識他？」

「應該不認識，我不接觸傳統藝術圈，而且我算是自學的。」

「但既然你能靠這行維生，我怎麼可能沒聽過你的名字，奧斯陸很小的。」

「我還有其他工作。」

「比如說？」

「管理員。」

「但你有展出？」

「我通常是替專業客戶做私人的裝置藝術，不會邀請媒體。」

「哇，能做私人客戶很棒欸，我就跟羅爾說過他應該這樣做才對，你都是用什麼素材？」

男子用餐巾擦了擦眼鏡。「模特兒。」

「模特兒是指……活人嗎？」

他微微一笑。「都有。說說妳自己吧，潘妮洛普，妳喜歡什麼？」

她用食指抵著下巴。對喔，她喜歡什麼？這時她才發現男子似乎已經把她喜歡的都說出來了。

「我喜歡人，」她說：「還有誠實，還有我的家庭，還有小孩。」

「還有被緊緊擁抱。」男子說，轉頭朝坐在隔兩桌的那對男女看了一眼。

「你說什麼？」

「妳喜歡被緊緊擁抱，玩粗暴的遊戲，」他傾身越過桌面。「我可以看穿妳，潘妮洛普，不過沒關係，我也喜歡。這個地方已經開始有點擠了，我們回去妳家好嗎？」

潘妮洛普怔了片刻，才明白對方不是在開玩笑。她低頭望去，看見他的手距離她的手非常近，指尖幾乎相觸。她吞了口口水。為什麼她老是碰到怪人？朋友建議她說，要忘了羅爾，最好的辦法就是去認識其他男人。她也真的去嘗試了，但遇見的男人不是裝模作樣，就是帶不出場的科技怪咖，或是像眼前這種只是純粹想打一砲的男人。

「我想我自己回家好了，」她說，環目四顧，尋找服務生。「我來結帳吧。」他們坐下還不到二十分鐘，但她朋友說過，玩 Tinder 的第三條規則也是最重要的一條就是：**別玩遊戲，覺得不對眼就離開**。

「兩瓶礦泉水還難不倒我，」男子微笑，扯了扯淺藍色襯衫的領子。「快跑回家吧，灰姑娘。」

「好吧，那謝謝了。」

潘妮洛普拿起包包，快步離去。冷冽的秋日空氣吹拂在溫暖雙頰上，令她感到心曠神怡。她穿越玻克塔路。這是星期六夜晚，街上到處都是快樂的民眾和等待計程車的隊伍。反正沒關係，奧斯陸的計程車費率甚高，除非下大雨，否則平常她都不會搭乘。她經過索根福里街，她曾夢想有一天會跟羅爾住在這條街上的美麗房子裡。他們都說好了，公寓不需要超過七、八十平方公尺，只要最近裝修過，至少廁所有裝修過就好。他們知道這樣一間公寓會貴得離譜，但雙方父母都答應會資助他們。所謂的「資助」，指的是會出錢買下公寓。畢竟她是最近才取得資格的設計師，正在找工作，而羅爾是在藝術市場上尚未嶄露頭角的明日之星。然而那個下賤的藝廊女老闆給羅爾設了圈套。羅爾搬出去以後，潘妮洛普相信他總有一天會看穿那個女人，明白她是一隻上了年紀的美洲獅，只是想弄個小鮮肉來玩玩而已。但這件事並未發生，相反的，最近他們還特地用棉花糖做了個荒謬的裝置藝術，大肆宣布訂婚的消息。

潘妮洛普走進麥佑斯登區的地鐵站，搭上往西行駛、第一班進站的列車，並在霍福瑟德站下車。這裡是西奧斯陸最靠東側的地區，有一棟棟公寓住宅，價格相對便宜，她和羅爾租下的是他們能找到最便宜的一戶，裡頭的廁所相當噁心。

羅爾曾為了安慰她，送她一本美國創作歌手佩蒂．史密斯的自傳《只是孩子》（*Just Kids*），內容敘述兩個懷有雄心壯志的藝術家，在一九七〇年代憑藉著希望、空氣和愛住在紐約，而且最後成功了。好吧，雖然其中一人在半途去世了，但是……

潘妮洛普從地鐵站走向矗立在她面前的建築物，從她眼中望去，那建築物似乎頂著一個光圈。今晚是滿月，閃耀的月亮一定是掛在建築物後方。羅爾離開至今已過了十一個月又十三天，這段期間她和四個男人上過床，其中兩個比羅爾優，兩個比羅爾糟。但她愛羅爾並不是因為性愛，而是因為……呃，因為他是羅爾，那個王八蛋。

她發覺自己加快腳步，走過左側路旁的一小叢樹木。霍福瑟德區的街道在傍晚過後就會開始變得冷清，但潘妮洛普是個高䠷勻稱的年輕女子，從未想過入夜之後在這附近的街上行走可能會有危險，直到現在。也許是因為報紙都以大篇幅報導那個殺人凶手的新聞。不對，不是因為新聞，而是因為有人進去過她的住處。那是三個月前的事，起初她還懷抱希望想說可能是羅爾回來了。她之所以發現有人進去過，是因為玄關出現了不屬於她鞋子的泥腳印，接著她又在臥室衣櫃前發現腳印，於是她數了數自己的內褲，傻傻地希望羅爾回來拿走一件。但是不對，事實並非如此。最後她終於發現丟了什麼東西。丟了的是戒盒裡的訂婚戒，那是羅爾在倫敦買給她的。難道這只是一起普通竊案？不對，是羅爾，他偷偷跑回來偷走那只戒指，要拿去送給藝廊老闆那個賤女人！可想而知，潘妮洛普氣得七竅生煙，直接打電話去質問羅爾，但他發誓沒回去過，還說鑰匙在搬家時就搞丟了，不然他一定會把鑰匙寄還給她。羅爾一定是在說謊，就像他對其他的事一樣也是謊話連篇，但她還是大費周章把門鎖給換了，不只換了她在四樓那戶公寓的門鎖，連一樓前門的門鎖也一併換了。

潘妮洛普從手提包裡拿出鑰匙，鑰匙旁邊是她買來的防身胡椒噴霧器。她打開一樓前門，聽見門在她背後緩緩關上，液壓緩衝器發出細小的嘶嘶聲。她看見電梯停在七樓，於是開始爬樓梯，經過阿蒙森的家門口時停下腳步，覺得氣喘吁吁。怪了，她身體很好，爬這些樓梯向來不會累，今天怎麼怪怪的，到底是哪裡怪？

她看著她家大門。

這棟建築很老舊，公共照明設備很少，每一層樓只在樓梯間的牆壁高處設有一盞突出的金屬框壁燈。這公寓當初是為了西奧斯陸的勞工階級所興建，如今這個族群已然消失。她屏住氣息，側耳聽去。她進到建築裡頭以後就什麼聲音都沒聽見。

上次聽見的聲音是液壓緩衝器發出的嘶嘶聲。後來就一絲聲響都沒有。

這就是奇怪之處。

她沒聽見前門關上的聲音。

潘妮洛普沒時間回頭，沒時間把手伸進手提包，沒時間做任何事，一隻手臂就已從她背後伸了過來，扣住她的雙臂，緊緊壓住她的胸部，令她無法呼吸。手提包掉到了地上。她奮力踢腿，卻只踢到手提包。她放聲大叫，叫聲卻被摀住她嘴巴的那隻手給掩蓋。那隻手有肥皂的香味。

「好了好了，潘妮洛普，」一個聲音在她耳邊低聲說：「妳知道，在太空裡，沒……沒人聽得見妳大叫。」對方發出咻的一聲。

她聽見下頭的前門附近傳來聲響，一時之間希望是有人來了，接著才發現那是她的手提包、鑰匙和防身噴霧器從欄杆跌落，掉到樓下所發出的聲音。

「怎麼了？」蘿凱問道，沒有回頭，也沒有停止切沙拉要用的洋蔥。她從流理臺上方的窗戶映影看見哈利停下擺放餐具的手，走到客廳窗前。

「我好像聽見什麼聲音。」他說。

「可能是歐雷克或赫爾嘉來了。」

「不是，是別的聲音。是……別的聲音。」

蘿凱嘆了口氣。「哈利，你才剛到家而已，就又開始變得神經兮兮的，看看你被搞成了什麼樣子。」

「我只辦這件案子，然後就不碰了。」哈利走到流理臺前，吻了吻蘿凱的後頸。「妳覺得怎麼樣？」

「很好。」她沒說實話。她覺得身體痠痛、頭痛，而且心痛。

「妳說謊。」他說。

「我說謊技術高明嗎？」

他微微一笑，按摩她的脖子。

「如果我突然搞失蹤，」她說：「你會不會去找一個人來取代我？」

找？聽起來就覺得很累，要追求妳就已經夠累的了。」

「你可以去找個年輕一點的，可以替你生孩子的，我不會嫉妒，你知道的。」

「親愛的，妳的說謊技術可沒那麼高明。」

她微微一笑，放下刀子，垂下頭，感覺他溫暖乾燥的手指輕輕按摩，逐走疼痛，讓她從痛苦中稍微解脫。

「我愛你。」她說。

「嗯？」

「我愛你，如果你可以替我泡杯茶，我就更愛你了。」

「是，老大。」

哈利放開了手。蘿凱懷抱希望，站在原地等待，然而疼痛再度襲來，像是狠狠打了她一拳。

哈利站在廚房流理臺前，雙手放在上頭，眼睛看著熱水壺，等待它發出低沉的隆隆聲響，那聲音會越來越響，直到整個熱水壺都開始晃動。那聲音宛若尖叫。他聽得見尖叫聲。無聲的尖叫聲充斥他的頭部、充斥整間廚房、充斥他全身。他改換站姿。那尖叫聲想從他體內出來，它也**必須**出來。他是不是瘋了？他抬頭看著窗戶，只看見一片黑暗和他自己的映影。那人就在那裡。那人就在外頭。那人正等著他們，口中唱著歌，要他們出去跟他一起玩！

哈利閉上雙眼。

不對，那人不是在等**他們**，而是在等他。那人在等哈利，等哈利出去跟他玩！

他感覺得到她跟其他人不一樣。潘妮洛普．拉許想活命。她高大健壯，而她家鑰匙掉落在三層樓之下。他感覺得到她的肺臟釋出空氣，胸腔緊縮。他就像蟒蛇一般，肌肉收緊，將獵物體內的空氣一點一點擠出來。他希望她是活著的，帶有溫熱的體溫和這美妙的生存渴望，這樣他就可以慢慢捏熄她的生命。但要如何辦到呢？即使他有辦法把她拖到樓下撿起鑰匙，也可能會有鄰居聽見他們的聲音。他覺得越來越火大。他應該跳過潘妮洛普才對，三天前發現她換了門鎖之後就應該做出這個決定。但他運氣不錯，在 Tinder 上跟她搭上線，她也同意在那家不起眼的餐廳碰面，讓他覺得事情終究可以成功。然而選擇一家安靜的小餐廳也意味著裡頭寥寥無幾的人會更容易注意到他。先前其中一個客人看他看得久了點，看得他心頭驚慌，於是決定立刻離開餐廳，並加快事情的進行。但潘妮洛普回絕他的提議，先行離去。

他早已為這種狀況做好準備，在附近停了一輛車。一路上他開得很快，雖沒快到會被警察攔下，但快到在潘妮洛普走出地鐵站之前就已隱身到樹叢之中。他悄悄跟蹤她，沿途她並未轉頭，從手提包拿出鑰匙開門時也沒四處張望。公寓大門就要關上之際，他及時伸出一腳卡在門縫之間。

這時他感覺她的身體發出一陣顫抖，知道她就要失去意識。他勃起的生殖器摩擦著她寬大多肉的女性臀部，他母親也有個類似的臀部。

他感覺得到他的內在小男孩不斷尖叫，亟欲出來掌控一切，亟欲在此時此地被餵飽。

「我愛妳，」他在她耳畔柔聲說：「真的，潘妮洛普，這就是為什麼在我們更進一步之前，我希望讓妳成為貞潔的女人。」

她雙臂癱軟下來，他趕緊用一隻手臂支撐住她，另一隻手伸進夾克口袋裡摸尋。

潘妮洛普醒了過來，想起剛才自己一定是昏過去了。天色更加昏暗。她覺得身體似乎漂浮著，手臂被拉住，手腕被什麼東西箍著。她抬頭一看，是一副手銬，此外有個東西在她無名指上閃著幽微亮光。

接著她感覺到雙腿之間一陣疼痛，低頭望去，正好看見一隻手從她身上抽離。

對方的臉有一部分隱沒在陰影中，但仍看得見他把手指湊到鼻子前嗅聞。她想放聲大叫，卻辦不到。

「很好，親愛的，」他說：「妳很乾淨，這樣我們就可以開始了。」

他解開夾克和襯衫的扣子，拉開襯衫，露出胸膛。一幅刺青顯現了出來，那是一張發出無聲尖叫的臉孔，就跟她一樣。他挺出胸膛，彷彿那幅刺青有話想對她說，或者正好相反，也許**她**才是被展示的一方，展示給那張尖叫的惡魔臉孔看。

他在夾克口袋裡摸尋，拿出一樣東西給她看。那是一副黑色的鐵假牙。

潘妮洛普設法吸進空氣，放聲尖叫。

「這就對了，親愛的，」他笑道：「就是這樣，這就是最好的背景音樂。」

他張大嘴巴，把假牙塞了進去。

他的大笑聲和她的尖叫聲在四壁之間迴盪唱和。

《世界之路報》辦公室牆壁上掛著的許多大螢幕電視發出細微的國際新聞播報聲，新聞部主編和值班經理正在辦公室裡更新線上新聞。

夢娜·多爾和攝影師站在新聞部主編的椅子後方，仔細觀看主編電腦桌上的畫面。

「我什麼都試過了，就是沒辦法把他拍得很恐怖。」攝影師嘆了口氣。

夢娜明白攝影師說得沒錯，站在滿月之下的哈爾斯坦·史密斯看起來一派樂天的模樣。

「但還是起了作用，」主編說：「你們看看流量，現在是每分鐘點閱九百次。」

夢娜朝螢幕右側的計數器看去。

「冠軍出現了，」主編說：「我們把這則新聞移到網頁最頂端，也可以問一下晚班編輯，看她想不想更改首頁。」

攝影師朝夢娜舉起拳頭，夢娜跟他握拳相碰。夢娜的父親宣稱這個手勢是老虎伍茲和球僮帶起風潮的，因為有次伍茲打完高球名人賽第十六洞之後，跟球僮開心擊掌，沒想到球僮太過用力竟然傷了伍茲的手，後來伍茲就把擊掌改成握拳相碰。夢娜的父親有個畢生遺憾，那就是夢娜先天的臀部缺陷使得她無法如他所願成為高球選手。對夢娜來說，父親第一次帶她去練習場後，她就開始討厭高爾夫球，況且高爾夫球的標準低得可笑，她戰無不克。但她的揮桿姿勢又短又醜，使得國家青年高爾夫球隊教練拒絕選她入隊，因為教練寧願國家隊輸球，也不願意讓球隊看起來不像是在打高爾夫球。於是夢娜在老家地下室裡重重拋下高爾夫球桿，轉而走進重訓室，因為沒人會嫌棄她用什麼姿勢舉起一百二十公斤槓鈴。公斤數、打擊數、點擊數。成功是以數字來衡量的，不同意這種說法的人只是害怕面對真相而已，而且真的認為抱著錯誤的認知活下去才符合一般人的日常現實。但現在夢娜比較關心留言區，史密斯說過吸血鬼症患者不在乎冒險，這句話令她印象深刻，因為凶手可能會看《世界之路報》，也可能會上網留言。

她的目光掃過一則則即時出現的留言。

但那些留言都很平常。

富同情心的網友對被害人的遭遇表達遺憾。

自詡真理守護者的網友認為某個政黨應該對社會上出了敗類負責，而本案出現的敗類就是吸血鬼症患者。

支持死刑的網友藉這個機會高聲提倡死刑和去勢。

希望成為脫口秀諧星的網友不放過這個可以拿來展現幽默感的機會。「新團體吸血鬼樂團登場了。」「趕快脫手 Tinder 股票！」

但若她真的看到可疑留言，又該怎麼做才好？回報給卡翠娜的團隊？也許吧，她得還楚斯這個人情。或者她可以打電話給那個金髮韋勒，讓他欠她一個人情。即使她沒用 Tinder，還是可以選擇滑左或滑右。

她打個哈欠，走到自己的辦公桌前，拿起包包。

「我要去健身房了。」她說。

「現在？都快午夜了！」

「有事打電話給我。」

「妳一小時前就下班了，有其他人可以……」

「這是我的新聞，有事就打給我好嗎？」

辦公室門在她背後關上，她聽見門後傳來笑聲，也許他們是在嘲笑她走路的姿勢，也許是在嘲笑她那副「聰明女人什麼都能包辦」的態度。但她無所謂，她的走路姿勢的確很好笑，而且她也的確什麼都能包辦。她經過電梯、氣密門、旋轉門，踏出辦公大樓門口，只見瑩瑩月光照亮大樓的玻璃帷幕。她吸了口氣。有件大事正在發生，她心裡有數，也知道自己將參與其中。

楚斯．班森把車子停在陡峭多風的山路旁，山下的磚造建築躺在寂靜的黑暗中，那裡有奧斯陸的廢棄工業區和鐵軌，野草在那片沉睡地區裡蔓延生長。再過去一點的地方是建築設計師的新玩物，也就是條碼重劃區，那裡是全新的商界遊樂場，和過去一板一眼的勞工生活形成強烈對比，過去的簡樸生活是出於省錢的現實考量，和現在的極簡美感概念有著天壤之別。

楚斯抬頭朝坐落在山丘頂端、沐浴在月光下的一棟屋子望去。窗戶有亮光，他知道烏拉就在裡頭。也許她跟往常一樣盤坐在沙發上，正在看書。他只要拿出望遠鏡朝山丘上看去就會知道。如果她正在看書，他會看見她把頭髮撥到耳後，彷彿要聆聽什麼，也許是聆聽孩子是否醒來，也許是聆聽米凱是否需要什麼，或只是聆聽掠食動物的動靜，宛如一隻在水窪裡的瞪羚。吱喳聲、劈啪聲和簡短交換訊息的說話聲陸續傳來又止息，這座城市透過警用無線電傳達訊息的聲音比音樂更能令他安心。

楚斯看了看他剛才打開的置物箱，望遠鏡就放在警用手槍後方。他答應過自己要戒掉這個習慣。該是時候了，他不需要再這樣做了，現在他已經發現大海裡還有其他魚兒。好吧，其實也只是鮟鱇魚、牛尾魚和鱸魚。楚斯聽見自己發出呼嚕聲。他之所以得到「瘸四」的綽號，就是因為這個呼嚕笑聲和他的戽斗下巴。烏拉被囚禁在山上那座占地過大、售價過高的房子裡，房子的陽臺還是他幫忙建造的。他在建陽臺的同時，還把一個毒販的屍體埋在濕潤的水泥裡。屍體的事只有楚斯一人知道，但他從未因此失眠。

無線電傳來吱喳聲，接著是緊急事故控制中心的發話聲。

「有警車在霍福瑟德區嗎？」

「三十一號車在斯科延區。」

「霍福瑟德路四十四號B棟有個情緒激動的住戶說，樓梯間有個瘋子在攻擊一個女人，他們不敢出面制止，因為瘋子砸壞了樓梯間的燈，門外一片漆黑。」

「是用武器攻擊嗎？」

「對方說不知道，還說在燈光消失之前看見那瘋子咬那個女人。報案人姓阿蒙森。」

楚斯立刻反應，按下無線電上的「通話」鈕。「我是楚斯．班森警佐，我比較近，我過去。」

他同時發動引擎，大力踩下油門，從路旁駛出，同時聽見後方過彎而來的車子發出憤怒的喇叭聲。

「收到，」緊急事故控制中心說：「班森，你在什麼位置？」

「我說了我就在附近。三十一號車，我需要你們支援，如果你們先到的話在原地等我。懷疑歹徒有武器，重複一次，歹徒有武器。」

反正這是星期六夜晚，街上幾乎不會有什麼車，他只要全速駛進歌劇隧道，直接從峽灣底下穿過，就只會比三十一號車晚到個七、八分鐘。當然這七、八分鐘對被害人和逃跑的歹徒而言**可能**非常關鍵，但楚斯．班森警佐**可能**因此成為逮到吸血鬼症患者的警察。天知道《世界之路報》會願意支付什麼價碼來採訪第一個抵達現場的警察。他猛按喇叭，前方一輛富豪轎車讓到一旁。車子駛上雙向各三線道的馬路上，油門踩到了底，心臟在胸腔內猛烈跳動。隧道內的超速照相機閃起亮光。他可是有勤務在身的警察，只要亮出警察證就可以叫整座城市的人都滾到一邊。他要去辦案。他的血液在血管裡產生搏動，這感覺太棒了，就像要勃起一樣。

「黑桃會死！」楚斯高聲吼道：「黑桃會死！」

「對，我們是三十一號車，我們一直在等你！」一輛警車停在B棟門口，車尾站著一男一女。

「一輛龜速貨車不肯讓我先過，」楚斯說，確認手槍已經上膛，彈匣是滿的。「有聽見什麼聲音嗎？」

「裡面都很安靜，沒人進去或離開。」

「走吧，」楚斯指了指那個男警說：「你跟我來，把手電筒帶著。」又對那女警點了點頭。「妳留在這裡。」

兩人朝大門走去，楚斯透過窗戶朝闃黑的樓梯間看了看，然後在對講機上按下旁邊標示了「阿蒙森」的按鈕。

「哪位？」一個聲音低聲道。

「我是警察，你報案後有沒有聽見什麼聲音？」

「沒有，但他可能還在外面。」

「好，開門。」

門鎖傳來卡嗒一聲，楚斯把門拉開。「你拿著手電筒先進去。」

楚斯聽見那男警吞了口口水。「我記得你是說支援，不是打頭陣。」

「你不是一個人來就該謝天謝地了，」楚斯輕聲說：「快走。」

蘿凱留心著哈利。

連續兩起命案、一個連續殺人犯，這正是他最容易投入的案件類型。只見哈利坐在桌前用餐，露出關注餐桌對話的表情，他對赫爾嘉以禮相待，對歐雷克說的話題看起來也興味盎然。也許是她誤會了，也許哈利真的對話題感興趣，也許他的心並不完全緊緊繫在案件上，也許他已經有所改變。

「槍枝執照已經沒有意義了，再過不久，只要買一台3D列印機，就能自己做出手槍。」歐雷克說。

「3D 列印機不是只能做出塑膠製品嗎？」哈利說。

「對，家用列印機是這樣，但如果你只是想要一把槍，只用一次，用來殺一個人，那塑膠做的就夠了。」歐雷克倚身越過餐桌。「你甚至不需要真的擁有一把真槍來當樣板，只要去借一把來，花個五分鐘把它拆開，用蠟複製每個零件，再用來當作 3D 模型，輸入控制列印機的電腦，殺完人以後再把整支塑膠手槍融化就好了。就算有人真的發現那把塑膠手槍是凶槍，它也沒有登記在任何人名下。」

「嗯，但透過那把槍還是可以追蹤到製作它的列印機，現在刑事鑑識員已經有辦法追蹤噴墨印表機了。」

蘿凱朝赫爾嘉看去，發現她似乎跟不上這些對話。

「兩位……」蘿凱說。

「隨便啦，」歐雷克說：「反正這整件事都很瘋狂，現在幾乎什麼東西都列印得出來。目前全挪威只有大概三千多台 3D 列印機，可是想像一下，如果每個人都有一台，那就連恐怖份子也可以把氫彈做出來。」

「兩位先生，我們可不可以聊些比較開心的事？」蘿凱說，覺得呼吸異常窒悶。「像是比較有文藝氣息的話題，換一下口味，今天我們有客人在場。」

歐雷克和哈利都轉頭朝赫爾嘉望去，赫爾嘉只是微微一笑，聳了聳肩，彷彿是說她無所謂。

「好吧，」歐雷克說：「那聊莎士比亞怎麼樣？」

「這聽起來好多了，」蘿凱說，用懷疑的眼神看著兒子，將馬鈴薯遞給赫爾嘉。

「好，那我們來聊史戴．奧納和奧賽羅症候群，」歐雷克說：「我還沒跟你說耶瑟斯和我把那整堂課都錄下來了，我在襯衫底下戴了隱藏式麥克風和發送器，耶瑟斯在隔壁教室負責錄音。如果我把錄音檔上傳到網路，你覺得史戴能接受嗎？哈利，你說呢？」

哈利沒有答話。蘿凱看著他，心想他是不是又神遊到別處去了？

「哈利？」她說。

「呃，這個問題我不能回答，」哈利說，低頭看著自己的盤子。「不過你為什麼不用手機錄音？學校又沒有禁止在課堂上錄音作為私人用途。」

「他們是在練習。」赫爾嘉說。

三人都轉頭朝赫爾嘉望去。

「耶瑟斯和歐雷克夢想要當臥底探員。」

「要不要再來點葡萄酒，赫爾嘉？」蘿凱拿起酒瓶。

「謝謝，可是你們不喝嗎？」

「我剛剛吃了頭痛藥，」蘿凱說：「哈利不喝酒。」

「我是所謂的酒鬼，」哈利說：「真可惜，不然這是一瓶好酒。」

蘿凱看見赫爾嘉雙頰泛紅，趕緊問道：「所以史戴教你們莎士比亞？」

「不完全是，」歐雷克說：「奧賽羅症候群暗指劇中人物的主要殺人動機來自嫉妒，但其實不是。赫爾嘉跟我昨天讀了《奧賽羅》……」

「你們一起看書？」蘿凱把手放在哈利的手臂上。「好甜蜜喔。」

歐雷克的目光游移到天花板上。「反正呢，我的解讀是劇中所有殺人行為背後最真實的動機不是嫉妒，而是受辱男人的羨慕和野心，這個受辱男人就是伊阿古，奧賽羅只是被他操弄的傀儡而已。這齣戲應該叫作伊阿古才對，不應該叫奧賽羅。」

「妳同意他的說法嗎，赫爾嘉？」蘿凱挺喜歡這個身材苗條、有點孱弱、教養良好的女生，而且赫爾嘉似乎很快就跟上了。

「我比較喜歡奧賽羅這個劇名，而且我覺得這齣戲背後可能沒有什麼潛藏的因素，說不定就像奧賽羅說的，滿月才是真正的肇因，是滿月讓人發瘋的。」

「**沒有原因，**」哈利用英語莊嚴地朗聲道：「**我只是想這樣做而已。**」

「真不賴啊，哈利，」蘿凱說：「竟然可以引述莎士比亞。」

「這句話出自一九七九年華特．希爾導演的電影《戰士聯盟幫》。」哈利說。

「好欸，」歐雷克笑道：「有史以來最棒的幫派電影。」

蘿凱和赫爾嘉齊聲大笑。哈利拿起水杯，露出微笑，看著對面的蘿凱。笑聲圍繞在家庭餐桌的四周。蘿凱覺得此時的哈利跟他們一起在這裡。她和他四目相交，想把他留在此時此刻，但他眼眸中的那片海洋起了細微變化，逐漸從綠色轉為藍色。這種事也不是第一次發生了，他的目光再度轉向內在。她知道在笑聲消逝之前，哈利就已經踏上通往黑暗的路途，離他們遠去。

楚斯在黑暗中爬上樓梯，握著手槍，壓低身子，走在拿著手電筒的高大男警背後。闃靜中只聽見細微的滴答聲響，彷彿建築深處有個時鐘正在行走。手電筒的光束似乎不斷推擠著前方的黑暗，讓黑暗變得更濃稠、更集中，就像以前楚斯和米凱在曼格魯區替老人鏟開的積雪一樣。鏟完積雪之後，他們會從老人粗糙顫抖的手中接過一百克朗鈔票，說他們會把錢找開再回來。那些老人聞言只是動也不動，留在原地等待。

腳下突然發出嘎扎聲響。

楚斯抓住男警的夾克後背，男警停下腳步，用手電筒朝地面照去，把散落一地的玻璃碎片照得閃閃發亮。楚斯在玻璃碎片之間看見一個模糊腳印，他很確定那個腳印踩過了血跡。腳印的鞋跟和前面的鞋底清楚分開，他認為這腳印太大，不可能是女人留下的。腳印是朝著下樓梯的方向，但楚斯很確定剛才在樓下並未看見腳印。滴答聲越來越響了。

楚斯朝男警比個手勢，表示繼續往上爬。他低頭看著樓梯，發現血腳印越來越清楚，又抬頭朝樓梯上望去，這時他猛然停下腳步，舉起手槍，任由男警繼續往上爬。他看見了某樣東西，那東西從手電筒光束之間落下，是一種紅色會反光的物體。原來他們聽見的不是時鐘的滴答聲，而是鮮血滴落在樓梯上的聲音。

「把手電筒往上照。」楚斯說。

男警停下腳步，轉過頭來，微感吃驚，因為他以為同事就跟他在背後，沒想到楚斯竟停步在好幾階樓梯之下，正抬頭看著天花板。男警仍聽從楚斯所言照做。

「我的天啊……」男警低聲說。

「阿門。」楚斯說。

他們上方的牆壁掛著一名女子。

女子的格子裙往上拉開，露出白色內褲的邊緣。從男警頭部的高度望去，正好看見女子的一隻大腿上有個大傷口，鮮血就從傷口流出，流經整條腿，再流進鞋子裡，鞋子裡的血滿了之後溢出，在鞋尖聚集，最後滴落在樓梯上的一攤鮮血之中。女子頭部垂落，雙臂往上伸出，手腕被一副樣式奇特的手銬銬著，掛在壁燈架上。能把她掛上去的人想必體格健壯。她的臉部和脖子都被頭髮遮住，楚斯看不見是否有咬痕，但從那一大攤血跡和鮮血滴落的狀況來看，她體內的血想必都已流盡。

楚斯仔細看著她，記下所有細節，覺得她看起來就像一幅畫。他打算把這個形容告訴夢娜。**死者看起來像是掛在牆上的一幅畫。**

一扇門在他們上方的樓梯間微微打開，一張蒼白的臉龐探了出來。「他走了嗎？」

「應該是，你是阿蒙森？」

「對。」

走廊那頭的門打了開來，光線流洩而出。他們聽見一聲驚恐地抽氣聲。

一個老翁蹣跚走出門來，有個老婦留在門內，可能是他妻子，正焦慮地從門口探頭出來查看。「那個人是惡魔，」老翁說：「看看他做了什麼好事。」

「請不要再過來，」楚斯說：「這裡是犯罪現場，有人知道歹徒往哪裡去嗎？」

「如果我們知道他走了，就會出來看看能幫上什麼忙了，」老翁說：「但我們從客廳窗戶看見一個男人離開公寓，朝地鐵站的方向走去。我們不確定他是不是那個惡魔，因為他走路的樣子很冷靜。」

「那是多久以前的事？」

「頂多十五分鐘前。」

「他長什麼樣子？」

「被你這樣一問……」老翁轉頭向妻子求助。

「他看起來很普通。」老婦說。

「對，」老翁附和說：「他不高也不矮，頭髮不是金色也不是深色，穿著一身西裝。」

「灰色的西裝。」老婦補充道。

楚斯朝男警點了點頭，男警會意，立刻用別在夾克胸前口袋的無線電通話。「霍福瑟德路四十四號請求支援，十五分鐘前有人目擊嫌犯徒步走向地鐵站，身高大約一七五，可能是挪威人，身穿灰色西裝。」

阿蒙森太太走出門來，腳步似乎比丈夫還要不穩，拖鞋在地上拖沓著，顫巍巍地伸出一根手指，指向掛在牆上的女子。她讓楚斯想起以前他們幫忙鏟雪的一個老人。楚斯拉高嗓音說：「我說過了，不要再過來！」

「可是——」阿蒙森太太說。

「快進去！犯罪現場在鑑識員抵達前不能受到汙染，有問題我們會再按門鈴。」

「可是……她還沒死。」

楚斯轉過身去。在門內燈光照耀下，他看見女子的右腳微微顫抖，彷彿抽筋似的。他還來不及克制，腦海就已接連閃過數個念頭：她被感染了，她變成吸血鬼了，她就要醒過來了。

12 星期六晚上

裝有槓片的長槓重重放回到狹長健身椅上方的支架上，發出金屬與金屬之間的鏗鏘碰撞聲。有人會覺得這種聲音很刺耳，但聽在夢娜．多爾耳裡卻有如悅耳鐘聲。況且她沒吵到任何人，因為這時奮進健身房裡只有她一個會員。六個月前，這裡可能受了紐約和洛杉磯的健身房影響，改為二十四小時開放，但夢娜從未在午夜以後看見有人來運動。挪威人的工作時間沒那麼長，不會在白天找不到時間來運動。她是個例外，而她也想成為那個例外，成為一個變種人，因為這就有如進化，推動世界前進的總是與眾不同之人，這些人讓世界更完美。

手機響起，她從健身椅上起身。是諾拉打來的。夢娜戴上耳機，接起電話。

「賤人，妳在健身房。」她朋友諾拉咕噥道。

「我才來沒多久而已。」

「騙人，我看見妳已經去兩小時了。」

夢娜、諾拉和其他幾個大學同學可以用手機的GPS衛星定位系統來找到彼此，他們啟動的這項功能可以容許彼此追蹤手機位置。此舉除了有社交作用，也可讓人感到安心。但有時夢娜不禁覺得這有點讓她患上幽閉恐懼症。濃厚的姊妹淘情誼是很好，但也不用像十四歲小女生一樣還要拉著彼此一起去上廁所。她們都這個年紀了，應該明白年輕女性在這個世界上有很多成就事業的機會，而阻礙她們掌握這些機會的唯一因素就是缺乏勇氣和改變世界的野心，發揮自己所擁有的聰明才智不應該需要別人批准。

「只要想到妳身上的卡路里正在一點一點消失，我就有點討厭妳，」諾拉說：「我就只會一張肥屁股坐在這裡，喝著一杯接一杯的鳳梨可樂達調酒來安慰自己。聽著……」

耳機傳來吸管的啜吸聲，連續敲擊耳膜，令夢娜想拔下耳機。諾拉相信鳳梨可樂達是早秋憂鬱症的唯一解藥。

「諾拉，妳真的有事要講嗎？我正在——」

「有啦，」諾拉說：「是工作上的事。」

諾拉和夢娜過去是傳播學院的同學，當年該學院比挪威其他高等教育機構有著更高的入學門檻，而且每個聰明男女的夢想似乎都是在報紙上開個自己的專欄或進入電視臺工作。諾拉和夢娜就是如此。癌症研究和全國跑透透是沒那麼聰明的人才會做的事。但夢娜注意到現在的傳播學院受到所有當地高中的競爭威脅，因為高中利用國家的補助經費來替挪威的年輕學子開設新聞、電影、音樂和美容等熱門課程，完全不考慮什麼能力是國家缺乏且亟需的。這表示挪威這個富庶國家必須仰賴從國外進口人才，逼得國內修讀影視傳播科系、無憂無慮的年輕男女只能失業在家裡蹲，領取國家的失業救濟金，一邊看國外電影，心情好時發表一下評論。另一個入學門檻降低的原因，是年輕人發現了部落格的市場，他們再也不需要為了學分拚命，就能得到電視和報紙等傳統通路所能創造的同等注意力。夢娜曾撰寫過一篇文章，指出媒體不再要求新聞工作者具備某些專業資格，這也使得記者不再花費精力去取得那些資格。現今的媒體環境越來越集中在報導與名人相關的無聊新聞，導致記者淪為八卦狗仔。夢娜在這篇文章裡拿她自己的報社，也就是全挪威發行量最大的《世界之路報》來當例子，但文章未獲報社採用，負責專題的編輯說文章「太長了」，然後就把她轉介給雜誌編輯。「這個嘛，有一種評論報社絕對不愛，那就是對報社自己的評論。」一個態度比較正面的同事如此說道。但夢娜覺得雜誌編輯的回應才叫一針見血：「可是夢娜，妳這篇文章都沒引用名人說的話欸。」

夢娜走到窗前，低頭望著維格蘭雕塑公園。天空布滿雲層，公園裡除了路燈照亮的路徑之外，幾乎都為黑暗籠罩。秋天總是這樣，再過不久，樹上葉子就會掉光，視線少了樹葉阻擋變得更為清晰，城市再度變得堅硬冰冷。但從九月到十月底，奧斯陸就像是個柔軟溫暖的泰迪熊，讓她想好好的抱一抱。

「我洗耳恭聽，諾拉。」

「是關於吸血鬼症患者的事。」

「我知道妳被要求去找他當來賓，妳認為他會去上談話性節目嗎？」

「最後一次了吧，『週日雜誌』是個嚴肅的談話性節目，我已經打電話問過哈利．霍勒了，但他拒絕，他說目前負責領導調查工作的是卡翠娜．布萊特。」

「那不是很好嗎？妳不是老抱怨說要找個優秀的女性來賓有多難？」

「對啊，但霍勒是名聲最響亮的警探，妳應該還記得上次他喝醉酒上節目的事吧？雖然那次的事顯然是個醜聞，可是觀眾愛死他了！」

「你有這樣跟他說嗎？」

「沒有，但我跟他說電視需要名人來上節目，一張名人的臉孔可以吸引更多人注意，了解警察為這個城市貢獻了多少心力。」

「說得很有技巧啊，他還是不要？」

「他說如果我要請他上『就是愛跳舞』來代表警察出賽，他明天就會開始練習慢板的狐步舞，但如果是要上節目談命案調查工作，那卡翠娜．布萊特才是最了解案情也最有資格發言的人。」

夢娜哈哈大笑。

「怎樣啦？」

「沒什麼，我只是想到哈利．霍勒去上『就是愛跳舞』的樣子。」

「什麼？妳覺得他是認真的嗎？」

夢娜笑得更大聲了。

「我打電話來只是想聽聽妳對這個卡翠娜．布萊特的看法，因為妳都是跑那個圈子的。」

夢娜從面前的架子上取下一對輕啞鈴，很快做了幾下二頭肌彎舉，保持血液循環，讓廢棄物可以從肌肉中流走。「布萊特是個很有頭腦的人，而且懂得算計，甚至可以說有點嚴厲。」

「那妳覺得她有螢幕魅力嗎？從記者會的照片看起來，她有點……」

「黯淡？是沒錯，但如果她願意的話也可以看起來很亮麗。我們編輯部裡有些男人認為她是全警署最正的女人，她是那種會刻意掩飾自己的出色外表，好讓自己看起來很專業的人。」

「我覺得我已經開始討厭她了。那哈爾斯坦．史密斯呢？」

「他的確有潛力成為你們的節目常客，那人夠古怪，說話夠直白，但又口舌伶俐，妳可以去找他。」

「好，謝啦。姊姊妹妹要一起站起來！」

「我們是不是已經有點過了說這種話的年紀了？」

「是啦，可是現在來說這種話不是正諷刺嗎？」

「也對，哈哈。」

「妳還在那裡嘻嘻哈哈，妳那邊怎麼樣了？」

「什麼怎麼樣？」

「那個凶手還在四處出沒。」

「我知道啊。」

「我是說他真的出沒了，霍福瑟德區距離維格蘭雕塑公園也不是太遠。」

「妳在說什麼？」

「該死，妳還不知道嗎？他又下手了。」

「幹！」夢娜高聲罵道，眼角餘光瞄到櫃檯一名男性工作人員抬頭朝她這邊望來。「我那個王八蛋主編說有事會打給我，他一定是把這條新聞給別人了，先掰了，諾拉。」

夢娜跑進更衣室，把衣服塞進包包，奔下樓梯，來到街上，朝《世界之路報》的大樓方向前進，一邊攔計程車。她很幸運地在一處紅燈路口叫到計程車。她鑽進車子後座，拿出手機，打電話給楚斯・班森。鈴聲響了兩聲就接起來了，那頭傳來古怪的呼嚕笑聲。

「怎麼了？」她問道。

「我才在想妳要過多久才會打給我。」楚斯說。

13

星期六晚上

「他們把她放下來的時候，她已經流失了超過一點五公升的血液，」醫生說，他和哈利及卡翠娜走在伍立弗醫院的走廊上。「如果被咬的地方是在大腿上方比較粗壯之處的動脈，我們就沒辦法把她救回來了。通常我們不會容許情況如此嚴重的患者接受警察訊問，但有鑑於可能還會有其他被害者出現……」

「謝謝，」卡翠娜說：「我們不會問她不必要的問題。」

醫生打開病房的門，和哈利在門外等候，卡翠娜進門走到床前，床邊坐著一個護士。

「很驚人吧，」醫生說：「你說對嗎，哈利？」

哈利揚起一側眉毛，轉頭看著醫生。

「你不介意我直接稱呼你名字吧？」醫生說：「奧斯陸是個小城市，你老婆的醫生正好就是我。」

「真的？我不知道她都來這裡看診。」

「我是看到她在表格上的親屬欄填了你的名字才知道的，當然我是在報紙上看過你的名字。」

「你記性真好……」哈利說，看了看對方別在白袍上的名牌。「……約翰．D．史戴芬主治醫師，因為我的名字已經很久沒出現在報紙上了。你覺得什麼地方很驚人？」

「竟然有人可以這樣咬穿一個女人的大腿。很多人都認為現代人的下巴不是很有力，但是跟大部分哺乳類動物比起來，人類的牙齒算是很利的，你知道嗎？」

「不知道。」

「那你認為人類的咬合力有多大，哈利？」

幾秒之後，哈利才發現史戴芬很認真地在等他回答。「呃，我們的刑事鑑識專家說是七十公斤。」

「好吧，那……你已經知道答案了。」

哈利聳了聳肩。「數字對我來說沒什麼意義，就算告訴我是一百五十公斤，我也不會有太大反應。說到數字，你怎麼知道潘妮洛普．拉許流失了一點五公升的血？脈搏和血壓應該不是那麼準確的衡量單位才對吧？」

「我有犯罪現場的照片，」史戴芬說：「而且我在買賣血液，所以眼光還算滿準的。」

哈利正想請史戴芬解釋得更清楚一點，卻看見卡翠娜招手請他過去。

他走進病房，站到卡翠娜身旁。潘妮洛普的臉色幾乎跟床上的枕頭一樣白。她眼睛是睜開的，但眼神渙散。

「潘妮洛普，我們不會打擾妳太久，」卡翠娜說：「我們跟先前在現場跟妳說過話的警察談過，所以知道妳之前在市區跟歹徒碰過面，後來他在樓梯間攻擊妳，還用鐵假牙咬妳。可以請妳告訴我們他是誰嗎？除了他的名字叫維達之外，他還有沒有跟妳說他姓什麼？他有沒有說他住在哪裡？在哪裡工作？」

「他叫維達．韓森，我沒問他住哪，」潘妮洛普說，她聲音細弱，讓哈利聯想到一碰就碎的瓷器。「他說他是藝術家，可是在做管理員的工作。」

「你認為他說的是實話嗎？」

「我不知道，他也可能是保全，可以拿到鑰匙的那種，總之他進過我家。」

「喔？」

潘妮洛普看起來像是用盡全身力氣，才把左手從被子裡抬起來。「這是羅爾送給我的訂婚戒指。他從我的臥室抽屜裡偷走了。」

卡翠娜用懷疑的眼神看著那只霧面黃金戒指。「妳是說……他在樓梯間幫妳戴上戒指？」

潘妮洛普點了點頭，又緊緊閉上眼睛。「而且他跟我說的最後一句話是……」

「是什麼？」

「他說他跟其他男人不一樣，他一定會回來娶我。」潘妮洛普話聲嗚咽。

哈利看得出卡翠娜相當震撼，但仍專注問話。

「他長什麼樣子，潘妮洛普？」

潘妮洛普張開嘴巴又閉上，用絕望的眼神看著他們。「我不記得了，我……我一定是忘了，我怎麼會……？」她咬住下唇，淚珠在眼眶裡滾來滾去。

「沒關係的，」卡翠娜說：「妳遭遇這種事很容易這樣，過幾天應該會回想起更多事情。妳記得他穿什麼衣服嗎？」

「他穿西裝，還有襯衫。他把襯衫扣子解開了，身上有……」潘妮洛普頓了一頓。

「有什麼？」

「他的胸口有刺青。」

哈利看見卡翠娜倒抽一口涼氣。「什麼樣的刺青，潘妮洛普？」哈利問道。

「一張臉。」

「是不是像個用力想爬出來的惡魔？」

潘妮洛普點了點頭，一顆淚珠滑落臉頰。哈利心想，她體內的水份像是已不足以分泌第二顆淚珠。

「而且他好像……」潘妮洛普又嗚咽著說：「好像是要特地展示給我看。」

哈利閉上眼睛。

「她需要休息了。」護士說。

卡翠娜點了點頭，將一隻手放在潘妮洛普的乳白色手臂上。「謝謝妳，潘妮洛普，妳幫了我們很大的忙。」

哈利和卡翠娜正要離開，護士又把他們叫回來。兩人走到病床邊。

「我還記得一件事，」潘妮洛普用微弱的聲音說：「他的臉看起來動過手術，而且我忍不住會想……」

「想什麼？」卡翠娜說，俯下身去，聆聽潘妮洛普細若蚊鳴的聲音。

「他為什麼沒有殺我？」

卡翠娜用求助的眼神朝哈利望去。哈利深深吸口氣，朝她點了點頭，倚身到潘妮洛普身旁。

「因為他下不了手，」哈利說：「因為妳沒有讓他下手。」

「好了，現在我們確定是他了。」卡翠娜說。她跟哈利沿著走廊朝醫院門口走去。

「嗯，而且他改變了作案手法和喜好。」

「這樣你有什麼感覺？」

「妳是指發現真的是他？」哈利聳了聳肩。「沒感覺。他是個殺人犯，需要逮捕歸案，就這樣，句點。」

「少來了，哈利，你可騙不了我，你就是因為他才會在這裡的。」

「他可能會傷害更多人命，所以逮到他很重要，這跟我個人沒有關係好嗎？」

「好，我聽見了。」

「很好。」哈利說。

「他說他一定會回來娶她，你想這是……？」

「是一種比喻？對，他會在潘妮洛普夢裡糾纏她。」

「但這也表示他……」

「故意沒殺潘妮洛普。」

「你騙了她。」

「我騙了她。」哈利推開醫院大門，門口有一輛車正等著他們。兩人開門上車，卡翠娜坐到前座，哈利坐進後座。

「要去警署？」韋勒在駕駛座上問道。

「對。」卡翠娜說，拿起她放在車上充電的手機。

「畢爾傳簡訊說樓梯上的那些血腳印可能是牛仔靴留下的。」

「牛仔靴。」哈利在後座說。

「就是那種鞋跟高而斜……」

「我知道牛仔靴長什麼樣子，證詞中有提到過。」

「誰的證詞？」卡翠娜問，一邊瀏覽剛才她在醫院裡的時候收到的其他簡訊。

「妒火酒吧的酒保，叫作穆罕默德什麼的。」

「不得不說你的記性還是好得很。我收到一則簡訊說要邀請我上『週日雜誌』，討論吸血鬼症患者。」卡翠娜滑著手機。

「所以呢？」

「沒有所以了，貝爾曼說得很明白，他希望這件案子的曝光率越低越好。」

「就算偵破了也是一樣嗎？」

卡翠娜回頭望著哈利。「什麼意思？」

「第一，警察署長可以上全國轉播的電視節目大肆宣揚說這件案子在三天內迅速偵破。第二，我們可能需要一些曝光度來逮到他。」

「我們偵破這件案子了嗎？」韋勒在後照鏡中和哈利目光相接。

「是偵破，」哈利說：「不是解決。」

韋勒轉頭望向卡翠娜。「這是什麼意思？」

「意思就是說我們已經知道凶手是誰，但在把他正式緝捕歸案之前不算解決。以這個傢伙來說，要把他繩之以法可是一大難題，我們已經對他發出國際通緝令將近四年了。」

「這個傢伙是誰？」

卡翠娜重重嘆了口氣。「他的名字我都說不出口了，哈利，你跟他說吧。」

哈利望著車窗外。卡翠娜確實沒說錯，他大可否認，但他的確是為了一個自私的理由才會在這裡。不是為了替被害人討回公道，不是為了替奧斯陸鏟奸除惡，也不是為了維護警方的聲譽，甚至不是為了維護他自己的名譽。什麼都不是，只是為了一個原因：因為他讓那個人逃脫了。哈利過去沒能阻止那個人，當然心懷愧疚，因為有那麼多受害者，因為那個人逍遙法外那麼久。即便如此，現下他只能專注在一件事情上，那就是他必須逮到那個人。他，哈利，必須逮到那個人。他不知道自己為什麼會這麼想，難道他需要這個罪大惡極的連續殺人犯來證明自己的生命價值嗎？這恐怕只有上帝才知道了。而且若非如此的話，也只有上帝才知道其他理由。那人之所以從躲藏處現身，是因為哈利。那人在伊娃家門上寫了個「V」字，還把惡魔刺青展現給潘妮洛普看。潘妮洛普問說為何那人沒有殺死她，哈利編了個理由騙她，但其實那人沒殺潘妮洛普的真正原因，是希望她說出親眼所見，說出哈利早已心裡有數的事，那就是哈利得出來陪他玩。

「好吧，」哈利說：「你想聽完整版還是濃縮版？」

14

星期日上午

「這就是瓦倫廷．嚴德森。」哈利說，指著大螢幕上的一張臉孔，那張臉正盯著專案調查小組瞧。

卡翠娜專注地看著那張瘦長臉龐。他有褐色的頭髮和深陷的雙眼，但他雙眼深陷有可能是因為角度所致，因為他額頭向前，使得光線照落的角度有所變化。卡翠娜不禁會想，當初負責攝影的警察怎麼會容許瓦倫廷用這種姿勢拍照。此外還有他的表情。受刑人拍檔案照通常都會流露出恐懼、困惑或聽天由命的神色，瓦倫廷卻看起來一副心滿意足的樣子，彷彿他知道一些事，一些他們還不知道的事。

哈利讓大家仔細看了那張臉一會，才接著說：「瓦倫廷．嚴德森十六歲的時候被控引誘一個九歲女童到小船上加以猥褻，十七歲的時候女性鄰居報案說他試圖在地下室洗衣間強暴她，二十六歲的時候他因為侵犯未成年少女而進入伊拉監獄服刑。他在獄中給女牙醫看診時，趁機用牙鑽逼迫她脫下尼龍絲襪，再把絲襪罩在她頭上，先在牙醫椅上強暴她，然後在絲襪上點火。」

哈利按了一下電腦鍵盤，影像換到下一張。眾人紛紛摀住嘴巴，發出呻吟。卡翠娜看見即使是最資深的警探也垂下視線不忍看。

「我給你們看這張照片不是為了好玩，而是讓大家知道我們面對的是什麼樣的人。瓦倫廷．嚴德森讓這個牙醫活了下來，就跟潘妮洛普．拉許一樣，我不認為這是他一時失手，而是認為他在跟我們玩遊戲。」

哈利又按了一下鍵盤，瓦倫廷的照片再度出現，這次的照片是從國際刑警的網頁上擷取下來的。「大約四年前，瓦倫廷從伊拉監獄逃脫，用的是一種非常奇特的方法。他把一個叫作猶大．約翰森的獄友揍到血肉模糊，難以辨認，然後在屍體的胸部刺上一個跟他胸部一模一樣的刺青，再把屍體藏到行李箱。後來點名的時候猶大沒出現，就被列為失蹤。瓦倫廷要越獄的那天晚上，他把屍體穿上他自己的囚服，放在他囚室的地板上。獄警在他房裡發現血肉模糊的屍體，自然而然認為那就是瓦倫廷，而且一點也不訝異，因為就跟其他有戀童癖的受刑人一樣，瓦倫廷遭到其他受刑人痛恨，因此沒人想到要比對屍體的指紋或檢驗DNA。所以有很長一段時間，我們以為瓦倫廷早已不在人世，直到他因為另一起命案而浮上檯面。我們並不知道他到底殺害或攻擊過多少人，但可以確定的是絕對比他涉嫌或定罪的還要多。我們知道他在失蹤前的最後一個受害者是他以前的女房東依里雅．雅各布森。」哈利又按了一下鍵盤。「這張照片是在她躲避瓦倫廷的社區拍的，如果我沒記錯，首先抵達現場的是班森，我們在那裡發現她被勒斃，躺在一堆兒童衝浪板底下。各位可以看到，衝浪板上有鯊魚的圖案。」

會議室後方傳來呼嚕笑聲。「對啊，那些衝浪板是偷來的，可憐的毒蟲沒能把它們賣掉。」

「依里雅．雅各布森之所以遇害，可能是因為她會透露關於瓦倫廷的資訊給警方，這可能也說明了為什麼很難從任何人口中問出他在哪裡，因為知道他消息的人根本什麼都不敢說。」哈利清了清喉嚨。「另一個找不到瓦倫廷的原因是，他逃獄之後動過好幾次所費不貲的整形手術，我們在這張照片上看到的這個人，已經不像是後來在伍立弗體育場足球賽上模糊的監視器畫面拍到的那個人，而且那個監視器畫面是他刻意讓我們看到的。由於到目前為止還找不到他，所以我們懷疑他可能在那之後又動了整形手術，而且可能是在國外做的，因為我們已經清查過北歐所有的整形手術。我們之所以強烈懷疑他的長相再度改變，是因為我們把瓦倫廷的照片拿給潘妮洛普．拉許看，她卻認不出來。遺憾的是，她沒辦法清楚描述他現在的長相，而Tinder上面那個叫維達的男人的檔案照片很可能並不是他本人。」

「托德已經查過維達的臉書檔案，」卡翠娜說：「他發現裡頭的資料果然都是假的，帳號是最近才開設的，使用的裝置我們無法追蹤。托德認為這表示他具備一定程度的資訊科技技術。」

「不然就是他有幫手，」哈利說：「不過我們手上至少有一個三年前瓦倫廷．嚴德森失蹤前看過他而且跟他說過話的人，那就是史戴．奧納。史戴已經不再是犯罪特警隊的顧問了，但他同意今天過來一趟。」

奧納站了起來，扣上花呢夾克上的一顆鈕扣。

「我曾跟那個自稱是保羅・史塔夫納斯的患者做過短期的心理諮商，這真是一種詭異的榮幸。他是個不尋常的思覺失調精神病患者，因為他某種程度上可以察覺到自己的疾病。他還擺了我一道，不讓我知道他真正的身分，也沒讓我察覺到他在做什麼。直到那天我無意間發現他的身分，他才想殺我滅口，後來又逃得無影無蹤。」

「我們根據史戴的描述，繪製了一張素描，」哈利按了一下鍵盤。「他這個長相也算是舊的了，但至少比足球賽的監視器畫面好一點。」

卡翠娜側過了頭。那張素描裡的頭髮、鼻子和眼睛的形狀都改變了，臉的形狀比照片還要尖，但那副心滿意足的表情依然存在。其實應該說是「看起來」心滿意足，就好似一隻鱷魚在咧嘴而笑的那種神情。

「那他怎麼會變成吸血鬼症患者？」窗邊一個聲音說。

「首先呢，我並不認為世界上有吸血鬼症患者存在，」奧納說：「不過瓦倫廷・嚴德森會吸血可能有很多種原因，現在我也給不出一個答案。」

接著是一陣長長的靜默。

哈利清了清喉嚨。「我們在之前的案件中並沒有發現任何咬人或吸血的行為跟嚴德森有關，而且連續殺人犯通常都會使用特定的作案模式，不斷重複溫習同一個幻想。」

「我們有多確定凶手真的是瓦倫廷・嚴德森？」麥努斯問。

「百分之八十九。」畢爾・侯勒姆答道。

麥努斯笑道：「百分之八十九，這麼精準？」

「對。我們在他用來銬上潘妮洛普・拉許的手銬上發現幾根體毛，很可能來自他的手背。DNA分析不用花太久時間就確定有百分之八十九的比對符合率，最後那百分之十比較花時間，但兩天之內可以有結論。順帶一提，那種手銬在網路上買得到，是中世紀手銬的複製品，所以是用鐵做的，而不是鋼。有人喜歡用這種手銬是因為可以把愛巢布置得像是中世紀的地窖。」

會議室裡傳來一聲呼嚕笑聲。

「那鐵假牙呢?」一名女警探問:「他是從哪裡取得鐵假牙的?」

「這個問題更難回答了，」侯勒姆說:「目前我們還沒發現有誰在做這種假牙，至少沒發現有人用鐵來做假牙。他應該是去找鐵匠訂做，或是自己做的。這顯然是種新的殺人方式，我們不曾看過有任何人用鐵假牙來當作武器。」

「說到新的行為，」奧納說，解開夾克鈕扣，讓肚子放鬆一點。「根本上的行為改變幾乎是不可能發生的，人類在這方面可說是惡名昭彰，我們寧願一再重蹈覆轍也不願意改變，就算接收到新資訊也是一樣。總之這是我的見解，這在心理師之間也很有爭議，他們還替它取了個名字，叫作『奧納理論』。當我們看到一個人的行為出現改變，通常會跟這個人要適應的環境有關，但行為背後的動機是不會變的。性侵犯開發出新的性幻想和性愉悅並不特別，但那是他的口味逐漸有了發展，而不是他的人格在根本上出現改變。就好像我在青少年時期，我爸告訴我說長大以後就會開始懂得欣賞貝多芬，但當時我很討厭貝多芬，覺得我爸根本是在胡說八道。瓦倫廷·嚴德森在性方面有著多樣化的口味愛好，他強暴過少女和老婦，說不定還強暴過少年，雖然目前為止還沒聽說過他強暴過成年男人，但這可能是出於現實考量，因為成年男人的防衛能力比較高。戀童癖、戀屍癖、性虐待，這些都在瓦倫廷·嚴德森的性慾菜單上。除了『未婚夫』史凡·芬納之外，瓦倫廷·嚴德森是奧斯陸警方目前所知涉嫌性犯罪案件數量最多的人。現在他開始對血產生興趣，只能代表他在我們所說的『開放程度』方面得到高分，而且願意嘗試新體驗。我說他『開始對血產生興趣』是來自於一些觀察，例如他在鮮血裡加了檸檬，這可能代表瓦倫廷·嚴德森正在對血進行實驗，而不是他對血感到著迷。」

「不是著迷?」麥努斯高聲說:「他已經進展到一天殺一個人了!我們坐在這裡討論的時候，他可能已經開始打下一個被害人的主意了，你說是不是啊，大教授?」他說「大教授」的口氣毫不掩飾其中的嘲諷意味。

奧納揚起短短的手臂。「再說一次，我不知道他心裡在想什麼，我們都不知道，沒有人知道。」

「瓦倫廷．嚴德森，」米凱．貝爾曼說：「百分之百確定是他嗎，布萊特？如果是的話，給我十分鐘好好想一想。對，我明白這件事很緊急。」

米凱結束通話，把手機放回到玻璃桌上。剛才伊莎貝拉告訴他說這張桌子是德國家具品牌 ClassiCon 的口吹玻璃桌，要價超過五萬克朗。她說她寧願只有少數幾件高品質家具，也不想在家裡塞滿一大堆劣質家具。米凱坐的位置正好可以看見奧斯陸峽灣的人造海灘，以及在海上航行的渡輪。今天風很大，遠處一點的海水幾乎是紫色的。

「什麼事？」伊莎貝拉在他旁邊的床上說。

「專案小組召集人想知道她能不能參加今天晚上『週日雜誌』節目的錄影，討論的主題應該是吸血鬼症患者案。我們已經知道凶手是誰了，但不知道他的下落。」

「很簡單啊，」伊莎貝拉．斯科延說：「既然已經找出凶手是誰，你應該親自出馬才對，但由於這只取得了部分的成功，所以你應該派個代表去，而且提醒她用字遣詞一定要說『我們』，而不是『我』。此外她如果提到說凶手可能曾設法跨越國界，也沒什麼壞處。」

「跨越國界？為什麼？」

伊莎貝拉嘆了口氣。「別裝笨好嗎，親愛的，這樣很煩。」

米凱走出門外，來到陽臺，站在那裡低頭望著大批星期日的遊客朝許侯門區前進，有些遊客要去參觀阿斯楚普費恩利現代藝術博物館，有些遊客要去欣賞超現代主義建築和品嚐價格過高的卡布奇諾咖啡，有些遊客則夢想入住那些尚未售出又貴得離奇的公寓。他聽說博物館正在展出一輛賓士轎車，原本引擎蓋上的賓士標誌被一坨大大的褐色人類糞便所取代。好吧，對有些人來說，「實體糞便」是一種身分象徵。其他人則需要最昂貴的公寓、最新款的名車或最大型的遊艇，才能感到心神舒暢。還有些人，例如伊莎貝拉和他自己，則想要獲得一切的一切，也就是權力，卻不願意承擔隨之而來令人窒息的義務。他們想要受到大眾的羨慕和尊敬，又不想太過出名，這樣才能低調自由地行動。他們想要擁有家庭來提供穩定的生活架構，幫他們繁衍後代，但又希望能在家庭的牢籠之外隨心所欲尋求性的歡愉。他們想要有房有車，還有「實體糞便」。

「所以呢，」米凱說：「妳的意思是說，瓦倫廷．嚴德森失蹤過一段時間，提到跨越國界民眾自然會聯想到當時他可能不在挪威，而不是奧斯陸警方逮不到他。如果我們能逮到他，就代表我們很聰明，如果他又殺了人，反正我們說過的話民眾很快就會忘記。」

他轉身望著伊莎貝拉。她家明明有個完美的臥室，他不明白為什麼她要把那麼大一張雙人床放在客廳，尤其是可能讓鄰居看見。他懷疑她可能就是存心要讓鄰居看見。伊莎貝拉是個高大的女人，修長有力的四肢張開在床上，性感的身軀蓋著金色絲質薄被。單是瞧著這副光景就讓米凱準備再戰一回。

「只要這麼一句話，就可以在大眾心中留下他曾經出國的印象，」伊莎貝拉說：「在心理學上這叫作錨定效應，做起來很簡單，而且經常都很有效，因為人是簡單的動物，」她的目光游移到米凱身上，微微一笑。「尤其是男人。」

她將絲被掀到地上。

米凱盯著她瞧。有時他覺得自己比較喜歡看伊莎貝拉的身體而不想碰，但對於妻子烏拉卻正好相反，這頗為奇怪，因為純以客觀的角度來看，烏拉的身體比伊莎貝拉還要美。但伊莎貝拉那狂風驟雨般的性慾，比烏拉那種溫柔安靜、嗚咽啜泣般的高潮還要令他興奮。

「打手槍。」伊莎貝拉命令道，張開雙腿，曲起雙膝，猶如猛禽半彎折的翅膀，再用兩根修長手指逗弄自己的性器。

米凱照做，閉上了眼睛。這時他聽見玻璃桌傳來震動聲。該死，他把卡翠娜給忘了。他抓起震動的手機，按下接聽鍵。

「什麼事？」

手機那頭傳來女性聲音，但米凱聽不清楚，因為一艘渡輪正好鳴起船笛。

「我的回答是可以，」他不耐煩地高聲說：「妳可以去上『週日雜誌』。我正在忙，晚點會打給妳，指示妳該怎麼做。」

「是我。」

米凱全身僵硬。「親愛的，是妳啊？我以為是卡翠娜・布萊特。」

「你在哪裡？」

「在哪裡？我在工作啊。」

接著是一陣漫長的靜默。米凱知道烏拉顯然聽見了渡輪的鳴笛聲，這就是她之所以這麼問的原因。他透過嘴巴用力吸了口氣，低頭看著自己的勃起正逐漸消退。

「晚餐五點半才能煮好。」烏拉說。

「好，」他說：「今天吃……？」

「牛排。」她說，隨即收線。

哈利和韋勒在葉興路三十三號大門前下車。哈利點了根菸，抬頭看著那棟被高聳圍牆所環繞的紅磚建築。他們從警署驅車來此，出發時陽光普照，秋日色澤閃著亮光，但越接近目的地，頭上就有越多烏雲聚集，如今山丘上空已烏雲密布，宛如一片水泥色的天花板，將地面景致的色彩全給吸走。

「這就是伊拉監獄。」韋勒說。

哈利點了點頭，用力吸一口菸。

「為什麼他的外號叫『未婚夫』？」

「因為他會把被害人強暴到懷孕，還要她們發誓把孩子生下來。」

「不然的話……？」

「不然他會回來親手執行剖腹生產。」哈利吸入最後一口菸，把香菸在菸盒上捻熄，菸屁股放進菸盒。「來把事情解決吧。」

「依照規定我們不能把他綁起來，但可以透過監視器看著他。」一名警衛按下開門鈕，讓哈利和韋勒進入監獄，並領著他們往長走廊的盡頭走去。走廊兩側是一扇扇漆成灰色的精鋼門板。「我們有個規定是不准靠近他一公尺以內。」

「天啊，」韋勒說：「他攻擊過你們嗎？」

「沒有，」警衛說，把鑰匙插進最後一扇門。「史凡．芬納關在這裡的這二十年間，沒有留下任何汙點。」

「可是呢？」

警衛聳了聳肩，轉動鑰匙。「你們自己看就明白我的意思了。」

他打開門，讓到一邊，韋勒和哈利走進囚室。

房內有個男子坐在床上的陰影中。

「芬納。」哈利說。

「霍勒。」陰影中傳來的聲音有如岩石的迸裂聲。

哈利朝囚室裡唯一的椅子指了指。「我可以坐這裡嗎？」

「如果你有時間坐一會的話，聽說你最近忙得很。」

哈利坐了下來，韋勒站到哈利背後離門口不遠之處。

「嗯，是他嗎？」

「是誰？」

「你知道我指的是誰。」

「你先老實回答我的問題，我才會回答你。你想念這樣嗎？」

「想念什麼，史凡？」

「想念有個跟你同等級的玩伴，就像以前我跟你一樣。」

陰影中的男子倚身向前，移動到牆上高處的窗戶所照入的光線中。哈利聽見背後的韋勒呼吸加速。窗戶欄杆的影子落在一張凹痕遍布的臉上，那張臉的紅棕色皮膚有如皮革，上頭布滿皺紋，紋路之間靠得十分緊密，宛如被人用刀割至見骨似的。男子額頭上綁著一條紅手帕，彷彿印地安人的模樣，濕潤厚唇的周圍長著一圈口字鬍，細小的瞳孔在褐色虹膜的中央，眼白偏黃，全身肌肉發達，竟有如二十歲小伙子。哈利在心裡算了算，「未婚夫」史凡．芬納今年應該有七十五歲了。

「第一次總是最難忘對不對，霍勒？我的名字永遠會排在你的成就榜上的第一名。我奪走了你的貞操，是不是啊？」史凡的笑聲聽起來宛如用小石子漱口一般。

「這個嘛……」哈利說，雙臂交疊。「既然要用我的實話來交換你的實話，那我的回答是我不想念，還有我永遠都不會忘記你，史凡．芬納，我也永遠都不會忘記被你重創和殺害的人。你經常在夜裡來拜訪我。」

「我也是，我那些未婚妻都對我非常忠貞。」史凡的厚唇咧開，露出笑容。他把右手放在右眼上。哈利聽見韋勒後退一步，撞上門板。史凡的眼睛透過手掌上有如乒乓球大小的孔洞望向韋勒。「小子，別害怕，」史凡說：「你該害怕的是你這個長官，當時他跟你一樣年輕，我已經躺在地上動彈不得，他還是舉起槍來對我的手掌開槍。記住了，你這長官的心黑得很，現在他又覺得焦渴不已了，就跟在外頭快樂逍遙的那個人一樣。霍勒，你的焦渴就像火，這就是為什麼你得澆熄它，要是不解除這股渴，它會一直增長，吞沒任何接觸到的東西。我說的對不對啊，霍勒？」

哈利清了清喉嚨。「換你了，芬納，瓦倫廷躲在哪裡？」

「以前你們就來問過我這件事。我已經說過了，瓦倫廷在這裡的時候我跟他沒說過幾句話，況且他逃獄都已經快四年了。」

「他的手法跟你很類似，有人說你教過他。」

「胡說八道！相信我，瓦倫廷是天生好手。」

「換作是你，你會躲在哪裡？」

「我會在你的視線範圍內，霍勒，而且這次我會準備好跟你周旋到底。」

「他會住在市區嗎？會在市區裡移動嗎？是不是會使用新身分？他是單槍匹馬還是跟人合作？」

「他現在的手法改變了對不對？又咬人又吸血的。說不定不是瓦倫廷？」

「確實是瓦倫廷，我要怎麼樣才能逮到他？」

「你逮不到他的。」

「是嗎？」

「他寧願一死也不願意再回到這裡。幻想對他來說永遠都是不夠的，他必須**付諸行動**才行。」

「聽起來你的確很了解他。」

「我知道他是什麼樣的人。」

「是不是跟你一樣？身上有來自地獄的荷爾蒙。」

老人聳了聳肩。「大家都知道道德選擇是一種幻象，主導你我行為的其實是腦子裡的化學作用，霍勒。有些人的行為被診斷為注意力不足過動症或焦慮，於是接受藥物治療，獲得同情。有些人則被診斷為罪犯和惡徒，給關進監獄。但這些其實都是同一件事，都是腦內物質危險的混合結果。我也同意我們應該被關起來，我的老天，因為我們會強暴你們的女兒。」史凡發出刺耳的大笑聲。「所以把我們從街上驅逐啊，威脅說要懲罰我們啊，好讓我們不去做腦內化學物質要我們去做的事，但可悲的是，你們軟弱到需要找一個道德藉口才能把我們關起來。你們編造出一連串有關自由意志的虛構歷史和天譴之說，來鞏固根據永恆不變、放諸四海皆準的道德法則所建立起來的神聖司法系統，但道德根本就不是永恆不變且放諸四海皆準的，它只跟每個時代的精神有關，霍勒。幾千年前，男人幹男人完全沒有問題，但後來他們會被關進監獄，現在政客又跟他們一起上街遊行。這一切都是因應各個時代的社會要什麼和不要什麼來決定的，道德標準是會改變而且是功利主義的。我碰到的問題是我所出生的這個年代和國家，男人不允許盡情播種，但如果世界遭遇大瘟疫，人類需要重新崛起，那『未婚夫』史凡．芬納就會成為社會的中流砥柱，成為人類的救星。你說是不是啊，霍勒？」

「你強暴女人，是要她們為你生下孩子，」哈利說：「瓦倫廷卻是殺害女人，所以你為什麼不幫我們逮到他？」

「難道我還不夠幫忙嗎？」

「你只是給了一些籠統的回答和不成熟的道德理論而已。如果你幫助我們，我會替你去跟假釋委員會說幾句好話。」

哈利聽見韋勒變換站姿。

「真的嗎？」史凡撫摸自己的鬍子。「即使你知道我一出去就會又開始強暴女人？既然你已經準備犧牲那麼多無辜女性的貞潔，想必逮到瓦倫廷對你來說無比重要，但我想你應該沒什麼選擇。」他用一根手指輕敲太陽穴。「化學作用……」

哈利默不作聲。

「好吧，」史凡說：「首先呢，明年三月的第一個星期六我就服刑期滿，所以現在要來談減刑已經太遲了，我沒差。而且幾個星期前我被帶去外面過，可是你知道嗎？我想回來這裡。所以感謝你的提議啦，可是不用了，謝謝。倒是你來跟我說說最近你怎麼樣啊，霍勒，聽說你結婚了，是不是有個小雜種兒子？還住在一個很安全的地方？」

「你要說的就是這些了嗎，芬納？」

「對，但我會持續關注你們的進展。」

「你是說我跟瓦倫廷？」

「我是說你跟你的家人，希望我出獄那天會在接待委員會之中看見你。」史凡的笑聲變成喉嚨有痰的咳嗽聲。

哈利站起身來，對韋勒比個手勢，要他拍門。「謝謝你抽出寶貴時間來見我們，芬納。」

史凡把右手抬到面前揮了揮。「回頭見了，霍勒，很高興能跟你聊聊未……未來的計畫。」

哈利透過史凡的手掌孔洞，看見他的笑容來回閃過。

15

星期日入夜時分

蘿凱坐在廚房餐桌前，噪音和緊急的工作蓋過了疼痛，然而一旦她停下手邊工作，疼痛就變得越來越難以忽視。她抓了抓手臂。紅疹的狀況昨晚明明還不怎麼明顯的。醫生問過她是否排尿正常，她自然而然回答說「是」，但現在仔細回想，才發現過去這幾天她幾乎沒什麼小便。然後還有呼吸，她的呼吸像是身體有病似的，但明明身體又好端端的。

前門傳來鑰匙碰撞聲，蘿凱站了起來。

門打開，哈利走了進來，看起來面色蒼白且一臉倦容。

「我只是回來換個衣服。」他說，揉了揉她的臉頰就繼續朝樓上走。

「工作怎麼樣了？」她問道，看著哈利爬上樓梯，走進臥室。

「很好！」哈利高聲答道：「我們知道凶手是誰了。」

「那你可以回家了吧？」她淡淡地問說。

「什麼？」她聽見地板傳來腳步聲，知道他像個小男孩或酒醉男人那樣脫掉了褲子。

「既然你和你那聰明的腦袋已經偵破了這件案子……」

「這就是問題所在，」哈利出現在二樓樓梯間，身穿薄羊毛衣，倚著門框，正在穿一雙薄羊毛襪。蘿凱開過他玩笑，說只有老人才會堅持一年四季都穿羊毛織品。哈利回答說，最佳的生存策略就是依循老人的做法，因為再怎麼說他們才是贏家、才是倖存者。「我什麼都沒偵破，是他自己選擇顯露身分的。」哈利直起身來，拍了拍口袋。「鑰匙沒拿，」他說，又回到臥室。「我在伍立弗醫院遇見了史戴芬醫生，」

他高聲說：「他說他在**治療**妳。」

「是喔？親愛的，我想你應該去睡個幾小時，你的鑰匙還插在大門上。」

「妳只說他們替妳做了檢查。」

「那有什麼分別？」

哈利走出臥室，奔下樓梯，擁抱蘿凱。「『做了檢查』是過去式，」他在她耳邊輕聲說：「『治療』是現在式。還有，據我所知，治療是因為檢查之後有什麼發現才會進行的事。」

蘿凱笑了。「哈利，是我自己發現頭痛的，頭痛就是我需要治療的症狀，而所謂的治療就是服用百服寧止痛藥。」

哈利抱著蘿凱，專注地看著她。「妳沒有什麼事瞞著我吧？」

「原來你還有時間胡思亂想啊？」蘿凱倚身在哈利懷中，驅開疼痛，輕咬他的耳朵，把他朝門口推去。「趕快去把工作完成吧，然後直接回家來找媽咪，不然我就自己用 3D 列印機和白色塑膠做出一個愛家的男人。」

哈利露出笑容，走向大門，從門鎖上拔下鑰匙，又停下腳步，怔怔看著鑰匙。

「怎麼了？」蘿凱問道。

＊＊＊

「他有伊莉絲．賀曼森家的鑰匙，」哈利說，猛力關上乘客座的車門。「可能也有伊娃．杜爾門家的鑰匙。」

「是嗎？」韋勒說，放開手煞車，駕車沿著車道往下坡行駛。「我們查過奧斯陸的每一個鎖匠，他們都沒替任何公寓打過新鑰匙。」

「那是因為鑰匙是他自己做的，用白色塑膠做的。」

「白色塑膠？」

「只要花個一萬五克朗，買一台普通的桌上型 3D 列印機，再來只要拿到原始鑰匙幾秒鐘就行了。他可能拍下鑰匙的照片，或用蠟做了個模型，再做成 3D 檔案。所以伊莉絲．賀曼森回家的時候，他已經進去並把門鎖上，這就是為什麼她會把安全門鏈拉上，因為她以為家裡只有自己一個人。」

「那你認為他是怎麼拿到鑰匙的？被害人住的公寓都沒有雇用保全公司，那些公寓都有自己的管理員，而且公寓管理員都有不在場證明，他們都發誓說沒把鑰匙借給別人過。」

「我知道。我不知道這件事他是怎麼辦到的，我只知道他**就是**辦到了。」

哈利不必轉頭去看他這名年輕同事，也知道韋勒臉上肯定是一臉狐疑的表情。伊莉絲家的安全門鏈之所以拉上的原因可能有數百種，而哈利使用演繹法的推理無法排除任何一種。哈利的撲克高手好友崔斯可曾說，概率論和根據規則手冊來打牌是世界上最簡單的事，但聰明玩家和普通玩家的分別只在於了解對手想法的能力，這表示必須同時應付大量資訊，就像是在呼嘯的暴風雨中聆聽輕聲細語的答案。也許正是如此。在經歷過一切有如暴風雨般的案件之後，哈利相當了解瓦倫廷．嚴德森，他看過所有的報告，具備對付其他連續殺人犯的豐富經驗，而且多年來他沒能救到的受害者冤魂持續累積，在這許多風暴之中有個聲音正在輕聲細語。那是瓦倫廷的聲音。瓦倫廷說他是從內制伏她們的，他一直都在她們的視線之內。

哈利拿出手機。鈴聲響了兩聲，卡翠娜就接了起來。

「我正坐著化妝。」她說。

「我想瓦倫廷有一台 3D 列印機，我們可以利用列印機找到他。」

「怎麼找？」

「販賣電子器材的商店只要商品超過一定金額就會記錄顧客的姓名和住址，目前為止挪威只賣出幾千台 3D 列印機，如果專案調查小組成員全都先停下手邊工作，可能一天之內就能收集到大部分的購買資料，兩天之內就能清查完百分之九十五的買家，這表示只會剩下大概二十個買家，這些人用的是假名或化名。我們拿他們登記的地址去比對人口登記資料，如果比對不出姓名就知道有問題，或直接打電話去問，就會知道誰否認買過3D列印機。大多數販賣電子器材的商店都有監視器，所以我們可以查看在對方購物的那段時間誰是可疑人物。他沒理由不在住處附近的商店買列印機，這可以給我們一個特定的搜索範圍，只要公布監視器畫面，就會有民眾指引我們往正確的方向去找。」

「哈利，你是怎麼想到3D列印機的？」

「因為我在跟歐雷克討論印表機和槍枝，結果……」

「結果你是不是拋開了一切，全神貫注在腦海裡閃過的念頭，完全不顧你正在跟歐雷克講話？」

「對。」

「這種另類觀點你應該跟你自己的游擊小組討論才對，哈利。」

「目前這個小組只有我一個人，而我需要妳的資源。」

哈利聽見卡翠娜爆出哈哈大笑。「如果你不是哈利．霍勒，我早就掛你電話了。」

「幸虧我是。聽著，我們找瓦倫廷．嚴德森找了四年都找不到，這是目前我們唯一掌握到的線索。」

「先讓我上完節目再來想這件事吧，節目是現場直播的，現在我腦袋裡塞滿了我記下來的該說和不該說的事，而且老實說，我緊張得要死。」

「嗯。」

「這是我的處女秀，給點建議吧。」

「靠在椅背上放輕鬆，表現出親切和風趣的一面。」

哈利聽見卡翠娜發出咯咯笑聲。「就跟你以前一樣嗎？」

「我既不親切又不風趣。喔，對了，別喝酒。」

哈利把手機放回夾克口袋。他們就快到位於芬倫區的史蘭冬街和拉瑟慕斯溫德倫路的十字路口了。號誌燈轉為紅燈，車子停了下來，哈利不禁轉頭望去。來到這裡他總是情不自禁。他朝地鐵軌道對面的月臺望去。就在大半輩子前，就在這個地方，他駕駛警車追逐歹徒卻意外失控，警車穿過軌道，撞上水泥月臺，導致坐在副駕駛座上的員警死亡。當時他到底有多醉不得而知，沒人要求他做酒精呼氣測試，官方報告說他是坐在副駕駛座上，而非駕駛座。這種種掩飾不外乎是為了維護警方形象。

「你是為了救人嗎？」

「什麼？」哈利說。

「你是為了救人才加入犯罪特警隊的嗎？」韋勒問道：「還是為了把殺人犯緝捕歸案？」

「嗯，你在想『未婚夫』說過的話嗎？」

「我記得你在課堂上教的東西，我以為你成為偵辦命案的警探純粹是因為你喜歡這份工作。」

「是嗎？」

哈利聳了聳肩。燈號轉為綠燈，車子繼續行駛到麥佑斯登區，沉沉黑夜似乎從奧斯陸這個大鍋子裡朝他們滾滾翻湧而來。

「讓我在酒吧門口下車，」哈利說：「就是第一個被害人去過的那家。」

卡翠娜站在攝影棚側邊，看著籠罩在聚光燈圓錐形光束中央、宛若小荒島般的黑色平臺，平臺上有三張椅子和一張桌子。一張椅子上坐著『週日雜誌』的主持人，他將會介紹卡翠娜為第一位出場來賓。卡翠娜努力不去想臺下觀眾的眾多目光，不去想自己的心跳有多快，不去想瓦倫廷此刻正逍遙法外，而警方卻無計可施，儘管他們清楚知道凶手就是他。她不斷在心裡重複米凱對她說的話：說明案子已經偵破時必須表現得非常可靠且令人安心，然後再說凶手只是依然在逃，而且可能逃到國外。

卡翠娜朝導播看去。導播就站在多台攝影機和小荒島之間，頭戴耳機，手拿寫字夾板，大聲喊說離現場播出還有十秒，並開始倒數。突然之間，卡翠娜想起今天稍早發生的一件蠢事，可能因為她又累又緊張，也可能因為上直播節目令她一顆心七上八下，以至於大腦會想起這件蠢事來逃避現實。先前她去鑑識中心找侯勒姆，想請他加快分析警方在樓梯間發現的證物，好讓她上節目時有東西可以拿出來講，提高可信度。星期日上班的人本來就不多，有執勤的人都在忙吸血鬼症患者案的事，因此鑑識中心空蕩蕩的，這也多少加深了那件蠢事在她腦海裡的印象。

一如往常，她直接走進侯勒姆的辦公室，不料卻看見一個女人站在他的椅子旁邊，幾乎是靠在他身上。只見他們其中一人可能說了個笑話，兩人一起哈哈大笑。這時他們一起轉過頭來，卡翠娜這才認出那女人是最近剛上任的鑑識中心主任，名字叫什麼忘記了，只記得她姓李延。卡翠娜想起侯勒姆提過這個李延被拔擢為鑑識中心主任，也憶起當時她覺得李延太年輕也太資淺，坐上這位子的應該是侯勒姆才對，或者應該說，侯勒姆應該**接下**這個位子才對，因為原本要任命的人是他。但他的反應就是非常典型的侯勒姆式反應：幹嘛要用一個優秀的刑事鑑識專家去換來一個拙劣的長官？從這個角度來看的話，這位李延太太或李延小姐倒是個當長官的好選擇，因為卡翠娜不曾聽任何人說過她在哪件案子表現得很優秀。

卡翠娜當著李延的面，向侯勒姆提出加快分析速度的要求，但侯勒姆只是平靜地回答說這要問他長官才行，因為負責列出優先順序的人是她。而這個叫什麼李延的，只是露出一個曖昧的微笑，說她會去問問看其他刑事鑑識員，看他們手邊的工作是不是結束了。卡翠娜一聽就拉高嗓音說，只是「問問看」根本不夠，吸血鬼症患者案已經拉高到最優先等級了，任何有經驗的警察都應該了解這點才對，況且她如果上電視卻被問得答不出來，只好說新任鑑識中心主任認為這件案子不夠重要，那最後場面肯定會很難看。

這個白娜．李延呢，對，她的名字叫白娜，不只名字像美國喜劇《宅男行不行》裡頭的伯納黛特，看起來也像。她個頭矮小，戴副眼鏡，胸前卻挺著一對大奶。這個白娜哀怨地說：「如果我優先處理這件案子，那妳可不可以**保證**不要跟別人說我認為阿克爾港的虐童案或史多夫納區為了保護名譽而殺人的案子不夠重要？」當時卡翠娜還會意不過來，不知道她這求懇的口氣是裝出來的，直到白娜回復正常而嚴肅的口吻說：「布萊特，我當然同意防止其他命案發生是件非常緊急的事，但重點是要防止其他命案發生，而不是在於妳要上電視。二十分鐘後我會答覆妳，可以嗎？」

卡翠娜只是點了點頭，轉身離開，直接返回警署，把自己鎖在廁所裡，擦去她在前往鑑識中心之前所化的妝。

節目主題曲開始播放，已經在椅子上坐直的主持人把腰打得更直了，他替臉部肌肉暖身，做了幾個誇張的大笑容，儘管今晚討論的主題應該用不到笑容才對。

卡翠娜感覺褲子口袋裡的手機發出震動。她是調查小組的召集人，必須隨時都能找得到人，就連上節目也不能關閉手機電源。她一看原來是侯勒姆傳來簡訊。

潘妮洛普的公寓大門採集到的一枚指紋，比對符合瓦倫廷．嚴德森。正在看電視，祝好運。

卡翠娜朝旁邊的年輕女子點了點頭，女子再度提醒她，一聽見主持人說到她的名字就立刻朝主持人走過去，還提醒她說該坐哪一張椅子。**祝好運**。說得好像她要上舞臺表演似的。想是這樣想，但卡翠娜知道自己心裡正笑得甜滋滋的。

哈利走進妒火酒吧大門後停下腳步，發現裡頭的喧嘩聲不是真的，除非有人躲在牆邊的包廂裡。他是酒吧裡唯一的客人。接著他看見吧檯後方的電視正在播放足球賽。他在吧檯前挑了一張高腳凳坐下，望著電視。

「貝西克塔斯對上加拉塔薩雷。」

「土耳其的足球隊。」哈利說。

「對啊，」酒保說：「有興趣嗎？」

「沒什麼興趣。」

「沒關係，總之土耳其人對足球賽很瘋狂的，如果你支持的是客隊，結果客隊贏了，那你一定得趕快回家，免得中槍。」

「嗯，是因為宗教還是階級差異？」

酒保停下擦酒杯的動作，看著哈利。「是因為贏球。」

哈利聳了聳肩。「當然了。我叫哈利．霍勒，我是……我**以前**是犯罪特警隊的警探，我被找回來……」

「伊莉絲．賀曼森。」

「沒錯。我看過你的證詞，你說伊莉絲跟她的約會對象在這裡的時候，有個穿牛仔靴的人也在店裡。」

「對啊。」

「你能跟我說說那個人的任何事情嗎？」

「可能有點難，因為我只記得伊莉絲．賀曼森進來後不久，他就進來了，然後就坐在那邊的包廂裡。」

「你有看到他長什麼樣子嗎？」

「有，但我只是看了一眼而已，沒什麼太大印象，沒辦法描述得出他長什麼樣子。你看，我從這裡是看不見包廂裡面的，他又什麼東西都沒點就突然離開了。這種事常常發生，客人可能會認為這裡有點太冷清，酒吧就是這樣，需要人潮才能吸引人潮。可是我沒看到他離開，所以也沒想太多，反正她是在家裡遇害的不是嗎？」

「對。」

「你認為那個男人可能跟蹤她回家？」

「至少有這個可能性，」哈利看著酒保：「你叫穆罕默德對吧？」

「對。」

基於直覺，哈利覺得穆罕默德這個人有種特質讓他喜歡，於是他決定直接把腦子裡的想法說出來。「如果我不喜歡這家酒吧，一進來就會轉身離開，但只要我進來了，就一定會點東西，不會只是乾坐在包廂裡。他有可能跟蹤她到這裡，然後觀察情勢，一發現她可能會留下約會對象獨自離開，就先回去她家等她。」

「你是說真的嗎？太變態了吧，那女人真可憐。說到可憐人，那天晚上她的約會對象來了。」穆罕默德朝門口側了側頭，哈利轉頭望去。加拉塔薩雷隊粉絲的吶喊聲淹沒了那肥胖禿頭男子進門的聲響，那人身穿鋪棉背心和黑色襯衫。他在吧檯前坐下，朝酒保點了點頭，表情甚是僵硬。「來杯大的。」

「你是蓋爾．索拉？」哈利問道。

「很希望我不是，」男子說，發出幾聲空洞笑聲，臉上表情不變。「你是記者？」

「我是警察，我想知道你們認不認得這個男人，」哈利把瓦倫廷．嚴德森的素描圖像放在吧檯上。「他後來可能經過大型整容手術，所以你們可能要用一點想像力才行。」

穆罕默德和蓋爾仔細看了看照片，都搖了搖頭。

「算了，啤酒不用了，」蓋爾說：「我突然想到我得回家了。」

「我已經倒了。」穆罕默德說。

「我得回去遛狗，啤酒給這位警察先生喝好了，他看起來很渴的樣子。」

「索拉，問你最後一個問題，你在證詞中提到她說有人跟蹤她，那個人還威脅過跟她在一起的男人，你認為她說的這件事是真的嗎？」

「什麼意思？」

「她會不會只是這樣說好避免你去糾纏她？」

「哈，是這樣喔，那你說呢？她說不定有自己的一套辦法來擺脫青蛙的糾纏，」蓋爾勉強擠出微笑，形成古怪的表情。「像是我這種青蛙。」

「那你認為她是不是吻過很多青蛙？」

「Tinder 有時還挺令人失望的，但人總不能放棄希望對吧？」

「她的這個跟蹤者只是個路過的瘋子，還是她曾經交往過的人？你有印象嗎？」

「沒有，」蓋爾拉上背心拉鍊，一直拉到下巴，儘管外頭天氣不是很冷。「我要走了。」

「她曾經交往過的人？」酒保穆罕默德複述說，找錢給蓋爾。「我以為那個凶手殺人是為了要吸血，還有性。」

「也是有這些可能，」哈利說：「但通常是因為嫉妒。」

「如果不是呢？」

「那就有可能像你說的。」

「為了血和性？」

「其實是跟勝利有關，」哈利低頭看著那杯啤酒。啤酒總是讓他覺得浮腫和疲倦，以前他喜歡頭幾口啤酒的味道，再過來滋味就會變得有點單調乏味。「說到勝利，看來加拉塔薩雷要輸了，你介意轉到NRK1，看一下『週日雜誌』嗎？」

「說不定我是貝西克塔斯的粉絲呢？」

哈利朝鏡子前最上方的架子角落點了點頭。「那你就不會把加拉塔薩雷的旗子擺在金賓威士忌旁邊了，穆罕默德。」

酒保看著哈利，然後咧嘴而笑，搖了搖頭，把遙控器遞了過去。

「我們不能百分之百確定昨天在霍福瑟德區攻擊婦女的人，跟殺害伊莉絲．賀曼森和伊娃．杜爾門的是同一個人，」卡翠娜說，突然發現攝影棚裡非常安靜，彷彿周遭的一切都在聆聽他們說話似的。「我只能說我們掌握到的具體證據和證詞，都指向一名嫌犯。由於這名嫌犯已經是通緝犯，還是個逃獄的性侵犯，所以我們決定公布他的姓名。」

「警方要在『週日雜誌』首度公開嫌犯姓名？」

「是的，他名叫瓦倫廷．嚴德森，但他現在用的可能是假名。」

卡翠娜看得出主持人的表情有點失望，因為她完全沒賣關子，直接就把瓦倫廷的名字給說了出來。主持人顯然希望先用言語堆疊出懸疑的氣氛。

「這是我們製作的素描圖像，描繪的是他三年前的長相，」卡翠娜說：「後來他可能接受過大型整容手術，但至少這可以給大家一個概略的輪廓。」卡翠娜朝觀眾席舉起圖像。觀眾席上坐著大約五十名觀眾，導演說這是為了讓節目「更好看」。卡翠娜維持著相同姿勢，並看見前方的攝影機亮起紅燈，這樣可以讓在家中客廳觀看節目的觀眾心裡留下圖像的印象。主持人注視著她，露出滿意的表情。

「民眾如果有任何關於這個人的資訊，請撥打我們的熱線電話，」卡翠娜說：「這張圖像、嫌犯姓名和他已知的化名，以及我們的熱線電話，都會公布在奧斯陸警區的網站上。」

「這件事十分急迫，」主持人對著攝影機說：「因為他有可能再度犯案，最快可能今晚就會下手，」他轉頭望向卡翠娜。「甚至有可能此時此刻正在犯案，是不是這樣？」

卡翠娜知道主持人希望她能幫他在觀眾腦海中植入此時此刻吸血鬼正在吸血的模樣。

「我們不想排除任何可能性。」卡翠娜說。這句話是米凱一字一句灌輸到她腦子裡的，他解釋說這句話跟「我們**不能**排除任何可能性」不一樣，「我們**不想**」會讓人覺得奧斯陸警方對案情已有充分掌握，有辦法排除某些可能性，但選擇不要排除。「但我接到的情報指出，從最近發生這起攻擊事件到我們的鑑識結果比對出瓦倫廷．嚴德森身分之間的這段時間，他有可能潛逃出境。他很可能在挪威以外的國家有個藏身之處，自從四年前逃獄之後就一直躲在那裡。」

米凱不需要教她接下來這些話該怎麼說，她學得很快。「我接到的情報」立刻會讓人聯想到監視、祕密線人和縝密的辦案工作。她所提到的那段時間確實有很多班機、列車和渡輪可以搭乘，因此不能說她說謊。而瓦倫廷有可能潛逃出境的這段話只要不是絕對不可能發生，那麼都保有很多辯論空間。同時這樣說也有個好處，就是把這四年來警方未能逮到瓦倫廷的責任推給「他不在挪威」的可能性。

「那要如何逮到吸血鬼症患者呢？」主持人說，轉頭朝另一張椅子望去。「今天我們特地請來哈爾斯坦．史密斯，他是心理學教授，寫過一系列關於吸血鬼症患者的文章。史密斯教授，可以為我們解答這個問題嗎？」

卡翠娜看向史密斯，他坐在目前鏡頭還沒拍到的第三張椅子上，臉上戴著一副大眼鏡，身穿鮮豔的彩色夾克，看起來像是自家縫製的。史密斯的鮮豔穿著跟卡翠娜的暗色系打扮，正好形成鮮明對比。卡翠娜身穿黑色皮褲和黑色緊身夾克，頭髮往後梳得服貼俐落。她知道自己看起來很正，晚點上網查看一定會有很多評論跟邀約。但她不在乎，反正米凱沒說她該如何打扮，她只希望白娜那個賤人正在看電視。

「呃……」史密斯說，露出無言的微笑。

卡翠娜看得出主持人擔心這位心理師緊張得呆住了，準備出手救援。

「首先呢，我不是教授，我還在寫我的博士論文，如果通過審查，一定會告訴大家。」

一陣大笑。

「我寫的文章曾經登在專業期刊上，不過是那種遊走在灰色地帶的期刊，專門刊載比較曖昧不明的心理學理論。其中一篇文章名叫〈驚魂記〉，名稱來自希區考克的同名電影，我想這可能是它在學術方面拿到低分的原因。」

又是一陣哄堂大笑

「但我是心理師，」他說，轉頭望向觀眾。「我畢業於維爾紐斯市的米科拉斯羅梅里斯大學，成績高於平均值，而且我有一張那種專業沙發，能讓你躺在上面看著天花板，我假裝寫筆記，一節諮商收費一千五百克朗。」

史密斯把觀眾和主持人逗得一時之間全都忘了他們在討論一個十分嚴肅的話題，直到他把他們拉回正題。

「但我不知道如何才能逮到吸血鬼症患者。」

一陣靜默。

「至少我沒辦法用白話文來籠統說明。吸血鬼症患者十分罕見，會浮出檯面的更是稀少。首先呢，我們必須區分兩種吸血鬼症患者，其中一種相對無害，當代吸血鬼故事例如《德古拉》當中描述的那種半人半神、長生不老、愛吸人血、受人崇拜的吸血鬼就屬於這種。這類吸血鬼症患者很明顯的是以情色作為心理動力，甚至還引來精神分析大師西格蒙德．佛洛伊德的評論，而他們很少會殺人。另一種人則罹患我們所謂的嗜血症，或叫倫斐爾德症候群，這表示他們執著於吸血這件事。關於這個主題的大部分文章都發表在刑事精神病學的期刊上，因為它們通常都跟極端暴力的犯罪事件有關。但目前已經確立的心理學從未承認吸血鬼症患者這種現象，認為這只是灑狗血的主題，是江湖術士愛玩的把戲。事實上精神病學參考書對吸血鬼症患者隻字未提，我們這些研究吸血鬼症患者的人則遭指控發明一種根本不存在的東西。過去三天來，我非常希望那些指控我們的人是對的，但不幸的是，他們錯了，吸血鬼不存在，但吸血鬼症患者確實存在。」

「史密斯先生，請問一個人怎麼會變成吸血鬼症患者？」

「這個問題沒有一個簡單的答案，但典型案例會是童年發生過事件，當事人看見自己或別人大量出血，或跟別人一起吸血，並且感到興奮。吸血鬼症患者兼連續殺人犯約翰．喬治．黑格（John George Haigh）就是這樣，他小時候被宗教狂母親用梳子懲罰痛打，並用舌頭舔舐鮮血，後來到了青春期，鮮血成了他性興奮的來源，於是這位剛發病的吸血鬼症患者開始對血進行實驗，通常這稱為「自我吸血症」，他們會割開自己的肌膚，吸自己的血。然後到了某一天，他們會跨出決定性的一步，開始吸別人的血。很常見的是，他們吸完血之後會殺了對方，這時他們就已經成為一個發展完全的吸血鬼症患者。」

「那強暴呢？為什麼還會有強暴發生？因為我們都知道伊莉絲．賀曼森遭到性侵。」

「呃，權力和控制的經驗對成年吸血鬼症患者來說非常有影響力。例如約翰．喬治．黑格就對性非常感興趣，他說他覺得非得喝受害者的血不可。順帶一提，他是用玻璃杯盛血來喝的。但我很確定對奧斯陸的這個吸血鬼症患者來說，血比性侵還來得重要。」

「布萊特警監？」

「呃，是？」

「這點妳同意嗎？妳認為對這個吸血鬼症患者來說，血比性重要嗎？」

「對此我不予置評。」

卡翠娜看見主持人快速做了決定，轉頭望向史密斯，可能認為那邊有比較多聳動話題可以挖掘。

「史密斯先生，吸血鬼症患者認為他們自己是吸血鬼嗎？換句話說，他們認為自己只要不被陽光照到，就能長生不老，而且咬了別人之後還可以把別人變成吸血鬼之類的嗎？」

「患有倫斐爾德症候群的嗜血症患者不會這樣想。很遺憾這個症候群是用倫斐爾德來取名，在布拉姆・史鐸克的小說中，德古拉伯爵的僕人就叫作倫斐爾德。其實這個症候群應該叫諾爾症候群才對，因為發現的是精神科醫生諾爾（Richard Noll）。從另一方面來說，諾爾也沒有認真看待吸血鬼症，他之所以會寫到這個症候群是作為嘲諷之用的。」

「會不會這個人其實沒有生病，而是吃了某種藥，讓他變得想吸血，就像二〇一二年在邁阿密和紐約發生的事件，有人吸食了ＭＤＰＶ，也就是所謂的『浴鹽』，結果吸食者變得會攻擊別人或吃人。」

「不會。一個人吸食ＭＤＰＶ而變得有吃人傾向其實是出現極端的精神病，這種人無法理性思考或擬定計畫，警方可以發現他們滿手血腥，當場就以現行犯逮捕，因為他們一點也沒有想要躲避警察的意思。再來說到典型的吸血鬼症患者，他們會受到嗜血的驅動，所以逃跑不會是腦子裡的第一要務，但本案的凶手計畫得非常周詳，如果《世界之路報》報導屬實的話，這名男性或是女性凶手根本沒有留下任何證據。」

「女性？」

「呃，我只是想要說得政治正確一點而已。吸血鬼症患者幾乎都是男性，尤其是攻擊手段非常殘暴的案例，就像這兩件案子。女吸血鬼症患者通常會妥協於自我吸血症，或是跟同類型的人交換血液、從屠宰場取得鮮血、在血庫附近遊蕩。以前我在立陶宛有個女性患者就活生生吃了她母親養的金絲雀……」

卡翠娜注意到觀眾席上出現今晚第一個打哈欠的人，還有一個孤零零的笑聲響起又迅速止住。

「起初我同事跟我以為我們面對的是物種煩躁症，也就是患者認為自己生錯了物種，本來應該是別的動物才對，比如說貓。最後才發現我們面對的是吸血鬼症的案例。遺憾的是《今日心理學》雜誌並不這樣認為，所以如果你們想看該案例的文章，只能上我的網站 hallstein.psychologist.com 去看。」

「布萊特警監，我們能說他是連續殺人犯嗎？」

卡翠娜想了幾秒鐘，回答說：「不行。」

「但《世界之路報》說哈利．霍勒被找來加入調查這件案子，而大家都知道他是連續殺人犯的專家，這是不是說明了——？」

「我們有時候也會參考消防隊員的意見，就算沒有火災發生也是一樣。」

現場只有史密斯一個人發出笑聲。「答得好！如果患者都真的有問題才來看病，那精神科醫師和心理師都要餓死了。」

這引來許多笑聲，主持人對史密斯露出感謝的微笑。卡翠娜覺得在他們兩人之間，史密斯比較有可能再受邀來上節目。

「無論是不是連續殺人犯，你們認為這個吸血鬼症患者會不會再度犯案？或是他會等到下個滿月再出現？」

「我不想揣測這件事。」卡翠娜說，在主持人眼中看見惱怒的神色。管他的，難道他真以為她會加入他的亂爆八卦遊戲嗎？

「我也不會加以揣測，」哈爾斯坦．史密斯說：「我不需要，因為我不用揣測也知道。我們通常籠統稱為性變態的性偏離症患者，他們如果不接受治療，很少會自動痊癒，所以吸血鬼症患者絕對不會停止自己的行為。但我認為最近這起攻擊事件發生在滿月純屬巧合，應該是媒體比那名吸血鬼症患者更享受這件事。」

主持人很快就因為史密斯話中帶刺而心生不悅，嚴肅地蹙起眉頭，問道：「史密斯先生，你會不會認為我們應該批評警方沒有早一點警告民眾說有個吸血鬼症患者在外胡作非為，警方是不是應該像你在《世界之路報》上面那樣提醒大家？」

「嗯，」史密斯做個鬼臉，朝其中一個聚光燈望去。「這比較是了不了解的問題，就像我剛剛說的，吸血鬼症存在於鮮為人知的心理學角落，極少會受到注目，所以我只能說這件事非常遺憾，但警方不應該為此受到批評。」

「既然現在警方已經了解了，那他們該怎麼做呢？」

「他們應該找出更多關於這名患者的事。」

「最後一個問題：你見過多少個吸血鬼症患者？」

史密斯鼓起臉頰又把空氣呼出。「你是說貨真價實的？」

「對。」

「兩個。」

「你個人對血有什麼反應？」

「血讓我覺得噁心。」

「但你還是在研究和書寫關於血的事。」

史密斯歪嘴笑了笑。「也許這就是原因所在吧，我們都有點瘋狂。」

「這句話也適用在妳身上嗎，布萊特警監？」

卡翠娜心頭一驚，她一時之間忘了自己是在上電視，而不是在看電視。

「呃，抱歉？」

「就是妳是不是也有點瘋狂？」

卡翠娜在腦中思索答案。她得想個風趣又親切的答案，就像哈利建議的那樣。她知道自己今晚在床上的時候一定會想出來，但不是現在。她已經感覺到疲憊感悄悄上身，上電視所產生的腎上腺素已開始消退。

「我……」她開口說，又決定放棄，只說：「這個嘛，誰知道呢？」

「妳會瘋狂到想跟一個吸血鬼症患者碰面嗎？當然不是像這種慘案的凶手，而是個可能會稍微咬妳一小口的吸血鬼症患者。」

卡翠娜懷疑這是主持人的玩笑話，可能來自於看到她身上有點類似虐待狂的衣著。

「只有一小口？」她說，挑起一側畫過的眉毛。「好啊，有何不可？」

這次她並非出於刻意，卻獲得了觀眾的笑聲。

「那要祝妳順利逮到他囉，布萊特警監。史密斯先生，最後再請你說幾句話，剛才你沒回答如何才能逮到吸血鬼症患者，你有什麼建議可以給布萊特警監嗎？」

「吸血鬼症是一種極端的性偏離行為，通常會伴隨其他的精神病，所以我會鼓勵所有心理師和精神科醫師協助警方，清查自己的案主紀錄，看有沒有患者的行為可能符合嗜血症的症狀，我想我們應該都同意這件案子比保密誓言來得更優先。」

「感謝您收看本週的『週日雜誌』……」

＊＊＊

吧檯後方的電視畫面暗了下來。

「這件事真糟糕，」穆罕默德說：「不過你同事看起來好正喔。」

「嗯，你這家店總是這麼冷清嗎？」

「沒有啦，」穆罕默德環顧整家酒吧，清了清喉嚨。「好吧，是沒錯。」

「我喜歡。」

「是嗎？可是這杯啤酒你連碰都沒碰，你看，酒跟杯口還是一樣平。」

「那很好。」哈利說。

「我可以給你來點更帶勁的東西。」穆罕默德朝那瓶擺在加拉塔薩雷隊旗幟旁的金賓威士忌點了點頭。

卡翠娜沿著電視臺裡有如迷宮般的空蕩走廊快步行走，這時她聽見後方有沉重腳步聲傳來，她轉頭瞄了一眼，並未停步。原來是史密斯。卡翠娜注意到他的跑步姿勢跟他的研究工作一樣非常不主流，除非他的X形腿非常嚴重。

「布萊特。」史密斯高聲喊道。

卡翠娜停步等他。

「我想先跟妳說聲抱歉。」史密斯追上卡翠娜後，氣喘吁吁地說。

「抱歉什麼？」

「因為我說太多了，一下子得到那麼多注意力會讓我有點亢奮，我老婆總是告誡我這件事。可是更重要的是，那張素描……」

「是？」

「剛剛在攝影棚裡我沒辦法多說，可是他可能曾經是我的患者。」

「你是說瓦倫廷．嚴德森？」

「我不是很確定，那至少已經是兩年前的事，當時我在市區租了一間辦公室，那個人來做了幾小時的諮商，雖然他長得跟那張圖不是很像，但妳一提到整形手術我就想到他。如果我沒記錯的話，他的下巴有手術留下的縫合疤痕。」

「他是吸血鬼症患者嗎？」

「我怎麼會知道？他又沒提，如果他有說，我就會把他納入我的研究對象了。」

「說不定他去找你做諮商是因為他感到好奇，說不定他知道你在研究他的那種……那是叫什麼來著？」

「性偏離症。這也不無可能，就像我說的，我很確定我們面對的這個吸血鬼症患者非常聰明，而且他能夠察覺到自己的病症。無論如何，這讓我的案主紀錄失竊這件事變得更討厭。」

「你不記得這個患者的名字？也不記得他從事什麼工作、住在哪裡？」

史密斯重重嘆了口氣。「恐怕我的記性沒有以前那麼好了。」

卡翠娜點了點頭。「看來我們只能希望他看過其他心理師，有人會想起些什麼，而且對醫師保密誓言的態度沒那麼保守。」

「有一點保守其實也不是壞事。」

卡翠娜挑起一側眉毛。「你這話是什麼意思？」

史密斯瞇緊雙眼，一臉沮喪，看起來像是想罵粗話似的。「沒什麼意思。」

「少來了，史密斯。」

心理師雙手一攤。「我只是把兩件事加起來而已，布萊特。剛才主持人問妳是不是有點瘋狂，再加上妳說妳在頌維根區被淋濕過。人類通常都是透過『非語言』來交流的，妳所透露出來的訊息是妳曾經在頌維根區的精神病院接受過治療，但現在妳卻是犯罪特警隊的專案小組召集人。所以說，保密誓言的立意還是不壞的，它有一部分也是設計用來保護前來尋求協助的患者，防止患者日後的事業受到影響。」

卡翠娜聽得目瞪口呆，想說些什麼卻腦袋一片空白。

「妳不必回應我的白痴猜測，」史密斯說：「我也是立下過保密誓言的。晚安了，布萊特。」

卡翠娜望著史密斯沿著走廊奮力往前走，一雙 X 形腿有如艾菲爾鐵塔。她的手機響了起來。是米凱打來的。

他全身赤裸，置身在濃重熱燙的霧氣之中。被他抓過的肌膚接觸到霧氣感覺熱辣辣的，鮮血流淌到底下的木椅上。他閉上雙眼，喉頭發出一絲嗚咽聲，心中立刻開始思索自己為何會發出這聲音。媽的都是那些規則害的，規則限制了愉悅，也限制了疼痛，不讓他隨心所欲地表現自己。但情勢即將改觀，那個警察收到了他的訊息，現在已經開始追捕他了。警方想循線將他緝捕歸案，但他們辦不到，因為他把所有可以追查到他的線索都斷得一乾二淨。

霧氣中有人清了清喉嚨，嚇了他一跳，也讓他知道這裡還有別人。

「Kapatiyoruz（**打烊了**）。」

「好。」瓦倫廷．嚴德森用濃重的聲音答道，依然坐著，努力不讓自己哭出聲音。

打烊時間到了。

他小心翼翼地撫摸自己的生殖器官。他清楚知道她的所在之處，也清楚知道該怎麼跟她玩。他已經準備好了。瓦倫廷把濕潤空氣吸進肺裡。還有哈利．霍勒，那個自以為是獵人的傢伙。

瓦倫廷霍然起身，朝門口走去。

16

星期日晚上

歐柔拉起身下床，悄悄踏進走廊，經過爸媽的臥房和通往樓下客廳的階梯。她無法不去聆聽樓下的黑暗寂靜所發出來的轟隆聲響，同時輕手輕腳走進廁所，打開電燈，鎖上了門，拉下睡褲，坐在馬桶上。她等待著，但什麼事也沒發生。她一直想小便，以至於無法入睡，但現在為何又尿不出來？難道是因為她其實不需要小便，只是因為睡不著而讓自己以為想要尿尿？還是因為這裡既安靜又安全？她已經把門鎖上。小時候父母總對她說進廁所不能鎖門，除非有客人來家裡，還說如果她在裡面發生事情，門沒鎖他們才進得來。

歐柔拉閉上雙眼，側耳聆聽。那如果家裡有客人來呢？其實有個聲音吵醒了她，現在她想起來了。那是鞋子所發出的咯吱聲。不對，不是鞋子，是靴子，又長又尖的靴子。那人躡足行走時，靴子彎折會發出咯吱聲。現在那人停下腳步了，站在廁所外面等待著。等待著她。歐柔拉覺得無法呼吸，很自然地朝門板底下的縫隙望去，但視線被門檻擋住，無法看見外頭是不是有東西投下影子。她第一次見到他時是坐在庭院裡的鞦韆上，他跟她要一杯水喝，還幾乎跟她進入家中，幸好她母親剛巧駕車回來，他才消失無蹤。第二次是在女廁裡，當時她正在參加手球比賽。

歐柔拉側耳聆聽。她知道他就在外頭，就在門外的黑暗之中。他說過只要她敢透露一句話，他一定會回來，因此她什麼都沒說，這是最安全的選擇。現在她知道自己為什麼尿不出來了，因為只要一尿出來，他就會知道她坐在廁所裡。她閉上眼睛，盡全力聆聽。沒有，什麼聲音也沒聽見。她終於又可以開始呼吸了，他已經走了。

歐柔拉拉起睡褲，打開門，快步走出，奔過樓梯口，來到父母的房門前。她小心翼翼推開房門，往內看去，只見一道月光透過窗簾縫隙灑落在父親臉上。她看不出父親有沒有呼吸，但父親臉色十分蒼白，跟她看過躺在棺材裡的祖母一樣蒼白。她躡手躡腳走到床邊。母親的呼吸聲讓歐柔拉聯想到他們在小屋裡用來替床墊充氣的橡膠幫浦。她走到父親床邊，盡量把耳朵靠在父親嘴巴上。她的心因為喜悅而撲通跳了一下，因為她感覺到一絲溫熱的鼻息。

她回到自己床上躺下，彷彿那人從沒來過，彷彿那全都只是一場惡夢，只要閉上眼睛進入夢鄉，就可以逃離一切。

蘿凱張開眼睛。

她做了一場惡夢，但那不是她醒來的原因。有人打開了一樓大門。她轉頭看了看旁邊。哈利不在。可能是哈利剛回家吧。她聽見樓梯上傳來腳步聲，自然而然去聆聽熟悉的聲音。但是不對，那聲音不一樣，就算是歐雷克有事突然回來，那也不是歐雷克的腳步聲。

她盯著緊閉的臥室房門瞧。

腳步聲逐漸靠近。

房門打開。

一個高大黑暗的影子出現在門口。

這一刻蘿凱想起她夢到了什麼。夢中是滿月，那人把自己用鐵鍊拴在床上，床單碎成片片，他在痛苦中扭動身軀，拉動鐵鍊，對著夜空嗥叫，彷彿受傷似的。最後他開始撕扯自己的肌膚，接著另一個他從肌膚底下出現，那是一隻狼人，有著尖利的爪子和牙齒，冰藍色眼眸中流露出對於追獵和死亡的瘋狂渴求。

「哈利？」她輕聲說。

「我吵醒妳了？」他那低沉冷靜的嗓音一如以往。

「我夢到了你。」

他輕輕走進房裡，沒開燈，只是解開皮帶，脫下T恤。「夢到了我？夢到我太可惜了吧，我已經是妳的人了。」

「你跑哪裡去了？」

「我去了一家酒吧。」

怪不得剛才那腳步韻律聽起來很陌生。「你是不是喝了？」

哈利躺到她旁邊。「對，我喝了，而且妳這麼早就上床睡覺了。」

蘿凱屏住氣息。「你喝了什麼，哈利？喝了多少？」

「土耳其咖啡，兩杯。」

「哈利！」她抓起枕頭打他。

「抱歉啦，」哈利大笑道：「妳知道土耳其咖啡不能煮到整個沸騰嗎？還有妳知道伊斯坦堡有三大足球隊，百年來他們都對彼此恨之入骨，卻沒人知道原因是什麼嗎？除了那個非常符合人性的原因之外，也就是如果別人恨你，你也會恨對方。」

她蜷縮在他身旁，手臂摟著他的胸膛。「這一切對我來說都是新的經驗，哈利。」

「我知道妳喜歡定期更新世界運作的方式。」

「我不知道如果不這樣要怎麼活下去。」

「妳沒說妳怎麼這麼早就上床睡覺了。」

「你又沒問。」

「我現在不是問了？」

「我好累，而且我明天一大早在上班前要去伍立弗醫院看醫生。」

「妳沒跟我說。」

「對，今天才約診的，史戴芬醫生親自打電話來。」

「妳確定他是跟妳約診，不是找藉口想見妳？」

蘿凱無聲大笑，翻身離開他身旁，卻又被拖了回去。「你確定你不是假裝嫉妒來逗我開心？」

他輕輕咬了咬她的後頸。她閉上眼睛，希望頭痛可以很快被情慾所掩蓋，那種可以舒緩疼痛的美妙情慾。但情慾並沒有生起。可能哈利也感覺到了，因為他只是靜靜躺在床上抱著她而已。他的呼吸深沉而均勻，然而蘿凱知道他還沒睡著。他已經去到別的地方，跟他其他的愛人在一起。

夢娜．多爾在跑步機上跑步。她臀部有缺陷，跑步姿勢看起來像螃蟹，所以只在健身房沒人時才會跑步。她喜歡辛苦做完重訓後在跑步機上慢跑個幾公里，看著黑沉沉的維格蘭雕塑公園，感覺肌肉中的乳酸被血液帶走。七〇年代美國流行搖滾樂團魯賓諾（The Rubinoos）為她愛看的電影《菜鳥大反攻》寫過一首歌，這首甜蜜又苦澀的流行歌曲正在連接到她手機上的耳機裡播放，直到一通來電打斷音樂。

她知道自己有點期待電話打來。

並不是說她希望凶手再度犯案，她什麼都不希望，她只是據實報導發生過的事而已，反正她是這麼告訴自己的。

手機螢幕上顯示「未知來電」，所以不是新聞編輯部打來的。她猶豫片刻。這類重大命案發生時，很多怪人都會紛紛出現，但好奇心還是勝過一切，她點了一下接聽鍵。

「晚安，夢娜，」一個男人的聲音說：「我想妳現在應該只有一個人吧。」

夢娜下意識地左右查看，櫃檯裡的女性工作人員正專注地看著自己的手機。「你是什麼意思？」

「現在整間健身房都是妳的，而整座維格蘭雕塑公園都是我的，這感覺就像是整個奧斯陸都是我們兩個的，夢娜。妳寫了那些對內情異常熟悉的新聞稿，我則是裡頭的主角。」

夢娜朝手腕上的脈搏監測器望去，只見數字開始攀升，但沒有升高太多。朋友都知道她習慣晚上上健身房，也知道她在健身房可以眺望整座維格蘭雕塑公園。這不是第一次有人想愚弄她，應該也不會是最後一次。

「我不知道你是誰，也不知道你想幹嘛，給你十秒鐘說服我，不然我就掛電話。」

「我對妳的報導不是完全滿意，我的作品有很多細節沒有報導出來，所以我給妳機會跟我碰面，到時我會跟妳說明我想表達的是什麼，還有在不久的將來會發生什麼事。」

她的脈搏數升高了一點點。

「我必須說，聽起來挺誘人的，只不過你可能不想被逮，我也不想被咬。」

「克里斯蒂安桑市的動物園有個廢棄籠子，放在歐莫亞島的貨櫃碼頭，籠子上沒有鎖，妳可以帶個掛鎖去，把自己鎖在籠子裡，我會去找妳，在籠子外跟妳說話。這表示在我掌控妳的同時，妳是安全的。如果妳覺得有必要的話，也可以帶個防身武器。」

「比如說魚叉嗎？」

「魚叉？」

「對啊，既然我們要上演大白鯊對戰籠內潛水夫的戲碼。」

「妳沒有把我的話當真。」

「換作是你，你會當真嗎？」

「換作是我，在我做出決定前，我會先問只有殺人者才會知道的事。」

「好，那你回答吧。」

「我用伊娃．杜爾門的調理機，替自己調了一杯果昔，或許可以給它取個名字叫『血腥伊娃』，調理機用完我沒洗，妳可以去跟妳在警方的消息來源查證。」

夢娜專心思索。這實在是太瘋狂了。這可能成為本世紀最大的獨家新聞，這條新聞將確定未來她在新聞界的事業版圖。

「好，我立刻聯絡我的消息來源，五分鐘後回你電話？」

手機那頭傳來低低笑聲。「耍這麼廉價的把戲可沒辦法贏得信任喔，夢娜。五分鐘以後我再打給妳。」

「好。」

鈴聲響了好一會，楚斯才接起電話，聲音中滿是濃濃睡意。

「你們不是都應該在查案嗎？」夢娜說。

「總得要有人休息啊。」

「我只有一個問題要問。」

「多問幾個有量販優惠。」

結束通話時，夢娜知道自己挖到寶了，或者應該說，寶物自己從天上掉下來砸到她了。

手機螢幕再度顯示「未知來電」，她接起來只問了兩個問題：何時和何地。

「明晚八點，港口街三號。還有，夢娜？」

「什麼事？」

「事情結束之前不要跟別人說。」

「可以告訴我為什麼不能在手機上說嗎？」

「因為我想全程都看見妳，而且妳也想見我。妳快跑完了吧？祝妳今晚好夢囉。」

＊＊＊

哈利躺在床上，瞪著天花板。他大可怪罪穆罕默德泡的那兩杯咖啡濃得像瀝青，但他知道那不是原因所在。他知道自己老毛病又犯了，無法關上大腦的開關，除非等到一切結束，否則他的腦袋會不斷運轉再運轉，直到凶手束手就擒，有時這種狀況甚至還會再持續一陣子。四年了。四年來瓦倫廷．嚴德森沒有一絲尚在人間的跡象，也沒有一絲不在人間的跡象，現在他卻選擇主動現身。不是只有稍微露出他那條惡魔尾巴，而是堂而皇之地站到聚光燈下，像個自戀的演員兼編劇和導演。這一切都是安排好的，絕對不只是瘋狂的精神異常行為。此人絕對不是他們誤打誤撞就可以逮到的。他們只能靜待他進行下一步，同時向上天祈禱他會犯錯。在此同時，他們必須繼續查案，希望可以找出他已經犯下的微小錯誤，只因每個人都會犯錯。幾乎每個人都會。

哈利先聆聽蘿凱規律的呼吸聲，再悄悄下床，輕手輕腳走出臥室，下樓來到客廳。

鈴聲響到第二聲，對方就接了起來。

「我以為你已經睡了。」哈利說。

「那你還打？」奧納用睡意濃重的聲音說。

「你得幫我找到瓦倫廷・嚴德森才行。」

「是幫**我**？還是幫**我們**？」

「幫我、幫我們、幫這個城市、幫全人類，媽的，必須阻止他才行。」

「我說過我已經卸下任務了，哈利。」

「史戴，他已經醒過來了，就在外頭虎視眈眈，我們卻還躺在床上睡覺。」

「而且還懷著罪惡感，但我們的確是在睡覺，因為我們累了。**我**很累了，哈利，太累了。」

「我需要一個了解他的人，一個可以預測他下一步的人，一個可以看見他即將犯錯、能夠找出他弱點的人。」

「我沒辦法——」

「哈爾斯坦・史密斯，」哈利說：「你覺得他這個人怎麼樣？」

手機那頭一陣靜默。

「你不是打來說服我的喔？」奧納說。哈利聽得出奧納有點受傷。

「這是備用計畫，」哈利說：「哈爾斯坦．史密斯是第一個說犯案者是吸血鬼症患者而且會再度下手的人，他說瓦倫廷．嚴德森會用已經成功過的方法來下手，也就是用 Tinder 約人。冒險留下線索的事他也說中了，瓦倫廷對於身分曝光的矛盾情結也被他說對了，而且他很早就說過警方應該把目標指向性侵犯。目前為止史密斯說得都很正確。他能獨排眾議這點很好，我正在考慮要招攬他加入我這個獨排眾議的小組，不過最重要的是，你跟我說過他是聰明的心理師。」

「他是很聰明。嗯，哈爾斯坦．史密斯可以是個不錯的選擇。」

「我只是在想一件事，他那個綽號……」

「猴子？」

「你說那個綽號跟他現在還在博取同儕的信任有關。」

「天啊，哈利，那都已經是半輩子以前的事了。」

「說給我聽。」

奧納似乎想了一會，才對手機喃喃說道：「他會被取那個綽號有一部分是我的錯，當然他自己也有錯。當時我們在奧斯陸是同學，我們發現心理系酒吧的小保險箱有一些錢不翼而飛，而哈爾斯坦是頭號嫌犯，因為他突然有錢可以參加維也納遊學團，原本他因為缺錢而沒能參加。問題是我們沒辦法證明哈爾斯坦取得了保險箱密碼，因此能夠拿到裡面的錢，於是我就設下了一個猴子陷阱。」

「一個什麼？」

「爸！」哈利聽見手機那頭傳來小女生的尖細聲音。「你沒事吧？」

哈利聽見奧納的手擦過手機的聲音。「歐柔拉，我不是故意要吵醒妳的，我正在跟哈利講電話。」

接著是歐柔拉的母親英格麗的聲音：「喔，親愛的，妳看起來嚇壞了，做惡夢了嗎？跟我來，我到床邊陪妳躺好，還是我們去泡杯茶喝？」那頭傳來橫越地板的腳步聲。

「剛剛講到哪裡？」奧納說。

「猴子陷阱。」

「喔，對。你有沒有看過羅伯．波西格寫的《禪與摩托車維修的藝術》那本書？」

「我只知道那本書不是在講維修摩托車的。」

「沒錯，那是一本哲學書，講的是感覺和心智之間的拉扯，就好比一個猴子陷阱。首先你在椰子上鑽個洞，大到可以讓猴子把手伸進去，然後在裡頭塞滿食物，再把椰子插在一根竿子上，最後跑去躲起來等著。猴子聞香而來，把手伸進洞裡抓住食物的時候，你就突然跳出來。猴子會想逃跑，但牠也會發現要逃跑就必須放開手裡抓著的食物。有趣之處在於，即使猴子的智力足以讓牠明白如果被捉住，就沒辦法享用食物，但牠還是不肯放手。本能、飢餓、欲望都比理智還來得強大，這就是猴子會被逮到的原因，每次都不例外。於是我跟酒吧經理舉辦了一場心理問答遊戲，邀請系上每個人來參加。那是個盛大的聚會，獎賞很貴重，而且過程很緊張。酒吧經理跟我看完回答之後，宣布說系上有兩個第二聰明的人拿到同樣分數，必須一決勝負才行，那就是史密斯跟一個叫歐拉夫森的同學，而要成為贏家，就得再比比看誰的測謊技術比較好。於是我請一個年輕女子出場，說她是酒吧的工作人員，請她坐在一張椅子上，再請兩位決賽者盡量從她身上觀察出保險箱的密碼是多少。史密斯和歐拉夫森坐在女子對面，我開始問那女子密碼的第一個號碼，不按順序從零問到九，然後再問第二個號碼，以此類推。女子被告知每次都只能回答『不是這個號碼』，而史密斯和歐拉夫森必須觀察她的肢體語言、瞳孔放大程度、心跳加快跡象、聲音改變程度、出汗程度、眼睛不由自主的轉動等等。一個企圖心強的心理師絕對會以正確解讀這所有跡象而感到自豪，而贏家就是正確猜出最多密碼數字的人。所以當我問那四十個問題時，他們兩個人都全神貫注坐在那裡記筆記。別忘了，獎賞非常貴重，那就是成為系上第二聰明的心理師。」

「顯然系上最聰明的心理師——」

「——不能參加，沒錯，因為這場比賽就是他舉辦的。我問完所有問題以後，他們就得遞出答案。結果史密斯四個數字全都猜對了。全場歡聲雷動！因為這真的是太厲害了，甚至可以說厲害到有點可疑的地步。好了，哈爾斯坦．史密斯可是比一般猴子還要聰明得多，我可不敢說他不會發現這是圈套，儘管如此，他還是忍不住要贏。他就是忍不住！可能因為當時他窮得要死、臉上都是痘痘、完全被邊緣化、交不到女朋友等等，使得他比一般人都還要不顧一切，一定要贏。另外也可能因為他覺得縱使贏了會顯得他有偷錢的嫌疑，但我們也不能**證明**錢一定就是他偷的，因為他可能真的聰明到有辦法解讀人類肢體語言的種種跡象，但是……」

「嗯。」

「什麼？」

「沒什麼。」

「不行，說出來。」

「坐在椅子上的那個年輕女子，她不知道密碼是多少。」

奧納咕噥著說沒錯。「她甚至不在酒吧裡工作。」

「你怎麼能確定史密斯會掉入這個猴子陷阱？」

「因為我聰明到讀得懂人心。重點是，現在你知道你口袋名單裡的人選當過小偷，你怎麼想？」

「他偷了多少錢？」

「如果我沒記錯，他偷了兩千克朗。」

「不是很多。你說保險箱裡有一些錢不見，這表示他沒有把錢全部拿走，是不是？」

「當時我們認為那是因為他不想被發現。」

「但後來你們有想到他只拿了要跟其他同學一起參加遊學團的錢嗎？」

「我們只是非常有禮貌地請他離開我們系上，不然我們就要去報警，後來他就轉學到立陶宛的大學，一樣念心理系。」

「他遭到了放逐，現在又因為你玩的那個把戲，使得『猴子』這個綽號怎麼甩也甩不掉。」

「後來他回挪威念研究所，拿到心理師的資格，表現得也不錯啊。」
「你有沒有發現你的口氣裡帶有罪惡感？」
「而你的口氣聽起來像是想雇用一個小偷。」
「我從不會討厭一個情有可原的小偷。」
「哈！」奧納高聲說：「現在你更喜歡他了，因為你明白了猴子陷阱的概念，因為你也不會放手，哈利。你會因小失大，因為不願意放開小獎品而失去大獎品。你**決心**要逮到瓦倫廷‧嚴德森，即使你知道可能會因此失去一切你心愛的東西，包括你自己和你周圍的人。你就是不肯放手。」
「很高明的類比，但你錯了。」
「是嗎？」
「對。」
「如果真是這樣，我會覺得很高興。好了，我得去關心一下我家的女眷了。」
「如果史密斯真的加入我們，你可以向他簡單介紹一下心理師該做什麼工作嗎？」
「當然可以，這是我起碼該做的。」
「是為了犯罪特警隊？還是因為他被取『猴子』這個綽號是你造成的？」
「晚安，哈利。」
哈利回到樓上，躺上了床，但並未碰觸蘿凱，只是躺在十分靠近她的地方，感覺得到她熟睡的身體所散發出來的溫熱。他閉上眼睛。

過了一會，他飄了起來，離開床鋪，滑出窗外，穿過黑夜，下山來到燈光永駐的閃亮不夜城；他來到街上，來到巷弄，來到垃圾桶上方，這個城市燈光永遠照不的角落。而他就在那裡。他敞開衣衫，露出赤裸胸膛，那裡有一張臉扭曲尖叫，似乎要扯開肌膚鑽出來。

那是一張他熟悉的臉孔。

獵人與獵物，恐懼與渴望，遭人痛恨與滿懷恨意。

哈利猛然張開眼睛。

他看見的那張臉屬於他自己。

17

星期一上午

卡翠娜看著專案調查小組的一張張蒼白臉龐。他們有些人徹夜工作，有些人只小睡片刻。調查小組已清查完目前已知瓦倫廷．嚴德森所認識的人，其中多半是罪犯，有些人還在獄中，有些人已經死亡。接著托德．葛蘭簡短報告挪威電信所提供的手機通聯紀錄，紀錄上列出三名受害者遭到攻擊前所聯絡過的每個人名，包括通話時間和日期。目前為止這些人看起來都跟案件沒有關聯，通話和簡訊看起來也不可疑，除了伊娃．杜爾門遇害兩天前曾經收到一通由未登記號碼撥來的未接來電。那是由預付卡手機打來的電話，無法追蹤，這表示手機可能關機，或被毀壞，或ＳＩＭ卡被取下，或預付卡的金額用完了。

安德斯．韋勒報告目前關於３Ｄ列印機銷售紀錄的調查進度，他表示由於銷售紀錄太多，銷售時未登記姓名地址的比例太高，因此再繼續追查下去可能沒有意義。

卡翠娜朝哈利望去，見他聽了報告之後搖了搖頭，又對她點了點頭表示同意這個結論。

畢爾．侯勒姆報告說既然刑事鑑識證據已將最後一起案件指向單一嫌犯，那麼鑑識中心就能專注在取得進一步證據，證明瓦倫廷．嚴德森和三個犯罪現場及被害人有關聯。

卡翠娜正要分配今天的工作，麥努斯．史卡勒卻舉起了手，而且卡翠娜還沒回應他就逕自說道：「為什麼妳決定要公布瓦倫廷．嚴德森是嫌犯？」

「為什麼？當然是為了得到線報，希望知道他的下落。」

「這下子我們會接到好幾千通電話，只不過因為一張鉛筆素描的圖像，而那張臉隨便怎麼看都像我兩個舅舅。我們得清查每一通報案電話，不然當中如果真的有線報提供嚴德森的新身分和住處要怎麼辦？而且這段期間他可能會殺害第四號和第五號被害人並且吸她們的血。」麥努斯環顧四周，尋求支持。卡翠娜明白他是代表好幾個同事發言。

「這種困境總是進退兩難，史卡勒，但我們還是決定這樣做。」

麥努斯朝一名女分析員點了點頭，她立刻接棒說：「卡翠娜，史卡勒說得對，我們現在需要的是時間，能不受干擾地進行調查工作。以前我們就請民眾提供過瓦倫廷．嚴德森的資訊，結果也沒進展，這只會讓我們分心，讓我們更找不到可能帶來進展的線索。」

「現在他知道我們曉得凶手是他，可能就已經嚇跑了。我只是在想，他有一個躲藏處，三年來我們都找不到，如今我們又冒險公布他的身分，這樣不是可能會把他逐回老巢嗎？」麥努斯交疊雙臂，臉上露出勝利的神情。

「冒險？」一個聲音從會議室後方傳來，接著是呼嚕笑聲。「如果我們知情卻什麼都不說，危險的應該是你想拿來當誘餌的女人吧，史卡勒。如果我們逮不到這個王八蛋，那把他逐回老巢也不是什麼壞事。當然這只是我的個人意見。」

麥努斯搖了搖頭，面帶微笑。「你會學乖的，班森，你在隊上再待久一點，就會知道像瓦倫廷．嚴德森那樣的人是不會罷手的，他只會轉移陣地而已，你也聽見我們的長官——」他把「長官」這兩個字拉得特別長。「——昨晚在電視上說了，瓦倫廷可能已經出境了。事到如今你如果還希望他會乖乖坐在家裡吃爆米花織毛線，那你就該多長點經驗，知道自己判斷錯誤。」

楚斯．班森低頭看著自己的雙掌，喃喃自語，卡翠娜聽不見他說什麼。

「我們聽不見你說什麼，班森。」麥努斯高聲說，頭也沒回。

「我說那天大家不是看見一個女人的照片嗎？就是那個姓雅各布森的，她倒在一堆衝浪板底下？當天有些事那些照片可沒拍到。」楚斯拉高嗓音清晰地說：「我抵達的時候，她還有呼吸，可是卻沒辦法說話，因為瓦倫廷．嚴德森用鉗子把她的舌頭從嘴巴裡給整個扯出來，塞進那個我不用說你們也知道的地方。你知道一個人的舌頭是被扯出來而不是被割斷，還有什麼東西會被一起扯出來嗎，史卡勒？反正呢，她發出來的聲音像是哀求我開槍把她殺了。如果我身上有帶槍，媽的我一定會考慮。不過後來她很快就死了，所以還好。既然你說到經驗，我只是想稍微提一下這件事而已。」

會議室裡一片靜默，楚斯深深吸了口氣。卡翠娜心想，有一天她說不定也會變得跟班森警佐一樣。她的這串思緒隨即被楚斯的結論給打斷。

「史卡勒，據我所知，我們只負責挪威國內的案子，要是瓦倫廷跑去別的國家幹那些蠢老外，那就是別人家要處理的事。依我看來，他最好跑去國外，也不要來糟蹋我們挪威的女人。」

「今天的會議到此結束。」卡翠娜語氣堅定。眾人臉露訝異之色，這表示他們至少又醒過來了。「下午的開會時間是四點，記者會是六點。我希望每個人都能用手機聯絡得到我，所以請大家回報時盡量精簡。還有，大家都明白**每件事**都迫在眉睫，他昨天沒下手不代表他今天不會下手。畢竟，就算是上帝到了星期天也會喘口氣。」

會議室裡的人很快就走光了，卡翠娜整理文件，闔上筆電，準備離開。

「我要韋勒和畢爾。」哈利說，他依然坐在椅子上，雙手抱在腦後，雙腳向前伸直。

「韋勒沒問題，畢爾的話你得去問鑑識中心的新主任，那個叫什麼李延的。」

「我問過畢爾了，畢爾說會去跟她說。」

「嗯，我想他一定會去的。」卡翠娜聽見自己這麼說。「你跟韋勒說過了嗎？」

「說過了，他興奮得不得了。」

「那最後一個組員呢？」

「哈爾斯坦·史密斯。」

「真的假的？」

「有何不可？」

「他是個怪咖，對堅果過敏，又一點辦案經驗也沒有。」

哈利靠在椅背上，伸手進褲子口袋裡掏出一包皺巴巴的駱駝牌香菸。「如果森林裡出現一種叫作吸血鬼症患者的新怪物，那我希望有個最了解這種怪物的人整天跟在我身邊。不過照妳這麼說，他對堅果過敏也算是缺點囉？」

卡翠娜嘆了口氣。「我只是說，我對這些過敏症真的是受夠了。安德斯・韋勒對橡膠過敏，他不能戴乳膠手套，應該連保險套也不能戴吧，想想看那是什麼情況。」

「我寧可不要想。」哈利說，低頭看著那包菸，抽出一根破爛萎頓的香菸，塞到雙唇之間。

「哈利，為什麼你不跟別人一樣，把菸放在外套口袋裡？」

哈利聳了聳肩。「破香菸抽起來比較香。對了，鍋爐間沒正式指定為辦公室，所以禁菸令在那裡應該不適用吧？」

「抱歉，」哈爾斯坦・史密斯對著手機說：「但還是感謝你找我。」

他結束通話，把手機放回口袋，看著坐在餐桌對面的妻子梅依。

「怎麼了？」梅依問道，一臉擔心的表情。

「是警方打來的，問我要不要加入一個專門負責緝捕那個吸血鬼症患者的迷你小組。」

「然後呢？」

「我的博士論文繳交期限快到了，我沒時間，而且我對那種緝捕工作又沒興趣，我們家裡一天到晚都有老鷹抓小雞了。」

「你這樣回答他們？」

「對啊，除了老鷹抓小雞這段。」

「那他們怎麼說？」

「對方只有一個人，他叫哈利，」史密斯笑道：「他說他明白，還說警方的調查工作其實無聊又冗長，一點也不像電視上演的那樣。」

「那就好。」梅依說，端起茶杯湊到嘴邊。

「那就好。」史密斯說，也端起茶杯湊到嘴邊。

哈利和韋勒的腳步聲回音蓋過了磚造隧道頂端滴下的細小水滴聲。

「我們到哪裡了？」韋勒問道，手裡抱著舊款桌上型電腦的螢幕和鍵盤。

「在公園底下，大概在警署和波特森監獄之間，」哈利說：「我們把這條隧道叫作警獄地道。」

「所以祕密辦公室在這裡？」

「它不是祕密辦公室，只是一間空辦公室。」

「誰會要一間深入地底的辦公室？」

「沒有人，所以它才會是空的。」哈利在一扇金屬門前停下腳步，將鑰匙插入門鎖並轉動，再握住門把往外拉。

「還是鎖著？」韋勒問道。

「它膨脹了。」哈利一腳踩在門邊的牆壁上，用力一拉。一股磚造地窖的暖濕氣味撲鼻而來，哈利開心地吸入這種氣味。他又回到鍋爐間了。

他打開電燈開關，天花板上的日光燈遲疑片刻才開始閃爍。日光燈穩定放射亮光後，兩人站在這個方形空間裡環目四顧，只見地上鋪著藍灰色油地毯，四面都沒有窗戶，只有光禿禿的水泥牆。哈利朝年輕警探看了一眼，心想不知道這間辦公室會不會澆熄他當初獲邀加入這支游擊小隊時由衷展現的興奮之情。結果看起來並沒有。

「來大幹一場吧。」韋勒說，咧嘴而笑。

「我們先到，可以先選位子。」哈利朝幾張辦公桌點了點頭。其中一張桌上擺著一台燻成褐色的咖啡機、一個飲水桶和四個白色馬克杯，馬克杯上有手寫的名字。

韋勒把電腦組裝起來，哈利將咖啡機打開，這時門被用力拉開。

「哇，這裡比我印象中還要溫暖，」侯勒姆笑道：「你們看，哈爾斯坦也來了。」

一個男子出現在侯勒姆背後，臉上戴著大眼鏡，一頭亂髮，身上穿著格子夾克。

「史密斯，」哈利說，伸出了一隻手。「很高興你改變心意。」

他伸手跟哈利握了握。「我對反直覺的心理學一向沒有招架之力，」他說：「如果那不是反直覺心理學的話，那你就是我遇過最糟的電話行銷員了。不過這也是我第一次回撥電話給行銷員接受推銷。」

「我沒有要強迫任何人的意思，我們這裡只要自動自發的人，」哈利說：「你喝濃咖啡嗎？」

「不喝，我比較喜歡……我是說，大家喝什麼我就喝什麼。」

「很好，看來這是你的杯子。」哈利把一個白色馬克杯遞給他。

史密斯推了推眼鏡，讀出馬克杯上的手寫名字。「李夫・維高斯基。」

「這個給我們的刑事鑑識專家。」哈利說，遞了一個馬克杯給侯勒姆。

「還是漢克・威廉斯喔，」侯勒姆開心地說：「但這是不是代表這杯子已經三年沒洗了啊？」

「那是用洗不掉的馬克筆寫的，」哈利說：「韋勒，這是你的。」

「卜派・托伊爾？這誰啊？」

「他是有史以來最棒的警察，你去搜尋一下就知道了。」

侯勒姆轉動第四個馬克杯。「哈利，那為什麼你的馬克杯上沒寫瓦倫廷・嚴德森的名字？」

「可能我一時忘了。」哈利從咖啡機上拿起一壺咖啡，倒滿四個馬克杯。

侯勒姆看見另外兩人臉上露出困惑神情，便說：「按照慣例，杯子上寫的會是自己的偶像，哈利的杯子上寫的則是主嫌的名字，就是一個陰跟陽的概念。」[3]

「我是無所謂，」史密斯說：「可是我要先聲明，李夫・維高斯基不是我最喜歡的心理學家，雖然我承認他是先驅，但是——」

「你拿到的是史戴・奧納的馬克杯，」哈利說，推來最後一張椅子，讓四張椅子在辦公室中間圍成圓圈。「好了，我們是不受限的，我們沒有長官，不用向任何人回報，可是我們會跟卡翠娜・布萊特互相交流情報。請坐吧，我們先從每個人輪流發表對這件案子的真實看法開始，大家可以根據事實、經驗或直覺，或是根據一個愚蠢的小細節或根本沒有根據來說。你們說的話以後不會被拿來打你們的臉，而且可以發表錯得離譜的觀點。誰想先開始？」四人坐了下來。

「很顯然這裡的決策者不是我，」史密斯說：「但我想……呃，從你開始好了，哈利。」他雙臂交疊，彷彿很冷似的，即使隔壁就是替整座監獄提供熱源的鍋爐。「也許你可以告訴我們，為什麼你認為不是瓦倫廷・嚴德森幹的。」

哈利看著史密斯，從馬克杯啜飲一口咖啡，吞了下去。「好，先從我開始。我**並**沒**有**認為不是瓦倫廷・嚴德森幹的，儘管我這樣想過，因為一個凶手連續犯下兩起殺人案都沒有留下證據，這需要縝密計畫和冷靜的頭腦，但如今凶手卻突然展開攻擊，隨意留下證據和跡證，而且全都指向瓦倫廷・嚴德森，這裡頭不免有種刻意的成分，彷彿這個人想公開宣告他是誰，這當然會啟人疑竇。會不會是有人在操弄我們，誤導我們以為凶手是某個人？如果真是這樣，那瓦倫廷・嚴德森就是完美的代罪羔羊。」哈利朝其他人看了看，只見韋勒十分專注、雙眼圓睜，侯勒姆看起來有點睏倦，史密斯一臉和藹可親，彷彿在這個環境中他自然而然地開始扮演起心理師的角色。「以瓦倫廷・嚴德森的前科來說，他的確很可能是凶手，」哈利接著說：

3 李夫・維高斯基（Lev Vygotsky, 1896-1934）是俄羅斯教育心理學家；漢克・威廉斯（Hank Williams, 1923-1953）為美國鄉村樂歌手；卜派・托伊爾（Popeye Doyle）則是電影《霹靂神探》裡的警探主角。

「同時他也是真凶認為警方不可能找到的人，畢竟我們已經找他找了這麼久都徒勞無功。說不定真凶親手殺害並埋葬了他，已經入土的瓦倫廷無法用不在場證明或其他證據來證明自己的清白，再說這個人就算是躺在墳墓裡也會引來其他歹徒覬覦利用。」

「指紋、」侯勒姆說：「惡魔臉孔的刺青、手銬上的DNA。」

「對，」哈利又啜飲一口咖啡。「真凶可以割下瓦倫廷的手指，按在手銬上，再帶去霍福瑟德區作案。刺青可能是仿造的，其實可以洗掉。手銬上的毛髮可能來自瓦倫廷的屍體，況且手銬是被刻意留下來的。」

鍋爐間裡一片靜默，只有咖啡機發出最後的聲響。

「我的老天啊。」韋勒大笑道。

「我聽過偏執狂患者說過那麼多陰謀論，這絕對可以擠進前十名，」史密斯說：「我……呃，我這樣說絕對是恭維的意思。」

「這就是我們聚在這裡的原因，」哈利說，在椅子上傾身向前。「我們應該朝不同方向思考，看見卡翠娜的專案調查小組所觸碰不到的可能性，因為他們正在建構案情大綱，一旦團體人越多，就越難打破多數人的想法和假設。他們的運作方式有點像宗教，因為你很自然會認為既然周圍有那麼多人，那這件事一定錯不了。只不過呢，」哈利端起沒寫名字的馬克杯。「事情可能出錯，而且正在出錯，經常都在出錯。」

「阿門。」史密斯說。

「現在我們來聽下一個糟糕的推論，」哈利說：「韋勒？」

韋勒低頭看著自己的馬克杯，深深吸了口氣，開口說：「史密斯，你在電視上解說過吸血鬼症患者發展的每個階段，但北歐的青少年每一個都受到密切關注，只要一出現這種極端傾向，還沒來得及發展到最後階段，就會被衛生單位給挑出來，所以我認為這個吸血鬼症患者不是挪威人，他是從其他國家來的。這是我的推論。」他抬頭看了看其他人。

「謝謝，」哈利說：「我可以補充，在連續殺人犯的犯罪史上，從未出現過會吸血的北歐人。」

「一九三二年斯德哥爾摩的阿特拉斯命案。」史密斯說。

「嗯，那件案子我不知道。」

「可能是因為那個吸血鬼症患者沒被找到，也沒被確認為連續殺人犯。」

「有意思，那起命案的被害人是女人？」

「死者名叫莉莉・林德斯卓（Lilly Lindeström），是個三十二歲的妓女。這個凶手如果殺害的只有她一個人，那我回家就把草帽吞下去。最近這件案子開始被認為是吸血鬼症患者案。」

「可以說詳細點嗎？」

史密斯眨了眨眼睛，幾乎閉上了眼皮，然後開始一字一句述說，彷彿內容已銘記在心：「發現的時間是五月四日，案發時間是瓦普爾吉斯之夜[4]，地點在聖艾瑞克廣場二號的一間套房裡。莉莉在套房裡接待一名男子，當晚她曾下去二樓跟朋友借保險套。警方破開莉莉家大門時，發現她趴在床上，已經死亡兩三天了。現場沒發現指紋或其他線索，顯然凶手犯案後清理過現場，就連莉莉的衣服都整齊摺好，另外警方在流理臺水槽裡發現一支沾有血跡的醬汁勺。」

侯勒姆和哈利交換眼神，史密斯繼續往下說。

「莉莉的通訊錄上寫滿一堆沒有姓氏的名字，但警方在那些名字當中沒找到嫌犯，也一直沒查出這個吸血鬼症患者的身分。」

「但如果這個凶手是吸血鬼症患者，他不是一定會再下手嗎？」韋勒說。

「對，」史密斯說：「但誰能保證他沒再下手？他只是善後的技術更高超了。」

「史密斯說得對，」哈利說：「每年失蹤人口的數字都大於命案死者的數字，但先前韋勒說得也有道理，吸血鬼症患者不是在早期發展階段就會被發現嗎？」

4 中歐與北歐的傳統春季慶典，通常於四月三十日和五月一日舉行。

「我在電視上說明的是**典型**發展，」史密斯說：「有人長大成人以後才發現自己有吸血鬼症，就像一般人必須花點時間才能發現自己真正的性傾向。歷史上最有名的吸血鬼症患者叫彼得．庫爾滕（Peter Kürten），一般稱他為『杜塞爾多夫吸血鬼』，他第一次吸動物的血是在一九二九年十二月，當年他四十五歲，在市郊殺了一隻天鵝。後來不到兩年之內，他就殺了九個人，另外還有七人是殺人未遂。」

「所以瓦倫廷．嚴德森其他駭人的犯罪紀錄並未包括吸血或食人，你不認為是件奇怪的事。」

「對。」

「好。畢爾，你的想法呢？」

侯勒姆在椅子上直起身子，揉揉眼睛。「跟你一樣，哈利。」

「一樣是指什麼？」

「伊娃．杜爾門命案是斯德哥爾摩那起命案的複製品，現場同樣經過整理，還有用來飲血的調理機放在水槽裡。」

「你覺得這聽起來可能嗎，史密斯？」哈利問道。

「凶手是模仿犯？如果這樣，那可新奇了。呃，我沒有意思要創造出更多互相矛盾的難題喔。有些吸血鬼症患者的確會自認是德古拉伯爵的轉世，但一個吸血鬼症患者會去模仿阿特拉斯命案似乎有點不大可能，比較可能的解釋是典型吸血鬼症患者的個性可能會有點相似。」

「哈利認為我們這個吸血鬼症患者似乎有點潔癖。」韋勒說。

「這我能了解，」史密斯說：「吸血鬼症患者約翰．喬治．黑格就對乾淨的雙手很執著，他一年到頭都戴著手套，他也討厭灰塵，只用剛洗過的杯子來喝被害人的鮮血。」

「那你呢，史密斯？」哈利說：「你認為我們這個吸血鬼症患者是誰？」

史密斯的兩根手指拍打著嘴唇，隨著呼吸發出聲響。

「我認為他跟很多吸血鬼症患者一樣頭腦聰明，可能從小就虐待過動物甚至是人，家境不錯，但他是家裡唯一格格不入的人。他應該就快想要吸血了，而且我認為他不只可以從吸血得到性快感，即使看到鮮血也會。他在尋求一種完美的性高潮，這種完美高潮結合了強暴和鮮血所能給他的性愉悅。杜塞爾多夫的天鵝殺手彼得．庫爾滕就說過，他要用刀子刺殺被害人多少次，取決於有多少鮮血流出，而鮮血的流出量則會決定他有多快會達到性高潮。」

鍋爐間內瀰漫著一陣陰鬱的靜默。

「我們要在什麼地方、用什麼方法才能逮到這樣一個人？」哈利問道。

「也許昨晚卡翠娜在電視上說得對，」侯勒姆說：「說不定瓦倫廷已經出境了，可能搭飛機去紅場了吧。」

「莫斯科？」史密斯驚訝地說。

「哥本哈根，」哈利說：「在那個有多元文化的諾雷布羅區，那裡有個公園人口販子很常去，他們主要是做進口生意，出口只占少部分。你只要在長椅或鞦韆上坐下來，手裡拿一張車票，不論是公車票或飛機票，任何交通票券都行，就會有人過來問你要去哪裡，接著又會問你其他問題，但對方絕不會透露身分。那人會有同伴坐在公園遠處祕密拍照，上網搜尋你的身分是否符合，過濾你是不是警察。這種旅行社低調又昂貴，可是貴歸貴，顧客卻都不是搭商務艙，他們買的全都是貨櫃裡最廉價的位子。」

史密斯搖了搖頭。「可是吸血鬼症患者不會像我們一樣理性地計算風險程度，所以我不認為他出境了。」

「我也不這麼認為，」哈利說：「所以他到底在哪裡？他是藏身在群眾裡，還是獨自住在荒僻的地方？他有沒有朋友？我們可以想像他有搭檔嗎？」

「我不知道。」

「史密斯，這裡在座的每一位都明白，不論是不是心理師都不可能知道這些事。我只是想問你的直覺是什麼？」

「我們這種做研究的人直覺不靈光，但我很確定他是孤身一人，他可以說非常孤獨，是隻孤狼。」

門上傳來敲門聲。

「請進，門要用力拉！」哈利高聲喊道。

門打了開來。

「各位大膽的吸血鬼獵人，你們好啊，」史戴．奧納說，走了進來，先進門的是他的肥肚腩，接著就看見他手裡牽著一個彎腰駝背的女孩。女孩的深色頭髮有一大片從面前垂落，哈利看不見她的臉孔。「史密斯，我答應哈利來給你上個速成課，跟你說明心理師在辦案工作裡扮演什麼角色。」

史密斯的臉亮了起來。「太感謝你了，親愛的同事。」

奧納晃著腳跟。「你是應該感謝我，不過我已經不想在這座地下陵墓裡工作了，所以我跟卡翠娜借了辦公室。」他把一隻手放在女孩的肩膀上。「歐柔拉需要一本新護照，所以才跟我一起來。哈利，你能幫她插個隊嗎？我來給史密斯上課。」

女孩將頭髮撥到一旁。哈利乍看之下根本不敢相信這個臉色蒼白、肌膚油膩、臉上有許多紅斑的人，竟是幾年前記憶中那個漂亮的小女生。看到她的深色服裝和臉上濃妝，他會以為她是哥德族，或是歐雷克口中那些打扮看心情的伊莫族。但她眼中沒有反抗或叛逆，也沒有青少年的厭世，甚至連再度看見哈利都沒有一絲喜悅。哈利曾是她最愛的「乾叔叔」，她總愛這樣叫他，如今她看見哈利卻面無表情。不對，她臉上的確有表情，一種哈利說不上來的表情。

「那就來去插個隊吧，我們這裡做事就是這麼腐敗，」哈利說，逗得歐柔拉臉上浮現一點笑容。「我們去辦理護照的部門。」

四人離開鍋爐間，哈利和歐柔拉靜靜走在警獄地道中，奧納和史密斯走在他們身後兩步之處，打開了話匣子。

「總之呢，之前我有個患者，他敘述他的問題時迂迴得不得了，讓我完全都兜不起來，」奧納說：「後來有一次我意外發現他就是失蹤的瓦倫廷．嚴德森，於是就被他攻擊，如果不是哈利趕來，我早就沒命了。」

哈利注意到歐柔拉聽了之後繃緊了身子。

「雖然他最後跑掉了，但他威脅我的時候，我更了解他了。他用刀子抵住我的喉嚨，逼我做出診斷，還說自己是『瑕疵品』。他說如果我不回答，就要在他老二硬梆梆的時候讓我流血而死。」

「有意思，你看見他真的勃起了嗎？」

「沒有，但我感覺得到，也感覺得到他手中那把求生刀的鋸齒邊緣，我記得當時心裡很希望我的雙下巴可以救我一命。」奧納格格笑說。

哈利聽見歐柔拉搗嘴倒抽一口涼氣，便回頭瞪了奧納一眼。

「喔，親愛的，抱歉！」奧納高聲說。

「你們說了些什麼？」史密斯好奇問道。

「很多啊，」奧納低聲說：「他對平克佛洛伊德樂團那張《月之暗面》裡面的背景聲音很有興趣。」

「我想起來了！他不是說他叫保羅，可惜我所有的案主紀錄都被偷走了。」

「哈利，史密斯剛才說……」

「我聽見了。」

一行人爬上樓梯，來到一樓。奧納和史密斯在電梯前停下腳步，哈利和歐柔拉繼續往中庭走去，看見櫃檯前的玻璃上貼著一張公告說攝影機目前故障，欲申請護照者請利用警署後側的自動快照機。

哈利帶著歐柔拉走到一台外形宛如流動廁所的快照機前，把簾幕拉到一旁，給了歐柔拉幾個硬幣，讓她在裡頭坐下。

「對了，」哈利說：「笑得時候不能露出牙齒喔。」接著他拉上簾幕。

歐柔拉望著背後藏有攝影機的黑色玻璃，玻璃上有自己的映影。

她覺得淚水即將潰堤。

這原本看起來是個好主意，她跟父親說想一起去警署看哈利，因為班上要去倫敦旅行，她需要一本新護照。父親對這種事總是毫無頭緒，都是母親在處理。她原本計畫只要跟哈利獨處幾分鐘，就能把一切都告訴他，但現在只剩他們兩人，她卻辦不到，這全都是因為父親在隧道裡說的那些話，父親還提到了那把刀，讓她驚懼萬分，又開始全身顫抖，雙腳幾乎癱軟。那男人抵住她喉嚨所用的也是同一把有鋸齒的刀，而且那男人又回來了。歐柔拉閉上雙眼，不去看自己可怕的映影。那男人回來了，只要她敢透露一句話，他就會殺了他們所有人。況且她說出來有什麼用處？她不知道任何可以幫助他們找到他的事情，無法拯救她父親或其他人。她再度睜開眼睛，在那窄小的快照機裡環目四顧，覺得這裡很像當時體育場裡的廁所隔間。她下意識地朝簾幕底下的縫隙望去，只見那雙尖尖的靴子就在外頭地板上，等待著她，等著要進來，等著要……

歐柔拉猛然拉開簾幕，推開哈利，朝出口奔去，聽見哈利在背後叫喚她的名字，接著她已置身於陽光和開闊空間之中。她奔越草地，穿過公園，朝格蘭斯萊達街的方向跑去。她聽到自己的抽咽聲混雜著喘息，彷彿即使置身於開闊空間，空氣依然不夠似的。但她沒有停下腳步，只是繼續往前奔跑，知道自己會一直跑到累癱為止。

「不論是保羅或瓦倫廷，都沒提過受到血的吸引之類的事，」奧納說，他在卡翠娜的辦公桌前坐下。「但根據他的病史，我們也許可以推斷出他不是一個會壓抑性癖好的人，這種人不太可能會在成年之後在性方面突然發現新癖好。」

「說不定他一直都有這種癖好，」史密斯說：「只是沒找到方法來實現他的性幻想而已。如果他心中有咬人咬到對方流血，然後直接從生命之井吸血的渴望，說不定他是在發現那副鐵假牙以後才有辦法去實現這個渴望的？」

「吸人血是一種古老傳統，背後隱含的意義是吸取別人的力量和能力，這個別人通常是敵人，是不是？」

「同意。」

「史密斯，如果你想替這個連續殺人犯側寫，我會建議你一開始先把他設定為被控制需求所驅動的人，就像比較傳統的性侵犯和殺人色魔一樣。說白一點，他希望重新取得控制，重新取得曾經被奪走的力量。他要的是『補償』。」

「謝謝，」史密斯說：「『補償』這個我同意，我一定會納入這點的。」

「每個人都希望能修補曾經加諸於自己的傷害，」奧納說：「或是報復，這其實是一體兩面。以我的例子來說，我現在之所以能成為優秀心理師，是因為我以前球技很差，沒有足球隊要收我。哈利的母親過世時他還很小，所以他長大以後決定成為偵辦命案的刑警來懲罰奪取別人生命的人。」

門框上傳來敲門聲。

「才說到他，他就來了……」奧納說。

「抱歉打擾，」哈利說：「歐柔拉跑掉了，我不知道怎麼了，只知道鐵定有事。」

奧納臉上掠過一片烏雲，他發出一聲呻吟，從椅子上奮力起身。「天知道這些青少年是怎麼搞的，我去找她。史密斯，我們只講了一點，你再打電話給我，我們改天繼續。」

「有什麼新消息嗎？」奧納離開後哈利問道。

「可以算有也可以算沒有，」卡翠娜說：「鑑識醫學中心剛才確認手銬上採集到的ＤＮＡ百分之百屬於嚴德森。另外，史密斯在電視上呼籲醫師清查案主紀錄之後，只有一個心理師和兩個性學專家聯絡我們，但他們提供的姓名都已經清查過沒有嫌疑。一如預期，我們接到數百通民眾的報案電話，內容包括可怕的鄰居、小狗身上有咬痕、吸血鬼、狼人、地精和巨怪，不過還是有幾通電話值得追查。對了，轟凱一直打電話來找你。」

「好，我看見未接來電了，我們那座地下碉堡的收訊不好，這有辦法改善嗎？」

「我問看看托德能不能裝個強波器什麼的。好了，辦公室可以還我了嗎？」

＊＊＊

電梯裡只有哈利和史密斯兩人。

「你在避免眼神接觸。」史密斯說。

「這不是搭電梯的禮節嗎？」哈利說。

「我是說你平常就這樣。」

「如果不想和人視線相交等於避開，那你可能說對了。」

「而且你不喜歡搭電梯。」

「嗯，這麼明顯嗎？」

「肢體語言不會說謊，而且你覺得我話太多了。」

「今天是你第一天上工，一定會有點緊張。」

「我不緊張，我平常多半都是這個樣子。」

「好吧，對了，我還沒謝謝你改變心意。」

「不用客氣，我才應該道歉，我一開始竟然為了那麼自私的理由回絕，沒顧慮到這是攸關人命的事。」

「我了解博士學位對你來說非常重要。」

史密斯微微一笑。「對啊，你之所以了解是因為你跟我們是同路人。」

「什麼同路人？」

「就是有點瘋狂的菁英份子。你聽說過一九八〇年代的『古曼難題』嗎？一線運動員被問到如果有種藥吃了保證可以拿到金牌，但五年後會死，他們會不會吃？結果半數以上的人回答說會。一般大眾被問到相同問題，兩百五十人當中只有兩人願意。我知道這問題對多數人來說會覺得很變態，但對你我這種人來說卻不會，哈利，因為你願意犧牲你的人生來逮到這個凶手，對不對？」

哈利看著眼前這名心理師好一會，奧納說的話在耳邊響起：**因為你明白了猴子陷阱的概念，因為你也不會放手。**

「你還想知道什麼嗎，史密斯？」

「她的體重是不是增加了？」

「誰？」

「史戴的女兒。」

「歐柔拉？」哈利揚起一側眉毛。「呃，她以前可能瘦一點。」

史密斯點了點頭。「我的下一個問題你一定不會喜歡，哈利。」

「說來聽聽。」

「你覺得史戴．奧納跟他女兒之間是不是有亂倫關係？」

哈利的雙眼直盯著史密斯瞧。他之所以選中史密斯是因為他希望自己的組員能提出獨到看法，只要能夠提出好觀點，他就準備容忍一切。**幾乎**是一切。

「好，」哈利壓低嗓音說：「我給你二十秒解釋清楚，請你好好利用這二十秒。」

「我只是想說……」

「十八秒。」

「好好。我看到幾點。自殘行為：她穿長袖T恤遮住前臂的疤痕，因為她不停地去抓。衛生習慣：站在她旁邊的時候，你可以知道她的個人衛生做得並不好。飲食習慣：極端的暴食或節食在受虐者身上十分常見。心理狀態：她看起來相當幽鬱，可能是因為焦慮的關係，我知道衣著和化妝可能會產生誤導，但肢體語言和臉部表情不會說謊。親密關係：先前在鍋爐間我從你的肢體語言看得出你準備擁抱她，但她假裝沒看到，這就是為什麼她在進門前先用頭髮把臉遮住，因為你們很熟，她知道你一定會先抱抱她，通常受虐者會避開親密關係和肢體觸碰。我的時間到了嗎？」

電梯微微一晃，停了下來。

哈利踏上一步，面向史密斯，按著鈕讓電梯門關著。「先暫時假設你說得對好了，史密斯，」哈利壓低了嗓音，幾乎是輕聲細語。「可是媽的這跟史戴有什麼關係？是因為過去他曾把你踢出奧斯陸的大學心理系、還讓你得到『猴子』這個綽號？」

哈利看見史密斯的雙眼浮現痛苦的淚水，彷彿被摑了一巴掌似的。史密斯眨了眨眼，吞了口口水，說：「嗯，也許你說得對，哈利，也許我只是看見了我的潛意識想看見的，因為我還在生氣。但這只是直覺，我說過了，我的直覺不靈光。」

哈利緩緩點了點頭。「我想你很清楚，你的直覺不只這樣，你還看見了什麼？」

史密斯直起身子。「我看見一個父親牽著女兒的手，這個女兒幾歲了？十六，還是十七？我的第一個想法是好窩心喔，他們還在手牽手，我希望我女兒到她們青春期以後也一樣還能跟我手牽手。」

「但是？」

「但你也可以從另一個角度來看，父親運用威勢和控制力來握住女兒的手，讓她待在原位。」

「為什麼你會這樣想？」

「因為她一逮到機會就逃跑了。我諮商過可能遭遇亂倫經驗的患者，逃家正是其中一個特點。我所提到的這些症狀可能還有一千種解釋，但就算只有千分之一的機率是不倫虐待，基於專業職責我還是得提出來，否則我就是怠忽職守，你說是嗎？我知道你是這家人的朋友，這也正是我把我的想法坦白告訴你的原因，因為只有你有辦法跟她溝通。」

哈利放開關門鈕，電梯門向兩側打開，史密斯快步而出。

哈利等到電梯門快關上，才伸出一腳卡在門中間，打算追上史密斯，下樓梯朝隧道的方向而去，這時口袋裡傳來手機的震動。

他接起手機。

「哈利，你好啊，」伊莎貝拉．斯科延的男性化聲音傳來，她的嗓音俏皮裡帶點挑逗意味，相當好辨認。「我聽說你又跨上馬背、重披戰袍了。」

「倒也不完全是這樣。」

「我們一起騎過馬啊，哈利，那次真好玩，原本應該會更好玩一點才對的。」

「那次我已經覺得很好玩了。」

「呃，既往不咎嘛，哈利。我打來是想請你幫個忙，我們的公關部正在幫米凱做事，現在《每日新聞報》在網路上登出了一篇報導把米凱批得相當厲害，說不定你已經看過了？」

「沒看過。」

「他們寫說：『我們的城市正在付出代價，因為奧斯陸警方在米凱．貝爾曼的領導下沒能盡到警察應盡的職責，沒能逮到瓦倫廷．嚴德森，這簡直是醜聞一樁，是專業淪喪的跡象。嚴德森竟然跟警方玩貓抓老鼠的遊戲玩了四年，如今他玩膩了扮演老鼠的角色，已經開始當起貓來了。』他們這樣寫，你有什麼看法？」

「他們可以寫得更好。」

「我們想找一個人站出來說這篇文章對米凱批評得毫無道理，這個人要能夠讓民眾回想起在貝爾曼領導下，重大刑案的破案率是提高的，還必須偵辦過多起命案，而且評價很高。你現在是警大學院的講師，所以絕對不會被批評是諂媚拍馬。你是最完美的人選呀，哈利，不知你意下如何？」

「我是很想幫妳跟貝爾曼。」

「是嗎？那太好了！」

「而我能做到最好的方式，就是逮到瓦倫廷．嚴德森。現在我正在忙這件事，所以恕我不陪妳多聊了，斯科延。」

「我知道你工作起來總是很賣力，哈利，但要逮到那傢伙得花很多時間。」

「為什麼在這個時候要急著擦亮貝爾曼的名聲？為了替我們彼此節省點時間，我就直接說了，我**絕對不會**站在麥克風前朗讀公關公司擬的稿子。如果我們現在就掛上電話，也許還能以文明的談話收尾，不用逼我罵妳滾下十八層地獄。」

伊莎貝拉哈哈大笑。「你還真是死性不改啊，哈利，你跟那個黑髮律師甜心訂婚了對吧？」

「不對。」

「不對？那找天晚上我們一塊兒喝杯酒吧？」

「蘿凱跟我不是訂婚，是已經結婚了。」

「喔，好吧，真沒想到，不過，這應該不是問題吧？」

「對妳來說可能只是多了個挑戰，對我來說是問題。」

「已婚男人最棒了，他們都不會給你添麻煩。」

「比如說貝爾曼嗎？」

「米凱是很可愛，還擁有全奧斯陸最值得一親芳澤的嘴唇。呃，我們的對話已經開始變得有點無聊了，哈利，我要掛電話囉，你有我電話的。」

「我沒有，再見。」

蘿凱。他竟然忘了蘿凱有打來。他一邊搜尋蘿凱的號碼，一邊檢查自己的反應。管他的，檢查就檢查。伊莎貝拉的邀約有沒有讓他起反應？有沒有讓他感到一絲絲的興奮？沒有。好吧，是有那麼一絲絲，但它有任何意義嗎？沒有。它有的意義是那麼微不足道，讓他都懶得去想自己是個什麼樣的混蛋。當然這並不代表他**不是**混蛋，但那只是一點點心癢，腦中閃過一點點並非出於本意、朦朦朧朧的片段，當中有伊莎貝拉的長腿和豐唇，但那只是一閃而逝的片段，不足以判有罪。不過他知道，拒絕只會讓伊莎貝拉更可能再打電話給他而已。

「這是蘿凱·樊科的手機，我是史戴芬醫師。」

哈利覺得後頸寒毛根根直豎。「我是哈利·霍勒，蘿凱在嗎？」

「霍勒，她不在。」

哈利覺得喉頭緊縮，驚慌之情沿著脊椎骨緩緩爬升，宛如冰層迸裂一般。他把注意力放在呼吸上。「那她在哪裡？」

接著是一陣長長的停頓，哈利懷疑對方是故意把停頓拉得這麼長，但這也讓他在腦袋裡轉了無數念頭。他下意識在大腦裡得到的結論，其中有一項他會永遠記得，那就是休止符在此時此刻劃下，他想要的某樣東西再也無法擁有了，也就是說，他的今天和明天再也無法跟昨天一樣了。

「她進入了昏迷。」

他的大腦出於混亂、或者純粹是出於絕望之下，還想把「昏迷」解讀成一座城市或一個國家。

「可是她剛剛才打電話給我，不到一個小時以前。」

「對，」史戴芬說：「而你沒接。」

18

星期一下午

沒有意義。哈利坐在一張硬梆梆的椅子上，努力集中精神，聆聽桌子對面的男子說話。男子戴著眼鏡，身穿白袍，口中說出來的話就像窗外鳥啼一樣沒有意義；就像湛藍天際和今天的陽光比前幾星期更加耀眼一樣沒有意義；就像牆上掛著的解剖圖裡有灰色器官和鮮紅色血管一樣沒有意義；就像掛在旁邊十字架上流淌鮮血的耶穌基督一樣沒有意義。

蘿凱。

他生命中唯一有意義的是蘿凱。

不是科學，不是宗教，不是正義，不是更美好的世界，不是歡愉，不是酒醉，不是沒有痛苦，甚至不是幸福。有意義的就只有這兩個字：蘿凱。對他來說，對象是不可替換的。對他來說，如果沒有遇見蘿凱，就什麼都沒有了。

而什麼都沒有都比這樣來得好。

因為沒有人可以把「什麼都沒有」從他身旁奪走。

最後哈利在對方一長串的說明中插口問道：「這到底是什麼意思？」

「這表示，」約翰．D．史戴芬主治醫師說：「我們不知道病因。我們知道她的腎臟沒有發揮功能，但是會導致這種狀況的原因相當多，就像我說的，我們已經排除了最可能的原因。」

「所以你有什麼想法？」

「我認為這可能是一種症候群，」史戴芬說：「問題是症候群有上千種，而且一種比一種罕見且難以辨認。」

「這是什麼意思？」

「這表示我們得繼續探究病因，所以得暫時讓她進入昏迷，因為她已經開始出現呼吸困難的症狀。」

「要昏迷多久……？」

「暫時先這樣，我們不僅得找出尊夫人的病因，還得要有辦法治療才行。我們有把握讓她獨立呼吸的時候，才能讓她恢復意識。」

「那她……那她……」

「是？」

「那她在昏迷過程中會不會死？」

「這我們不知道。」

「不，你們知道。」

史戴芬十指輕觸，靜靜等待，彷彿想逼迫這段對話打到低速檔。

「她可能會死，」過了一會，史戴芬說：「我們都可能會死，心臟隨時都有可能停止跳動，這只是機率問題而已。」

哈利知道有一把怒火正在他體內越燒越旺，而這把火並非針對史戴芬及其口中說出的陳腔濫調。哈利辦過無數命案，面對過無數被害人家屬，明白家屬心中的情緒會想找目標發洩，但他卻苦無目標可以發洩，這就像往他那把怒火上澆油一樣。他深深吸了口氣。「我們面對的機率是多少？」

史戴芬雙手一攤。「就像我說的，我們不知道她腎衰竭的原因是什麼。」

「就是因為不知道所以才叫機率，」哈利說，停下來吞了口口水，壓低嗓音說：「好吧，那就根據現階段你有限的資訊，告訴我你認為機率是多少。」

「腎衰竭本身不是元凶，它只是症狀，導致腎衰竭的可能是血液疾病或中毒。現在是蕈菇產季，但尊夫人說你們最近沒吃蕈菇，而且你們兩個人吃的東西一樣。你最近沒有覺得不舒服吧，霍勒？」

「沒有。」

「你……好吧，我明白了，那其餘那些可能的症候群都是挺嚴重的問題。」

「高於或低於百分之五十，史戴芬？」

「我不能……」

「史戴芬，我知道我們對她的病情一點頭緒也沒有，但我求求你，給我個數字。」

史戴芬看了哈利好一會，才似乎做出決定。

「根據她的檢驗報告，以目前情況來說，我認為失去她的機率稍微超過百分之五十，不是超過很多，只是超過一點點。我不喜歡跟家屬談百分比是因為他們通常都會過度解讀。如果我們估計死亡率是百分之二十五，患者卻在手術中死亡，那家屬經常會控訴我們誤導他們。」

「百分之四十五？她有百分之四十五的機會活命？」

「目前為止是這樣。她的病情正在持續惡化中，如果這一兩天沒辦法找出病因，那這個機率可能會再降低。」

「謝謝。」哈利站起身來，感到頭暈目眩，這時一個念頭閃過腦際：他希望一切都陷入黑暗。黑暗是個快速而無痛的出口，雖然愚蠢且庸俗，但不會比這一切更沒有意義。

「可以請你留下聯絡方式嗎？這樣會方便我們……」

「我會讓你們一定找得到我，」哈利說：「如果沒其他我該知道的事，我想回到她身邊了。」

「我跟你一起去，哈利。」

兩人朝三〇一號病房走回去。走廊一路向前延伸，另一頭消失在微亮的光線中，光線來源可能是一扇窗，稀疏的秋日陽光從窗口照了進來。他們經過身穿白衣有如幽魂的護士，又經過許多穿著病袍的患者，腳下拖著活死人般的步伐，朝光亮處走去。昨天他和蘿凱才在家裡那張有點太軟的大床上擁抱，今天她卻躺在這裡，進入了昏迷的國度，和幽靈和鬼魂為伍。他得打電話給歐雷克才行，他得想想該怎麼告訴歐雷克才好。他需要喝一杯。哈利不知道這念頭打哪冒出來，但它就是出現了，彷彿有人大聲吼叫，把這句話一個字一個字喊出來，直接灌進他耳裡。這念頭必須儘快被其他思緒淹沒才行。

「為什麼你會是潘妮洛普．拉許的醫生？」哈利大聲說：「她又不是來這裡看病的。」

「因為她需要輸血，」史戴芬說：「我是血液科醫師和血庫組長，但我也在急診室輪班。」

「血庫組長？」

史戴芬看了看哈利，或許察覺到他需要轉移注意力，暫時脫離這突來的驚滔駭浪。

「就是這裡的血庫分庫。其實我應該叫浴場管理員才對，因為血庫的位置原本是個舊風濕浴場，就在這棟醫院的地下室，所以我們都把血庫叫作血浴場。你可別跟我說血液科醫師缺乏幽默感。」

「嗯，原來你說的買賣血液是這麼一回事。」

「什麼？」

「上次你說你之所以看了潘妮洛普受攻擊的樓梯間犯罪現場照片，光憑眼力就可以看出她流失了多少血，是因為你在買賣血液。」

「你記性真好。」

「她怎麼樣了？」

「喔，潘妮洛普的身體正在逐漸康復，但她會需要心理協助，畢竟跟吸血鬼面對面——」

「是吸血鬼症患者。」

「——是不祥的，你也知道。」

「不祥的？」

「對啊，《舊約聖經》裡有預言和描述。」

「關於吸血鬼症患者？」

史戴芬淡淡一笑。「〈箴言〉第三十章第十四節：**『他們牙如劍，下巴插滿刀，要吞滅地上的困苦人和世間的窮乏人。』**我們到了。」

史戴芬打開門，讓哈利走進去。進入黑夜。緊閉簾幕的這一側是亮晃晃的陽光，病房裡的另一側卻只有閃爍的綠線在黑色螢幕上不停跳動。哈利俯身凝望她的臉龐。她看起來十分平靜，也十分遙遠，彷彿漂浮在黑暗空間裡，遙不可及。他在病床邊的椅子上坐下，等到關門的聲音傳來，才執起她的手，把臉貼到被單上。

「別現在遠離我，親愛的，」他輕聲道：「別遠離我。」

楚斯和韋勒在開放式辦公室裡共用一個隔間，楚斯刻意搬動他的幾個電腦螢幕，隔離韋勒的視線。在這隔間裡，韋勒是唯一可以看見他在做什麼的人，但煩人的是那傢伙對他的一切都很好奇，尤其是他跟誰講電話。這時韋勒那個偷窺狂外出，去調查一家刺青穿孔店，只因警方接到一條線報說那家店有進口吸血鬼配件，其中還有看起來很像假牙的金屬物件，上頭有尖尖的犬齒。楚斯決定好好利用這個空檔，特地下載了美國影集《光頭神探》第二季最後一集來看，還把音量調到最低，只有他一個人聽得見。可以想見，當手機在他面前的辦公桌上猶如按摩棒般開始閃爍震動時，他心裡非常不爽。手機鈴聲是小甜甜布蘭妮唱的〈少女已過，熟女未滿〉（*I'm Not A Girl, Not Yet A Woman*），不知何故，他相當喜歡這首歌。歌詞中述說她還不是女人，影射的似乎是一個低於「最低合法性交年齡」的少女，楚斯希望自己不是因為這樣才把這首歌設為手機鈴聲。或者正是如此？對著身穿學生制服的小甜甜布蘭妮打手槍難道算變態嗎？好吧，那他應該是變態。但是讓楚斯有點擔心的是，手機螢幕上所顯示的號碼似乎有點眼熟，難道是市政府財務處？或是政風處？或是他以前幹燒毀者時的可疑聯絡人？或是有人來跟他討債或討人情債？反正那不是夢娜的電話號碼。這通電話最有可能是跟工作有關，這也代表他得去幹活才行。無論如何，他認為接了這通電話對他沒好處，因此把手機拿起來放進抽屜，繼續看維克．麥基如何率領突擊隊打擊犯罪。他愛死維克這個角色了，《光頭神探》是唯一一部拍出警察真正想法的警察影集。突然之間，他想起那個號碼為什麼看起來眼熟了。他趕緊拉開抽屜，抓起手機。「我是班森警佐。」

時間過了一秒、兩秒，手機那頭什麼聲音也沒有，他想說她已經掛斷了，但這時一個輕柔且誘人的聲音傳入他耳中。

「你好啊，楚斯，我是烏拉。」

「烏拉……？」

「我是烏拉・貝爾曼。」

「喔，嗨，烏拉，是妳啊？」楚斯暗自希望自己的聲音很穩定。「有什麼需要幫忙的嗎？」

烏拉輕笑幾聲。「『幫忙』我是不知道啦。那天我在警署中庭看到你，才想到我們已經很久沒有好好聊天了，你知道，就像以前那樣。」

我們應該從來都沒有**好好**聊過天吧，楚斯心想。

「我們可以找一天碰面嗎？」

「當然好啊。」楚斯努力不讓自己發出呼嚕笑聲。

「太好了，那明天可以嗎？明天我媽會幫我照顧小孩，我們可以去喝杯飲料或吃點東西。」

楚斯簡直不敢相信自己的耳朵，烏拉竟然想跟他碰面？難道她又要來質問關於米凱的事情？不對，她應該知道他跟米凱最近不常碰面。再說，喝杯飲料或吃點東西？「好啊，妳是不是有心事？」

「我只是想說碰個面也不錯，我跟以前認識的人都沒什麼聯絡了。」

「是喔，當然好啊，」楚斯說：「那要在哪裡碰面？」

烏拉笑道：「我已經很多年不太出門了，不知道現在曼格魯有什麼地方可以去，你不是住那附近嗎？」

「對，呃……歐森餐廳還開著，就是布林區的那個。」

「喔？好，就那裡吧，八點好嗎？」

楚斯默默點了點頭，才忽然想起要開口說：「好。」

「還有，楚斯？」

「是？」

「請別告訴米凱。」

楚斯咳了一聲。「不要告訴他？」

「不要。那就明天八點見了。」

烏拉掛斷之後，楚斯怔怔看著手機。這是真的嗎？還是他在做白日夢？難道十六、七歲時做的白日夢還縈繞在腦海裡？楚斯覺得快樂無比，快樂到胸膛都要炸開，但緊接著恐慌來襲。這一定會變成一場災難。無論如何，一定會變成一場災難。

這全都是一場災難。

想當然爾，好日子不會永遠持續下去，遲早他都會被逐出天堂。

「啤酒。」他說，抬頭看著一個站在他桌邊、臉上有雀斑的年輕女服務生。

女服務生沒化妝，頭髮簡單在腦後紮了個馬尾，白色上衣的袖子捲起，彷彿準備打架似的。她在小紙本上記下客人點的東西，似乎以為對方還會點更多東西，於是哈利知道她是新來的，因為施羅德酒館的客人十之八九點了酒以後就不會再點其他東西。她剛來的前幾週恨死這份工作了，這裡的男客會開粗俗的玩笑，喝最多的女客會毫不掩飾對她的戒心。小費少得可憐，沒有音樂可以讓她在酒吧裡走動時隨著節奏搖擺臀部，也沒有帥哥可以看，只有愛吵架的老醉漢，還得在打烊時攆他們出去。她心想不知道提高學生貸款值不值得，因為這樣她才有辦法住在離市中心近一點的學生宿舍。但哈利知道她在一個月以後如果沒辭職，事情就會逐漸改觀。她會開始懂得對客人的低級笑話一笑置之，並盡量以同樣下流的方式回應。當女客發現她不會威脅到她們的地盤時，就會開始信任她。她會拿到小費，雖然不多，但都是實打實的小費。

她還會得到溫柔的鼓勵，偶爾也會有人向她告白。客人會給她取外號，乍聽之下會覺得十分刺耳，裡頭卻帶有真感情，這個外號會讓她在這群不高貴的酒客之間有個高貴的地位，像是矮子卡莉、列寧、背擋、女態之類的。就她來說，這個外號可能會跟她的雀斑或紅髮有關。酒客進進出出，男友來來去去，慢慢的這群人會變成像是她的家人，一群和善、大方、煩人、失落的家人。

女服務生從小紙本上抬起頭來。「就這樣？」

「對。」哈利露出微笑。

她快步走向吧檯，彷彿有人在替她計時似的，不過天知道，說不定莉塔真的站在吧檯裡拿著碼錶計時。

韋勒發簡訊給哈利說他們在主街的刺青穿孔店等他。哈利打字回覆，跟韋勒說他得自己應付才行。就在此時，哈利突然聽見有人在他對面坐下。

「哈囉，莉塔。」哈利頭也沒抬。

「哈囉，哈利，今天不順心嗎？」

「對。」他在手機上打了個老式的笑臉，也就是冒號加上右括號。

「那你來這裡是打算要把今天搞得更糟？」

哈利默然不答。

「你知道我是怎麼想的嗎，哈利？」

「妳是怎麼想的，莉塔？」他的手指找尋著傳送鍵。

「我不認為這算是要破戒了。」

「我已經跟雀斑菲亞點啤酒了。」

「現在我們還是叫她瑪姐，還有，我把你點的啤酒取消了。哈利，你右肩的魔鬼也許想喝酒，但你左肩的天使指引你去了一個不供應酒的地方，那裡有個叫莉塔的只會給你咖啡，不會給你啤酒。她會跟你聊聊天，然後叫你回家，回到蘿凱身邊。」

「她不在家，莉塔。」

「啊哈，原來如此，哈利．霍勒又搞砸了，你們男人總是有辦法把事情搞砸。」

「蘿凱生病了，我需要先來杯啤酒才有辦法打電話給歐雷克。」哈利低頭看著手機，再次尋找傳送鍵，這時他感覺莉塔一隻粗短溫暖的手放到他手上。

「船到橋頭自然直，哈利。」

哈利瞪著莉塔。「才不會呢，除非妳真的認識能活著脫身的人。」

莉塔笑了。「船到橋頭的時刻，就是在有事讓你陷入低潮的今天，和再也沒什麼事能讓你低潮的那天之間。」

哈利再度低頭看著手機，輸入歐雷克的名字，按下撥號鍵。

莉塔起身讓哈利獨處。

鈴聲才響一聲，歐雷克就接了起來。「你打來真是太剛好了！我們在開討論會，討論《警察法》第二十條。這一條的意思一定是這樣的吧？就是視情況需要，每個警察都必須聽從較高階警察的命令，無論他們是否屬於同一個單位或警局，對不對？二十條說較高階警察可判斷情況是否危急並要求協助。快點，說我是對的！我剛剛才跟這兩個白痴賭一瓶飲料……」哈利聽見背景傳來笑聲。

他閉上眼睛。當然這世上還有值得期待和盼望的，會在有事讓你陷入低潮的今天過後的某一天來到，那一天再也沒什麼事可以讓你低潮。

「歐雷克，要告訴你一個壞消息，你媽住進了伍立弗醫院。」

「我要魚排，」夢娜對服務生說：「不要馬鈴薯、醬汁和蔬菜。」

「這樣就只剩下魚排。」服務生說。

「這樣就好。」夢娜說，遞還菜單。她看了看四周午餐時間的客人。這家餐廳雖然是新開的，但非常熱門，她們運氣不錯，訂到最後一張雙人桌。

「妳只吃魚排？」諾拉說。她點了凱薩沙拉不加醬汁，但夢娜知道她最後一定經不起誘惑，會再點甜點來搭配咖啡。

「我在減脂。」夢娜說。

「減脂？」

「減去皮下脂肪，好讓肌肉線條更明顯，再過三個星期就是挪威錦標賽了。」

「健美錦標賽？妳真的要參加？」

夢娜哈哈大笑。「妳是說憑我的臀部嗎？我希望我的腿和上半身能幫我爭取高分。當然，還有我不服輸的個性。」

「妳看起來很緊張。」

「當然。」

「比賽還有三個星期才到，而且妳從不緊張的，妳是怎麼了？是不是跟吸血鬼症患者命案有關？對了，要多謝妳的建議，史密斯很棒，布萊特有她自己的風格，呈現出來的效果也不錯。妳有沒有見過伊莎貝拉．斯科延？就是那個前任社福議員，她打電話來問說『週日雜誌』有沒有興趣邀請米凱．貝爾曼當來賓。」

「好讓他親口回答為什麼一直捉不到瓦倫廷．嚴德森這件事嗎？她也有打電話來問我們。她是個很積極的女人，這樣形容已經夠好聽了吧。」

「那你們要採訪他嗎？天啊，現在只要稍微跟吸血鬼症患者扯上邊的東西都能登。」

「我是不會啦，但我那些同事可能沒這麼挑。」夢娜點了點她的 iPad，遞給諾拉。諾拉把電子版《世界之路報》的內容讀了出來：

「『前社福議員伊莎貝拉．斯科延對於奧斯陸警方近日受到的批評不以為然，她表示警察署長正掌控全局：「米凱．貝爾曼和辦案員警已確認吸血鬼症患者案的凶手身分，現正傾全力要將他緝捕歸案。

除此之外，警察署長找來名氣響亮的命案刑警哈利．霍勒，他十分願意協助前任長官，也非常期待要替這個無恥變態戴上手銬。」』」諾拉把 iPad 還給夢娜。「說辭有夠俗濫。妳對這個霍勒有什麼看法？妳會把他踢下床嗎？」

「絕對會，難道妳不會嗎？」

「我不知道，」諾拉看著空氣。「我不會用踢的，可能只是輕輕推一下，意思有點像是：『請離開，不要碰我那裡和那裡，還有那裡絕對不能碰。』」她咯咯笑說。

「他媽的，」夢娜說，搖了搖手。「就是有妳這種人，『誤會強暴』的數字才會攀升。」

「誤會強暴？真有這種事嗎？這到底是什麼意思？」

「妳說呢？就從來沒人誤會過我。」

「這讓我想到，我終於知道妳為什麼要用歐仕派鬍後水了。」

「妳不可能知道。」夢娜說著嘆了口氣。

「可能！就是用來防止強暴，對不對？噴上男人味的鬍後水就跟胡椒噴霧一樣可以有效驅走色狼，不過妳注意到這也同時驅走其他男人了吧，對不對？」

「我放棄了。」夢娜呻吟說。

「對，放棄吧！快跟我說！」

「是因為我父親。」

「什麼？」

「他都用歐仕派鬍後水。」

「原來如此，你們以前很親近，妳很想他，真可憐……」

「我用這個來時時提醒我他教過我最重要的事。」

諾拉眨了眨眼。「刮鬍子？」

夢娜大笑，拿起杯子。「絕對不要放棄。**絕對不要**。」

諾拉側過了頭，用嚴肅的眼神看著好友夢娜。「妳真的在緊張欸，夢娜，到底是怎麼了？而且妳為什麼不去跑斯科延那條新聞？我的意思是說，吸血鬼症患者案的新聞是**妳的**啊。」

「因為我釣到了一條更大的魚。」服務生走上前來，夢娜把雙手從桌子上移開。

「希望是這樣。」諾拉說，看著服務生把一塊小得可憐的魚排放在夢娜面前。

夢娜用用叉子叉起魚排。「我緊張是因為我可能受到監視。」

「什麼意思？」

「我不能告訴妳，諾拉，也不能告訴別人，因為我們已經說好了，我只知道現在我們可能被監聽。」

「監聽？妳是開玩笑吧！我剛才還提到說哈利．霍勒……」諾拉把手按在嘴巴上。

夢娜微微一笑。「妳不會因為這樣而留下把柄的。重點是，我要跑的這條新聞可能是本世紀犯罪報導中最大條的獨家新聞，不對，是有史以來犯罪線新聞中最大條的獨家新聞。」

「妳一定得告訴我才行！」

夢娜堅決地搖了搖頭。「我只能告訴妳說我準備了一把槍。」她拍了拍手提包。

「夢娜，妳嚇到我了！如果他們聽見妳有槍該怎麼辦？」

「我就是要他們聽見，這樣他們就知道不要對我亂來。」

諾拉嘆了口氣，表示投降。「但妳為什麼要單槍匹馬去，如果發生危險怎麼辦？」

「因為我有可能成為報界傳奇，親愛的諾拉。」夢娜咧嘴笑了笑，舉起杯子。「如果一切順利，下次我就可以請妳吃午餐，而且不管有沒有拿到錦標賽冠軍，我們都要開香檳慶祝。」

***

「抱歉我來遲了。」哈利說，關上刺青穿孔店的門。

「我們在看有什麼在打折。」韋勒露出微笑，他站在一張桌子內側，跟一個弓形腿的男子一起翻閱一本目錄。男子頭戴華拉倫加足球隊的帽子，身穿美國獨立搖滾樂團記住你（Hüsker Dü）的黑色T恤，留著一把大鬍子。哈利很確定男子的大鬍子從很早以前就開始留了，比那些潮男同時開始不刮鬍子還要早。

「那我不打擾你們。」哈利說，在門邊停下腳步。

「我說過了，」鬍子男指著目錄說：「這些只是裝飾品，不能真的放進嘴巴，牙齒也不利，只有犬齒比較利。」

「那麼那些呢？」

哈利環目四顧。店裡沒有其他人，也容納不下其他人，裡頭的每一平方公尺甚至到每一立方公尺都拿來充分利用了。刺青椅擺在中央，天花板上掛著T恤，層架上擺滿穿孔珠寶，立架上展示較大的裝飾品、骷髏頭和鍍鉻的漫畫角色金屬模型。牆上貼得滿滿都是圖案和刺青照片。哈利在其中一張照片中認出俄羅斯囚犯刺青，刺的是一把馬卡洛夫手槍，內行人一看就知道這傢伙殺過一個警察，模糊的線條可能代表這個刺青是用老方法刺的，把吉他絃固定在刮鬍刀片上當作刺青針，再用融化的鞋底和尿液混合成染料。

「這些全都是你刺的刺青？」哈利問道。

「全都不是，」鬍子男答道：「這些是我去世界各地拍回來的，很酷對不對？」

「我們這邊快結束了。」韋勒說。

「你們慢慢來……」哈利猛然住口。

「抱歉沒能幫上什麼忙，」鬍子男對韋勒說：「聽你的描述，你們要找的東西可能在戀物癖的店裡比較會找得到。」

「謝謝，我們已經去查了。」

「好，那還有別的事情嗎？」

「有。」

兩人同時轉頭望向哈利，他伸手指著牆上一張照片。「這張是在哪裡拍的？」

兩人走到哈利身旁。

「伊拉監獄，」鬍子男說：「那是里科．賀瑞姆刺的刺青，他是那裡的囚犯，也是刺青師。兩三年前他出獄後不久就染上炭疽病，死在泰國芭達雅。」

「你有幫人刺過這個刺青嗎？」哈利問道，覺得那張尖叫的惡魔臉龐吸住了自己的目光。

「從來沒有，也從來沒有人要求過，沒什麼人會想頂著這種刺青走來走去。」

「從來沒有？」

「至少我沒見過，但你這麼一提，有個在這裡工作一陣子的傢伙說他看過這個刺青，他稱之為『cin』。我會記得是因為我只知道『cin』和『eytan』這兩個土耳其語單字。『cin』是惡魔的意思。」

「他有沒有說他是在哪裡看到的？」

「沒有，後來他就搬回土耳其了，如果這件事很重要，說不定我還找得到他的電話號碼。」

哈利和韋勒靜靜等候，不久鬍子男從後面房間出來，手裡拿著一張紙，上頭用筆寫了號碼。

「我先警告你們，他不太會說英語。」

「那你們怎麼……？」

「就比手畫腳啊，我隨便亂說幾句土耳其語，他說他那口爛挪威語，說不定他現在連那些爛挪威語都忘了，我會建議你們找個翻譯。」

「再次謝謝你，」哈利說：「恐怕我們得把這張照片帶走。」他環目四顧，想找張椅子爬上去，卻看見韋勒已經搬了一張椅子來放在他面前。

哈利端詳了一下他這個滿臉微笑的年輕同事，然後踏上椅子。

「接下來呢？」韋勒問道，他和哈利站在刺青穿孔店外的主街上，一班電車轆轆駛過。

哈利把那張照片放進夾克口袋，抬頭看著上方牆上的藍色十字架。

「接下來我們去一家酒吧。」

他沿著醫院走廊往前走，胸前捧著一束花，遮住部分臉孔。經過他身邊的人，無論是訪客或白袍醫護人員，都沒多看他一眼。他的脈搏處於靜止時的脈搏率。十三歲那年他因為偷看鄰居太太而從梯子上摔下來，在水泥地上撞到頭昏了過去。醒過來時，母親正附耳在他胸前，他聞到她的氣味，那是薰衣草的香味。她說她以為他死了，因為聽不見他的心跳聲。他聽不出母親的口氣是代表鬆了口氣還是失望，但母親帶他去看了一個年輕醫生，醫生努力一番之後終於找到他的脈搏，還說他的脈搏異常緩慢。一般來說，腦震盪會導致心跳加快才對。於是他住了院，一整個星期都躺在白色的床上，夢著白得耀眼的夢，夢境猶如過度曝光的底片，就像是電影裡演的死後世界一樣，一切都是天使般的純白色。醫院裡沒有東西可以讓你準備好面對眼前正等待著你的黑暗。

黑暗正等著躺在病房裡的那個女子，他依照號碼找到了她那間病房。

黑暗正等著那個警察，那警察發現真相時，一定會露出驚詫萬分的眼神。

黑暗正等著我們每一個人。

哈利看著鏡子前面架上的酒瓶，瓶內的金黃色酒液在燈光照耀下閃著溫暖光芒。蘿凱正在沉睡。她正在沉睡中。百分之四十五。她的生還率和酒瓶內的酒精濃度大約相當。沉睡。他可以去陪伴她。他移開目光，望著穆罕默德的嘴巴，只見那兩片嘴唇吐出難解的話語。哈利曾在某處讀過，土耳其語的文法難度排名全球第三。穆罕默德手上拿著的是哈利的手機。

「Sa olun（謝謝）。」穆罕默德說，把手機還給哈利。「他說他在薩吉納區一家叫加洛魯浴場的土耳其澡堂，看過一個男人的胸前有那個 cin（惡魔）臉孔。他說他看過那個男人很多次，最後一次可能不到一年前，就在他返回土耳其之前。他說那人就算在桑拿室時也會穿浴袍，他只在『Hararet』裡面看過一次他沒穿浴袍。」

「Hara……什麼？」

「就是蒸氣室，因為門打開，蒸氣散開一兩秒，他才看見那男人一眼。他說那種刺青看了一眼就不會忘記，因為就好像看見 eytan（撒旦）想掙脫出來一樣。」

「你有問他關於整形的事嗎？」

「有，他說他沒看見那人下巴有疤或其他類似的東西。」

哈利若有所思地點了點頭，穆罕默德去替他們又倒了杯咖啡。

「要派人監視那間浴場嗎？」韋勒問，他坐在哈利旁邊的吧檯凳上。

哈利搖了搖頭。「我們不知道瓦倫廷會不會出現，也不知道他什麼時候會出現，如果他真的出現，我們也不知道他現在長什麼樣子，他很聰明，不會隨便露出刺青示人。」

穆罕默德端了兩杯咖啡回來，放在他們面前。

「穆罕默德，感謝你的幫忙，」哈利說：「不然我們要找一個有認證的土耳其語譯者可能至少得花兩天。」

穆罕默德聳了聳肩。「我覺得我應該幫忙，畢竟伊莉絲出事之前來過店裡。」

「嗯，」哈利低頭看著他那杯咖啡。「安德斯？」

「是？」韋勒顯得很高興，可能因為這是他頭一次聽見哈利直接叫他名字。

「你可以去把車子開過來到酒吧門口嗎？」

「可以啊，可是我們走過去才——」

「我在門口跟你碰面。」

韋勒離開之後，哈利啜飲一口咖啡。「我知道這不關我的事，穆罕默德，可是你是不是有麻煩了？」

「麻煩？」

「我查過，你沒有前科，但剛才店裡有個傢伙一看見我們進來就離開了。那個傢伙有前科，叫丹尼爾．班克斯，他雖然沒停下來跟我打招呼，但我跟他是老相識，他是不是對你伸魔爪了？」

「什麼意思？」

「我的意思是說，你這家酒吧才剛開幕，你的納稅紀錄顯示你並不有錢，而班克斯專門借錢給你這種人。」

「我這種人？」

「銀行不肯碰的人。那傢伙幹的是非法勾當，你知道嗎？放高利貸，刑法第二九五條。你去報警就能脫困，讓我幫你。」

穆罕默德看著眼前那個藍眼眸的警察，點了點頭。「你說得沒錯，哈利……」

「很好。」

「……這不關你的事。看來你同事已經在等你了。」

他在身後關上病房的門。百葉窗是放下來的，些許陽光照入室內。他將花束放在床邊桌上，低頭看著那個沉睡的女子。她躺在床上的模樣看起來好孤單。他拉上簾幕，在床邊的椅子上坐了下來，從夾克口袋拿出一個針筒，拔掉針頭的蓋子，握住她的手臂，凝視手臂上的肌膚。真正的肌膚。他愛死了真正的肌膚。他想親吻她的肌膚，但心裡清楚知道自己必須自我克制。計畫。他必須按照計畫行事。他把針頭插進女子的肌膚，感覺細針沒有一絲阻礙就穿入了肌膚。

「好了，」他低聲說：「現在我要把妳從他身邊帶走，妳是我的人了，全身上下都是我的。」

他推動活塞，看著針筒內的深色液體注入女子體內，替女子灌注黑暗與眠夢。

「要回警署嗎？」韋勒說。

哈利看了看錶。下午兩點。他跟歐雷克約好了下午四點要在醫院碰面。

「去伍立弗醫院。」他說。

「你不舒服嗎？」

「沒有。」

韋勒等待片刻，沒聽見哈利再接話，便將車子打入一檔，駛上馬路。

哈利望向窗外，心想為什麼自己沒告訴任何人？基於實際上的考量，他必須告訴卡翠娜。那麼除了卡翠娜呢？沒了，為什麼還要告訴其他人？

「昨天我下載了迷霧聖父的專輯。」韋勒說。

「為什麼？」

「因為你推薦啊。」

「有嗎？我想那一定很棒吧。」

兩人沒再說話，直到車子塞在車陣之中，緩緩沿著伍立弗路前進，沿途經過聖奧拉夫主教座堂和諾爾達布倫斯街。

「在那個公車站靠邊停一下，」哈利說：「我看見一個熟人。」

韋勒踩下剎車，驅車右行，停在公車亭前，亭內有幾個放學後的青少年正在等公車。奧斯陸教堂中學，對，她就是念這所學校。她站在離吵鬧的同學旁邊幾步之處，頭髮垂落面前。哈利腦袋一片空白，不知道該說什麼，只是按下車窗。

「歐柔拉！」

少女的一雙長腿突然一顫，像隻緊張的羚羊般拔腿就跑。

「你對年輕女孩總是會產生這種效果嗎？」韋勒問道，哈利叫他繼續往前開。

哈利看著側後照鏡，心想，她奔跑的方向跟車子的行進方向相反，而她連想都沒想，可見這件事她早已事先設想過，如果要躲避車上的某個人，一定要往車子行進的相反方向逃跑才行。但這意味著什麼呢？哈利不知道，也許是某種青少年的憤怒吧，或是成長必經的階段，像奧納說的那樣。

車子沿著伍立弗路行駛，越往前開，車流越順暢。

「我在車上等，」韋勒說，把車停在伍立弗醫院三號大樓的門口。

「可能會花點時間喔，」哈利說：「你不想去等候區坐一下嗎？」

韋勒微微一笑，搖了搖頭。「我對醫院有不好的回憶。」

「嗯，因為你媽媽？」

「你怎麼知道？」

哈利聳了聳肩。「一定是跟你很親近的人才會這樣，小時候我媽媽也是在醫院過世的。」

「那也是醫生的錯嗎？」

「不是，她沒能得救，所以我一直懷有罪惡感。」

韋勒面容扭曲地點了點頭。「我媽是被一個自以為是神的白袍醫生害死的，所以我從此再也不踏進醫院一步。」

哈利走進醫院，注意到一個男子在面前捧著一束花，正要離開。哈利會注意到男子是因為通常大家是帶花進醫院，而不是帶花離開。歐雷克就坐在等候區，他和哈利互相擁抱，周圍的病患和訪客小聲談話、翻閱舊雜誌。歐雷克只比哈利矮一公分，哈利有時會忘記這孩子已經不再長高，他們的賭注終於分出了勝負。

「他們還有說什麼嗎？」歐雷克說：「是不是有危險？」

「沒有，」哈利說：「但就像我說的，你不用太擔心，他們知道自己在做什麼。他們讓她進入的是『誘導昏迷』，一切都在控制中，好嗎？」

歐雷克張口想說些什麼，卻又閉上嘴巴，點了點頭。歐雷克的神情哈利全都看在眼裡。他知道哈利沒有把全部的真相告訴他，也默許哈利這麼做。

一個護士走過來，告訴他們說可以去看她了。

哈利先走進去。

百葉窗是拉上的。

他走到病床旁，低頭看著那張蒼白臉龐。她看起來離他們很遙遠。太遠了。

「她……她還在呼吸嗎？」

歐雷克站在哈利背後，就跟小時候他跟哈利一起穿過侯曼科倫區一個有很多大狗的地方一樣。

「有。」哈利說，朝閃爍的儀器點了點頭。

他們在病床兩側坐下，偷偷朝螢幕上跳動的綠線看了一眼，以為對方都沒發覺。

卡翠娜朝叢林般的人手望去。

記者會才開始不到十五分鐘，假釋廳就已瀰漫著不耐煩的氣氛。卡翠娜不知道哪件事最令記者情緒激動，是瓦倫廷的緝捕工作沒有新進展？還是瓦倫廷沒有再找新受害者下手？上次攻擊案發生距今都已經過了四十六小時了。

「我想同樣的問題只能得到同樣的答覆，」她說：「如果沒有其他問題——」

「現在妳手上不只兩件命案，已經有三件了，妳怎麼想？」

假釋廳後方有個記者高聲問道。

卡翠娜看見不安的情緒在廳裡猶如漣漪般擴散開來。她看了侯勒姆一眼，見他坐在第一排只是聳了聳肩表示不知道。她朝麥克風倚身向前。

「目前可能有消息還沒送達，所以這個問題我晚一點才能答覆。」另一個記者說：「剛才醫院發出聲明說，潘妮洛普・拉許已經死了。」

卡翠娜希望她臉上的表情並未背叛自己，透露出內心的疑惑。潘妮洛普已經活下來這件事應該是無庸置疑的吧？

「今天的記者會先到此告一段落，等我們獲得更多資訊之後會再召開。」卡翠娜收拾文件，快步走下講臺，從側門離去。「等知道得比你們更多以後再開。」她喃喃自語道，又咒罵一句。

她氣沖沖地走在走廊上。媽的到底發生了什麼事？難道是潘妮洛普的治療出了錯？卡翠娜在心中暗自盼望這件事有個合理的醫學解釋，比如說未能預見的併發症、某種病症突然發作，甚至是醫院方面出了問題。不對，不可能，他們把潘妮洛普安置在一間祕密病房裡，只有她最親近的人才知道病房號碼。

侯勒姆從後面追了上來。「我跟伍立弗醫院聯絡過了，他們說她被下了一種不知名的毒藥，醫生束手無策。」

「毒藥？是被咬的傷口原本就沾有毒藥，還是她在醫院被下毒？」

「不清楚，他們說事情到了明天會更明朗。」

可惡，真是一團混亂。卡翠娜最討厭混亂了。還有哈利跑哪裡去了？媽的，幹！

「小心妳的高跟鞋，不要踩穿地板了。」侯勒姆輕聲說。

哈利告訴歐雷克說醫生找不到病因，以及接下來會發生的事，還有他們必須處理的現實事務，即使這些事不是很多。除了這些對話之外，兩人之間瀰漫著濃重的靜默。

哈利看了看時間。晚上七點。

「你該回家了，」他說：「吃點東西然後去睡覺，你明天還要上課。」

「除非你會在這裡陪她，」歐雷克說：「我們不能放她一個人在這裡。」

「我會在這裡待到他們把我趕出去為止，應該就快了。」

「你要待到那個時間？你不用工作嗎？」

「工作？」

「對，你要待在這裡，那你不去……辦那件案子了嗎？」

「當然不去。」

「我知道你在偵辦命案的時候是什麼樣子。」

「是嗎？」

「我還記得一些，媽也有告訴過我。」

哈利嘆了口氣。「我保證我會待在這裡，世界沒了我還是會繼續運轉，但是……」他沒把話說完，只讓接下來那句話飄蕩在兩人之間：**沒了她我的世界就停止了**。

哈利深呼吸一口氣。

「你感覺怎麼樣？」

歐雷克聳了聳肩。「我很害怕，很難受。」

「我知道，你先走吧，明天放學後再來，我明天一大早就會來。」

「哈利？」

「什麼事？」

「明天會更好嗎？」

哈利看著歐雷克，這個黑髮棕眼的大男孩跟他沒半點血緣關係，但他卻覺得看著歐雷克就好像照鏡子一樣。「你說呢？」

歐雷克搖了搖頭。哈利看得出歐雷克強忍著淚水。

「對了，」哈利說：「小時候我媽生病，我也像你這樣坐在她旁邊守著，日復一日。那時候我年紀還小，這件事不斷啃食我的內心。」

歐雷克用手背擦去淚水，語帶哽咽地說：「你希望當時你沒那樣做嗎？」

哈利搖了搖頭。「怪就怪在這裡。她病得太重，我跟她沒辦法說太多話，她只是躺在床上，臉上掛著虛弱的微笑，她的臉色每分鐘都褪色一點點，就像一張放在陽光下曝曬的照片。那是我這一生最糟也最棒的一段童年回憶，你能了解嗎？」

歐雷克緩緩點頭。「應該可以。」

兩人擁抱，互道再見。

「爸……」歐雷克低聲說。哈利感覺到溫熱的淚水滑落在他脖子上。

但哈利自己沒哭。他不想哭。百分之四十五。至少還有那**美好的**百分之四十五存活率。

「孩子，有我在。」哈利用穩定的聲音說，雖然他的心已然麻木，但他感覺自己很強壯，這件事他應付得來。

19

星期一晚上

夢娜．多爾腳上穿的雖然是運動鞋，腳步聲還是在貨櫃之間迴盪不已。她將她的小型電動車停在門口，直接走進漆黑空曠的貨櫃碼頭，這裡已經跟荒廢了沒兩樣。一排排貨櫃看起來宛如墓碑，裡頭裝的是被遺忘的死寂貨物，收件人可能已經破產或不承認這批貨，寄件人可能已不復存在，無法收取退貨。這些貨物卡在歐莫亞島上，永遠處於轉運狀態。歐莫亞島的破敗荒蕪和附近碧悠維卡區的優化和重新開發形成強烈對比。碧悠維卡區正蓋起一棟棟奢華昂貴的大樓，有著冰面斜坡般的奧斯陸歌劇院是皇冠上最耀眼的寶石。夢娜認為奧斯陸歌劇院最後會成為石油時代的紀念碑，一個社會民主主義的泰姬瑪哈陵。

夢娜拿出她帶來的手電筒，循著柏油路面上的數字和字母找去。她身穿黑色緊身褲和黑色運動外套，一邊口袋放著胡椒噴霧器和掛鎖，另一邊口袋放著一把九毫米瓦爾特手槍。手槍是她從父親那裡偷拿來的。過去她父親在念完醫學系之後，曾在軍方的衛生部門服役一年，役期結束後並未將手槍歸還。運動外套裡頭是藏有發送器的胸帶，在那底下，她的一顆心撲通撲通跳得越來越快。

H23位於三層高的兩排貨櫃之間。

一眼望去，籠子就在那裡。

籠子的體積顯示它曾經用來運送大型動物，可能是大象、長頸鹿或河馬。籠子的一側可以整個打開，但上頭扣著一個生鏽的褐色大型掛鎖。籠子較長的一側中間有個沒上鎖的小門，夢娜推測那可能是讓人員餵食或清理用的。

她抓住欄杆，拉開小門，小門的鉸鏈發出尖銳聲響。她最後一次環顧周圍。對方可能已經來了，藏在陰影裡或其中一個貨櫃後頭，正在查看她是不是依約單獨前來。

現下已沒時間讓她懷疑或猶豫。她像在參加舉重比賽前那樣，在心裡對自己說：已經做好決定了，接下來很簡單，考慮的時機已過，現在最重要的是執行。她走進小門，拿出口袋裡的掛鎖，扣在小門和旁邊欄杆上，然後鎖上，把鑰匙放進口袋。

籠子裡有尿騷味，但她分不出那味道來自動物還是人類。她走到籠子中央，停下腳步。

對方可能會從左邊或右邊接近籠子。她抬頭看了看。對方也可能爬到堆疊的貨櫃頂端，跟她說話。她打開手機的錄音功能，放在臭烘烘的鐵製地面上，接著拉開運動外套左袖口，看了看時間。晚上七點五十九分。然後又拉開右袖口。脈搏監測器顯示為一二八。

＊＊＊

「嗨，卡翠娜，是我。」

「太好了，我一直在找你，你有沒有收到我的簡訊？你在哪裡？」

「我在家裡。」

「潘妮洛普．拉許死了。」

「死於併發症，我在《世界之路報》網站上看到了。」

「然後呢？」

「然後我有其他事得操心。」

「是喔？什麼事？」

「蘿凱住進了伍立弗醫院。」

「該死！很嚴重嗎？」

「對。」

「天啊，哈利，有多嚴重？」

「不知道，但我不能再參與辦案了，從現在起我都會待在醫院裡。」

一陣靜默。

「卡翠娜？」

「是？好，這是當然。抱歉，我只是一下子沒辦法消化這麼多東西。我絕對了解也支持你。可是天啊，哈利，你身邊有人可以跟你聊聊嗎？要不要我——？」

「謝了，卡翠娜，但妳有追緝凶手的工作要做。我會解散我的小組，接下來妳得靠自己了。妳可以用史密斯，他的社交能力可能比我還糟，但他膽子很大，而且敢於脫離框架去思考。還有安德斯．韋勒，那個傢伙有點意思，多分配一些責任給他，看他表現怎樣。」

「我會考慮。你有什麼需要就打給我，什麼事都可以。」

「好。」

兩人結束通話，哈利站起身來，走到咖啡機前，聽著自己拖沓的腳步聲。他走路不會拖腳，從來不會。他站在原地，手裡拿著咖啡壺，朝空蕩的廚房四處張望。他忘記他把自己的馬克杯放到哪裡去了。他放下咖啡壺，在餐桌前坐下，打電話給米凱。電話轉入語音信箱。這樣也好，反正他沒幾句話要講。

「我是霍勒，我老婆生病了，所以我得退出，這個決定不會改變。」

他坐在椅子上，透過窗戶望著都市燈光。

他想起那頭一噸重的水牛，脖子上掛著一隻落單的獅子。水牛的傷口正在流血，但牠血很多。要是能夠把獅子甩落地上，這樣牠就能用腳踩或用角刺穿獅子。然而時間所剩不多，牠的氣管被獅子緊緊咬住，沒法呼吸，而且更多獅子要來了，獅群已經聞到了血腥味。

哈利望著都市燈光，覺得那些燈光從不曾看起來如此遙遠。

訂婚戒指。瓦倫廷給了潘妮洛普一枚戒指，並回來找她，就跟未婚夫一樣。該死！他推開這些思緒。該是關上大腦的時候了，他應該在腦袋裡關燈、鎖門，然後回家。

晚上八點十四分，夢娜聽見聲音。聲音來自黑夜之中，越來越大。她坐在籠子裡，看見動靜。有個物體正在接近。她已背下打算要問的問題，心中疑惑自己害怕的到底是什麼，是害怕他來？還是害怕他不來？現下她不再疑惑。她感覺頸動脈劇烈跳動，一隻手在外套口袋裡緊緊握住手槍。她在老家地下室練習過打靶，只要在六公尺之內，她一定可以射中目標，而目標是磚牆上掛著的一件破舊雨衣。

那物體脫離黑暗，進入光線之中。光線來自停泊在數百公尺外一排水泥筒倉旁的一艘貨輪。

原來是隻狗。

那隻狗啪嗒啪嗒走到籠邊，眼望著她。

看來是隻流浪狗，脖子上沒戴項圈，骨瘦如柴，長滿疥癬，除了這裡之外，很難想像牠屬於其他地方。夢娜對貓過敏，小時候總希望有一隻這種狗會跟著她回家，永遠不離開她。

夢娜和那隻狗的近視目光互相對望，覺得自己似乎看得出牠在想些什麼。牠在想，**有個人類被關在籠子裡**，還在心中哈哈大笑。

狗狗看了她一會，側過身子，抬起一隻後腿，一道液體落在欄杆和籠子裡的地上。

接著牠又啪嗒啪嗒走了開去，消失在黑夜之中。

狗狗沒豎起耳朵，也沒嗅聞空氣。

於是夢娜心下了然。

沒有人會來。

她看了看脈搏監視器。數字是一一九，持續下降中。

他不在這裡，那麼他會在哪裡？

哈利看見黑暗中有個東西。

車道中間，就在階梯旁邊窗戶光線照不到的地方，有個人影站在那裡動也不動，雙臂垂在身側，望著廚房窗戶和哈利。

哈利低頭看著馬克杯裡的咖啡，像是沒看見那人似的。他的手槍放在樓上。

該不該跑上去拿？

再說，如果獵物真的主動接近獵人，他可不想把獵物嚇跑。

哈利站起身來，伸個懶腰，知道自己在明亮的廚房裡讓人一目瞭然。他走進客廳，客廳裡也有窗戶面對車道。他往窗外瞥了一眼，假裝拿起一本書，然後迅速朝大門踏出兩大步，抓起蘿凱放在靴子旁的園藝剪刀，拉開大門，順著階梯奔馳而下。

那人沒有移動。

哈利停下腳步，看了一眼。

「歐柔拉？」

＊＊＊

哈利在廚房櫃子裡四處翻尋。「小豆蔻、肉桂、甘菊。蘿凱有很多花草茶，但我只喝咖啡，所以我真的不知道哪一種好喝。」

「肉桂茶就可以了。」歐柔拉說。

「拿去。」哈利說，把紙盒遞給她。

歐柔拉接過紙盒，哈利看著她將茶包放入馬克杯裡的熱水中。

「那天妳從警署跑掉了。」哈利說。

「對。」她只回了一個字，用湯匙壓住茶包。

「今天又從公車站跑掉了。」

歐柔拉默不作聲，頭髮向前垂落，蓋住臉孔。

哈利坐了下來，啜飲一口咖啡，給歐柔拉充分時間，不急著要她回答填補沉默。

「我沒看到是你，」過了一會，歐柔拉說：「呃，我沒看清楚，可是我已經嚇壞了，大腦通常要花一點時間才會告訴身體說沒事，可是我的身體已經先跑了。」

「嗯，妳是不是在害怕誰？」

她點了點頭。「爸爸。」

哈利做好心理準備。他不想繼續，不想碰觸到那一塊，但他不得不這麼做。

「妳爸爸做了什麼事？」

淚水在歐柔拉的眼眶裡滾來滾去。「他強暴我，還叫我不能告訴別人，不然他就會死……」

哈利突然感到作嘔，呼吸都停了片刻，而後膽汁上湧，吞口水時喉嚨一陣燒燙。「妳爸爸說他會死？」

「不是！」歐柔拉突然怒吼一聲，聲音在廚房四壁裡迴盪。

「強暴我的那個男人說，如果我敢跟別人說，他就會殺了我爸。他說他以前差點就殺了我爸，下次沒東西能攔得住他。」

哈利眨了眨眼，鬆了口氣和震驚的情緒同時浮現，他只能努力調整心情。「妳被強暴了？」他說，勉力鎮定。

歐柔拉點點頭，吸了吸鼻涕，擦去淚水。「在手球比賽場地的女生廁所裡，那天你跟蘿凱結婚，他強暴我以後就走了。」

哈利覺得自己的身體正在往下墜落。

「這個丟哪裡？」她從杯子裡拿起滴著茶汁、微微搖晃的茶包。

哈利只是伸出了手。

歐柔拉猶豫片刻，才把茶包放到哈利手上。哈利握緊拳頭，感覺熱水燒燙肌膚，從指縫間流出。「他還有傷害妳嗎，除了……？」

歐柔拉搖了搖頭。「他把我抓得很緊，害我瘀血，我跟媽說那是比賽造成的。」

「妳是說這件事妳一直沒說，藏在心裡三年，一直到現在？」

歐柔拉點了點頭。

哈利很想起身越過桌面，伸出手臂抱住歐柔拉，但又想起史密斯說過受虐者會閃避親密關係和肢體碰觸。

「那妳現在為什麼要告訴我這件事？」

「因為他殺了別人，我在報紙上看到那張素描，就知道是他，那個有一雙可笑眼睛的男人。你一定要幫幫我，哈利叔叔，你一定要幫我保護我爸爸。」

哈利點了點頭，張口吸氣。

歐柔拉側過頭，臉上露出擔憂神情。「哈利叔叔？」

「什麼事？」

「你在哭嗎？」

哈利嚐到一顆淚珠滾落嘴角的鹹味。該死。

「抱歉，」他用濃重聲音說：「茶好喝嗎？」

哈利抬起頭來，和歐柔拉四目相對。只見歐柔拉的眼神完全變了，那雙眼睛像是睜開了似的，彷彿她有很長一段時間都封閉了自己，沒有用她那雙美麗的眼睛往外看，就像哈利過去所認識的她那樣。

歐柔拉站起身來，推開馬克杯，繞過餐桌，倚在哈利身邊，伸出雙臂抱住他。「沒事的，」她說：「不會有事的。」

施羅德酒館空蕩蕩的，瑪妲・路德走到剛進門的男客人旁邊。

「抱歉，半小時以前就停止賣啤酒了，我們十分鐘後打烊。」

「給我一杯咖啡就好，」男子微笑說：「我會很快喝完。」

瑪妲回到廚房。一小時前廚師就下班了，莉塔也已經走了，週一深夜通常店裡只會留下一個工作人員，雖然酒館都很平靜沒什麼事，但她還是有點緊張，畢竟這是她第一次深夜獨自當班。待會打烊時間過後，莉塔會回來幫忙清帳。

沖泡一杯咖啡的水很快就燒開了，她把滾水倒進冷凍咖啡粉中，回到外場，把咖啡端到男子面前。

「現在這裡只有我們兩個人，」男子說，看著熱氣蒸騰的咖啡。「可以問妳一件事嗎？」

「可以。」瑪妲說，儘管她一點也不想回答，她只希望男子趕快把咖啡喝完並離開，讓她可以關店門，等莉塔來，然後回家。她明天早上八點十五要上課。

「那個叫哈利・霍勒的有名警探是不是常來這裡？」

瑪妲點點頭。其實她以前從未聽過這人的名頭，直到那天那個臉上有疤的高大男子來店裡，莉塔才跟她說了一大堆關於這個哈利・霍勒的事。

「他都坐哪裡？」

「他們說他都坐那裡，」瑪妲說，朝窗邊角落的一張桌子指了指。「可是他現在已經沒那麼常來了。」

「對，他要去抓他口中的那個『無恥變態』，可能沒時間來這裡坐，但這裡還是**他的**地盤，妳懂我的意思吧？」

瑪妲微微一笑，點了點頭，儘管她不是很了解對方的意思。

「妳叫什麼名字？」

瑪妲猶豫片刻，不是很喜歡這段對話的走向。「我們再過六分鐘就打烊囉，如果你想喝咖啡，可能得……」

「妳知道妳為什麼會有雀斑嗎，瑪妲？」

瑪妲愣在原地，男子怎麼會知道她叫什麼名字？

「是這樣的，妳小時候本來沒有雀斑，但有一天晚上妳做了個『Kabuslar』，就是惡夢，半夜醒來，妳很害怕，就跑進媽媽的臥房，好讓媽媽告訴妳說怪物跟鬼魂是不存在的。可是一進媽媽臥室，妳就看見一個全身赤裸的藍黑色男人蹲在妳媽媽胸口，男人長著一對又長又尖的耳朵，嘴角流下鮮血。妳只是呆呆站在原地看著這一幕。那男人鼓起雙頰，妳還沒來得及反應，他就已經噴出滿口鮮血，細小的血滴噴在妳臉上和胸前。從此以後，瑪妲，那些血滴就一直沾在妳身上，不管妳怎麼用力洗刷都去不掉。」男子吹了吹那杯咖啡。「這就是妳為什麼會有雀斑的原因，問題是，**為什麼**是妳？這個問題的答案雖然很簡單，卻很難叫人滿意，瑪妲，因為妳只是在錯誤的時間出現在錯誤的地方而已，這個世界就是這麼不公平。」男子端起咖啡湊到嘴邊，張大嘴巴，將依然熱燙的黑色液體一口氣倒了進去。瑪妲倒抽一口涼氣，屏住氣息，驚懼不已。她對即將發生的事感到害怕，卻不知道究竟會發生什麼事。她還來不及看到男子口中噴出液體，熱咖啡就已噴到她臉上。

她一時之間看不見東西。她轉過身去，踩在咖啡上滑了一跤，膝蓋著地，但還是站了起來，向前奔去，伸手推倒椅子阻礙男子，同時不停眨眼，想眨去噴進眼裡的咖啡。她握住門把，用力一拉，門竟然拉不開，一定是男子把門閂拴上了。她聽見背後傳來咯吱咯吱的腳步聲，趕緊用食指和拇指捏住門閂，但還來不及拉開，就感覺男子抓住她的腰帶，往後一扯。她想放聲尖叫，卻只發出嗚咽般的細弱聲音。接著她又聽見腳步聲，男子已站到了她面前。她不想抬頭往上看，不想看到男子。她小時候從未做過什麼藍黑色男人的夢，只夢過有著狗頭的男人，她知道這時她如果抬頭往上看，一定會看見狗頭男人，所以她只是低著頭，看著那雙尖尖的牛仔靴。

20

星期一晚上，星期二凌晨

「喂？」
「哈利嗎？」
「是。」
「我不確定這是不是你的電話號碼。我是施羅德酒館的莉塔，我知道現在很晚了，很抱歉把你吵醒。」
「我沒在睡覺，莉塔。」
「我已經報警了，可是警察……呃，警察來了又走了。」
「先冷靜下來，莉塔，發生了什麼事？」
「是瑪姐出事了，就是那個新來的年輕女生，上次你來店裡見過的。」
哈利想起瑪姐捲起的袖子和有點緊張又過度熱切的服務態度。「她怎麼了？」
「她不見了，午夜過後我回來店裡幫她清帳，可是她人不在，店門又沒鎖。瑪姐是個可靠的人，而且我們約好了，她不會沒鎖門就離開。她沒接手機，她男友也說她沒回家。警察問過醫院，但什麼都沒問到。警察說這種事經常發生，有人會離奇失蹤，幾小時後又突然出現，而且給出完全合理的解釋。他們說先等十二小時，如果瑪姐還沒出現再通知警方。」
「莉塔，他們說得沒錯，他們只是照規矩辦事。」
「對，可是……喂？」
「我還在，莉塔。」

「可是我打掃完，準備關門的時候，卻發現有人在一張桌子的桌布上寫了字，看起來像是用唇膏寫的，而且是瑪妲用的那種顏色。」

「嗯，上面寫什麼字？」

「沒寫什麼字。」

「什麼都沒寫？」

「不是，只寫了一個字母，『V』，而且寫在你常坐的那張桌子上。」

凌晨三點。

哈利口中發出一聲怒吼，吼聲在地下室的光禿四壁裡迴盪。哈利凝視著彷彿要掉下來壓到他的長槓，用顫抖的雙臂頂住，接著推出最後一下，把槓鈴用力往上推。槓片碰撞發出噹啷一聲，哈利順勢把槓鈴放回到支架上，然後躺在長椅上劇烈呼吸。

他閉上雙眼。他答應過歐雷克一定會陪著蘿凱，但如今卻必須再度復出。他必須逮到那個傢伙才行，不只為了瑪妲，也為了歐柔拉。

不對。

早就太遲了。對歐柔拉來說已然太遲，對瑪妲而言也已太遲，因此他必須為未來的受害者奮鬥，拯救那些尚未遭到瓦倫廷毒手的人。

他的復出確實是為了拯救那些人吧？

哈利握著長槓，感覺金屬貼住雙掌上的老繭。

天生我才必有用。

爺爺跟他說過這句話，你只需要有用就行了。奶奶產下哈利的父親那一晚，身體大量失血，助產士不得不找醫生來。醫生跟哈利的爺爺說，他無計可施。爺爺無法忍受聽見奶奶的尖叫聲，於是走出門去，替一匹馬套上犁具，開始犁田。他不斷鞭促那匹馬，口中大聲呼喝，以蓋過房裡傳來的叫聲。不久之後，那匹老忠馬的腳步開始踉蹌，爺爺也親自下去推犁。最後屋裡的叫聲終於停歇，醫生出來跟爺爺說母子均安，爺爺雙膝一跪，親吻大地，感謝他從來不相信的上帝。

當天晚上，那匹馬在馬廄裡四腿一軟，就此死去。

如今蘿凱躺在病床上。默然不語。他得做出決定。

天生我才必有用。

他從支架上舉起槓鈴，放低到胸前，深深吸一口氣，繃緊肌肉，猛然怒吼一聲。

第二部

21

星期二上午

早上七點半，天空飄著毛毛細雨，穆罕默德穿越馬路，看見妒火酒吧門口站著一個男子，男子雙手放在眼前呈望遠鏡狀，抵在窗前想把店內看得清楚點。穆罕默德腦子裡閃過的第一個念頭是丹尼爾·班克斯那傢伙這麼早就來要第二期款項了，但繼續往前走之後，他發現男子比較高大，而且一頭金髮，心想一定是某個老酒鬼抱著希望來看看酒吧會不會在早上七點開門營業。

男子轉過身，面對街道，只見他嘴裡叼著一根菸，原來是那個叫哈利的警察。

「早安，」穆罕默德說，拿出鑰匙。「你渴了嗎？」

「口也渴啦，不過我是來跟你談條件的。」

「什麼樣的條件？」

「你可以拒絕的那種條件。」

「那我洗耳恭聽。」穆罕默德說，開門讓哈利先入內，他跟在後頭，把門鎖上，去吧檯內打開電燈。

「這家酒吧其實滿不錯的。」哈利說，雙肘放到吧檯上，深呼吸一口氣。

「想把它頂下來嗎？」穆罕默德淡淡地說，把水倒進外型獨特的土耳其咖啡壺裡。

「好啊。」哈利說。

穆罕默德哈哈大笑。「那出個價吧。」

「四十三萬五千克朗。」

穆罕默德蹙起眉頭。「這數字你從哪裡聽來的？」

「丹尼爾．班克斯跟我說的，我今天早上跟他碰過面。」

「今天早上？但現在才……？」

「我起得很早，他也是。也就是說，我把他吵醒，然後從床上把他拽下來。」

穆罕默德望著哈利布滿血絲的眼珠。

「這麼說吧，」哈利說：「我知道他住哪裡，還去找過他，跟他談條件。」

「什麼樣的條件？」

「另一種條件，那種你難以拒絕的條件。」

「意思是？」

「我以面值買下妒火酒吧的債權，換取我不告發他違反刑法第二九五條的高利貸條款。」

「你是開玩笑的吧？」

哈利聳了聳肩。「好吧，可能我說得誇張了點，也可能他拒絕了我，還反嗆我說刑法第二九五條早在幾年前就廢除了。這世界到底是怎麼了？怎麼歹徒比警察還熟悉法令的變更？總之呢，他借給你的那些錢似乎沒有我宣稱會給他帶來的麻煩還多，所以這份文件——」哈利把一張手寫字據放在吧檯上。「——證明丹尼爾．班克斯已經收齊款項，而本人哈利．霍勒，已經買下穆罕默德．卡拉克的四十三萬五千克朗債權，連同妒火酒吧及其內容物和租約。」

穆罕默德看了幾行字，搖了搖頭。「天啊，你當場就付給班克斯將近五十萬克朗？」

「我以前在香港幫人討過債，那份工作……很好賺，所以我攢了一點錢。班克斯收下了支票和一張銀行明細。」

穆罕默德大笑。「所以現在輪到你來暴力討債了嗎，哈利？」

「除非你同意我開的條件。」

「什麼條件？」

「我們一起把負債轉變成營運資金。」

「你要接管這家酒吧？」

「我買下股份，你當我的合夥人，而且隨時都可以買下我的股份。」

「那我要付出什麼？」

「你要去一家土耳其澡堂，在這期間我有個朋友會來這裡看店。」

「什麼？」

「我要你去加洛魯浴場揮汗如雨，就算變成葡萄乾也要等到瓦倫廷·嚴德森出現。」

「我？為什麼要我去？」

「因為潘妮洛普·拉許已經死了，據我所知目前只有你和一個十五歲小女生知道瓦倫廷·嚴德森長什麼樣子。」

「我知道嗎……？」

「你會認出他的。」

「你怎麼能這麼確定？」

「我讀過證詞，你說：『我只是看了一眼而已，沒什麼太大印象，沒辦法描述出他長什麼樣子。』」

「就是啊。」

「以前我有一個同事能認得出每個她見過的人，她說辨識人臉的功能是大腦一個叫梭狀回的地方掌管的，少了這種能力，人類這個物種絕對存活不下來。你能描述得出昨天最後一個來店裡的客人長什麼樣子嗎？」

「呃……不行。」

「但如果他現在走進來，你立刻認得出他對不對？」

「可能吧。」

「我就指望這個。」

「你拿四十三萬五千克朗來賭這件事？萬一我認不出他怎麼辦？」

哈利的下唇往外噘了一下。「那至少我擁有一家酒吧。」

早上七點四十五分，夢娜．多爾用力推開《世界之路報》新聞編輯部的門，氣沖沖走了進來。昨晚真是糟透了，雖然她離開貨櫃碼頭後直奔奮進健身房，奮力運動到全身痠痛，但她還是徹夜未眠。最後她決定在不提及細節的情況下，把這件事拿去問編輯，問他說如果有個消息來源完全蒙騙記者，那這個消息來源還有權保持匿名嗎？換句話說，她可不可以把這件事告訴警方？或者比較聰明的做法是等等看對方會不會再跟她聯絡？畢竟對方放你鴿子的背後可能有很好的理由。

「多爾，妳看起來累壞了，」總編輯說：「昨晚去參加派對嗎？」

「是就好了。」夢娜輕聲說，把健身包放在辦公桌旁，打開電腦。

「是那種比較有實驗性質的派對嗎？」

「是就好了。」這次夢娜拉高嗓門回道，一抬頭就看見開放式辦公室裡有好幾張臉孔從電腦螢幕後方探出來，臉上帶著好奇的神情，咧嘴而笑。

「怎樣啦？」她高聲說。

「是只有跳脫衣舞，還是有獸交？」一個低沉聲音說。夢娜還來不及去看這句話是誰說的，就已經有好幾個女同事忍俊不禁，爆出大笑。

「妳收一下信吧，」總編輯說：「我們有好幾個人都收到副本了。」

夢娜只覺得全身冰涼，身體打了個寒顫，伸手按了幾下鍵盤，但與其說是「按」，不如說是「搥」鍵盤。

寄件人是「violentcrime@olsopol.no.」。

內容沒有文字，只有一張照片，可能是用高感光相機拍攝的，因為拍攝當時她沒發現閃光，而且使用的可能是遠鏡頭。前景是一隻狗對著籠子尿尿，而她就站在籠子中央，身形僵硬地看著那隻野狗。她被耍了，打給她的人不是吸血鬼症患者。

早上八點十五分，史密斯、韋勒、侯勒姆和哈利在鍋爐間集合。

「發生了一起失蹤案，可能是吸血鬼症患者所為，」哈利說：「失蹤者名叫瑪妲．路德，現年二十四歲，昨晚午夜前在施羅德酒館失蹤，現在卡翠娜正在對專案調查小組簡報這件案子。」

「鑑識小組已經到達現場了，」侯勒姆說：「目前除了你提到的之外，沒有其他發現。」

「提到什麼？」韋勒問道。

「桌布上用口紅寫了一個『V』字，筆畫之間的角度符合伊娃．杜爾門家門口所寫的那個『V』。」侯勒姆說到這裡被手機鈴聲打斷，哈利聽出鈴聲是美國鋼棒吉他手唐．赫姆斯（Don Helms）彈奏漢克．威廉斯那首〈你欺瞞的心〉（*Your Cheating Heart*）的前奏。

「哇，這裡有訊號了，」侯勒姆說，從口袋裡拿出手機。「我是侯勒姆，什麼？我聽不到，等一下。」

侯勒姆離開鍋爐間，走進警獄地道。

「看來這起綁架案是衝著我來的，」哈利說：「我是那家酒館的常客，我去都坐那張桌子。」

「這可不妙，」史密斯說，搖了搖頭。「他開始失控了。」

「他失控不是件好事嗎？」韋勒問道：「這樣他不是會比較不小心？」

「這部分也許是好事，」史密斯說：「然而他一旦開始嘗到握有權力和控制力的感覺，就絕對不容許別人把它搶走。哈利，你說得沒錯，他是衝著你來的，你知道原因嗎？」

「一定是因為《世界之路報》的那篇新聞。」韋勒說。

「你說他是個無恥變態，還說了……還說了什麼來著？」

「還說你非常期待要替他戴上手銬。」韋勒說。

「所以你罵他無恥，還威脅要奪走他的權力和控制力。」

「那是伊莎貝拉．斯科延自己胡扯的，我可沒這麼說，反正現在也沒差了，」哈利說，揉了揉後頸。「史密斯，你認為他會利用那個年輕女生來對付我嗎？」

史密斯搖了搖頭。「她已經死了。」

「你怎麼能這麼確定？」

「因為他沒有要跟你起正面衝突，他只是要對你和所有人表示說控制權在他手中，他可以隨意走進你的地盤，殺一個你的人。」

哈利搓揉後頸的手停了下來。「殺一個**我的**人？」

史密斯默然不語。

侯勒姆回到鍋爐間。「是伍立弗醫院打來的，他們說潘妮洛普．拉許死亡之前，有個男人去醫院櫃檯表明說他是她名單上的朋友，名叫羅爾．魏克，是她的前未婚夫。」

「瓦倫廷從她家偷走的訂婚戒指就是那傢伙送她的。」哈利說。

「他們已經聯絡過他，問他有沒有注意到她有什麼狀況，」侯勒姆說：「但他說他沒去過醫院。」

鍋爐間蔓延著一陣靜默。

「既然不是前未婚夫本人……」史密斯說：「那……」

哈利那張椅子的輪子發出尖銳聲響，朝牆壁高速滑去。

哈利已奔到鍋爐間門口。「韋勒，跟我來！」

哈利發足狂奔。

醫院走廊似乎綿延無盡，不斷伸長，怎麼跑都追不上，宛如正在擴張的宇宙，任憑光線甚或思緒都無法追過。

哈利側身閃過一個從病房裡走出來的男子，男子手裡抓著點滴架。

殺一個你的人。

瓦倫廷傷害歐柔拉，因為她是奧納的女兒。

他對瑪妲．路德下手，因為她在哈利常去的酒館打工。

他殺了潘妮洛普．拉許，因為他要向世人宣示說他辦得到。

殺一個你的人。

三〇一號病房。

哈利從夾克口袋裡拿出葛拉克十七型手槍。他這把手槍已經鎖在家中二樓抽屜將近一年半之久，今天早上才拿出來隨身帶著。並不是因為他預料到會派上用場，而是因為這是四年來頭一遭他不敢確定自己**用不到槍**。

他用左手推開病房門，舉槍指著前方。

只見整間病房空蕩蕩的，像是被清理得一乾二淨。

蘿凱不知去向，病床也不見了。

哈利倒抽一口涼氣，走到原本病床所在的位置。

「抱歉，她被推走了。」背後傳來一個人的聲音。

哈利迅速轉身，看見醫師雙手插在白袍口袋裡，站在門口。史戴芬看見哈利舉槍對著他，雙眉一揚。

「她在哪裡？」哈利氣喘吁吁地問道。

「你先把槍放下，我再告訴你。」

哈利放低手槍。

「她去做檢查了。」史戴芬說。

「她……她沒事吧？」

「她的狀況還是一樣，穩定中又有不穩定，如果你擔心的話，我可以跟你說她今天不會有事。你這麼驚慌失措是怎麼了？」

「她需要受到戒護。」

「現在她有五個醫護人員在看著。」

「我們會派荷槍員警守在她病房門口，有任何反對意見嗎？」

「沒有，但我的權限無法回答你這個問題。你是擔心凶手會來這裡？」

「對。」

「因為你正在追捕他，而蘿凱是你老婆？我們不會把病房號碼透露給家屬以外的人知道。」

「那也防止不了凶手假扮成潘妮洛普．拉許的未婚夫，取得她的病房號碼。」

「是嗎？」

「我會在這裡待到員警布署完畢。」

「這樣的話，我去幫你倒杯咖啡。」

「不用──」

「沒事，你需要喝杯咖啡。等我一下，我們的員工休息室有種咖啡難喝到堪稱奇葩。」

史戴芬轉身離開。哈利環目四顧，只見昨天他和歐雷克坐的那兩張椅子還在原地，只不過中間的病床被推走了。哈利在一張椅子上坐下，低頭看著灰色地板，感覺脈搏緩和下來，即便如此，他還是覺得病房裡的空氣似乎太過稀薄。一道陽光從窗簾縫隙間穿過，落在兩張椅子之間的地板上。他發現地上有一根捲曲金髮，便把它撿了起來。瓦倫廷會不會已經來過，卻正好跟她錯過？哈利吞了口口水。現在沒理由這樣想，蘿凱安全無恙。

史戴芬回到病房，遞給哈利一個紙杯，自己也喝了一口手中的咖啡，在另一張椅子上坐下。兩個男子面對面坐著，中間相隔一公尺空間。

「你兒子來過。」史戴芬說。

「歐雷克？他應該放學後才會來才對。」

「他問你有沒有來，得知你放他媽媽獨自在這裡以後似乎不太高興。」

哈利點了點頭，喝了口咖啡。

「他們那個年紀動不動就生氣，常常一副義憤填膺的模樣，」史戴芬說：「還會把自己遭受的挫折全都怪罪到父親頭上。過去他們一心想成為父親那樣的人，如今父親卻成為他們最不想成為的人。」

「這是你的經驗之談嗎？」

「當然，我們時常會做出這種事。」史戴芬臉上的微笑來得快去得也快。

「嗯，我可以問你一個私人問題嗎，史戴芬？」

「當然可以。」

「這樣下去，到最後會是正數嗎？」

「什麼？」

「拯救人命的喜悅感減去失去人命的絕望感，到最後會是正數嗎？尤其失去的人命是你**原本**救得回來的。」

史戴芬看著哈利的雙眼。兩個男人在昏暗的房間裡相對而坐，宛如黑夜裡擦身而過的兩艘船，也許正是在這種情境之下，這樣一個問題才會自然而然地問出口。史戴芬摘下眼鏡，用手抹了抹臉，像是要抹去疲憊似的。過了片刻，他才搖了搖頭，說：「不會。」

「那你還繼續做？」

「這是我的天職。」

「嗯，我看見你辦公室裡掛著十字架，你相信天職。」

「我認為你也相信，哈利，我看過你工作的樣子，也許那不是上天賦予的職責，但你還是能感覺到。」

哈利低頭看著手中咖啡。史戴芬說得對，這咖啡真的難喝到堪稱奇葩。「這表示你不喜歡你的工作囉？」

「我痛恨我的工作，」史戴芬微笑說道：「如果可以選擇的話，我想當鋼琴家。」

「你很會彈鋼琴？」

「這就是所謂的詛咒啊，不是嗎？你對自己鍾愛的不拿手，卻對你痛恨的非常拿手。」

哈利點了點頭。「這的確是個詛咒，我們都會從事自己最能發揮所長的工作。」

「而且順從天職的人會得到獎賞這種話是騙人的。」

「也許有時工作本身就是獎賞。」

「這種事只會發生在熱愛音樂的鋼琴家或嗜血的劊子手身上。」史戴芬指了指自己白袍上的名牌。「我出生在鹽湖城，從小就是摩門教徒，我的名字來自於約翰・道爾・李（John Doyle Lee），他是個敬畏上帝、愛好和平的人。一八五七年那年，他接到教區長老的命令，殺掉一群流浪到他們的地盤又不敬神的移民人士。他在日記上寫下了他深受的折磨，命運賦予他如此可怕的天職，他卻不得不接受。」

「山地草場屠殺事件。」

「你很懂歷史嘛，霍勒。」

「我在ＦＢＩ上過連續殺人犯的課，課堂上講過歷史上著名的大規模殺人事件，但我得承認我不記得這個跟你一樣叫約翰的人發生了什麼事。」

史戴芬看了看錶。「只能說希望他的獎賞在天國等著他，因為在地上的人全都背叛了他，包括我們的精神領袖楊百翰（Brigham Young）。約翰・道爾最後被判處死刑，但我父親依然認為他立下了值得後人追隨的典範，因為他拋棄了同儕的廉價友情，跟隨他所痛恨的天職。」

「說不定他沒有你所說的那麼痛恨它。」

「什麼意思？」

哈利聳了聳肩。「酒鬼會痛恨和詛咒酗酒，因為這摧毀了他們的人生，但酗酒同時也是他們的人生。」

「很有趣的類比，」史戴芬站起身來，走到窗前，拉開窗簾。「那你呢，霍勒？你的天職是不是還在摧毀你的人生，即使它就是你的人生？」

哈利以手遮眉，看著站在刺眼陽光前的史戴芬。「你還是摩門教徒嗎？」

「你還在偵辦那件案子嗎？」

「看來是的。」

「我們都別無選擇，對吧？我得回去工作了，哈利。」

史戴芬離開後，哈利打電話給甘納．哈根。

「哈囉，長官，我需要一個員警來伍立弗醫院這裡看守，」他說：「立刻就要。」

韋勒聽從吩咐一直站在車子引擎蓋旁邊，車子斜斜停在醫院門口。

「我看見一個制服員警走進醫院，」他說：「沒什麼事吧？」

「我們要在她病房門口派一個人看守。」哈利說，坐上副駕駛座。

韋勒把槍放回到槍套中，坐上駕駛座。「那瓦倫廷呢？」

「天知道。」

哈利從口袋裡拿出那根頭髮。「我可能只是想太多，不過請你把這個拿去鑑識中心進行分析，叫他們以急件處理，看它和犯罪現場的所有ＤＮＡ樣本是否有關聯性好嗎？」

車子駛上馬路。二十分鐘前他們駕車橫衝直撞，急駛而來，相較之下，現在的速度彷彿慢動作。

「摩門教徒會用十字架嗎？」哈利問道。

「不會，」韋勒說：「他們認為十字架象徵死亡，而且是異教徒用的，他們相信的是復活。」

「嗯，所以說一個摩門教徒的牆上掛著十字架就像是……」

「一個穆斯林的牆上掛著穆罕默德的畫像。」

「沒錯。」哈利調大電臺音量。美國另類搖滾樂團白線條正在唱著〈鬱蘭花〉（*Blue Orchid*）這首歌，吉他和鼓聲稀疏而清楚。

他把音量調得更大，不知道自己是要用音樂聲蓋過什麼。

哈爾斯坦．史密斯坐在椅子上，雙手拇指交錯環繞。鍋爐間只剩下他一個人，少了其他人他沒太多事情可做。他已經完成吸血鬼症患者簡略的側寫，還上網瀏覽了最近關於吸血鬼症患者謀殺案的新聞，就連第一起命案發生以來這五天內的相關新聞他都看了一遍，正想說要不要利用時間來寫博士論文，手機就響了起來。

「喂？」

「史密斯嗎？」一個女性聲音說：「我是《世界之路報》的夢娜．多爾。」

「哦？」

「你聽起來很訝異。」

「因為我以為這底下收不到訊號。」

「既然收得到訊號，你能證實昨晚在施羅德酒館失蹤的女店員可能是吸血鬼症患者所為嗎？」

「證實？我？」

「對啊，你現在不是在替警方工作嗎？」

「對，應該是吧，可是這輪不到我來說。」

「是因為你不知道還是你不能說？」

「應該兩者都有吧，我只能泛談一些普通的事，也就是身為吸血鬼症患者專家可以說的事。」

「那太好了！因為我們有一個播客——」

「一個什麼？」

「就是電臺，《世界之路報》有個廣播電臺。」

「哦，是喔。」

「我們能邀請你上節目談談吸血鬼症患者嗎？當然是泛談一些普通的事。」

史密斯思索片刻。「我得先問過專案小組召集人才行。」

「好啊，我等你回覆。另外，我寫了一篇關於你的文章。我想你應該會感到高興才對，因為這會間接把你推上主流舞臺。」

「是啊。」

「不過我希望你能告訴我，警署裡到底是誰昨天引誘我去貨櫃碼頭？」

「引誘妳去哪裡？」

「沒事，祝你今天愉快。」

通話結束後，史密斯怔怔看著手機。貨櫃碼頭？她到底在說什麼？

楚斯的目光游移在電腦畫面上一排排美國女星梅根．福克斯的照片之間，她那麼放得開幾乎令人心驚。楚斯覺得自己看梅根的眼光變了，究竟是照片的問題還是因為她已年屆三十？是因為他十分清楚生小孩會對梅根在二〇〇七年電影《變形金剛》中的完美胴體產生影響嗎？還是因為這兩年來他甩掉八公斤肥肉，換上四公斤肌肉，還幹了九個女人，使得他和梅根之間的距離從兩光年縮短到一光年？或者，這只不過是因為再過十小時他就會跟烏拉．貝爾曼坐在一起？而烏拉是他這輩子強烈渴望過的女人當中，唯一超過梅根的。

他聽見有人清了清喉嚨的聲音，抬頭看去。

只見卡翠娜倚著隔間站立。

自從韋勒搬到鍋爐間那個可笑的男孩俱樂部之後，楚斯就完全沉浸在《光頭神探》的世界中，還把每一季都看完了。他希望卡翠娜不會打擾他享清福的時光。

「貝爾曼要見你。」卡翠娜說。

「好。」楚斯關閉電腦，站了起來，跟卡翠娜擦身而過，距離近到如果她有擦香水他一定聞得到。他認為女人都應該擦點香水才對，不是擦很多，多到讓人覺得肌膚似乎要被香水的溶劑給侵蝕，而是擦一點點，足以激發他的想像力，想像女人肌膚的**真正**香味。

他邊等電梯邊思索米凱找他幹嘛，但腦袋一片空白。

一直到他走進署長辦公室，他才明白自己被抓包了。他看見米凱面對窗外站立，背對著他，聽見米凱直接了當地說：「你讓我失望了，楚斯。是那個婊子來找你，還是你自己去找她？」

楚斯覺得像被一桶冰水從頭淋到腳。媽的到底怎麼回事？難道烏拉受不了罪惡感折磨而崩潰，自己向米凱坦白了？還是米凱逼她說出實話？媽的現在他該說什麼才好？

他清了清喉嚨。「是她來找我的，米凱，是她自己要求的。」

「當然是那婊子要求的，她們那種人能要要求多少就拿多少。重點是她竟然去找你，找你這個我最親近的密友，就在我們一起經歷過這一切之後。」

楚斯簡直不敢相信米凱竟然如此數落自己的妻子、自己孩子的母親。

「她說只是想碰面聊聊天，又不會有什麼進一步的發展。」

「但卻有了對不對？」

「根本什麼事都沒發生。」

「什麼事都**沒發生**？你還不明白嗎？你已經告訴兇手我們知道哪些、不知道哪些事了。她到底付了你多少錢？」

楚斯眨了眨眼。「付錢？」這時他才恍然大悟。

「夢娜．多爾不可能免費得到情報吧？快給我從實招來，別忘了我非常了解你，楚斯。」

楚斯咧嘴一笑，心下知道自己已經脫困，口中只是不住說道：「根本什麼事都沒發生。」

米凱轉過身來，在辦公桌上重重拍了一掌，咆哮道：「你當我是白痴嗎？」

楚斯觀察米凱臉上的斑紋忽白忽紅，彷彿血液在裡頭來回翻騰。這幾年來，米凱臉上的斑紋擴大了，猶如蛇在脫皮一般。

「說說看你知道的是什麼吧。」楚斯說，問也沒問就一屁股坐了下來。

米凱望著楚斯，面露訝異之色，然後也在自己的辦公椅上坐了下來。可能是因為他在楚斯眼中看不見恐懼。要是他敢把楚斯丟下船，楚斯也會拉他一起下海陪葬。

「我知道的是，」米凱說：「卡翠娜．布萊特今天一大早來跟我回報。因為我請她盯著你，所以她找了一個警探監視你，顯然你早就被懷疑洩露消息了，楚斯。」

「那個警探是誰？」

「她沒說，我也沒問。」

當然沒問，楚斯心想，你最好推得一乾二淨，以免陷入進退兩難的局面。楚斯也許不是世界上最聰明的人，但也不像周遭的人想得那麼笨，而且他已漸漸摸清楚米凱和其他高層人士在玩什麼把戲。

「布萊特的手下很積極，」米凱說：「他發現最近這星期你跟夢娜．多爾通過兩次電話。」

有人去查通聯紀錄？楚斯心想，誰跟電信公司聯絡過？一定是安德斯．韋勒。小楚斯可不笨喔，一點也不笨。

「為了證明你就是夢娜．多爾的消息來源，他假扮成吸血鬼症患者打給她，要她打給她的消息來源，確認一個只有凶手和警方才知道的細節。」

「調理機。」

「所以你承認囉？」

「對，我承認夢娜．多爾有打電話給我。」

「很好，因為那個警探昨晚吵醒卡翠娜．布萊特，跟她說他取得電信公司的通聯紀錄，上頭顯示夢娜．多爾在接到那通假電話以後立刻打給你。這很難辯解吧，楚斯。」

楚斯聳了聳肩。「沒什麼好辯解的，夢娜．多爾打來問我調理機的事，我當然拒絕評論，還叫她去問專案小組召集人。我們只講了十秒或二十秒的電話，通聯紀錄一定可以證實。說不定夢娜．多爾早就懷疑那通電話是假的，是打來想揭穿消息來源的身分，所以才打給我，而不是打給她的消息來源。」

「這個警探說，後來夢娜．多爾真的前往貨櫃碼頭的約定地點去見吸血鬼症患者，這個警探還把整個過程拍下來，所以一定有人跟她確認過調理機的事。」

「說不定夢娜．多爾是先跟對方約好見面，才去找消息來源面對面確認細節。警察和記者應該都很清楚要知道誰打電話給誰、什麼時間打的，這資訊太容易取得了。」

「說到這個，你還跟夢娜．多爾通過兩次電話，其中一次長達數分鐘。」

「你可以去查通聯紀錄，是夢娜．多爾自己打給我的，我從來沒有打過電話給她。她一直吵個不停跟我要情報，一次不成又來第二次。她跟鬥牛犬一樣鍥而不捨是她的問題，又不是我的，反正我白天時間還滿多的，就跟她耗啊。」

楚斯靠著椅背，雙臂交疊，看著米凱。米凱坐在那裡點頭，彷彿聽進了楚斯說的話，正在思索會不會是他們疏忽了什麼？只見米凱的嘴角露出一絲微笑，褐色眼睛出現一點暖意，似乎得出了結論。顯然這番解釋可能奏效了，有可能幫助楚斯脫困。

「很好，」米凱說：「既然消息不是你洩露的，楚斯，那會是誰？」

楚斯噘起嘴唇。他有個略胖的法裔約會對象，是在網路上認識的，每次她提出「我們什麼時候要再碰面？」這種難以回答的問題，他都會像這樣噘起嘴唇。

「你說呢？碰上這種案子，誰都不想被看見跟夢娜．多爾那種記者說話。不對，我見過有一個人做過這種事，那就是韋勒。等等，除非我記錯了，否則我記得韋勒給了她電話。對，她還跟韋勒說可以去奮進健身房找她。」

米凱看著楚斯，臉上露出一絲驚訝的微笑，彷彿結婚多年之後才發現配偶有一副好歌喉，或身上流著藍色血液，或擁有大學學位。

「所以呢，楚斯，你是說署裡的洩密者可能是新來的菜鳥？」米凱用食指和拇指若有所思地揉了揉下巴。「這個假設很合理，因為洩密的問題是最近才發生的，這不符合……該怎麼說……不符合奧斯陸警方近幾年來所培養的文化。但我們可能永遠都不會知道洩密者是誰，因為記者依法有義務保護消息來源的身分。」

楚斯發出呼嚕笑聲。「很好啊，米凱。」

米凱點了點頭，傾身向前，楚斯還來不及反應，他就一把抓住楚斯的領子用力往前拖。

「癟四，那婊子到底付了你多少錢？」

22

星期二下午

穆罕默德把身上的浴袍裹緊了些，雙眼緊盯手機螢幕，假裝沒在注意簡陋更衣室裡來來去去的男人。加洛魯浴場並未限定付費入場後可待多久時間，但如果一個男人在更衣室裡一坐就是好幾個小時，還觀看其他裸體男子，一定不會受到歡迎。因此每隔一段時間他就會換地方，從桑拿室換到永遠霧氣蒸騰的蒸氣室，再換到各種溫度的冷熱水池。他這麼做也有個現實考量，那就是如果他不走動，有可能漏看某個客人。現下他覺得更衣室冷得要命，打算換到溫暖一點的地方。穆罕默德看了看時間。下午四點。那個土耳其刺青師說他是在下午稍早的時候在這裡看見那個身上有惡魔刺青的男人，連續殺人犯說不定也是習慣的動物。

哈利解釋過為什麼他是最完美的間諜。第一，目前有可能認出瓦倫廷．嚴德森的只剩下兩個人，他是其中之一。第二，他是土耳其人，來土耳其澡堂混在其他同胞裡不會顯得突兀。第三，瓦倫廷一看到警察就認得出來，至少哈利是這麼說的。況且現在警署裡有個洩密者，天知道這個洩密者除了把情報洩露給《世界之路報》之外還給了誰。因此這項行動只有哈利和穆罕默德兩人知道，只要穆罕默德一通知說他看見瓦倫廷，哈利就會在十五分鐘內派武裝警察抵達現場。

此外，哈利對穆罕默德拍胸脯保證說愛斯坦．艾克蘭是去妒火酒吧幫忙看店的完美人選。穆罕默德看見愛斯坦走進酒吧大門時，覺得他看起來活像是個老舊的稻草人，身上穿著破爛的丹寧裝，散發出一種辛苦但愉悅的嬉皮氣息。穆罕默德問他有沒有站在吧檯裡面過，愛斯坦在嘴裡塞了根捲菸，嘆了口氣，說：

「老弟，我在酒吧裡混了這麼多年，站著、跪著、躺著，什麼都有，就是沒待過吧檯裡面。」

但愛斯坦是哈利信得過的人，穆罕默德只希望不會出什麼事才好。哈利說，最多一星期就會結束，他就可以回到酒吧。他把鑰匙交給哈利時，哈利微微鞠了個躬。鑰匙環上有個塑膠製的破碎之心，那也是妒火酒吧的標誌。哈利還跟他說，音樂的事得討論一下，說有些三十歲以上的人聽見新潮音樂不會跟著搖擺，還說沉淪於壞公司樂團的人還有得救。穆罕默德心想，光是那番討論就值得在浴場裡百無聊賴地待上一星期。他把《世界之路報》的頁面往下滑，即使同樣的頭條新聞他已看了不下十遍。

史上最有名的吸血鬼症患者。正當他注視著螢幕，等待手機下載新聞的其餘部分時，怪事發生了，突然間他覺得無法呼吸。他抬頭看去，只見通往浴場的門關了起來。他環目四顧，先前看見的三名男子都還在更衣室裡，但剛才有人進入更衣室又走了出去。穆罕默德把手機鎖進置物櫃，跟了上去。

隔壁的鍋爐轟隆作響。哈利看了看時間。五點零四分。他推回自己的椅子，雙手抱在腦後，倚在磚牆上。史密斯、侯勒姆和韋勒都看著他。

「瑪姮．路德失蹤已經十六小時了，」哈利說：「有什麼新消息嗎？」

「頭髮，」侯勒姆說：「鑑識小組在施羅德酒館的大門旁邊發現四根毛髮，看起來可能符合我們從手銬上採集到的瓦倫廷．嚴德森的毛髮，現在已經送去化驗了。毛髮顯示現場發生過掙扎，而且這次他沒清理現場，這也表示現場沒什麼血跡，所以他們離開時瑪姮．路德可能還活著。」

「好吧，」史密斯說：「她有可能還活著，但被他拿去當成牛。」

「牛？」韋勒問道。

鍋爐間一陣靜默。哈利的表情扭曲。「你是說他……他會把她當成**血牛**？」

「人體要花二十四小時才能產生百分之一的紅血球，」史密斯說：「最好的狀況是，這可以讓他止渴一陣子。最壞的狀況是，這可能代表他越來越想重新取得力量和控制，他也會再次去對付羞辱過他的人，也就是你和你的家屬，哈利。」

「我老婆已經有員警二十四小時看守，我也留言給我兒子了，請他務必小心。」

「所以他也有可能攻擊男人囉？」韋勒問。

「那是當然。」史密斯說。

哈利覺得褲子口袋發出震動，他拿出手機。「喂？」

「我是愛斯坦，黛綺莉調酒要怎麼做啊？店裡來了奧客，穆罕默德又不接電話。」

「我怎麼知道，難道客人不知道嗎？」

「不知道。」

「好像是用蘭姆酒和萊姆調成的，你有聽過google大神吧？」

「當然有，我又不是白痴，google大神是在網路上對不對？」

「試試看，你可能會喜歡，我要掛電話了。」哈利結束通話。「抱歉，還有什麼消息嗎？」

「從施羅德酒館附近採集的證詞來看，」韋勒說：「沒有人看見或聽見過什麼。真是怪了，那條街那麼繁忙。」

「星期一的午夜可能街上沒什麼人，」哈利說：「但是要把一個還有意識或昏過去的人抬出店裡卻不被看到？應該很難吧，他可能把車停在店外。」

「瓦倫廷．嚴德森名下沒有車子，昨天也沒有他租車的記錄。」韋勒說。

哈利轉頭望著他。

韋勒用疑惑的眼神回望哈利。「我知道他用本名租車的機率趨近於零，但我還是去查了，難道不應該……？」

「不會，沒有問題，」哈利說：「把那張圖像素描傳給各家租車公司。還有，施羅德酒館附近有一家二十四小時營業的路卡便利商店——」

「早上我去參加過專案調查小組的會議，他們已經調閱了那家店的監視器畫面，」侯勒姆說：「但什麼都沒發現。」

「好吧，還有什麼我該知道的嗎？」

「他們在美國那邊下功夫，利用傳票而不是經過法庭，取得了被害人臉書的ＩＰ位址，」韋勒說：「這表示我們雖然看不到內容，但可以取得所有透過被害人臉書傳送和接收訊息的人的位址，這樣就只要花幾星期的時間就可以了，而不是好幾個月。」

穆罕默德站在蒸氣室外。他從更衣室走進浴場時，看見蒸氣室的門關上，而蒸氣室正是那個身上有惡魔刺青的男人曾遭人目擊的地方。穆罕默德心想，自己才第一天上工，瓦倫廷不可能這麼快就出現，除非他一星期來好幾次，既然如此，為什麼自己要站在這裡猶豫不決？

穆罕默德吞了口口水。

過了片刻，他拉開蒸氣室的門，走了進去。門內的稠密蒸氣迴旋翻騰，朝門外迅速流去，使得蒸氣室裡展開了一條通道。就在此時，穆罕默德發現一個男人坐在第二層長椅上，而自己正凝視著那男人的臉。接著通道再次關閉，那張臉消失了，但穆罕默德已看得分明。

就是他，那晚去妒火酒吧的就是那個男人。

穆罕默德心想，他是該立刻跑走還是坐一會？畢竟那個男人看見自己盯著他瞧了，如果他立刻離開，會不會令對方起疑？

穆罕默德只是站在門邊動也不動。

他覺得鼻子裡吸入的蒸氣似乎讓氣管越來越緊，實在沒辦法再待下去，得出去才行。他稍稍將門推開，溜了出去，在滑溜的地磚上小心翼翼地碎步奔跑，以免滑跤，一路奔進更衣室，抓起掛鎖，奮力轉動密碼，口中不住咒罵。四個數字。一六八三。維也納攻防戰。那年奧圖曼帝國還統治世界，或至少是一部分值得統治的世界。等到帝國無法再繼續擴張，就開始邁入衰敗，戰爭輸了一場又一場。這就是他選擇這四個數字的原因嗎？因為它多少反映了他自己的人生，贏了一切又輸了一切？掛鎖終於打開，他抓起手機撥號，再將手機按在耳邊，眼睛直盯著通往浴場的門。那扇門已經關上，但每一刻都有可能突然打開，那男人衝進來攻擊他。

「喂？」

「他在這裡。」穆罕默德低聲說。

「你確定？」

「對，在蒸氣室裡。」

「盯住他，我們十五分鐘之內到。」

＊＊＊

「你做了什麼？」侯勒姆說。豪斯曼斯街的號誌燈轉為綠色，他的一隻腳放開離合器。

「我找了一個自願幫忙的老百姓去監視薩吉納區的一家土耳其澡堂。」哈利說，看著侯勒姆那輛傳說中的一九七〇年富豪亞馬遜轎車的側後照鏡。這輛亞馬遜原本是白色的，後來被漆成黑色，並在車頂和行李箱蓋上畫出一條拉力賽車的格狀條紋。排氣管噴出一團黑霧，將車尾吞沒。

「沒問過我們的意見？」侯勒姆按了一下喇叭，從內側車道超越一輛奧迪轎車。

「這不是照章行事，所以最好不要增加共犯。」

「可以走馬里達路，紅綠燈比較少。」韋勒在後座說。

侯勒姆打入低檔，駕車猛然轉向右。哈利感覺到富豪汽車第一代的三點式安全帶壓迫在身上，它沒有緩衝功能，會壓得人難以動彈。

「史密斯，你還好嗎？」哈利高聲說，蓋過引擎聲響。通常他不會帶平民顧問來出行動任務，但在最後一刻還是決定帶史密斯同行，萬一碰上人質遭挾持的狀況，有個能讀懂瓦倫廷的心理師在身邊就很好用，畢竟史密斯讀過歐柔拉和哈利的心思。

「只是有點暈車而已，」史密斯虛弱地笑了笑。「那是什麼味道？」

「老離合器、暖氣，再加上腎上腺素的味道。」侯勒姆說。

「大家聽好，」哈利說：「再兩分鐘就到了。我再說一次，史密斯，你待在車上，韋勒跟我從正門進去，畢爾守住後門。你說你知道後門在哪裡？」

「沒錯，」侯勒姆說：「你的人還在線上？」

哈利點了點頭，把手機拿到耳邊。車子在一棟舊磚造樓房前停下。哈利看過這棟建築的平面圖，這裡原本是工廠，現在裡面有一家印刷公司、幾間辦公室、一個錄音室和那家土耳其澡堂，建築物除了正門之外就只有一道後門。

「大家槍都上膛了嗎？保險打開了嗎？」哈利問道，呼出一口氣，解開安全帶。「我們要活捉他，但如果辦不到的話……」他抬頭朝正門兩側閃閃發光的窗戶望去，耳邊聽見侯勒姆低聲複誦：「警察，鳴槍示警，對那混蛋開槍。警察，鳴槍示警，對那……」

「出發。」哈利說。

三人開門下車，穿過人行道，在正門前兵分二路。

哈利和韋勒踏上三格臺階，打開厚重大門入內。門廳裡瀰漫著阿摩尼亞和印刷墨水的氣味，裡頭有兩扇門鑲著晶亮華麗的漆金字體，那是無法負擔市中心昂貴租金但仍保持樂觀向上的兩家小型律師事務所。第三扇門上有個極為低調的標誌，上頭寫著「加洛魯浴場」，讓人覺得老闆只希望熟客上門。

哈利打開門走了進去。

門後是一條走廊，牆上油漆斑駁，還有個簡單的櫃檯，裡頭坐著一個肩寬膀闊的男子。那人臉上有深色鬍碴，身穿運動服，正在看雜誌。要不是哈利已經知道這裡是澡堂，可能會以為自己走進了拳擊俱樂部。

「警察，」韋勒說，亮出警察證，越過雜誌塞到男子面前。「坐著別動，不要警告任何人，事情幾分鐘內就會結束。」

哈利沿著走廊繼續往前走，見到了兩扇門，其中一扇門寫著「更衣室」，另一扇門寫著「浴場」。他走進浴場，聽見韋勒緊跟在後。

浴場裡有三個小水池，排成一列。左側的幾個隔間裡放著按摩床，右側有兩扇玻璃門，哈利推想一間是桑拿室，一間是蒸氣室。另有一扇木門，他記得平面圖上顯示那扇門通往更衣室。旁邊一個水池裡的兩名男子抬頭朝他們看來。穆罕默德就坐在牆邊一張長椅上，假裝在滑手機，一看見他們就趕緊上前，朝一扇玻璃門指了指。那扇霧濛濛的玻璃門上貼著塑膠標誌，上頭寫著「蒸氣室」。

「只有他一個人？」哈利低聲問道，和韋勒同時掏出葛拉克手槍，並聽見後方池子裡傳來驚慌的濺水聲。

「我打給你以後就沒人進去或出來過。」穆罕默德壓低聲音說。

哈利走到門前，往內看去，只看見白茫茫的一片。他比個手勢，要韋勒在門口掩護，深深吸了口氣，正要進去，又突然想到鞋子會發出聲音。瓦倫廷一聽見有人不是赤腳走進去，一定會起疑。哈利用一手脫去鞋襪，把門拉開，走了進去。蒸氣在他身旁翻湧滾動，猶如新娘的面紗。蘿凱。哈利不知自己為何會在此刻想起蘿凱，便將思緒推到一旁。門關上前，他瞥見前方的木長椅上坐著一個人，接著一切又被白茫茫的蒸氣給吞沒。這裡頭除了蒸氣，就是闃靜。哈利屏住氣息，聆聽對方的呼吸聲。那人是否有時間看清楚剛進來這人全身衣著整齊，手裡拿著一把槍？那人心裡是否害怕？是否和歐柔拉看見廁所隔間外有一雙牛仔靴時一樣害怕？

哈利舉著手槍，朝男子坐著的方向前進，逐漸在蒼茫霧氣中看見那人坐著的形體。他扣緊扳機，直到感覺扳機產生抗力。

「警察，」他粗聲說：「別動，不然我會開槍。」這時他腦中閃過另一個念頭：換作其他類似情況，他通常會說「不然我們會開槍」。這只是個簡單的心理策略，這樣說會讓歹徒以為現場來了很多警察，提高立刻投降的機率。那麼他為什麼只說「我」呢？他的腦子浮現這個疑問之後，另一個疑問隨之而起：為什麼他選擇親自前來，而沒有派遣專門負責這類行動的戴爾塔特種部隊？他到底是為什麼祕密把穆罕默德派來這裡，沒跟任何人提起，直到接到穆罕默德的電話？

哈利感覺扳機抵住食指的微微抗力，那抗力是如此細微。

兩個男人共處一室，沒人看得見他們。

有誰能否認說，用雙手和鐵假牙殺了那麼多人的瓦倫廷沒有攻擊哈利，逼得哈利不得不開槍自衛？

「Vurma!（**別開槍！**）」前方那人說，高高抬起雙臂。

哈利又靠近了些。

只見那人甚為削瘦，一雙眼睛睜得老大，流露出驚恐神色，胸前除了長有白色胸毛之外，什麼刺青都沒有。

23

星期二下午稍晚

「搞什麼鬼啊！」卡翠娜吼道，從桌上拿起一個橡皮擦用力一扔，打中哈利頭頂上方的牆壁。哈利正癱坐在一張椅子上。「難道我們手上的問題還不夠多，所以你還要打破幾乎每條規矩，再加上好幾條法規？你到底在**想什麼**？」

蘿凱，哈利心想，把座椅往後靠，直到椅背抵到牆壁。我在想蘿凱，還有歐柔拉。

「怎樣？」

「我是想說，如果可以抄捷徑逮到瓦倫廷・嚴德森，就算是早一天，也能救某人一命。」

「別跟我說這種鬼話，哈利！媽的你明明知道一切都要照規矩來，如果每個人都隨自己喜好去行動——」

「妳說得對，我應該知道要照規矩來，我也知道瓦倫廷・嚴德森只差那麼一點就被逮到了。他看見了穆罕默德，認出他是那家酒吧的酒保，明白那是怎麼一回事，就趁穆罕默德去更衣室打電話通知我時從後門溜走了。我還知道如果我們抵達時瓦倫廷・嚴德森還坐在蒸氣室裡，現在妳會原諒我，並開始稱讚我辦案積極有創意，還會說這正是當初設立鍋爐間小組的宗旨所在。」

「你這個混蛋！」卡翠娜高聲怒吼。哈利看見她在桌上找東西丟他，所幸她沒選擇釘書機或美國法院那一綑關於臉書的來往信件。「我可沒准許你像西部牛仔一樣魯莽行事，現在每家報社的電子報都把澡堂行動當作頭條新聞：警察在平靜的浴場亮出槍枝、無辜百姓捲入火線、赤裸的九十歲老翁遭手槍威脅，結果什麼人都**沒逮到**！這簡直是……」她抬起雙手，抬頭看著天花板，彷彿要臣服在天主的審判之下。「……

外行！」

「我被開除了嗎？」

「你**想**被開除嗎？」

哈利眼前浮現她的身影。蘿凱。她正在沉睡，細薄的眼皮微微跳動，彷彿來自昏迷國度的摩斯密碼。

「想，」他說。接著他眼前浮現歐柔拉的身影，她眼中藏著焦慮和痛苦，還有永難痊癒的傷痕。「不，不想。妳**想**開除我嗎？」

「嗯。」

卡翠娜呻吟一聲，站了起來，走到窗前。「想，我想開除一個人，」她背對著哈利說：「但不是你。」

「嗯。」她也跟著應了一聲。

「要說說看是誰嗎？」

「我想開除楚斯・班森。」

「那還用得著說嗎？」

「對，但不是因為他又懶又沒用，而是因為洩露消息給《世界之路報》的人就是他。」

「妳怎麼知道的？」

「安德斯・韋勒設了個圈套，他做得有點過火，我想夢娜・多爾可能會有某種程度的報復，但我們應該不至於會有什麼麻煩，她應該自己知道付錢給公僕購買情報可以被控行賄。」

「那妳怎麼還沒開除班森？」

「要不要猜猜看？」她說，回到桌前坐下。

「米凱・貝爾曼？」

卡翠娜用力扔出一枝鉛筆，不是扔向哈利，而是扔向關著的門。「貝爾曼來過，就坐在你現在坐的那個位子上，他說他聽完班森的解釋之後，認為班森是無辜的，還暗示說是韋勒自己向《世界之路報》洩密，才故意陷害班森。他說目前我們什麼都無法證明，所以最好還是先把這事擱在一邊，專心緝捕瓦倫廷，這才是首要重點。你說呢？」

「這個嘛，也許貝爾曼說得對，也許我們應該等泥漿摔角比賽結束以後，再來把身上的髒衣服洗乾淨。」

卡翠娜做個鬼臉。「這是你自己發明的比喻嗎？」

哈利從口袋掏出一包香菸。「說到洩密，報上提到說我出現在澡堂，我被人認出來沒關係，但是除了鍋爐間的組員之外，只有妳知道穆罕默德在這次行動裡扮演的角色，我希望能維持這樣，以策安全。」

卡翠娜點了點頭。「我跟貝爾曼提過這件事，他也同意了。他說如果外界知道我們利用平民來做警方的份內工作，一定會被認為是狗急跳牆。他說穆罕默德的身分和他在這次行動中扮演的角色不應該跟任何人提起，包括專案調查小組的組員。我覺得很合理，雖然楚斯已經不准來參加會議了。」

「是喔？」

卡翠娜一側嘴角微揚。「我給了他一間個人辦公室，隨便他去寫報告，只要是和吸血鬼症患者案無關的報告都可以。」

「所以妳還是開除他了嘛。」哈利說，把一根菸放到雙唇之間。這時他的大腿感受到手機震動。他拿出手機，看見是史戴芬醫師傳來簡訊。

檢查結束，蘿凱已經回到三〇一號病房。

「我得走了。」

「你要繼續跟我們一起查案嗎，哈利？」

「我得考慮一下。」

哈利來到警署外，在夾克襯裡的破洞中找到打火機，點著了菸。他看著人行道上從他眼前經過的民眾，覺得他們看起來十分平靜，無憂無慮。不知何故，這副景象讓他覺得心生不安。那傢伙在哪裡？媽的瓦倫廷那傢伙到底在哪裡？

「嗨。」哈利說，走進三〇一號病房。

病床已經推回來了，歐雷克坐在蘿凱床邊正在看書，他只是抬頭看了看，並未回應。

哈利在病床另一側坐下。「有什麼新消息嗎？」

歐雷克翻動書頁。

「好吧，聽著，」哈利說，脫下夾克，掛在椅背上。「我知道你認為我沒坐在這裡表示我重視工作多過於她，命案有別人可以去辦，她只有你跟我而已。」

「難道不是嗎？」歐雷克說，依然低頭看著書，並未抬頭。

「現在我幫不上她什麼忙，歐雷克。在這裡我誰也救不了，但是在外頭我可以改變些什麼，可以救人一命。」

歐雷克把書合上，看著哈利。「很高興知道原來你是為了救人，不然人家可能會以為你是為了別的原因。」

「別的原因？」

歐雷克把書丟進包包。「對榮耀的渴望啊，你知道的，『哈利．霍勒又回來拯救世界了』之類的。」

「你真的這樣想嗎？」

歐雷克聳了聳肩。「你自己怎麼想才是重點吧，這些屁話你自己聽了會信嗎？」

「難道你眼中的我是這種人嗎？滿嘴屁話的人？」

歐雷克站了起來。「你知道為什麼我總是想變得跟你一樣嗎？不是因為你有多棒，而是因為我沒有別的榜樣，你是家裡唯一的男人。現在我終於看清你了，所以我必須盡力不讓自己變得跟你一樣。我要開始拔除我被灌輸的信念了，哈利。」

「歐雷克……」

但是他已離開病房。

媽的，該死！

哈利感覺到手機在口袋裡發出震動，看也沒看就把手機關機。他聆聽儀器發出的聲音。有人把音量調高了，每當綠線跳動一次，稍後發出的「嗶」一聲可以聽得更清楚。

那聲音宛如正在倒數計時的時鐘滴答作響。

為了蘿凱而倒數。

為了外頭的某人而倒數。

會不會這時瓦倫廷也正坐著觀看時鐘，等候下次動手的時間來臨？

哈利正要拿出手機，又再度把手機放了回去。

微弱的陽光斜斜射來，每次他把他那隻大手放在蘿凱纖細的手上，青筋就會在手背上造成陰影。他努力克制自己不去數算那些嗶嗶聲。

數到八百零六，他終於再也坐不住，起身在病房裡走了一圈，然後出去找了個醫生詢問。那醫生不願細說，只說蘿凱狀況穩定，他們正在討論是否讓她脫離昏迷狀態。

「聽起來是好消息。」哈利說。

那醫生遲疑片刻才回答。「目前只是在討論階段而已，」他說：「也有人持反對意見。史戴芬今晚值班，他來了以後你可以問他。」

哈利找到醫院裡的餐廳，吃了些東西，又回到三〇一號病房，守在門外的員警對他點了點頭。

病房裡越來越暗，哈利打開床邊桌上的電燈，將一根菸從菸盒裡拍出來，仔細端詳蘿凱的眼皮。她的嘴唇變得頗乾燥。他開始回想他們第一次見面的情景，當時他站在她家門口的車道上，她朝他走來，姿態優雅宛若芭蕾舞者。事隔這麼多年，他還能正確記得當初發生的事嗎？還能記得他們和彼此的第一眼、第一句話、第一個吻？也許記憶難免會被自己一點一點竄改，讓它們串聯起來變成一則故事，自成邏輯，具有份量和意義。這故事說的是他們從一開始就朝著這個結果邁進，內容宛如儀式般不斷複述，直到你相信為止。那麼當她消失，當蘿凱和哈利的故事煙消雲散，屆時他又該相信什麼？

他點燃香菸。

他吸了口菸又呼出，看著煙向上裊裊旋繞，飄向煙霧警報器，然後消散。

消失。他心想，警報器。

他伸手到口袋裡摸尋他那支沉睡中的冰冷手機。

媽的，該死！

天職，史戴芬是這樣說的，但這兩個字到底代表什麼意思？意思是說你從事你痛恨的工作，只因為你知道自己很拿手？**天生我才必有用**。你就像一隻自謙的群居動物。又或者正如歐雷克所說，為了個人榮耀？難道他渴望在外面的世界發光發熱，放著蘿凱躺在這裡虛耗人生？好吧，他從不覺得自己對這個社會有多少責任感，同事或大眾對他的觀感也對他沒什麼意義，那麼剩下的是什麼？

剩下的只有瓦倫廷，剩下的只有獵捕。

門上傳來兩聲敲門聲，門靜靜打開，侯勒姆輕手輕腳走了進來，在另外一張椅子上坐下。

「我記得在醫院內抽菸是處六年徒刑。」侯勒姆說。

「是兩年，」哈利說，把手中的香菸遞給侯勒姆。「幫個忙，成為我的共犯？」

侯勒姆朝蘿凱點了點頭。「你不擔心她可能罹患肺癌？」

「蘿凱很喜歡抽二手菸，她說抽二手菸免錢，而且我的身體已經把大部分的毒素都過濾掉了才把煙呼出來，對她來說，我是錢包和香菸濾嘴的綜合體。」

侯勒姆抽了口菸。「你的語音信箱關掉了，所以我猜你會在這裡。」

「嗯，身為刑事鑑識專家，你還挺會用演繹法推理的。」

「感謝誇獎，情況怎麼樣？」

「他們正在討論要不要讓她脫離昏迷，我選擇認為這是好消息。有什麼緊急的事要找我嗎？」

「我們問過澡堂裡的人，沒人從那張素描圖上認出瓦倫廷。櫃檯裡的那個傢伙說澡堂每天有很多人來來去去，但他認為我們要找的人，可能是一個老是把外套穿在浴袍外、鴨舌帽壓得低低的、每次都付現金的男人。」

「所以他沒使用可追蹤的電子付款方式。浴袍穿在裡頭，換衣服的時候可以避免別人看見他身上的刺青。他是怎麼從住處前往澡堂的？」

「如果是開車的話，他一定是把車鑰匙放在浴袍口袋裡，不然就是身上有公車票錢，因為我們在他留在更衣室裡的衣服上什麼也沒發現，口袋裡連一團毛球也沒有。也許我們可以化驗上頭的ＤＮＡ，但衣服上有洗衣精的味道，我想他的外套最近可能丟進洗衣機洗過。」

「這符合我們在犯罪現場發現的潔癖特質，另外他把車鑰匙或錢帶在身上，代表他隨時準備快速脫逃。」

「對，薩吉納區附近也沒人看見有人穿著浴袍在街上行走，所以至少他這次不是搭公車。」

「他一定是把車停在後門附近，這傢伙很聰明，難怪有辦法躲藏四年不被捉到。」哈利揉了揉後頸。「好吧，我們把他趕跑了，現在要怎麼辦？」

「我們正在清查澡堂附近的商店和加油站的監視器畫面，搜尋鴨舌帽或外套底下露出的浴袍。對了，我明天第一件事就是把他的外套剪開，外套有個口袋的襯裡破了個小洞，說不定有東西滑進去卡在裡面。」

「他會避開監視攝影機。」

「你這樣認為？」

「對，如果我們真的發現他，會是因為他想讓我們發現。」

「也許你說得對。」侯勒姆解開連帽外套的扣子，蒼白的額頭上泌出點點汗珠。

哈利朝蘿凱噴了口煙。「到底有什麼事，畢爾？」

「什麼意思？」

「你不是特地跑來這裡跟我報告這些事情的吧？」

侯勒姆默然不答，哈利靜靜等候，儀器規律地發出嗶嗶聲響。

「是卡翠娜的事情啦，」侯勒姆說：「我真搞不懂她，我看見昨晚有她的未接來電，就回撥給她，結果她說她應該是不小心按到。」

「然後呢？」

「來電時間是凌晨三點欸，她又不會睡在手機上面。」

「那你怎麼不問她？」

「因為我不想煩她啊，她需要時間和空間，跟你有點像。」侯勒姆從哈利手中接過香菸。

「我？」

「你們都是孤狼。」

侯勒姆正要吸菸，哈利又把菸搶了回去。

「你**就是**啊。」侯勒姆抗議道。

「那你來找我是想怎樣？」

「我都快瘋了，被她這樣搞來搞去，不知道她心裡到底在想什麼，所以我是在想……」侯勒姆用力抓了抓自己的絡腮鬍。「你跟卡翠娜很要好，不知道你可不可以……」

「去查探一下狀況？」

「差不多是這個意思，我一定得讓她回到我身邊，哈利。」

哈利在椅腳上按熄香菸，看著蘿凱。「沒問題，我會跟卡翠娜聊一聊。」

「可是不要……」

「……不要讓她知道是你想知道。」

「謝了，」侯勒姆說：「你真是個夠義氣的好朋友，哈利。」

「我？」哈利把菸屁股放回到菸盒裡。「我可是一匹孤狼。」

侯勒姆離開後，哈利閉上眼睛，聆聽儀器發出的倒數聲響。

24

星期二入夜時分

他名叫歐森，是歐森餐廳的老闆，不過二十年前他頂下這家餐廳時，餐廳的名字就叫歐森。有些人認為這不可能是巧合，然而當不可能之事時時刻刻、每天每秒都在發生，還能稱之為不可能嗎？樂透獎最後一定會有中獎者，這是肯定的，儘管如此，中獎者不僅會認為不可能，還會認為是天降奇蹟。因此，歐森不相信奇蹟，然而眼前這事說不是奇蹟卻又真像是奇蹟。烏拉．史瓦德剛走進歐森餐廳，在楚斯．班森面前坐下，他已經坐在那桌等了二十分鐘。奇蹟之處在於，他們是約好的，歐森只看一眼就知道他們兩人約好在這裡碰面。這二十年來，歐森站在店裡看過無數男人坐立不安，輪敲手指，等待他們夢中的女子到來。奇蹟之處也在於，烏拉年輕時是全曼格魯區最美麗的少女，而在混跡曼格魯購物中心和歐森餐廳的那票年輕人當中，楚斯是最沒屁用的魯蛇。楚斯綽號瘺四，一直是米凱．貝爾曼的跟屁蟲。米凱一直是當紅炸子雞，至少他生得俊俏又懂得甜言蜜語，有辦法把到連曲棍球隊員和飛車黨都垂涎三尺的正妹，後來又當上警察署長，所以肯定有兩把刷子。至於班森呢，一日魯蛇，終生魯蛇。

歐森走到桌前幫他們點餐，同時偷聽在這樣一個不可能發生的會面中，他們兩人在說些什麼。

「我早到了一點。」楚斯說，朝面前快喝完的那杯啤酒點了點頭。

「我遲到了，」烏拉說，手越過頭頂取下手提包的肩帶，解開外套鈕扣。「剛才差一點就走不開。」

「喔？」楚斯很快啜飲一小口啤酒，隱藏自己內心的激動。

「對，我……我要來這裡可不簡單，楚斯。」她微微一笑，同時發現歐森已悄無聲息地站到她背後。

「我等一下再點。」她說，歐森聞言立刻消失。

等一下？楚斯心想，難道她想看看事情如何發展，一旦改變心意就要離開？還是想看看他是否符合她的期待？他們幾乎是從小一起長大的，她對他會有什麼期待？

烏拉環目四顧。「天啊，我上次來這裡是十年前了，參加同學聚會，你還記得嗎？」

「不記得，」楚斯說：「我沒來。」

她玩弄身上毛衣的袖子。

「你們在辦的那件案子真是糟透了，真可惜你們今天沒逮到他，米凱把事情經過都跟我說了。」

「對啊，」楚斯說。米凱，她坐下以後的第一件事就是提起米凱，把他舉到面前好像擋箭牌一樣。她究竟只是緊張，還是不知道自己要什麼？「他怎麼說？」

「他火冒三丈，說哈利．霍勒利用那個在第一起命案中看過凶手的酒保。」

「妒火酒吧的酒保？」

「應該是吧。」

「利用他做什麼？」

「坐在那家土耳其澡堂裡等凶手出現，你不知道這件事嗎？」

「我……我今天在處理別的命案。」

「喔，好吧，很高興見到你，我不能待太久，可是——」

「應該可以待到我把第二杯啤酒喝完吧？」

楚斯在烏拉臉上看見猶豫之色。可惡。

「是因為小孩嗎？」楚斯問道。

「什麼？」

「他們是不是身體不舒服？」

楚斯看見烏拉露出困惑神色，但她很快就懂得使用楚斯給她找的下臺階，或者說，給他們兩人找的下臺階。

「那個小的今天是有點不舒服。」烏拉的身子在厚毛衣底下簌簌發抖，環顧四周的時候，看起來像是想蜷縮起來似的。店裡只有另外三桌客人，楚斯判斷那三桌客人她應該不認識，因為她看了一圈以後似乎比較放鬆下來。「楚斯？」

「是。」

「我可以問你一個奇怪的問題嗎？」

「當然可以。」

「你想要什麼？」

「什麼？」楚斯啜飲一口啤酒，讓自己有時間思索。「妳是說現在？」

「我是說，你心裡想要的是什麼？每個人想要的是什麼？」

楚斯心想，我想脫掉妳的衣服幹妳，聽妳爽得大叫，然後我想要妳去冰箱拿一瓶冰啤酒來給我喝，再躺進我懷裡，說妳打算為了我而放棄一切。放棄孩子、放棄米凱、放棄那棟我幫忙蓋露臺的爛豪宅，什麼都放棄，只因為我、楚斯．班森現在想跟妳在一起。從今以後我不可能再走回頭路，去跟別人在一起，從今以後我的心裡只有妳、妳、妳，然後我們要再幹一回合。

「是『受人喜歡』對不對？」

楚斯吞了口口水。「絕對是。」

「受我們喜歡的人喜歡，其他人都不重要，對不對？」

楚斯知道自己做了個表情，但連他自己都不知道這表情代表什麼意思。

烏拉傾身向前，壓低聲音說：「有時我們覺得自己不受人喜歡，覺得自己受到踐踏，也會想要踐踏回去，對不對？」

「對，」楚斯說，點了點頭。「我們會覺得想踐踏回去。」

「可是一旦我們發現自己還是受人喜歡的，這種衝動就會消失。你知道嗎？今天晚上米凱說他喜歡我，他只是不經意提到，不是直接這樣說，可是……」她咬了咬下唇。楚斯自從十六歲以後，就朝思暮想烏拉那血紅的可愛下唇。「可是那就夠了，楚斯。這樣會很奇怪嗎？」

「非常奇怪。」楚斯說，低頭看著自己的空酒杯，思索該如何把自己的想法建構成話語。他腦子裡想的是：有時別人口中說喜歡你，但其實沒什麼了不起的意義，尤其是從他媽的米凱．貝爾曼這種人口中說出來。

「我不該讓家裡那個小的等太久。」

楚斯抬頭看見烏拉看了看錶，臉上露出憂心忡忡的神色。「這是當然。」他說。

「希望下次我們能有更多時間。」

楚斯努力遏制自己問出下次是什麼時候，略微起身跟烏拉抱了抱，不敢抱得比烏拉抱他還久，然後重重坐回到椅子上，望著她開門離去。他覺得怒火中燒，這把怒火猛烈且燒得緩慢，充滿美妙的痛苦滋味。

「要不要再來杯啤酒？」歐森再度悄悄出現。

「要。不，不要好了，我得打通電話，那個還能用嗎？」他指了指有著玻璃門的電話亭。米凱聲稱他曾在那個電話亭裡幹過絲迪娜．米謝爾森，還說當時學生派對在這裡舉辦，店裡非常擁擠，沒人看得見他們的下半身在幹什麼，尤其烏拉更搞不清楚狀況，還在吧檯排隊幫他們買啤酒。

「可以啊。」

楚斯踏進電話亭，查看手機裡的電話號碼。

他按下公用電話上閃亮亮的方形按鍵，然後等待。

今天他特地穿了緊身襯衫，想展現身材給烏拉看，因為他的胸肌和二頭肌比以前大，腰也比以前細，但烏拉根本沒瞧他幾眼。楚斯挺起胸膛，感覺肩膀抵到電話亭的兩側。這電話亭比他們今天把他丟進的那間辦公室還小。

貝爾曼、布萊特、韋勒、霍勒，你們全都下地獄去讓烈焰焚身吧。

「我是夢娜・多爾。」

「我是班森，想知道今天在澡堂裡究竟發生什麼事嗎？你們願意付多少錢？」

「要不要先說一點來聽聽？」

「好，**奧斯陸警方為了逮到瓦倫廷不惜讓無辜酒保涉險**。」

「價碼也許可以談。」

他擦去浴室鏡子上的霧氣，看著鏡中的自己。

「你是誰？」他低聲說：「你是誰？」

他閉上雙眼，又再睜開。

「我叫亞歷山大・德雷爾，叫我亞歷就好。」

他聽見背後的客廳傳來瘋狂笑聲，接著是機器或直升機的聲音，然後在「說話啊」和「快呼吸」的鏡頭切換之間發出的是恐怖的叫聲。他一直想激起這種叫聲，但她們都不願意發出這種聲音。

鏡子上的霧氣幾乎都已擦去，現在他終於是乾淨的了。他看得見那幅刺青。很多人問他（大部分是女人），為什麼他要在胸前刺個惡魔？問得好像那是他選擇的一樣。他們什麼都不知道，他們對他一無所知。

「亞歷，你是誰？我是思道布蘭人壽的保險理賠經理。不是，我不想跟妳聊保險，我想跟妳聊聊妳自己。妳想怎麼做呢，杜娜？當我割下妳的乳頭吞進肚子，妳願不願意為我尖叫？」

他從浴室走到客廳，低頭看著擺在桌上的一張照片，照片旁邊是一把白色鑰匙。杜娜。這個女人上Tinder已經兩年了，住在達爾教授街，白天在一家園藝苗圃上班，看起來不怎麼有魅力，而且有點胖。他比較喜歡瘦一點的，比如說瑪妲就很苗條，他喜歡瑪妲，她臉上的雀斑很適合她。但這個杜娜就不然。他伸手撫摸左輪手槍的紅色槍柄。

計畫依然不變，儘管今天差一點就功虧一簣。他不認得進入蒸氣室的那個男子，但很顯然男子認得他。男子瞳孔擴張，心跳加速得十分明顯，還呆呆站在門口附近的稀薄蒸氣中，過了片刻就慌忙離開，也不等到蒸氣濃密到足以蓋過身上散發的恐懼氣味。

一如往常，他把車子停在距離澡堂後門不到一百公尺的人行道旁，後門一出來就是條人煙罕至的街道。他從不去沒有這種脫逃路線的澡堂，也不去不乾淨的澡堂，而且一定會先把車鑰匙放在浴袍口袋裡才進入澡堂。

他心想不知道咬了杜娜之後要不要對她開槍，故布疑陣，看看報紙頭條會怎麼寫。但這會破壞規矩，那人已經因為女服務生的事而生氣了。

他把左輪手槍貼在腹部，感受鋼鐵的冰冷觸感所帶來的衝擊，然後把槍放下。到底警方距離逮到他有多近？《世界之路報》說警方希望某些合法程序可以迫使臉書交出位址，但他不懂這方面的事，也懶得去懂，這些事並不會令亞歷山大．德雷爾或瓦倫廷．嚴德森感到困擾。他母親說她是以史上第一個也是最浪漫的愛情電影男演員瓦倫蒂諾（Valentino）來替他取名的，因此他以這名字為榜樣，母親也只能怪她自己。一開始的時候風險比較低，因為要是你在未滿十六歲時強暴少女，而你選中的幸運少女已經超過最低合法性交年齡，那麼風險就會比較低。也就是說，少女的年紀已經大到足以明白，倘若法官判定他們是合意性交而不是她遭到性侵，那麼她就可能因為和未成年人性交而被判刑。過了十六歲，遭到提告的風險就升高了，除非你強暴的是替你取名為瓦倫廷的女人。是說，那真的可以叫作強暴嗎？那時她開始把自己鎖在房裡，他對她說如果不是她，就會是鄰居的女兒、老師、女性親戚，或是街上隨機挑選而來的被害人，於是她打開了房門。聽過這段故事的心理師都不相信他說的話，但過了一陣子之後，他們統統都相信了。

平克佛洛伊德樂團唱到下一首歌〈脫逃中〉（*On the Run*）。焦慮的鼓聲、有節奏的合成樂器聲、逃跑的聲音。脫逃。從警方的羅網中脫逃。從哈利．霍勒的手銬中脫逃。**無恥變態**。

他從桌上拿起一杯檸檬汁，啜飲一口，看著杯子，然後奮力朝牆壁擲去。杯子碎裂，黃色液體從白色壁紙上流淌而下。隔壁傳來鄰居的咒罵聲。

他走進臥室，查看她的腳踝和手腕是否緊緊綁在床柱上。他低頭看著這個臉有雀斑的女服務生，看著她躺在他床上熟睡。她的呼吸十分均勻，藥力顯然正在發揮作用。她是不是在作夢？是不是夢到那個藍黑色男人？還是會夢到藍黑色男人的只有他一個人而已？有個心理師曾說重複出現的惡夢是幾乎遺忘的童年回憶，他所看見的那個坐在他母親身上的男人，其實是他的生父。真是一派胡言，他從未見過他的生父。他母親說她父親強暴她一次以後就人間蒸發了，有點像聖母瑪利亞和聖靈的情節，這麼說來，他不就是救世主囉？有何不可？他是在審判日重新降臨地上的救世主。

他揉了揉瑪妲的臉頰。他床上已經很久沒有躺過一個活生生的真實女人了，而且比起平常他那個死氣沉沉的日裔女友，他絕對比較喜歡哈利．霍勒的這個女侍。所以說，是的，他必須放棄她這件事實在是太可惜了，可惜他不能順從惡魔的本能，而必須聽從那人的聲音。那人的聲音是理性的聲音。理性的聲音發脾氣了。那聲音指示得很詳細，奧斯陸東北方一條荒廢道路旁的森林裡。

他回到客廳，在椅子上坐下。光滑皮革接觸赤裸肌膚的感覺很好，他的肌膚仍因沖了高溫熱水澡而微感刺痛。他打開新手機的電源。他已經把他收到的ＳＩＭ卡插進了手機。Tinder 交友軟體的圖示就在《世界之路報》電子版旁邊。他先點了一下《世界之路報》，然後等待。等待是興奮過程的一部分。他是否仍是頭條新聞的主角？他能了解Ｂ咖明星不顧一切想爭取能見度的心情。女歌手願意和搞笑主廚一起在電視上做料理，只因她打從心底相信自己必須時時刻刻站在時代的浪潮上。

哈利．霍勒陰沉地瞪視著他。

伊莉絲．賀曼森案的酒保遭警方剝削。

他點了一下照片下方的「繼續閱讀」，往下滑動。

本報消息來源表示，警方派該酒保到土耳其澡堂執行監視工作……

原來蒸氣室的那個傢伙替警方工作，替哈利．霍勒工作。

……因為他是唯一能確實指認瓦倫廷．嚴德森的人。

他站了起來，感覺皮革脫離肌膚，發出嗤嗤聲響。

他回到臥室，看著鏡子。你是誰？你是誰？你是唯一的一個，你是**唯一**見過而且能認出我這張臉的人。

新聞上沒寫出那人的名字，也沒登出照片。那天晚上在妒火酒吧他沒看酒保，因為目光接觸會讓人留下印象，但如今他們已彼此對望，他想起來了。他用手指撫摸惡魔的臉龐，那張臉想出來，也必須出來。

〈脫逃中〉播放到了結尾，發出飛機的怒吼聲和瘋子的笑聲，接著飛機墜毀在猛烈爆破聲中。

瓦倫廷閉上雙眼，看見自己內在的那雙眼睛裡正燃燒著熊熊火焰。

「喚醒她有什麼風險？」哈利說，看著掛在醫師背後牆上的十字架。

「這問題有好幾個答案，」史戴芬說，「其中有一個是真的。」

「那個答案是什麼？」

「我們不知道。」

「就好像你不知道她到底得了什麼病？」

「對。」

「嗯，那你到底知道什麼？」

「如果你是指一般術語，那我們知道很多，但如果民眾知道我們**不知道**的有多少，那他們會害怕，而且是不必要的害怕，所以我們盡可能不多說。」

「是喔？」

「我們自認為做的是醫療事業，但其實我們做的是安慰事業。」

「那你為什麼要跟我說這些，史戴芬？為什麼你不安慰我？」

「因為我很確定你明白所謂的安慰只是一種幻象。你是命案刑警，你也必須推銷一些名過其實的東西。好比說你給民眾正義感、秩序感、安全感，這些都讓人感到安心，但其實世界不存在完美無缺、不存在客觀真理、不存在真正的正義。」

「她會痛苦嗎？」

「不會。」

哈利點了點頭。「我可以在這裡抽菸嗎？」

「在公立醫院的醫師辦公室裡？」

「如果抽菸真的像他們說的那樣危險，那在醫師辦公室抽菸不是很令人安心嗎？」

史戴芬微微一笑。「有個護士跟我說清潔人員在三〇一號病房的地上發現菸灰，我希望你要抽菸的話可以去外面。對了，你兒子面對這件事的心情怎麼樣？」

哈利聳了聳肩。「難過、害怕、生氣。」

「剛才我有看到他，他叫歐雷克對不對？他是不是待在三〇一號病房，因為他不想過來？」

「他是不想跟我一起過來，也不想跟我說話。他覺得他母親躺在這裡我卻還繼續辦案，一定很讓她失望。」

史戴芬點了點頭。「年輕人對於自己的道德判斷總是很有自信，但他的看法也不無道理。警方提高出擊力道，並不一定總是打擊犯罪的最佳方法。」

「意思是？」

「你知道九〇年代美國犯罪率為什麼下降嗎？」

哈利搖了搖頭，雙臂交疊，看著辦公室的門。

「你的腦袋現在塞滿了各種事情，就當是暫時脫離那些事，稍微休息一下好了，」史戴芬說：「你來猜猜看。」

「我不懂得猜，」哈利說：「一般認為是朱利安尼市長採取零容忍政策，並加派警力。」

「這是錯誤觀點，因為犯罪率降低不只發生在紐約，而是發生在全美國。答案是一九七〇年代墮胎法規的鬆綁。」史戴芬靠上椅背，彷彿要讓哈利自己想清楚。「放浪的單身女人跟男人上床以後，男人隔天早上就拍拍屁股走人，或是一發現她懷孕就再也找不到人，數世紀以來，這類型的懷孕一直是孕育罪犯的溫床。孩子少了父親就不懂得人與人之間的界限，母親又沒錢讓孩子受教育、接受道德薰陶，或接受上帝道路的指引。其實這些女人很樂意墮胎，但法律的懲罰讓她們卻步。後來在一九七〇年代，她們終於如願以償，於是美國在十五、二十年後收穫了墮胎法放寬所帶來的果實。」

「嗯，那麼身為摩門教徒你對此有什麼看法？或者你不是摩門教徒？」

史戴芬微微一笑，十指相觸。「教派大部分的說法我都支持，唯獨反對墮胎這件事我不贊成。就墮胎這件事而言，我支持異教徒的看法。一九九〇年代一般民眾走在美國城鎮的街道上不會擔心被搶、被強暴或被殺害，因為會殺害他們的男人在母親子宮裡就被刮除了。但我不支持自由派異教徒所提出的自由墮胎權。一個胎兒在二十年後有可能變成好人或壞人，對社會有益處或造成損害，因此墮胎與否應該由社會來決定，而不是由隨便在街上找男人過夜、不負責任的女人來決定。」

哈利看了看時間。「你是說墮胎要由國家來調控？」

「這一定不是個令人高興的工作，所以執行的人必須視它為……呃，天職。」

「你是開玩笑的吧？」

史戴芬直視哈利雙眼數秒鐘，又微微一笑。「當然是開玩笑的，我絕對相信人權是不可侵犯的。」

哈利站了起來。「你們要喚醒她的時候應該會通知我吧？她醒來的時候能看見一張熟悉的臉孔，對她或許比較好。」

「這會是考量之一，哈利。還有請你轉告歐雷克，他如果想知道什麼可以隨時來找我。」

哈利走到醫院大門外，在寒冷的天候中簌簌發抖，抽了兩口菸，發覺一點滋味也沒有，便將菸捻熄，回到醫院裡。

「安東森，你好嗎？」哈利對守護在三〇一號病房外的員警說。

「很好，謝謝。」安東森說，抬頭朝哈利望去。「《世界之路報》登出了你的照片。」

「是喔？」

「想看看嗎？」安東森拿出智慧型手機。

「除非我看起來特別帥。」

安東森格格笑說：「那你可能不會想看，但我不得不說，看來你在犯罪特警隊會越來越沒人緣，不只拿槍指著九十歲老人，還利用酒保來當間諜。」

哈利手握門把，猛然停步。「你最後一句話說什麼？」

安東森把手機拿到面前，瞇起眼睛，顯然他有老花。他才唸到「酒保」這兩個字，哈利就把手機從他手中搶走。

哈利看著手機螢幕。「媽的，幹！安東森，你有車嗎？」

「沒有，我騎單車，奧斯陸很小，騎單車可以運動，所以……」

哈利把手機丟到安東森坐著的大腿上，猛力打開三〇一號病房的門。歐雷克抬頭朝哈利看了一眼，又繼續看書。

「歐雷克，你有車——你必須載我去基努拉卡區，快點。」

歐雷克哼了一聲，頭也沒抬。「我會才怪。」

「這不是請求，這是命令，快點。」

「命令？」歐雷克的臉孔因為憤怒而扭曲。「你又不是我爸，幸好你不是。」

「你說得對，階級勝過一切，我是警監，你是實習警員，所以省省吧，快給我起來。」

歐雷克目瞪口呆，說不出話來。

哈利轉身沿著走廊狂奔而去。

穆罕默德・卡拉克揚棄了酷玩樂團和U2，改放英國創作歌手伊恩・杭特（Ian Hunter）的歌給客人聽。揚聲器播放出〈所有年輕人〉（*All the Young Dudes*）這首歌。

「怎麼樣？」穆罕默德問道。

「還不錯，但大衛・鮑伊的版本比較好。」客人說。客人其實就是愛斯坦・艾克蘭，他坐到了吧檯外，因為他的工作已告一段落，店裡又沒其他客人。穆罕默德把音量調高。

「你開得再大聲也沒用啦！」愛斯坦高聲說，端起一杯黛綺莉調酒。這已經是他喝的第五杯。他聲稱這酒是他自己調的，所以必須當成酒保見習的試喝樣本，而且由於這是一種投資，因此免稅。再者，他可享員工優惠，但打算以原價申請退稅，所以實際上他喝這幾杯酒是在賺錢。

「我真希望我可以別再喝了，但如果我要賺到足夠的錢來付房租，可能就得再替自己調一杯。」

「你當客人比當酒保好多了，」穆罕默德說：「我不是說你是沒用的酒保啦，只是說你是我碰過最棒的客人——」

「謝啦，親愛的穆罕默德，我——」

「——而且現在你要回家了。」

「是嗎？」

「是的。」穆罕默德為了表示他是認真的，把音樂給關了。

愛斯坦張大了口，彷彿想說些什麼，以為張大了口就說得出來，但卻什麼也說不出來。他再度張開嘴巴，又把嘴巴閉上，只是點了點頭，穿上計程車司機的夾克，滑下吧檯凳，腳步踉蹌地朝店門走去。

「不給小費嗎？」穆罕默德高聲說，露出微笑。

「小費不能免……免稅……所以不好。」

穆罕默德拿起愛斯坦的酒杯，擠了點洗潔精進去，拿到水龍頭下沖洗。今晚客人不夠多，用不到洗碗機。他的手機在吧檯裡亮了起來，是哈利打來的。他把手擦乾，正要接起手機，卻突然想到一件關於時間的事。店門從愛斯坦打開到關上的時間似乎比平常久了一點，這表示有人把門按住幾秒鐘，不讓門關上。他抬頭望去。

「今晚生意冷清嗎？」站在吧檯前的男子問道。

穆罕默德想吸進空氣，才能回答對方的問題，但卻怎麼也吸不到空氣。

「冷清很好啊。」瓦倫廷・嚴德森說。是的，站在吧檯前的男子就是蒸氣室裡的那個人。

穆罕默德不動聲色地朝手機伸出手。

「拜託不要接電話，我會對你好一點的。」

要不是有一把大型左輪手槍指在自己面前，穆罕默德絕對不會接受這個提議。

「謝了，不然你會後悔。」瓦倫廷環目四顧。「店裡沒客人真是太遺憾了，我是說對你來說很遺憾，對我來說再適當不過，這樣我就可以得到你所有的注意力。算了，反正我本來就可以得到你所有的注意力，因為你一定會好奇我來做什麼，是來喝一杯？還是來殺你？你說是嗎？」

穆罕默德緩緩點了點頭。

「是啊，你有這種考量是合理的，因為目前你是唯一能指認我的人。對了，這是事實吧？就連那個整形醫師都……呃，算了，別提了。總之呢，我會對你好一點的，因為你沒接電話，而且向警方告發我也只是善盡公民義務而已，你說是不是？」

穆罕默德又點了點頭，同時努力抵擋席捲而來的念頭：他就要死了。他的大腦急著尋求其他可能性，但總是回到原點：你就要死了。就在此時，彷彿回應他的思緒一般，店門外傳來有人敲窗戶的聲音。穆罕默德越過瓦倫廷望去，看見一雙手和一張熟悉臉孔貼在窗玻璃上，試圖往裡面看。快進來！我的老天，快進來啊！

「別動。」瓦倫廷頭也不回，冷靜地說。他的身體擋住了左輪手槍，窗外那人看不見。媽的他為什麼不進來？

過了片刻，穆罕默德的疑問得到了答案。大門上傳來「砰」的一聲巨響。原來瓦倫廷進來以後把大門給鎖上了。

門外的男子又回到窗前，揮舞雙手想取得穆罕默德的注意，可見男子看見了他們。

「別動，比個手勢說打烊了。」瓦倫廷說，口氣不急不躁。

穆罕默德雙手垂在身側，直挺挺地站著。

「快點照做，不然我就殺了你。」

「反正你橫豎都會殺了我。」

「你不能百分之百確定，但如果你現在不照做，我保證一定會殺了你，然後再殺了外面那個人。看著我，我說到做到。」

穆罕默德看著瓦倫廷，吞了口口水，側身到光線之中，好讓窗外那人清楚看見他，然後搖了搖頭。

窗外那人又待了幾秒鐘，揮了揮手，但看不太清楚。然後蓋爾．索拉就走了。

瓦倫廷朝鏡中望去。

「好了，」他說：「剛才說到哪？喔，對，有好消息也有壞消息要告訴你。壞消息是你一定會認為我來這裡是為了要殺你，這個嘛……其實你想得沒錯，換句話說，這是百分之百一定會發生的事，我一定會殺了你。」瓦倫廷看著穆罕默德露出悲傷的表情，接著爆出大笑。「這是我今天看過拉得最長的一張臉了！好啦，我可以了解你的心情，不過別忘了好消息，那就是你可以選擇死亡的方式。你有兩個選擇，仔細聽好囉，你有在聽嗎？很好。你想頭部中槍，還是被這根引流管插進脖子？」瓦倫廷拿起一根看起來像金屬吸管的物體，其中一端以斜角削切，形成尖銳的針頭狀。

穆罕默德只是怔怔看著瓦倫廷。這一切實在太過荒謬，他不禁開始懷疑這會不會是一場夢，而夢終究會醒，或者他面前這個男人其實是在做夢？這時瓦倫廷拿著引流管朝穆罕默德虛刺一下，他本能地後退一步，撞上水槽。

瓦倫廷厲聲說：「不選引流管，是嗎？」

穆罕默德謹慎地點了點頭，眼睛盯著那尖銳的金屬針頭看，只見針頭在鑲了鏡子的壁架燈光照射下閃閃發光。針。他最怕針了。他最怕針穿過皮膚插進身體的感覺，這就是他小時候要接種疫苗時為什麼逃家躲進森林的原因。

「我說話算話，那就不用引流管。」瓦倫廷把引流管放在吧檯上，一隻手從口袋裡拿出一副看起來像古董的黑色手銬，另一隻手依然拿著左輪手槍指著穆罕默德，動也不動。「把一邊銬在壁架的柱子上，另一邊銬在你的手腕上，然後把頭伸進水槽裡。」

「我……」

穆罕默德不知重擊從何處而來，只知道腦袋發出「砰」的一聲，接著眼前一黑，待視力恢復時，臉部已朝著反方向，這才明白自己被左輪手槍打了一下，現在槍管正壓在他的太陽穴上。

「引流管，」一個聲音在他耳邊輕聲說：「這是你自己選的。」

穆罕默德拿起那副怪異又沉重的手銬，一邊銬在金屬柱子上，一邊銬在自己手腕上。他感覺有種溫暖的液體順著鼻子流到上唇，接著就嚐到鮮血那種帶有甜味的金屬味道。

「味道好嗎？」瓦倫廷拉高嗓音說。

穆罕默德抬頭看去，和瓦倫廷在鏡子裡四目相交。

「我個人是受不了這個味道啦，」瓦倫廷微笑說：「嚐起來有鐵和毆打的味道。對，鐵和毆打。嚐嚐自己的血就罷了，還要嚐別人的血？這樣不是連別人吃過什麼都嚐得出來？說到吃，死刑犯有什麼臨終願望嗎？我沒有要給你吃一頓好料，只是好奇而已。」

穆罕默德眨了眨眼。臨終願望？他的腦子只是接收到這四個字，僅此而已，但他彷彿在做夢似的，腦子情不自禁去思考答案。他希望有一天妒火酒吧能成為全奧斯陸最酷的酒吧。他希望加拉塔薩雷隊可以贏得冠軍賽。他希望他的喪禮會播放保羅・羅傑斯唱的〈準備遇上愛〉（*Ready for Love*）。還有什麼？他努力思索，卻想不出其他願望，只有傷感的笑聲迴盪在心中。

哈利快到妒火酒吧時看見一個人影匆匆離開，燈光透過大片窗戶落到人行道上，但裡頭卻沒傳出音樂聲。他貼到窗戶邊緣，向內望去，看見吧檯內有個背影，但卻難以辨認是不是穆罕默德，除此之外酒吧裡空蕩無人。哈利移動到大門前，輕輕推了推門把。門鎖上了，酒吧要到午夜才開始營業。

哈利拿出那個帶有塑膠心碎標誌的鑰匙環，緩緩將鑰匙插進門鎖，右手拔出葛拉克十七型手槍，左手轉動鑰匙，把門打開。他踏進酒吧，雙手舉槍指著前方，用腳讓大門輕輕關上。儘管如此，基努拉卡區的夜晚噪音已流入酒吧，吧檯裡的那個人直起身子，朝鏡子裡望去。

「警察，」哈利說：「別動。」

「哈利・霍勒。」那人頭戴鴨舌帽，因為鏡子角度關係，所以哈利看不見他的臉，但哈利用不著看見他的臉。哈利已有三年多沒聽過那人的高亢嗓音，但往日情景仍歷歷在目。

「瓦倫廷・嚴德森。」哈利說，聽見自己的聲音在顫抖。

「哈利，我們終於又見面了，我一直在想你，你有沒有想我啊？」

「穆罕默德在哪裡？」

「你興奮起來了，你果然有想我嘛，」瓦倫廷發出高亢笑聲。「為什麼？因為我的輝煌戰績嗎？或是以你們的角度來說應該叫受害者。不對，等一下，應該是為了**你自己**的輝煌戰績吧，我是那個你唯一沒逮到的人對不對？」

哈利默然不答，只是站立在大門前。

「真是叫人受不了，對不對？很好！這就是你很行的原因，因為你跟我一樣，哈利，你也受不了。」

「我跟你不一樣，瓦倫廷。」哈利調整握槍手勢，瞄準目標，心想自己為什麼不往前走？

「不一樣？你絕對不會分心去考慮你周遭的人對不對？你只是一心一意盯著你眼中的大獎，哈利。你看看你，你一心只想拿到大獎，完全不在乎會付出什麼代價，完全不顧其他人的性命，也不顧你自己的性命……你捫心自問，你是不是覺得這些都是次要的？哈利，我們兩個人應該坐下來好好認識一下才對，因為像我們這種人很難遇得到。」

「閉嘴，瓦倫廷。站著別動，舉起雙手讓我看見，告訴我穆罕默德在哪裡。」

「原來你這個間諜叫穆罕默德啊，那我應該移動一下，好讓你瞧個清楚，這樣我們目前陷入的情況也會比較明朗。」

瓦倫廷往旁邊跨出一步，只見穆罕默德半彎著身，手臂掛在吧檯後方鑲鏡壁架的金屬橫桿上，頭部垂在水槽裡，深色鬈曲長髮蓋住面孔。瓦倫廷拿著長管左輪手槍指著穆罕默德的後腦。

「站著別動，哈利。你看見了，現在我們這裡有個恐怖平衡。從你那裡到我這裡有多遠？是八公尺，還是十公尺？你想先一槍打得我無法動彈，好讓我沒辦法殺害穆罕默德，但這機會非常渺茫是不是？然而如果我先槍殺穆罕默德，你就有辦法至少先射我兩槍，我才能舉起左輪手槍對著你，情勢對我來說非常不利。換句話說，這是個雙輸的局面，所以歸根究柢，哈利：你準備好要犧牲你的間諜來逮到我嗎？或者我們先救他一命，你晚點再來捉我？你說呢？」

哈利透過手槍準星看著瓦倫廷。瓦倫廷說得沒錯，酒吧裡太暗，他們之間距離太遠，哈利沒把握能一槍射中瓦倫廷頭部。

「你保持沉默就代表同意我說的話對嗎？哈利。我好像聽見遠處傳來警笛聲，所以我們應該沒多少時間了。」

哈利考慮過要叫他們不要鳴警笛，但這樣他們得花更多時間才能趕到。

「把槍放下，哈利，我會離開這裡。」

哈利搖了搖頭。「你來這裡是因為他見過你的臉，所以你一定會殺了他跟我，因為我也看見了你的臉。」

「那你就在五秒內提出別的做法，不然我就一槍斃了他，然後賭說在我打中你之前你會失手。」

「我們維持恐怖平衡，」哈利說：「雙方都放下手槍。」

「你想拖延時間，不過倒數已經開始了，四、三……」

「我們同時倒轉手槍，用右手握住槍管，露出扳機和槍柄。」

「二……」

「你沿著牆壁走向大門，我從另一側經過包廂走到吧檯。」

「一……」

「我們之間維持相同的距離，沒有人有足夠的反應時間向對方開槍。」

酒吧陷入靜默，警笛聲越來越近。稍早歐雷克在接到哈利的命令後如果乖乖遵守，那他現在應該還坐在停於兩條街外的車子上，並未下車。

燈光突然熄滅，哈利明白瓦倫廷轉動吧檯裡的燈光旋鈕，把燈關了。這時瓦倫廷轉身面對哈利，但酒吧太黑，哈利看不清楚那頂鴨舌帽底下的面孔。

「數到三，我們一起倒轉手槍，」瓦倫廷說，舉起了手。「一、二……三。」

哈利用左手握住槍柄，再用右手握住槍管，把手槍舉在半空中，同時看見瓦倫廷做出相同動作。瓦倫廷看起來宛如國慶日遊行隊伍中舉著旗子的兒童，手中握著長長的槍管，伸出儒格紅鷹左輪手槍的招牌紅色槍柄。

「好了，你看看，」瓦倫廷說：「只有兩個真正了解彼此的人才能同步做出這些動作吧？我喜歡你，哈利，我**真的**喜歡你。好，現在我們開始移動……」

瓦倫廷朝牆壁的方向走去，哈利朝包廂的方向走去。酒吧裡闃靜無聲，哈利聽得見瓦倫廷的牛仔靴發出咯吱聲響。兩人各繞一個半圓行走，雙眼緊盯彼此，猶如相互對峙的兩名格鬥士。兩人心裡都知道，現下只要出一點小差錯，至少有一個人會死。哈利聽見冰箱的低沉運作聲、水槽的穩定滴水聲和音響擴大機那有如昆蟲般的嗡嗡聲響，便知道自己快到吧檯了。他在黑暗中摸索，目光絲毫不敢離開瓦倫廷在窗外光線前的身影，接著他走到了吧檯裡面，同時聽見大門打開，街道聲響流瀉而入，奔跑的腳步聲漸去漸遠。

哈利拿出口袋裡的手機，按到耳邊。

「你聽見了嗎？」

「全都聽見了，」歐雷克答道：「我來通知巡警，目標外觀？」

「他穿黑色短夾克，深色褲子，頭戴鴨舌帽，帽子上沒有標誌，不過他一定已經把帽子扔了。我沒看見他的臉。他出門後左轉，往杜福美荷街的方向跑去，所以——」

「——他是朝人車都很多的地方逃跑，我會通知他們。」

哈利把手機放回口袋，伸手放到穆罕默德的肩膀上。穆罕默德沒有反應。

「穆罕默德……」

哈利耳中再也聽不見冰箱和擴大機的聲音，只聽見穩定的滴水聲。他把燈旋亮，撥開穆罕默德的頭髮，輕輕把穆罕默德的頭從水槽裡抬起來。穆罕默德臉色蒼白。太蒼白了。

穆罕默德的脖子上插著一樣東西。

那東西看起來像是金屬做成的吸管。

紅色液體依然從管子的一端滴出，流入水槽。水槽裡流滿了鮮血。

25

星期二晚上

卡翠娜．布萊特跳下車子，朝妒火酒吧外拉開的封鎖線走去。她看見一個男子倚在警車旁，正在抽菸。男子又醜又英挺的臉龐籠罩在藍色警示燈的旋轉光芒中，時而明亮，時而沉入黑暗。卡翠娜打個冷顫，走上前去。

「好冷。」她說。

「冬天要到了。」哈利說，朝藍色光芒呼出一口煙。

「是艾蜜莉亞要來了。」

「喔，我都忘了這回事。」

「氣象預報說奧斯陸明天會進入暴風圈。」

「嗯。」

卡翠娜看著哈利，心想她自以為見過哈利的每一個面向，但卻從未見過這樣的哈利。眼前的哈利是如此空虛、頹喪、灰心。她很想揉揉他的臉頰，給他一個擁抱，但是不行，有太多理由不行。

「裡面發生了什麼事？」

「瓦倫廷手裡拿著一把儒格紅鷹左輪手槍，讓我以為我在跟他談判穆罕默德的性命，但我抵達的時候穆罕默德就已經死了，他的頸動脈插了一根金屬管，媽的像一條魚一樣被放乾血液，只因為他……只因為我……」哈利不停眨眼，說不下去，假裝從舌頭上捏起一根菸草。

卡翠娜不知道該說什麼，所以什麼也沒說，只是望著一輛熟悉的、上頭畫著賽車條紋的黑色富豪亞馬遜駛到對街停下。畢爾・侯勒姆開門下車，那個叫什麼李延的也從副駕駛座下車，卡翠娜覺得心頭突地一跳。侯勒姆的長官親自跑來現場幹嘛？難不成侯勒姆帶她來命案現場觀光，來個浪漫約會？該死，他看見他們了。卡翠娜看見侯勒姆和他的長官改變方向，朝他們走來。

「我要進去了，晚點再談。」卡翠娜說，低頭穿過封鎖線，從塑膠心碎標誌底下進門而去。

「原來你在這裡，」侯勒姆說：「我一直四處找你。」

「我……」哈利深深吸了口菸。「……我有點忙。」

「這位是白娜・李延，是鑑識中心的新主任。白娜，這位是哈利・霍勒。」

「久仰大名。」白娜說。

「我沒聽過妳的大名，」哈利說：「妳很行嗎？」

她用疑惑的眼神看著侯勒姆。「很行？」

「瓦倫廷・嚴德森很行，」哈利說：「我不夠行，所以只能希望這裡有別人更行，不然這場大屠殺會持續下去。」

「我可能發現了一些線索。」侯勒姆說。

「喔？」

「所以我才到處找你。我把瓦倫廷的夾克剪開以後，在襯裡裡面發現了一些東西，包括一個十歐爾硬幣，還有兩張小紙片。夾克洗過，所以紙片外側的墨水都被洗掉了，但我把紙片打開以後，發現上面還殘留一些墨水，雖然不是很多，但足以讓我們知道那是奧斯陸市的自動提款機收據，這也符合瓦倫廷避免使用 Debit 金融卡而直接付現的推論。可惜的是我們看不出卡片號碼、登記編號或提款時間，只看得見日期的一部分。」

「看得見多少？」

「足以知道是今年八月，日期的最後一個數字可能是 1。」

「所以可能是1、11、21和31。」

「四個可能的日期……我聯絡過諾卡司保全公司負責DNB銀行自動提款機的小姐，她說他們的監視器畫面最多保存三個月，所以我們可以調閱影片。瓦倫廷使用的提款機在奧斯陸中央車站，那台提款機的使用率位居全挪威之冠，官方說法是因為附近有很多購物中心。」

「可是？」

「大家現在都接受刷卡了，除了……？」

「嗯，除了車站附近和河邊的毒販。」

「那台使用率全挪威第一的提款機一天有超過兩百筆交易。」侯勒姆說。

「四天，不到一千筆。」白娜熱切地說。哈利用腳踩熄菸屁股。

「明天一大早我們就調閱監視器畫面，只要好好利用快轉和暫停功能，一分鐘至少可以查看兩張臉孔。換句話說，只要花七到八個小時，甚至更少。一旦瓦倫廷被指認出來，我們就只要比對錄影時間和提款機的提領時間紀錄就好了。」

「很快我們就可以揭開瓦倫廷．嚴德森的祕密身分，」白娜說，顯然為自己的部門感到既驕傲又興奮。「你說呢，霍勒？」

「李延小姐，我只能說，很遺憾能夠指認瓦倫廷的人現在正躺在裡面，頭埋在水槽裡，脈搏已經停止跳動，」哈利扣上夾克鈕扣。「但還是很感謝你們跑一趟。」

白娜憤怒地看了看哈利，又看了看侯勒姆，後者怏怏地清了清喉嚨。「據我所知，你跟瓦倫廷有過面對面接觸。」他說。

哈利搖了搖頭。「我沒看清楚他現在的長相。」

侯勒姆緩緩點頭，目光並未離開哈利。「原來如此，太遺憾了，真是太遺憾了。」

「嗯。」哈利低頭看著他用鞋子踩扁的菸蒂。

「好吧，那我們進去看看。」

「祝你們玩得愉快。」

哈利看著他們離開。攝影記者已聚集在封鎖線外，文字記者也陸續抵達，他們也許知道或不知道什麼，說不定他們根本不在乎，總之沒人沒去煩哈利。

八小時。

從現在到明天早上還有八小時。

在這日期變換的期間，瓦倫廷可能再殺一個人。

幹！

「畢爾！」哈利高聲喊道，侯勒姆正握住酒吧門把。

「哈利，」史戴．奧納說，站在門口。「畢爾。」

「抱歉這麼晚打給你，」哈利說：「我們可以進來嗎？」

「當然當然，」奧納讓到一旁，請哈利和侯勒姆進入家裡。一個女人踩著敏捷的步伐快步迎出，她的身材比奧納嬌小苗條，但同樣有著一頭白髮。「哈利！」她高聲說：「我就知道是你，好久不見。蘿凱怎麼樣了？醫生對病情更了解了嗎？」

哈利搖了搖頭，讓英格麗親了親他的臉頰。「喝咖啡嗎？是不是太晚了？綠茶？」

侯勒姆和哈利同時回答「好啊麻煩妳」和「不用了謝謝」。英格麗走進廚房。

他們走進客廳，在矮扶手椅上坐下。客廳四壁都是書櫃，上頭什麼書都有，有旅遊指南、老地圖集、詩歌、圖像小說和厚重的學術書籍，其他多半是小說。

「你看，我正在看你送我的書，」奧納從扶手椅旁的桌子上拿起一本書脊朝上攤開的書，並且秀給侯勒姆看。「愛德華．勒維寫的《自殺》[5]，我六十歲生日的時候哈利送我的，我想他可能認為時間差不多了。」

侯勒姆和哈利都笑了，但顯然笑得不怎麼自然，因為奧納一看就蹙起眉頭說：「發生了什麼事嗎？」

哈利清了清喉嚨。「瓦倫廷今天晚上又殺了一個人。」

「聽見這種事真叫人難過。」奧納說，搖了搖頭。

「我們沒有理由認為他會就此打住。」

「沒錯，當然沒有。」奧納甚表認同。

「史戴，這就是我們來找你的原因，這件事對我來說也非常煎熬。」

奧納嘆了口氣。「哈爾斯坦．史密斯幫不上忙，你希望我接手，是不是？」

「不是，我們需要……」哈利突然打住。英格麗走進客廳，穿過三個沉默無語的男人，在咖啡桌上把放有茶杯的托盤放下。「我聽見了保密誓言的聲音，」她說：「回頭見囉，哈利。替我向歐雷克問好，跟他說我們都很關心蘿凱的病況。」

「我們需要一個人來指認瓦倫廷．嚴德森，」哈利在英格麗離開後說道：「這個人是目前我們所知唯一一個見過他而且還活著的人……」

哈利並非故意停頓來強化戲劇性的張力，而是要讓奧納的頭腦可以利用這個停頓片刻，做出幾乎是下意識卻又精準無比的快速演繹推理。雖然稍微停頓不會有什麼差別，但奧納就像是個即將挨拳的拳擊手，他有十分之一秒的時間可以稍微變換站姿，避免正面遭受重擊。

「……而這個人就是歐柔拉。」

接下來的靜默之中，哈利聽見奧納的指尖在他手中那本書的書緣上刮出刺耳聲響。

5 Édouard Levé，1965-2007，法國作家、藝術家、攝影師，出版過攝影集和小說，四十二歲時自殺，死前十天才將《自殺》（*Suicide*）這本稿子交給版社。

「哈利，你在說什麼啊？」

「我跟蘿凱結婚的那一天，你跟英格麗去參加婚禮的時候，瓦倫廷去手球賽的現場找過歐柔拉。」

那本書掉到地毯上發出一聲悶響。奧納困惑地眨了眨眼，說：「歐柔拉……瓦倫廷……」

哈利靜靜等待，讓奧納消化這件事。

「瓦倫廷有碰她嗎？他傷害她了嗎？」

哈利不發一語，只是看著奧納的雙眼，看著他自己將一切拼湊起來，看著他以全新觀點來看待過去這三年。這個觀點解答了一切。

「有，」奧納低聲說，表情痛苦扭曲，摘下眼鏡。「他當然傷害她了，我真是瞎了眼了。」他目光空洞。「你是怎麼發現的？」

「昨天歐柔拉來找我，親口跟我說的。」哈利說。

奧納的目光像是慢動作般回到哈利身上。「你……你昨天就知道了，卻什麼都沒跟我說？」

「她要我答應不告訴你。」

奧納的嗓音不升反降。「一個十五歲的小女生受到了侵犯，你清楚知道她需要一切可能的援助，但你卻選擇保密？」

「對。」

「天啊！哈利，為什麼？」

「因為瓦倫廷威脅她說，如果她敢把這件事告訴別人，就會殺了你。」

「我？」奧納發出嗚咽聲。「**我**？我根本不算什麼？哈利，我都已經六十幾歲了，心臟又不好，她還這麼年輕，未來還有那麼長的路要走！」

「你是她在這個世界上最愛的人，所以我答應了她。」

奧納放下眼鏡，抬起顫抖的手指朝哈利指去。「對，你答應要替她保密，只要這件事對你來說無關痛癢你就會繼續保密！可是現在呢，現在你發現你可以利用她來解決另一宗『哈利．霍勒探案』，那你答應過什麼就不重要了。」

哈利沒有回話。

「哈利，你給我出去！你不再是我們家的朋友，我們不再歡迎你。」

「已經快沒時間了，史戴。」

「給我滾出去！」奧納站了起來。

「我們需要她。」

哈利抬頭看著奧納，知道多說無益，只能順其自然，希望奧納在早晨來臨之前能顧念蒼生，回心轉意。

「我要報警，我要找**真正的**警察來。」

哈利點了點頭，從扶手椅站起。

「我們自己出去。」他說。

他們經過廚房時，看見英格麗臉色蒼白，站在廚房門口不發一語。

哈利在玄關穿上鞋子，正要離開，卻聽見一個細弱的聲音。

「哈利？」

哈利轉過頭去，一下子找不到聲音從何而來，接著才看見她從樓梯頂端的黑暗中走進光亮，身穿尺寸過大的條紋睡衣。哈利心想，那件睡衣可能是她爸爸的。

「抱歉，」哈利說：「我不得不這樣做。」

「我明白，」歐柔拉說：「網路上說那個被殺死的人叫穆罕默德，我也聽見了你剛才說的話。」

這時奧納從客廳跑過來，雙臂狂揮，淚如湧泉。「歐柔拉！妳不能——」他哽咽了。

「爸，」歐柔拉說，在上頭的階梯平靜地坐了下來。「我想幫忙。」

26

星期二晚上

夢娜．多爾站在「生命之柱」花崗岩石雕旁，看著楚斯．班森穿過黑夜匆匆走來。早先他們相約要在維格蘭雕塑公園碰面時，她建議約在較不出名、遊客較少的雕塑作品前，因為生命之柱周圍即使到了晚上也有很多觀光客，但等到她聽見楚斯連說三次「什麼？」，才明白楚斯只知道生命之柱而已。

夢娜把楚斯拉到生命之柱西側，遠離正在欣賞東邊教堂尖塔景色的一對男女，再把一個裝有現金的信封塞進楚斯身上那件亞曼尼長外套的口袋。不知何故，那件外套穿在他身上一點也看不出來是亞曼尼。

「有什麼新情報嗎？」夢娜問道。

「以後不會再有什麼情報了。」楚斯說，環顧四周。

「不會再有了？」

楚斯看著夢娜，彷彿想看清楚她是不是在開玩笑。「去妳的！有人被殺了欸。」

「那你下次最好提供一些比較不那麼……**致命**的情報。」

楚斯發出呼嚕一聲。「天啊，妳這傢伙比我還糟，而且是糟透了。」

「是嗎？你把穆罕默德的名字告訴了我們，但我們還是選擇不寫出他的名字，也沒登出他的照片。」

楚斯搖了搖頭。「多爾，妳聽聽看妳說這什麼話，是我們引導瓦倫廷去殺他的，而他只做錯了兩件事。第一，他開了一家瓦倫廷的被害人去過的酒吧。第二，他答應協助警方。」

「起碼你說的是『我們』，這是不是代表你有罪惡感，良心發現啦？」

「你以為我是心理變態還是什麼嗎？我當然覺得這樣很不好。」

「我不會回答這個問題，但我同意這樣很不好。這是不是代表你不想當我們的消息來源了？」

「如果我說是，妳以後是不是不會替我的身分保密？」

「一樣會。」

「很好，原來妳還有良心。」

「這個嘛，」夢娜說：「與其說我們關心消息來源，還不如說我們在意的是如果洩露消息來源的身分，其他同事不知道會怎麼說。對了，你的同事都怎麼說？」

「沒說什麼，他們已經發現我是洩密者，所以把我孤立起來，不准我參加會議，也不讓我知道調查工作的內容。」

「這樣啊，我覺得我已經開始對你失去興趣了，班森。」

楚斯發出呼嚕一聲。「夢娜．多爾，妳這個憤世嫉俗的現實鬼，不過妳至少很誠實。」

「我應該謝謝你的誇獎囉。」

「好吧，我也許可以給妳最後一個情報，但這是關於別的事情。」

「說吧。」

「警察署長米凱．貝爾曼跟一個名女人有一腿。」

「這種情報賣不了錢，班森。」

「好吧，就算是免費大放送好了，反正你們就登吧。」

「我們的編輯不喜歡偷情的八卦，但如果你手上有證據，又願意證實這個消息，那我也許可以說服他們，但這樣一來我們必須引用你說的話，還必須登出你的全名。」

「登出我的全名？妳應該很清楚這跟叫我自殺沒兩樣吧？我可以跟妳說他們在哪裡碰面，妳可以派攝影師去偷偷拍照。」

夢娜哈哈大笑。「抱歉，我們不做這種事。」

「你們不做？」

「國外報社會做，但我們這個挪威小國的報社不會做。」

「為什麼不做？」

「官方說法是我們不願意降低層次。」

「可是？」

夢娜聳了聳肩，打個冷顫。「因為我們對於層次會被拉到多低並沒有真正做好準備，我個人認為這是『人人都有不為人知的一面』症候群的另一個好例子。」

「意思是？」

「意思是已婚的編輯並不比其他人來得更忠貞，挪威社交圈這麼小，今天你揭露別人的偷情緋聞，說不定改天你自己會被踢爆。我們會寫『國外』的大緋聞，或是寫某個公眾人物不小心說出別人在國外偷吃的八卦，但是一個記者專寫緋聞有辦法爬到高位掌握權力嗎？」夢娜搖了搖頭。

楚斯從鼻子發出輕蔑的呼嚕聲。「所以這件事沒辦法公諸於世囉？」

「你認為這件事必須公諸於世是因為貝爾曼不適任警察署長嗎？」

「什麼？不是，應該不是這樣。」

夢娜點了點頭，抬頭看著生命之柱及上頭不斷掙扎往頂端而去的雕塑。「你一定很恨他。」

楚斯沒有答話，只是露出一臉驚訝的神色，彷彿他從未這麼想過。夢娜心想，不知道這個滿臉凹痕、面容醜陋、下巴戽斗、目光如豆的男人心裡在想什麼？她幾乎替楚斯感到遺憾，但也只是「幾乎」而已。

「我要走了，班森，我們再聯絡吧。」

「我們會再聯絡嗎？」

「可能不會。」

夢娜朝公園內側走了一段路之後，轉頭望去，看見楚斯站在生命之柱旁的路燈燈光下，雙手插在口袋，弓著背站在原地，彷彿在尋找什麼。楚斯站在那裡的情景看起來無比孤獨，跟他周圍的石像一樣無法觸動人心。

哈利凝望著天花板。鬼魂沒有來。說不定今晚鬼魂不會來。鬼魂來不來沒有人知道。不過鬼魂有了個新夥伴。穆罕默德會以什麼樣的面貌前來？哈利撇開這個思緒，轉而聆聽寂靜。侯曼科倫是個很安靜的地區，這一點無庸置疑。甚至是太安靜了。他寧願聽見窗外傳來都市的聲音，彷彿夜晚的叢林充滿各種聲響，警告你黑暗中有些什麼，告訴你某樣東西在某個時刻會出現或不會出現。寧靜可以傳達的訊息太少了。但重點並不在於寧靜，而在於他身邊的床上是空的。

真要數算的話，他和別人同床共枕的夜晚在他人生的日子裡算是少數，既然如此，他為什麼會感覺孤單？他這個一直以來只追求單身生活的男人怎麼會需要任何人？

他在他那一側的床鋪翻身，逼自己閉上眼睛。

即使在此刻，他也不需要任何人。他不需要任何人。他不需要**任何人**。

他只需要她。

一聲咯吱聲響起。這聲音可能來自木牆壁，也可能來自木地板。說不定暴風雨來早了，又或者是鬼魂來晚了。

他翻到另一側，再度閉上眼睛。

咯吱聲從臥室門外傳來。

哈利起身走到門前，把門打開。

只見穆罕默德站在門口。「哈利，我看見他了。」穆罕默德的眼眶裡沒有眼珠，只有兩個黑洞洞的窟窿，窟窿裡不時噴出火花，還冒著煙。

哈利一驚而醒。

他的手機在床邊桌上如同貓一般發出低沉震顫聲。

「喂？」

「我是史戴芬醫生。」

哈利突然心頭一痛。

「我打來是要跟你說蘿凱的事。」

當然是蘿凱的事。哈利知道史戴芬這樣說是想給他一點時間做好心理準備，聆聽接下來他要說的事。

「我們沒辦法讓她脫離昏迷。」

「什麼？」

「她醒不過來。」

「那……她會……？」

「我們不知道，哈利。我知道你一定有很多問題想問，但我們也是。現在我沒辦法說什麼，只能說我們正在盡力救治。」

哈利用牙齒嚙咬臉頰內側，確定這不是新版惡夢的首映場。「好吧，我可以見她嗎？」

「現在不行，我們已經把她送入加護病房了，一旦我們對病情有更多了解，我會再打給你，但可能要花點時間，蘿凱可能還會再處於昏迷狀態一段時間，所以你不用憋著氣好嗎？」

哈利發現史戴芬說得對，他忘記呼吸了。

兩人結束通話後，哈利怔怔看著手機。**她醒不過來**。她當然醒不過來，因為她不想醒來，媽的誰想醒來？哈利翻身下床，步下樓梯，打開廚房櫃子。櫃子裡空無一物，另一個櫃子也是。他打電話叫了計程車，上樓更衣。

他看見藍色路標，又注意看了看路標上寫的字，隨即踩下剎車，在馬路邊把車停下，關閉引擎。放眼望去四周除了馬路就是森林，讓他聯想到芬蘭那種單調、無名的連綿道路，駕車行駛在這種道路上就像穿越由森林構成的沙漠。這類森林宛如馬路兩旁的寂靜高牆，屍體埋藏在此就有如石沉大海。他先等一輛車子經過，查看後照鏡，確定前方和後方都沒有車燈光線，才開門下車，繞到車尾，打開後車箱。她看起來十分蒼白，連臉上的雀斑都顯得蒼白了些。她雙眼圓睜，盯著槍口看，眼珠看起來又大又黑，充滿恐懼。他把她抬出後車箱，協助她站立，然後拉著手銬，領著她穿越馬路，跨過溝渠，朝黑壓壓的森林之牆走去。他打開手電筒，感覺她猛烈顫抖，抖得連手銬也跟著搖晃。

「好啦，親愛的，乖，我不會傷害妳。」他說，覺得自己說的是肺腑之言。他真的不想傷害她，他已經不想傷害她了。也許她知道這點，也許她明白他愛她，也許她之所以發抖是因為身上只穿著內衣和他日裔女友的家居服。

兩人走進森林，感覺就像是走進一棟建築物。一種不同的寂靜撲面而來，同時卻可以聽見新的噪音。這些無從辨識的聲音細微但清晰，諸如斷折聲、嘆息聲、哭泣聲。森林的地面甚為柔軟，由松針鋪成，踩下去有舒適的彈性。兩人踏著無聲的步伐，宛如走在夢幻教堂裡的一對新人。

他數到一百，停下腳步，抬起手電筒往周圍照去。手電筒光束很快就找到了他要找的目標，那是一株高大焦黑的樹木，樹幹已被雷電劈成兩半。他牽著她走到樹前，解開手銬，拉著她的兩條手臂繞過大樹，再扣上手銬。她絲毫沒有抗拒。他看著她跪坐在樹幹前，雙臂環抱大樹，心想，她就像一隻羔羊，一隻獻祭的羔羊。他其實不是新郎，而是把孩子帶到聖壇前獻祭的父親。

他最後一次撫摸她的臉頰，轉身離去，這時森林裡傳來一個聲音。

「瓦倫廷，她還活著。」

他停下腳步，本能地用手電筒循聲指去。

「把那玩意指向別的地方。」黑暗中的聲音說。

瓦倫廷依言而行，說：「她想活下去。」

「難道那個酒保就不想嗎？」

「他認得出我，我不能冒這個險。」

瓦倫廷側耳聆聽，但只聽見瑪妲呼吸時發出的細微鼻息聲。

「這次我就幫你收拾善後吧，」那聲音說：「給你的那把左輪手槍有帶在身上嗎？」

「有。」瓦倫廷說，同時心想，這聲音是不是有點耳熟？

「把槍放在她旁邊，然後離開，不久之後槍就會回到你手上。」

瓦倫廷心中閃過一個念頭：拔出左輪手槍，用手電筒找到那個男人，然後把他殺了，把理性的聲音殺了，再毀去所有跟自己有關的線索，讓惡魔再度君臨天下。但他心中的另一個相反的念頭則認為稍後他可能會需要那個男人。

「地點和時間呢？」瓦倫廷高聲說：「澡堂的置物櫃已經不能再用了。」

「明天你會接到通知，既然你已經聽見我的聲音，我會打電話給你。」

瓦倫廷從槍套裡拔出左輪手槍，放在瑪妲前方，看了她最後一眼，轉身離去。

他回到車上，用額頭猛力朝方向盤撞了兩下。然後他發動引擎，雖然視線內沒有其他車輛，還是打了方向燈，把車子駛離路肩，冷靜地駕車離去。

「在這裡停車。」哈利伸手一指，對計程車司機說。

「現在是凌晨三點，那家酒吧看起來已經打烊了。」

「那家酒吧是我的。」

哈利付錢下車。數小時前這裡還十分熱鬧，現在卻空無一人。犯罪現場鑑識員已經完成工作，但酒吧大門上交叉貼了兩條白色封條。封條上印著挪威國徽的獅子，寫著：「警察封條。請勿毀損。擅闖者將依刑法第三四三條懲處。」哈利用鑰匙打開門鎖，拉開大門走了進去，聽見封條發出撕裂聲。

他們留著鑲鏡壁架下方的燈沒關。哈利閉上眼睛，站在門口，用食指瞄準酒瓶。九公尺。倘若當時他開槍呢，現在情勢會變得如何？答案沒人知道。事情發生了就是發生了，無法挽回，只能忘記，當然只能忘記。他的食指找到了那瓶金賓威士忌。那瓶金賓升級了，現在有了自己的照明，妓院般的燈光讓瓶子裡的酒液像黃金一樣閃爍光亮。哈利走上前去，進入吧檯，拿出一個酒杯湊到瓶口，一口氣倒滿。他何必自欺欺人呢？

他覺得全身肌肉緊繃，心想不知道自己喝第一大口之後會不會吐？但他堅持住了，胃裡的食物和酒都沒吐出來，直到第三杯下肚，才猛然轉身面對水槽。在黃綠色的嘔吐物朝金屬水槽噴出之前，他看見水槽底端還殘留著凝結的血液。

27

星期三上午

早上七點五十五分，鍋爐間的咖啡機發出今天早上的第二輪聲響。

「哈利是怎麼了？」韋勒問道，又看了看錶。

「不知道，」侯勒姆說：「我們得自己先開始了。」

史密斯和韋勒都點了點頭。

「好吧，」侯勒姆說：「現在歐柔拉和她父親正在諾卡司保全公司的總部觀看監視器畫面，陪同他們的包括一個諾卡司的員工和一個街頭犯罪組的專家。如果一切按照計畫順利進行，他們應該可以在八小時內看完四天的影像。如果我們發現的提款收據真的是來自瓦倫廷，那麼幸運的話我們可以在四小時內辨識出他的新身分，也就是說，這一切應該會在晚上八點以前完成。」

「太棒了！」史密斯高聲說：「對不對？」

「對啊，可是先別高興得太早，」侯勒姆說：「安德斯，你跟卡翠娜談過了嗎？」

「談過了，我們獲得了使用戴爾塔特種部隊的授權，他們隨時準備出動。」

「戴爾塔特種部隊，他們是不是持有半自動槍枝和防毒面具還有……呃，諸如此類的裝備？」

「這份工作你開始上手了嘛，史密斯。」侯勒姆竊笑道，看見韋勒又看了看錶。「你在擔心嗎，安德斯？」

「我們是不是該打給哈利？」

「去打吧。」

早上九點，卡翠娜剛和專案調查小組結束會議，正在整理資料，卻發現會議室門口站著一個男子。

「史密斯？」她說：「又是刺激的一天對不對？你們在地下室做什麼？」

「我們在找哈利。」

「他還沒來？」

「他沒接電話。」

「他可能坐在醫院裡吧，那裡不能帶手機進去，說是會干擾機械設備，不過這就跟他們說手機訊號會干擾飛機的導航系統一樣言過其實。」

她知道史密斯沒在聽她說話，因為他的目光直接越過她。

她轉過頭去，就看見筆電裡的照片仍投影在大螢幕上，那是一張在妒火酒吧拍的現場照片。

「我知道，」她說：「這個畫面很殘忍。」

史密斯宛如夢遊般搖了搖頭，目光並未離開螢幕。

「史密斯，你還好吧？」

「我不好，」史密斯緩緩說道：「我沒辦法忍受看到鮮血，我沒辦法忍受暴力，我不知道我能不能再繼續忍受看見有人受苦。這個……瓦倫廷．嚴德森……我是個心理師，我一直努力從專業的立場來揣摩他的行為，但我覺得我可能會恨他。」

「我們都沒辦法做到**那麼**專業的，史密斯。但我不會讓一點點的恨意困擾我自己，就像哈利說的，有一個人可以恨不是感覺很好嗎？」

「哈利說過這種話？」

「對啊，也可能是拉格搖滾客說的，或是……你找我有什麼事嗎？」

「我跟《世界之路報》的夢娜．多爾講過電話。」

「你看，又有個我們可以恨的人了，她找你有什麼事？」

「是我打給她的。」

卡翠娜整理資料的手停了下來。

「她請我上節目去談瓦倫廷．嚴德森，我跟她開出我的條件，」史密斯說：「我說我只能泛談一些瓦倫廷．嚴德森的事，不會透露調查工作的內容。那是個『播客』，就是一種數位廣播媒體……」

「史密斯，我知道什麼是播客。」

「至少這樣他們不會錯誤引用我說的話。我說的每句話都會如實播送。請問妳准我去上這個節目嗎？」

卡翠娜思索片刻。「首先我要問你，**為什麼**你要去上節目？」

「因為民眾都很害怕，我的老婆很害怕，我的孩子很害怕，我的鄰居很害怕，學校的家長很害怕。還有，身為這個領域的研究者，我有責任讓大家少害怕一點。」

「難道他們沒有害怕的權利嗎？」

「卡翠娜，妳有看報紙嗎？這一個星期以來，商店裡的鎖和警報系統已經銷售一空了。」

「每個人都會害怕他們不了解的東西。」

「不只是這樣而已，他們之所以害怕是因為他們以為我們在對付的傢伙是我當初以為的純吸血鬼症患者，是個生了病且充滿困惑的人，由於嚴重的人格障礙和性偏離症而去攻擊別人。但其實這個禽獸是個冷血、憤世嫉俗、工於心計的戰士，他能做出理性判斷，知道在需要的時候必須逃跑，比如說在那家土耳其澡堂，也知道在情況許可的時候可以攻擊別人，比如說……比如說在這張照片裡的酒吧。」史密斯閉上眼睛，別過頭去。「我必須承認，我也覺得害怕，我躺在床上整夜不能睡，心想這些命案怎麼會是同一個人所為？這怎麼可能？難道一直以來我都錯得離譜嗎？我搞不懂，但我**必須**搞懂，沒有人比我更有背景去搞懂，只有我能把它解釋清楚，告訴大家這個禽獸的真面目。因為當大家真的看清楚這個禽獸，就會了解，心中的恐懼就不會無限擴大。民眾的恐懼並不會消失，但至少他們會覺得自己能做出理性判斷，增加一點安全感。」

卡翠娜雙手叉腰。「如果我沒理解錯誤的話，你是說你並不真的了解瓦倫廷·嚴德森這個人，但你卻想跟大眾解釋他是個什麼樣的人？」

「對。」

「你是想去說謊，希望能安撫大家的情緒？」

「我覺得我可以把後者做得比前者更好，妳可以祝我順利嗎？」

卡翠娜咬了咬下唇。「你身為專家，的確是有責任向大眾說明，而且安撫民眾是有益社會的，只要你不提及任何關於調查工作的內容就好。」

「當然不會。」

「不能再有消息洩露出去了，這層樓只有我一個人知道歐柔拉現在在做什麼，就連警察署長都沒通知。」

「我以名譽擔保，絕對不會。」

「那是他嗎？那**是**他嗎，歐柔拉？」

「爸，你不要一直念啦。」

「奧納，也許你跟我應該出去外面坐一會兒，好讓他們安靜看影片。」

「安靜？韋勒，她是我女兒，她要——」

「爸，你就聽他的吧，我很好。」

「喔，妳確定嗎？」

「我很確定，」歐柔拉轉頭朝諾卡司的女員工和街頭犯罪組的男警說：「那不是他，繼續吧。」

史戴·奧納站起身來，卻突然覺得有點頭暈，可能因為站得太快，可能因為昨晚沒睡，也可能因為他今天什麼都沒吃，又連續三小時盯著螢幕沒有休息。

「你在這裡的沙發坐一下，我去看看能不能替我們倒兩杯咖啡。」韋勒說。

奧納點了點頭。

韋勒轉身離去，留下奧納獨自坐在沙發上，隔著玻璃牆看著女兒坐在另一側，正在對那兩人比手勢，表示繼續、暫停、倒帶。奧納不記得上次看到歐柔拉如此投入是什麼時候，也許他一開始的反應和焦慮是過度了些，也許最糟的時刻已經過去，也許歐柔拉已設法走出創傷，而他和英格麗非常幸運地並未察覺發生了什麼事。

此外，年紀輕輕的女兒對他解釋了一番何謂保密誓言，彷彿是心理學講師對新生解說一般。她說是她要哈利立下保密誓言的，而哈利一直沒有打破，直到他發現這麼做可以拯救人命，這跟奧納自己對待保密誓言的態度是一樣的。儘管歐柔拉有過那般遭遇，但她存活了下來。死亡。最近奧納經常想到死亡，不是他自己的死亡，而是女兒有一天終究會死。為什麼這個想法令他難以忍受？可能當他和英格麗當上外祖父母之後，他對死亡的觀感會改變，因為人類心理顯然受到身體的生物指令所驅使，本能地想傳遞基因，以延續人類這個種族。很久以前他問過哈利是否不想要有親生小孩，哈利顯然對這問題早已備妥答案。哈利說他體內沒有快樂基因，只有酗酒基因，覺得任何人都不該繼承這種基因。然而現在哈利有可能改變想法，至少過去這幾年已經證明他也可以體驗到幸福。奧納拿出手機，想打給哈利，告訴他說他是個好人、好朋友、好父親、好丈夫。好吧，這聽起來像訃聞，但哈利需要聽見這番話。哈利一直認為自己執著於追緝殺人犯是一種強迫行為，就跟酗酒差不多，但他這麼想是錯誤的。他去追緝殺人犯並不是為了逃避，而是受到人類群居本能的驅使，哈利這個個人主義者絕對沒準備要承認這件事。這種群居本能是**良善**的，裡頭包含對世人的道德感和責任感。哈利聽了這些話多半會哈哈大笑，但奧納很想把這些話告訴這位朋友，媽的要是他肯接電話就好了。

奧納看見歐柔拉直起身子，肌肉繃緊。難不成……？接著她又放鬆下來，用手比了比，表示繼續。

奧納再度把手機按到耳邊。快接電話啊，可惡！

「我的事業、運動習慣和家庭生活都很成功？是啊，也許吧。」米凱．貝爾曼環視坐在餐桌前的其他人。「但最重要的是，我只是來自曼格魯很單純的一個人。」

原本他一直擔心事前練習的老技倆會讓自己說出來的話空洞貧乏，但事實證明伊莎貝拉是對的，要把最令人羞於啟齒的陳腐話語帶著自信說出來，只需要加入一點點感情。

「貝爾曼，很高興你撥冗來跟我們聊聊，」黨祕書拿起餐巾擦了擦嘴，表示午餐結束，並朝另外兩位代表點了點頭。「流程已經開始跑了，就像我說的，我們很高興你對我們提出的任命案有正面回應。」

米凱點了點頭。

「你口中的『我們』，」伊莎貝拉插嘴說：「也包括首相在內吧？」

「要不是首相辦公室表達了正面態度，我們現在就不會在這裡了。」黨祕書說。

起初他們邀請米凱去國會大廈會談，但米凱在詢問伊莎貝拉之後，反而邀請他們前往中立地帶共進午餐，由警察署長自掏腰包請客。

黨祕書看了看錶。米凱注意到黨祕書手上戴著是歐米茄的海馬系列腕錶，這款腕錶沉重又不實用，走在第三世界的城市立刻會成為搶劫目標，只要放著超過一天沒戴就不會走，必須重新上鏈和設定時間，但如果忘了將按把重新旋緊就跳下泳池，機芯就會毀損，修理費可購買四只以上的高級腕錶。簡而言之：他**真的**很需要弄到一只這種錶。

「不過就像我說的，還有其他列入考慮的人選。司法大臣是重要的內閣任命，所以不可否認的是，對一個非政壇出身的人，這條路可能會比較崎嶇。」

米凱看準時間，跟黨祕書同一時間推開椅子站起來，而且先伸出手說：「希望很快有機會再聊。」媽的他可是警察署長，比起眼前這個戴名錶的陰沉官僚，他才必須盡快趕回到工作崗位上。

執政黨代表離開後，米凱和伊莎貝拉又坐了下來。他們跟這家新餐廳訂了一間包廂，餐廳坐落在塞倫加區外緣的複合式公寓之間，後方就是奧斯陸歌劇院和西北艾克柏區，前方是新開幕的游泳池。峽灣滿是不斷改變方向的小波浪，遊艇歪歪斜斜地行駛在海面上，猶如白色逗號，最新的氣象預報說暴風雨會在午夜之前襲擊奧斯陸。

「剛才應該很順利吧？」米凱問道，在兩人的杯子裡倒了佛斯礦泉水。

「『要不是首相辦公室表達了正面態度……』」伊莎貝拉模仿黨祕書的口氣，皺起鼻子。

「有什麼不對嗎？」

「他們沒用過『要不是』這種修飾詞，而且他只提到首相辦公室，沒提到首相本人，在我聽來就是他們要區別這兩者。」

「他們為什麼要這樣做？」

「你聽見我剛問的了。這頓飯他們多半在問你吸血鬼症患者的案子，還有你認為多快可以逮到凶手。」

「得了吧，伊莎貝拉，這是現在奧斯陸最熱門的話題。」

「米凱，他們問這些事是因為這攸關任命案。」

「可是——」

「他們不需要你，也不需要你管理司法部的能耐或能力，這一點你應該明白吧？」

「妳說得有點誇張了，不過是的，我明白——」

「他們要的是你的眼罩、你的英雄地位、你的人氣、你的成功，因為你只有這些而已，而這些又正好是這個政府所欠缺的。把這些東西拿走，你對他們來說就一文不值，而且老實說……」伊莎貝拉推開水杯，站了起來。「……對我來說也一樣。」

米凱謹慎地笑了一下。「什麼？」

「米凱，我不跟遜咖打交道的，這你應該很清楚。我親自上媒體把你捧上天，說你拯救了世界，還替哈利·霍勒擦屁股，結果目前為止他只逮捕到一個九十歲的裸體老人，而且害一個無辜酒保送命。米凱，這不是讓你看起來像遜咖，而是讓**我**看起來像遜咖，我不喜歡這樣，所以我要離開了。」

米凱哈哈大笑。「妳是月經來了還是怎樣？」

「我的經期你不是都瞭若指掌？」

「好吧，」米凱嘆了口氣，說：「回頭再跟妳聊。」

「你可能把我說的『離開』解讀得太狹隘了。」

「伊莎貝拉……」

「再見，我喜歡你剛才說你有成功的家庭生活，好好專心經營吧。」

米凱坐在椅子上，看著伊莎貝拉離去並把門關上。

他請服務生結帳，再度望著窗外的峽灣。聽說沿著海岸規劃這些公寓的那群人並未把氣候變遷和海平面上升列入考量。他把他和烏拉的住家建在赫延哈爾的山上時，就有考慮過這些，他認為住在山上比較安全，在那裡海水淹不到，藏在暗處的歹徒難以偷襲，暴風雨吹不翻屋頂，單憑這些毀不了他們的家。他喝了一口杯子裡的水，做個鬼臉，看著那杯水。佛斯礦泉水。為什麼大家都願意花大把鈔票來買這種嚐起來跟水龍頭流出來的水差不多的東西？並不是因為他們覺得這比較好喝，而是因為他們認為**其他人**都覺得這比較好喝，所以每次他們帶著無趣的花瓶老婆和沉重的歐米茄海馬腕錶上餐廳，都會點佛斯礦泉水。難道這就是為什麼他有時會懷念往日時光的原因？他懷念曼格魯區，懷念星期六夜晚在歐森餐廳喝得爛醉，倚著吧檯趁老闆沒注意時把啤酒倒滿，和烏拉跳最後一支慢舞，讓站在人群第一排的那些曼格魯明星曲棍球員和川崎七五〇重機車手恨得牙癢癢。他知道他和烏拉很快就會一起離開，走入夜色，沿著普魯路朝冰宮和厄斯騰薛方納湖走去。他會在湖邊指著天上的星星，說明他們將如何一起抵達那裡。

他們究竟是不是成為了人生勝利組？也許吧，但就像他小時候跟父親去爬山一樣，爬到山頂時疲憊不堪，心想終於攻頂了，但卻只是發現一山還有一山高。

米凱閉上雙眼。

現下的他就跟那時一樣，覺得疲憊不堪。他可不可以停在這裡就好？可不可以躺下來，感覺微風吹拂、感覺帚石楠搔著他、感覺被太陽晒得暖烘烘的岩石貼著肌膚、感覺只想停留在此？他突然有股衝動，想打電話給烏拉，對她說：**我們停在這裡就好**。

這時夾克口袋裡的手機發出震動，彷彿回應著他內心的感觸。是了，一定是烏拉打來的。

「喂？」

「我是卡翠娜．布萊特。」

「嗯。」

「我只是想通知你說我們發現瓦倫廷．嚴德森的假身分了。」

「什麼？」

「他在八月份的時候曾在奧斯陸中央車站用自動提款機領錢，六分鐘前我們從監視器畫面中辨識出他，他使用的金融卡持卡人叫作亞歷山大．德雷爾，出生於一九七二年。」

「然後呢？」

「這個亞歷山大．德雷爾已經在二〇一〇年死於車禍。」

「地址呢？有找到地址嗎？」

「有，戴爾塔特種部隊已經在路上了。」

「還有別的事嗎？」

「目前沒有，我只是想說你會想掌握調查進度。」

「對，是的。」

兩人結束通話。

「不好意思。」服務生說。

米凱低頭看著帳單，在攜帶式讀卡機上輸入過於昂貴的帳單數字，按下輸入鍵，然後站起身來，快步離去。眼下只要逮到瓦倫廷就能打通所有關節。

他身上的疲憊感似乎在一瞬之間消散得無影無蹤。

約翰．D．史戴芬打開電燈開關，日光燈閃爍幾下才穩定下來，發出冷冰冰的光芒。

歐雷克眨了眨眼，倒抽一口涼氣，說：「這些全都是血？」聲音迴盪在地下室裡。

史戴芬微微一笑，金屬門在他們背後關上。「歡迎來到血浴場。」

歐雷克打了個冷顫。地下室冷氣很強，藍森森的燈光照在龜裂的白磁磚上，只是更加突顯這種彷彿置身於冰櫃的感覺。

「這裡……這裡有多少血？」歐雷克問道，跟著史戴芬走在一排排的紅色血袋之間，血袋掛在金屬架上，一排各有四層。

「如果奧斯陸被拉科塔族攻擊的話，應該夠我們撐個幾天。」史戴芬說，步下階梯，來到舊浴池中。

「拉科塔族？」

「說蘇族你可能比較熟悉，」史戴芬說，用手捏了捏一個血袋，歐雷克看見血袋裡的血從深紅色變成淺紅色。「白人遇到的美洲原住民都特別嗜血，這是沒有根據的說法，除了拉科塔族以外。」

「是嗎？」歐雷克說：「那白人呢？不是各色人種之中都有嗜血的人嗎？」

「我知道學校是這樣教的，」史戴芬說：「沒有哪個人種比較優越，也沒有哪個比較低劣，可是相信我，拉科塔族既優越又低劣，他們是最優秀的戰士。以前阿帕契族人常說，如果夏安族或黑腳族戰士打來，只要派出族裡的少年和老人迎戰就好，但如果是拉科塔族戰士打來，他們誰都不會派，只會開始高唱死亡之歌，希望自己死得很快。」

「拉科塔族會嚴刑拷打？」

「拉科塔族會用小木炭慢慢燒炙俘虜，」史戴芬繼續往前走，朝血袋掛得較密集、燈光較稀疏的地方走去。「等到俘虜沒法再撐下去，他們會暫時休息，給予水和食物，好讓拷打可以持續一到兩天，而食物有時包括俘虜自己身上的肉。」

「這是真的嗎？」

「這個嘛，就跟歷史上寫的一樣真實。有個名叫雲後月的拉科塔族戰士就以喝光他所殺死的敵人鮮血而聞名，但這段歷史顯然有點誇張，因為他殺過很多人，喝那麼多血他絕對活不了，高劑量的人血會毒害人體。」

「是喔？」

「因為人體無法處理攝取過多的鐵質，不過我可以確定他喝過一個人的血，」史戴芬在一個血袋前停下腳步。「一八七一年，我的曾曾祖父在猶他州雲後月的拉科塔族營區被發現，身上血液都乾涸了。他是以傳教士的身分前往營區的。我祖母在日記裡寫說，我的曾曾祖母在一八九〇年的傷膝河大屠殺之後感謝上帝。說到這個……」

「是？」

「這袋血是你母親的，呃，不過現在是我的了。」

「她不是在接受輸血嗎？」

「你母親的血型非常稀有，歐雷克。」

「是嗎？我以為她的血型很普通。」

「喔，歐雷克，血液不只是血型而已，幸好她是A型，我可以把這裡的一般血液輸給她，」史戴芬揚起雙手。「她的身體吸收一般血液之後，會製造出蘿凱．樊科特有的珍貴血液。說到這個，歐雷克．樊科，我帶你來這裡不只是想把你從她床邊帶開，讓你休息一下，也是想問你願不願意讓我抽點血，看看你製造的血液是不是跟她一樣？」

「我？」歐雷克想了想。「好啊，有何不可，只要能幫助到別人就好。」

「相信我，這可以幫助到我。你準備好了嗎？」

「現在？就在這裡？」

歐雷克和史戴芬目光相交，不由得猶豫片刻，卻不知道是什麼讓自己猶豫。

「好吧，」歐雷克說：「來吧。」

「太好了。」史戴芬把手伸進白袍右口袋，朝歐雷克踏上一步，這時他左口袋突然傳出歡快的手機鈴聲，令他煩躁地蹙起眉頭。

「我以為這裡收不到訊號，」史戴芬喃喃說道，拿出手機。歐雷克看見手機螢幕照亮史戴芬的臉，光線照在眼鏡上產生折射。「看來是警署打來的，」史戴芬把手機按在耳邊說：「喂？我是主治醫師約翰·道爾·史戴芬。」

歐雷克聽見手機那頭傳來嗡嗡說話聲。

「沒有，布萊特警監，我今天沒看見哈利·霍勒，我很確定他不在醫院，而且醫院也不是手機必須關機的唯一場所，說不定他正在搭飛機？」史戴芬看看歐雷克，歐雷克聳了聳肩。「**我們找到他了**？好，他來醫院的話我會轉告他。不過你們找到了誰？我只是好奇……謝謝，我知道保密誓言，我只是想說如果我可以清楚轉告霍勒的話，他會比較明白妳的意思……好，我跟他說**我們找到他了**就好，祝妳今天愉快，布萊特。」

史戴芬把手機放回口袋，看見歐雷克已捲起袖子。他拉著歐雷克的手臂走到浴池階梯前。「謝謝，不過我剛才看到手機才發現時間已經這麼晚了，我有個病人正在等我，看來我們得下次再找時間替你抽血了。」

戴爾塔小隊隊長希維德·傅凱坐在這個快速應變小組的廂型車後座，高聲下達簡潔有力的指令，同時車子沿著特隆赫姆路顛簸前進。車內坐著八人團隊，七男一女，但這名女性並不屬於戴爾塔特種部隊，隊裡從未有過女性。理論上戴爾塔的入隊條件並未限制性別，但今年報考的百名考生當中沒有女性，過去總共也只有五名女考生，上一名還是出現在二〇〇〇年以前，而且她們都沒能通過篩選。不過天知道，坐在傅凱對面的這個女子看起來堅毅剛強，說不定日後有機會加入。

「所以我們不知道這個德雷爾是不是在家裡？」傅凱問說。

「先跟你說清楚，這個德雷爾就是瓦倫廷．嚴德森，吸血鬼症患者。」

「布萊特，我是跟妳開玩笑的啦，」傅凱露出微笑。「那他沒有手機可以讓我們定位嗎？」

「他可能有手機，但不是登記在德雷爾或嚴德森的名下，這會有問題嗎？」

傅凱看著卡翠娜。他們已經從市議會建築處的資料庫裡下載了公寓平面圖，從圖上看起來成功機率很大。那是一間四十五平方公尺的兩房公寓，位於三樓，沒有後門，也沒有通道可以直通地下室。他們計畫派遣四名隊員從前門進入，另外兩人守在公寓外，以防嫌犯跳出陽臺逃逸。

「沒問題。」傅凱說。

「很好，」卡翠娜說：「要安靜行動嗎？」

傅凱臉上的笑容更燦爛了些，他喜歡卑爾根口音。「妳認為我們應該在陽臺落地窗上鑽個小洞，進去之前先禮貌地把鞋底擦乾淨嗎？」

「我是認為對方只有一個人，希望他沒有隨身帶槍，而且他不知道我們會來，所以沒理由浪費震撼彈，再說安靜平順地完成行動不是更高竿嗎？」

「這樣說也沒錯，」傅凱說，查看衛星定位系統和前方路況。「但如果我們使用震撼彈，傷亡率會降低，對我們和對他都是一樣。震撼彈一丟出去，十個人裡面有九個會無法行動，不管他們以為自己有多強悍。再說，我們有些震撼彈得趕快用掉以免過期，況且弟兄們都蠢蠢欲動，需要來點刺激的行動，最近接到的任務都太文靜了。」

「你是開玩笑的吧?你不是真的那麼硬派、那麼幼稚吧?」

傅凱咧嘴一笑,聳了聳肩。

「不過你知道嗎?」卡翠娜傾身向前,舔了舔紅唇,壓低嗓音說:「我喜歡這種男人。」

傅凱哈哈大笑。他是個快樂的已婚男人,但如果他還沒定下來,絕對不會拒絕卡翠娜的晚餐邀約,也不會放過機會探索她那雙危險的深色眼眸和聆聽有如獵物嗥叫般的卑爾根捲舌口音。

「一分鐘!」傅凱高聲說,另外七名隊員以幾乎同步的動作放下頭盔面罩。

「妳說他有一把儒格紅鷹?」

「哈利說他在酒吧裡拿的就是這種手槍。」

「大家都聽見了吧?」

眾人點了點頭。裝備製造商宣稱說他們的新型頭盔面罩擋得住迎面射來的九毫米子彈,但若是大口徑儒格紅鷹手槍所發射的子彈則另當別論。傅凱心想這樣也好,虛假的安全感會讓人太過安逸。

「如果他拒捕呢?」卡翠娜問道。

傅凱清了清喉嚨。「那我們就會射殺他。」

「有這個必要嗎?」

「反正事後一定會有人提出馬後炮的意見,所以我們比較喜歡有先見之明,當個聰明人,只要會朝我們開槍的人一律射殺。知道這樣做是在容許範圍內,這對我們的職場滿意度來說還挺重要。看來我們到了。」

他站在窗前,看見窗玻璃上沾有手指留下的油膩汗漬。整座城市他都盡收眼底,但卻什麼動靜都沒看到,只聽見警笛聲。無須驚慌,警笛聲經常都可聽到。無論是房屋失火、有人在浴室滑倒、有人虐待伴侶,各種情況都可能有人被捕,這時就會聽見警笛聲。催促閒雜人等趕緊讓開的警笛聲,聽著總是令人心煩。

牆壁的另一邊有人正在做愛，今天是上班日，那肯定是偷情，背著配偶偷情，或背著雇主偷情，或兩者皆是。

除了一陣陣的警笛聲，他背後也傳來廣播節目的吱喳聲。隨警笛聲出動的那些人身穿制服且握有權力，但他們的行動缺乏目的和意義，他們只知道事態緊急，不及時趕到的話會發生可怕的事情。

震天價響的警笛聲響了起來。有了，**這個**警笛聲才有意義，這才是末日的聲音，這美妙的聲音聽了會讓人寒毛直豎。他聽著警笛聲，看著時間，看見這時並非正午，了解到這並不是測驗。正午十二點，這是他轟炸奧斯陸的時間，屆時沒有人會奔向避難所，大家只會站在原地驚詫地望著天空，心想這是什麼天氣？或他們仍會懷著罪惡感繼續互幹，無法有不一樣的舉動。只因我們都無法有別的舉動，我們只能做出符合自己天性的舉動。很多人認為憑藉意志力可以讓自己做出違背天性之事，但這是誤解，事實正好相反，意志力可以做的只是跟隨天性，即使所面臨的環境十分艱困。強暴一個女人、癱瘓她的抵抗力，或以智取勝、躲避警察追捕、復仇、日夜躲藏，難道這一切不都只是為了跨越障礙，好跟這個女人做愛？

警笛聲漸去漸遠。那對情侶做完了。

他試著回想警笛的聲音，那警笛聲意思是：**重要訊息，聆聽廣播**。他小時候有個常聽的電臺，不知道現在還在不在。該聽哪個電臺才能聽見訊息呢？那訊息一定很重要，但不會非常戲劇化，要你趕快逃進避難所。也許為他們預先準備好的計畫是占領所有電臺，只為了宣布……宣布什麼？宣布說一切都已太遲，避難所已經關閉，它們救不了你，沒有什麼救得了你。現在最重要的是把你所愛的人集合在身邊，和他們道別，然後死去。這就是他所觀察到的。許多人窮盡一生只為了達到一個目標：不要孤單死去。但很少有人成功。大家十分恐懼在跨越生死邊界時沒有人可以握住他們的手，因此他們願意竭盡全力來排除這種恐懼。哈，他都有握住她們的手。她們一共有幾個人？是二十個？還是三十個？但她們並未因此看起來比較不害怕或不孤單，就連他愛的人也是一樣。好吧，顯然她們沒有時間回應他的愛，但她們時時刻刻都被愛圍繞。他想起瑪妲·路德。他應該不要被別人牽著鼻子走，並對她好一點才對。他希望她已經死了，而且死得非常快速，沒有痛苦。

他聽見牆壁另一側傳來沖澡聲，還有他的手機傳出來的廣播聲。

「……有些學術文獻對吸血鬼症患者的描述是頭腦聰明且沒有出現心理疾病或偏差行為，這給人一種印象，就是我們所面對的敵人十分強壯而危險。但外號叫『沙加緬度吸血鬼』的美國連續殺人犯理查・柴斯（Richard Chase）和瓦倫廷・嚴德森相較起來，可能算是比較典型的吸血鬼症患者。他們兩人在生命早期都有出現精神病的跡象，包括尿床、對火著迷、性無能。他們都被診斷出偏執狂和思覺失調症。一般公認柴斯走上了吸食動物鮮血的常見道路，他還曾替自己注射雞血而引發疾病。瓦倫廷小時候則喜歡虐待小貓，他在祖父的農場裡把初生的小貓藏在隱密的籠子裡供他虐待而不讓大人發現。但瓦倫廷・嚴德森和柴斯一樣，在經歷第一次吸血鬼症患者式的攻擊後就無法自拔，柴斯在短短幾星期內就殺了七個人，而且跟嚴德森一樣，他也是在被害人家裡將其殺害。一九七七年十二月，柴斯在沙加緬度四處敲門。後來他在接受訊問時供稱，只要有人開門，他就視為是邀請，並進入對方家中。柴斯的一個被害人叫泰瑞莎・瓦林（Teresa Wallin），她懷有三個月身孕，他一發現她獨自在家，就對她連開三槍，然後姦屍，同時用屠宰刀戳刺，吸食鮮血，這聽起來很耳熟對不對？」

他心想，對啦，但你不敢提到理查・**崔頓**・柴斯摘除了她的幾個內臟，還割下她的乳頭，從後院撿了狗屎塞進她的嘴巴。你也不敢提到他用一個被害人的陰莖來吸食另一個被害人的鮮血。

「相似之處還不只如此，瓦倫廷・嚴德森跟柴斯一樣走到了末路，我認為他不會再殺更多人了。」

「史密斯先生，為什麼你這麼確定呢？你正在協助警方辦案，是不是掌握了什麼確切的線索？」

「我之所以這麼確定跟調查工作無關，而且對於調查工作我不會做出直接或間接的評論。」

「那到底是為什麼呢？」

他聽見史密斯深深吸了口氣，眼前浮現這個腦袋空空的心理師坐在那裡寫筆記，興致勃勃地詢問他關於童年的事，諸如尿床、早期性經驗、放火燒森林，尤其是他口中的「釣貓」。「釣貓」就是他拿了祖父的釣竿，把釣線拋過穀倉橫梁，再把釣鉤鉤住小貓下巴，然後捲動釣線，讓小貓掛在半空中，看著小貓無助地往上爬，努力想要掙脫。

「因為瓦倫廷．嚴德森除了極為邪惡之外，沒有什麼特別。他不笨，但也不特別聰明。他沒有達成什麼特別的成就。創造一樣東西需要的是想像力和遠見，而破壞卻什麼都不需要，只需要盲目。這幾天嚴德森沒被逮到不是因為技術好，而是純粹因為運氣好。他很快就會被緝捕歸案，但在那之前，接近他依然相當危險，這就好像必須小心嘴邊流著白沫的瘋狗一樣，而罹患狂犬病的瘋狗離死期已經不遠，不管他有多邪惡都是一樣。套句哈利．霍勒說過的話，瓦倫廷．嚴德森只是個無恥變態，他已經失控了，很快就會犯下大錯。」

「所以你想讓奧斯陸市民安心……」

他突然聽見聲音，立刻關閉播客，側耳傾聽。聲音從門外傳來，是變換腳步的聲音，有人正在外頭鬼鬼祟祟地不知做什麼。

四名身穿深色制服的戴爾塔小隊隊員站在亞歷山大．德雷爾家門口，卡翠娜站在二十公尺外的走廊上觀看。

一名隊員手持一點五公尺長的圓筒，圓筒上有兩個握把，外型有如古代破城槌，又酷似巨大的品客洋芋片長筒罐。

四人都戴著頭盔，放下面罩，很難分辨誰是誰，但卡翠娜猜想現在那個伸出戴著手套的手、比出三根手指的人是傅凱。

就在這無聲倒數開始之際，卡翠娜聽見那間公寓傳出音樂聲。那是平克佛洛伊德樂團的歌吧？她討厭這個樂團，不對，不是這樣，應該說她深深懷疑喜歡這個樂團的人。侯勒姆曾說他只喜歡平克佛洛伊德樂團的一首歌，還拿出一張專輯，封面圖片像是個毛茸茸的耳朵。侯勒姆說那是他們成名前的作品，只是唱著一首平凡的藍調歌曲，外加一隻嗥叫的狗，就像是玩不出新哏的電視節目一樣。侯勒姆說一首歌只要用上還不賴的瓶頸壓弦滑奏法，他就會大大地赦免它，更何況這首歌還用了雙大鼓和嘶啞嗓音，向暗黑力量和腐爛屍體致敬（這正合卡翠娜胃口），非常加分。她想念侯勒姆。就在傅凱數完三根手指，形成握拳之姿，他們就要用破門槌撞開公寓門，緝捕過去這七天以來至少殺了四或五人的凶嫌之際，她心裡想到的竟是被她甩掉的前男友。

門鎖毀壞，門被撞開。第三名隊員扔了一枚閃光震撼彈進去，卡翠娜摀住耳朵。一瞬間，卡翠娜看見門內射出刺眼亮光，四名戴爾塔隊員的影子映射在走廊上，緊接著是兩聲爆炸聲響。

三名隊員肩頭抵著MP5衝鋒槍魚貫入內，第四名隊員在外面舉著衝鋒槍指著門內。

卡翠娜放下雙手。

震撼彈把平克佛洛伊德樂團炸到沒聲音了。

「安全了！」傅凱的聲音傳來。

門外那名隊員轉頭朝卡翠娜望來，點了點頭。

她深深吸了口氣，朝門口走去。

卡翠娜走進公寓，門內仍殘留著震撼彈放出的煙霧，但聞起來出乎意料沒什麼味道。玄關、客廳、廚房。這戶公寓給卡翠娜的第一印象是看起來好普通，這裡的住戶應該是個愛乾淨、再平凡不過的人，他會下廚、喝咖啡、看電視、聽音樂。天花板上沒有掛肉鉤，壁紙上沒有血跡，牆壁上沒有命案剪報和被害人照片。

卡翠娜的腦海閃過一個念頭：歐柔拉認錯人了。

她從開著的浴室門口望進去，只見裡頭空蕩蕩的，沒有浴簾，沒有盥洗用品，只有鏡子底下的架子上放著一樣東西。她走進浴室。那樣東西不是盥洗用品，而是塗了黑漆的金屬製品，上頭生著紅棕色的鐵鏽，正是一副鐵假牙。鐵假牙的上下排牙齒是合上的，形成鋸齒狀。

「布萊特！」

「是？」卡翠娜走進客廳。

「這裡。」傅凱的聲音從臥房傳來，聽起來冷靜慎重，彷彿事情已經結束。卡翠娜跨越門檻，避免碰觸門板，像是已經認定這裡是犯罪現場。房裡衣櫃開著，戴爾塔小隊分站雙人床兩側，舉著半自動衝鋒槍瞄準躺在床上的赤裸女人。女人毫無生命跡象的雙眼直盯著天花板瞧，身上散發出一種味道。卡翠娜乍聞之下難以辨別，又靠近一點聞了聞。原來是薰衣草的香味。

她拿出手機撥打，對方立刻接了起來。

「逮到他了嗎？」侯勒姆聽起來氣喘吁吁。

「沒有，」卡翠娜說：「但這裡有個女人躺在床上。」

「她死了嗎？」

「反正不是活的。」

「什麼……？」

「她是個性愛娃娃。」

「是個什麼？」

「就是性愛玩具，而且看起來是很貴的那種，日本製的，做得栩栩如生，我第一眼看到她還以為是真人。至少亞歷山大・德雷爾**確實**是瓦倫廷，那副鐵假牙放在這裡，看來我們得等等看他會不會出現。哈利有沒有跟你們聯絡？」

「沒有。」

卡翠娜的目光落在衣櫃前方地板上的一副衣架和一件內褲上。「畢爾，我不喜歡這樣，他也不在醫院裡。」

「沒有人喜歡這樣，我們是不是該發出警報？」

「為了哈利？這樣做有什麼用？」

「也對。聽著，別亂動屋子裡的東西，那裡說不定有瑪妲．路德的線索。」

「好，但是從屋裡的情況來看，我覺得就算有線索也早就被清理乾淨了。哈利說得沒錯，瓦倫廷的確有潔癖。」卡翠娜的目光又回到衣架和內褲上。「對了……」

「什麼？」侯勒姆說。

「幹！」卡翠娜說。

「怎麼了？」

「他是匆忙把衣服塞進包包，再把浴室的盥洗用具給帶走。瓦倫廷知道我們會來……」

瓦倫廷把門打開，看見了到底是誰在門外鬼鬼祟祟。原來是房務員，她正彎著腰，手裡拿著飯店房卡，見門打開趕緊直起身來。

「喔，對不起，」房務員微笑說：「我不知道這個房間有人。」

「這個給我，」瓦倫廷說，從房務員手中拿過毛巾。「還有，可以請妳再打掃一遍嗎？」

「什麼？」

「我對房間的乾淨度不滿意，窗戶上還有指印，請妳再把房間打掃一遍，大概一小時後過來吧。」

房務員吃驚的神色消失在被他關上的房門外。

他把毛巾放在咖啡桌上，在扶手椅上坐下，打開包包。

警笛聲已然止息。倘若剛才他聽見的警笛聲真的來自要追捕他的警察，那他們現在可能已經進入公寓了，這裡距離辛桑區不過才幾公里而已。半小時前那男人打電話來跟他說，警察已經發現他住在哪裡、用什麼名字，叫他趕快離開。他只打包了最重要的東西帶走，連車子也留了下來，因為警方一定會發現那輛車子登記在那個名字底下。

他從包包裡拿出一個檔案夾，翻閱裡頭的照片和地址，發覺這是很長一段時間以來，他頭一次不知該如何是好。

那心理師說的話在他耳邊響起。

「……只是個無恥變態，他已經失控了，很快就會犯下大錯。」

瓦倫廷站起身來，脫去衣服，拿起毛巾走進浴室，打開淋浴間的熱水，站在鏡子前，等水變燙，看著鏡子逐漸起霧。他望著那幅刺青，耳中聽見手機鈴聲響起，心知是那男人打來的。那男人代表理性、代表救贖，打電話來下達新指示、新命令。他是不是該忽視這通電話？切斷臍帶、切斷生命線的時候是不是到了？自由掙脫的時候是不是到了？

他深深吸了口氣，放聲尖叫。

28

星期三下午

「性愛娃娃不是什麼新鮮玩意，」哈爾斯坦．史密斯說，低頭看著躺在床上那個由塑膠和矽膠所製成的女人。「過去荷蘭人統治七海的時候，水手經常攜帶一種長得像陰道、以皮革縫製的娃娃上船。這類用品十分常見，中國人還稱之為『竹夫人』（Dutch Wife）。」

「真的？」卡翠娜說，看著身穿白衣有如天使的刑事鑑識人員正在檢視臥房。「古代中國人會說英文？」

史密斯哈哈大笑。「這可考倒我了，不過那篇學術期刊的文章是用英文寫的。日本有一種妓院裡面只有性愛娃娃，最高級的娃娃還會發熱，讓人感覺像是有體溫。娃娃裡有骨骼，這表示手腳都可以彎曲成自然和不自然的姿勢。日本人還有一種自動潤滑機……」

「謝謝，說到這邊就夠了。」卡翠娜說。

「沒問題，抱歉。」

「畢爾有沒有跟你說他為什麼要待在鍋爐間？」

史密斯搖了搖頭。

「他跟李延有事要做。」韋勒說。

「他跟白娜．李延？**有事要做**？」

「他只說既然這裡不是命案現場，交給別人就行了。」

「有事要做……」卡翠娜喃喃自語，走出臥房。史密斯和韋勒緊緊跟在她身後走出公寓，來到公寓前方的停車場。三人在一輛藍色本田轎車前停下腳步，兩名刑事鑑識專家正在檢視轎車的後車箱。他們在公寓裡發現了車鑰匙，並確認這輛車的車主是亞歷山大．德雷爾。頭頂上的天空是鐵灰色的，卡翠娜朝托修達倫公園另一端長草連綿起伏的斜坡望去，看見樹梢被風扯動。最新的氣象預報說艾蜜莉亞再過幾小時就會觸及奧斯陸。

「沒把車開走算他聰明。」韋勒說。

「沒錯。」卡翠娜說。

「什麼意思？」史密斯問道。

「收費站、停車場、馬路上都裝有監視器，」韋勒說：「用車牌辨識軟體來過濾監視器畫面只要花幾秒鐘時間就能完成。」

「真是個美麗新世界。」卡翠娜說。

「**啊，美麗新世界，裡頭有這樣美麗的人類**。」史密斯說。

卡翠娜轉頭望著史密斯。「你能想想瓦倫廷這種人逃跑時會去哪裡嗎？」

「不能。」

「不能的意思是說『不知道』？」

史密斯推了推眼鏡。「不能的意思是說『我想他不會逃跑』。」

「為什麼不會？」

「因為他心裡充滿憤怒。」

卡翠娜打了個冷顫。「他如果聽見你上播客讓多爾訪問的內容，應該只會更憤怒吧。」

「對啊，」史密斯嘆了口氣。「我可能說得太過火了，但幸好在我家穀倉遭人闖入以後，我換了更堅固的鎖，也裝了監視攝影機。但如果……」

「如果什麼？」

「如果我身上有武器，比如說一把手槍或什麼的，我們一家人會覺得比較安全。」

「法律規定我們不能給你警用配槍，除非你有執照，或經過槍枝訓練。」

「緊急配槍需求。」韋勒說。

卡翠娜看著韋勒。也許現在已經符合緊急配槍需求的規定，也許還不符合，但她可以預見倘若史密斯遭到槍殺，斗大的報紙標題一定會寫說史密斯曾要求緊急配槍但被拒絕。「你能幫哈爾斯坦申請一把手槍嗎？」

「好。」

「好吧，我已經派史卡勒去清查火車、船隻、飛機、飯店和民宿，現在我們只能希望瓦倫廷除了亞歷山大．德雷爾以外沒有別的身分證件。」卡翠娜抬頭望著天際。過去她有個男友十分熱愛飛行傘，他說即使地面無風，但幾百公尺上空的氣流卻可能超過高速公路速限。德雷爾。竹夫人。**有事要做？**手槍。憤怒。

「還有，哈利不在家嗎？」她說。

韋勒搖了搖頭。「我去他家按過門鈴，在外頭繞了幾圈，查看過每一扇窗戶。」

「那應該去找歐雷克，」卡翠娜說：「他一定有鑰匙。」

「我去找他。」

卡翠娜嘆了口氣。「如果哈利不在家，可能要請挪威電信定位他的手機。」

一個身穿白衣的鑑識員走到卡翠娜面前。

「後車箱有血跡。」鑑識員說。

「很多嗎？」

「對，還發現這個。」鑑識員舉起一個透明的大證物袋，裡頭裝著一件破損且沾有血跡的白色蕾絲邊上衣。根據酒館客人的描述，瑪妲．路德失蹤當晚，身上穿的就是這樣一件蕾絲邊上衣。

29

星期三入夜時分

哈利睜開雙眼，凝視黑暗。

他在哪裡？發生了什麼事？他失去意識多久了？他覺得腦袋似乎給人用鐵撬打過一樣，感覺鼓膜被脈搏的單調韻律敲擊著。他只記得自己把門鎖了起來。他目前只感覺到自己躺在鋪有冰冷磁磚的地板上，而這裡冷得像冰箱。他躺在某種濕滑的東西上面。他抬起手來看了看，那是血嗎？

接著，哈利慢慢發覺敲擊他鼓膜的不是脈搏，而是貝斯的聲音。

那是凱撒首領樂團（Kaiser Chiefs）的歌？可能吧，但一定是某個他遺忘的英國嬉皮樂團。並不是說他們不好，而是他們沒那麼好，因此混在一年以前到過去二十年以內他所聽過的一大堆歌裡頭，所以沒留下太多印象。他記得一九八〇年代最糟歌曲的旋律和歌詞，但一九八〇年代到現在之間的記憶是空白的，就好像昨天到現在之間的記憶是空白的。記憶裡空無一物，只有那個持續彈奏的貝斯，或是他的心跳，或是某人的敲門聲。

哈利又張開眼睛，聞了聞雙手，希望手上沾的不是血或尿或嘔吐物。

歌曲接近尾聲，貝斯逐漸淡出。

聲音是從門外傳來的。

「打烊了！」哈利高聲吼道，才吼完就後悔了，因為他覺得腦袋似乎要爆開。

歌曲結束，接著播出的是史密斯樂團的歌。哈利明白他一定是聽膩了壞公司樂團，才把自己的手機連上音響。這首歌叫作〈永不熄滅的光〉（*There is a Light That Never Goes Out*）。真有這種東西就好了。門上持續傳來敲門聲。哈利用雙手摀住耳朵，但歌曲進行到最後的部分，只剩下弦樂聲。他聽見有人高聲叫喊他的名字。不可能有人知道妒火酒吧的新老闆叫哈利，再者他認得那個聲音，因此他抓住吧檯邊緣起身。他先是雙膝撐地，接著身體前傾，到了應該可以算是站起來的姿勢，因為他的鞋底已經踩在黏答答的地板上。他看見兩瓶翻倒的金賓威士忌空酒瓶，瓶口突出吧檯。原來他是躺在波本威士忌的酒池裡。

他看見窗外有一張臉，看來她是獨自前來。

他伸出食指在脖子上劃了一下，表示酒吧打烊，對方卻比出一根中指，繼續拍打窗戶。

由於拍窗聲就像是用槌子猛敲他已經被打爛的腦子一樣，於是他決定乾脆開門好了。他放開吧檯，才踏出一步就跌了一跤。他的兩條腿都睡著了，怎麼會這樣？他再度站起，抓著桌椅，搖搖晃晃地走到門前。

「他媽的，」門打開後，卡翠娜哼了一聲道：「你喝醉了！」

「大概吧，」哈利說：「我希望自己一直醉下去。」

「媽的你這個大白痴！我們到處在找你，你一直都在這裡嗎？」

「我不知道妳口中的『一直』指的是多久，但吧檯上有兩個空酒瓶，希望我**一直**都在享受那兩瓶酒。」

「我們狂打你的手機。」

「嗯，我的手機應該是調到了飛航模式。妳喜歡我的播放列表嗎？這個怒氣沖沖的女人是瑪莎・溫萊特（Martha Wainwright），現在她在唱的是〈幹你媽的王八蛋〉（*Bloody Mother Fucking Asshole*），口氣是不是很像某人啊？」

「去你的，哈利，你到底在想什麼？」

「我沒有在想什麼，我在飛航模式中啊，妳知道的。」

卡翠娜一把抓住哈利的夾克領口。「哈利，有人在外面遇害了，你卻還站在這裡搞笑？」

「我每天都在努力搞笑啊。卡翠娜，妳知道嗎？搞笑不會讓人變得更好或更壞，也不會影響命案發生的數目。

「哈利，哈利……」

哈利身子一晃，這才發現原來卡翠娜抓住他領口是為了防止他跌倒。

「哈利，我們錯失了逮到他的機會，我們需要你。」

「好吧，那我先喝口酒。」

「哈利！」

「妳的聲音好……大聲……」

「我們要走了，我的車就停在外面。」

「我的酒吧現在是歡樂時段，我還沒準備好要上工，卡翠娜。」

「你不是要去上工，你是要回家去醒醒酒，歐雷克正在等你。」

「歐雷克？」

「我們請他去侯曼科倫山上打開你們家大門，他很害怕一開門會發現什麼，所以要畢爾一起去。」

哈利閉上眼睛。該死，該死。「卡翠娜，我沒辦法。」

「你沒辦法什麼？」

「打給歐雷克，跟他說我沒事，叫他回到他媽媽身邊。」

「哈利，他看起來很堅持要等到你回家的樣子。」

「我不能讓他看見我這個樣子，而且我對妳來說也沒有用。抱歉，這沒什麼好討論的。」他抓住門板。

「妳走吧。」

「走？把你留在這裡？」

「我不會有事的，接下來我只會喝一般飲料，可能再聽一點酷玩樂團。」

卡翠娜搖了搖頭。「你要回家。」

「我不要回家。」

「不是回你家。」

30

星期三晚上

再過一小時就是午夜，歐森餐廳擠滿熟男熟女，蘇格蘭創作歌手葛瑞・拉菲提（Gerry Rafferty）和他的薩克斯風聲音從喇叭流洩而出，站得太近的人連馬尾都會吹起來。

「這是八〇年代的歌。」

「應該是七〇年代的吧。」烏拉說。

「對，可是要到八〇年代才傳到曼格魯。」

兩人哈哈大笑。烏拉看見麗茲對一個男子搖了搖頭，男子用詢問的眼神看著麗茲，從他們那桌旁邊走過。

「其實這是我這星期第二次來這裡。」烏拉說。

「喔？那上次是不是也這麼好玩？」

烏拉搖了搖頭。「跟妳出來最好玩了。時光飛逝，但妳一點都沒變。」

「對啊，」麗茲說，側過頭觀察她的朋友。「但妳變了。」

「是嗎？我失去了自我？」

「不是，這其實有點讓人煩惱，妳失去了笑容。」

「有嗎？」

「妳臉上在笑，但妳心裡沒在笑，一點都不像過去那個曼格魯的烏拉。」

烏拉側過了頭。「我們搬家了啊。」

「對，妳嫁了人，生了孩子，還住豪宅，可是用笑容來換這些好像有點不划算。烏拉，到底發生了什麼事？」

「對啊，到底發生了什麼事？」烏拉微微一笑，看了看麗茲，看了看飲料，又看了看四周。店裡客人的年紀都跟他們相當，但她一張熟悉臉孔都沒看見。曼格魯區成長了，許多人搬來又搬走，有人過世，有人消失，有人只是坐在家裡，死氣沉沉，與世隔絕。

「還是我來猜猜看？這樣會太過分嗎？」麗茲問道。

「儘管猜吧。」

拉菲提唱到一個段落，再度高聲吹奏薩克斯風，麗茲得拉高嗓音才能蓋過音樂聲。「曼格魯的米凱・貝爾曼，他奪走了妳的笑容。」

「麗茲，這樣講真的很過分。」

「對啊，但這是事實，不是嗎？」

烏拉再度端起酒杯。「嗯，我想是吧。」

「他是不是偷人？」

「麗茲！」

「這又不是祕密……」

「什麼不是祕密？」

「米凱好女色啊，得了吧，烏拉，妳沒那麼天真吧？」

烏拉嘆了口氣。「可能沒有，但我又能怎麼辦呢？」

「學學我啊，」麗茲說，從冰桶裡拿出一瓶白葡萄酒，斟滿兩人的杯子。「以其人之道還治其人之身，乾杯！」

烏拉覺得自己應該喝水才對。「我試過了，可是我沒辦法。」

「再試一次啊！」

「這樣有什麼好處？」

「這妳要試了才知道。要治好家裡搖搖欲墜的床笫關係，最佳良藥就是來個糟糕透頂的一夜情。」烏拉哈哈大笑。「不是床笫關係有問題啦，麗茲。」

「那是什麼？」

「是……我會……嫉妒。」

「烏拉．史瓦德會嫉妒別人？妳那麼漂亮怎麼可能還會嫉妒別人？」

「呃，我會啊，」烏拉抗議說：「而且嫉妒很折磨人，所以我想報復。」

「好姊妹，妳當然會想報復啊！反正就是朝他的弱點抓下去……我的意思是說……」兩人爆出大笑，酒從口中噴了出來。

「麗茲，妳醉了！」

「我又醉又開心，可是妳呢？警察署長夫人，妳是又醉又不開心。快打給他啊！」

「打給米凱？現在？」

「不是米凱啦，妳這個傻蛋！是打給那個今晚有砲可打的幸運兒。」

「什麼？麗茲，我才不要！」

「快點！快打給他！」麗茲指了指牆邊的電話亭。「用那個打給他，這樣他就聽得見這裡的聲音！從那裡打給他正剛好。」

「剛好？」烏拉哈哈大笑，看了看錶，再過不久她就得回家了。「為什麼？」

「為什麼？天啊，烏拉！因為那次米凱就是在那裡上了絲迪娜．米謝爾森啊，難道不是嗎？」

「這是什麼？」哈利問道，覺得整個房間都在他周圍旋轉。

「甘菊茶。」卡翠娜說。

「我是說音樂。」哈利說，感覺卡翠娜借給他穿的毛衣摩擦著肌膚。他的衣服掛在浴室裡晾乾，雖然浴室門已經關上，但他依然聞得到令人作嘔的強烈酒味。由此可見，他的感官仍在運作，儘管房間轉個不停。

「海灘小屋樂團（Beach House），你沒聽過他們的歌嗎？」

「我不知道，」哈利說：「這就是問題所在，我的記憶正在一點一滴溜走。」他感覺得到自己躺在粗織床罩上，床罩覆蓋著將近兩公尺寬的低矮床鋪。這間臥房裡的家具除了一張桌子和一張椅子，就只有這張床鋪，還有一個老式音響櫃，櫃上點著一根蠟燭。哈利心想這毛衣和音響應該都是侯勒姆的，又覺得這音樂聽起來像是漂浮在整個房間中。他曾有過幾次這種感覺，那是在他瀕臨酒精中毒之際，以及當他逐漸恢復正常之時，無論醉酒或復元，都會經歷相同階段。

「我想人生就是這樣吧，」卡翠娜說：「一開始我們擁有全部，然後一點一點慢慢失去，像是力量、青春、未來、喜歡的人……」

哈利試著回想侯勒姆要他跟卡翠娜說的是什麼，但那記憶稍縱即逝。蘿凱。歐雷克。正當他感覺眼眶泛淚，淚水又給憤怒壓下去。我們注定要失去他們，失去我們想留住的每一個人。命運鄙視我們，讓我們覺得卑微渺小。當我們為了失去的某人哭泣時，其實並不是出於同情，因為我們清楚知道亡者終於可以免於痛苦了，但我們依然會哭泣。我們之所以哭，是因我們又變得孤單了。我們是因為自憐而哭泣。

「哈利，你在哪裡？」

哈利感覺卡翠娜的手放在他額頭上。突然一陣風吹來，吹得窗戶喀喀作響，外頭街上傳來東西掉落地上的聲音，暴風雨就要來襲。

「我在這裡。」哈利說。

房間不停旋轉。他不只感覺得到她手掌的溫度，也感覺得到她身體的溫度，原來他們兩人都躺在床上，距離不到半公尺。

「我想先死。」哈利說。

「什麼？」

「我不想失去他們，他們可以失去我，換**他們**感覺一下失去我是什麼感覺。」

她的笑聲十分輕柔。「你把我的台詞偷走了，哈利。」

「是嗎？」

「以前我住院的時候……」

「嗯？」哈利閉上眼睛，感覺卡翠娜的手滑到他後頸輕輕按壓，將細微的揉動傳送到他的大腦。

「醫生一直修改我的診斷，躁鬱症、邊緣性人格、雙極性情感疾患，但有個名詞經常出現，那就是自殺念頭。」

「嗯。」

「但那總會過去。」

「對啊，」哈利說：「可是還會再出現對不對？」

她又笑了。「沒什麼是永遠的，生命也是短暫而經常在變化的，聽起來很可怕，但那也是讓我們可以忍受的原因。」

「因為這個也會過去。」

「希望是這樣吧。哈利，你知道嗎？你跟我是一樣的，我們都有孤獨的體質，我們都會耽溺在孤獨裡。」

「妳是說我們會故意甩掉我們所愛的人？」

「我們會這樣嗎？」

「我不知道，我只知道當我走在幸福的薄冰上，我會覺得很害怕，害怕到我希望能立刻結束，我立刻掉進水裡。」

「這就是為什麼我們會從愛人身邊逃跑，」卡翠娜說：「逃進酒精裡、工作裡、一夜情裡。」

哈利心想，逃進我們派得上用場的事情裡，任憑愛人失血過多而死去。

「我們救不了他們，」卡翠娜說，彷彿回應哈利的思緒似的。「他們也救不了我們，我們只能自己救自己。」

哈利感覺床墊起伏，知道卡翠娜朝他轉過身來，感覺她溫熱的氣息噴在臉上。

「你的生命中有愛，哈利，你有個人生的摯愛，而且你們彼此相愛，我都不知道你們兩個我比較嫉妒誰。」

是什麼讓他變得如此敏感？難道他吃了搖頭丸或ＬＳＤ？若真如此，他又是從哪裡拿到毒品的？他毫無頭緒，過去二十四小時在他腦中一片空白。

「人家都說做人不要自尋煩惱，」卡翠娜說：「但是當你知道前方只有煩惱的時候，跟煩惱正面碰撞似乎是唯一比較安全的做法，而且免除煩惱的最好方法就是活在當下，把每一天當作是最後一天在過，你覺得呢？」

海灘小屋樂團。哈利想起了這首歌，這首歌叫〈願望〉（*Wishes*），的確很特別。他也想起蘿凱躺在白色枕頭上的臉龐，那臉龐彷彿漂浮在幽黑的深水中，緊貼著冰層底側。接著他想起瓦倫廷說過的話：**你跟我一樣，哈利，你也受不了。**

「哈利，如果你知道你就快死了，你會想做什麼？」

「我不知道。」

「你會不會——？」

「我都說我不知道了。」

「你不知道什麼？」她低聲說。

「我不知道我會不會幹妳。」

接下來的靜默中，哈利聽見金屬被風吹過柏油路面所發出摩擦聲響。

「只要去感覺就好，」卡翠娜輕聲說：「我們就快死了。」

哈利屏住呼吸，心想，對，我快死了。接著他感覺到卡翠娜也屏住了呼吸。

哈爾斯坦．史密斯聽見外頭的溝渠傳來呼呼風聲，感覺到風所帶來的氣流穿牆而過。雖然他們已盡量把牆壁封住，但再怎麼樣這也只是座穀倉而已。艾蜜莉亞。聽說大戰時期出版的一本小說是在寫一個名叫瑪麗亞的暴風雨，這也是熱帶氣旋以女性名字命名的由來。但是到了七〇年代，兩性平權的觀念開始普及，這個命名慣例也出現改變，許多人堅持認為這類致災性自然現象也應該用男性的名字來命名才對。他看著大型電腦螢幕上Skype圖示上方的微笑面孔，對方的聲音比嘴形稍晚一點才出現：「我想我需要的資訊都齊全了，史密斯先生，非常感謝你上線為我們解說，你那裡的時間應該很晚了吧？現在洛杉磯這裡是將近凌晨三點，不知道瑞典那裡是幾點？」

「這裡是挪威，我們這裡快午夜了。」史密斯微微一笑。「還有不客氣，我只是很高興媒體終於明白吸血鬼症患者是真實存在的，而且對他們感興趣。」

雙方結束通話，史密斯再度打開收信匣。

收信匣裡有十三封未讀郵件，從寄件者和標題來看，這些郵件都是採訪和授課的邀請。他還沒打開《今日心理學》雜誌寄來的信，因為他知道這封信並不緊急，而且他想好好品嘗這個滋味。

他看了看時間。晚上八點半他就哄孩子上床睡覺了，還跟梅依在餐桌前喝了杯茶，一如往常，他們述說今天發生的事，分享小小的喜悅，發洩小小的挫折感。過去這幾天來，他可以說的事自然比梅依多，但他還是盡量平衡工作和家庭，不讓自己在外面的活動占去過多分享瑣碎家事的時間，而他說的這句話也描述了真實狀況：「我說得太多了，親愛的，關於這個無恥吸血鬼症患者的事妳在報紙上都讀得到。」這時他朝窗外看去，只依稀辨別得出他們家農舍的屋簷，他深愛的家人都在那屋簷下進入夢鄉。牆壁不時傳來咯吱聲響。月亮在雲層後方時而探頭，時而躲藏。天上的雲朵飄得越來越快。一棵死橡樹的光禿樹枝在原野上不停揮舞，彷彿是在警告他們說災難就要來襲，更多的死亡和毀滅即將發生。

他打開一封郵件，內容是邀請他去法國里昂參加心理學會議，針對會議主題發表演說。去年他曾向這個會議遞交摘要報告書申請參加，但遭到拒絕。他在腦海裡打回覆草稿，一開頭先感謝對方，說十分榮幸收到邀請，但他有其他更重要的會議要參加，所以這次不克赴會，歡迎對方下次再來邀他。他格格一笑，搖了搖頭。他沒必要這麼驕矜自大，等殺人事件告一段落，這一波突來的吸血鬼症患者風潮就會過去。於是他接受了邀請，心裡明白自己對於交通、住宿和費用可以提出更理想的要求，但卻懶得這樣做，因為他已經得到他要的。他只是希望眾人聽他一言，跟他一同探索人類的心靈迷宮，認識他所研究的領域，如此一來，大家都可以更了解人類心理，進而改善民眾的生活。他要的不過如此。他看了看時間，再過三分鐘就是午夜十二點。他耳中突然聽見一個聲音，心想可能只是風聲，用滑鼠按了一下電腦上的圖示，叫出監視器畫面。首先出現的是柵欄門旁邊的監視器畫面，只見那門是開著的。

楚斯清了清喉嚨。

她打電話來。烏拉打電話來。

掛上電話後，楚斯把髒碗盤丟進洗碗機，又拿出兩個葡萄酒杯用手洗了洗。那晚和烏拉在歐森餐廳碰面之前，他買了一瓶葡萄酒，現在那瓶酒還在。他把空的披薩盒折起來，塞進垃圾袋，不料垃圾袋爆了開來。該死。他只好把披薩盒連同垃圾袋一起藏到櫃子裡的水桶和拖把後面。音樂。她喜歡聽什麼音樂？他努力回想，腦海裡響起一個旋律，但他不確定那到底是什麼歌，只知道唱的是關於什麼藩籬的。是不是杜蘭杜蘭樂團？聽起來也有點像啊哈樂團。他有啊哈樂團的首張專輯。還要點蠟燭。媽的。以前也有女人來過他家，但氣氛都沒有這次來得那麼重要。

歐森餐廳開在鬧區，就算暴風雨即將來襲，星期三晚上也不難叫到計程車，這樣算起來烏拉可能隨時會到，這也代表他沒時間沖澡，只能把老二和腋窩洗一洗，或是先洗腋窩、再洗老二好了。幹，他覺得壓力好大！他原本打算和巔峰時期的梅根．福克斯共度一個安靜夜晚，豈料烏拉竟然打電話來，還問他能不能稍微來拜訪他一下。什麼叫「稍微來拜訪」？她會不會像上次一樣來了一會就放他鳥？T恤。要不要穿那件在泰國買的T恤，上頭寫著「同中有異」？她可能不會覺得這句話很幽默，說不定泰國還會讓她聯想到性病。還是穿他在曼谷MBK購物商場買的亞曼尼襯衫？不行，那件襯衫的合成纖維會讓他汗如雨下，還很容易讓人看出是廉價山寨衣。他翻出一件不知名的純白T恤穿上，快步走進浴室，赫然發現馬桶得刷一刷才行，但事情總有個優先順序……

就在他站在水槽前，手裡抓著老二正在搓洗之際，門鈴響了起來。

卡翠娜看著發出震動的手機。

時間將近午夜，過去這幾分鐘窗外的風颳得越來越強勁，不時發出嗥叫聲、呻吟聲和砰啪聲，但哈利已沉沉睡去。

卡翠娜接起手機。

「我是哈爾斯坦．史密斯。」史密斯壓低聲音說話，口氣十分不安。

「我知道，什麼事？」

「他來了。」

「什麼？」

「我想瓦倫廷來了。」

「你說什麼？」

「有人打開我家的柵欄門，我……喔，天啊，我聽見穀倉大門打開的聲音，我該怎麼做才好？」

「什麼都別做……試著……你能躲起來嗎？」

「我沒地方躲，外面的監視器拍到他了，我的老天啊，就是他，」史密斯聽起來像在哭。「我該怎麼辦？」

「幹，我想想看。」卡翠娜咒罵道。

這時她的手機被人搶去。

「史密斯？我是哈利，我會陪著你。你辦公室的門有鎖上嗎？好，馬上去鎖，還有把燈關掉，先冷靜下來把這兩件事做好。」史密斯緊盯著電腦螢幕，低聲說：「好，我把門鎖上了，燈也關了。」

「你看得見他嗎？」

「不行。可以，現在我看見他了。」史密斯看見一個人影踏進通道另一端，那人踩到磅秤，腳步踉蹌，但隨即恢復平衡繼續往前走，經過馬廄，朝監視器的方向走來。男子經過燈光下方時，光線照亮了他的臉。

「喔，我的天啊，哈利，是他，是瓦倫廷。」

「保持冷靜。」

「可是……他把穀倉門鎖打開了，哈利，他有鑰匙，說不定他也有辦公室的鑰匙。」

「辦公室有窗戶嗎？」

「有，可是太小又太高了。」

「你手邊有重物可以用來打他嗎？」

「沒有，可是我……我有一把手槍。」

「對，在抽屜裡，可是我還沒時間拿去試射。」

「你有一把手槍？」

「吸口氣，史密斯。那把手槍長什麼樣子？」

「呃，黑色的，警署的人說那是一把葛拉克什麼的。」

「葛拉克十七型，彈匣裝進去了嗎？」

「裝了，他們說裡面有裝子彈，可是我找不到保險在哪裡。」

「沒關係，保險在扳機裡，只要扣下扳機就能發射。」

史密斯把手機湊到嘴邊，盡量壓低嗓音說：「我聽見他把鑰匙插進門鎖的聲音。」

「你距離門口有多遠？」

「兩公尺。」

「站起來，雙手握住手槍，對準門口。記住，你在暗處，他背對光線，沒辦法把你看清楚。如果他手上沒武器，你就大叫說：『警察，跪下。』如果你看見他手中有武器，就對他開三槍。要開三槍，明白嗎？」

「明白。」

辦公室的門在史密斯面前打開。

那人站在門口，穀倉燈光從背後照來，照出他的身形輪廓。只見那人舉起了手，史密斯倒抽一口涼氣，覺得辦公室似乎變成真空狀態，吸不到空氣。那人正是瓦倫廷．嚴德森。

卡翠娜跳了起來。她聽見手機傳出砰的一聲，儘管哈利還把手機緊緊靠在耳邊。

「史密斯？」哈利高聲說：「史密斯，你還在嗎？」

沒有回應。

「史密斯！」

「瓦倫廷開槍殺了他！」卡翠娜呻吟說。

「沒有。」哈利說。

「沒有？你叫他開三槍，現在他都沒回應！」

「那是葛拉克的槍聲，不是儒格。」

「可是為什麼……？」卡翠娜猛然住口，她聽見手機裡傳來說話聲，只能看著哈利萬分專注的神情，努力去辨識自己聽見的說話聲是來自史密斯，還是來自她在舊訊問錄音裡聽過的那個高亢嗓音，那聲音曾令她做惡夢。對方正在對哈利說他想做什麼……

「好，」哈利說：「你把他的左輪手槍撿起來了？……很好，放進抽屜，然後在看得到他的地方坐下來別動。如果他躺在門口，就讓他躺在那裡。他在動嗎？……好，不……不要，不要幫他急救。如果他只是受傷，可能會躺在那裡等你靠近。如果他已經死了，那也太遲了。如果他奄奄一息，那只能怪他運氣不好，因為你只會坐在那裡看著他。史密斯，你聽明白了嗎？很好。我們半小時之內會到，我一上車就會打給你，不要把視線從他身上移開，還有打電話給你老婆，叫他們待在家裡，跟他們說我們正在趕過去。」

卡翠娜接過手機，哈利翻身下床，走進廁所。卡翠娜以為哈利在廁所裡跟她說話，隨即發現原來哈利是在嘔吐。

楚斯雙手直冒汗，他的雙腿透過褲子都可以感覺到自己手心冒汗。

烏拉喝醉了。儘管如此，她也只是端坐在沙發前緣，把楚斯遞給她的一瓶啤酒拿在胸前，像是拿著防身武器。

「真想不到，這是我第一次來你家，」烏拉有點口齒不清地說：「我們都認識……有多少年了？」

「我們是十五歲認識的。」楚斯答道，此刻只要是稍微複雜的心算他都算不出來。

烏拉自顧自地微笑，點了點頭，或者應該說，她的頭往前垂落。

楚斯咳了一聲。「外面的風還真大。這個艾蜜莉亞……」

「楚斯？」

「是？」

「你會想幹我嗎？」

楚斯吞了口口水。

烏拉咯咯笑起來，並未抬頭。「楚斯，我希望你的猶豫不是代表——」

「我當然想。」楚斯說。

「很好，」烏拉說：「很好，」她抬起頭來，用失焦的目光看著楚斯。「很好。」她的頭在細瘦的脖子上搖來晃去，彷彿裝了很多很重的東西，諸如沉重的心情，或沉重的心事。這是楚斯千載難逢的機會，這是他夢想已久的開場白，沒想到終於有成真的一天：他獲得准許，可以幹烏拉・史瓦德了。

「你有臥房可以來做這件事嗎？」

楚斯看著烏拉，點了點頭。烏拉露出微笑，但看起來並不開心。無所謂，管她開不開心。烏拉・史瓦德正在發春，這才是最重要的。楚斯想伸手去撫摸烏拉的臉頰，手卻不聽使喚。

「有什麼不對勁嗎，楚斯？」

「不對勁？沒有啊，怎麼會有呢？」

「你看起來好……」

楚斯等她說下去，但卻等不到。

「好怎樣？」他乾脆主動接話。

「好失落，」沒想到不是他伸出手，而是烏拉伸手撫摸他的臉頰。「好可憐，楚斯好可憐。」

他正想拍掉那隻手，卻想到自己要拍掉的是烏拉・史瓦德的手，這麼多年來，她終於伸手撫摸他，一點也不帶輕視或嫌惡意味，他竟然要拍掉她的手？他究竟是哪根筋不對？這女人想被幹，就這麼簡單明瞭，他完全可以勝任這項任務，要他硬起來從來不成問題。現在他只要帶她離開沙發，進入臥室，脫掉衣服，把老二插進去就好了。她可以盡量大叫、呻吟、哀號，他絕對不會停止，直到她——

「楚斯，你在哭嗎？」

哭？這女人也喝得太醉了吧，都出現幻覺了。

他看見烏拉收回了手，放在唇邊。

「鹹鹹的，這真的是淚水，」烏拉說：「有什麼事讓你不開心嗎？」

這時楚斯感覺到了，他感覺淚水滾落臉頰，感覺鼻子開始塞住，感覺喉頭開始鼓脹，彷彿吞下一個太大的東西，令他覺得窒息，喉嚨快被脹破。

「是因為我嗎？」烏拉問道。

楚斯搖了搖頭，無法言語。

「是因為……米凱嗎？」

這句話真的問得很白痴，白痴到楚斯幾乎發火。當然不是因為米凱，怎麼會是因為米凱？米凱是他的好朋友，只不過這個好朋友從小就在別人面前利用各種機會戲弄他，只有在受到威脅可能被打的時候，才會把他推到前面。後來他們當上警察，米凱又要綽號癟四的楚斯替他做盡骯髒事，好讓他爬到今天這個位置。為什麼他要坐在這裡為這種事情哭泣？他們不過就是兩個邊緣人，因為環境所逼而結為朋友，後來其中一人成為人中之龍，另一人淪為悽慘魯蛇，他何必為了這種事而哭泣？屁啦，他才不會咧！那到底是為了什麼？為什麼這個魯蛇在終於有機會收復失土、幹人家老婆的時候，卻像個老太太一樣開始哭哭啼啼？這時楚斯看見烏拉眼中也有淚水滾來滾去。烏拉・史瓦德、楚斯・班森、米凱・貝爾曼，他們從頭到尾就是個三人組，曼格魯的其他人都可以閃邊站。事實是他們三人都沒有別人可以依靠，只有彼此而已。

烏拉從包包裡拿出一條手帕，輕輕擦了擦眼睛下緣。「你想要我走嗎？」她哽咽道。

「我……」楚斯都不認得自己的聲音了。「媽的我要是知道就好了，烏拉。」

「我也這麼覺得，」烏拉笑說，看了看手帕上沾到的殘妝，把手帕收回包包裡。「楚斯，請你原諒我，這真是個餿主意，我現在就走。」

楚斯點了點頭。「也許下次吧，」他說：「下輩子吧。」

「你說得對。」烏拉說，站了起來。

烏拉離去，門關上後，楚斯獨自站在玄關，聆聽她的腳步聲在樓梯間裡迴盪，漸去漸遠，又聽見樓下傳來開門聲，接著是關門聲。她走了，徹徹底底走了。

他覺得……對，他覺得什麼？他覺得鬆了口氣，但同時他也覺得絕望，一種難以忍受的絕望，這絕望在他胸口和腹部形成一種具體疼痛，讓他突然想從臥室櫃子裡拿出手槍，就在此時此刻讓自己解脫。接著他雙膝一跪，額頭抵在門墊上，開始哈哈大笑。他的呼嚕笑聲一開始就難以停止，笑得越來越大聲。媽的，真是個美好人生！

史密斯的一顆心依然怦怦亂跳。

他聽從哈利所說，雙眼注視著躺在門口、動也不動的男子，手裡拿著手槍瞄準對方。他覺得一陣作嘔，因為他看見一攤血在地上擴散開來，朝他逼近。他不能吐，他不能分心。哈利跟他說要開三槍，他是不是應該再補兩槍？不用，對方已經死了。

他用顫抖的手指打電話給梅依，她立刻接了電話。

「哈爾斯坦？」

「我以為妳已經睡了。」他說。

「我跟孩子坐在床上，暴風雨來他們睡不著。」

「原來如此，聽著，等一下警察會來，到時會有藍色警示燈，可能還會有警笛聲，你們不用害怕。」

「害怕什麼？」梅依問道，史密斯聽見她話聲顫抖。「到底發生了什麼事，哈爾斯坦？剛才我們聽見砰一聲，那是風造成的聲音嗎？還是別的聲音？」

「梅依，別擔心，沒事的……」

「沒事才怪！哈爾斯坦，我從你的口氣聽得出來。孩子在這邊都哭了！」

「我……我會回去解釋清楚。」

卡翠娜駕車行駛在原野和林地之間曲折蜿蜒的碎石小路上。

哈利把手機放進口袋。「史密斯回去農舍陪家人了。」

「那一定是沒問題了。」卡翠娜說。

哈利沒有回話。

風勢越來越強勁。車子穿過樹林時，卡翠娜必須留意路上的樹枝和其他殘骸。車子開上空曠原野時，她得緊緊握住方向盤，以免車子被強風吹跑。

哈利的手機響起，卡翠娜駕車轉入開著的柵欄門，進到史密斯農莊。

「我們到了，」哈利對手機說：「你們到了以後把整個地區封鎖起來，但什麼都別碰，只要等鑑識人員抵達就好。」

卡翠娜把車子停在穀倉門口，跳下了車。

「妳帶路。」哈利說，跟著卡翠娜走進穀倉大門。

卡翠娜進了大門直接右轉，朝辦公室走去，這時她聽見哈利咒罵一聲。

「抱歉，忘了警告你那裡有個磅秤。」卡翠娜說。

「不是因為那個，」哈利說：「是因為我在這裡的地上看見血跡。」

卡翠娜在開著的辦公室門前停下腳步，望著門口的一攤血跡。該死，瓦倫廷不在這裡。

「妳照料一下史密斯。」哈利在卡翠娜背後說。

「什麼……？」

卡翠娜一回頭就看見哈利消失在穀倉大門外。

一陣強風吹來，把哈利吹得晃了晃，他站穩身子，開啟手機的照明功能，對著地面。血跡在蒼白的碎石小徑上十分顯眼。哈利跟著細長的血跡走去，風從背後吹來，血跡顯示瓦倫廷逃往農舍的方向。

這可不妙……

哈利抽出葛拉克手槍，剛才他沒時間查看瓦倫廷的左輪手槍是否還在辦公室抽屜裡，因此必須假設瓦倫廷持有槍枝。

血跡不見了。

哈利對著地面轉動手機，不由得鬆了口氣。他看見血跡離開碎石小徑，遠離農舍，穿過枯黃草地，朝原野的方向行進。這裡的血跡也十分容易追蹤，這時的風速應該已達強風等級。哈利感覺有幾滴雨珠呈拋射狀擊中他臉頰，看樣子這雨一旦開始下，一定會在剎那間把血跡沖刷得一乾二淨。

瓦倫廷閉上眼睛，對著迎面而來的強風張開嘴巴，彷彿強風可以把新生命吹進他體內似的。生命。為什麼每樣東西都是在即將失去時才會讓人覺得最有價值？先是她，後來是自由，而今是生命。

生命正從他體內流失，他感覺得到變涼的鮮血充塞在鞋子裡。他討厭血，喜歡血的是另外那個男人，那個跟他結盟的男人。究竟是從什麼時候開始，他發現自己不是惡魔，而是另外那個人、那個嗜血男人？是從什麼時候開始，瓦倫廷．嚴德森出賣且失去了靈魂？他抬頭望著天空，仰天狂笑。暴風雨來了，惡魔自由了。

哈利奔跑著，一手握著葛拉克手槍，一手拿著手機。

他穿過空曠之地，往下坡去，強風從背後不停吹來。瓦倫廷受了傷，一定會循著最容易脫身的路徑逃走，盡量和即將抵達的追兵拉開距離。哈利覺得腳下的震動傳送到頭部，感覺胃部再度上下翻攪，只能吞口口水，把嘔吐感壓下去，腦子裡想像森林小路，想像身穿全新安德瑪慢跑裝的傢伙跑在前頭，然後繼續往前跑。

他越來越靠近樹林，腳步也慢了下來。他知道自己只要一改變方向就會面對強風。

樹林裡有一棟荒廢木屋，壁板腐爛，上頭搭著波浪形鐵皮屋頂，原本可能用來存放工具，現在可能是動物用來躲雨的地方。

哈利拿手機照向小屋，耳中除了暴風雨的聲音什麼也沒聽見。這裡一片漆黑，就算是在溫暖天候、風從對的方向吹來之時，他也不可能聞得到血腥味。儘管如此，他仍然**知道**瓦倫廷就在這裡，就好像他每隔一段時間就會**知道**事情會如何發生，卻還是把事情都搞砸。

哈利再度把手機照向地面。血跡的間隔縮短了，可見瓦倫廷來到這裡也慢下了腳步，因為他想評估情勢，或者因為他累了，不得不停下來。在此之前的血跡都呈一直線行進，來到這裡卻轉了個彎，朝小屋前進。哈利的感覺沒有錯。

哈利朝小屋右側的一片樹林發足奔去，進入樹林後又跑了一會，然後停下腳步，關閉手機照明功能，舉起葛拉克手槍，以圓弧路線前進，從另一側接近小屋，接著他趴到地上，匍匐前進，爬過地面。

風迎面吹來，這降低了瓦倫廷聽見他的機率。強風帶著聲音吹向哈利，他聽見遠處傳來的警笛聲在強風之間起起伏伏。

哈利爬過一棵倒塌樹木，這時天上降下一道無聲閃電，照出小屋的影子，只見小屋旁有個人影十分顯眼。是他。他就坐在兩棵樹中間，背對哈利，兩人之間只有五、六公尺遠。

哈利舉起手槍對準那人。

「瓦倫廷！」

哈利的叫聲有一部分被遲來的隆隆雷聲給掩蓋，但他仍看見眼前那人身子僵了僵。

「瓦倫廷，你在我的視線範圍內，把槍放下。」

突然之間，風減弱了，哈利聽見另一個聲音，一個高亢的笑聲。

「哈利，你又出來玩啦。」

「我向來都會堅持到情勢逆轉的最後一刻。把槍放下。」

「你找到我了。你怎麼知道我會坐在外面，而不是坐在小屋裡面？」

「因為我了解你，瓦倫廷，你認為我會先去查看最顯眼的地方，所以你才會坐在外面，打算臨死前再送一個人上路。」

「我們是旅途上的好夥伴，」瓦倫廷發出帶痰似的咳嗽聲。「我們是雙胞胎靈魂，所以我們的靈魂應該前往同一個地方才對，哈利。」

「把槍放下，不然我就開槍。」

「我常想到我媽，哈利，你會嗎？」

哈利看見瓦倫廷的頭在黑暗中上下晃動。突然之間，瓦倫廷的身影被另一道閃電照亮。雨下得更大了，這一波雨勢下得又急又猛，但卻無風。他們正位於暴風眼之中。

「我常想到她是因為我雖然恨我自己，但我更恨她。哈利，我只是想造成比她更多的破壞，但我想可能沒辦法。她毀了我。」

「沒辦法嗎？瑪妲．路德在哪裡？」

「對，沒辦法，因為我是獨特的。哈利，你我跟別人不一樣，我們是獨特的。」

「抱歉讓你失望了，瓦倫廷，我不是獨特的。她在哪裡？」

「哈利，跟你說兩個壞消息。第一，你可以忘了那個紅髮小女生。第二，是的，你**是**獨特的。」瓦倫廷又哈哈大笑。「這句話聽了讓你不舒服對不對？你躲在芸芸眾生裡，偽裝成凡夫俗子，以為在人群裡可以找到歸屬，可以找到真正的自己，但真正的你就坐在這裡。哈利，你心裡正在想，要不要殺了我？不只這樣，你還利用了歐柔拉、瑪妲那些女孩來提升你心中的美妙恨意。現在輪到你決定要讓一個人是生還是死，你享受得不得了。你**享受**當神的滋味，你夢想成為我，你一直等待有一天輪到你當吸血鬼。你就承認吧，哈利，你認得出這種渴望，有一天你也會吸血。」

「我可不是你。」哈利說，吞了口口水。他聽見轟隆雷聲傳入腦子，感覺一陣強風吹來，新一波的雨水灑在他握槍的那隻手上。看來無風的暴風眼即將離開。

「你跟我很像，」瓦倫廷說：「所以你才會被耍得團團轉。你跟我都自以為是最聰明的傢伙，結果我們都被耍了，哈利。」

「我不——」

瓦倫廷猛然轉身，哈利看見瓦倫廷拿著一個長的管狀物朝他指來，立刻扣下葛拉克手槍的扳機。手槍擊發一次、兩次。又一道閃電照亮樹林，哈利看見瓦倫廷的身體在夜空之中凝結呈鋸齒狀，就像閃電一般。他雙眼突出，嘴巴張開，襯衫胸前有大片血跡，右手拿著一根樹枝指著哈利。接著他倒了下來。

哈利站穩身子，走到瓦倫廷面前，只見他雙膝跪地，身體靠在一棵樹上，兩眼無神。瓦倫廷死了。哈利瞄準瓦倫廷的胸口，又補了一槍。轟隆雷聲吞沒了槍聲。

一共三槍。

開三槍並不是因為其中有什麼道理，而是因為音樂常以三段式來呈現，故事常有三段式結構。就該用三這個數字。

某種東西正在接近，聽起來像是雷電重重踏上地面，擠壓空氣，迫使樹木彎折。

大雨滂沱而下。

31

星期三晚上

哈利坐在史密斯家的餐桌前，雙手握著一杯熱茶，脖子上圍著一條毛巾。雨水從他身上的衣服滴落地面。強風仍在窗外嗥叫，大雨劈劈啪啪打在窗玻璃上，使得院子裡的警車看起來宛如配備旋轉藍色燈光的扭曲不明飛行物體。雨水落下的速度像是給氣流拖慢了。月亮。空氣裡有月亮的味道。

哈利覺得坐在他對面的哈爾斯坦．史密斯依然處在驚嚇狀態中，只見他瞳孔擴張，面無表情。

「你確定……」

「對，哈爾斯坦，我確定他死透了，」哈利說：「但如果你離開穀倉的時候沒把他的左輪手槍一起帶走，現在我一定沒辦法活著坐在這裡。」

「我也不知道為什麼我會把他的槍帶走，我以為他已經死了，」史密斯用機械人似的金屬聲音低聲說，低頭看著擺在桌上的長管左輪手槍，旁邊放著他用來射傷瓦倫廷的葛拉克手槍。「我以為我正中他的胸部。」

「你是打中他胸部沒錯。」哈利說。月亮。登陸月球的太空人曾回報說月亮聞起來有燃燒的火藥味。火藥味有一部分來自哈利夾克裡的那把手槍，但大部分來自於餐桌上的那把葛拉克。哈利拿起瓦倫廷的紅色左輪手槍，聞了聞槍管，同樣也有火藥味，但沒有那麼濃烈。卡翠娜走進廚房，雨水從她的黑髮上滴落下來。「犯罪現場鑑識小組已經到嚴德森那裡了。」

她看了看那把左輪手槍。

「它發射過。」哈利說。

「不會吧，」史密斯低聲說，下意識搖了搖頭。「他只是指著我而已。」

「不是剛才，」哈利說，看著卡翠娜。「火藥味會殘留好幾天。」

「瑪妲·路德？」卡翠娜說：「你認為……？」

「是我先開槍的，」史密斯抬起呆滯的雙眼。「我射中了瓦倫廷，現在他死了。」

哈利傾身向前，把一隻手放在他的肩膀上。「這就是為什麼你現在還活著的原因，哈爾斯坦。」

史密斯緩緩點了點頭。

哈利對卡翠娜使個眼色，要她照顧史密斯，然後站起身來。「我去穀倉。」

「不要到比穀倉還遠的地方，」卡翠娜說：「他們會來找你問話。」

哈利從農舍跑到穀倉，到達辦公室時全身再度濕透。他在桌前坐下，任由目光在辦公室內遊走，最後目光停留在那幅長著蝙蝠翅膀的男人畫像上。哈利覺得那幅畫所散發的寂寞感其實比陰森感還要強烈，可能因為看起來有點眼熟的關係。他閉上雙眼。

他需要來一杯。哈利趕緊把這個念頭推開，睜開雙眼。他面前的電腦畫面分為兩個視窗，分別顯示兩具監視器的畫面。他操縱滑鼠，把游標移到視窗的時鐘上，將時間倒轉到午夜之前，大約是史密斯打電話給他們的時候。大約二十秒後，一個身影出現在柵欄門前。是瓦倫廷。他是從左邊來的，也就是從主要幹道的方向過來。他是搭巴士？還是計程車？他手中拿著一把白色鑰匙，打開柵欄門，悄悄溜了進來。柵欄門在他背後關上，但沒完全關好。十五到二十秒後，哈利看見瓦倫廷出現在另一個畫面中，那個畫面裡有空蕩的馬廄和磅秤。瓦倫廷踩上金屬秤盤時差點摔跤，他背後的刻度盤轉動，顯示這個殺人如麻、有時甚至徒手殺人的禽獸，體重只有七十四公斤，比哈利輕了二十二公斤。接著瓦倫廷朝監視器的方向走來，彷彿直盯著監視器的鏡頭看，卻還是沒看見鏡頭。瓦倫廷走出鏡頭時，哈利看見他把手伸進外套的深口袋裡。

接著哈利只看見空馬廄、空磅秤和瓦倫廷影子的頭部。哈利在腦子裡重新建構那幾秒鐘，他和史密斯的手機對話每字每句他都記得清清楚楚。昨天其餘的時間以及他和卡翠娜共處的那幾個小時他全都記不得了，但他和史密斯對話的每分每秒卻深刻烙印在腦海中。他的記憶力總是這樣。他喝酒時，掌管私領域的腦子就像是鍍了一層鐵氟龍不沾塗層，而掌管公領域的警察腦子則像是塗了一層強力黏膠，彷佛一部分的腦子**想要**忘記，而另一部分的腦子卻**必須**記住。內部調查組如果要把他記得的細節全都記錄下來，那份訊問報告肯定會厚厚一疊。

哈利看見瓦倫廷把門打開，門的邊緣進入畫面，接著瓦倫廷的影子抬起手臂，又任由手臂垂落。

哈利按下快轉鍵。

他看見史密斯拖著腳步，背對鏡頭，經過馬廄，離開穀倉。

一分鐘後，瓦倫廷經由同一條路拖著身體離開。哈利讓影片恢復正常速度，只見瓦倫廷倚著馬廄，看起來像是隨時可能倒下，但還是逐步往前走，站上磅秤，在上頭搖搖晃晃。刻度盤顯示他比到達穀倉時輕了半公斤。哈利朝電腦螢幕後方地上的那攤血跡看了一眼，接著就看見瓦倫廷掙扎著打開穀倉大門。這時哈利**感覺**到瓦倫廷強烈的求生意志，除非那是他怕被逮到的恐懼。哈利突然想到，這段影片遲早一定會流出，成為YouTube上面的發燒影片。

畢爾・侯勒姆的蒼白臉龐出現在門口。「原來一切就是從這裡開始的。」他說著跨進門來。哈利再度在心裡發出讚嘆。侯勒姆這個平常不怎麼優雅的鑑識員，在進入犯罪現場的那一瞬間就彷彿化身為姿態優雅的芭蕾舞者。他在那攤血跡旁蹲下身來。「他們正把他抬走。」

「嗯。」

「哈利，他身上有四個射入傷口，有幾發是你……？」

「三發，」哈利說：「哈爾斯坦只射了他一槍。」

侯勒姆做了個鬼臉。「他是開槍射中持槍歹徒啊。哈利，你想到要怎麼跟內部調查組說明你開的那三槍了嗎？」

哈利聳了聳肩。「當然是實話實說。那時天色很暗，瓦倫廷手上拿著一根樹枝，騙我以為他拿的是槍。

他知道自己已經走投無路了，所以**希望**我開槍射他。」

「那還不是一樣，你朝一個手無寸鐵的人胸前開了三槍……」

哈利點了點頭。

侯勒姆深深吸了口氣，越過肩頭望向哈利，壓低嗓音說：「當然了，當時天色很暗，雨又很大，強烈暴風雨橫掃那片樹林。如果我現在親自去那裡查看，很可能會在瓦倫廷倒臥的地方發現他藏了一把槍。」

兩人四目相對，風吹得牆壁咯吱作響。

哈利看著侯勒姆臉頰發紅，心知他這麼做會付出什麼代價，也知道他的提議會超過他所能負擔的。侯勒姆要付出的是他珍視的一切，包括他們共同的價值觀、道德觀，以及他們兩人的靈魂。

「謝了，」哈利說：「謝謝你，我的朋友，但我必須說不用了。」

侯勒姆眨了兩下眼睛，吞了口口水，顫抖著呼出一口長氣，發出短促怪異的格格笑聲。

「我得回去了。」他說，站了起來。

「去吧。」哈利說。

侯勒姆站在哈利面前，猶豫片刻，彷彿想說什麼，或上前擁抱他。哈利再度傾身向前，看著電腦螢幕，說：「回頭再說吧，畢爾。」

哈利在畫面中看著這名鑑識專家微駝的身形漸去漸遠。

他握拳在鍵盤上重重敲了一下。一杯就好，媽的，幹！只要喝一杯就好。

他的目光又回到蝙蝠男人的畫像上。

那時史密斯是怎麼說來著？**他知道，他知道我在哪裡**。

32

星期三晚上

米凱．貝爾曼雙臂交疊，心想奧斯陸警署好像不曾在凌晨兩點召開過記者會。他倚著講臺左邊的牆壁望著房內，裡頭擠滿了幾名夜班編輯、其他新聞部人員、原本可能負責報導艾蜜莉亞肆虐消息的記者、剛被拖下床睡眼惺忪的播報員。夢娜．多爾身穿運動服和雨衣前來，看起來精神奕奕。

講臺上，卡翠娜．布萊特站在犯罪特警隊隊長甘納．哈根旁邊，正在詳細說明瓦倫廷．嚴德森在辛桑區住處的攻堅行動，以及後來發生在哈爾斯坦．史密斯家農莊的戲劇化事件。相機閃光燈閃個不停，米凱知道自己雖然沒有坐在臺上，但有時相機還是會對準他，所以他盡力擺出伊莎貝拉建議他做出的表情：嚴肅，但內心充滿勝利的滿足感。他前來警署的路上已和伊莎貝拉通過電話。「記住，有人死了，」伊莎貝拉說：「所以不准露齒而笑或一臉歡天喜地的樣子。想像自己是諾曼第登陸戰開打後的艾森豪將軍，你是領袖，不管是勝利或發生悲劇，你都必須一肩扛起。」

米凱摀嘴打個哈欠。今晚是烏拉的女生之夜，她從市區回到家時吵醒了他。除了年輕的時候，他沒再看見烏拉喝醉過。說到這個，哈利．霍勒就站在他旁邊，倘若他對哈利不熟，一定會認為這名前任警探喝醉了。哈利看起來比那些記者還疲憊，而且那身濕答答的衣服所散發出來的氣味應該是酒味吧？

一個口操羅加蘭方言的記者突然插嘴說：「我明白妳不想公布擊斃瓦倫廷．嚴德森的員警姓名，但妳可不可以跟我們說當時瓦倫廷身上有沒有武器？或是有沒有開槍反擊？」

「我說過了，我們想等案情完全釐清以後才公布細節。」卡翠娜說，朝舉手揮舞的夢娜指了指。

「但妳可以跟我們說明哈爾斯坦．史密斯涉及此事的細節嗎？」

「可以，」卡翠娜說：「我們清楚所有細節是因為監視器拍下了事發經過，而且當時我們跟史密斯在手機上通話。」

「對，妳剛才說過，但他是在跟誰通話？」

「我，」卡翠娜頓了一下。「還有哈利．霍勒。」

夢娜側過了頭。「所以事發當時妳跟哈利．霍勒在警署這裡？」

米凱看見卡翠娜瞄了哈根一眼，彷彿是想求助，但犯罪特警隊隊長似乎不明白卡翠娜的用意，米凱同樣也不明白。

「目前我們不想透露太多警方的工作方式，」哈根說：「以免影響未來辦案時收集證據和制定策略的工作。」

夢娜和其他記者對這答案似乎頗為滿意，但米凱從哈根的表情看得出他不知道自己替卡翠娜隱瞞了什麼。

「時間很晚了，大家都還有很多工作要做，」哈根說，看了看錶。「下一場記者會將在中午十二點舉行，希望到時候會有更多案情可以跟各位報告，現在大家都能回去睡個好覺了，晚安。」

哈根和卡翠娜雙雙站起，閃光燈閃得更加激烈。有些攝影師把鏡頭轉向米凱，但有些人站了起來，擋在相機和米凱之間。米凱往前踏一步，好讓攝影師清楚捕捉他的鏡頭。

「哈利，你先別走。」米凱說，並未轉頭，也沒改變臉上的艾森豪式表情。待一連串的閃光停止後，他才轉身面對哈利，只見哈利雙臂交疊站著。

「我不會把你丟給狼群的，」米凱說：「你只是善盡本分，擊斃危險的連續殺人犯而已。」他伸出一隻手搭在哈利肩膀上。「我們會照顧自己人的，好嗎？」

身形較為高大的哈利對搭在自己肩膀上的那隻手投以銳利目光，米凱將手縮回。哈利用比平常還沙啞的聲音說：「好好享受你的勝利，貝爾曼。明天一大早我得接受訊問，晚安了。」

米凱看著哈利朝警署大門走去，只見他走路時雙腿張開，膝蓋微曲，彷彿水手走在顛簸的甲板上。

米凱已跟伊莎貝拉討論過，兩人一致認為這場勝利如果要避免留下苦澀餘味，最理想的狀況是內部調查組最後判定哈利的處理方式沒有不當之處，即使有也情節輕微。至於要如何協助內部調查組達到這個決議還有待商榷，因為他們無法直接賄賂調查組組員。但顯而易見的是，任何有大腦的人都懂得一點常識判斷。而伊莎貝拉認為對媒體和一般民眾來說，濫殺案以凶手遭到警察擊斃作結，這幾乎已成為近年來的慣例，媒體和民眾也都心照不宣，接受社會以快速有效的方式處理這類案件。這樣做除了符合老百姓要求公平正義的心態，也省去重大殺人案呈直線竄升的訴訟費用。

米凱尋找著卡翠娜，他知道他們兩人站在一起可以成為拍攝焦點，但她已離去。

「甘納！」米凱高聲喊道，聲音大到足以吸引幾名攝影師轉過頭來。犯罪特警隊隊長在門口停下腳步，朝米凱走來。

「表情嚴肅點，」米凱壓低聲音說，伸出了手，又拉高嗓門說：「恭喜破案。」

哈利站在伯格街的一盞街燈下，試著想在艾蜜莉亞的餘威中點燃一根菸。他全身凍僵了，牙齒打顫，使得香菸在雙唇之間上下抖動。

他朝警署大門看了一眼，只見播報員和記者陸續從門內走出，他們不像往常那樣喧嘩，而是朝格蘭斯萊達街的方向沉默緩慢地走去。他們可能跟他一樣十分疲憊，也可能跟他一樣感覺到一種空虛感，一種案子解決後的空虛感，就像是走到路的盡頭，發現沒有路可再走，沒有疆域可再開拓。就像哈利的爺爺的遭遇一樣，老婆仍在屋裡，身旁圍繞著醫生和助產士，而他卻幫不上忙也派不上用場。

「你在等什麼？」

哈利轉過身來，看見是侯勒姆。

「我在等卡翠娜，」哈利說：「她去停車場開車，說會載我回家，如果你也需要搭便車的話……」

侯勒姆搖了搖頭。「我託你問卡翠娜的事，你問她了嗎？」

哈利點了點頭，又試著點燃香菸。

「你的意思是『問過了』？」侯勒姆納悶道。

「沒有，」哈利說：「我還沒問她對你的意思是什麼。」

「還沒問？」

哈利閉了一下眼睛，說不定他問過了，總之他不記得卡翠娜回答了什麼。

「我會這樣問只是因為我在想……你們兩個半夜在一起，又不是在警署，那你們可能不是在談公事。」

哈利用手掌護住香菸和打火機，眼睛望著侯勒姆，只見他那對淺藍色眼眸比平常還要突出。

「我只記得公事。」

侯勒姆看著地面，跺了跺腳，像是想促進血液循環，又像是無法離開原地。

「我會再跟你說，畢爾。」

侯勒姆點了點頭，卻沒抬頭，只是轉身離開。

哈利看著他離去的身影，感覺他似乎看見了什麼，而那是自己沒有意識到的事。有了！菸終於點著了！

一輛車駛到哈利身旁停下。

哈利嘆了口氣，把香菸扔在地上，開門上車。

「你們兩個在講什麼？」卡翠娜問道，看著侯勒姆，駕車往格蘭斯萊達街的平靜夜色中駛去。

「我們有發生關係嗎？」哈利問道。

「什麼？」

「今晚稍早的事我什麼都不記得了，我們有上床嗎？」

卡翠娜沒有答話，看起來正專心開車，把車開到紅燈前的白線上停住。哈利靜靜等待。

燈號轉為綠燈。

「沒有，」卡翠娜說，踩下油門，放開離合器。「我們沒有發生關係。」

「很好。」哈利說，低聲噓了口氣。

「你爛醉如泥。」

「什麼？」

「你爛醉如泥，後來就睡著了。」

「對啊，我也這樣想。」

哈利閉上眼睛。「真該死。」

「我不是那個意思。因為蘿凱還在昏迷當中，而我——」

「而你也盡力讓自己陷入昏迷？算了吧，哈利，更糟的事已經發生了。」

電臺傳出一個乾巴巴的聲音，播報說吸血鬼症患者瓦倫廷．嚴德森已於午夜遭到擊斃，此外奧斯陸平安度過史上第一個熱帶氣旋的來襲。卡翠娜和哈利在車上靜默無語，車子穿過麥佑斯登區和芬倫區，朝侯曼科倫區行進。

「妳最近對侯勒姆是怎麼想的？」哈利問道：「有可能再給他一次機會嗎？」

「他叫你問我嗎？」

哈利默然不答。

「我覺得他好像跟那個叫什麼李延的在搞曖昧。」

「這件事我一無所知。開到這裡就可以，我在這裡下車。」

「不用讓我把車開進車道，送你到門口？」

「這樣會吵醒歐雷克，這裡就好了，謝啦。」哈利打開車門，卻沒動。

「怎麼了？」

「嗯，沒什麼。」他下了車。

哈利看著車子的後車燈消失，然後才走上車道，朝大宅走去。

大宅森然聳立，沒有燈光，沒有呼吸，看起來比黑暗還要陰森。

他用鑰匙打開大門。

接著就看見歐雷克的鞋子，但什麼聲音都沒聽見。

他去洗衣間脫下衣服放在洗衣籃裡，上樓進到臥室，穿上乾淨衣服。他知道自己無法入眠，便下樓走進廚房，泡了些咖啡，看著窗外。

他思考著，然後把念頭推到一旁，倒了咖啡，卻知道自己不會喝下去。他可以去妒火酒吧，但他這時也不想喝酒，晚點再喝好了。

念頭又回來了。

念頭有兩個。

這兩個是最簡單也最大聲的。

一個念頭說，如果蘿凱有個什麼萬一，那麼他也會隨她而去。

另一個念頭說，如果蘿凱熬過這個關卡，那麼他會離開她，只因她值得更好的人，只因離開的人不應該是她。

第三個念頭冒出。

哈利把臉埋在雙手之中。

這個念頭是說，他不確定自己是否希望蘿凱安然度過鬼門關。

該死，該死！

接著第四個念頭冒出。

這念頭說的是瓦倫廷在樹林裡說的話。

結果我們都被耍了，哈利。

瓦倫廷一定是說哈利耍了他，否則難道是別人？難道耍了瓦倫廷的另有其人？

所以你才會被耍得團團轉。

瓦倫廷說完這句話之後，就想騙哈利以為他手裡拿的是槍，但說不定他指的不是這件事，說不定他另有所指。

一隻手突然搭上後頸，哈利嚇了一跳。

他回頭往上看。

只見歐雷克站在他椅子後頭。

「我沒聽見你走進來。」哈利試著說話，聲音卻不由自主地顫抖。

「你睡著了。」

「睡著？」哈利雙手在餐桌上一按，直起身來。「沒有，我只是坐在這裡——」

「爸，你睡著了。」歐雷克插嘴說，微微一笑。

哈利眨了眨眼驅開迷霧，又環目四顧，再用手摸了摸咖啡杯。咖啡涼了。「天啊。」

「我想過了。」歐雷克說，拉開哈利旁邊的一張椅子坐下。

哈利咂咂嘴潤了一下口腔。

「你說得沒錯。」

「是嗎？」哈利喝了一口冷掉的咖啡，去除噁心的膽汁味道。

「對，你不僅對身旁的人有責任，還必須照顧素昧平生的人，我沒權利要求你放棄他們。命案對你來說雖然跟毒品一樣，但並不能改變這一點。」

「嗯，這個結論是你自己想出來的？」

「對，赫爾嘉幫了我一點，」歐雷克低頭看著自己的雙手。「她比我能從不同角度來看事情。還有我說我不想變得跟你一樣不是真心的。」

哈利把手放在歐雷克肩膀上，看見歐雷克把他的艾維斯・卡斯提洛（Elvis Costello）舊歌手T恤拿來當睡衣。「兒子？」

「怎麼樣？」

「答應我你不會變得跟我一樣。我只要求你這個。」

歐雷克點了點頭。「還有一件事。」他說。

「什麼事？」

「史戴芬打過電話來，是媽的事。」

哈利屏住呼吸，覺得心臟像是被一把鐵鉗給夾住。

「她醒過來了。」

33

星期四上午

「喂?」

「安德斯・韋勒嗎?」

「我是。」

「早安,我這裡是鑑識醫學中心。」

「早安。」

「我打來是想請問你送驗的那根頭髮。」

「喔?」

「你有收到我寄給你的列印資料嗎?」

「有。」

「好,那份資料不是完整分析,但你可以看見那根頭髮的DNA跟我們登錄在吸血鬼症患者案的一個DNA基因圖譜檔有關聯性,也就是DNA檔案第二〇一號。」

「有,我看到了。」

「我不知道第二〇一號檔案屬於誰,但我們至少知道它不屬於瓦倫廷・嚴德森。由於DNA只有部分符合,我又沒收到你的回覆,所以才想打電話來問你是否收到分析結果,因為我想你們應該要我們做完整套分析吧?」

「不用了,謝謝。」

「不用？可是——」

「這件案子已經偵結了，你們還有很多其他工作要做。對了，那份資料妳除了寄給我，還有寄給誰嗎？」

「沒有，我沒看見上面有要求還要寄給誰，你要我——？」

「不用，妳可以結案了，謝謝妳的幫忙。」

第三部

34

星期六白天

金川政用火鉗將燒得又紅又燙的鐵塊從爐子裡夾出來，放在鐵砧上，以小錘敲擊。這柄小錘採用的是日本傳統設計，頂部突出宛如絞刑架。這座小鐵舖是金川勝從父親和祖父那裡繼承的，但一如和歌山市的其他鐵匠，他也為了收支平衡而傷透腦筋。長久以來，鋼鐵業一直是和歌山市的經濟支柱，但如今整個產業都移到了中國，因此他不得不把重心轉移到獨特產品上，例如日本刀。

日本刀又稱武士刀，這種刀特別受到美國人青睞，不過金川政接到的日本刀訂單來自全球各地的私人買家。日本法律規定刀匠必須持有執照，也必須當過五年學徒，一個月只准製造兩把長刀，而且必須向政府登記。金川政只是個單純鐵匠，他做出好刀後以便宜價格賣給持有執照的刀匠，然而他知道這事難保不被抓到，因此總是保持低調。他不知道也不想知道客戶打算把刀拿去做什麼用途，只能暗自希望客戶是拿去鍛鍊、裝飾或收藏。他只知道這樣做能餵飽自己和家人，也能讓小鐵舖繼續經營下去。

他諄諄囑咐兒子，一定要把書念好，另謀他職，因為當鐵匠太辛苦，收入太微薄。兒子的確聽從了囑咐，但供他上大學非常花錢，因此金川政對訂單來者不拒。例如現在他手上這張訂單的客戶在挪威，工作內容是要複製一件日本平安時代的鐵器，而且這是對方第二次訂製相同物品，第一次是在六個月前。金川政不知道客戶姓名，手上也只有對方給的郵政信箱號碼，但是無所謂，客戶已把他要求的高昂價碼付清了。這玩意之所以貴不僅因為製作複雜，必須依照客戶提供的設計圖來打造小小的牙齒，而且也因為他心裡覺得不對勁。金川政說不出為什麼他覺得做這玩意比做刀還來得不對勁，只知道每次他看著那副鐵假牙都會不由自主地打個冷顫。這時他從鐵舖駕車回家，走的是國道三七〇號，這是一條「會唱歌」的馬路。透過精心設計，這條馬路上挖出許多間隔不一的細小長溝，輪胎壓過時會發出震動，從而形成動聽旋律。但今天他耳中聽見的不再是安撫人心的優美音符，而是帶有警告意味的低沉隆隆聲響，聲音越來越大，最後化為尖叫，宛如惡魔所發出的尖叫。

哈利醒了過來，點了根菸，仔細思索。今天這是哪一種「醒來」？這不是直接準備上工的「醒來」，今天是星期六，下星期一寒假結束後學校才會開始上課，而且今天愛斯坦會去妒火酒吧看店。

今早他不是獨自醒來，蘿凱躺在他身邊。蘿凱從醫院返家的頭幾個星期，每次哈利躺在床上看著她沉沉睡去，都會害怕她醒不過來，害怕那個醫生診斷不出的神祕病症會復發。

「人就是無法應付疑惑，」史戴芬如此說道。「哈利，人都喜歡相信自己什麼都知道，比如說被告是有罪的、診斷是確切的。承認自己有疑惑就只是承認自己的不足，而不是說這個謎團太過複雜或我們的專業有其侷限。事實上我們可能永遠都無法確定蘿凱生了什麼病。她的肥大細胞數目有稍微上升，起初我以為她罹患的是某種罕見的血液疾病，但現在症狀都消失了，從許多跡象來看，她是中了毒，這樣你就不用擔心會復發，就跟吸血鬼症患者案一樣，你說是嗎？」

「但我們確實**知道**是誰殺了那些女人。」

「你說得對，這個比喻不恰當。」

幾個星期過去，哈利擔心蘿凱病情復發的間隔越來越長。

同樣的，每次手機響起，他擔心吸血鬼症患者案再度發生的間隔也越來越長。

所以今天不是滿懷焦慮的醒來。

瓦倫廷．嚴德森死後，哈利經驗過幾次焦慮的醒來，奇怪的是，那些醒來都不是發生在內部調查組訊問他的那段期間。話說內部調查組最後得出的結論是，哈利面對危險殺人犯的主動挑釁，身處不確定情境中，因此不能視為開槍過當。內部調查組偵訊結束後，瓦倫廷和瑪妲．路德開始來他夢中拜訪，這時焦慮的醒來才開始發生。此外，在他耳邊輕聲說「所以你才會被耍得團團轉」的不是瓦倫廷，而是瑪妲。哈利對自己說，如今尋找瑪妲是別人的責任，不是他的。隨著時間過去，幾星期變成幾個月，他們來夢中拜訪的頻率越來越少。哈利回復規律的日常生活，往返於警大學院和住家之間，同時不再碰酒，這也有助於惡夢的減少。

今天，他終於回到應該屬於他自己的位置，因為今天的醒來是第五種醒來，也就是滿足的醒來，他會每天都把幸福的日子複製貼上，血液中的血清素含量也會回到正常濃度。

哈利輕手輕腳爬下床，穿上褲子，下樓走進廚房，把蘿凱愛喝的膠囊放進義式咖啡機，打開開關，然後踏出屋外，走下臺階。他赤腳踩在雪中，腳底感覺愉悅的微刺感，鼻中吸入冬季的凜冽空氣。覆蓋白雪的城市依然籠罩在黑暗中，但東方天際已現微紅，新的一天即將展開。

《晚郵報》有篇文章說未來其實比新聞讓人以為的更光明，雖然媒體總是把命案、戰爭和暴行描述得越來越詳盡，但最近發表的一份研究報告指出，命案受害者的人數正處於歷史新低，而且仍持續探底。是的，有一天命案可能會絕跡。米凱．貝爾曼的司法大臣任命案下星期會確定，根據《晚郵報》的報導，米凱表示設定企圖心強的目標沒什麼錯，但他個人的目標並不是創造一個完美的社會，而是創造一個**更好**的社會。哈利讀了不禁哂笑，伊莎貝拉不愧是個優秀幕僚。哈利又看了一遍提到命案可能絕跡的那篇文章。為什麼這個長期預估會勾起他心中的焦慮？儘管他對自己的生活感到滿足，但他不得不承認，過去這幾個月來他心中一直有股可能存在已久的焦慮。命案。他的人生都投入在對付命案上，如果他成功了，如果命案都滅絕了，那他是不是也會隨之消失？他是不是把他自己的一部分也隨著瓦倫廷一起埋葬了？這是不是幾天前他去造訪瓦倫廷墳墓的原因？或者是因為別的緣故？就像史戴芬說的那樣，人無法應付疑惑。是不是因為少了個答案，所以他才不得安寧？可惡，蘿凱說得對，瓦倫廷已經死了，該是時候放手了。

雪地裡傳來咯吱聲響。

「哈利，寒假過得不錯吧？」

「還可以，倒是妳看起來像是滑雪還滑得不過癮，席瓦森太太。」

「滑雪天就是要滑雪啊。」席瓦森太太說，翹起臀部，只見她那身緊身滑雪裝穿起來就像是彩繪肌膚似的。她單手拿著兩支越野滑雪板，好像拿筷子一般，可見那滑雪板輕得有如氦氣。

「哈利，你要不要也來滑上一圈啊？我們可以趁大家都還在睡覺的時候高速衝向翠凡湖，」席瓦森太太露出微笑，燈光照在她唇上出現反射，顯然她擦了防寒的護唇膏。「很滑……而且很爽喔。」

「我沒有滑雪板。」哈利回以微笑。

席瓦森太太哈哈大笑。「你是在開玩笑嗎？你是挪威人，卻連一雙滑雪板都沒有？」

「簡直是叛國罪，我知道。」哈利低頭看了看報紙上的日期。三月四日。

「我記得你們好像也沒有聖誕樹。」

「很令人吃驚對不對？應該有人去檢舉我們才對。」

「你知道嗎，哈利？有時候我真羨慕你。」

哈利抬頭朝她看去。

「你什麼都不在乎，打破所有的規定，有時我希望自己也那麼瀟灑就好了。」

哈利笑了。「席瓦森太太，妳這麼會說話，相信妳享受滑雪所帶來的快感時，摩擦度和滑潤度也一定掌控得很好。」

「什麼？」

「祝妳滑雪愉快！」哈利用折起的報紙對席瓦森太太致意，轉身朝屋子走去。

他看著獨眼米凱在報上的照片。也許這就是為什麼米凱的目光看起來如此堅定，因為他看起來像是知曉真理一樣，他那雙眼睛露出的是牧師的目光，可以讓眾生改變信仰的目光。

事實上我們可能永遠都無法確定。

結果我們都被耍了，哈利。

有嗎？米凱心中的疑惑有流露出來嗎？

蘿凱坐在廚房餐桌前，替兩人倒了咖啡。

「這麼早就起來啦？」哈利說，親了親蘿凱的頭。她的頭髮有些許的香草氣味和「睡蘿凱」的氣味，這是他最喜愛的氣味。

「剛才史戴芬打來。」蘿凱說，捏了捏哈利的手。

「他這麼早打來有什麼事？」

「他只是打來關注我的情況。他也打給歐雷克叫他回去做追蹤檢查，因為耶誕節前他抽過歐雷克的血液樣本。他說沒什麼好擔心的，只是想看看那個『不明疾病』是不是跟基因有關聯。」

不明疾病。蘿凱出院後，她和哈利及歐雷克更常擁抱、更常聊天、較少做計畫，只是陪伴彼此。後來，彷彿有人施了魔法似的，幸福之水面又跟往常一樣，結成了冰。儘管如此，哈利總覺得冰層底下的深淵裡似乎有什麼東西蠢蠢欲動。

「沒什麼好擔心的，」哈利對自己和蘿凱複述這句話。「但是要擔心什麼呢？」

蘿凱聳了聳肩。「你有想過那家酒吧要怎麼辦嗎？」

哈利坐了下來，啜飲一口即溶咖啡。「昨天我去那裡才想說應該把它賣掉，我不會經營酒吧，開酒吧去服務一些可能帶有不良基因的年輕人，感覺也不像是我的使命。」

「可是……」

哈利穿上羊毛夾克。「愛斯坦很喜歡在那裡工作，我也知道他沒亂喝店裡的庫存。隨時可喝、隨手可得，好像反而能讓某些人振作起來，而且酒吧也開始賺錢了。」

「一點都不意外啊，那家酒吧是兩起吸血鬼症患者案的場景，其中一次還差點發生槍戰，老闆又是大名鼎鼎的哈利．霍勒。」

「嗯，不對，我覺得應該是歐雷克想出的音樂主題奏效了。比方說，今晚只播五十歲以上、獨具風格的女歌手的歌，像是露辛達・威廉斯（Lucinda Williams）、愛美蘿・哈里斯（Emmylou Harris）、佩蒂・史密斯、克莉希・海德（Chrissie Hynde）。」

「親愛的，這些都是我上一代的歌手。」

「明天是六〇年代的爵士之夜，有趣的是來龐克之夜的客人，到了爵士之夜也會來。還有為了紀念穆罕默德，我們要做一星期的保羅・羅傑斯之夜，愛斯坦說我們應該舉辦一個歌曲大猜謎，而且——」

「哈利？」

「怎麼樣？」

「聽起來你打算把妒火酒吧留著。」

「是嗎？」哈利抓了抓頭。「可惡，我又沒時間經營酒吧，愛斯坦跟我又都瘋瘋癲癲的。」

蘿凱哈哈大笑。

「除非……」哈利說。

「除非什麼？」

哈利沒有答話，只是面露微笑。

「不行，不行，絕對不要！」蘿凱說：「我的工作已經夠忙了，除非我……」

「一星期一天就好，妳星期五又不用上班，只要去處理一下會計和文書工作就好。我的股份可以讓一些給妳，妳可以當董事長。」

「女董事長。」

「成交。」

蘿凱拍開哈利伸出的手。「不要啦。」

「考慮一下。」

「好吧，我會考慮一下再說不要。要不要回床上去？」

沒往裡頭看。

「累了？」

「……不是，」蘿凱瞇著眼睛越過咖啡杯看著哈利。「我想要享用一下席瓦森太太得不到的東西。」

「嗯，原來妳都有在偷看啊，好啊，女董事長，您先請。」

哈利又朝報紙頭版看了一眼。三月四日，今天是那人出獄的日子。他跟著蘿凱爬上樓梯，經過鏡子但沒往裡頭看。

「未婚夫」史凡・芬納走進救主墓園，這時天方破曉，墓園裡沒人。一小時前，他走出伊拉監獄，重獲自由，造訪這座墓園是他做的第一件事。圓形的黑色小墓碑排列在白雪之間猶如白紙上的黑點。他年事已高，又多年不曾在冰上行走，因此他沿著結冰小徑小心翼翼往前走。他在一個特別小的墓碑前停下腳步，墓碑的十字架底下只寫了「VG」兩個首字母。

「VG」是瓦倫廷・嚴德森（Valentin Gjertsen）的首字母。

墓碑上沒有憶念之詞，當然沒有，沒人想記得他。墓碑前也沒有鮮花。

史凡從外套口袋裡拿出一根羽毛，跪了下來，插在墓碑前的白雪中。將一根老鷹羽毛放在死者棺木裡是北美洲切羅基族人的習俗。史凡在伊拉監獄裡始終避免跟瓦倫廷接觸，但他不像其他囚犯是因為怕瓦倫廷怕得要死，而是因為他不希望這個年輕人認出他來。因為他可能遲早都會被認出來。瓦倫廷入獄那天，史凡只看了他一眼就認出來了。他有他母親的窄小肩膀和高亢嗓音，就跟史凡記憶中他們訂婚那天的她一模一樣。她是趁史凡在別處忙碌時試圖墮胎的女人之一，史凡只好闖入她家，住在那裡看守他的後代。她躺在他旁邊，每天晚上都顫抖哭泣，直到在房間裡浴血產下男嬰。臍帶是史凡親手用小刀割斷的。男嬰是他的第十三個小孩，也是他的第七個兒子。但他在獄中並不是在知道姓名後才百分之百確定瓦倫廷是他的親骨肉，而是在得知瓦倫廷的犯案細節之後。

史凡站起身來。

逝者已矣。

生者轉眼也將逝去。

他深深吸了口氣。那男人聯絡過他，喚醒了他內心的渴望，他以為多年來時間早已治好了這種焦渴。

史凡抬頭望向天際。太陽即將升起，城市居民即將甦醒，他們將揉揉眼睛，甩開惡夢，夢裡出現的是去年秋天到處肆虐的連續殺人犯。他們展露笑顏，看著陽光灑落身上，絲毫沒察覺即將有大事發生，相較之下，去年秋天的案件看起來只會像是無趣的序曲。有其父必有其子，有其子必有其父。

那個叫哈利·霍勒的警察就在這座城市的某個地方。

史凡轉過身去，踏出腳步，腳步比先前更大、更快，也更堅決。

很多事等著他去做。

楚斯·班森坐在六樓，看著太陽放出的火紅光芒入侵西北艾克柏區。去年十二月，卡翠娜把他從原本那間狗屋般的辦公室移到了一間有窗戶的辦公室，這裡雖然不錯，但他仍負責替偵結案件或懸案的資料歸檔。因此在零下十二度的天氣裡，他這麼早就到辦公室，若不是因為辦公室比他家溫暖，就是因為最近他睡得不好。

最近幾星期以來，大部分送來歸檔的資料都是關於吸血鬼症患者案遲來的線報或多餘的證詞。例如有人宣稱看見瓦倫廷·嚴德森，但這人可能也認為貓王尚在人世。ＤＮＡ報告已證明哈利擊斃的確實是瓦倫廷·嚴德森，但對有些人來說，事實只是煩人的東西，打擾了他們的執著。

打擾了他們的執著。楚斯不知道為什麼這句話一直在他腦中流連，這不過是他想到而並未大聲說出口的一句話罷了。

他從一疊資料中拿起下一個信封。一如其他資料，這信封已經打開，由另一名警察將內容物編列成表。信封上有臉書標誌，郵戳顯示這是快遞郵件，上頭有一枚迴紋針夾著一張歸檔命令，上面寫著「吸血鬼症患者案」，旁邊是案件編號，「案件管理者」這幾個字旁邊則有麥努斯·史卡勒的姓名和簽名。

楚斯拿出信封裡的文件，最上面是一封以英文寫成的信，他不是全都看得懂，但卻足以明白信中提到法院披露命令，以及隨信附上吸血鬼症患者案每一名被害人外加失蹤的瑪妲·路德的臉書帳戶列印資料。他翻動資料，發現有幾頁還黏在一起，推測麥努斯並未全部看過。無所謂，這案子已經偵結，凶手永遠不用上法庭受審，但楚斯很想抓到麥努斯那王八蛋的小辮子，於是他查看跟被害人有過訊息往來的人名，希望可以發現瓦倫廷·嚴德森或亞歷山大·德雷爾的名字，這樣就能指控麥努斯失職。他一頁一頁翻看，只查看發訊人和收訊人的名字，最後嘆了口氣。沒有過失。那些名字當中，除了被害人之外，他只認得幾個他和韋勒排除的人名，因為那些人曾用手機和被害人聯絡過。用手機跟被害人通過電話的人，在臉書上也曾跟被害人通過訊息應該是很自然的事，例如被害人伊娃·杜爾門和那個連尼·赫爾。

楚斯把資料放回信封，起身走到檔案櫃前，拉開第一格抽屜，隨即放手。他喜歡聽抽屜滑出的聲音，聽起來像嘆息聲，又像貨物列車的聲音。接著他用手擋住往外滑出的抽屜，

他又看了看那個信封。

是伊娃·杜爾門，而不是伊莉絲·賀曼森。

楚斯在抽屜裡翻尋，找出一個卷宗，裡頭放著手機通聯紀錄的訊問檔案。他把卷宗和信封一起拿回到辦公桌前，翻開檔案，找到連尼·赫爾這個名字。他之所以記得此人是因為連尼（Lenny）這名字曾讓他聯想到英國歌手萊米（Lemmy）。當時他打電話去詢問這個叫連尼的傢伙，對方的口氣聽起來像是個嚇得半死的下三濫，話聲發顫，跟大多數人一樣，無論自己有沒有做過壞事，一聽到是警察打電話來就開始緊張。所以說，連尼·赫爾跟第二號被害人伊娃·杜爾門在臉書上通過訊息。

楚斯打開訊問檔案，找出自己訊問連尼和歐納比披薩燒烤店老闆的簡短報告，並發現檔案上有一行註記他看不懂。那行註記是韋勒寫的，上頭寫說尼特達爾警局替連尼和披薩店老闆擔保，同時確認伊莉絲·賀曼森遇害當時連尼在披薩店裡。

伊莉絲．賀曼森，第一號被害人。

他們之所以訊問連尼是因為他打過好幾次電話給伊莉絲，但這個連尼卻在臉書上跟伊娃互傳訊息。這當中一定有錯，一定是麥努斯的錯，搞不好是連尼的錯。除非這只是巧合，年齡相仿的單身男子和女子在同一個地區尋覓良緣，挪威的人口密度又這麼低，出現巧合也不無可能。再說，案子已然偵結，沒必要多想。沒**那麼**必要。但從另一方面來說……報紙還在寫關於吸血鬼症患者的新聞，美國那邊還出現一個瓦倫廷．嚴德森小型地下粉絲團，有人還買下他的生平故事版權，打算出版成書或拍成影片。這案子雖然已登不上頭版，但有潛力可以再度成為熱門新聞。楚斯拿出手機，找出夢娜．多爾的號碼看了看，站起身來，抓起外套，朝電梯走去。

夢娜．多爾瞇起眼睛，彎曲手臂，朝胸部舉起啞鈴。她放下手臂時，想像自己張開翅膀，振翅飛翔，飛越維格蘭雕塑公園，飛越奧斯陸，這樣她就能看見一切，將一切都收進眼底。

她看過她最愛的英國攝影記者唐．麥卡林（Don McCullin）的紀錄片，此人之所以成為著名的人道主義戰爭記者，是因為他捕捉人類最不堪的影像並不是為了達到灑狗血的效果，而是為了激勵人類的自我反思以及對靈魂的探索。夢娜不能說自己跟麥卡林一樣，但看完那部只有單方面說詞、有如聖徒傳一般的紀錄片，她突然想到，有個名詞沒有在片中提及，那就是「野心」。麥卡林既然成為頂尖人物，在歷經大小戰役的過程中一定遇過無數仰慕者，比如說想向他看齊的年輕同事就曾聽說過這位攝影記者的傳奇，說他在一九六八年越南「新春攻勢」戰役中，曾和士兵一起駐紮在順化市，此外還有他在貝魯特、比亞法拉、剛果、塞普勒斯的趣聞軼事。這位攝影記者得到了人類最渴望的東西，那就是認同與喝采，但紀錄片裡卻隻字未提他為何要讓自己突破嚴苛考驗、讓自己身處一般人難以想像的險境、讓自己可能犯下他所捕捉到的罪行，只為了拍出最完美的照片和報導出前所未有的新聞。

夢娜同意坐進籠子等候吸血鬼症患者，同時選擇不告訴警方，這個選擇可能讓警方錯失拯救人命的機會。那晚她和諾拉碰面時，雖然覺得自己似乎受到監視，但還是可以偷偷傳一張紙條給諾拉，叫諾拉請警方提高警覺。然而就像諾拉的性幻想是被哈利．霍勒強暴一樣，夢娜也覺得是自己同意要放手一搏，只因她也想要受人認同和喝采，想要在年輕同事眼中看見欽佩眼光，並在獲頒新聞獎時發表感言，謙卑地說自己只是個出身於北方小鎮、辛勤工作的幸運女孩，然後再不那麼謙卑地提到自己小時候遭人霸凌，於是才野心勃勃，立志復仇。是的，她會大聲說出自己的野心，一點也不害怕讓人知道這野心從何而來，而且她想要振翅高飛。

「妳需要多一點阻力。」

啞鈴變重了。她睜開雙眼，看見有兩隻手輕輕把啞鈴往下推。那人站在她正後方，使得大片鏡子中的她看起來像是四臂象頭神。

「來，再兩下。」一個聲音輕輕在她耳邊響起。她認得這個聲音。那個警察。她抬頭望去，看見那人的臉孔就在她頭頂上方，正在微笑，金色劉海下是一雙水藍色眼眸，還有一口雪白貝齒。那人正是安德斯．韋勒。

「你來這裡幹嘛？」夢娜說，忘了手臂要做彎舉，但仍感覺自己要振翅高飛。

＊＊＊

「你來這裡幹嘛？」愛斯坦．艾克蘭說，把半公升啤酒放在吧檯前的客人面前。

「什麼？」

「我不是說你，我是說他。」愛斯坦伸出大拇指越過肩膀朝一個高大男子比了比，男子留著平頭，剛走進吧檯，在土耳其咖啡壺裡放入咖啡粉和水。

「我受不了即溶咖啡了。」哈利說。

「你是受不了假日，」愛斯坦說：「也受不了離開你心愛的酒吧。聽得出這首是什麼歌嗎？」

哈利聆聽快節奏的音樂旋律。「聽不出來，要等她開口唱歌才知道。」

「她不會開口唱歌，這就是最棒的地方，」愛斯坦說：「這是泰勒絲的專輯《一九八九》。」

哈利點了點頭，他記得泰勒絲或她的唱片公司把這張專輯從 Spotify 下架，Spotify 只好放上卡拉ＯＫ版本。

「我們不是說好今天只放五十歲以上女性歌手唱的歌嗎？」

「你沒聽見我剛才說什麼嗎？」愛斯坦說：「她又不會**唱歌**。」

哈利決定放棄爭辯這段對話的邏輯性。「今天客人比較早來。」

「那是因為鱷魚肉香腸，」愛斯坦說，指了指吧檯上掛著的一條條冒著縷縷輕煙的長香腸。「頭一個星期客人會點是因為夠古怪，現在熟客都很愛點來吃，也許我們應該把店名改成『鱷魚喬』或『沼澤地』或……」

「妒火就可以了。」

「好啦好啦，我只是覺得先搶先贏嘛，一定會有人把這個點子偷走。」

「到時候我們再想另一個點子。」

哈利把土耳其咖啡壺放在電爐上，轉過身去，正好看見一個熟悉身影走進店門。

哈利交疊雙臂，看著男子跺了跺腳上靴子，朝店內怒目而視。

「有什麼不對勁嗎？」愛斯坦問道。

「沒什麼，」哈利說：「你注意不要讓咖啡煮到沸。」

「你跟那個不能煮到沸的土耳其咖啡簡直一個樣，很難伺候欸。」

哈利繞過吧檯，走到男子面前，男子正解開外套鈕扣，全身散發熱氣。

「霍勒。」男子說。

「班森。」哈利說。

「我有件事想跟你說。」

「為什麼要跟我說？」

楚斯發出呼嚕笑聲。「你不想先知道是什麼事嗎？」

「我對你的回答覺得滿意才會想知道。」

哈利看見楚斯想做出無所謂的嘻笑表情，卻頗為失敗，只好吞了口口水。他那張疤痕累累的臉漲紅了，可能是因為從寒冷室外走進溫暖室內的緣故。

「霍勒，你是個王八蛋，但那次你的確救了我一命。」

「別讓我後悔救你，快說吧。」

楚斯從外套內側的口袋拿出一個卷宗。「萊米……我是說連尼．赫爾跟伊莉絲．賀曼森和伊娃．杜爾門都有聯絡過，你自己看。」

「真的？」哈利看見楚斯朝他遞來一份用橡皮筋捆住的黃色卷宗。「為什麼你不拿去給布萊特？」

「因為她跟你不一樣，她得考慮自己的前途，還會把這個拿去給米凱。」

「還有呢？」

「下星期米凱就要接掌司法部，他絕對不會想在這時候讓自己的經歷出現汙點。」

哈利眼望楚斯，很久以前他就發現楚斯並不如外表看來那樣蠢笨。「你是說他不希望這件案子開始再度延燒？」

楚斯聳了聳肩。「吸血鬼症患者案本來差點成為米凱在晉升路上的絆腳石，沒想到最後居然變成他在事業上的最大成就，他絕對不希望這個形象受到破壞。」

「嗯，你把這些資料交給我，是因為你擔心它們會流落到警察署長辦公室的抽屜裡？」

「我是擔心它們會流落到碎紙機裡，霍勒。」

「好，但你還沒回答我的問題：『為什麼要跟我說？』」

「我剛才不是說了嗎？碎紙機？」

「為什麼你、楚斯・班森，會在乎這件事？別跟我瞎扯淡，我非常清楚你的為人。」

楚斯發出呼嚕一聲。

哈利靜靜等待。

楚斯看了看哈利，又看了看別處，跺了跺腳，彷彿鞋子上還有雪似的。「我不知道，」最後他說：「是真的，我不知道。我本來想指責麥努斯・史卡勒沒注意到手機跟臉書的關聯，羞辱他一番，但這也不是原因。我想我不是……我想我只是……不對，幹，我不知道啦！」楚斯咳嗽一聲。「如果你不要，我就放回檔案櫃，讓它永不見天日，對我來說反正也沒差。」

哈利擦去窗玻璃上的霧氣，看著楚斯走出酒吧大門，穿越馬路，低頭走進刺眼的冬日光線中。難道他眼花了？不然就是楚斯身上出現了那種名為「警察」的良性疾病症狀。

「你手上拿的是什麼？」愛斯坦問道，看著哈利回到吧檯裡。

「警察專屬的色情刊物，」哈利說，把黃色卷宗放在櫃檯上。「裡面是列印資料和謄本。」

「吸血鬼症患者案？難道還沒破嗎？」

「已經破了，只是還有一些枝節有待釐清，這是程序上的要求。你沒聽見咖啡在沸騰嗎？」

「你沒聽見泰勒絲沒在唱歌嗎？」

哈利張口想說話，卻聽見自己哈哈大笑。他愛死愛斯坦這傢伙、也愛死這家酒吧了。他把滾燙的咖啡倒進兩個杯子，跟著〈歡迎光臨豬舍〉[6]這首歌的拍子在卷宗上輕輕敲打，一邊瀏覽資料，一邊想著蘿凱一定會答應他，他只要坐著安靜得像老鼠，給她一點時間就好。

6 〈Welcome to Some Pork〉，此處原歌名為泰勒絲專輯《一九八九》中的〈歡迎光臨紐約〉（*Welcome to New York*）。

這時他的目光停了下來。

他覺得腳底下的冰層似乎發出吱的一聲。

他聽見自己心跳加速。**結果我們都被耍了，哈利。**

「怎麼了？」愛斯坦問道。

「什麼怎麼了？」

「你看起來像是……呃……」

「見鬼了？」哈利問說，又讀了一次，確定自己沒看錯。

「不是。」愛斯坦說。

「不是？」

「不是，你看起來比較像是……醒來了。」

哈利從卷宗上抬起頭來，看著愛斯坦，這時他感覺到了，他感覺到內心的焦慮消失了。

「速限六十，」哈利警告說：「而且路面結冰。」

歐雷克稍微放開油門。「你有車有駕照，為什麼不自己開車？」

「因為你跟蘿凱開車技術比較好。」哈利說，瞇眼望著低緩山坡，山坡上的樹木為白雪覆蓋，反射刺眼陽光。一個路標上寫著距離歐納比村還有四公里。

「那你可以叫媽來開車啊。」

「我想說帶你來看看地方警局也不錯，你知道，有一天你可能會被分發到這種地方。」

車子駛到一輛曳引車後頭，歐雷克踩了踩剎車。曳引車的上鍊輪胎接觸柏油路面發出唱歌般的聲響，不斷向後噴出白雪。「我的目標是犯罪特警隊，不是鄉下。」

「奧斯陸跟鄉下也沒多大差別，才一個半小時車程而已。」

「我要申請芝加哥的ＦＢＩ課程。」

哈利微微一笑。「你這麼有企圖心的話，在地方警局待個幾年應該嚇不倒你。這裡左轉。」

「我是吉米。」一個面容開朗的魁梧男子說，他站在尼特達爾警局門口。尼特達爾警局的隔壁是社福機構和就業服務中心，這些單位都位在一棟簡樸的現代化建築中，這類專門設置公家機關的建築在挪威很常見。警長吉米身上的新晒痕讓哈利覺得他應該去了加那利群島過寒假，但這想法是來自於哈利對名字以「y」結尾的尼特達爾人會去哪裡度假的偏見。

哈利和他握了握手。「吉米，謝謝你特地在星期六撥時間來見我們。他叫歐雷克，是警大學院的學生。」

「看起來像是未來的警長喔，」吉米說，上下打量眼前這名高個子年輕人。「哈利・霍勒親自來造訪我們，我覺得很榮幸，所以我怕浪費時間的是你，而不是我。」

「喔？」

「你在電話上說你打給連尼・赫爾他都沒接，所以我趁你們來這裡的路上很快查了一下，發現原來你們訊問過他以後，他就去泰國了。」

「原來？」

「對，他離開前跟鄰居和常客說他可能會離開一陣子，所以他現在可能換了泰國的手機號碼，我問過的人都沒有他的電話，也沒人知道他住在哪裡。」

「難道他是宅男？」

「可以這樣說。」

「他有家人嗎？」

「他單身，又是獨子，從沒離開過家裡，自從父母過世後就一直住在他們那個豬窩裡。」

「豬窩？」

「赫爾家族世世代代都以養豬維生，賺了不少錢，一百年前，他們蓋了一棟驚人的三層樓豪宅，我們村裡的人都叫它豬窩，」吉米格格笑說：「想要翻轉大家的印象可沒這麼容易。」

「嗯，所以你認為連尼．赫爾去泰國這麼久做什麼？」

「呃，你是說像連尼那種人去泰國做什麼？」

「我不知道連尼是哪種人。」哈利說。

「他人還不錯，」吉米說：「也很聰明，他是資訊科技工程師，在家工作，是自由工作者，有時我們電腦有問題會找他來修。他不碰毒品，不做什麼蠢事，據我所知他也沒有金錢問題，但他對女人的事總是不在行。」

「什麼意思？」

吉米看著自己口中噴出的白氣飄散在空中。「兩位，這裡有點冷，我們進去喝杯咖啡怎麼樣？」

「我想連尼應該是想去找個泰國新娘，」吉米說，在兩個社福馬克杯和他自己的利勒斯特羅姆足球隊馬克杯裡倒了濾泡式咖啡。「他在家鄉這裡無法跟別人競爭。」

「無法跟別人競爭？」

「對，我剛才說了，連尼是個宅男，獨來獨往，不太跟人說話，也不是什麼吸引女人的性感男人，而且他有難以控制的嫉妒問題。據我所知，他連蒼蠅都沒傷害過，也沒傷害過女人，但有次有個女人打電話來警局，說連尼跟她約會過一次以後就對她死纏爛打。」

「他是跟蹤狂？」

「對，現在是這樣叫了。她跟連尼說沒興趣進一步發展，但連尼還是傳給她大量簡訊，送她很多花，還站在街上等她下班。於是她明白的跟連尼說再也不想見到他，連尼就再也沒出現過，可是她跟我們說，後來她覺得家裡的東西好像在她出門上班時被人動過，所以她才打電話來警局。」

「她覺得有人進過她家？」

「我問過連尼，他矢口否認，後來這件事就不了了之。」

「連尼．赫爾是不是有一台3D列印機？」

「有一台什麼？」

「一種可以用來複製鑰匙的機器。」

「我不知道，但我說過了，他是資訊科技工程師。」

「他的嫉妒問題有多嚴重？」歐雷克問道，哈利和吉米都轉頭朝他望去。

「你是說要從一分到十分給他評個分？」吉米反問道，哈利聽得出他語氣裡的諷刺意味。

「我只是在想，他會不會是有病態性嫉妒？」歐雷克說，用不確定的眼神看了哈利一眼。

「霍勒，這小子在說什麼？」吉米拿起他那個鮮黃色馬克杯，大聲啜飲一口咖啡。「他是在問連尼是不是殺了人嗎？」

「是這樣的，就像我在電話中說過的，我們只是想釐清吸血鬼症患者案的一些枝節，而連尼跟兩名被害人都聯絡過。」

「可是殺害她們的是那個瓦倫廷不是嗎？」吉米說：「還是說你們有疑慮？」

「沒有疑慮，」哈利說：「我說過了，我只是想跟連尼．赫爾談談他跟被害人的對話，看能不能發現什麼我們還不知道的事。我在地圖上看見他家距離這裡只有幾公里遠，所以我在想，我們可以直接去登門拜訪，把事情釐清。」

吉米用大手撫摸馬克杯上的徽章。「報紙上說你現在是講師，不是警探。」

「我想我跟連尼一樣是自由工作者。」

吉米交疊雙臂，左袖往上縮，露出褪色的裸女刺青。「好吧，霍勒，你想必也意識到了，尼特達爾警區這裡向來無事，感謝上帝，所以你打來以後，我就打了幾通電話，還開車去連尼家，或者應該說，盡量開往連尼他家。豬窩位在一條林間道路的盡頭，距離附近住戶有一公里半，這條路上積了半公尺深的雪，雪跟道路兩旁一樣高，上面沒有胎痕也沒有鞋印，只有麋鹿和狐狸腳印，說不定還有幾匹狼的腳印，你懂我的意思嗎？那裡已經好幾個星期沒人出入了，霍勒，如果你想找連尼，只能買張去泰國的機票，我聽說芭達雅是男人去找泰國女人的盛地。」

「雪上摩托車。」哈利說。

「什麼？」

「如果我明天帶搜索票來，你能安排一輛雪上摩托車嗎？」

哈利明白這位警長的幽默感已被消磨殆盡，原本吉米預想的可能是泡杯香醇咖啡，向大城市來的警察證明鄉下警察也懂得什麼叫效率，沒想到對方竟然不屑他的判斷，還叫他準備一輛雪上摩托車，簡直把他當成了總務主管。

「才一公里半，用不著雪上摩托車，」吉米說，揉了揉因為晒傷而開始脫皮的鼻子。「你們可以滑雪過去，霍勒。」

「我沒有滑雪板。我要一輛雪上摩托車，還要有駕駛員。」

接下來的靜默像是永無止境。

「我剛才看見是這年輕人開車，」吉米側過了頭。「你沒駕照嗎，霍勒？」

「有，但我以前開車害死過一個警察，」哈利拿起馬克杯將咖啡一仰而盡。「所以不願意那種事再度發生。謝謝你的咖啡，我們明天見。」

「剛才那是怎麼回事？」歐雷克問道，他駕車在路口稍停，打方向燈，表示他們要駛入主幹道。「當地警長自願在星期六跑來幫忙，你還跟他鬼話連篇？」

「我有嗎？」

「有啊！」

「嗯，打左方向燈。」

「奧斯陸要往右走。」

「衛星導航說，歐納比披薩燒烤店左轉兩分鐘就到了。」

＊＊＊

歐納比披薩燒烤店老闆自我介紹說他叫湯米，在圍裙上擦了擦手指，仔細看了看哈利拿到他眼前的照片。

「可能吧，可是我不記得連尼的朋友長什麼樣子，我只記得奧斯陸那個女人被殺的那天晚上，他跟一個朋友來過這裡。連尼是個宅男，總是獨來獨往，也不常來光顧，所以秋天的時候你們打電話來問我，我才會記得那天晚上他來過。」

「照片中的男人名叫亞歷山大，或是瓦倫廷，你記得他們在說話的時候，連尼有叫對方這兩個名字之中的一個嗎？」

「我不記得有聽見他們說話，而且那天我一個人負責外場，我老婆在廚房裡忙。」

「他們什麼時候離開的？」

「很難說，他們分吃一份加了義式臘腸和火腿的克努特特製超大披薩。」

「你連這個都記得？」

湯米咧嘴一笑，用手指輕敲太陽穴。「你今天點一份披薩，三個月以後再來，跟我說你要點你今天點過的披薩，我會比照我給警局同仁的優惠算你便宜。我們家的披薩餅皮都是低卡路里，裡頭含有堅果。」

「聽起來很誘人，但我兒子還在車上等我，謝謝你的協助。」

「不客氣。」

歐雷克駕車駛入黃昏的薄暮之中。

兩人都陷入靜默，沉浸在自己的思緒裡。

哈利在心中計算時間，瓦倫廷跟連尼吃完批薩以後，還是能從容返回奧斯陸，殺害伊莉絲·賀曼森。

一輛貨車從他們旁邊高速駛過，使得他們的車身晃了晃。

歐雷克清了清喉嚨。「你要怎麼拿到搜索票？」

「嗯？」

「第一，你不是犯罪特警隊隊員。第二，你沒有申請搜索票的法律依據。」

「沒有嗎？」

「如果我沒記錯課堂上教的，你沒有。」

「說來聽聽。」哈利露出微笑。

歐雷克稍微放慢行車速度。「瓦倫廷殺了好幾個女人，這件事罪證確鑿。連尼·赫爾會認識這些女人中的兩個只能說純屬巧合，警方掌握的證據不足以趁連尼在泰國度假時強行進入他家。」

「我同意光只是基於這些理由很難取得搜索票，所以我們要去格里尼區。」

「格里尼區？」

「我想去跟哈爾斯坦·史密斯聊一下。」

「今天晚上我要跟赫爾嘉一起煮晚餐。」

「我是想去找他聊一下病態性嫉妒。你說要煮晚餐？好吧，那我自己想辦法去格里尼。」

「還好啦，格里尼算順路。」

「你去跟她煮晚餐吧，我跟史密斯可能會聊上一會。」

「太遲了，你已經說我可以一起去的。」歐雷克踩下油門，變換車道，超過一輛曳引車，打開大燈。

兩人一時無話，車子持續行進。

「速限六十。」哈利說，一邊按著手機。

「而且路面結冰。」歐雷克回道，稍微鬆開油門。

「韋勒嗎？」哈利說：「我是哈利．霍勒，希望你正坐在家裡覺得星期六下午很無聊。喔？那你可能要跟那位正妹說你得幫一個過氣的傳奇警探調查幾件事。」

「病態性嫉妒，」史密斯說，熱切地看著剛剛來訪的兩位客人。「這是個很有意思的主題，但你們大老遠跑來這裡，真的只是為了要聊這個？史戴．奧納不是比較擅長這個嗎？」

歐雷克點了點頭，看起來十分同意。

「我想跟你聊，因為你有疑慮。」哈利說。

「疑慮？」

「那天晚上瓦倫廷來這裡，你說他知道。」

「知道什麼？」

「你沒說。」

「我處於驚嚇狀態，可能說了各式各樣的話。」

「沒有，史密斯，這次你反而話很少。」

「梅依，妳聽到了嗎？」史密斯朝正在替他們泡茶的瘦小身影哈哈大笑。

梅依微笑點頭，拿著茶壺和一個茶杯走進客廳。

「我說了一句『他知道』，你就解讀成我有疑慮？」史密斯問道。

「這句話聽起來像是你難以理解，」哈利說：「你不明白瓦倫廷怎麼會知道對不對？」

「哈利，我不知道。說到我自己的潛意識，我懂的不會比你多，你說不定懂得比我更多。為什麼你要問這件事？」

「因為有一個人冒出來，好吧，這個人匆匆忙忙跑去了泰國。我請韋勒去查，在據說他離開的那段時間，這個人卻不在任何乘客名單上，而且過去三個月以來，這個人的銀行帳戶和信用卡不論在泰國或其他地方都沒有任何活動，此外有意思的是，韋勒發現他的名字出現在過去一年曾購買3D列印機的名單上。」

史密斯看著哈利，又轉頭望出廚房窗戶。白雪覆蓋在窗外的漆黑原野上，猶如一張閃亮亮的輕柔毛毯。

「瓦倫廷知道我辦公室的位置在哪裡，那就是我當時說『他**知道**』的意思。」

「你是說他知道你的地址？」

「不是，我是說他穿過柵欄門後直接往穀倉走來，他不僅知道我辦公室的確切位置，還知道通常我午夜會在那裡。」

「說不定他看見窗戶透出燈光？」

「從柵欄門那裡是看不見那扇窗戶裡頭有燈光的，跟我來，我帶你們去看一樣東西。」

三人走到穀倉，打開門鎖，進入辦公室。史密斯打開電腦。

「所有的監視器畫面都在這裡，我把它找出來。」史密斯說，輕叩手指。

「好酷的畫喔，」歐雷克說，朝牆上的蝙蝠男人畫作點了點頭。「陰森森的。」

「那是奧地利插畫家阿爾弗雷德·庫賓（Alfred Kubin）的畫，」史密斯說：「名叫《吸血鬼》。我父親有一本庫賓的畫作集，小時候我常坐在家裡看那本書，別的小孩都跑去電影院看粗製濫造的恐怖電影。可惜梅依不准我在家裡掛庫賓的畫作，她說會讓她做惡夢。說到惡夢，我找到瓦倫廷的影片了。」

史密斯朝螢幕指了指，哈利和歐雷克倚身越過他肩膀看去。

「這是他進入穀倉的畫面，你們看，他毫不猶豫，很清楚該往哪裡走，這怎麼可能？我是跟他做過諮商，但不是在這裡，而是在市中心的出租辦公室裡。」

「你的意思是說事前有人指點過他？」

「我的意思是說**可能**有人指點他，這件案子從一開始就有這個問題，這些命案所展現出來的計畫程度是吸血鬼症患者沒有能力辦到的。」

「嗯，我們在瓦倫廷的住處沒有發現 3D 列印機，可能有人複製了鑰匙再拿給他，這個人先替自己複製鑰匙，進入曾經用過他、拒絕他或跑去認識其他男人的女人家裡。」

「認識其他更高大的男人。」史密斯說。

「也就是嫉妒，」哈利說：「病態性嫉妒，卻發生在連蒼蠅都沒傷害過的人身上。當一個男人無法傷害別人，就需要別人來替他做這件事，而這個人必須做得到他做不到的事。」

「這個人必須要是殺人犯。」史密斯說，緩緩點頭。

「這個人必須已經準備好為了殺人而殺人，也就是瓦倫廷．嚴德森。所以他們一個人負責計畫、一個人負責行動，就像經紀人和表演者。」

「天啊，」史密斯說，用雙手搓揉雙頰。「這下子我的論文真的開始說得通了。」

「怎麼說？」

「最近我去里昂演講，主題關於吸血鬼症患者殺人犯，雖然業界人士都對我的創新研究報以熱情，但我一直提醒他們說我的工作少了些什麼，所以不算是真正具有開創性，也就是說這些命案不符合我所歸納出的吸血鬼症患者的綜合描述。」

「你歸納出的綜合描述是？」

「患者出現思覺失調和偏執症狀，被渴血的欲望吞沒，傾向於殺害身旁的人，但無法執行需要縝密計畫和高度耐性的殺人行為，而這個吸血鬼症患者所犯下的殺人案，卻都指向策畫型的人格特質。」

「一個策畫者，」哈利說：「這個人找上瓦倫廷，當時瓦倫廷正好不得不停止殺人，因為他不能自由行動，否則很可能會被警察逮到。這個策畫者提供單身女子的住家鑰匙給瓦倫廷，還提供女子的照片、日常生活習慣、什麼時間會做什麼事，他提供一切足以讓瓦倫廷去執行謀殺同時又能避免暴露行蹤所需要的細節，瓦倫廷怎麼可能拒絕得了這樣的提議？」

「他們形成完美的共生關係。」史密斯說。

歐雷克清了清喉嚨。

「什麼事？」哈利說。

「警方花了好幾年都找不到瓦倫廷，連尼是怎麼找到他的？」

「好問題，」哈利說：「總之他們不是在監獄認識的，連尼的背景乾淨得跟神父的狗領一樣。」

「你說什麼？」史密斯問說。

「狗領。」

「不是，我是說那個人名。」

「連尼．赫爾，」哈利又把名字說了一次。「怎麼了嗎？」

史密斯沒有答話，只是眼望哈利，張著嘴無法合攏。

「該死。」哈利冷靜地說。

「什麼該死？」歐雷克問道。

「患者，」哈利說：「他們是同一個心理師的患者，瓦倫廷．嚴德森和連尼．赫爾是在候診室認識的。史密斯，是不是這樣？快說出來，命案可能再度發生，拯救人命可是比保密誓言來得重要。」

「是的，連尼．赫爾是我前陣子的患者，他都是來這裡進行諮商，也知道我習慣晚上在穀倉工作。但他跟瓦倫廷不可能在這裡認識，因為我跟瓦倫廷的諮商是在市區進行的。」

哈利坐在椅子上倚身向前。「但連尼．赫爾是不是有病態性嫉妒的傾向，而且可能跟瓦倫廷．嚴德森聯手合作，殺害拋棄他的女人？」

史密斯專心思索，兩根手指搓揉下巴，然後點了點頭。

哈利靠回椅背，看著電腦畫面和瓦倫廷負傷離開穀倉時的暫停影像。瓦倫廷進入穀倉時，磅秤上的刻度顯示為七十四點七公斤，如今剩下七十三點二公斤，這表示他在辦公室地上流了一點五公斤的血。這只是簡單算數，而簡單算數同樣也適用於目前的情境，瓦倫廷．嚴德森加連尼．赫爾，一加一等於二。

「這件案子必須重啟調查才行。」歐雷克說。

「這是不可能的。」甘納．哈根說，看了看錶。

「為什麼不可能？」哈利說，朝莉塔比個手勢，表示買單。

犯罪特警隊隊長哈根嘆了口氣。「因為這件案子已經偵結了，哈利，而且你提出來的判斷根據聽起來太像陰謀論了。隨機的巧合：這個連尼．赫爾跟兩名被害人聯絡過。心理師的猜測：只因為瓦倫廷**看起來**知道應該往右轉？記者和作家最愛利用這種事來大作文章，像是說美國前總統甘迺迪是被美國中情局槍殺的，還有英國歌手保羅．麥卡尼已經駕鶴歸西。吸血鬼症患者案依然備受矚目，如果根據這種證據就重啟調查，我們一定會變成備受矚目的小丑。」

「變成小丑，你擔心的就是這個嗎，長官？」

哈根微微一笑。「哈利，你以前叫我『長官』的口氣總讓我覺得自己像小丑，因為每個人都知道其實你才是長官。我是無所謂，我可以接受，你績效高，可以肆無忌憚地嘲弄我們，但這件案子已經偵結，蓋子已經蓋上，而且拴得非常緊。」

「是因為米凱．貝爾曼對不對？」哈利說：「他在就任司法大臣之前，不想讓任何人破壞他的形象對不對？」

哈根聳了聳肩。「謝謝你週六夜晚邀我出來喝咖啡，哈利，你家裡一切都好吧？」

「不錯啊，」哈利說：「蘿凱的身體健康強壯，歐雷克正在跟女友一起煮晚餐，你呢？」

「喔，也不錯。最近卡翠娜和畢爾一起買了間房子，你應該知道吧？」

「我不知道。」

「他們稍微分開過一段時間，但現在決定攜手共度人生，卡翠娜懷孕了。」

「真的假的？」

「真的，預產期是六月，世界已經往前推進了。」

「對有些人是這樣，」哈利說，遞了兩百克朗鈔票給莉塔，莉塔開始計算要找哈利多少錢。「對有些人不是，施羅德酒館這裡的時間就是靜止的。」

「這樣啊，」哈根說：「我還以為已經沒有人在用現金了。」

「我不是這個意思。謝謝妳，莉塔。」

哈根等服務生走了以後才說：「這就是你約我在這裡碰面的原因？只是為了提醒我？你以為我已經忘了嗎？」

「沒有，我不認為你已經忘了，」哈利說：「但除非我們查出瑪妲．路德發生了什麼事，這件案子就不算偵結，對她家人來說不算，對這裡的員工來說不算，對我來說不算，我看得出對你來說也不算。你心裡明白，米凱．貝爾曼如果把蓋子拴得死緊，怎麼樣都打不開，我就會直接去把連尼．赫爾家的窗玻璃打破。」

「哈利……」

「聽著，我只需要一張搜索票還有你的許可，讓我把尚未釐清的案情解決，我保證一旦解決我就停手。甘納，你只要幫我這個忙就好，然後我就會停手。」

哈根揚起一側粗眉。「你叫我**甘納**？」

哈利聳了聳肩。「你自己說的，你已經不是我的長官了。別這樣，你從警以來不是一直都站在好人陣線這邊嗎，甘納？」

「你知道這句話聽起來像拍馬屁嗎，哈利？」

「那又怎樣？」

哈根深深嘆了口氣。「我不敢保證什麼，但我會考慮，好嗎？」他站起身來，扣上外套釦子。「哈利，我記得我剛開始辦案的時候，有人給過我忠告，那就是如果想要活下來，就必須學會適時放手。」

「這的確是個好忠告，」哈利說，端起咖啡杯湊到嘴邊，抬頭看著哈根。「如果你覺得活下來他媽的有那麼重要的話。」

35

星期日上午

「他們在那裡。」哈利對史密斯說。史密斯踩下剎車，把車停在兩個男人前方。那兩人雙臂交疊，站在森林道路的中央。

「哎，」史密斯說，雙手插進他那件顏色繽紛的休閒西裝外套口袋裡。「你說得對，我應該多穿點衣服出來的。」

「這給你。」哈利說，摘下頭上的黑色羊毛帽，帽子上繡著骷髏頭和交叉人骨，底下寫著「聖保利」。

「謝了。」史密斯說，戴上帽子往下拉，蓋住耳朵。

「霍勒，早安。」警長吉米說，他背後是車輛無法通行的積雪道路，雪地上停著兩輛雪上摩托車。

「早安，」哈利說，摘下太陽眼鏡，雪地反射的陽光刺痛他的雙眼。「感謝你在這麼短的時間內同意幫忙，這位是哈爾斯坦·史密斯。」

「你用不著謝我。」吉米說，朝一個跟他同樣身穿藍白連身褲的男子點了點頭，那身穿著讓他們看起來宛如巨型兒童。「亞圖，你載這個穿休閒西裝的傢伙好嗎？」

哈利看著雪上摩托車載著史密斯和亞圖消失在道路彼端，雪上摩托車的引擎聲宛如電鋸般切開清澈的冷冽空氣。

吉米跨上雪上摩托車的橢圓形座椅，咳了一聲，轉動鑰匙發動。「請准許本地警長駕駛雪上摩托車。」

昨晚哈利跟吉米的對話十分簡短。

「**我是吉米。**」

「我是哈利．霍勒，我得到我需要的了，可以請你安排雪上摩托車，明天早上載我們去赫爾家嗎？」

「喔。」

「我們會有兩個人去。」

「你是怎麼拿到的……？」

「十一點半可以嗎？」

一陣靜默。

「好。」

雪上摩托車沿著第一輛車留下的雪痕駛去，只見山谷下散布著社區屋舍，玻璃窗和教堂尖塔在太陽照耀下閃閃發光。摩托車駛入濃密的松樹林，陽光頓時受到遮蔽，溫度驟降。接著摩托車朝一處窪地駛去，那裡有一條結冰河川流過，氣溫到了此處更是筆直滑落。

這段車程只花了三、四分鐘，但雪上摩托車停在史密斯、亞圖和一道冰雪覆蓋的高大圍牆旁邊時，哈利的牙齒仍不停打顫。四人前方是一扇牢牢立於雪地上的鍛鐵柵欄門。

「豬窩到了。」吉米說。

柵欄門內三十公尺處，矗立著一棟看起來搖搖欲墜的三層樓豪宅，四周環繞著高大松樹。豪宅的木壁板看起來上過漆，但現在漆已剝落，讓整棟房子呈現出不同色澤的灰色和銀色，窗內的窗簾看起來則像是粗布和帆布製成的。

「竟然在這麼陰暗的地方蓋房子。」哈利說。

「三層樓的老哥德式建築，」史密斯說：「這一定打破了這裡的建築規定吧？」

「赫爾家族打破過各種規定，」吉米說：「但從不犯法。」

「嗯，可以借我一些工具嗎，局長。」

「亞圖，你有撬棒嗎？快點，把這件事解決。」

哈利一下車踏進雪地，半條腿就陷了進去，但他還是努力走到柵欄門前，攀爬過去，其餘三人也跟了上來。

豪宅前方有一排加蓋露臺，面向南方，所以這棟房子在夏天正午應該晒得到一點陽光，否則怎麼會有人在吸血小黑蚊肆虐的地方蓋露臺？哈利走到大門前，透過結霜玻璃窗往裡頭看了看，按下鏽紅色的老式電鈴。

至少電鈴還能用，因為大宅深處傳出鈴聲。

哈利又按了一下門鈴，另外三人陸續走到他身旁。

「如果他在家，現在一定會站在門口等候我們，」吉米說：「雪上摩托車的聲音幾公里外就聽得到，這條路又只通到這裡。」

哈利又按了一下門鈴。

「連尼・赫爾在泰國聽不到啦，」吉米說：「我家人在等我一起去滑雪呢，亞圖，把玻璃窗打破吧。」亞圖揮動撬棒，大門旁的窗戶應聲碎裂。他脫下一隻手套，伸手穿過破玻璃，專心摸索一會，接著哈利就聽見門鎖轉動的聲音。

「你先請。」吉米說，把門打開，做出請進的手勢。

哈利踏進門內。

屋裡看來沒人住，這是哈利進屋後的第一印象，也許是因為屋內缺乏提供舒適感的現代化設備，才讓他覺得這棟曾有當地名人居住的宅邸已變成了博物館，就像他十四歲時父母曾帶他和小妹去莫斯科參觀杜斯妥也夫斯基的故居，那是哈利見過最死氣沉沉的房子，可能因為這個緣故，三年後他讀《罪與罰》才會受到那麼大的震撼。

哈利穿過玄關，走進偌大的客廳，按了按牆上的電燈開關，但沒反應。灰白色窗簾雖然遮蔽了陽光，但仍足以讓他看見自己噴出的白氣，以及散置在房間裡的老式家具，那些本該擺在一起的成套桌椅看起來像是在激烈的繼承糾紛後被分了開來。牆上掛的笨重畫作歪了，可能是因為溫度變化的關係才會出現歪斜。這時哈利發現連尼不在泰國。

屋裡毫無生氣。

連尼．赫爾本人，或者至少是某個神似哈利在連尼．赫爾的照片上看過的人，坐在一張翼狀靠背椅上。那人的堂皇坐姿看起來像以前哈利的爺爺喝醉後睡著的樣子，不同的是那人的右腳稍微離開地面，右小臂也懸空在椅子扶手上方幾公分處。換句話說，那具屍體在屍僵現象發生後稍微傾斜了一點，而屍僵現象是在許久之前發生的，可能大概五個月前。

屍體的頭部讓哈利聯想到復活節彩蛋，乾燥易碎，裡頭空無一物。那顆頭看起來像是縮小了，迫使嘴巴張開，露出支撐牙齒、又乾又灰的牙齦。屍體額頭上有一個黑色小孔，孔中無血，頭部後仰，姿態僵硬，張口凝視天花板。

哈利繞到椅子後方，看見螺栓穿過了靠背椅。有個黑色金屬物體躺在椅子後側的地板上，形狀像是口袋型手電筒。哈利認得這種東西。他大約十歲時，爺爺覺得最好要讓他知道聖誕晚餐上的豬肋排是怎麼來的，於是帶他到穀倉後面。那裡有個奇妙的機器，爺爺稱之為屠宰面具，儘管它根本不是面具。屠宰面具置於大母豬海德倫的額頭上。爺爺按動開關，機器發出砰的一聲，十分刺耳。海德倫突然一陣抽搐，彷彿像是嚇了一跳，然後就倒在地上。接著爺爺抽乾海德倫的血液。但是讓哈利印象最深刻的是火藥的氣味，以及海德倫倒下之後四條腿還不斷抽搐。爺爺解釋說海德倫已經死了，屍體都會這樣。後來好長一段時間，哈利都會做惡夢，夢見抽搐的豬腳。

哈利背後的地板傳來咯吱聲響，隨即傳入耳中的是越來越沉重的呼吸聲。

「他是連尼．赫爾？」哈利問道，並沒轉頭。

吉米清了兩次喉嚨才有辦法回答說：「對。」

「別再靠近。」哈利說，蹲下身來，環顧四周。

這個現場並未對他說話。這個犯罪現場沉默無語。可能由於時間已經過了太久，也可能由於這裡根本不是犯罪現場，只是屋子主人自己決定不想活了。

哈利拿出手機撥給侯勒姆。

「我在尼特達爾的歐納比村發現一具屍體，有個叫亞圖的會打給你，跟你說在哪裡跟他碰面。」

哈利結束通話，走進廚房，試了試電燈開關，但也沒反應。廚房整理得甚是整齊，但水槽裡放著一個盤子，上頭有發霉又乾硬的醬汁，冰箱前方結了水堤狀的冰。

哈利回到玄關。

「你去看看能不能找到保險絲盒。」哈利對亞圖說。

「電力可能被切斷了。」吉米說。

「門鈴還會響。」哈利說，沿著玄關旁的彎曲階梯走了上去。

二樓有三間臥室，都經過細心打掃，但其中有一間的床罩反折，椅子上掛著衣服。

三樓有個房間顯然是辦公室，架上擺著書本和檔案，窗前一張長方形桌子上放著一台電腦和三個大螢幕。哈利轉過身去，看見門邊一張桌子上放著一個方形盒狀物，邊長大約七十五公分，有著金屬邊框，側邊是玻璃材質，裡頭的框架上有一把白色小鑰匙。那正是一台３Ｄ列印機。

遠處傳來鐘聲。哈利走到窗前，窗外看得見教堂，鐘聲可能是教堂舉行週日禮拜所傳出的。赫爾家的高度多於寬度，猶如矗立在森林裡的高塔，屋主當初建屋的用意可能是為了讓自己看得見別人，別人卻看不見自己。哈利的目光落在前方桌上一個檔案夾封面上所寫的姓名，他打開檔案夾，閱讀第一頁，又抬頭看了看書架上許多同款式的檔案夾，然後走到樓梯間。

「史密斯！」

「是？」

「上來這裡！」

三十秒後，這名心理師踏進房間，並未立刻走到哈利正在翻閱檔案的桌子前，而是在門口停下腳步，臉上露出驚訝神色。

「認得這些東西嗎？」哈利問道。

「認得，」史密斯走到書架前，拿下一個檔案夾。「這些是我的案主紀錄，被偷走的資料。」

「我想這個應該也是吧？」哈利說，拿起一個檔案夾，讓史密斯閱讀上面的標籤。

「亞歷山大．德雷爾。對，這是我的筆跡。」

「我雖然看不懂這些專有名詞，但我看見這裡寫說德雷爾執著於《月之暗面》，以及一個女人，還有鮮血。你還寫說他可能發展出吸血鬼症，底下還註明如果這件事真的發生，你考慮打破醫師誓言，把你的擔憂告訴警方。」

「我說過了，後來德雷爾就沒再來做諮商了。」

哈利聽見門打開的聲音，往窗外看去，正好看見警員亞圖把頭伸到露臺欄杆外，朝雪地裡嘔吐。

「他們是去哪裡找保險絲盒？」

「地下室。」史密斯說。

「你在這裡等著。」哈利說。

哈利走下樓去，只見玄關亮著燈，通往地下室的門已經打開。他彎腰步下陰暗狹窄的地下室樓梯，但仍撞到了頭，還覺得破皮了，原來是撞到了水管邊緣。接著他覺得腳下踩到堅實地面，並看見一間儲藏室外亮著一顆燈泡。吉米站在儲藏室門口，雙手軟綿綿地垂落身側，雙眼直盯著門內瞧。

哈利朝吉米走去。連尼．赫爾的屍體雖已出現腐爛跡象，但客廳的低溫讓人聞不到氣味；然而地下室甚為潮濕，雖然寒冷，但溫度不會低到零度以下。哈利走上前去，原本以為鼻子聞到的是腐爛馬鈴薯的氣味，但其實是另一具屍體所散發出來的屍臭味。

「吉米。」哈利輕聲說。吉米慢慢轉身面向哈利，雙眼圓睜，額頭上有一道小刮痕。哈利一看嚇了一跳，隨即想到他下樓梯時也撞到了水管。

吉米站到一旁，哈利往門內望去。

儲藏室裡有個三乘二公尺的方形籠子，籠身以鐵絲網構成，籠門上有個掛鎖。目前這個籠子沒有囚禁任何人，因為被囚之人早已死去。這裡同樣毫無生氣。哈利看見今年輕警員亞圖反應那麼劇烈的原因了。

儘管腐爛程度顯示女子早已死去多時，但老鼠搆不到吊在籠子頂端的赤裸女屍，因此屍體保存完好，這表示哈利可清楚看見她生前受到什麼樣的對待。她身上多半是刀傷。哈利見過無數屍體和千奇百怪的凌虐方式，照理說應該會感到麻木，而事實也的確如此，他已習慣看見隨機暴力、激烈鬥毆、瘋狂儀式、招招致命的刺殺所產生的結果，儘管如此，眼前這一幕卻令他震驚。他看得出這種殘害方式想達到什麼效果。他看得出死者不僅得遭受身體的痛苦，還得承受在明白自己會有的遭遇後所產生的絕望恐懼；他看得出凶手所享受的性愉悅和發揮創意的滿足感；他看得出這具屍體要讓發現之人所感到的震驚和淒涼無助，只是不知道凶手是不是已在這裡得到他想要的？

吉米在哈利背後咳嗽起來。

「別在這裡咳，」哈利說：「去外面。」

哈利聽見吉米的蹣跚腳步聲在背後逐漸遠去，他打開籠門，踏入籠內。吊在籠裡的女子身材頗瘦，肌膚白得有如外頭的雪，皮膚上有紅色的斑點，那不是血，而是雀斑。她的腹部上方則有個子彈穿出的黑色小孔。

哈利不確定女子藉由上吊自殺來求得解脫，是否就可免受痛苦折磨。當然了，她的死因可能是腹部中彈，但這槍也可能是在死後才打在身上的，因為她已經沒用了，就像小孩子想毀了壞掉的玩具一樣。

哈利撥開女子面前垂落的紅髮，確認了女子身分。幸好她臉上沒有任何表情。不久之前，她的鬼魂才在夜深人靜時來造訪他。他比較希望她來造訪時面無表情。

「那……那是誰？」

哈利轉過身去。史密斯頭上那頂聖保利羊毛帽依然戴得很低，幾乎蓋到眼睛，彷彿他很冷似的，但哈利覺得他全身發抖並不是因為寒冷。

「她是瑪妲・路德。」

36

星期日入夜時分

哈利把頭埋在雙手之中，靜靜坐著，聆聽樓上傳來的說話聲和沉重腳步聲。鑑識人員正在客廳、廚房和玄關拉封鎖線、拍照和放置小白旗。

他逼自己再度抬頭看去。

他跟局長吉米解釋過，在犯罪現場鑑識人員蒐證完成之前，絕對不能割斷繩子，把瑪姮・路德放下來。當然了，他可以告訴自己說她是在瓦倫廷的車子後車箱裡流血過多而死，因為瓦倫廷車上發現了她的血，而血量足以致命，然而籠子左邊地板上的床墊卻述說著不同的故事。那床墊吸收了各種從人體排出來的東西，久而久之變成黑色的，床墊上方的鐵絲網掛著一副手銬。

樓梯上傳來腳步聲，一個熟悉的聲音大聲咒罵，接著侯勒姆來到地下室，額頭上有道傷口正在流血。他在哈利身旁停下腳步，看了看籠子，又看了看哈利。「現在我明白為什麼有兩個同事額頭上都有同樣的傷痕，而且你也有，可是你們怎麼都不提醒我一聲？」他突然轉頭，朝樓梯喊道：「小心水——」

「哎喲！」一個慘呼聲傳來。

「怎麼會有人建樓梯是故意要人撞到頭的——？」

「你不會想看她的。」哈利輕聲說。

「什麼？」

「連我都不想看，畢爾，我已經在這裡將近一小時了，媽的還是沒辦法習慣。」

「那你幹嘛還坐在這裡？」

哈利站起身來。「她在這裡很久了，我想說……」哈利聽見自己話聲發顫，便快步朝樓梯走去，向站在樓梯上正在搓揉額頭的一名鑑識員點了點頭。

吉米正在玄關講手機。

「史密斯呢？」哈利問道。

吉米朝樓上指了指。

哈利走進辦公室，看見哈爾斯坦．史密斯坐在電腦桌前，正在閱讀亞歷山大．德雷爾的檔案。

史密斯抬眼望來。「哈利，地下室那個是亞歷山大．德雷爾幹的好事。」

「還是叫他瓦倫廷吧，你確定？」

「我的筆記裡都有寫。他跟我描述過他幻想如何凌虐和殺害女人，說得好像在計畫完成一件藝術品一樣，屍體上的割傷跟他描述的一樣。」

「這樣你還不告訴警方？」

「我當然有想過，但如果我們把每個案主在腦中幻想的恐怖犯罪都一一回報給警方，那大家其他事都不用做了。」史密斯把頭埋進雙手之中。「只要一想到原本可以拯救那麼多條生命，我就……」

「別太自責了，哈爾斯坦，就算你說了，警方能做什麼也是未知數。總之連尼．赫爾可能是利用從你那邊偷來的筆記，複製瓦倫廷的幻想。」

「這不無可能，雖然可能性很低，但不是全無可能。」史密斯抓了抓頭。「但我還是不明白，赫爾怎麼會知道偷走我的筆記，可以找到一個能跟他合作的殺人犯？」

「你話太多了。」

「什麼？」

「史密斯，你想想看，你在跟連尼．赫爾諮商病態性嫉妒這個主題時，是不是提過其他案主也會想像自己殺人？」

「我應該提過，我常跟案主解釋說他們不是唯一有這種想法的人，好讓他們平靜下來，不覺得自己那麼怪異——」史密斯突然住口，伸手摀住嘴巴。「天啊，你是說……都怪我這張大嘴巴？」

哈利搖了搖頭。「哈爾斯坦，我們可以找到一百種自責的方法。我當警探的那些年來，由於我沒能及時逮到連續殺人犯，至少有十幾個人因而喪命。但如果你想要活下來，就必須學會適時放手。」

「你說得對，」史密斯發出空洞笑聲。「但我很確定這句話應該是心理師說的，而不是警察說的。」

「你先回家去陪家人吧，吃頓週日晚餐，暫時忘了這些事。托德就快到了，他會來查看電腦，看能找到什麼。」

「好。」史密斯站起身來，摘下羊毛帽還給哈利。

「你留著吧，」哈利說：「日後如果有人問起，你一定會記得今天我們為什麼會來這裡對不對？」

「當然會。」史密斯說，又戴上帽子。這時哈利突然覺得那頂羊毛帽上的骷髏頭圖案配上心理師的快活面容，似乎產生一種不經意的滑稽與不祥之感。

「你沒有搜索票，哈利！」甘納．哈根大聲吼叫，哈利不得不把手機拿遠一點。托德坐在連尼的電腦桌前，抬頭望來。

「你沒得到許可就擅自闖入民宅！我已經大聲且清楚地說過不行了！」

「長官，我沒有擅自闖入，」哈利望著窗外的山谷，夜色緩緩降臨，燈光逐漸亮起。「是本地警長闖入的，我只有按電鈴而已。」

「我跟他談過，他清楚記得你說你有那棟房子的搜索票。」

「我只跟他說我得到我需要的了，這是真的啊。」

「那是什麼？」

「哈爾斯坦．史密斯是連尼．赫爾的心理師，他有權去探望他所擔心的案主。有鑑於赫爾和兩名命案被害人的關係最近浮出檯面，他認為有擔憂的必要，所以才找我陪他一起去，因為我有警察的背景，以防赫爾有暴力傾向。」

「我想史密斯一定會附和這個說法吧？」

「當然會，長官，心理師和案主之間的互動關係可是不能亂來的。」

哈利聽見哈根發出怪笑聲，接著又怒斥道：「哈利，你欺騙了一個警長，你知道所有證據在法庭上都會視為無效，如果他們發現——」

「甘納，閉嘴別說了。」

手機另一頭沉默片刻。「你剛剛說什麼？」

「我好聲好氣請你閉嘴，」哈利說：「因為沒什麼好發現的，我們進入那棟民宅的方式非常正確，而且沒有人會站上法庭受審，他們都死了，甘納。今天所發生的事，只是我們發現瑪妲·路德到底怎麼了，還有瓦倫廷·嚴德森有共犯，我看不出這對你或貝爾曼有什麼不利之處。」

「我才不在乎——」

「有，你在乎，所以我已經替警察署長擬好了下次要發的新聞稿：**警方日以繼夜尋找瑪妲·路德的下落，現在我們的孜孜不倦終於有了收穫，我們十分確定瑪妲的家人和整個他媽的挪威都需要這個交代**。你抄下來了嗎？連尼·赫爾不會奪走警察署長成功除去瓦倫廷的光芒，反而是一大加分，所以長官，你儘管放心，好好享受這頓大餐吧。」哈利把手機放回褲子口袋，揉了揉臉。「托德，你有什麼發現？」

資訊科技專家抬起頭來。「電子郵件的內容證實了你的說法。連尼·赫爾第一次跟亞歷山大·德雷爾聯絡時，就說他是從史密斯那裡偷了案主紀錄取得他的電郵地址的，並單刀直入地說希望兩人可以合作。」

「他有用到『謀殺』這個詞嗎？」

「有。」

「很好，繼續說。」

「幾天後德雷爾或者說瓦倫廷回覆了，他寫說他要先去查看案主紀錄是不是真的被偷，確認這不是警察用來捉他所布下的陷阱，接著又說他對提議保持開放態度。」

哈利越過托德肩頭望去，在螢幕上看見瓦倫廷所寫的句子，不禁打個寒顫。

朋友，我對誘人提議保持開放態度。

托德把畫面往下拉，繼續說：「連尼．赫爾寫說他們只能用電郵跟彼此聯絡，無論如何瓦倫廷都不能去查他到底是誰。他請瓦倫廷建議一個地方，讓他可以提供女人住處的鑰匙和其他指示給他，但兩人又不必碰面，於是瓦倫廷提議加洛魯浴場的更衣室……」

「那家土耳其澡堂。」

「伊莉絲．賀曼森遇害四天前，赫爾寫信說她家鑰匙和其他指示放在更衣室的一個置物櫃裡，櫃門上的掛鎖用藍漆塗了一個圓點，密碼是０９９９。」

「嗯，赫爾不只指示瓦倫廷，還像是用遙控器操控他一樣。其他信件說什麼？」

「伊娃．杜爾門和潘妮洛普．拉許都是用類似的方式，但殺害瑪妲．路德的事卻沒有指示。情況正好相反。我看看……在這裡。瑪妲．路德失蹤後那天，赫爾寫說：亞歷山大，我知道是你從哈利．霍勒最愛去的酒館綁走了那個年輕女人，這不在我們的計畫之中。我猜她還在你家。亞歷山大，那女人會引導警方找上你，我們必須盡快行動，把她帶出來，我保證會讓她消失無蹤。把車開到地圖座標『60.148083, 10.777245』的地方，那是一條荒涼道路，晚上很少有車。今晚凌晨一點到那裡，在寫著『哈蘭區，一公里』的路標前停車，然後往右邊森林步行一百公尺，把她放在一棵燒焦的大樹下，然後離開。」

哈利看著螢幕，在手機上的google地圖上輸入座標。「距離這裡有幾公里而已，還有呢？」

「沒有了，這是最後一封郵件。」

「真的？」

「好吧，我還沒在這台電腦上找到其他東西，說不定他們用手機聯絡？」

「嗯，有其他發現再告訴我。」

「好。」

哈利走到樓下。

侯勒姆站在玄關，正在跟一個鑑識員說話。

「有個小細節，」哈利說：「去水管上採集DNA樣本。」

「什麼？」

「第一次走下去的人一定會撞到那條水管，上面沾了每個人的皮膚和血液，基本上它就像一本厚厚的訪客簽到簿。」

「好。」

哈利朝正門走去，突然停步，轉過身來。

「對了，跟你說恭喜，昨天哈根跟我說了。」

侯勒姆茫然地看著哈利。哈利用手在肚子前面畫了一個半圓。

「喔，那個啊，」侯勒姆露出微笑。「謝謝。」

哈利走到屋外，冬季的黑暗與寒意立刻將他包圍，他深深吸了口氣，感覺很有淨化作用。他朝那排由松樹構成的黑牆走去。警方用兩輛雪上摩托車來載送人員，往返於豬窩和除過雪的道路那端。哈利很確定從這裡有交通工具可用，但現下這裡一個人都沒有。他找到雪上摩托車在雪中留下的痕跡，確定自己不會偏離，然後開始步行。豬窩漸漸消失在背後的黑暗之中，這時他聽見一個聲響，便停下腳步仔細聆聽。是教堂鐘聲。在這種時間敲鐘？

他不知道那是喪禮還是洗禮的鐘聲，只知道那鐘聲令他打個寒噤。他看見前方的深沉黑暗中有一雙發亮的黃色眼睛正在移動，宛如動物的眼睛，也宛如土狼的眼睛。低吼聲越來越響，朝他快速靠近。

哈利舉起一隻手擋在面前，仍給雪上摩托車的頭燈照得睜不開眼睛。車子在他面前停下。

「你要去哪裡？」頭燈後方傳來一個聲音問道。

哈利拿出手機，打開 google 地圖，拿給駕駛雪上摩托車的警員看。「我要去這裡。」

60.148083, 10.777245。

哈利在路標旁正好一百公尺處找到了那棵樹。

他涉雪而過，來到焦黑分叉的樹幹前，那裡周圍的積雪比較淺。他蹲了下來，在雪上摩托車的頭燈照耀下，看見樹幹上有個顏色較淺的痕跡。可能是繩子，也可能是鐵鍊造成的，這表示瑪姮．路德來到這裡時還活著。

「他們來過這裡，」哈利說，環目四顧。「瓦倫廷和連尼來過這裡，他們會不會碰過面？」

周圍樹木沉默凝望著他，猶如不願作證的目擊證人。

哈利回到雪上摩托車旁，坐到員警後方。

「你得載鑑識人員來這裡，好讓他們採集遺留的跡證。」

員警半轉過頭。「你現在要去哪裡？」

「帶壞消息回到市區。」

「你知道瑪姮．路德的家人已經接到通知了吧？」

「嗯，但她在施羅德酒館的家人還沒收到通知。」

一隻鳥在森林深處發出一聲警告的尖鳴，太遲了。

37

星期三下午

哈利移開堆疊半公尺高的報告，好看清楚坐在他辦公桌前的兩個青年。

「是這樣的，我看過你們對魔鬼之星命案的報告，」哈利說：「你們很值得誇獎，利用空閒時間做我替畢業生出的作業。」

「可是呢？」歐雷克問道。

「沒有可是。」

「因為我們做得比畢業生還要好對不對？」耶瑟斯雙手抱在腦後的黑色長辮子上。

「不對。」哈利說。

「不對？他們誰做得比我們好？」

「我沒記錯的話，安・葛林賽那一組做得比你們好。」

「什麼？」歐雷克說：「他們連主嫌是誰都沒答對！」

「沒錯，他們說沒找到主嫌，而根據我所提供的資料，這才是正確答案。你們指出了正確嫌犯，但那是因為你們忍不住去網路上查十二年前誰是真凶，然後再反推回去，做出幾個錯誤判斷，好讓最後的結論會是正確的。」

「所以你出的作業是沒有答案的？」歐雷克說。

「根據我所提供的資料是這樣沒錯，」哈利說：「這也是為你們的日後做準備，如果你們真的想成為警探的話。」

「那我們現在要怎麼做？」

「尋找新情報，」哈利說：「或是把已知案情用不同方式拼湊起來，答案通常就藏在你手中已經握有的情報裡。」

「那吸血鬼症患者案呢？」耶瑟斯問道。

「有些情報是新的，有些案情是早已知道的。」

「你有看今天的《世界之路報》嗎？」歐雷克問道：「連尼．赫爾指示瓦倫廷．嚴德森去殺害那些他嫉妒的女人，就跟《奧賽羅》一樣。」

「嗯，我好像記得你說《奧賽羅》的主要殺人動機不是嫉妒，而是野心。」

「那就說是奧賽羅**症候群**好了。對了，那篇報導不是夢娜．多爾寫的，真奇怪，我好像很久沒看見她寫的報導了。」

「誰是夢娜．多爾？」

「唯一了解這件案子始末的犯罪線記者，」歐雷克說：「一個從北方來的怪女人，半夜會去健身房，還會用歐仕派鬍後水。對了，哈利，快告訴我們吧！」

哈利看著眼前那兩張熱切的臉孔，回想自己在念警大學院時有沒有這麼認真，結果是一點也沒有，通常他不是醉了，就是等不及要再喝醉。這兩個小鬼比他好多了。他清了清喉嚨，說：「好吧，既然如此，這只是上課，我必須提醒你們，警院學生也要遵守保密誓言的，明白嗎？」

兩個年輕人點了點頭，傾身向前。

哈利靠上椅背，想抽根菸，心知在外頭臺階上來根菸的滋味一定很棒。

「我們搜查過赫爾的電腦，所有資料都在裡面，」哈利說：「包括行動計畫、筆記、被害人資料、別名亞歷山大．德雷爾的瓦倫廷．嚴德森的資料、哈爾斯坦．史密斯的資料、我的資料……」

「**你**的資料？」耶瑟斯說。

「聽他說完。」歐雷克說。

「赫爾寫了一本手冊，敘述如何取得那些女人的住家鑰匙印模，他發現用 Tinder 約出來的女人，十個中有八個會在上廁所時把包包留在桌上，而且鑰匙多半都放在包包內的小拉鍊夾層裡。要製作三把鑰匙的雙面印模平均需要十五秒的時間，雖然拍照比較簡單，但有些鑰匙光用照片無法做出精準的 3D 檔案來讓 3D 印表機做出副本。」

「這是不是代表他在第一次跟對方約會的時候，就認定日後他一定會嫉妒？」耶瑟斯問道。

「有些時候可能是吧，」哈利說：「他只是寫說取得鑰匙印模很簡單，沒理由不先把進入對方家中的方法拿到手。」

「真叫人毛骨悚然。」耶瑟斯低聲說。

「那他為什麼選中瓦倫廷，又是怎麼找到他的？」歐雷克問道。

「他需要的所有資料都可以在他從史密斯那裡偷走的案主紀錄裡找得到，手冊上說亞歷山大・德雷爾對於吸血鬼症的殺戮幻想有強烈且詳細的描述，史密斯甚至想通報警方對他進行預防性拘留，但最後沒這麼做是因為他同時也展現出高度的自制力，生活有條有理。我推測就是因為他身上結合了殺人欲望和自制力，才讓他成為赫爾眼中的完美人選。」

「可是赫爾要拿什麼條件來跟瓦倫廷・嚴德森交換？」耶瑟斯問道：「是錢嗎？」

「是血，」哈利說：「年輕女性身上的溫熱鮮血，而且殺害這些女性追蹤不到亞力山大・德雷爾身上。」

「沒有明顯動機以及凶手不曾跟被害人有過接觸的命案最難偵破。」歐雷克說，耶瑟斯點了點頭。哈利知道歐雷克說的這句話是他在課堂上講過的。

「嗯，對瓦倫廷來說，最重要的就是要讓命案查不到他的假身分亞歷山大・德雷爾身上，再加上他的臉經過整形，所以他可以四處活動而不會被捉到。他其實不太在乎讓人家知道命案是他幹的，最後也情不自禁留下線索給我們說他就是真凶。」

「是給我們？」歐雷克說：「還是給你？」

哈利聳了聳肩。「無論如何，就算我們知道是他幹的，還是逮不到他，因為他都已經被通緝好幾年了，還是可以繼續依照赫爾的指示去殺人，而且過程十分安全，因為赫爾複製的鑰匙可以讓他進入被害人的住處。」

「一種完美的共生關係。」歐雷克說。

「就像土狼和禿鷹，」耶瑟斯低聲說：「禿鷹讓土狼知道哪裡有受傷的獵物，土狼就前去殺死獵物，這樣兩者都有食物吃。」

「所以瓦倫廷殺了伊莉絲．賀曼森、伊娃．杜爾門和潘妮洛普．拉許，」歐雷克說：「卻沒殺害瑪姮．路德？那連尼．赫爾認識她嗎？」

「不是，那是瓦倫廷自己幹的，而且是衝著我來的。他在報上讀到我罵他是無恥變態，所以就綁走一個我身邊的人。」

「就因為你罵他是變態？」耶瑟斯皺了皺鼻子。

「自戀者喜歡有人愛，」哈利說：「或者讓人恨，別人對他的恐懼可以確認和膨脹他的自我形象。他們覺得別人對他的忽視或鄙視是種侮辱。」

「就像那次史密斯在播客上侮辱瓦倫廷，」歐雷克說：「瓦倫廷就大受刺激直接跑去農場殺他。你認為瓦倫廷有精神病嗎？我的意思是說，他自我控制了那麼久，重出江湖後幹的都是經過精密計算的冷血謀殺，但是他對史密斯和瑪妲．路德所做的看起來卻又是非常隨興的行動。」

「也許吧，」哈利說：「說不定他只是個很有自信的連續殺人犯，在成功犯下幾次命案之後就開始覺得自己可以在水上行走。」

「可是連尼．赫爾為什麼要自殺？」耶瑟斯問道。

「這個嘛，」哈利說：「你們有什麼看法？」

「這不是很明顯嗎？」歐雷克說：「那幾個女人甩了連尼，連尼認為她們罪有應得，所以擬訂計畫讓瓦倫廷去謀殺她們，可是瑪妲・路德和穆罕默德・卡拉克這兩個人卻無辜受到波及，可說是因他而死，所以他良心發現，在良心上過不去。」

「不對，」耶瑟斯說：「連尼從一開始就計畫好了，一旦事情結束，一旦那三個他要殺的女人、也就是伊莉絲、伊娃和潘妮洛普都死了以後，他就要自殺。」

「這點我不敢說，」哈利說：「赫爾的手冊裡還提到其他女人，房裡還有其他的複製鑰匙。」

「好吧，那如果連尼不是自殺呢？」歐雷克說：「說不定是瓦倫廷殺了他？他們可能因為穆罕默德和瑪妲的死而爭吵，因為連尼認為他們是無辜的，所以可能想把瓦倫廷交給警方，結果卻被瓦倫廷發現。」

「除非瓦倫廷真的受夠了連尼才會把他殺了，」耶瑟斯說：「土狼會把靠得太近的禿鷹吃了，這種事也不算少見。」

「屠宰擊昏槍上只有發現連尼・赫爾的指紋，」哈利說：「很可能是瓦倫廷殺了連尼之後，想把它布置得像自殺，不過他為什麼要這麼大費周章？警方掌握的線索早就可以讓他終身監禁。再說，如果瓦倫廷想湮滅證據，為什麼要把瑪妲・路德留在地下室，還把可以證明他和連尼聯手合作的電腦和檔案留在二樓工作室？」

「好吧，」耶瑟斯說：「我同意歐雷克一開始說的，連尼・赫爾覺得有無辜的人因他而死，所以良心上過不去。」

「你們絕對不要低估腦海裡冒出的第一個念頭，」哈利說：「產生這個念頭所根據的訊息通常比你認為的還要多，而且最簡單的答案通常都是正確答案。」

「但有一件事我不懂，」歐雷克說：「連尼和瓦倫廷不想讓別人看見他們在一起，這我明白，但他們為什麼要用一個那麼複雜的交付方式？不能約在其中一人的家裡碰面就好了嗎？」

哈利搖了搖頭。「瓦倫廷失手被擒的機率仍然滿高的，所以對連尼來說，不讓瓦倫廷知道他的身分很重要。」

耶瑟斯點了點頭。「而且他擔心瓦倫廷一旦被捕，就會對警方供出他以換得減刑。」

「瓦倫廷也絕對不希望連尼知道他住哪裡，」哈利說：「他對這件事非常小心，這也是他為什麼可以躲避警方查緝那麼久的原因。」

「所以這件案子算是偵破了，沒有尚待釐清的部分，」歐雷克說：「赫爾自殺，瓦倫廷綁架了瑪妲．路德，但你們有找到證據指出是瓦倫廷殺了她嗎？」

「犯罪特警隊是這樣想的。」

「因為……？」

「因為他們在施羅德酒館發現瓦倫廷的ＤＮＡ、在他車子後車箱發現瑪妲的血跡、還找到了射穿瑪妲腹部的那枚子彈。子彈鑽入赫爾家地下室的磚牆，彈道和屍體位置的比對結果指出瑪妲在被吊起來之前就已中槍，子彈應該是由儒格紅鷹左輪手槍擊發的，也就是瓦倫廷原本打算用來槍殺史密斯的那把槍。」

「但你不同意這個看法。」歐雷克說。

哈利挑起一側眉毛。「我有不同意嗎？」

「剛才你說『犯罪特警隊是這樣想的』，這表示你有不同的看法。」

「嗯。」

「所以你的看法是什麼？」歐雷克問道。

哈利伸手撫摸臉龐。「我想是誰結束她的生命可能並不重要，因為在這個案例中，結束她的生命等同於讓她從痛苦中解脫。籠子裡的床墊上沾滿ＤＮＡ，包括血跡、汗漬、精液、嘔吐物，有些是她的，有些是連尼的。」

「天啊，」耶瑟斯說：「你是說赫爾也凌虐過她？」

「說不定還有別人。」

「除了瓦倫廷和赫爾以外還有別人?」

「地下室樓梯的上方有一條水管,只要不注意一定會撞上,所以我請資深鑑識員畢爾.侯勒姆化驗那條水管上的DNA,並寄一張清單給我。年代太久遠的樣本會劣化,所以最後他一共找出七組DNA。一如往常,我們採集到過現場的警方人員的DNA,比對之後,發現那七組DNA包括當地警長吉米、警員亞圖、畢爾、史密斯和我,再加上一個我們來不及提醒的犯罪現場鑑識員,但我們不知道第七人是誰。」

「所以第七人不是瓦倫廷.嚴德森,也不是連尼.赫爾?」

「都不是,我們只知道第七人是男性,而且跟連尼.赫爾沒有血緣關係。」

「會不會是某個去那裡工作的人?」歐雷克說:「像是水電工之類的?」

「有可能。」哈利說,目光落到面前的一份《每日新聞報》上,上頭印著準司法大臣米凱的特寫照。哈利又讀了一次照片圖說:「在警方堅持不懈的努力之下,終於找到了瑪妲.路德,為此我感到格外高興,警方對受害者家屬終於有了交代,我也能了無牽掛地離開警察署長的職位。」

「我得走了。」

三人離開警大學院,走到新堡大樓前,正要分頭離開,哈利想起他們受到邀請。

「哈爾斯坦完成他的吸血鬼症患者論文了,星期五要舉行論文答辯會,他邀請我們去參加。」

「論文答辯會?」

「就是口試,親朋好友都要盛裝出席,」耶瑟斯說:「要想不搞砸都很難。」

「你媽和我都會去,」哈利說:「不知道你有沒有時間、想不想去?史戴會是審查委員之一。」

「哇!」歐雷克說:「希望時間不會太早,星期五我要去伍立弗醫院。」

哈利蹙起眉頭。「為什麼?」

「史戴芬醫師又要替我抽血,他說他在研究一種名叫全身性肥大細胞增生症的罕見血液疾病,還說媽如果得的是這種病,那就是她的血液自我修復了。」

「肥大細胞增生症？」

「這是一種遺傳缺陷，由 c-kit 基因突變所引起的。這種疾病不會遺傳，但史戴芬希望血液中能協助修復的物質會遺傳，所以他想採集我的血液去比對我媽的。」

「這就是你媽在說的基因聯繫？」

「史戴芬說他還是認為媽是中毒，全身性肥大細胞增生症只是他在瞎猜而已，但很多偉大發現一開始都是誤打誤撞得來的。」

「這倒是沒錯。論文答辯會兩點開始，結束後有一場晚宴，你想去晚宴的話可以參加，但我可能會跳過。」

「我想你一定會跳過的，」歐雷克微笑說，轉頭望向耶瑟斯。「是這樣的，哈利不喜歡人。」

「我喜歡人，」哈利說：「我只是不喜歡跟他們**相處**而已，尤其是很多人湊在一起的時候。」他看了看錶。「說到這個……」

「抱歉我來遲了，我剛才在上家教。」哈利說，快步走進吧檯。

愛斯坦呻吟一聲，把兩杯啤酒放在吧檯上，啤酒濺出少許。「哈利，我們得多找點人來才行。」

哈利看了看酒吧裡的熱鬧人群，說：「我想人已經夠多了吧。」

「你白痴喔，我是說來幫忙的人手啦。」

「我這白痴是在開你玩笑啦，你知道有誰的音樂品味不錯嗎？」

「崔斯可。」

「他很孤僻。」

「才沒有。」愛斯坦又倒了杯啤酒，向哈利做個手勢，叫他跟客人收錢。

「好吧，考慮看看。史密斯來過了？」哈利朝聖保利羊毛帽指了指，帽子蓋在加拉塔薩雷隊旗旁邊的一個酒杯上。

「對啊，他說謝謝你借他帽子，他還帶了幾個外國記者來，跟他們說一切就是從這裡開始的。他說他後天要進行一個什麼跟博士學位有關的事。」

「論文答辯會。」哈利把信用卡還給客人，說聲謝謝。

「對，還有一個傢伙過來跟他們打招呼，史密斯跟記者介紹說他是犯罪特警隊隊員。」

「喔？」哈利說，接受下一名男客的點單，這人留著時髦鬍子，身上穿著困獸樂團（Cage the Elephant）的T恤。「他長什麼樣子？」

「他牙齒很顯眼。」愛斯坦說，指了指自己的一口黃牙。

「你確定不是楚斯．班森？」

「我不知道他叫什麼名字，但我見他來過好幾次，通常都坐在那邊的包廂，而且都一個人來。」

「一定是楚斯．班森。」

「女人都一直纏著他。」

「那一定不是楚斯．班森。」

「但最後他還是一個人回家，怪咖一個。」

「他不帶女人回家你就說人家是怪咖？」

「那傢伙會拒絕免費送上門的鮑魚欸，這種人你會信得過嗎？」

鬍子男客揚起一側眉毛。哈利聳了聳肩，把啤酒放在男客面前，走到鏡子前方戴上聖保利羊毛帽，正要轉身，卻突然定住不動，看著鏡中自己額頭上的那個骷髏頭圖案。

「哈利？」

「嗯？」

「可以來幫忙一下嗎？兩杯莫希托調酒加低卡雪碧。」

哈利緩緩點了點頭，脫下帽子，繞出吧檯，快步朝門口走去。

「哈利！」

「打電話叫崔斯可來幫忙。」

「喂？」

「抱歉這麼晚打電話來，我以為鑑識醫學中心的人應該都下班了。」

「我們是應該下班了才對，但是在這種整體都缺乏人手的地方工作就是這樣，而且你打的又是警方才知道的內線電話。」

「對，我是哈利．霍勒，我是警監……」

「哈利，我知道是你，我是寶拉，而且你已經不是警監了。」

「喔，是妳啊，好吧，我負責偵辦吸血鬼症患者案，所以才打電話來。我想跟妳核對一下從水管上採集到的DNA樣本。」

「那不是我負責的，不過我幫你看一下，還有我先跟你說，除了瓦倫廷．嚴德森以外，我並不知道吸血鬼症患者案DNA基因圖譜檔的所屬人姓名，只知道編號。」

「沒關係，我這裡有幾張表，上面列出所有犯罪現場採集到的DNA及其對應的人名和編號，妳唸出來給我聽就好。」

哈利一邊聆聽寶拉讀出符合的DNA基因圖譜檔，一邊勾選。警長、地區員警、霍勒、史密斯、侯勒姆和一名鑑識組同仁，最後是那個第七人。

「這個DNA基因圖譜還是沒找到符合的？」哈利問道。

「對。」

「那赫爾家其他地方採集到的DNA呢？有沒有符合瓦倫廷的？」

「我看看……沒有，看起來是沒有。」
「床墊上、屍體上都沒有跟瓦倫廷有關聯性的DNA……？」
「沒有。」
「好，寶拉，謝謝妳。」
「說到關聯性，那根頭髮後來怎麼樣了？」
「那根頭髮？」
「對，去年秋天韋勒拿了一根頭髮來給我分析，他提到你的名字，可能以為這樣可以加快分析速度。」
「可以嗎？」
「當然可以，哈利，你知道我們這裡的女性同仁都對你關懷有加。」
「這種話不是都用在很老的人身上嗎？」
寶拉哈哈大笑。「誰叫你要結婚呢，哈利，是你自己要斷絕後路的。」
「嗯，那根頭髮是我老婆住院時，我在伍立弗醫院的病房地上發現的，我可能只是想太多了吧。」
「原來如此，我想應該也不是很重要才對，因為韋勒叫我忘了它，你是不是擔心你老婆有外遇啊？」
「倒也不是，不過聽妳這麼一說，搞不好有這種可能。」
「你們男人就是太天真了。」
「我們男人就是這樣才能存活下來。」
「才怪呢，提醒你喔，女人就快要接管地球了。」
「呃，都深夜了妳還在工作，這才奇怪呢。晚安囉，寶拉。」
「晚安。」
「等一下，寶拉，忘了什麼？」
「什麼？」

「韋勒叫妳忘了什麼?」

「就是關聯性啊。」

「什麼跟什麼的關聯性?」

「那根頭髮跟吸血鬼症患者案的一個DNA基因圖譜檔的關聯性。」

「真的?是誰?」

「我不知道,我說過了,我們手上只有編號,我們甚至連編號是屬於嫌犯的或現場警員的都不知道。」

哈利沉默片刻才問說:「那個編號是多少?」

「晚安。」一個有點年紀的救護技術員說,走進急診室的員工休息室。

休息室裡只有一人,那人將咖啡壺裡的黑咖啡倒進杯子,說:「晚安,韓森。」

「你的警察朋友剛才打電話來。」

主治醫師約翰.道爾.史戴芬轉過身來,揚起一側眉毛。「我有警察朋友?」

「反正他有提到你,那警察叫哈利.霍勒。」

「他有什麼事?」

「他寄了一攤血的照片過來,請我們估計血量有多少。他說你根據犯罪現場的照片估計過被害人流了多少血,以為我們負責處理意外現場的人都受過這種訓練,可惜讓他失望了。」

「有意思,」史戴芬說,從肩頭拿起一根頭髮。他並不認為掉髮增加是老化的跡象,正好相反,他認為自己正在盛開、正在前進、正在擺脫身上沒有用的東西。「他怎麼不直接找我?」

「他可能認為主治醫師半夜不會值班吧,而且他的口氣聽起來很急。」

「原來如此,他有說跟什麼事有關嗎?」

「他只說是跟他在辦的案子有關。」

「照片呢？」

「在這裡。」韓森拿出手機，把簡訊拿給醫師看。史戴芬看了看照片中木地板上的一攤血，血跡旁放了一把尺。

「正好一點五公升。」史戴芬說：「準確度很高。你可以打電話告訴他。」他啜飲一口咖啡。「一個講師半夜還在工作，這世界到底怎麼了？」

韓森格格笑說：「史戴芬，你自己還不是一樣。」

「什麼？」史戴芬說，站到一旁，讓韓森倒咖啡。

「你每隔一天的晚上都會來，史戴芬，你倒底是來做什麼？」

「照顧重傷病患啊。」

「我知道，可是為什麼？你是血液科的全職主治醫師，還跑來急診室輪班，這有點不正常。」

「誰想要正常了？一個人的最大願望莫過於能在被需要的地方發揮所長。」

「所以你沒有家人希望你在家陪伴他們嗎？」

「沒有，但我有同事的家人寧可他們不要在家。」

「哈！可是你手上有戴婚戒。」

「而你袖子上有血跡，韓森，你是不是送了流血的傷患進來？」

「對，你離婚了？」

「我是鰥夫，」史戴芬又喝了幾口咖啡。「傷患是誰？男的女的？老的還是年輕的？」

「是個三十來歲的女人，為什麼這樣問？」

「只是好奇，她現在人在哪裡？」

「喂？」畢爾・侯勒姆低聲說。

「我是哈利，你上床睡覺了嗎？」

「現在是凌晨兩點，你說呢？」

「瓦倫廷有大約一點五公升的血在辦公室地板上。」

「什麼？」

「這是基礎數學，這樣他太重了。」

哈利聽見床鋪吱吱作響和被子掃過手機的聲音，才又聽見侯勒姆低聲說：「你在說什麼啊？」

「從監視器畫面中的磅秤上，可以看出瓦倫廷離開時只比他抵達時輕了一點五公斤。」

「哈利，一點五公升的血液等於一點五公斤重。」

「我知道，儘管如此，我們還是缺少證據，等我拿到證據我會再跟你解釋，這件事你誰也不能說，好嗎？甚至連你的枕邊人也不能說。」

「她在睡覺。」

「我聽見了。」

侯勒姆笑著說：「她的鼾聲是兩人份的。」

「我們明天八點在鍋爐間碰面好嗎？」

「應該可以吧，史密斯和韋勒也會去嗎？」

「我們在星期五的論文答辯會上會見到史密斯。」

「那韋勒呢？」

「只有你跟我，畢爾，還有我要你把赫爾的電腦和瓦倫廷的左輪手槍一起帶去。」

38

星期四上午

「畢爾，你起得真早啊。」負責管理證物室的老警員在櫃檯裡頭說。

「早安，顏斯，我想提領吸血鬼症患者案的一些證物。」

「這件案子重新受到矚目了對不對？昨天犯罪特警隊有個隊員來提領一些東西，我很確定是放在G架上，不過還是來看看這渾球機器怎麼說……」顏斯伸手在鍵盤上敲了幾下，手指的動作彷彿鍵盤很燙似的，接著他看了看螢幕。「……我看看……媽的這玩意又當了……」他抬頭看著侯勒姆，露出放棄又無奈的表情。「你說呢，畢爾？我們直接翻檔案夾好了，你要找——？」

「你說犯罪特警隊的誰來過？」侯勒姆問道，極力掩飾內心的急躁。

「他叫什麼名字來著？那傢伙的牙齒很顯眼。」

「楚斯·班森？」

「不是不是，我是說那個有著一口漂亮牙齒、新來的傢伙。」

「安德斯·韋勒。」侯勒姆說。

「嗯，」哈利說，在鍋爐間裡靠上椅背。「他提領了瓦倫廷的紅鷹手槍？」

「還有鐵假牙和手銬。」

「顏斯沒說韋勒為什麼提領這些東西？」

「沒有，他不知道。我打去辦公室找韋勒，他們說他休積假，所以我打他手機。」

「然後呢？」

「他沒接，可能還在睡覺，我可以現在再打。」

「不要。」哈利說。

「不要？」

哈利閉上眼睛。「**結果我們都被耍了。**」他喃喃地說。

「什麼？」

「沒什麼。我們去把韋勒叫起來，你能打去隊上問他住哪裡嗎？」

三十秒後，侯勒姆把電話放回到桌上，把韋勒家的地址清楚複述一遍。

「你是開玩笑的吧。」哈利說。

侯勒姆駕駛他那輛富豪亞馬遜轉入一條安靜街道，兩旁都是雪堆，車輛似乎都進入冬眠。

「這裡。」哈利說，傾身向前，抬頭朝一棟四層樓公寓看去，只見三樓和四樓之間的淺藍色壁面上有些塗鴉。

「蘇菲街五號，」侯勒姆說：「而不是侯曼科倫……」

「真是恍若隔世，」哈利說：「你在車上等著。」

哈利開門下車，踏上大門前的兩格臺階，看了看門鈴旁的名字。有些舊名字換掉了，韋勒的名字在哈利的名字曾經所在位置的下方幾格。哈利按下門鈴。沒有回應。他正要按第三次時，大門打開，一名年輕女子匆匆走出。哈利趁大門尚未關上之際側身閃入。

樓梯間氣味依舊，有著挪威食物和巴基斯坦食物的混合味道，還有二樓老森漢姆太太令人倒胃口的氣味。哈利側耳聆聽，只聽見一片寂靜。他輕手輕腳爬上樓梯，下意識地跨過第六格階梯，因為他知道那格階梯會發出咯吱聲。

他在二樓樓梯間的一扇門外停下腳步。

哈利敲了敲門，看了看門鎖，知道不必費什麼工夫就能進去，只要用一張塑膠卡再用力一推就行了。他心想到底要不要破門而入？他感覺自己心跳加速，鼻息在面前的玻璃上噴出霧氣。瓦倫廷在打開被害人家門前，是否曾感受到這種心癢難耐的刺激心情？

哈利又敲了敲門，等待一會後決定放棄，轉身離開。就在此時，他聽見門內傳來腳步聲，立刻轉過身子，透過霧面玻璃看見一個人影。門打了開來。

安德斯．韋勒身上只穿了件牛仔褲，上身赤裸，鬍子沒刮，但他看起來不像剛起床，正好相反，他的瞳孔看起來又大又黑，額頭上滿是汗水。哈利注意到他肩膀上有紅色痕跡，難道是割傷？總之他身上有血。

「哈利，」韋勒說：「你來這裡做什麼？」聲音不同於往常那種男孩般的高亢嗓音。「而且你是怎麼進來的？」

哈利清了清喉嚨。「我們需要瓦倫廷那把左輪手槍的序號，我有按門鈴。」

「然後呢？」

「你沒應門，我想你可能在睡覺，就直接上來了。我以前也住這棟公寓，不過是住四樓，所以我知道門鈴不是很大聲。」

「對啊。」韋勒說，打個哈欠，伸個懶腰。

「那麼，」哈利說：「在你手上嗎？」

「什麼在我手上？」

「那把紅鷹左輪手槍。」

「喔，那個啊，對，你說序號？等一下，我去拿。」

韋勒把門掩上，哈利透過霧面玻璃看見韋勒離開玄關。這棟公寓每一戶的格局都是一樣的，所以哈利知道韋勒是朝臥房走。接著韋勒的身影又朝前門走來，然後左轉走進客廳。

哈利把門拉開，鼻中聞到一股氣味，那是香水味？他看見臥室的門是關上的，剛才韋勒把臥室房門關上了。哈利下意識地在玄關搜尋可透露端倪的衣服或鞋子，但什麼也沒看見。他朝臥室房門看去，側耳凝聽，接著靜靜跨出三大步，進入客廳。韋勒沒聽見哈利的聲音，他蹲在咖啡桌前，背對哈利，正在筆記本上寫字。筆記本旁是個盤子，上頭有一片義式臘腸披薩。筆記本的另一邊就是那把有著紅色槍柄的大型左輪手槍，但哈利並未看見手銬和鐵假牙。

客廳角落有個空籠子，那種用來養兔子的籠子。等等，哈利想起那次開會麥努斯對韋勒施壓，說他洩露消息給《世界之路報》時，韋勒說洩密者不是他，還說他養的是貓。所以說貓在哪裡？哈利的目光移到牆壁上，那裡有個瘦長書架，上頭放著幾本警大學院的教科書，包括畢亞內斯和霍夫．尤翰森所著的《調查方法》，另外還有幾本不在教科書單上的書，例如雷斯勒、伯吉絲和道格拉斯所著的《異常快樂殺人心理——解讀性犯罪》，這本書講述的是連續殺人案，最近他在課堂上引用過，因為裡頭有提到ＦＢＩ最近建立的暴力犯罪緝捕計畫。哈利看了看另一個書架，只見上頭擺了一張照片，看起來像全家福，照片裡有兩個大人和小時候的韋勒。下方層架也擺著幾本書，包括阿圖．Ｂ．梅赫塔（Atul B. Mehta）和Ａ．維克特．霍夫布蘭德（A. Victor Hoffbrand）所著的《血液學精義》（*Haematology at a Glance*），以及約翰．Ｄ．史戴芬所著的《基本血液學》。這個年輕人對血液疾病有興趣？有何不可？哈利又靠近了點，仔細看了看那張全家福。照片中的男孩看起來很開心，父母則沒那麼開心。「你為什麼把瓦倫廷的東西提領出來？」哈利說，看見韋勒的背影僵了僵。「卡翠娜．布萊特沒叫你這麼做，命案證物通常也不會帶回家，即使案子已經偵結。」

韋勒轉過身來，哈利看見他的眼珠下意識地朝右方看了看，那是臥室的方向。

「我是犯罪特警隊的警探，你是警大學院的講師，嚴格說起來，應該是我要問你，你要序號做什麼？」

哈利看著韋勒，知道從他口中問不出答案。「警方沒用那把槍的序號追查過原始持有者，而且持有者不可能是瓦倫廷．嚴德森，因為他根本沒有槍枝執照。」

「這件事很重要嗎？」

「難道你覺得不重要嗎？」

韋勒聳了聳肩。「據我們所知，這把左輪手槍沒用來殺過人，就連瑪妲．路德也不是被這把手槍射殺的，因為驗屍報告指出她中彈前就已經身亡。我們替這把槍做過彈道測試，結果並不符合資料庫中其他刑案的資料，所以我並不認為追查序號很重要，因為其他要辦的案子還很多。」

「原來如此，」哈利說：「說不定我這個講師可以發揮一點用處，追查一下序號，看看它指向何方。」

「當然啦。」韋勒說，從筆記本上撕下一頁，交給哈利。

「謝謝。」哈利說，看了看韋勒肩膀上的血跡。

韋勒送哈利到門口，哈利在樓梯間回過身來，看見韋勒像保鑣似的堵在門口。

「我只是好奇，」哈利說：「客廳的那個籠子，你是用來關什麼？」

韋勒的眼睛眨了眨。「沒什麼。」他說，靜靜把門關上。

「你找到他了嗎？」侯勒姆問道，駕車駛離路肩。

「對，」哈利說，從自己的筆記本上撕了一頁下來。「這是序號。儒格是美國廠牌，你能跟美國菸酒槍炮及爆裂物管理局查一下嗎？」

「你不是真的以為他們能追查得到那把左輪手槍吧？」

「為什麼不行？」

「因為美國人對於登記槍枝持有人這件事都很隨便啊，美國境內的槍枝數量超過三億，也就是說，槍比人還多。」

「真嚇人。」

「更嚇人的是，」侯勒姆說，踩下油門，轉彎時控制車身擺動的幅度，下坡駛向彼斯德拉街。「就連那些不是罪犯、而且說他們持槍是為了自衛的民眾，都會開槍打錯人。《洛杉磯時報》有一篇報導說，二〇一二年開槍錯殺的數目是自衛殺人的兩倍，而開槍射到自己是將近四十倍，蓄意謀殺還不算在內。」

「你會看《洛杉磯時報》？」

「呃，因為《洛杉磯時報》會登出資深樂評家羅伯．希本（Robert Hilburn）寫的評論，你有看過鄉村歌手強尼．凱許的自傳嗎？」

「沒有，希本就是那個評論過性手槍樂團美國巡迴演唱會的傢伙嗎？」

「對。」

車子在紅燈前停了下來，前方就是貝里茲屋，這裡曾是挪威龐克文化的據點，現在偶爾還是看得見龐克頭在此出沒。侯勒姆對哈利咧嘴一笑，現在他很快樂，為了即將成為人父而感到快樂，為了吸血鬼症患者案偵結而感到快樂，為了可以開著一輛散發一九七〇年代氣息的古董車，並談論該年代音樂而感到快樂。

「畢爾，如果你能在十二點以前回報追查結果給我就太好了。」

「如果我沒記錯，美國菸酒槍炮及爆裂物管理局位於華府，現在那裡是午夜。」

「他們在海牙的國際刑警組織設了一間辦公室，你可以打去那裡問問看。」

「好，你知道韋勒為什麼提領那些東西了嗎？」

哈利眼望號誌燈。「不知道，連尼．赫爾的電腦你拿到了嗎？」

「電腦在托德那裡，現在他應該在鍋爐間等我們。」

「很好。」哈利不耐煩地盯著號誌燈，希望它趕快變綠。

「哈利？」

「什麼事？」

「你有沒有想過瓦倫廷離開住處時顯得非常倉促？他前腳剛走，卡翠娜和戴爾塔特種部隊後腳就到了，好像有人警告過他一樣。」

「沒有。」哈利沒說實話。

綠燈號誌亮起。

托德指著電腦螢幕對哈利說明，他們背後的咖啡機發出噴濺聲和呻吟聲。

「這些是伊莉絲、伊娃和潘妮洛普命案發生前，連尼・赫爾寄給瓦倫廷的郵件。」

郵件都很簡短，只寫了被害人的姓名和地址，以及一個日期，也就是做案日期。郵件也都以相同句子結尾：指示和鑰匙置於指定地點，指示讀完後立即銷毀。

「內容不多，」托德說：「但十分足夠。」

「嗯。」

「怎麼了？」

「為什麼指示要銷毀？」

「很明顯啊，上頭寫的東西可能引導警方找到連尼。」

「可是他沒有刪除電腦裡的郵件，難道他知道就算刪除了，像你這樣的資訊科技專家也可以找回來？」

托德搖了搖頭。「現在可沒那麼簡單了，如果寄件者跟收件者都徹底刪除郵件就很麻煩。」

「連尼應該知道如何徹底刪除郵件，那他為什麼沒這麼做？」

托德的寬肩聳了聳。「可能因為他知道我們拿到他的電腦時，遊戲已經結束了。」

哈利緩緩點頭。「說不定連尼打從一開始就知道會東窗事發，他從他那座碉堡所挑起的戰爭有一天會失敗，到時他就會朝自己頭部轟一發。」

「可能吧，」托德看了看錶。「還有別的事嗎？」

「你知道什麼是文體學嗎？」

「我知道，就是一種書寫風格的分析方法，安隆案的會計醜聞發生後，很多人投入了這方面的研究，數十萬封電子郵件被公諸於世，好讓研究者辨識寄件人是誰，成功率大概落在百分之八十到九十。」

托德離開後，哈利打電話到《世界之路報》犯罪組。

「我是哈利·霍勒，我想找夢娜·多爾。」

「哈利，好久不見，」哈利認得這名老犯罪線記者的聲音。「你要找她是沒問題啦，但她已經人間蒸發好幾天了。」

「人間蒸發？」

「幾天前我們收到她傳來一則簡訊說她要休假幾天，手機會關機，這個決定算是挺明智的，這幾年來她工作得非常賣力，可是我們的編輯氣死了，因為她沒有事先獲得許可，只是丟了一則簡訊來，然後就像是人間蒸發一樣。現在的年輕人真是的，你說是不是啊哈利？還有什麼事需要幫忙的嗎？」

「沒有了，謝謝。」哈利說，結束通話。他怔怔看著手機好一會，才把手機放回口袋。

早上十一點十五分，侯勒姆查出進口那把紅鷹手槍到挪威的男子姓名，男子是法爾松市的一個水手。早上十一點半，哈利跟男子的女兒通了電話。她還記得那把紅鷹手槍，因為那把槍超過一公斤重，她小時候曾不小心把它砸在父親的腳拇指上，但她不記得那把槍的下落。

「我爸退休後搬到奧斯陸，跟我們這些後輩靠近一點，可是他到臨終之前都一直在生病，還做了很多奇怪的事。我們在整理他的遺囑時才發現他把很多東西都送人了，後來我再也沒見過那把槍，說不定他也拿去送人了。」

「妳知道她送給誰嗎？」

「不知道。」

「妳說他一直在生病，那病情一定跟他的死因有關吧？」

「不是，他死於肺炎，死得很快又沒有痛苦，感謝老天。」

「原來如此，那他還生了什麼病？誰是他的主治醫師？」

「問題就在這裡，我們都知道他身體不好，但他老是認為自己還是過去那個高大強壯的水手，我想他可能覺得沒面子，所以一直沒講，他沒跟我們說他生什麼病，也沒跟我們說他看哪位醫生。他只有跟一個老朋友說過，我是在喪禮上聽那個老朋友說才知道的。」

「妳認為這個老朋友會知道你父親的主治醫師是誰嗎？」

「應該不知道，爸只跟他說他生什麼病，沒交代細節。」

「那他生的是什麼病？」

哈利寫了下來，看了看那個病名。那是個希臘名詞，在充滿拉丁名詞的醫學世界裡相當孤單。

「謝謝。」他說。

39

星期四晚上

「我很確定。」哈利對著闃黑的臥室說。

「動機呢？」蘿凱說，依偎在哈利身邊。

「《奧賽羅》，歐雷克說對了，重點不在於嫉妒，而在於野心。」

「你還在說《奧賽羅》？你確定不想把窗戶關上？今晚的氣溫應該是零下十五度。」

「我不確定。」

「你不確定窗戶是不是應該關上，卻很確定吸血鬼症患者案背後的主謀是誰？」

「對。」

「這裡頭你只少了一個小玩意叫作證據。」

「對，」哈利將蘿凱抱緊了些。「所以我需要他的自白。」

「那就請卡翠娜・布萊特把他叫來訊問就好啦。」

「我說過了，貝爾曼不讓任何人碰這件案子。」

「那你打算怎麼辦？」

哈利凝望天花板，感覺蘿凱身體的溫熱。這樣是不是就夠了？窗戶是不是應該關上？

「我打算親自訊問他，但卻不讓他知道那是訊問。」

「身為律師，我必須提醒你，非正式的一對一自白在法律上的參考價值是零。」

「那我們得好好安排才行，讓我不是唯一聽見的人。」

史戴·奧納在床上翻身，拿起手機，看了看來電者是誰，按下答話鍵。「喂？」

「我以為你睡著了。」手機那頭傳來哈利的低沉嗓音。

「那你還打？」

「你得幫我一件事。」

「你講話還是這麼自我中心。」

「本性難移嘛，你還記得我們聊過《禪與摩托車維修的藝術》那本書嗎？」

「記得啊。」

「我需要你在哈爾斯坦的論文答辯會上設下一個猴子陷阱。」

「真的假的？你、我、哈爾斯坦還有誰？」

奧納聽見哈利深深吸了口氣。

「一個醫生。」

「你認為這個人跟案子有關？」

「多多少少。」

奧納覺得手臂起了雞皮疙瘩。「你的意思是什麼？」

「意思是我在蘿凱的病房發現一根頭髮，當時我有點小心過度，就把那根頭髮送去化驗，結果那根頭髮出現在病房一點可疑之處也沒有，因為那是這個醫生的，可是化驗報告卻指出這個醫生的DNA基因圖譜跟吸血鬼症患者案的犯罪現場出現關聯性。」

「什麼？」

「也就是說，這個醫生的DNA和一個從頭到尾都跟我們一起辦案的年輕警探有關聯。」

「你在說什麼？你是在說你手上有**證據**，顯示這個醫生跟這個警探涉及吸血鬼症患者案？」

「不是。」哈利嘆了口氣。

「不是？給我解釋一下。」

二十分鐘後，奧納掛上電話，耳中聆聽屋內的闃靜與平和，大家都在睡夢之中，但他知道今晚自己是睡不著了。

40

星期五上午

雯卡．席瓦森腳下踩著踏步機，雙眼望著窗外的維格蘭雕塑公園。有個朋友建議她別用踏步機，因為會讓臀部變大，這個朋友顯然不明白雯卡的用意，她就是**想要**讓臀部大一點。雯卡在網路上讀過一篇文章說運動只會讓臀部更有肌肉，若你想要一個更大、形狀更完美的臀部，方法就是攝取雌激素、提高食量或是去做豐臀手術。豐臀手術最簡單，但雯卡剔除了這個選項，因為她有個原則就是讓身體保持自然，她也從未動過刀，從來沒有。當然啦，除了豐胸手術以外，但豐胸不算。她可是個有原則的女人。這就是為什麼她從未對席瓦森先生不忠，儘管送上門的男人滿坑滿谷，尤其是在健身房。想釣她的通常是年輕男子，以為她是個來健身房尋覓獵物的美魔女。雯卡比較喜歡成熟男人，所謂成熟男人不是像這時在她旁邊騎健身腳踏車、滿臉皺紋又乾癟的老男人，而是像她鄰居哈利．霍勒那樣的男人。哈利那種男人雖然智力比她低，心智也比她幼稚，但卻能撩起她的慾火，她需要能夠在精神上和物質上刺激她和娛樂她的男人。真的就只是那麼簡單，沒有必要假惺惺。席瓦森先生在物質上非常能滿足她，而哈利顯然已經心有所屬，何況她是有原則的。再說，席瓦森先生很容易打翻醋罈子，有幾次他發現她在外面偷吃，就威脅說要收回現在她所享受的優渥物質生活，當然這是在她設下不偷吃原則**之前**發生的事。

「妳長得這麼漂亮，怎麼還沒結婚？」

這句話說得像是被滾地球出局似的那樣充滿惋惜之情，雯卡轉頭看著正在騎健身腳踏車、面露微笑的那個老男人。那人臉面瘦長，皺紋深得像山谷，嘴唇又大又厚，留著油膩膩的濃密長髮。他身材頗瘦，但肩膀很寬，有點酷似英國搖滾歌手米克．傑格，只不過頭上綁了紅色印花大手帕，臉上還留著卡車司機式的鬍子。

雯卡微微一笑，抬起沒戴戒指的右手。「我已經結婚了，只是運動的時候把戒指拿下來而已。」

「真是可惜，」老男人微笑說：「因為我未婚，不然我現在就可以當場跟妳求婚。」

他也舉起自己的右手。雯卡心頭一驚，以為自己眼花了。這傢伙的右手掌心真的有個大洞嗎？

「歐雷克．樊科來了。」一個聲音從對講機傳出。

「請他進來。」約翰．D．史戴芬說，從辦公桌前推開椅子，朝實驗大樓輸血醫學科的窗戶向外看去。

他看見年輕的歐雷克．樊科從一輛日系小轎車上下來，車子停在停車場，引擎沒熄火，另一個年輕人坐在駕駛座上，車內暖氣可能開到最強。今天豔陽高照，太陽照得人眼花，天氣凍得人直發抖。許多人不明白為什麼萬里無雲的天空在七月代表酷暑，換成一月就變成酷寒，只因他們懶得去了解基本物理學、氣象學和地球的自然現象。大家總以為寒冷是具體存在的東西，不明白寒冷只是熱的不存在，史戴芬已不再為此而煩心了。寒冷是一種普遍性的自然狀態，熱是反常的，就像謀殺和殘忍是自然且符合邏輯的，而慈悲是異常現象，是人類群體用來促進種族生存的一種精密手段。人類的慈悲僅止於人類本身，人類只有對其他動物施加無止盡的殘忍暴行才能讓種族持續繁衍。比如說，人口數的成長代表肉不能單純只以狩獵取得，而必須**生產**，所謂**肉品生產**就是這麼一回事！人類把動物養在籠子裡，剝奪牠們一生的幸福快樂，讓母獸授精好讓牠們非自願地生產奶水和鮮嫩多汁的後代，幼獸一出生就被帶走，不顧母獸悲痛嚎叫，接著又盡快讓母獸懷孕。如果有人食用特定動物，像是狗、鯨魚、海豚、貓，民眾會氣憤填膺。然而基於某種不可知的理由，人類的慈悲僅止於此，比這四種動物更聰明的豬是可以受到羞辱而且被吃掉的。人類的這種行為由來已久，我們早已不會去思索這種經過計算的殘忍行為是現代食品生產的一部分，這就叫作洗腦！

史戴芬看著即將打開的辦公室門，心想大家究竟什麼時候才會了解，有些人以為是天賜且永恆的道德，就跟我們的審美觀、誰是敵人和流行趨勢一樣是容易改變且是透過學習而來的。看來很難有這麼一天。因此，他們當然無法了解和接受激進的研究計畫，因為這和他們根深柢固的觀念互相牴觸，無法了解其中的殘忍性是符合邏輯且必須的。

門打開了。

「早安，歐雷克，請進，請坐。」

「謝謝，」歐雷克坐了下來。「在你抽血之前，我能請你幫個忙嗎？」

「幫個忙？」史戴芬戴上白色乳膠手套。「你知道我的研究可能讓你、你母親和你未來的家人都受益嗎？」

「我知道研究工作對你來說，比起我能長壽一點更重要。」

史戴芬微微一笑。「沒想到你年紀輕輕竟會說出這麼有智慧的話。」

「我是代我父親來請你撥冗兩小時參加我們一個朋友的論文答辯會，並提供專業意見。你如果肯去，哈利會很感謝你。」

「論文答辯會？那一定要去，受到邀請是我的榮幸。」

「問題是……」歐雷克說，清了清喉嚨。「這場論文答辯會不是已經開始，就是快開始了，你抽完血以後我們就得立刻出發。」

「現在？」史戴芬低頭看著攤開在他面前的行事曆。「我待會有個會要開——」

「哈利會很感謝你的。」歐雷克說。

史戴芬看著眼前這名年輕人，若有所思地揉揉下巴。「你的意思是說……用你的血來交換我的時間？」

「差不多是這個意思。」

史戴芬靠上辦公椅椅背，雙掌互抵，靠在嘴前。「歐雷克，告訴我，哈利・霍勒不是你的生父，為什麼你跟他的關係這麼親密？」

「你說呢？」歐雷克說。

「回答我這個問題，再讓我抽血，我就跟你去參加論文答辯會。」

歐雷克思索片刻。「我本來差點要說因為他很坦誠，雖然他不是什麼『世界上最棒的父親』之類的，但我相信他說的話，不過我覺得這不是重點。」

「那重點是什麼？」

「重點是我們討厭相同的樂團。」

「你們什麼？」

「我是說音樂，我們喜歡的音樂不太一樣，但討厭的音樂是一樣的。」歐雷克脫下鋪棉夾克，捲起袖子。

「準備要抽血了嗎？」

41

星期五下午

蘿凱抬頭望著哈利，挽著他的手臂，和他並肩穿過大學廣場，朝多姆斯學院走去。多姆斯學院大樓是奧斯陸大學的三座建築之一，位於市中心。她說服哈利穿上她在倫敦幫他買的帥氣皮鞋，儘管他說這種天氣穿這種皮鞋走路太滑了。

「你應該常穿西裝才對。」蘿凱說。

「那他們應該多開一些研討會。」哈利說，假裝腳底又是一滑。

蘿凱大笑，緊緊挽住哈利手臂，感覺他的西裝外套硬硬的，那是因為那個黃色卷宗被折起塞入了內側口袋。「那不是畢爾．侯勒姆的車子嗎？還明目張膽地違規停車？」

他們從那輛停在階梯正前方的黑色富豪亞馬遜旁邊走過。

「擋風玻璃裡放著『警察執行公務中』的牌子，」哈利說：「很明顯是公器私用。」

「是因為卡翠娜啦，」蘿凱微笑道：「他只是擔心她會跌倒而已。」

老禮堂的門廳裡傳來嗡嗡說話聲，蘿凱在眾人之中尋找熟人，看見到場的多半是學術界的同事和家人，不過她在門廳另一側看見一張熟悉面孔，原來是楚斯．班森，他顯然不知道西裝是參加論文答辯會的正確衣著。蘿凱替自己和哈利開路，朝卡翠娜和侯勒姆走去。

「恭喜你們啊！」蘿凱說，抱了抱他們兩人。

「謝謝！」卡翠娜容光煥發，摸了摸渾圓的肚子。

「預產期是……？」

「六月。」

「六月啊。」蘿凱說，看見卡翠娜臉上掌管微笑的肌肉抖了抖。

蘿凱傾身向前，伸出一手放在卡翠娜手臂上，輕聲說：「別想那麼多，不會有事的。」

蘿凱看見卡翠娜臉上露出茫然的神情。

「有無痛分娩，」蘿凱說：「非常神奇，一針打下去什麼痛楚都會不見！」

卡翠娜的眼睛眨了兩下，接著大笑說：「妳知道嗎，我從來沒參加過論文答辯會，完全不知道這麼正式，我是看見畢爾打上他最好的波洛領帶才明白的。這到底是怎麼進行？」

「喔，其實很簡單，」蘿凱說：「我們先進禮堂，站著等審查委員會主席、博士候選人和兩位審查委員進場。史密斯在昨天或今早已經對他們說明過論文，但現在他大概還是很緊張，他可能最擔心史戴．奧納會很難應付，但其實應該不難。」

「不難嗎？」侯勒姆說：「奧納說他根本不相信吸血鬼症的存在。」

「史戴相信學術研究的存在價值，」蘿凱說：「審查委員應該吹毛求疵，直探論文主題的核心，但評論不能超過論文主題和答辯會的範圍，也不能依自己的喜好任意發揮。」

「哇，妳有做功課欸！」卡翠娜說。

蘿凱深深吸了口氣，點點頭，繼續說：「審查委員每位各有四十五分鐘時間，在這之間，與會者可簡短提問，這稱為『旁聽者提問』，但這種提問不是很常見。答辯會結束後有晚宴，由博士候選人自掏腰包舉辦，但我們沒有受到邀請，哈利覺得非常可惜。」

卡翠娜轉頭望向哈利。「真的嗎？」

哈利聳了聳肩。「一邊吃大餐一邊聽你其實不太認識的人的親友團發表半小時讓人打瞌睡的致詞，誰不喜歡啊？」

周圍人群開始移動，相機閃光燈開始閃爍。

「準司法大臣來了。」卡翠娜說。

米凱和烏拉面前的人群猶如左右分開的水般朝兩旁退開，他們夫婦手挽著手走進門廳，臉上都掛著微笑，但蘿凱覺得烏拉似乎皮笑肉不笑。也許烏拉不習慣微笑，也或許她一直是個害羞的美麗女子，知道笑容太燦爛會招惹不必要的注意，保持冷酷表情可以讓生活過得輕鬆一點。若真如此，那麼蘿凱難以想像烏拉成為內閣成員的妻子後會過著什麼樣的生活。

米凱在他們前方停下腳步，這時有個記者高聲提問，並將麥克風塞到他面前。

「喔，我只是來替一個朋友慶祝，這個朋友協助我們偵破吸血鬼症患者案，可說貢獻良多。」米凱用英語說：「你們今天應該訪問的對象是史密斯博士，而不是我。」但他依然十分樂意回應攝影記者的要求，擺姿勢供他們拍照。

「國際報社的記者。」侯勒姆說。

「吸血鬼症炙手可熱，」卡翠娜說，朝群眾望去。「所有的犯罪線記者都來了。」

「只有夢娜・多爾沒來。」哈利說，環目四顧。

「鍋爐間小組的每個人都來了，」卡翠娜說：「只有安德斯・韋勒沒來，你們知道他在哪裡嗎？」

其他人都搖了搖頭。

「他今天早上打電話給我，」卡翠娜說：「問我說能不能跟他單獨聊聊。」

「聊什麼？」侯勒姆問道。

「天知道他要聊什麼，哈，他來了！」

韋勒出現在群眾另一側，他取下脖子上的圍巾，看起來氣喘吁吁，臉面潮紅。這時禮堂的門打了開來。

「好了，我們得找位子坐，」卡翠娜說，快步朝門內走去。「讓開，孕婦要先過！」

「她好漂亮，」蘿凱低聲說，伸手挽住哈利的手臂，倚在他肩膀上。「有時我會猜想你跟她是不是在搞曖昧。」

「搞曖昧？」

「就是我們不在一起的時候，你會跟她搞一點小曖昧。」

「恐怕沒有。」哈利沉下了臉。

「恐怕沒有？什麼意思？」

「意思是有時候我會後悔沒好好利用那些小空檔。」

「我可不是在開玩笑，哈利。」

「我也不是。」

哈爾斯坦．史密斯把門打開一道小縫，朝氣勢恢弘的禮堂偷偷望去，看了看掛在觀眾席上方的枝型吊燈。禮堂裡擠滿了人，就連二樓也站得滿滿都是人。這座禮堂曾舉辦挪威國民會議，如今他——小小的史密斯——即將站上這裡的講臺，捍衛自己的研究成果，並獲頒博士頭銜！他看了看梅依，見她坐在第一排，神色緊張，但仍驕傲得像隻母雞。他看了看遠從海外而來的心理師同行，雖然他警告過他們說答辯會以挪威語進行，但他們還是來了。他看了看記者，又看了看米凱，米凱和妻子坐在第一排正中央。他看了看哈利、侯勒姆和卡翠娜，他們是他新結交的警察朋友，在他的吸血鬼症論文中扮演重要角色，而瓦倫廷案更是成為眾所矚目的焦點。即便最近發生的事件揭露了真相，使得瓦倫廷在眾人心中的形象出現大幅變化，但卻只是更強化了他對吸血鬼症患者個性所做出的結論。他指出吸血鬼症患者的行為主要受到本能驅使，並受到欲望和衝動所主宰，因此這個真相曝光得正是時候，原來連尼．赫爾才是這些計畫縝密的命案幕後的主使者。

「論文答辯會開始。」主席說，伸手掃去學院袍上的灰塵。

史密斯深深吸了口氣，步入禮堂，觀眾紛紛起立。

他和兩名審查委員坐到定位。主席說明答辯流程，接著便請史密斯開始答辯。

第一位審查委員史戴．奧納傾身向前，低聲祝他好運。

史密斯走上講臺，望著觀眾席，感覺現場安靜下來。今早進行的論文說明會十分順利。只是順利而已嗎？應該說棒極了！他很難不注意到眾審查委員看起來喜形於色，就連奧納都對他的精彩說明讚賞點頭。

現在他要簡短說明自己的論文，最多不能超過二十分鐘。他開始演說，過不多久心中就開始出現跟早上一樣的感覺，覺得自己脫離了眼前的講稿，思緒立刻化為言語，覺得自己像是靈魂出竅似的從身體之外看著自己，看著觀眾，看著觀眾臉上的表情，看著他們仔細聆聽他說的一字一句，看著他們全神貫注地望著他，望著吸血鬼症教授哈爾斯坦．史密斯。當然啦，目前還沒有這個頭銜，但從今天開始，他將改寫歷史。演說即將邁入結尾。「我加入由哈利．霍勒所領導的獨立調查小組後，在這短暫時間裡，我學到了許多事情，其中之一就是任何命案都有一個中心問題，那就是『動機為何？』但要回答這個問題，同時也得回答『方法為何？』才行。」史密斯走到講臺旁的一張桌子前，桌上擺著三樣東西，上頭蓋著一條絨布。他執起絨布一端，等了一下。在答辯會上是容許創造一點戲劇性效果的。

「而方法就在這裡。」他高聲說，掀開絨布。

觀眾席傳來一片驚呼之聲。絨布底下是一把大型左輪手槍、一副風格怪異的手銬和一副黑色的鐵假牙。他指著那把左輪手槍說：「這工具是用來脅迫。」又指著手銬說：「這是用來控制、俘虜和囚禁。」最後指著鐵假牙說：「這是用來咬入人體、取得鮮血、舉行儀式。」

他抬頭望去。「感謝安德斯．韋勒警探讓我借來這三樣工具，為各位說明我的觀點，因為它們不僅僅是三個『方法』，同時也是『動機』，但它們為什麼是『動機』呢？」

觀眾席傳來心照不宣的零落笑聲。

「因為這些工具看起來都有點年代，有人可能會認為根本沒這個必要，但吸血鬼症患者大費周章弄到某個特定年代的物件複製品，符合我在論文中所提到的儀式重要性，吸血這個行為可以回溯到人類需要崇拜和安撫神明的時代，而崇拜和安撫神明所要用到的就是血。」

他指著那把左輪手槍說：「這把槍可以連結到兩百年前的美國，當時印第安部落相信喝敵人的鮮血可以吸收對方的力量。」他指著那副手銬說：「這副手銬可以連結到中世紀時代，當時的人會搜捕和驅逐女巫和巫師，並施以儀式性的火刑。」他指著那副鐵假牙說：「這副假牙可連結到古代，當時用來安撫神明的方法是獻祭和放血，就像今天我希望用這些答案……」他朝坐在椅子上的兩位審查委員比了比。「……來安撫這兩尊神明一樣。」

這次觀眾席傳來的笑聲比較輕鬆一些。

「謝謝各位。」

掌聲響起。從史密斯耳中聽來，現場簡直可用歡聲雷動來形容。

奧納站了起來，調整脖子上的圓點蝴蝶結，收起小腹，朝講臺走去。

「博士候選人，你的論文是根據案例研究而寫成，我想問的是，你是如何得出結論的？因為連尼．赫爾在案件中扮演的角色曝光之前，你的主要研究對象瓦倫廷．嚴德森並不符合你的結論。」

史密斯清了清喉嚨。「心理學的領域比大多數的科學都有更大的詮釋空間，所以我很自然會用我已經知道的典型吸血鬼症症狀去詮釋瓦倫廷．嚴德森的行為，但身為研究者，我必須老實說，在幾天之前，瓦倫廷．嚴德森並不完全符合我的理論，就好像現實中的地形並不符合地圖上繪製的地形，我得承認這讓我感到非常沮喪。雖然連尼．赫爾的事是個慘劇，沒什麼好高興的，但他的案例強化了這篇論文的理論，也更加清楚勾勒出吸血鬼症患者的輪廓，讓我們有更精確的了解，並希望如此一來，未來我們可以早一點逮到吸血鬼症患者，防止慘劇發生。」史密斯清了清喉嚨。「我必須感謝審查委員會容許我在赫爾的角色揭露之後對論文做出修正，讓一切都說得通了……」

當主席低調地比個手勢，表示第一位審查委員的時間到了時，史密斯覺得時間只過了五分鐘，而非四十五分鐘。這一切就像一場夢一樣！

主席走上講臺說現在是中場休息時間，接下來旁聽者可以提問。史密斯等不及要跟臺下觀眾述說這篇論文有多麼出色，雖然內容帶有一點恐怖色彩，但仍展現出人類心智的美妙與美麗之處。

史密斯利用休息時間走入門廳裡的人群，跟未受邀參加晚宴的人談話。他看見哈利站在一個深色頭髮女子身邊，便走上前去。

「哈利！」史密斯說，跟他握了握手，只覺得他的手如大理石般冷硬。「這位一定是蘿凱了。」

「是的。」哈利說。

史密斯和蘿凱握手，他看見哈利看了看錶，走到門口。

「你在等人嗎？」

「對，」哈利說：「他終於來了。」

史密斯看見兩個人從另一側的門走進來，一個是高大的深色頭髮青年，另一個是五十來歲的金髮瘦長男子，臉上帶著方形無框眼鏡。史密斯覺得那青年的面貌酷似蘿凱，另一個男子則看起來有點眼熟。

「我是不是在哪裡見過那個戴眼鏡的男人？」史密斯疑惑地說。

「我不知道。他叫約翰·D·史戴芬，是血液科醫生。」

「他來這裡做什麼？」

史密斯看見哈利深深吸了口氣。「他是來替故事畫下句點的，只不過他自己還不知道。」

這時主席搖鈴，以宏亮嗓音宣布休息時間結束，請眾人回到禮堂。

史戴芬走到兩排座椅之間，歐雷克走在他身後，他環目四顧，尋找哈利，卻看見一個年輕金髮男子坐在後排，令他心頭一驚。那金髮男子正是韋勒。在此同時，韋勒也看見了史戴芬。史戴芬看見對方臉現驚懼之色，立刻回頭跟歐雷克說他忘了有一場會議要開，必須先走。

「我知道，」歐雷克說，完全沒有讓開的意思。史戴芬發現眼前這青年幾乎跟他繼父哈利一樣高大。「但現在我們要讓事情繼續進行下去，史戴芬。」

歐雷克只是把手輕輕放到史戴芬肩膀上，但這名主治醫師仍覺得他是被按著坐到椅子上。他坐下之後，感覺心跳逐漸變慢。尊嚴，是的，他必須維護自己的尊嚴。歐雷克知道了，這表示哈利也知道了，而且不給他任何機會逃跑。從韋勒的反應來看，他顯然什麼都不知道。他們被設計了，竟然出席同一個場合。那麼接下來呢？

＊＊＊

卡翠娜在哈利和侯勒姆中間坐下，主席在講臺上開始說話。

「候選人收到了旁聽者提問，哈利．霍勒，請提出你的問題。」

哈利站了起來，卡翠娜一臉訝異地看著他。「謝謝。」哈利說。

卡翠娜看見許多人也面露驚訝之色，有些人只是嘴角含笑，彷彿期待聽見一則笑話，就連站上講臺的史密斯似乎也覺得好笑。

「恭喜你，」哈利說：「你就快達成目標了，我也必須感謝你協助我們偵破吸血鬼症患者案。」

「是我該謝謝你。」史密斯說，微微鞠躬。

「是啊，也許吧，」哈利說：「我們發現了是誰在背後操控瓦倫廷，而且正如同奧納所指出的，你的整篇論文都是以這個為基礎，所以你非常幸運。」

「的確如此。」

「不過還有幾件事我想大家都希望知道答案。」

「我會盡力回答的，哈利。」

「我記得在看瓦倫廷走進穀倉的監視器畫面時，他看起來對該往哪個方向走胸有成竹，卻不知道門內有個磅秤。他毫無戒心地踏進門內，深信踩下去的會是堅實地面，結果卻差點摔跤。請問為什麼會這樣？」

「人總是會傾向於認為事情理所當然，」史密斯說：「在心理學中稱之為合理化，基本上這意思就是我們會把事情簡化。少了合理化，世界會變得難以掌控，大腦會被我們所面對的所有不確定性給塞爆。」

「這也說明了當我們毫無戒心地走下地下室樓梯，完全不會想到自己的頭會撞上水管。」

「正是如此。」

「可是如果我們經歷過一次就會記住，或者至少大部分的人下次走到同一個地方都會記得要小心，這就是為什麼卡翠娜·布萊特第二次走進你家穀倉時會注意不要踩到磅秤。也因此我們在赫爾家地下室的水管上採集到的血液和皮膚樣本包括你的和我的，卻不包括連尼·赫爾的，這很正常且不難理解，他應該在很久以前……呃，可能在小時候就知道下樓梯時要俯身避開那條水管，否則我們就會在水管上採集到他的ＤＮＡ，因為水管上沾到的ＤＮＡ只有在一定年限之內的才化驗得出來。」

「我想是這樣沒錯，哈利。」

「這件事等一下會再說到，我先說一件有點令人難以理解的事。」

卡翠娜坐直了身子，她不知道這是怎麼回事，但她了解哈利，感覺得到他低沉嗓音中所隱含的獨特振動。

「根據監視器畫面，那天午夜瓦倫廷·嚴德森走進你家穀倉時，體重是七十四點七公斤，」哈利說：「他離開時，體重是七十三點二公斤，正好少了一點五公斤。」哈利用手比了比。「最顯而易見的解釋當然就是他在你辦公室門口流失了血液，體重才會變輕。」

卡翠娜聽見主席發出不耐煩的輕咳聲。

「但後來我想到一件事，」哈利說：「我們都忘了那把左輪手槍！瓦倫廷前往穀倉時身上帶著那把槍，離開時那把槍留在辦公室裡。一把儒格紅鷹左輪手槍的重量是一點二公斤，所以加起來的話，瓦倫廷只流失了零點三公斤的血……」

「霍勒，」主席說：「你不是要問候選人問題嗎……」

「首先我要請教一位血液專家，」哈利說，轉頭望向觀眾席。「約翰．史戴芬，你是血液科主治醫師，潘妮洛普．拉許被送到醫院的那天晚上你正好在值班……」

眾人眼光齊向史戴芬射來，他覺得額頭開始泌出汗水。對他來說，這感覺就像那次他坐上證人席，說明自己的妻子是如何遭人刺殺，躺在他懷中流血過多而死。此刻眾人朝他射來的目光就像當時一樣；韋勒朝他射來的目光也跟當時一樣。

他吞了口口水。

「是的，沒錯。」

「當時你露了一手，展現你對測量血液量的好眼力，你根據犯罪現場的照片，估計被害人流失的血液量是一點五公升。」

「是的。」

哈利從夾克口袋裡拿出一張照片，舉了起來。「這張是在哈爾斯坦．史密斯辦公室裡拍攝的照片，有個救護技術員把這張照片拿給你看，你估計這張照片裡的血液量同樣也是一點五公升，換句話說，就是一點五公斤，這樣沒錯吧？」

史戴芬吞了口口水，心知韋勒正從背後看著他。「沒錯，誤差為一兩公合。」

「我想先釐清一件事，一個人如果流失了一點五公升的血液，有可能站起來逃走嗎？」

「這依個人體質而異，但只要這人體能好、意志力強，的確有可能辦到。」

「這就關係到我想提出的一個非常簡單的問題。」哈利說。

史戴芬覺得一顆汗珠從額頭滑落。

哈利轉頭望向講臺。

「史密斯，這件事怎麼可能發生？」

卡翠娜倒抽一口涼氣。禮堂裡一片寂靜，這片寂靜讓人覺得有實質的重量。

「這個問題我得跳過不回答，哈利，我不知道，」史密斯說：「我希望這不代表我可能拿不到博士學位，但如果要我答辯，我會指出這個問題不在我的論文範圍之內，」他微微一笑，這次沒發出笑聲。「這是屬於警方的調查範圍，所以你可能得自己回答這個問題了，哈利。」

「好吧。」哈利說，深深吸了口氣。

不會吧，卡翠娜心想，屏住呼吸。

「瓦倫廷．嚴德森進入穀倉時身上沒有帶那把左輪手槍，那把槍已經在你辦公室裡了。」

「什麼？」史密斯的笑聲聽起來像是禮堂裡一隻孤獨鳥兒的啼叫聲。「那把槍怎麼可能在我辦公室裡？」

「是你帶去的。」哈利說。

「我？我跟那把左輪手槍又沒有關係。」

「那把左輪手槍是你的，史密斯。」

「我的？我這輩子從來沒有擁有過一把左輪手槍，你去查槍枝登記資料就知道了。」

「那把手槍的登記持有人是法爾松的一個水手，你曾經治療過他的思覺失調症。」

「一個水手？哈利，你到底在說什麼？你自己說瓦倫廷在酒吧裡曾用那把左輪手槍威脅你，還用它殺了穆罕默德．卡拉克。」

「後來你又拿回這把槍了。」

一波焦慮感在禮堂裡迅速蔓延開來，竊竊低語和椅子挪動聲此起彼落。

主席站了起來，揚起穿著學院袍的雙臂示意大家冷靜，猶如張開羽翼的小公雞。「抱歉，霍勒先生，我們在舉行的是論文答辯會，如果你有情報要提供給警方，請你交給相關單位，不要拿到學術殿堂裡來討論。」

「主席先生、兩位審查委員，」哈利說：「請問檢驗這篇博士論文是否基於曲解的個案研究，是不是極為重要？請問這類情事是不是應該在論文答辯會中揭露？」

「霍勒先生——」主席開口說，宏亮的聲音中帶有怒意。

「——說得沒錯，」奧納在前排說：「主席先生，身為審查委員會的一員，我很想聽聽霍勒先生對候選人的提問。」

主席看看奧納，看看哈利，又看看史密斯，最後坐了下來。

「好，」哈利說：「我想請問候選人，你是不是在連尼·赫爾家裡挾持了他，而實際上在背後操控瓦倫廷·嚴德森的人是你，而不是赫爾？」

禮堂內傳來一陣低到不能再低的驚呼之聲，緊接著是一片完全的寂靜，靜到像是空氣全都被抽走似的。史密斯不可置信地搖了搖頭。「哈利，你這是開玩笑吧？你是不是在鍋爐間想出這樣一個玩笑來讓這場答辯會多個餘興節目……？」

「我建議你回答這個問題，哈爾斯坦。」

也許是因為聽見哈利直呼他名字，史密斯才意識到哈利是認真的。至少，卡翠娜覺得她看見站在講臺上的史密斯漸漸明白了過來。

「哈利，」史密斯低聲說：「我從沒去過赫爾家，我第一次去他家就是上星期天你帶我過去的時候。」

「不對，你去過，」哈利說：「你非常仔細地清除了你可能在房子裡留下的指紋和ＤＮＡ，但你忘了一個地方，就是那根水管。」

「那根水管？上星期天我們都在那根該死的水管上留下了ＤＮＡ不是嗎，哈利！」

「但你沒有。」

「有，我有！你去問畢爾．侯勒姆，他就坐在那裡！」

「畢爾．侯勒姆可以確認的是水管上發現了你的ＤＮＡ，而不是你上星期天在水管上留下ＤＮＡ。上星期天你走下地下室時，我已經在裡面了，當時你靜悄悄地出現，我根本沒聽見你下來，你還記得嗎？你沒發出聲音，因為你的頭根本沒撞上那根水管。你低頭避開了，因為你的大腦記得要避開。」

「真是太可笑了，哈利，上星期天我有撞到水管，你只是沒聽見而已。」

「可能因為你戴了這個，所以撞擊力道有了緩衝……」哈利從口袋裡拿出一頂黑色羊毛帽，戴在頭上。羊毛帽的帽緣有個骷髏頭圖案，卡翠娜看見上面寫著「聖保利」。「既然你頭上戴了這頂羊毛帽，還拉低蓋住額頭，你怎麼可能在水管上留下皮膚、血液或毛髮的ＤＮＡ？」

史密斯用力眨了眨眼。

「既然候選人沒回答，」哈利說：「我就代替他回答。哈爾斯坦．史密斯第一次撞上那條水管是在很久以前，早在吸血鬼症患者案發生之前。」

禮堂裡一片靜默，只聽得見史密斯的格格輕笑聲。

「在我表示任何意見之前，」史密斯說：「我想我們應該先給前任警探哈利．霍勒先生大聲拍手，感謝他說出這麼一個精彩的故事。」

史密斯拍起手來，有幾個人跟著拍手，但掌聲很快就停了下來。

「但是就跟博士論文一樣，這則故事要成為事實，必須要有證據才行！」史密斯說：「哈利，你什麼證據都沒有，你做的這整個演繹推理只是根據兩個非常含糊的假設。第一，你認為穀倉裡的那個老磅秤會顯示出一個人的真實體重，而那個人只在磅秤上站了將近一秒的時間，我可以告訴你，那個磅秤有時會卡住。第二，你說上星期天我頭上戴了羊毛帽所以不可能在水管上留下ＤＮＡ，我可以跟你說，我下樓梯撞到水管時沒有戴帽子，後來因為地下室比較冷所以我才又把帽子戴起來。我額頭上沒有傷疤是因為我的身體癒合得很快，我老婆可以證明那天我回家時額頭上有傷口。」

卡翠娜看見那個身穿自製黃褐色衣裳的女子面無表情，一雙深色眼眸只是看著丈夫，彷彿因為手榴彈爆炸而處於驚嚇狀態中。

「梅依，妳說是不是？」

女子的嘴巴張開又閉上，緩緩點了點頭。

「哈利，你看吧，」史密斯側過了頭，用哀傷的同情眼神看著哈利。「你看，要找出你這番說法的漏洞有多麼簡單？」

「這個嘛，」哈利說：「我敬佩你老婆對丈夫的忠貞，但恐怕DNA證據是無可辯駁的。鑑識醫學中心的分析結果不只證明水管上的有機物質符合你的DNA基因圖譜，還證明存在時間超過兩個月以上，所以不可能是在上星期天留下的。」

卡翠娜在椅子上突然一動，轉頭朝侯勒姆望去，只見他以極其細微的動作搖了搖頭。

「因此，史密斯，去年秋天你去過赫爾家的地下室不只是推論，而且是事實。就像那把儒格左輪手槍是你的，而且你對手無寸鐵的瓦倫廷．嚴德森開槍時，那把左輪手槍就在你辦公室裡，這也是事實。更何況，我們還做了文體學分析。」

卡翠娜看見哈利從西裝外套的內側口袋裡拿出一個皺巴巴的黃色卷宗。「有一種電腦軟體可以進行文體學分析，它可以透過比對用字遣詞、句型結構、文體風格和標點符號來辨識作者。不少文學家曾對莎士比亞究竟寫過哪些作品有過爭議，這套軟體替這些爭議帶來了全新視角，它正確辨識出作者的成功率大約落在百分之八十到九十之間，換句話說，成功率不足以高到拿來當作證據，但它排除某個特定作者、比如說莎士比亞的成功率卻高達百分之九十九點九。我們的資訊科技專家托德．葛蘭利用這套軟體，拿瓦倫廷收到的郵件來比對過去連尼．赫爾跟別人往來的上千封信件，最後的分析結果是……」哈利將卷宗交給卡翠娜。「……瓦倫廷收到的那些有作案指示的郵件不是連尼．赫爾寫的。」

史密斯看著哈利，頭上劉海已垂落到汗濕的眉毛上。

「這些事我們將會在警方偵訊中繼續討論，」哈利說：「但這是一場論文答辯會，你仍然有機會對審查委員會解釋，不讓他們拒絕授予你博士學位，是不是這樣，奧納？」

奧納清了清喉嚨。「沒錯，理論上科學應該無視於該時代的道德觀，歷史上也有很多人雖然在道德上受到質疑，甚至直接動用非法方式來做研究，但最後還是獲頒博士學位。我們這些審查委員在核可這篇論文之前必須知道的是，瓦倫廷是不是真的曾經受人操控，如果不是的話，我想審查委員是不會接受這篇論文的。」

「謝謝你，」哈利說：「所以你說呢，史密斯？在我們逮捕你之前，你是不是要在此時此刻對審查委員會說明清楚？」

史密斯看著哈利，禮堂裡只聽得見他的喘息聲，彷彿整座禮堂只有他一個人仍在呼吸。有個閃光燈孤單地閃了一下。

主席勃然大怒，倚身靠向奧納，在他耳邊低聲說：「我的天啊，奧納，這到底是怎麼一回事？」

「你知道猴子陷阱是什麼嗎？」奧納反問道，雙臂交疊，靠回椅背。

史密斯的頭抽動了一下，彷彿受到電擊似的。突然之間，他抬起手臂，指著天花板大笑。「我有什麼好損失的呢，哈利？」

哈利默然不答。

「沒錯，瓦倫廷受人操控，而操控他的人就是我，那些郵件當然也都是我寫的，但重點並非幕後究竟是誰在操控，而是科學證據指出瓦倫廷是個純正的吸血鬼症患者，就跟我的研究結果一模一樣，你所說的這一切都無法推翻我的研究結果。我所做的跟其他研究人員沒有兩樣，只是調整了一下情境，重現實驗室裡的設定條件而已。」他環視整個禮堂。「說到底，他要怎麼做並不是我決定的，而用六條性命換來這個——」他用食指輕叩裝訂成冊的論文。「——這個代價非常合理，吸血鬼症患者的症狀和描述全都寫在這裡面，未來這篇論文可以拯救無數人免於遇害和受苦。殺人和吸血的人是瓦倫廷．嚴德森，不是我，我只是替他把路鋪好而已。我既然碰到一個真正的吸血鬼症患者，當然有責任好好利用這個機會，怎麼能讓短視近利的道德觀阻礙呢？我必須把眼光放遠，替全人類的福祉著想，想想看原子彈之父奧本海默、想想看毛澤東、想想看成千上萬罹患癌症的實驗室白老鼠，不都是如此嗎？」

「所以你是為了世人才殺了連尼．赫爾，並槍殺瑪妲．路德？」哈利問道。

「是，沒錯！他們是為了奉獻給研究的聖壇而犧牲的！」

「所以你也是為了全人類的**福祉**，才犧牲你自己和你自己的人性？」

「就是這樣，一點也沒錯！」

「所以他們不是為了你、哈爾斯坦．史密斯而死，好讓你證明自己，好讓你這隻猴子能坐上寶座，留名青史？畢竟這些才是自始至終驅使你做出這些事的動機不是嗎？」

「我讓你們大家見識到什麼是吸血鬼症患者，還有他們有能力做出什麼樣的事！難道你們不應該感謝我嗎？」

「這個嘛，」哈利說：「首先呢，你讓我們大家見識到一個受到羞辱的人能做出什麼樣的事。」

史密斯的頭又抽動一下，嘴巴張開又閉上，但沒說話。

「我們已經聽夠了，」主席站了起來。「答辯會到此結束，可不可以請哪名警察上來逮捕——？」

史密斯反應奇快，腳下迅速踏出兩步，將桌上那把左輪手槍抄在手中，又朝觀眾席跨出一大步，舉槍指著最靠近他的觀眾的額頭。

「站起來！」他大聲吼道：「其他人都給我坐著別動！」

卡翠娜看見一名金髮女子站了起來，史密斯將她背轉過身，猶如一面盾牌般面對觀眾擋在他前方。那女子正是烏拉．貝爾曼，她嘴巴張開，在無聲的絕望中看著坐在第一排的一個男子。卡翠娜只看得見米凱的後腦，看不見他臉上是什麼表情，但他只是僵坐在原位，動也不動。這時突然有人發出嗚咽聲，那聲音來自梅依．史密斯，只見她的身子斜靠在椅子上。

「放開她。」

卡翠娜循著這粗啞嗓音望去，看見楚斯．班森在後排站了起來，步下臺階。

「站住，班森，」史密斯尖聲吼道：「不然我就先殺了她，再殺了你！」

楚斯並未停步。他的戽斗下巴從側面望去比平常還突出，但他最近鍛鍊的肌肉在厚毛衣底下隱約可見。他走到觀眾席前方轉了個彎，沿著第一排朝史密斯和烏拉直直走去。

「你敢再靠近一步……」

「史密斯，你得先對我開槍，不然你的時間絕對不夠。」

「那就如你所願。」

楚斯發出呼嚕一聲。「幹你媽的死老百姓，諒你不敢……」

卡翠娜突然感覺耳膜承受一股極大壓力，彷彿她正在搭飛機而機身正失速墜落。過了片刻，她才明白原來那股強烈衝擊波來自那把左輪手槍。

楚斯停下腳步，站在原地，身形微晃。他的嘴巴張開，眼睛突出。卡翠娜看見楚斯的毛衣上出現一個洞，而那個洞正等待鮮血噴出。片刻之後，鮮血泉湧，楚斯看起來像是用盡最後一絲力氣直挺挺地站著，雙眼直視烏拉，接著才仰身後倒。

禮堂裡傳來一名女子的尖叫聲。

「都別動，」史密斯吼道，拉著烏拉擋在身前，朝出口的方向後退。「我只要看見有人站起來，就開槍殺了她。」

史密斯自然只是虛張聲勢，但誰也不敢輕舉妄動，以免他真的下此毒手。

「把亞馬遜的鑰匙給我。」哈利低聲說，這時他仍站著，朝侯勒姆伸出了手。侯勒姆怔了片刻才反應過來，掏出鑰匙放在哈利手中。

「哈爾斯坦！」哈利高聲喊道，沿著他那排座位橫向移動。「你的車停在大學裡的訪客停車場，現在鑑識人員正在車上搜查，我這邊有一輛車的鑰匙，那輛車就停在禮堂正前方，而且比起她，我是更好的人質。」

「為什麼？」史密斯答道，腳下不停後退。

「因為我會保持冷靜，因為你還有一絲良心。」

史密斯停下腳步，若有所思地望著哈利幾秒鐘。

「過去那邊把手銬銬在手上。」他說，朝桌子點了點頭。

哈利來到觀眾席前方，從楚斯身旁走過。楚斯躺在地上動也不動。哈利走到桌前停下腳步，背對史密斯和眾人。

「轉過來讓我看見！」史密斯高聲喊道。

哈利朝史密斯轉過身，雙手高舉，讓他看見那副帶鍊的仿古手銬已經銬在自己的兩隻手腕上。

「過來這裡！」

哈利朝他走去。

「好，站住！」

卡翠娜看見史密斯用空出來的手抓住哈利肩膀，將個頭比他高大的哈利轉個方向，再架著哈利朝他先前沒完全關上的門走去。

烏拉看了看那扇半開的門，又朝丈夫的方向望去。卡翠娜看見米凱對烏拉點頭要她過來。烏拉踏出短促而蹣跚的步伐，宛如走在薄冰之上，朝米凱的方向走去，但當她走到楚斯身前時，卻雙膝一軟跪了下來，把頭靠在楚斯染紅了的毛衣上。闃靜無聲的禮堂裡只聽見烏拉發出悲慟的啜泣聲，那聲音聽起來似乎比左輪手槍的擊發聲還要響亮數倍。

哈利走在史密斯前方，感覺左輪手槍的槍管抵在背脊上。媽的，該死！他從昨天就開始仔細計畫，設想各種可能情境，卻沒算到事情竟如此發展。

哈利把門推開，冷冰冰的三月空氣撲面而來，前方的大學廣場空蕩無人，沐浴在冬日陽光中，侯勒姆那輛富豪亞馬遜的黑色烤漆在太陽底下閃閃發光。

「往前走！」

哈利步下階梯，踏上空曠地面，下一步再踏出去時，突然鞋底一滑，整個人往旁邊倒，還來不及反應肩膀就直接撞擊結冰地面，劇痛傳遍手臂和背部。

「站起來！」史密斯怫然不悅，一把抓住手銬的鍊子，把哈利拉起來。

哈利心想機不可失，順著史密斯拉他起來的力道，才剛站起就雙腿一撐，一記頭槌朝史密斯臉上撞去。史密斯倒退兩步，一個踉蹌往後便倒。哈利立刻踏上一步，但史密斯雖然仰躺在地，雙手卻仍緊緊握住左輪手槍，指著哈利。

「少來了，哈利，這我早就習慣了，以前在學校的時候，下課時間我老是被推倒在地上，所以你想都別想！」

哈利看著指向他的手槍槍管。他撞到了史密斯的鼻子，只見一片斷裂的白色鼻骨從肌膚裡穿透而出，一個鼻孔鮮血長流。

「哈利，我知道你在想什麼，」史密斯笑道：「**短短兩公尺的距離他開槍都打不死瓦倫廷**。你給我省省吧，快把車門打開！」

哈利的大腦進行必要的計算。他轉過身去，慢慢打開駕駛座的車門，耳中聽見史密斯站起來的聲音。哈利坐上駕駛座，花了點時間把車鑰匙插入鑰匙孔。

「我來開車，」史密斯說：「坐過去。」

哈利依照指示，笨手笨腳地慢慢跨過排檔桿，坐到副駕駛座上。

「把你的雙腳跨過手銬。」

哈利看著他。

「我可不希望開車的時候有鍊子繞上我的脖子，」史密斯說，舉起手槍。「你不上瑜珈課算你倒楣，我看得出你想拖延時間，給你五秒鐘，現在就開始倒數，四……」

哈利在硬質座椅上盡量向前傾身，把銬了手銬的雙手伸到前方，彎曲膝蓋。

「三、二……」

儘管甚為困難，哈利還是設法讓擦得晶亮的皮鞋穿過了手銬的鍊子。

史密斯坐上駕駛座，倚身越過哈利，拉起舊式安全帶，穿過哈利的胸部和腰部，將安全帶扣上，又用力一拉，使得哈利就像是被綁在座椅上。他從哈利的西裝口袋拿出手機，然後繫上自己的安全帶，發動引擎，踩了踩油門，費了點力氣打檔，放開離合器，倒車半圈。他搖下車窗，把哈利的手機丟出窗外，接著又把自己的手機丟了出去。

車子來到路口，右轉駛上卡爾約翰街，奧斯陸王宮映入他們的眼簾，陽光下一片綠意盎然。接著車子左轉，經過圓環，眼前又見蒼翠綠意，他們經過了音樂廳，接著是阿克爾港。今天的交通十分順暢，簡直太順暢了，哈利心想。他們在卡翠娜通知巡警和警察直升機之前駛得越遠，警方要搜尋的地區就越廣闊，要設的路障就越多。

史密斯朝峽灣望去。「奧斯陸在這種天氣看起來格外美麗對不對？」

他說起話來帶著鼻音，此外還夾雜一絲咻咻聲，看來鼻子可能斷了。

「你打算當沉默的旅伴嗎？」史密斯說：「也好，你今天說的話已經夠多了。」

哈利望著前方的高速公路，心想卡翠娜無法用手機追蹤他們，但只要史密斯一直把車開在主要幹道上，他們還是有希望很快被發現，因為從直升機的高度看下來，一輛車頂和後車箱有著賽車格紋的車子十分顯眼。

「他來找我做心理諮商，自稱是亞歷山大·德雷爾，想談談平克佛洛伊德樂團和他聽見的聲音，」史密斯說，搖了搖頭。「但你也知道，我很會看人，很快就發現他不是一般人，而是個十分罕見的精神病患，所以我拿他說的性癖好去詢問心理師同行在道德方面的專家，最後終於發現他的身分，也發現他進退維谷的處境。他亟欲順從自己的殺人本能，但只要出一個錯、露出一點馬腳，就會引起警方懷疑，讓亞歷山大·德雷爾的假身分被識破。你有在聽嗎，哈利？」史密斯瞄了哈利一眼。「他如果想再殺人，先決條件是必須知道自己安全無虞。他是個非常完美的人選，因為他別無選擇。我只要在他身上拴上皮帶，打開籠子，他就會吞下眼前的一切。但我不能親自去跟他談條件，我必須找一個假的操偶師、一個幌子，萬一瓦倫廷被警方逮到並供出一切，會找上的是這個人。無論如何，最後這個人一定會被警方發現，他會證實我論文裡所描述的吸血鬼症患者確實就是那麼衝動、幼稚和瘋狂，就好像讓現實中的地形符合地圖所繪製的一樣。連尼·赫爾一個人住在那棟孤伶伶的大房子裡，離群索居，從沒訪客上門。但有一天，他家來了個意外的訪客，也就是他的心理師，這個心理師頭上戴著老鷹帽子，手中拿著一把大型的紅色左輪手槍，口裡發出嘎、嘎、嘎、嘎的叫聲！」史密斯哈哈大笑。「連尼發現自己成為我的奴隸時，你真該看看當時他臉上的表情。我先叫他把我的案主紀錄搬到他的工作室，然後我又發現他們家族用來運豬的籠子。我們把籠子搬到地下室，我一定就是那個時候撞到那根該死的水管。後來我們把替他準備的床墊搬進籠子，我再用手銬把他銬起來，然後他就一直坐在那裡。那時他已經沒用了，我已經仔細問出他跟蹤了哪些女人，並取得她們家的複製鑰匙，還拿到電腦密碼，這樣我就能用他的電腦寄信給瓦倫廷。但我還是得等待時機成熟，才能安排他自殺的戲碼。另外為了避免瓦倫廷被逮到或被殺死，警方太早找到連尼，我必須替他在第一件命案發生時安排一個完美的不在場證明。我知道警方一定會調查這個，因為他曾用電話跟伊莉絲·賀曼森聯絡過，所以我在指示瓦倫廷殺死伊莉絲的那個時間，帶連尼去當地一家披薩店，讓別人看見他。當時我忙著在桌子底下拿屠宰擊昏槍指著連尼，以至於沒注意到披薩餅皮裡竟然含有堅果，發現時已經來不及了，」史密斯又哈哈大笑。「結果連尼只好自己在籠子裡待上很長一段時間。你發現床墊上有連尼的精液時，就判斷說他曾經在那裡凌虐瑪妲．路德，當時我聽了還暗自竊笑。」

車子經過碧戴半島，又經過斯納里亞半島。哈利在心中默默數算時間。他們離開大學廣場已經過了十分鐘。他抬頭朝空蕩蕩的湛藍天際望去。

「瑪妲．路德沒遭受毆打，我把她從森林帶回地下室以後就開槍殺了她，那時瓦倫廷已經把她折磨得不成人形，所以我結束她的生命可說是大發慈悲，」史密斯轉頭望向哈利。「我希望你能了解這點，哈利。你覺得我話太多了嗎，哈利？」

車子朝賀維古登陸岬駛去，奧斯陸峽灣再度出現在左手邊。哈利在心中計算，警方可能有時間在亞斯克市設立路障，他們再過十分鐘就會抵達那裡。

「哈利，你能想像當你邀請我加入調查小組時，對我來說就像天上掉下禮物嗎？當時我非常訝異自己竟然一口回絕了你的邀請，後來我才想到加入調查小組可以取得所有情報，這樣我就可以在警方非常靠近瓦倫廷時警告他收手，**我的**吸血鬼症患者將會超越庫爾滕、黑格和柴斯，成為史上最著名的連續殺人犯。不過那家土耳其澡堂受到監視的事我並不知情，我是跟你們一起坐在這輛車上前往那裡時才知道的，那時我已經開始控制不住瓦倫廷了，後來他殺了那個酒保，又綁架了瑪妲．路德，但幸好我及時發現亞歷山大．德雷爾去提款的影像被認出來了，於是叫瓦倫廷趕快離開他的住處。當時他已經發現在幕後操控他的人是我，也就是他以前的心理師，但那又怎樣？跟他坐在同一艘船上的人是誰根本無所謂。我知道警方正在收網，也知道我計畫了一段時間的大結局終於要派上用場。我叫他離開公寓，住進廣場飯店，我知道他沒辦法在那裡待太久，但我至少能請飯店遞交一個信封給他，信封裡有穀倉和辦公室的複製鑰匙，我還指示他要躲到午夜，等大家都入睡了再來找我。當然我不能排除他心中起疑的可能性，但那時他已形跡敗露，還能有什麼選擇？他只能賭一把，賭我可以信任。哈利，那天我安排的戲碼你一定得替我拍拍手才行，我打電話給你和卡翠娜，讓你們成為電話中的證人，還拍下了監視器畫面可以拿來當作證據。是的，這當然可能會被視為冷血清算，但我塑造出一個英雄研究者，這名研究者透過媒體放話，惹惱了連續殺人犯，最後出於自衛不得不殺了對方。沒錯，我接受這點，因為這讓一場十分平常的論文答辯會成為國際媒體爭相採訪的焦點，還讓十四家公司買下版權，出版我的論文。但最重要的還是在於研究成果和學術成就，其他都只是過程而已，哈利。通往地獄的道路可能是由善良的意圖鋪成，但這條道路也讓人類通往更光明的未來。」

歐雷克轉動鑰匙，發動引擎。

「去伍立弗醫院的急診室！」年輕的金髮警探在後座高聲喊道，楚斯的頭就枕在他大腿上。韋勒和歐雷克的身上都沾滿了楚斯的血。「油門踩到底，打開警笛！」

歐雷克正要放開離合器，後座車門卻打了開來。

「別上來！」韋勒怒聲吼道。

「安德斯，坐過去！」原來是史戴芬，他奮力擠上車，逼得韋勒挪到座椅另一側。

「把他的腿抬高，」史戴芬高聲吼道，雙手抱住楚斯的頭。「好讓——」

「好讓血液可以流到心臟和腦部。」韋勒接口說。

歐雷克放開離合器，車子駛離停車場，高速飆向馬路，衝到一列電車和一輛計程車之間，電車司機趕緊鳴笛，計程車司機猛按喇叭。

「他怎麼樣？」

「你自己看啊，」韋勒怒道：「失去意識，脈搏微弱，但還有呼吸，子彈打中他的右側胸腔。」

「前胸不是問題，」史戴芬說：「問題在他的後背，幫我把他翻過來。」歐雷克瞄了後照鏡一眼，看見他們把楚斯翻到側躺姿勢，撕開他身上的毛衣和襯衫。歐雷克再度把注意力放到前方路況，按喇叭超越一輛卡車，加速衝過亮紅燈的十字路口。

「喔，幹！」韋勒呻吟道。

「果然有個大洞，」史戴芬說：「子彈可能轟斷了他幾根肋骨，這樣下去還沒到醫院他就會流血過多而死，除非……」

「除非……？」

歐雷克聽見史戴芬深深吸了口氣。「除非我們能比以前我處置你母親那次做得更好，你把雙手手背放在他傷口兩側，就像這樣，然後用力擠壓，盡量讓傷口閉合，除此之外沒有別的辦法了。」

「我的手很滑。」

「撕下他的襯衫包在手上，這樣可以增加摩擦力。」

歐雷克聽見韋勒發出沉重呼吸聲，又瞄了後照鏡一眼，看見史戴芬將一根手指放在楚斯胸部，再用另一根手指輕敲。

「我要替他做叩診，可是我這個位子太擠，沒辦法彎腰用耳朵去聽，」史戴芬說：「你可不可以……？」

韋勒傾身向前，雙手並未離開傷口，把耳朵附在楚斯胸口。「聲音很模糊，」他說：「聽起來沒有空氣，你認為呢……？」

「對，他恐怕有血胸，」韋勒的父親史戴芬說：「就是胸腔積血，這樣下去肺臟很快就會衰竭。歐雷克……」

「我聽見了。」歐雷克說，大腳踩下油門。

卡翠娜站在大學廣場中央，手機按在耳邊，抬頭看著晴朗無雲、空無一物的天空。她已要求空中警察從加德莫恩機場出動直升機，從北方飛來奧斯陸，掃視E6高速公路，但現在空中仍未看見直升機的蹤影。

「沒有，沒有手機可以讓我們追蹤，」她高聲叫道，蓋過從城市四面八方聚集過來的警笛聲。「目前沒有收費站回報通行紀錄，我們正在E6和E18公路的南向車道設置路障，一有發現我馬上會通知你們。」

「好，」傅凱在手機另一頭說：「我們隨時待命。」

卡翠娜結束通話，這時手機又再度響起。

「我們是分派到Ｅ18的亞斯克警察，」一個聲音說：「我們把一輛聯結車橫向停在通往亞斯克這一側道路的下坡路段底端，並且正在過濾從這裡到圓環之間的車輛。目標是一九七〇年代生產的一輛亞馬遜，上頭有賽車條紋圖案對嗎？」

「對。」

「所以歹徒選了這麼一輛車來逃跑根本是跟自己過不去囉？」

「希望如此，有事隨時通知我。」

侯勒姆跑了過來。「歐雷克和那個醫生開車送班森去伍立弗醫院，」他氣喘吁吁地說：「韋勒也跟他們一起去了。」

「你認為他活下來的機會有多大？」

「我只懂死屍而已。」

「好吧，那班森看起來像死屍嗎？」

侯勒姆聳了聳肩。「他還在流血，起碼這代表他的血還沒流乾。」

「那蘿凱呢？」

「蘿凱坐在禮堂裡陪貝爾曼的老婆，貝爾曼的老婆整個崩潰了，貝爾曼自己急急忙忙地走了，說什麼要去一個能夠綜觀全局的地方指揮。」

「綜觀全局？」卡翠娜哼了一聲。「唯一能綜觀全局的地方就只有**這裡**而已！」

「我知道啊，可是親愛的，請妳放輕鬆，我們都不希望小寶寶承受太大的壓力吧？」

「媽的，畢爾，」卡翠娜手裡緊緊捏著手機。「你怎麼不告訴我哈利的計畫？」

「因為我不知道啊。」

「你不知道？你一定知道些什麼，不然他怎麼可能帶鑑識人員來搜查史密斯的車子？」

「他沒有啊，他是吹牛的。就跟他胡謅說知道水管上發現的ＤＮＡ是在什麼時候沾上的一樣。」

「什麼？」

「鑑識醫學中心沒辦法判斷ＤＮＡ存在的時間有多久，哈利說他們發現史密斯的ＤＮＡ已經超過兩個月完全是胡說八道。」

卡翠娜看著侯勒姆，把手伸進包包，拿出先前哈利遞給她的黃色卷宗，打開一看，只見裡頭只有三頁Ａ４紙張，而且全是白紙。

「他全都是在虛張聲勢而已，」侯勒姆說：「文體學分析軟體要達到一定程度的正確性，參考文本至少要有五千字，可是寄給瓦倫廷的那些郵件都很短，根本分析不出寫信的人是誰。」

「哈利手上什麼都沒有。」卡翠娜低聲說。

「對啊什麼都沒有！」侯勒姆說：「他只是要逼得史密斯自白而已。」

「媽的真是亂來！」卡翠娜把手機貼在額頭上，不知是要替額頭保暖還是要讓額頭冷卻下來。「那他為什麼事前一個字都不提？我的老天，不然我們可以在外面布署警力啊。」

「因為他一個字都不能說。」

說這句話的人是史戴·奧納，他走了過來，在卡翠娜和侯勒姆面前停下腳步。

「為什麼不能說？」

「理由很簡單，」奧納說：「如果他事先把計畫跟任何警方人員說，而警方卻沒有出手干預，那麼剛才在禮堂裡發生的事就會被認定是警方偵訊。但這場偵訊卻完全不符合規定，因為受偵訊者沒被告知權利，偵訊者又刻意誤導對方，如此一來，今天史密斯說的話就不能拿去作為呈堂證供，但是現在……」

卡翠娜眨了眨眼，緩緩點頭。「現在哈利·霍勒只是個講師，也是個平民，他只是來參加論文答辯會，而史密斯卻選擇說出自己的罪行，現場還有目擊證人。你事前知道這件事嗎，史戴？」

奧納點了點頭。「哈利昨天打給我，告訴我說所有跡象都指向哈爾斯坦・史密斯，但他卻苦無證據，所以他打算利用這場論文答辯會來設下一個猴子陷阱，他除了需要我的幫助，還需要史戴芬醫生來提供專家證詞。」

「那你怎麼回答？」

「我說哈爾斯坦・史密斯這隻『猴子』以前就落入過這種陷阱，不太可能再次中計。」

「可是呢？」

「可是哈利用我自己論文裡寫的一段話來反駁我。」

「人類在重蹈覆轍這方面可說是惡名昭彰，」侯勒姆說：「他們會一而再、再而三地犯下同樣的錯誤。」

「沒錯，」奧納說：「而且史密斯曾在警署電梯裡對哈利說，如果要他選擇博士學位和長壽，他寧可選擇博士學位。」

「結果不出所料，他直接落入了猴子陷阱，天啊那個大白痴。」卡翠娜呻吟一聲。

「他得到『猴子』這個綽號真的是名副其實。」

「我不是說史密斯，我是說哈利白痴。」

奧納點了點頭。「我要回禮堂了，貝爾曼的老婆需要協助。」

「我跟你一起回去封鎖犯罪現場。」侯勒姆說。

「犯罪現場？」卡翠娜說。

「班森中槍。」

「喔，對對。」

奧納和侯勒姆離開之後，卡翠娜抬頭望著天空，心想直升機怎麼還不來？

「可惡，」她喃喃地說：「媽的哈利・霍勒你真可惡。」

「這是他的錯嗎？」

卡翠娜轉過身去。

只見夢娜・多爾站在旁邊。「我不是故意要打擾妳，」她說：「我現在不是在工作，只是在網路上看到消息才過來的，如果妳想利用《世界之路報》向史密斯傳達訊息或是什麼之類的，我可以幫忙……」

「謝了，多爾，有需要我會跟妳說。」

「好。」夢娜腳踏高跟鞋，踩著企鵝般的步伐轉身離去。

「我很驚訝沒在論文答辯會上看到妳。」卡翠娜說。

夢娜停下腳步。

「因為打從一開始，妳就是《世界之路報》在跑這案子的頭號記者。」卡翠娜說。

「原來安德斯沒跟妳說。」

夢娜把韋勒的名字叫得那麼自然，卡翠娜聽了不禁揚起一側眉毛。「跟我說？」

「對，安德斯跟我，我們……」

「妳在開玩笑吧？」卡翠娜說。

夢娜哈哈大笑。「不是，我不是在開玩笑，雖然我知道我們在工作上得面臨一些現實問題。」

「你們是什麼時候……？」

「其實不過是這幾天的事而已，我們都休了幾天假，兩個人幾乎都窩在安德斯的那間小公寓裡，看看彼此適不適合。我們都覺得要先確定才能跟別人說。」

「所以目前還沒人知道囉？」

「那天哈利突然去找安德斯，差點把我們逮個正著，但安德斯認為哈利已經猜到了，因為我知道哈利打電話去公司找我，我想他只是想確認自己的懷疑對不對吧。」

「那傢伙猜得可準了。」卡翠娜說，抬頭在天空裡尋找直升機的蹤影。

「我知道。」

哈利聆聽史密斯呼吸時發出的細微咻咻聲，接著又注意到峽灣上似乎有個奇怪東西，有一隻狗看起來像是行走在水面上。現在外頭的氣溫依然在冰點以下，但冰面上的裂縫使得海水滲到冰層之上，才會讓那隻狗看起來像是走在水面上。

「我一直被人指控說我**希望**吸血鬼症存在，所以才會到處看見它，」史密斯說：「但現在已經徹底證實有吸血鬼症了，不管我發生什麼事，不久之後全世界都會知道史密斯教授口中的吸血鬼症是什麼，而且瓦倫廷不是唯一的患者，還有很多其他人，這個世界還有很多關注吸血鬼症的機會。我跟你保證，他們已經受到徵召了。你曾經問我，揚名立萬是不是比生命更重要，當然是啊，獲得認可等同於永生。你也即將獲得永生，哈利，世人會知道你是那個差點逮到綽號猴子的哈爾斯坦・史密斯的人。你覺得我是不是講太多話了？」

車子正在接近宜家家居，再過五分鐘就會抵達亞斯克，那裡通常會塞車，車子若是陷入車陣，史密斯應該不會太在意。

「丹麥，」史密斯說：「那裡的春天都比較早到。」

丹麥？難道史密斯瘋了不成？哈利突然聽見冷冷的卡嗒聲，車子正在打燈轉向。不好，他們的車駛離了公路！哈利看見一個路標，上頭寫著「納賽亞島」。

「融水應該足以讓我把船開在冰層邊緣，你說是不是？一艘船身超輕的鋁製小船只載一個人應該不會沉得太深。」

小船。哈利緊咬牙關，暗暗咒罵。船屋。史密斯說過他老婆繼承了一間船屋，他就是要把車開到那裡。

「斯卡格拉克海峽有一百三十海哩寬，小船行進的平均速度是二十節，哈利，你這麼會算數，你說穿越海峽要花多久時間呢？」史密斯哈哈大笑。「我早就用計算機算好了，要花六個半小時。我上岸之後，可以再搭公車穿越丹麥，不用花多久時間，就可以抵達哥本哈根市諾雷布羅區的紅場，我可以找一張長椅坐下，手裡拿著公車車票，等旅行社人員來跟我接洽。你覺得烏拉圭怎麼樣？那是個風景優美的小國家。我已經把通往船屋的路給清理乾淨了，還把船屋裡面空出來，足以停進一輛車，不然這輛車的條紋車頂一下子就會被直升機發現，你說對吧？」

哈利閉上眼睛。史密斯為了預防萬一，早就把逃亡路線規劃好了，而他現在會把這件事告訴哈利只有一個原因，那就是哈利不會有機會活著告訴別人。

＊＊＊

「前面左轉，」史戴芬在後座說：「十七號大樓。」

歐雷克轉動方向盤，感覺輪胎脫離冰面，又再度接觸路面。

他知道醫院區內有速限，但也知道楚斯的時間和血液已經快要流光了。

他在急診室入口踩下剎車，那裡有兩名身穿救護技術員黃色罩袍的男子已經手握推床等候著，他們以熟練的動作把楚斯從後座抬出來，放到推床上。

「他沒有脈搏了，」史戴芬說：「直接進複合手術室，急救小組——」

「急救小組已經在待命了。」一年長的救護技術員說。

歐雷克和韋勒跟著推床和史戴芬穿過兩道門，進入一個房間，裡面有個六人小組正站立等候，他們都頭戴塑膠護目鏡，身上穿著銀灰色罩袍。

「謝謝。」一名女子說，做個手勢，歐雷克知道這表示他和韋勒只能止步於此。推床、史戴芬和急救小組進入一扇雙開推門，門隨即關上。

「我知道你是犯罪特警隊隊員，」四周恢復安靜後，歐雷克說：「但我不知道你讀過醫科。」

「我沒有啊。」韋勒說，看著那扇緊閉的門。

「沒有？可是剛才在車上你聽起來像是很懂的樣子。」

「大學的時候我讀過幾本醫學書籍，可是我沒正式念過醫科。」

「為什麼不念？因為分數的關係嗎？」

「我的分數有超過門檻。」

「那為什麼？」歐雷克不知道自己這樣問是因為好奇，還是為了不去想現在哈利怎麼了。

韋勒低頭看著自己沾滿血跡的雙手。「我想跟你的原因一樣吧。」

「我？」

「我本來想跟我爸一樣當醫生。」

「後來呢？」

韋勒聳了聳肩。「後來我又不想了。」

「你反而想當警察？」

「至少當警察我能救她。」

「救誰？」

「救我媽，或是有相同處境的人，至少我是這樣想的。」

「她是怎麼死的？」

韋勒又聳了聳肩。「有個竊賊闖進我們家，結果演變成挾持事件，我跟我爸只是站在一旁呆呆看著，後來我爸變得歇斯底里，歹徒用刀刺了我媽以後就逃走了。我爸在那裡跑來跑去像隻無頭公雞，一直在找剪刀，還大聲叫我不要碰她。」韋勒吞了口口水。「我爸是主治醫師，卻一直在那裡找剪刀，我則站在那裡眼睜睜看著我媽流血過多而死。事後我問過幾個醫生，發現當時如果我們能立即處置，有可能救回她一命。我爸是血液科醫師，國家投資了數百萬克朗教導他關於血液的知識，結果他卻連最簡單的止血都沒辦法做到，如果陪審團知道他懂得多少拯救人命的知識，一定會判他過失殺人。」

「所以你爸犯了個錯，是人都會犯錯。」

「就算是這樣好了，他坐在辦公室裡自以為高人一等，只因為可以說自己是主治醫師，」韋勒話聲開始發顫。「而一個具備基本資格、受過一週近身搏擊訓練的警察，就有辦法制伏那個竊賊，不讓他用刀刺傷我媽。」

「可是他今天沒犯錯，」歐雷克說：「史戴芬就是你爸對不對？」

韋勒點了點頭。「今天要救的是班森那個貪汙又懶惰的人渣，他反倒沒犯錯。」

歐雷克看了看錶，拿出手機，不見母親傳簡訊來，又把手機放回口袋。先前蘿凱跟他說，他沒辦法幫忙救哈利，但有辦法幫忙救楚斯。

「這不關我的事啦，」歐雷克說：「但你有沒有問過你爸他放棄了什麼？他花了多少年時間努力學習關於血液的知識？還有他的工作救過多少人的性命？」

韋勒低著頭，搖了搖頭。

「沒有？」歐雷克說。

「我不跟他說話了。」

「一句話都不說？」

韋勒聳了聳肩。「後來我搬離家裡，改名換姓。」

「韋勒是你媽的姓氏？」

「對。」

他們看見一名身穿銀色罩袍的男子快步走進複合手術室，門隨即又關上。

歐雷克清了清喉嚨。「我知道這不關我的事，但你不覺得你對他太嚴苛了嗎？」

韋勒抬起頭來，直視歐雷克的雙眼。「你說得對，」他說，緩緩點頭。「這不關你的事。」然後他站起身來，朝出口走去。

「你要去哪裡？」歐雷克問道。

「我要回奧斯陸大學，你要不要載我回去？不然我自己搭巴士回去。」

歐雷克也站起來，跟了上去。「那裡的警察已經夠多了，但現在這裡有個警察可能會死，」他追上去，把手放在韋勒肩膀上。「身為警察同袍，現在你是他最近的親屬，所以你不能離開，他需要你。」

歐雷克轉過韋勒的身子，看見這名年輕警探眼泛淚光。

「他們兩個人都需要你。」歐雷克說。

哈利心想他得做點什麼才行，而且要快。

史密斯把車駛離主要幹道之後，就小心翼翼地把車子開在一條狹窄的森林小路上，路的兩旁都是積雪。車子和冰凍的海水之間有一間紅色船屋，船屋的雙開門上架著一根白色木板。哈利看見小路兩側各有一棟房子，但都有樹木和岩石遮蔽，距離小路也有段距離，他就算大喊救命也不會有人聽見。他深呼吸一口氣，用舌頭舔了舔上唇，只覺得嚐起來有金屬味。他感覺汗水在襯衫內涔涔而下，儘管身體覺得十分寒冷。他試著轉動腦筋，揣摩史密斯在想些什麼。史密斯打算駕駛一艘小型敞艙船前往丹麥，這計畫顯然十分可行，同時又非常大膽，警方絕對想不到他會利用這個路線逃亡。那哈利他自己呢？史密斯會打算如何解決哈利這個問題？哈利試著喝止腦中響起的兩個聲音，其中一個聲音心焦如焚，正在祈求自己能倖免，另一個冷漠的聲音在說一切都完了，多做無謂掙扎只是徒增痛苦而已。哈利只聆聽腦中一個冷靜且理性的聲音，那聲音說哈利已經失去了人質的價值，帶他上船只會拖慢速度而已，而且史密斯不怕用槍，他已經朝瓦倫廷和一名警察開過槍，很可能在下車之前就會在車上了結哈利，因為在車內開槍有不錯的滅音效果。

哈利想傾身向前，但三點式安全帶將他牢牢固定在座椅上，此外手銬壓在他腰背上，摩擦著手腕肌膚。距離船屋還有一百公尺。

哈利大吼一聲，吼聲發自丹田，十分淒厲響亮。他左右晃動身體，用頭猛力撞擊車窗。車窗龜裂，宛如窗上開出一朵白玫瑰。他再度厲吼一聲，用頭猛力一撞，白玫瑰更為盛開綻放。他撞擊第三次，一片碎玻璃應聲掉落。

「閉嘴，不然我立刻就斃了你！」史密斯高聲說，一眼看路，一手舉起左輪手槍對準哈利頭部。

哈利看準時機，張口一咬。

他感覺牙齦因承受壓力而感到疼痛，同時嘴裡嚐到一股金屬味，這味道自從他站在禮堂那張桌子前且背對史密斯時就已在他嘴巴裡，當時他迅速拿起鐵假牙塞入口中，才把手銬銬在自己手腕上。尖利的鐵假牙輕而易舉地嵌入史密斯的手腕中，這感覺真奇怪。史密斯的叫聲迴盪在車內，哈利感覺那把左輪手槍撞上他的左膝，再掉落在他雙腳之間。哈利繃緊頸部肌肉，將史密斯的手臂往右拉。史密斯放開方向盤，朝哈利頭部揮出一拳，但他身上的安全帶限制了身體活動，使得這拳沒能命中。哈利張開嘴，聽見咯咯聲響，再度用力咬下。霎時間他口中灌入暖烘烘的鮮血，也許他咬中了動脈，也許沒咬中。他不由自主吞了一口，只覺得血液頗為濃稠，彷彿在喝調味的棕醬，而且味道甜膩得令人作嘔。

史密斯用左手再度握住方向盤。哈利以為他會踩下剎車，但他反而踩下油門。

亞馬遜在冰面上疾馳，接著高速衝下山坡，這輛超過一噸重的瑞典古董轎車就這麼撞上船屋大門。大門上架著的木板猶如火柴般應聲斷裂，兩片門板也被撞得脫離鉸鏈。

車子撞進那艘十二呎長金屬小船的船尾，哈利的身體往前飛，但給安全帶緊緊拉住。那艘船被這麼一撞，船頭衝破了船屋面對海水那一側的門。

引擎熄火之前，哈利注意到插在發動裝置上的車鑰匙折斷了，接著他感到牙齒和嘴巴一陣劇痛，因為史密斯試圖抽回手臂，但哈利知道雖然自己無法再造成更多傷害，仍必須盡力咬住。他雖然咬穿了史密斯的動脈，但割過腕的人都知道撓動脈很細，得花好幾小時史密斯才可能流血過多而死。史密斯又試圖抽回手臂，但這次力道較弱。哈利從眼角餘光看見史密斯臉色發白。倘若他難以忍受看見鮮血，那哈利說不定有機會把他弄昏。哈利盡全力咬住史密斯的手腕。

「我看見我在流血，哈利，」史密斯的聲音雖然微弱，但很冷靜。「你知道『杜塞爾多夫吸血鬼』彼得・庫爾滕在遭受處決之前，曾問過卡爾・伯格博士（Dr. Karl Berg）什麼事嗎？他問說在他的脖子被斬斷、他失去意識之前，是否有時間聽見自己的鮮血從脖子噴出的聲音？如果可以的話，那種喜悅可以勝過其他所有喜悅。我現在的處境恐怕跟處決相去甚遠，而且我要享受的喜悅現在才要開始呢。」

史密斯很快用左手鬆開安全帶，倚到哈利身前，把頭靠在哈利大腿上，伸手下去在橡膠地墊上摸索，卻摸不到那把左輪手槍。他再往前傾身，把臉轉向哈利，將手臂伸得更深。哈利看見史密斯嘴角急遽上揚，顯然他找到槍了。哈利抬起腳，重重踩下，透過薄薄的鞋底，他感覺到自己踩到一塊金屬和史密斯的手。

史密斯呻吟一聲，抬眼朝哈利望去。「哈利，把你的腳移開，不然我就拿匕首出來宰了你，聽見了嗎？把你的——」

哈利的嘴巴放開史密斯的手腕，繃緊腹肌，用模糊的聲音說：「遵命。」

哈利猛然抬起雙腿，利用安全帶的牢靠固定力，把自己的膝蓋連同史密斯的頭一起往自己胸口抬起。

史密斯感覺哈利的鞋底離開了那把左輪手槍，但他被哈利的膝蓋抬起的那一瞬間，手槍也從他指間滑脫。這時哈利已放開他的右手，使得他的左手臂有辦法再往下探，讓兩根手指碰到槍柄。現在他只要拿起左輪手槍，把槍轉個方向，對準哈利就行了。就在此時，史密斯才發現不對，他看見哈利再度張開嘴巴，看見鐵假牙閃現微光，又看見哈利俯身而下，接著就覺得一股溫熱鼻息噴上他的脖子。那感覺就如同冰柱插入肌膚似的。史密斯放聲尖叫，但叫聲戛然而止，只因他的喉頭被哈利給咬住了。接著哈利把腳放下，重重踏在他的手和左輪手槍上。

史密斯想用右手去打哈利，但角度太小，無法出力。哈利並未咬穿他的頸動脈，否則鮮血一定會噴到車頂，但他的氣管被緊緊鎖住，已感覺腦中的壓力開始逐漸累積。然而他還是不肯放開手槍，他的個性向來如此，他一直是那個不肯放手的小男孩。猴子。所以他們都叫他猴子。他得吸到空氣才行，否則他的頭一定會爆炸。

史密斯放開左輪手槍，槍可以等一下再拿。他抬起右手打中哈利的左側頭部，接著左手橫過哈利的耳朵，又用右拳猛打哈利的眼睛，感覺婚戒刮傷哈利的眉毛。他看見哈利流出鮮血，一時之間怒火中燒，有如火上澆油一般，同時感覺自己獲得新的力量。他開始揮拳猛打。戰鬥，他要繼續戰鬥。

「現在該怎麼做？」米凱說，望著窗外的峽灣。

「首先，我不敢相信你竟然做出這種事。」伊莎貝拉在他背後來回踱步。

「事情發生得太快，」米凱說，看著自己在窗上的映影。「我根本沒時間思考。」

「喔，你有時間思考，」伊莎貝拉說：「你只是沒時間思考得更久而已。你有時間想到如果你出手救人，他會對你開槍，但你沒時間想到你如果不出手救人，所有的媒體都會拍到這一幕。」

「我手無寸鐵，他手裡拿著一把左輪手槍，任何人都不會想在那個時候出手救人，只有楚斯．班森那個白痴會腦袋斷線，選在那種時候當起英雄，」米凱搖了搖頭。「那可憐蟲總是被烏拉迷得神魂顛倒。」

伊莎貝拉哼了一聲。「楚斯就算有那個心也沒辦法傷害到你的事業，大家看到這一幕的第一個念頭不會是你不出手救人合不合理，而是你不出手救人是不是因為你是懦夫。」

「等等！」米凱怒道：「現場又不是只有我一個人沒出手，很多警察都在場……」

「米凱，她是你老婆。你就坐在第一排，又坐在她旁邊。就算你快要卸任了，也還是警察署長。你應該是領導警察的人才對，現在你又即將就任司法大臣……」

「所以妳認為我應該讓自己去吃子彈嗎？後來史密斯真的開了槍，楚斯也沒有救到烏拉！這不是證明我身為警察署長所做的判斷是正確的，而楚斯．班森的一時衝動是犯下致命的錯誤嗎？他其實是讓烏拉飽受生命危險。」

「是，現在我們就是要把事情說成這樣，但我可以說，這件事的難度會很高。」

「有什麼難的？」

「因為哈利．霍勒自願去當人質，而你沒有。」

米凱雙臂一揮。「伊莎貝拉，這整件事都是哈利．霍勒挑起的，他揭開史密斯才是幕後黑手的真相，逼得史密斯拿起那把左輪手槍，而且那把槍一直都擺在他面前。哈利．霍勒自願去當人質只不過是為他自己的過錯負起責任而已。」

「對，但人都是先有感覺才去思考的。我們看見一個男人不出手去救自己的老婆，第一個感覺一定是鄙視，然後才會冷靜下來去客觀反思，但這其實只是要找新資訊來證明自己當初的感覺是對的而已。米凱，也許只有愚蠢和不懂得反思的人才會心裡出現鄙視感，但我相信，每個人看見這一幕，心裡一定都會有這種感覺。」

「為什麼？」

伊莎貝拉默然不答。

米凱直視她的雙眼。

「好，」他說：「因為妳現在有鄙視的感覺是不是？」

米凱看見伊莎貝拉的鼻孔誇張地張開，深深吸了口氣。「你有很多種能力，」她說：「也有很多種特質，才能讓你爬到今天這個位置。」

「所以呢？」

「你的其中一種能力是懂得什麼時候要躲在一旁，讓別人替你中拳，你的懦弱在這種時候是可以換得好處，但這次你忘了旁邊有觀眾，而且不是一般的觀眾，是最糟的一種觀眾。」

米凱點了點頭。這次的觀眾是國內外的記者。眼前他和伊莎貝拉有很多工作要做。他從她家窗臺拿起一副東德製的望遠鏡，可能是她的男性愛慕者送的。他將望遠鏡湊在眼前，朝峽灣望去，看見了一樣東西。

「妳認為什麼樣的結果對我們來說最理想？」他問道。

「你說什麼？」伊莎貝拉說。她雖然是在鄉下長大，但也可能正因如此，她說起話來仍然像是西奧斯陸的上流社會人士，而且聽起來一點也不奇怪。米凱雖然試圖要學上流人士說話，但他的東奧斯陸成長背景已經在他身上造成無法彌補的傷害。

「楚斯是該死還是該活？」米凱調整望遠鏡的焦距，過了片刻他才聽見伊莎貝拉的笑聲。

「這是你的另一種特質，」伊莎貝拉說：「如果為情勢所逼，你可以抹去所有情緒。這件事會對你造成傷害，但你可以撐過去的。」

「死的話最理想對不對？這樣就表示他做的決定是錯誤的，我做的決定是正確的，一點疑問也沒有。他如果死了也不能接受採訪，這整件事的壽命就很有限。」

米凱感覺伊莎貝拉的手伸到他的皮帶扣環上，她的聲音在他耳畔輕輕響起：「所以你希望你的手機收到的下一則簡訊是說你的好朋友死了？」

米凱在遙遠的峽灣上看見的是一隻狗，那隻狗到底要去哪裡？

這時米凱腦中冒出一個新念頭。基本上，這名警察署長兼準司法大臣在他的四十年人生中，從未有過這個念頭。

我們到底要何去何從？

哈利耳中響起高頻耳鳴，一隻眼睛充血，拳頭仍然不斷朝他頭上招呼。他已感覺不到疼痛，只覺得車內越來越冷，天色越來越暗。

但他不肯放棄。過去他曾放棄過很多次，他曾屈服於疼痛、恐懼和求死願望，但他也曾任由自私的原始求生本能喊出對無痛虛空、永恆睡眠和黑暗的渴求，這就是現在他還活著的原因。他依然還活著，所以這次他不會放棄。

哈利覺得下巴肌肉十分痠痛，痛到他整個身體都在顫抖。拳頭仍不斷襲來，他還是不鬆口。人類可以產生七十公斤的咬合力。他如果可以掐住對方的脖子，就可以阻擋鮮血流到腦部，對方很快就會昏迷，然而只是阻擋對方吸入空氣，得花好幾分鐘才能使人昏迷。又一拳擊中他的太陽穴，他覺得意識模糊。不行！他在座椅上抽動一下，牙齒咬得更緊。堅持住，千萬要堅持住。獅子對上水牛不外乎如此。哈利數算自己的鼻息，數到了一百。拳頭還是不停打來，但間隔是不是變長了？力道是不是變輕了？史密斯的手指按上哈利的臉，想把哈利推開，過了片刻，史密斯不再出力，鬆開了手。史密斯的腦部是不是終於因為缺氧而停止運作了？哈利覺得鬆了口氣，吞下一口史密斯的血，這時他腦中閃現瓦倫廷的預言：**你一直等待有一天輪到你當吸血鬼。有一天你也會吸血**。也許由於腦中冒出瓦倫廷的這句話，使得哈利的注意力有所分散，就在這一刻，哈利覺得踩在他鞋底的左輪手槍動了動，這才發現原來他在不知不覺中鬆開了嘴巴的力道，而史密斯不再揮拳打他是因為要伸手去拿槍，而且已經搆到了槍。

卡翠娜在禮堂門口停下腳步。

整座禮堂已人去樓空，只有兩個女人仍坐在第一排，擁抱著彼此。

卡翠娜看著她們，只覺得這個組合頗奇特。蘿凱和烏拉，兩個死對頭的老婆竟然抱在一起。所謂女人比男人更容易彼此安慰是不是就這麼回事？卡翠娜並不了解，她對姊妹情誼向來不感興趣。

卡翠娜走到她們旁邊。烏拉的肩膀正在顫抖，但她的啜泣是無聲的。

蘿凱抬頭望向卡翠娜，露出詢問的表情。

「我們還沒接到任何消息。」卡翠娜說。

「好，」蘿凱說：「不過他會沒事的。」

卡翠娜突然覺得這句話應該由她來說才對，而不是由蘿凱來說。蘿凱．樊科，這女子有一頭深色頭髮，內心相當堅強，一雙褐色眼眸又十分溫柔。卡翠娜總是嫉妒蘿凱，但並不是因為她希望在哈利身邊的是她而不是蘿凱。哈利也許會讓女人在短時間內覺得快樂得像是要飄起來，但長期來說，他會帶來的是悲傷、絕望和破壞。若以長期的眼光來看，侯勒姆才是正確的選擇。儘管如此，卡翠娜還是嫉妒，嫉妒蘿凱才是哈利要的女人。

「不好意思，」奧納走進禮堂。「我找到了一間辦公室，我們可以去那邊聊聊。」

烏拉點點頭，依然抽抽噎噎，然後站起身來，隨同奧納離開。

「緊急心理諮商？」卡翠娜說。

「對啊，」蘿凱說：「怪的是這很有效。」

「是嗎？」

「我是過來人，妳還好嗎？」

「**我**？」

「對啊，妳承擔這些重責大任，又身懷六甲，而且妳跟哈利也很親近。」

卡翠娜摸了摸肚皮，這時她腦中冒出一個奇怪念頭，至少她從沒有過這種想法。她跟哈利到底有多親近？他們算是生死之交嗎？畢竟有了生，就預示了死的必然性，人生就像沒完沒了的搶椅子遊戲，在獲得新生前必先經歷死亡。

「妳知道是男生還是女生嗎？」

卡翠娜搖了搖頭。

「那名字決定了嗎？」

「畢爾說要叫漢克，」卡翠娜說：「以美國創作歌手漢克．威廉斯來命名。」

「原來如此，所以他覺得是男生囉？」

「不管是男是女都要叫漢克。」

兩人哈哈大笑，一點也不覺得不合時宜，她們笑談的是即將誕生的生命，而不是即將到來的死亡，因為生命是奇蹟，而死亡微不足道。

「我得走了，一有消息我就會通知妳。」卡翠娜說。

蘿凱點了點頭。「我會待在這裡，有什麼需要幫忙儘管跟我說。」

卡翠娜猶豫片刻，下定決心，又摸了摸肚子。「有時候我會擔心失去寶寶。」

「這是人之常情。」

「然後我會想在那之後我會變成什麼樣子？我有沒有辦法再繼續活下去？」

「妳可以的。」蘿凱堅定地說。

「那妳得跟我保證妳也能辦得到，」卡翠娜說：「妳說哈利不會有事，懷抱希望的確很重要，但我想還是應該告訴妳，我跟戴爾塔小隊聯絡過，他們評估綁架人質的哈爾斯坦・史密斯可能不會……呃……最常見的狀況是……」

「謝謝，」蘿凱說，執起卡翠娜的手。「我愛哈利，如果我失去他，我答應妳我一定會活下去。」

「還有歐雷克，他會……？」

卡翠娜看見蘿凱眼中流露出痛苦神色，立刻後悔說出這句話。蘿凱欲言又止，只是聳了聳肩。

卡翠娜回到禮堂外，聽見旋翼的運轉聲響，抬頭一看。一架直升機飛在空中，機身在太陽照耀下閃閃發亮。

約翰・D・史戴芬打開急診室的門，吸入冰冷空氣，走到年長的救護技術員旁邊。那人背靠牆壁，閉眼讓陽光晒暖臉頰，一邊緩緩地吞雲吐霧，一副很享受的樣子。

「韓森？」史戴芬說，靠上韓森旁邊的牆壁。

「冬天真好。」韓森說，眼睛依然閉著。

「我可以……？」

韓森拿出一包菸遞給他。

史戴芬拿了一根菸和打火機。

「他熬得過來嗎？」

「還要再看看，」史戴芬說：「我們替他輸了血，但子彈還在他體內。」

「你已經救了多少條性命，史戴芬？」

「什麼？」

「你上夜班，而且你現在還待在這裡，跟平常一樣。所以你認為你還要再救多少人命才算做了好事？」

「我不太知道你在說什麼，韓森。」

「你老婆，你沒救到你老婆。」

史戴芬默不作聲，只是抽了口菸。

「我去查了你的背景。」

「為什麼？」

「因為我擔心你，因為我知道那是什麼樣的心情。我也失去了我老婆，但是加那麼多班，救那麼多性命，都沒辦法挽回她的生命。不過我想這你已經知道了吧？然後有一天你會出錯，因為你累了，結果又有一條性命會記在你的良心上。」

「會嗎？」史戴芬說，打了個哈欠。「你知道急診室的血液科醫師還有誰比我行嗎？」

史戴芬聽見韓森遠去的腳步聲。

他閉上眼睛。

沉睡。

他希望自己可以沉睡。

日子至今已經過了兩千一百五十四天，這指的不是自從他妻子依娜、也就是安德斯的母親死後至今的日子——那應該是兩千九百一十二天，而是他已經有多久沒看見安德斯。依娜死後不久的那段時間，他們至少偶爾還會通電話，雖然安德斯非常憤怒且怪罪於他。他有很好的理由這樣。後來安德斯搬了家，遠走高飛，盡可能遠離他，比如說放棄念醫科的計畫，轉換跑道跑去當警察。在他們偶一為之、火藥味濃厚的電話中，有一次安德斯說他寧願成為他的學校講師、也就是前任警探哈利・霍勒那樣的人，後來他也真的開始崇拜哈利，就像過去他崇拜父親一樣。史戴芬曾去好幾個地方和警大學院找過安德斯，幾乎像是在跟蹤自己的兒子，但安德斯都避不見面。史戴芬希望讓安德斯明白，如果他們留在彼此身邊，那麼失去依娜的痛就可少一點點，如果他們彼此相守，依娜的一部分就可以依然活著，但安德斯完全不願意聽。

因此當蘿凱・樊科來醫院做檢查，史戴芬發現她是哈利的妻子時，自然感到非常好奇。這個哈利・霍勒為什麼可以對安德斯有那麼大的影響力？他可以從這個哈利・霍勒身上學到什麼，好讓他修復跟安德斯的關係？後來他發現當哈利的繼子歐雷克明白哈利無法救他母親時，反應跟安德斯如出一轍。親情的背叛都是一樣的，同樣的輪迴永無止境。

沉睡。

今天他看見安德斯時十分震驚，腦子裡冒出的第一個瘋狂念頭是他們被設計了，歐雷克和哈利故意安排了這樣一個讓他們重修舊好的見面機會。

沉睡吧。

天色漸黑，一陣寒意拂過他的臉龐，難道是雲朵遮住了陽光？史戴芬張開眼睛，只見一個人站在他面前，陽光在那人背後形成一圈光暈。

史戴芬眨了眨眼，光暈刺痛他的眼睛，他清了清喉嚨才能發出聲音。「安德斯？」

「班森會活下來，」對方頓了一下。「他們說多虧了你。」

克拉斯・哈夫斯朗坐在他的冬日花園裡望著峽灣，只見冰層上覆蓋一層完全靜止的海水，看起來有如一片偌大的鏡子，構成一幅奇特景象。他放下報紙，報上登的仍是一頁又一頁關於吸血鬼症患者案的報導。

大眾應該就快厭倦了吧？幸好納賽亞島這裡沒有那種怪物，這裡終年都平靜優美，雖然這時他聽見某處傳來惱人的直升機聲響，可能E18公路發生車禍吧。就在此時，他聽見砰的一聲巨響，令他嚇得跳了起來。

聲波滾過峽灣傳了開來。

那是槍聲。

聽起來像是從哪個鄰居的私人土地上傳來的，可能是哈根的，也可能是賴納森的，那兩個生意人老是在吵他們的土地界線是從一棵百年老橡樹的左邊還是右邊經過，一吵就是好幾年。賴納森在當地報紙的訪談上說雖然這個爭議看起來有點可笑，因為他們兩人的地都很大，有爭議的不過只是土地邊緣的幾平方公尺而已，但這爭議絕對不算小事，因為這有關地主的做人原則。他很確定納賽亞島的屋主都同意每位奧斯陸公民都有權利去為自己的原則奮鬥，因為那棵樹是生長在他賴納森的土地上，這一點無庸置疑，只要看看這片地產原始主人的家族盾徽就知道了，這片地產是他從他們手中買下來的，盾徽上畫著一棵大橡樹，任何人都看得出盾徽上的橡樹就是飽受爭議的那一棵。賴納森還聲明說他只要坐下來看著那棵大橡樹，就覺得靈魂深處溫暖起來（此處記者附註說賴納森得坐在他家屋頂才看得見那棵大橡樹），因為他知道樹是**他的**。這篇訪談登出隔天，哈根就把那棵老橡樹砍了下來，用來當壁爐的柴火，並告訴記者說現在那棵樹不只溫暖他的靈魂，還溫暖他的腳趾頭，還說從今以後賴納森只能欣賞他家煙囪冒出來的煙，因為接下來好幾年他家壁爐用的柴火都會是來自於那棵老橡樹。這番話的確充滿挑釁意味，而剛才那砰的一聲也的確是槍聲，但克拉斯難以想像賴納森竟然會為了一棵樹對哈根開槍。

克拉斯看見一間老船屋那裡有動靜，那裡距離他和哈根及賴納森的地產大約一百五十公尺，有個身穿西裝的男子正在冰層上涉水而過，身後還拉著一艘鋁製小船。克拉斯眨了眨眼。男子一個踉蹌，膝蓋以下跪入冰水之中，這時男子突然朝克拉斯家望來，彷彿知道有人在看他似的。男子的臉是黑的，難道是難民？難道有難民剛登陸納賽亞島？克拉斯覺得受到侵犯，便從背後架上取下望遠鏡，朝男子瞧去。不對，男子不是黑人，只是臉上沾滿鮮血而已。這時男子將雙手壓在船側，搖搖晃晃地重新站起，拾起繩索，再度拖著小船前行。克拉斯沒有宗教信仰，卻覺得自己看見了耶穌。耶穌走在水上；耶穌拖著十字架要前往各各地；耶穌死而復生，特地前來納賽亞島探望克拉斯，手中還拿著一把大型左輪手槍。

希維德．傅凱坐在一艘充氣艇的船首，風迎面吹來，眼前就是納賽亞島。他最後一次看了看錶。他和戴爾塔小隊接獲通報並立刻聯想到人質綁架事件，至今已過了整整十三分鐘。

「有民眾報案說納賽亞島上聽見槍聲。」

他們的反應時間是可接受的。他們抵達時，被緊急派遣到納賽亞島的警車也應該到了，但無論如何，子彈飛行的速度總是比他們快多了。

他看見了那艘鋁製小船，以及冰層邊緣的海水輪廓。

「到了。」傅凱說，回到船尾加入其他隊員，讓船頭翹起，利用充氣艇的速度滑行在冰層上的融水中。負責掌舵的隊員將推進器從水中拉上來。

小艇撞上冰層邊緣，傅凱聽見船底傳來摩擦聲，但小艇的速度仍足以載著他們穿越冰層，抵達可以讓人行走的冰面。

至少他如此希望。

傅凱爬到船側，伸出一隻腳踩到冰面上測試，融水深度正好到達他的腳踝位置。

「我先走二十公尺，你們再跟上來，」他說：「每個人相距十公尺。」

傅凱開始朝那艘鋁船前進，腳邊濺起水花。他估計距離為三百公尺。鋁船看起來是遭到棄置的，但他們接到的線報說疑似開槍的男子把鋁船從哈爾斯坦．史密斯的船屋裡拖了出來。

「冰層沒問題。」他朝無線電對講機低聲說。

戴爾塔小隊隊員身上都配備了冰鎬，用繩子繫在制服的胸口，如此一來，他們若是掉落到冰層之下，就可以利用冰鎬自己爬上來。這時那條繩子纏到傅凱的半自動步槍槍管上，他低頭解開繩子。

這時他正好聽見槍聲響起。由於低頭的關係，他沒看見開槍之人位於何處。他本能地往前撲倒在水中。接著又是一聲槍響，這次他看見一小陣煙從鋁船的方向升起。

「對方在船上開槍，」他聽見耳機傳來說話聲。「我們都看見了。等待下令轟爛他。」

他們接獲的情報是史密斯持有一把左輪手槍。對方要在兩百公尺外射中傅凱的機率很低，但並非不可能。傅凱趴在冰水中呼吸，寒冷的融水滲入制服，貼在他的肌膚上。他的職責並不是判斷饒過這個連續殺人犯一命可以替國家節省多少錢，這些錢將花在審判、獄警和五星級監獄的每日住房費上。他的職責是判斷歹徒對他和隊員的生命威脅有多高，並依現場狀況反應，而非考慮托兒所、醫院床位和重新裝修老舊學校。

「自行開槍。」傅凱說。

沒有反應，只聽得見風聲和遠處直升機的聲音。

「開槍。」他又說一次。

依然沒有回應，直升機越來越近。

「你有聽見嗎？」耳機傳來聲音。「你受傷了嗎？」

傅凱正要回答，卻想到他們在哈肯斯凡受訓時也發生過同樣的事，海水使得麥克風故障，只有接收器正常運作。他回頭朝小艇大喊，聲音卻被直升機淹沒，這時直升機已盤旋在他們上空。他做個開火的手勢，右手握拳，右臂往下快速揮動兩次。依然沒有反應。搞什麼鬼？他往小艇方向匍匐前進，看見兩名隊員在冰層上直挺挺地朝他走來，也不採取蹲俯姿勢以縮小目標。

「趴下！」他喊道，但隊員依然冷靜地朝他走來。

「我們跟直升機聯絡過了！」一名隊員在直升機的噪音中高聲喊道：「他們看見他了，他躺在船上！」

他躺在船底，閉著眼睛，讓陽光照射在臉上。他什麼都聽不見，只是想像海水輕輕拍打金屬船身，濺起水花，想像現在是夏天，他們全家都坐在船上，這只是一次家族出遊，孩子發出陣陣笑聲。他只要一直閉著眼睛，也許就能一直待在這個情境中。他不確定小船是在漂浮，或是他的體重使得船擱淺在冰層上，反正這都不重要，反正他哪裡都去不了。時間暫停了。也許一直以來時間都是暫停的，又或者時間是剛剛才暫停的，為了他暫停，也為了那個還留在亞馬遜裡的男人暫停。對那人來說，現在是不是也是夏天？那人是不是也去了一個更美好的地方？

有個東西遮住了陽光，是一片雲嗎？還是一張臉？是的，是一張臉，一張女人的臉。突然之間，黯淡的記憶被照亮了。

＊＊＊

她坐在他身上，正騎著他。她低聲說她愛他，一直愛著他，她一直在等這一刻。她問他是否也有相同感覺，覺得時間暫停了。他感覺船身開始震動，她的呻吟聲拉高成為持續的尖叫聲，彷彿他插了一把刀進入她體內。他呼出一口氣，睪丸也釋出精液。接著她趴在他身上死去，她的頭撞上他的胸部，強風吹上公寓床鋪上方的窗戶。就在時間再度開始流動之前，他們都沉沉睡去，失去知覺，記憶不存在，良知也不存在。

他張開雙眼，看見一隻巨大的鳥盤旋在空中。

那是一架直升機，盤旋在他上方十到二十公尺處。他還是什麼也聽不見，但他知道船身震動的原因了。

卡翠娜站在船屋外的陰影處簌簌發抖，望著員警朝船屋內的那輛富豪亞馬遜靠近。

她看見員警打開兩側前門，一隻穿西裝的手臂從門內垂下來。手臂出現在她不希望見到的那一側，也就是哈利坐的那一側。那隻手鮮血淋漓。員警把頭伸進車內，可能是去檢查鼻息或脈搏。過了一會，卡翠娜按捺不住，扯開顫抖的嗓音說：「他還活著嗎？」

「可能吧，」員警大聲吼道，蓋過海面上傳來的直升機聲響。「我感覺不到脈搏，但可能還有呼吸，如果他還活著，那剩下的時間也不多了。」

卡翠娜往前踏上幾步。「救護車已經在路上了，你看得見槍傷在哪裡嗎？」

「到處都是血。」

卡翠娜走進船屋，看著垂落在車門外的那隻手。那隻手看起來像是在尋找什麼，可能是想抓住一樣東西，也可能是想握住另一個人的手。她撫摸自己的肚子，有一件事她得告訴他才行。

「我想你說錯了，」另一個員警在車內說：「他已經死了，你看他的瞳孔。」

卡翠娜閉上雙眼。

他往上一看，看見船身兩側分別探出兩張臉，其中一人取下黑面罩，張開嘴巴形成字句。從頸部肌肉的緊繃程度來看，那人應該是扯開嗓門叫喊，可能是在叫他放下手槍，可能是在喊他的名字，也可能是在喊著要復仇。

卡翠娜走到那輛亞馬遜敞開的車門前，深深吸了口氣，往內看去，一看就發覺心頭所受的震撼比她準備好要面對的還要強大。她聽見救護車的警笛聲在背後響起，但她見過的屍體比那兩名員警多，只看一眼就知道這具身體的主人已永遠離開，況且她認得他，知道這只是他留下的軀殼而已。

她吞了口口水。「他死了，什麼都別碰。」

「但還是要試試看進行心肺復甦術才行啊，說不定——」

「不用了，」卡翠娜很確定地說：「不要動他。」

她站在原地，感覺心頭的震撼逐漸退去，取而代之的是驚訝之情。她驚訝的是史密斯竟然選擇自己開車，而不是脅迫人質開車。她驚訝的是駕駛座上坐的竟然不是哈利。

哈利躺在船底往上看，看見了人臉，看見了直升機擋住陽光，看見了湛藍天空。先前就在史密斯即將抽出左輪手槍之際，哈利搶先把腳踩下，接著史密斯似乎就放棄了。也許只是幻覺吧，但哈利透過牙齒和嘴巴，感覺史密斯的脈搏似乎越來越微弱，最後不再跳動。哈利兩度失去意識，最後才設法把銬著手銬的雙手繞到身前，解開安全帶，從自己的西裝口袋裡掏出手銬鑰匙。插在發動裝置上的車鑰匙已經斷了，他知道自己沒有力氣爬上結冰的陡峭斜坡，也無法翻越道路兩側的圍欄。他試過呼救，但史密斯似乎連他的聲帶都打傷了，口中發出的微弱聲音完全被某處傳來的直升機噪音給淹沒。那可能是警方派出的直升機，他們在空中看得見他，於是他把史密斯的小船拖到冰層上，躺進船裡，朝空中開了數槍。

他放開那把儒格左輪手槍，它已經達成使命了。一切都結束了，他可以休息了。可以回到夏天，回到他十二歲那年，躺在船上，把頭枕在母親大腿上，和小妹一起聆聽父親述說威尼斯人和土耳其人大戰時，一個嫉妒的將軍的故事。哈利知道晚上上床以後，他會再跟小妹解釋一遍這則故事，而且他暗自感到開心，因為不論要花多久時間，他一定會解釋到小妹聽懂故事中的關聯性為止。哈利喜歡關聯性，即使他內心深處知道其實關聯性並不存在。

他閉上雙眼。

她依然躺在那裡，就躺在他身邊，正在他耳畔柔聲細語。

「你覺得你也能賦予生命嗎，哈利？」

後記

哈利在酒杯裡倒入金賓威士忌，將酒瓶放回架上，拿起酒杯，放到吧檯上的一杯白葡萄酒旁。吧檯前坐的是安德斯．韋勒，他背後有很多客人推推擠擠搶著要點東西。

「你看起來好多了。」韋勒說，低頭看著那杯威士忌，但沒碰杯子。

「是你爸把我治好的，」哈利說，朝愛斯坦看了一眼。愛斯坦點了點頭，表示他會先獨白應付客人一陣子。「最近隊上怎麼樣？」

「很好啊，」韋勒說：「但你也知道，這只是『暴風雨後的寧靜』。」

「這句話好像應該叫作……」

「對啦。今天甘納．哈根問我願不願意在卡翠娜休假的這段時間，暫時擔任調查小組副召集人。」

「恭喜啊，不過你來接這個職位是不是有點嫩？」

「他說是你提議的。」

「我提議的？那一定是我在昏迷的時候胡說八道。」哈利調高擴大機的音量，讓游擊隊樂團（Jayhawks）把〈坦帕到陶沙〉（*Tampa to Tulsa*）這首歌唱得大聲一點。

韋勒微微一笑。「對，我爸說你被打得很慘。對了，你是什麼時候查出他是我爸的？」

「其實也沒什麼好查的，是證據告訴我的。我把他的頭髮送去做DNA檢驗，鑑識員發現它符合犯罪現場的一個DNA基因圖譜，那個DNA並不屬於嫌犯，而是屬於一名警探，因為只要到過犯罪現場的人都必須歸檔。結果那個警探就是你，安德斯，但DNA只是部分相符，也就是有親屬關係，你跟他是父子。

你最早收到檢驗結果，但你沒把結果告訴我，也沒告訴隊上的人。我是過了一段時間之後才知道原來你們的DNA相符，簡單一查就知道史戴芬醫生的已故妻子姓韋勒。為什麼你不告訴我這件事？」

韋勒聳了聳肩。「這個檢驗結果又跟案情無關。」

「而且你不想跟他扯上關係？所以你才用你母親的婚前姓氏？」

韋勒點了點頭。「說來話長，但我們的關係有改善了，現在我們會交談，他也比較謙卑一點，知道自己不是完美的。而且我……我的年紀也大了點，可能也比較有智慧一點了吧。所以說，你是怎麼知道夢娜在我家的？」

「靠演繹法推理。」

「可想而知，怎麼個推理法？」

「你家玄關有歐仕派鬍後水的香味，可是你沒刮鬍子，而且我聽歐雷克提過夢娜．多爾都用歐仕派鬍後水來當香水。另外還有貓籠，一般人不會有貓籠，除非他們家經常有對貓過敏的人要來。」

「你真的不是蓋的啊，哈利。」

「你也是啊，安德斯，但我還是覺得以你的年紀要接這個職位太嫩了。」

「那你幹嘛還要提議我去接？我連警監都還沒當上。」

「這樣你才會徹底檢討，發現自己什麼地方有待加強，然後婉拒啊。」

韋勒搖了搖頭，哈哈大笑。「好吧，我確實已經婉拒了。」

「很好，這杯金賓你不喝嗎？」

韋勒低頭看了看酒杯，深深吸了口氣，搖了搖頭。「我其實沒那麼喜歡喝威士忌，老實說，我點金賓可能只是想模仿你吧。」

「然後呢？」

「然後我該找一種我自己愛喝的酒了，請你把這杯金賓倒掉吧。」

哈利在背後的水槽裡把那杯金賓倒掉，心想是不是該建議韋勒喝喝看奧納送他的那瓶遲來的開幕禮物，那是一種橘色且帶有苦味的利口酒，叫「野牛九九九極致紅」。奧納解釋說以前他們系上的學生酒吧就有一瓶這種酒，而酒吧經理就是用了瓶身上的數字來作為保險箱密碼，後來才會發生史密斯中計的猴子陷阱事件。哈利轉身正要告訴韋勒這件事，卻看見一個人走進妒火酒吧，兩人目光相交。

「先失陪一下，」哈利說：「有貴客光臨。」

哈利看著她穿過擁擠人群，但在他眼中卻覺得整家酒吧只有她一人。她走路的姿態就跟哈利初次看見她在車道上朝他走來時一模一樣，宛如一個優雅無比的芭蕾舞者。

蘿凱走到吧檯前，朝哈利微微一笑。

「好。」她說。

「好？」

「我同意，我願意接下工作。」

哈利露出燦爛笑容，把手放在她擱在吧檯上的手上。「我愛死妳了。」

「很高興聽你這麼說，因為我們要成立一家有限公司，我要當董事長，我要有百分之三十的股份，做百分之二十五的工作，這裡每天晚上至少要播放一首英國歌手PJ．哈維（PJ Harvey）的歌。」

「沒問題。愛斯坦，你聽見了嗎？」

「既然她要來這邊工作，那就叫她趕快進來吧檯幫忙！」愛斯坦沒好氣地說。

蘿凱走到愛斯坦旁邊，韋勒離開妒火酒吧。

哈利拿出手機，打了一通電話。

「我是哈根。」對方說。

「你好啊，長官，我是哈利。」

「是你啊，怎麼現在我又是你的長官了？」

「你再去叫韋勒接那個職位，堅持一定要他接。」

「為什麼？」

「我錯了，他已經準備好了。」

「可是——」

「他擔任小組副召集人，可以搞砸的事有限，但卻可以從中學到很多。」

「對，可是——」

「現在是『暴風雨後的寧靜』，是最理想的時機。」

「你知道這句話應該叫作——」

「我知道。」

哈利結束通話，推開腦中冒出的思緒，他想到的是史密斯在車上跟他說過的話。他已經把這件事跟卡翠娜說了，他們也查過史密斯的信件，但並未發現其他吸血鬼症患者受徵召的跡象，所以他們能做的事並不多，再說那可能只是史密斯那個瘋子一廂情願的想法。哈利又把擴大機的音量調高兩格，沒錯，這樣游擊隊樂團的歌聽起來才對味。

「未婚夫」史凡・芬納踏出淋浴間，全身赤裸站在鏡子前，這時奮進健身房的更衣室裡空無一人。他喜歡這個地方，喜歡公園的景致，喜歡這裡的空間感和自由感。不，他一點也不害怕，不像他曾被警告過的那般。他讓水從身上流下，讓肌膚蒸發水氣。剛才他運動了很久，他在獄中早已習慣了一連數小時的呼吸、流汗和傾注全力。他的身體應付得來，他必須應付得來，眼前他還有一長串工作要做。他不知道聯絡他的人是誰，只知道對方已經很久沒跟他聯絡，但對方開出的條件讓他難以拒絕，包括一間房子、一個新身分，還有女人。

他撫摸胸前的刺青。

接著他轉身走到一個置物櫃前，那置物櫃上的掛鎖用粉紅色油漆畫了一個圓點。他轉動撥輪圈，直到數字顯示0999。這四個數字是對方寄給他的，天知道有什麼含意。掛鎖順利打開了。置物櫃裡有個氣泡信封袋，他把袋子打開，倒轉過來，一把白色鑰匙掉落在他手中。他從信封袋裡拿出一張紙，上頭寫著一個地址，在侯曼科倫區。

信封袋裡還有一樣東西，但那東西卡在裡頭。

他撕開信封袋，看著那樣東西。它是黑色的，帶有一種簡約殘暴的美感。他把那東西放入口中，合起下巴，感覺鐵的鹹味和苦味；感覺心中的怒火；感覺內在的焦渴。

焦渴者

Tørst

作　　者　尤・奈斯博（Jo Nesbø）
譯　　者　林立仁
封面設計　賴柏燁
內文排版　高巧怡
行銷企畫　李蔚萱、劉育秀
行銷統籌　駱漢琪
業務發行　邱紹溢
業務統籌　郭其彬
責任編輯　吳佳珍
總 編 輯　李亞南
發 行 人　蘇拾平
出　　版　漫遊者文化事業股份有限公司
地　　址　台北市105松山區復興北路331號4樓
電　　話　（02）27152022
傳　　真　（02）27152021
服務信箱　service@azothbooks.com
營運統籌　大雁文化事業股份有限公司
地　　址　台北市105松山區復興北路333號11樓之4
劃撥帳號　50022001
戶　　名　漫遊者文化事業股份有限公司
初版一刷　2017 年 11 月
初版四刷　2020 年 4 月
定　　價　新台幣480 元

ISBN　978-986-489-218-1

國家圖書館出版品預行編目(CIP)資料

焦渴者 / 尤・奈斯博（Jo Nesbø）;
林立仁譯. -- 初版. -- 臺北市：漫遊者文化出版：大雁文化發行, 2017.11
536面 ; 14.8×21公分
譯自 : Tørst
ISBN 978-986-489-218-1(平裝)
881.457　　106018766